Vorwort:

Die Arbeiten zu diesem Buch dauerten ein Jahr. Meine Mitmenschen dafür zu begeistern, war anfangs keine leichte Aufgabe. Ihr müdes Lächeln ist erst langsam dem Interesse für meine Geschichte gewichen. Die Fähigkeit, diese ursprüngliche Ablehnung als Ansporn zu sehen, verdanke ich einem Satz von Albert Einstein. Wenn man so will, ist er zu meinem Motto geworden:

Eine wirklich gute Idee erkennt man daran, dass ihre Verwirklichung von vorneherein ausgeschlossen erscheint.

Albert Einstein

Sacer Sanguis II
Heiliges Blut 2 - Die Rückkehr

Genre: Action-Thrillogy
Autor: Albert Knorr
1. Auflage: Okt. 2007
2. Auflage: Okt. 2009
3. Auflage: Okt. 2011

Vorbemerkung des Autors:

Dies ist eine frei erfundene und rein fiktive Geschichte. Berührungspunkte mit der Realität finden sich immer dann, wenn ich auf das Fachwissen von Spezialisten oder eigene Erlebnisse zurückgegriffen habe. Dort, wo mir das nicht möglich war, hat meine Fantasie nachgeholfen. Dabei stand aber immer die theoretische Machbarkeit der Dinge im Vordergrund. Sollte ich dennoch Unsinn verzapft haben, geht der allein auf mein Konto.

Danksagung:

Mein Dank gilt euch allen, die ihr mich ermutigt und unterstützt habt, dieses Buch zu schreiben. Danke für jede Anregung, jeden Verbesserungsvorschlag, jede Kritik, die ihr an mich herangetragen habt. Danke auch meinen treuen Testlesern, die mich mit ihren kritischen Fragen auf so manche Eselei hingewiesen haben. Danke an meine Familie, meine Freunde und meine Reisebegleiter. Danke für eure Geduld und eure Mithilfe. Mein Dank gilt nicht zuletzt auch meinen Beratern (siehe Impressum), deren Fachwissen ich für dieses Buch verwendet habe.

„Stimmt so“, bestätigte der gut aussehende Mittvierziger der Kellnerin mit einem charmanten Lächeln.
„Vielen Dank“, erwiderte sie freundlich und warf einen Blick in seine blaugrauen Augen. Für einen Moment war sie hypnotisiert von der Ausstrahlung, die von dem schwarzhaarigen Israeli ausging. Bereits beim Servieren war ihr der dunkel gekleidete Mann mit dem sportlichen Körperbau angenehm aufgefallen. *Jetzt wäre ein guter Zeitpunkt, mich zu fragen, was ich nach Dienstende mache*, dachte sie. Das Interesse der hübschen Kellnerin war ihm nicht entgangen und er war versucht, seine Abendplanung noch einmal zu überdenken. Mit einem verstohlenen Blick auf seine Armbanduhr war aber klar, dass dieser Abend einer anderen gehörte. *Jammerschade, aber mit uns beiden wird das heute leider nichts.*
„Einen schönen Abend noch.“ Zögerlich entfernte sich die Frau von seinem Tisch.
„Danke, Ihnen auch.“ Er starrte über die kleine Steinmauer der Restaurantterrasse hinaus auf die See. Die Sonne versank langsam im Meer und tauchte den Abendhimmel über Tel Aviv in ein violettes Licht.
Zeit für dich aufzubrechen, drängte er sich selbst, seine Verabredung wahrzunehmen. Er griff nach einem Apfel auf dem Tisch und nahm ihn mit. Beim Aufstehen betätigte er die Fernbedienung seines Autos, dessen dreigeteiltes Verdeck im Kofferraum verschwand.
Mit einem Satz schwang er sich über die ungeöffnete Fahrzeugtür. Ein jungenhaftes Grinsen huschte über sein Gesicht.
Der Turbo geladene Motor erwiderte den forschen Druck auf das Gaspedal mit einem tiefen Brummen. Zeitgleich wurde der Oberkörper des Fahrers unsanft in den dunklen Ledersitz gedrückt. Die Kombination aus schnellen Autos und hübschen

Frauen passte gut zu dem Image, das er seit Jahren wie eine schlechte Gewohnheit pflegte.
Aus den Lautsprechern des Cabrios erklang die Filmmusik zu Top Gun, während er den Apfel aß.
Noch 15 Minuten bis zum Date, ich sollte einen Zahn zulegen. Rasant, aber nicht ohne das nötige Fingerspitzengefühl manövrierte er den silbernen Wagen an das südlichste Ende der israelischen Metropole.
Pünktlich auf die Sekunde, dachte er beim Betreten der Diskothek. Er war bestmöglich vorbereitet auf die Verabredung mit der brünetten Schönheit, deren Foto er sich vor Verlassen des Wagens eingeprägt hatte. *Gut, dass wir uns oben treffen, bei dem Gedränge hier auf den Tanzflächen wäre es hoffnungslos, nach ihr zu suchen.*
Es dauerte eine Weile, bis er sich durch die fast unüberschaubare Menge an tanzfreudigen Besuchern zu dem Treppenaufgang gekämpft hatte. Eine stählerne Wendeltreppe führte in den oberen Teil. Dieser war in zwei Hälften mit Sitzplätzen unterteilt, die sich jeweils nur entlang der Außenmauern erstreckten. Der gesamte mittlere Bereich war nach unten offen und ermöglichte einen perfekten Blick auf die darunter liegenden Tanzflächen. Eine schmale Hängebrücke, die bei jedem seiner Schritte schaukelte, verband die oberen Sitzbereiche.
Zielsicher steuerte er einen der hintersten Tische an, dessen geschützte Randlage eine gewisse Abgeschiedenheit inmitten der Öffentlichkeit bot. Ein formschöner Frauenrücken wartete auf einem der verchromten Stühle darauf, erobert zu werden. Ihr gewelltes Haar reichte fast bis an die Hüften.
Das muss sie sein! Der geübte Blick des Jägers hatte sein Opfer ausgemacht.
Jetzt nur nichts anmerken lassen. Routiniert verlangsamten sich seine Schritte und er näherte sich mit gespielter

Unsicherheit dem Tisch.
„Entschuldigen Sie, bitte...“, lenkte er die Aufmerksamkeit der gut aussehenden Frau auf sich, „…ich bin mir nicht sicher, ob ich hier richtig bin und mir ist das jetzt ein wenig peinlich.“ Er gab sich größte Mühe, seine Worte mit einem Ton der Verlegenheit zu untermalen.
Voller Erwartung drehte sich die Angesprochene zu ihm. „Ja, bitte?“
Donnerwetter, die sieht ja noch schärfer aus als auf den Fotos.
„Ich... ich bin hier zu einem Blind Date verabredet.“
„Sind Sie das?“, fragte sie, sichtlich amüsiert von seiner schauspielerischen Vorstellung.
Er nickte. „Mein erstes überhaupt.“
Sie musterte ihn sorgfältig und lehnte sich dann entspannt zurück. „Und?“
„Und?“, wiederholte er ihre Frage, als wüsste er damit nichts anzufangen.
Ist der süß!, dachte sie und versuchte, ihm mit einem Lächeln etwas Unsicherheit zu nehmen. „Wollen Sie sich nicht setzen?“
„Dann sind Sie...“
„*Sternenzauber*“, vollendete sie seinen Satz. „Und Sie müssen demnach *Firstdate* sein.“
Unsicher hob er die Schultern ein Stück an und antwortete: „Ja... Ich weiß, mein Pseudonym ist nicht sehr originell, aber...“
„Das finde ich nicht, verglichen mit anderen Männern scheint es doch zu Ihnen zu passen.“
„Dann machen Sie so was öfter?“ Er bemühte sich, überrascht zu klingen.
„Sie sind nicht mein erstes Date, falls Sie das meinen. Wissen Sie, mit Verabredungen ist es wie mit Austern, die wenigsten bringen Perlen hervor.“
Er schwieg, doch sein Blick machte sie glauben, dass er Mühe

hatte, ihren letzten Satz richtig zu deuten.
„Das war jetzt nicht auf Sie bezogen“, versicherte sie ihm.
„Natürlich nicht“, griff er ihre Hilfestellung dankend auf.
Den Typ nehm ich mir heute mit nach Hause, so viel ist schon mal sicher.
„Setzen Sie sich doch bitte zu mir an den Tisch“, ermunterte sie ihn erneut.
„Danke, gern.“
In den folgenden Minuten bemühten sich beide Seiten, möglichst viel über das jeweilige Gegenüber herauszufinden. Bis auf die kurze Unterbrechung durch die an den Tisch tretende Bedienung verlief die Unterhaltung völlig ungestört. Als würden die laut kreischenden Massen an Tänzern im Erdgeschoss nicht zählen, folgte Frage auf Frage und ein Kompliment dem nächsten.
„Entschuldigen Sie mich bitte für einen Moment?“ Sie stand auf und bot ihm dadurch die Möglichkeit, sich einen Gesamteindruck von ihr zu machen. Schwungvoll drehte sie sich um und warf dabei ihre brünetten Haare in den Nacken. Der gelungene Auftritt verfehlte seine Wirkung nicht.
Was für eine Zielperson, schwärmte er in Gedanken versunken. *Unter anderen Umständen hätte sich da möglicherweise etwas entwickeln können.* Es kam ihm so vor, als würden ihre Beine niemals enden wollen, während sie gekonnt in Richtung Waschraum schritt.
Unmittelbar danach tätigte er einen Anruf.
„Bist du sicher, dass sie die richtige Zielperson ist?“, flüsterte er in sein Handy.
„Hast du Skrupel?“, stellte ihn die Stimme aus dem Lautsprecher zur Rede.
„Nein, natürlich nicht. Aber so lange wir die Daten nicht haben...“
„Du bist nicht da, um ihre Unschuld zu beweisen!“

Er überlegte einen Moment, ehe er antwortete. „Ich bringe den Job wie besprochen zu Ende."
„Ich habe nichts anderes von dir erwartet", kam die trockene Antwort.
„Sie kommt zurück, ich muss auflegen."
Nicht unbemerkt von der zurückkehrenden Schönheit beendete er sein Telefonat.
„Kaum lasse ich Sie einen Moment allein, schon bemühen Sie andere Frauen am Telefon?"
„Wieso? ...Nein! Das verstehen Sie falsch. Das Gespräch war dienstlich."
Sie konnte sich das Lachen nicht verkneifen. „Sie brauchen sich doch nicht zu rechtfertigen", beruhigte sie ihn.
Erleichtert sank er zurück in den Sessel. „Sie haben nur einen Scherz gemacht."
Sie nickte, noch immer lächelnd. „Was machen Sie denn beruflich?"
Als hätte er sein Leben lang nichts anderes getan, als in der Baubranche zu arbeiten, begann er, ihr von seiner einstudierten Berufslaufbahn zu erzählen.
Interessiert lauschte sie seinen Ausführungen, in denen er von Bauvorhaben in der ganzen Welt zu berichten wusste.
„Faszinierend! Sie müssen weit herumgekommen sein."
„Ja, ich habe schon viel von der Welt gesehen. Das bringt mein Job so mit sich."
„Ich beneide Sie, ganz im Ernst. Verglichen mit meinem Schreibtischjob,... Wissen Sie, Reisen ist in meiner Branche leider nicht an der Tagesordnung. Umso faszinierender finde ich Männer, die etwas von der Welt gesehen haben."
„Das klingt fast so, als wären Sie mit Ihrem jetzigen Job nicht zufrieden."
Sie überlegte einen Moment. „Verstehen Sie mich bitte nicht falsch, ich liebe meine Arbeit und werde für meinen Aufwand

auch gut entlohnt, aber was mir manchmal fehlt, ist einfach der Nervenkitzel, die Spannung bei der Arbeit.“

Er stimmte demonstrativ zu. „Ich verstehe, was Sie meinen.“ *Ich hätte nicht gedacht, dass sie darüber so offen sprechen würde. Sie scheint sich sehr sicher zu fühlen, das macht es mir nur leichter.*

Sie zog an dem kleinen Schwarzen, das an ihren Hüften bereits zu weit nach oben gerutscht war und schlug lässig ein Bein über das andere. Ganz dezent begann sie, mit dem oben liegenden Bein zu wippen, wohl wissend, wohin sie seine Aufmerksamkeit damit lenken würde. „Erzählen Sie doch bitte weiter von Ihren Reisen“, forderte sie ihn auf. *Wollen doch mal sehen, wie schnell er sich von mir um den kleinen Finger wickeln lässt, wenn er meint, er hätte Oberwasser.*

Er war versucht, mit seinem Blick immer wieder das Silberkettchen am Knöchel ihres linken Beins zu fixieren. Das am Kettchen angebrachte, ebenfalls silberne Bärchen wiegte sich sanft bei jeder noch so kleinen Bewegung ihres Fußes.

Alle Achtung, sie hat ihre Hausaufgaben wirklich gemacht.

Während er weiter seine Auslandsreisen vor ihr aufrollte, arbeitete sein Körper bereits an der Umsetzung des nächsten Schrittes seines Plans. Seine Hände begannen die spannenden Geschichten mit Gesten zu unterstreichen und sein Knie berührte wie zufällig das ihre, als er sich bei seiner Erzählung nach vorne beugte.

Sein vermeintlich ungewollt wirkender Vorstoß blieb keineswegs unbemerkt.

Na also, langsam taut er auf. Wird Zeit, ihn abzuschleppen, bevor er mich hier niederredet. Ich werde besser einen Gang zulegen, um noch genug von seinem durchtrainierten Körper zu haben, ehe der Morgen anbricht. Sie wartete einen günstigen Moment ab, und als er seine gestikulierende Hand wieder in die Nähe der ihren brachte, packte sie zärtlich, aber

entschlossen zu.
Seine Reaktion bestätigte sie darin, den richtigen Moment erwischt zu haben. Die Brünette lehnte sich über den Tisch, blickte ihm tief in die Augen und flüsterte in sein Ohr: „Wir sollten jetzt gehen.“
Ich werde es ihr nicht so leicht machen. Sie soll ruhig wissen, dass sie sich bei mir noch etwas anstrengen muss. „Sie haben mir Ihren richtigen Namen noch nicht verraten“, spielte er ihr vornehme Zurückhaltung vor.
„Anina“, wisperte sie und strich sinnlich mit der Zunge über ihre Lippen, um sie anzufeuchten.
„Anina? Das klingt sehr hübsch.“
Ihre Hand umfasste sein kurzes, schwarzes Haar und zog fordernd seinen Mund an ihren heran. „Du wirst ihn heute Nacht noch oft genug rufen.“ Sie presste ihre glänzenden Lippen an die seinen und obwohl er mit einer Vorgabe gerechnet hatte, kam ihre Antwort selbst für ihn überraschend.
Sie lässt nichts anbrennen. Ich muss ihrer Bitte folgen, um mich nicht noch selbst aus dem Rennen zu nehmen.
Ihre Zunge ließ seine Lippen widerstandslos auseinander gleiten. Fast gleichzeitig verspürte er ihr Knie an der Innenseite seiner Oberschenkel. *Jetzt sollten wir wirklich gehen.*
Die Fahrt im offenen Cabrio dauerte eine knappe Viertelstunde und der Vorteil der schaltfreien Hand bei Automatikgetrieben wurde einmal mehr offensichtlich. Seine jüngste Eroberung ließ keine Zweifel an der Dringlichkeit ihrer Bedürfnisse aufkommen. Nur der kurzen Fahrtstrecke des Aufzugs in den ersten Stock war es zu verdanken, dass die beiden es noch in ihre Wohnung schafften.
Ohne Umweg drängte sie ihren Begleiter in das gefällig eingerichtete Schlafzimmer, um ihn mit einem sanften Stoß rückwärts auf das Doppelbett fallen zu lassen. „Gib mir fünf Minuten, um mich frisch zu machen“, verschwand sie im

Badezimmer.
Jetzt oder nie, sah er seine Chance gekommen, ihre Wohnung nach den Unterlagen zu durchsuchen. Ohne zu wissen, wo sie die benötigten Daten aufbewahrte, begann er die nächstgelegene Tür vorsichtig zu öffnen. *Hier wohl eher nicht,* drückte er die Tür zur Küche vorsichtig zurück ins Schloss. *Ein Arbeitszimmer wäre ein guter Anfang für die Suche.* Das Glück schien auf seiner Seite zu sein, als er den gesuchten Raum hinter der nächsten Tür entdeckte. Er verschaffte sich einen Überblick über die zahlreichen Papierstapel zu seiner Rechten. Ihm war klar, dass die Zeit nicht reichen würde, sich alle Zettel im Detail anzusehen. Stichprobenartig blätterte er durch die Stöße in der Hoffnung, einen Zufallstreffer zu landen. *So wird das nichts, die Daten könnten hier überall sein. Ich muss sie zum Handeln zwingen.* Fest entschlossen, seinen Plan umzusetzen, ging er zurück ins Schlafzimmer und wartete in Liegeposition auf ihre Rückkehr.
„Ich hoffe, du bist noch nicht eingeschlafen, weil es etwas länger gedauert hat?“, rekelte sich die Schönheit im Türrahmen. Das kurze Schwarze hatte sie zwischenzeitlich gegen einen dunkelblauen BH mit passendem String-Röckchen getauscht.
„Wie könnte ich bei diesem Anblick an Schlaf denken“, setzte er sich im Bett auf. „Du hast doch nichts dagegen, wenn ich auch für einen Moment in deinem Badezimmer verschwinde?“
Ihre zur spärlichen Garderobe passend lackierten Fingernägel zeigten laszív in Richtung der Tür, aus der sie gekommen war. „Du findest den Weg doch sicher allein.“
Im Vorbeigehen strich seine Hand zustimmend über den Spitzenrand ihrer halterlosen Strümpfe, ehe er im Badezimmer verschwand.
Wie interessant, dachte sie, und griff nach der Brieftasche, die ihm aus der Hose gefallen sein musste, als er rücklings ins Bett gekippt war. *Da kann ich ja gleich mal nachsehen, ob er*

wirklich so jung ist, wie er behauptet hat. Hastig durchsuchte sie die Brieftasche nach einem Ausweis. *Das sieht doch ganz...* Erschrocken von ihrer Entdeckung zuckte sie zurück und gab sich gänzlich dem Entsetzen hin, das sich auch in ihren Augen widerspiegelte. Mit einem Mal war ihr klar, wen sie sich da eingeladen hatte. Sie spürte den eiskalten Schauer, der ohne Vorwarnung ihren Rücken hinunterlief, während die nackte Panik sie zu überwältigen drohte. *Das... aber das... ist doch unmöglich. Wie in aller Welt...* Es fiel ihr schwer, die Gedanken zu ordnen, die sich wie Wellen der Angst in ihrem Gehirn ausbreiteten. *Die Daten...*, schoss es ihr durch den Kopf. *Ich muss die Daten vernichten!*

In Todesangst sprang sie auf und lief in ihr Arbeitszimmer, wo sie die brisanten Unterlagen aufbewahrte, die der wahre Grund für sein Interesse an ihr waren.

Sieht so aus, als hätte der Hinweis, den ich platziert habe, seine Wirkung nicht verfehlt, stellte der Besitzer der Brieftasche fest, als er sein Date in Panik vorbeihasten hörte. *Jetzt darf ich keine Zeit versäumen, sonst verlieren wir die Daten für immer.* Lautlos öffnete er die Tür und folgte ihr ins Arbeitszimmer, wo er sie, mit dem Rücken zu ihm, über den Schreibtisch gebeugt vorfand. Der Schreibtisch stand direkt vor dem Fenster, in dem sie sich spiegelte. Es war ihm ein Leichtes zu sehen, dass sie versuchte, die Unterlagen zu beseitigen. Er kam gerade noch rechtzeitig, um das Klicken des Feuerzeugs zu hören, mit dem sie die Seiten in Brand stecken wollte.

„Das sollten Sie nicht tun."

Mit einem Aufschrei wirbelte sie herum, und er konnte das blanke Entsetzen in ihren weit aufgerissenen Augen erkennen.

„Keinen Schritt näher!", brüllte sie ihn an.

Erst jetzt war es ihm möglich, die Pistole in ihrer Hand zu sehen, die sie auf ihn gerichtet hatte.

Ruhe bewahren, du kannst die Lage noch unter Kontrolle

bringen. „Legen Sie die Waffe weg, ich verspreche Ihnen, dass ich nicht näherkommen werde", versuchte er sie zu beruhigen.
„Hinknien!", schrie sie, ohne auf seinen Vorschlag einzugehen. „Los! Sofort runter auf die Knie!"
„Hören Sie, wir können..."
„Auf die Knie", unterbrach sie ihn und richtete die Pistole auf seinen Kopf.
Sie entsicherte die Waffe, um der Forderung Nachdruck zu verleihen. „Bitte!"
Einlenkend hielt er die flachen Hände nach oben und folgte ihrer Anweisung. „Ich werde tun, was Sie verlangen. Es ist nicht notwendig, dass jemand verletzt wird."
„Halten Sie den Mund." Sie schob mit ihrem Fuß einen metallenen Papierkorb unter dem Schreibtisch hervor und begann einige der Seiten, die sie zuvor bereitgelegt hatte, mit dem Feuerzeug zu entzünden. Sie nahm billigend in Kauf, dass es länger dauerte, da sie weiterhin mit der Waffe auf den knienden Mann zielte.
Als wäre die Lage nicht bereits angespannt genug, begann just in diesem Moment sein Mobiltelefon zu läuten.
„Ich sollte rangehen", sagte er mit ruhiger Stimme.
Wortlos fuhr sie mit dem Verbrennen der Seiten fort.
„Ich muss diesen Anruf entgegennehmen", drängte er, als das Telefon zum dritten Mal geklingelt hatte.
„Blödsinn!" Ihr leerer Blick ließ keine Zweifel an ihrer Entschlossenheit aufkommen.
„Lassen Sie mich abheben", beschwor er sie mit verzweifelter Stimme.
„Denken Sie nicht einmal daran!", brüllte sie hysterisch.
Das Telefon läutete zum fünften Mal und sein flehender Blick bettelte förmlich um ihre Erlaubnis, den Anruf entgegennehmen zu dürfen.
„Ich habe keine andere Wahl, ich muss jetzt abheben." Trotz

der Entschlossenheit in ihren Augen wagte er den Griff in die Hemdtasche, in der sein Handy zum sechsten Mal läutete.
Doch es war zu spät.
Sie konnte das Splittern der Fensterscheibe hinter ihrem Rücken nicht mehr gehört haben, denn das Projektil war durch eine kleine Öffnung an der Vorderseite ihres Schädels bereits wieder ausgetreten, noch bevor der Schall ihre Ohren erreicht hatte. Die angespannten Gesichtszüge erlahmten schlagartig. Aus dem scharf begrenzten Rand des kleinen, kreisförmigen Loches in ihrer Stirn begann Blut hervorzutreten, während ihr eingefrorener Blick durch den zusammensackenden Körper auf den Boden ausgerichtet wurde.
Wie eine Marionette, der man gleichzeitig alle Fäden gekappt hatte, fiel sie in sich zusammen, um einen Augenblick später regungslos liegen zu bleiben.
Mit Bedauern über den Ausgang der unglücklichen Affäre, machte er sich daran, den letzten Rest der brennenden Seiten zu löschen. Doch außer einem kleinen, nahezu komplett verkohlten Fetzen hatten die Flammen nichts übrig gelassen.
Das kann es dir doch unmöglich wert gewesen sein?
Seine Augen blickten traurig auf ihren toten Körper. Erneut läutete sein Handy und er nahm das Gespräch entgegen.
„Alles in Ordnung bei dir, Alon?“, meldete sich die vertraute Stimme.
Alon nickte, wissend, dass der Anrufer auf dem Haus gegenüber jede seiner Bewegungen exakt beobachtete.
„Hast du die Unterlagen retten können?“
Ernüchtert hielt Alon den Fetzen Papier in Richtung Fenster.
„Ich habe so lange gewartet, wie ich es nur irgendwie verantworten konnte“, versuchte sich der Scharfschütze auf dem Dach des gegenüberliegenden Hauses zu rechtfertigen.
„Es war nicht deine Schuld. Wir werden wohl auf Plan B zurückgreifen müssen.“

„Du spielst auf die verschlüsselte Nachricht an?“
„Ja, auch wenn dieser Teilsieg teuer erkauft ist, so haben wir damit doch immerhin einen Anhaltspunkt“, gestand Alon resignierend ein.
„Noch so ein Sieg und wir sind verloren.“

***

„Ihre Auftraggeber werden zufrieden sein mit unserer Arbeit, Mr. Shahid.“
„Das hoffe ich um Ihretwillen, Dr. Qian“, bemerkte der etwa einen Meter sechzig große Shahid. Die beiden Männer näherten sich einer riesigen schwarzen Panzertür mit einem elektronischen Zahlenschloss.
Auf die Tür war mit leuchtend orange-roter Farbe ein Symbol aufgemalt. Bei schneller Betrachtung wirkte es wie ein Dreieck aus Kreisen, das von jeder Seite gleich aussah. Im Inneren des Symbols war ein kleinerer Kreis. Aus der Mitte dieses zentralen Kreises bildeten drei sichelartige Elemente weitere Kreise, deren Außenseiten jedoch nicht geschlossen waren. Darunter stand in großen Buchstaben *Biohazard Level 4*.
Die beiden Männer betraten einen kleinen Raum vor der Panzertür, wo weiße und blaue Schutzanzüge an der Wand hingen. „Der hier dürfte Ihre Größe haben“, empfahl der Doktor und reichte dem klein gewachsenen Shahid einen blauen Anzug.
„Wofür sind die weißen Anzüge?“, wollte Shahid wissen.
„Die brauchen Sie nur, um Zutritt zur Forschungsabteilung für hämorrhagisches Fieber zu erhalten.“
„Klingt spannend“, entgegnete Shahid und griff nach einem weißen Anzug.
„Italienische Maßanfertigung?“, fragte Qian, als er sah, wie Shahid seine braunen Lederschuhe auszog.

„Diese Schuhe von der Stange ruinieren einem doch nur die Füße!“, entgegnete Shahid und zog die weißen Laborstiefel an.
„Bitte treten Sie etwas zurück“, warnte der Doktor, als er den Zugangscode für die Panzertür eintippte. Die schwere Tür setzte sich mit einem leichten Ruck in Bewegung und Shahid hörte, wie Luft in den Spalt gesaugt wurde. „Unterdruck?“, fragte er.
„Eine zusätzliche Sicherheitsmaßnahme“, antwortete Dr. Qian.
Die beiden betraten einen Raum, der etwa drei Meter lang und vier Meter breit war. Vor ihnen befand sich eine weitere Panzertür, deren Tastenfeld für die Codeeingabe unbeleuchtet war. Langsam schloss sich die erste Tür hinter ihnen und rastete mit einem tiefen Grollen ein. Erst jetzt aktivierte sich die Beleuchtung des Codeschlosses der zweiten Tür, und Qian tippte seinen Zugangscode ein. Die zweite Panzertür glitt zur Seite und gab den Zugang zum Labor frei.
Der riesige Raum war in grünes Licht getaucht. Einige Leute in Schutzanzügen arbeiteten an Mikroskopen und anderen medizinischen Geräten. „Hier entlang, bitte“, gab Qian den Weg vor. Sie gingen an mehreren großen Maschinen vorbei, die Shahid wie überdimensionierte Kühlschränke erschienen. Die Maschinen bildeten einen langen Gang, an dessen Ende ein mobiler Operationstisch aufgebaut war. Auf dem Tisch lag ein etwa 30-jähriger dunkelhäutiger Mann. Seine Arme und Beine waren an den Tisch gekettet. Seinen Mund hielt ein Knebel weit geöffnet.
Neben dem Tisch standen zwei Frauen in blauen Schutzanzügen. „Das ist er?“, fragte Shahid und zeigte auf den am Tisch liegenden Mann, dessen Augen ihn voller Angst anstarrten. Dr. Qian nickte.
„Sagten Sie nicht, er wäre...“
„Jünger?“, fiel ihm Qian fragend ins Wort. „Wie ich Ihnen schon versicherte, Ihre Auftraggeber werden zufrieden sein.“

Qian ging zu einem Regal aus glänzendem Edelstahl und öffnete eine Lade. Andächtig holte er ein Skalpell heraus und hielt es prüfend gegen das Licht des OP-Scheinwerfers. Danach gab er einer der Frauen ein Zeichen, die daraufhin eine Flasche mit Jod und einige kleine Tücher zum Operationstisch brachte.

„Reinigen", befahl Dr. Qian und deutete auf den Bauch des gefesselten Mannes. Sorgfältig betupfte die Frau die Stelle mit Jod. „Das reicht", stoppte sie Qian und prüfte mit seiner Hand die Stelle für den Einschnitt. Der Mann auf dem Tisch zuckte verängstigt zurück, als Qian ihn berührte, musste sich aber wehrlos seinem Schicksal fügen.

Qian setzte das Skalpell an und begann langsam die Bauchdecke zu öffnen. Blut trat aus der Wunde. Zentimeter für Zentimeter durchschnitt Qian die Bauchmuskulatur und immer mehr Blut floss seitlich am Körper des jungen Mannes herunter. Der geknebelte Mann auf dem Tisch versuchte aus vollem Hals loszuschreien, konnte aber außer einem jämmerlichen Gestöhne nichts hervorbringen. Sein Gesicht war schmerzverzerrt und in seinen entsetzten Augen bildeten sich Tränen.

Flehend starrte er die Frau an, die neben dem Tisch stand. Sie schaute ihn einige Sekunden regungslos an, dann wischte sie wortlos mit ihrer Hand die Tränen aus seinen Augen.

Dr. Qian hatte die Bauchdecke bereits mit zwei Metallklammern aufgespreizt. Durch ein Loch konnte Shahid auf die Gedärme blicken. „Ist dahinter schon die Wirbelsäule?", fragte er. Qian nickte und fuhr mit dem Skalpell in das faustgroße Loch. Er setzte zu einem Schnitt an. Der gefesselte Körper bäumte sich auf unter dem Druck des Skalpells.

Die zweite Frau eilte zum Tisch, um das Becken des Mannes niederzuhalten. Der Doktor musste den Schnitt erneut ansetzen. Wieder versuchte sich der Mann aufzubäumen, doch die Frau

drückte ihn mit ganzer Kraft nieder.
„Geschafft!“, freute sich Qian und zog ein kleines blutiges Stück Fleisch hervor.
Eine der Frauen entfernte die Klammern aus der Wunde und die Bauchdecke fiel zusammen. Sie deutete auf ein stählernes Tablett mit mehreren chirurgischen Nadeln und blickte zu Qian. Er nickte und wandte sich Shahid zu. „Kommen Sie“, zeigte er mit der Hand auf ein blaues Gerät.
Kurz darauf hobelte eine Maschine hauchdünne Scheiben von dem Fleischfetzen, den Dr. Qian dem Mann entnommen hatte. Er befestigte eine der Scheiben auf einem Objektträger und legte ihn unter ein großes Mikroskop. Auf dem Monitor darüber sah Shahid nur einen unscharfen Fleck. Qian nahm auf der Tastatur des Mikroskops mehrere Einstellungen vor, und das Bild wurde schärfer.
„Das ist sie!“, rief Qian schließlich aus.
Shahid blickte auf einen grauen warzigen Kreis, dessen Oberfläche von mehreren Narben in kleinere Segmente unterteilt wurde. Die einzelnen Segmente hatten asymmetrische, wabenähnliche Strukturen. „Das ist was?“, fragte Shahid.
„Warten Sie einen Moment.“
Geduldig blickte Shahid auf den grauen Kreis, der sich mit einem Mal entlang der vernarbten Linie zu teilen begann.
„Gesteuerte Evolution, Mr. Shahid. Damit ist es uns möglich, die Zellen schneller und gezielt zu vermehren.“
„Und das bedeutet?“, fragte Shahid.
„Die Zellen im Körper haben unterschiedlichste Funktionen, doch nur die wenigsten von ihnen können sich regenerieren. Wenn unsere Haut verletzt wird, bilden sich rasch neue Hautzellen und die Wunde verschließt sich. Ein abgetrennter Arm wird einem Menschen aber nicht mehr nachwachsen.“
Qian ergänzte: „Wir wissen, dass die Natur einen

Schutzmechanismus in komplexe Organismen eingepflanzt hat, der die Regenerationsfähigkeit der Zellen blockiert. Damit wird sichergestellt, dass komplizierte Strukturen wie ein Arm oder Nervenstränge im Rückenmark nicht nachwachsen können. Die Möglichkeit einer Missbildung wäre einfach zu groß."
Der Doktor ging zu einem kleinen Aquarium, in dem sich zwei Salamander befanden. Er griff hinein und holte eines der beiden Tiere heraus. „Beachten Sie seine Beine, Mr. Shahid, wir haben diesem Tier die Gliedmaßen abgetrennt, und sie sind einfach wieder nachgewachsen."
„Aber Sie sagten doch gerade..."
Qian unterbrach ihn. „Dieser Salamander ist in der Lage, die Regenerations-Blocker zu umgehen. Er kann seine Nervenzellen in nahezu jede spezialisierte Zelle umwandeln. Damit ist es ihm möglich, selbst innere Organe einfach nachwachsen zu lassen." Shahid schien Qian nicht folgen zu können.
„Er hat einen fast unbegrenzten Vorrat an Nervenzellen. Benötigt er einen neuen Knochen, so wandeln sich die Nervenzellen in Knochenzellen um und bilden ein neues Bein. Entfernen Sie ihm ein Auge, so beginnen seine Nervenzellen ein neues zu bilden."
Shahid begann zu begreifen.
„Leider ist es bisher nicht gelungen, diese Regenerations-Blocker auch beim Menschen auszuschalten. Es gibt allerdings Zellen im menschlichen Körper, die sich trotz aktivierter Blocker vermehren. Krebszellen sind dafür bekannt, dass sie unkontrolliert wachsen und sich dabei mit einer unglaublichen Geschwindigkeit reproduzieren. Krebszellen verlieren aber die Fähigkeit, ihre eigentliche Aufgabe zu erfüllen. Diese Entartung der Zellen führt zu Tumoren. Meinen Wissenschaftern ist es gelungen, die Aggressivität einer Krebszelle mit der Funktion einer gesunden Zelle zu paaren.

Unsere A-Zellen unterlaufen die körpereigenen Blocker und beginnen unverzüglich mit der Bildung neuer Zellen."
„A-Zellen?", fragte Shahid.
Qian seufzte. „Eine Hommage an die gute alte Zeit. Das A steht für arisch. Die A-Zellen steuern die Evolution. Jede neu entstandene Zelle wird von den Nachbarzellen überprüft und im Falle einer Missbildung von ihnen eliminiert. Aus Millionen von Zellen bleiben nur jene, die den Vorgaben der arischen Zellen exakt entsprechen. Nur diese ausgesuchten Zellen können sich dann weitervermehren und neue A-Zellen bilden. Durch die hohe Wachstumsrate der A-Zellen reicht es aus, wenn zu Beginn nur eine Hand voll arischer Zellen in einer Nährlösung mit Millionen anderer Zellen schwimmt. Binnen weniger Stunden vernichten die A-Zellen jedes unvollkommene Zellmaterial und produzieren weitere A-Zellen."
Qian ging zurück zum Monitor des Mikroskops. Die beiden ursprünglichen grauen Kreise hatten sich bereits viele Male geteilt. Shahid konnte sehen, wie einige dunklere Kreise andere Kreise angriffen und begannen sie aufzufressen. „Wirklich beeindruckend, Dr. Qian", gratulierte Shahid.
Der Doktor entfernte den Objektträger und entgegnete: „Ich sagte ja bereits, dass Ihre Auftraggeber zufrieden sein werden."
„Wie schnell haben Sie ihn fertig?", fragte Shahid, dessen Augen durch die Ausführungen des Doktors zu glänzen begonnen hatten. „Bringen Sie mir seine Zellen, und Sie haben ihn sechs Monate später zu Ihrer Verfügung."
„Ausgezeichnet", entgegnete Shahid.
„Und was machen wir mit ihm?" Shahid zeigte auf den Mann am Operationstisch.
„Unser Proband hat noch eine kleine Aufgabe zu erfüllen, Mr. Shahid. Bitte folgen Sie mir." Sie betraten ein unbeleuchtetes Zimmer, in dem riesige Glasbehälter standen. Shahid konnte

zunächst nicht erkennen, wofür sie gedacht waren. Qian drückte auf einen Schalter und Shahid sah, dass es sich um Biotanks handelte. Sie waren fast alle gefüllt mit einer transparenten grünlichen Flüssigkeit. Viele der Behälter enthielten menschliche Körperteile, die an Kabel und Schläuche angeschlossen waren.
In dem Behälter rechts neben Shahid schwebte ein Frauenkörper in der grünen Flüssigkeit. Die Beine der Frau waren mit einem glatten Schnitt abgetrennt worden.
„An ihren Beinen arbeiten meine Kollegen noch“, scherzte Dr. Qian, als er Shahids Interesse an der Frau bemerkte. „Hier entlang, bitte“, drängte er Shahid weiterzugehen.
Sie durchschritten zwei weitere Zimmer und kamen zu einer Luftschleuse. Qian blieb stehen und drehte sich um. Shahid merkte, dass ihnen die beiden Frauen mit dem mobilen Operationstisch gefolgt waren. „Da ist ja unser Patient!“, rief der Doktor aus und blickte auf den ohnmächtigen Körper, der vor ihm lag. Seine Wunde war bereits sorgfältig vernäht worden. „Danke, Sie können gehen“, meinte Qian zu den beiden Frauen. Qian schob den Tisch in die Luftschleuse und forderte Shahid neuerlich auf, ihm zu folgen. „Keine Sorge, Mr. Shahid, wir haben ja weiße Anzüge.“ Er zeigte auf ein Schild, das mit Symbolen darauf hinwies, den hinter der Luftschleuse liegenden Raum nur mit weißen Schutzanzügen zu betreten.
Der Raum war sehr klein und bot gerade genug Platz für den mobilen Operationstisch und die beiden Männer. Auf einem kleinen Regal standen drei silberfarbene Zylinder, die alle das Biohazard-Zeichen vom Eingang trugen. „Bitte wählen Sie, Mr. Shahid.“ Shahid betrachtete sorgfältig die für ihn gleich aussehenden Zylinder und zeigte dann auf den linken. „Eine ausgezeichnete Wahl, Mr. Shahid. Wir haben es für die US-Armee entwickelt, es hat noch keinen Namen. Genau wie er.“ Der Doktor zeigte mit dem Finger auf den Körper, der

noch immer regungslos auf dem Operationstisch lag.
Der Doktor begann den Zylinder an einem Ende langsam aufzuschrauben und holte eine deutlich kleinere Glasröhre heraus. Ein feines weißes Pulver wurde darin aufbewahrt. Vorsichtig öffnete Qian den Schraubverschluss der Glasröhre und führte einen kleinen Spatel ein, um etwas Pulver zu entnehmen.
Er streute es auf eine der Handflächen des immer noch regungslosen Mannes und verschloss das Glasrohr wieder sehr säuberlich.
„Den braucht er jetzt nicht mehr", entfernte er den Knebel. Der Mann auf dem Operationstisch begann schwer zu atmen. Ungerührt verstaute der Doktor das Glasrohr wieder in dem silbernen Zylinder. Danach blickte er auf die Uhr.
Der Mann auf dem Tisch begann leise zu husten und kam wieder zu Bewusstsein. Binnen weniger Sekunden wurde sein Husten stärker. Shahid sah, wie die Bauchdecke des Mannes durch den Husten gedehnt wurde und aus der frisch vernähten Wunde wieder Blut trat.
Der Mann kämpfte, den Hustenreiz zu unterdrücken und schlug wild mit dem Kopf hin und her. Immer weiter dehnte sich die Wunde unter dem Druck und begann bereits an einigen Stellen aufzureißen. Der Husten brachte einen blutigen, zähen Schleim zum Vorschein, während sein Körper wild zuckte.
Nach einigen Augenblicken wurde der Husten deutlich schwächer. Langsam entwich das Leben aus dem gequälten Körper. Seine Muskeln hörten auf zu zucken, und seine blutunterlaufenen Augen blickten starr an die Decke.
„Wirklich beeindruckend", stellte Shahid fest.
„Es wird durch die Haut aufgenommen, tötet und zersetzt sich danach", lobte der Doktor seinen Wirkstoff. „Im Blut ist schon nach wenigen Stunden nichts mehr davon nachweisbar."
Shahid nickte zustimmend.

„Ich lasse Ihnen gern etwas davon einpacken", bot der Doktor ihm an. Shahids Mundwinkel hoben sich erfreut. Dr. Qian ging zu der Sprechanlage an der Wand und drückte den Knopf. „Wir sind hier fertig, bringen Sie ihn zu den anderen."

***

Es war ein später Abend im Juli, an dem „Goliath und sein David", wie sie Ms. Furgerson liebevoll nannte, die Runde begannen. Sie machten nahezu jeden Abend einen gemeinsamen Spaziergang im Süden Londons, wenn das Wetter es zuließ. An den zunächst witzig anmutenden Anblick dieses ungleichen Duos hatten sich längst alle Nachbarn gewöhnt. David grüßte Ms. Furgerson freundlich und folgte Goliath, der den Weg schon auswendig zu kennen schien. Die Strecke bis zum Park verlief ereignislos wie immer.

Beim Betreten des Parks fiel David auf, dass die ansonsten ohnehin spärliche Beleuchtung diesmal gänzlich fehlte. *Vollmond,* dachte David. *Wie praktisch, dass der Strom gerade heute ausgefallen ist.* Immer wieder blieben sie stehen, wenn eine Wolke den Mond zur Gänze verdeckte und die Dunkelheit sie einhüllte. „Erinnert mich an die letzte Mondfinsternis", sagte David lachend zu seinem Begleiter, dessen Zug er an der Leine zwar verspürte, aber dessen Umrisse gänzlich von der Nacht verschluckt wurden. Ein undefinierbares Knacksen ließ David erschrecken. „Hallo, ist da jemand?", fragte er, ohne zu wissen, aus welcher Richtung er eine Antwort zu erwarten hätte. Stille. Während David versuchte, mit weit geöffneten Augen etwas zu erkennen, hoffte er darauf, dass die Wolke den Mond endlich freigab. Besorgt um Goliath, der wegen seiner Größe ein leichtes Ziel für streunende Hunde war, bückte er sich, um ihn hochzuheben. „Keine Angst, mein Riese", hauchte er in Goliaths Ohr, als er ihn an sich drückte.

Er wollte Goliath bereits wieder absetzen, als David erneut ein Geräusch vernahm. „Hast du das auch gehört?“, flüsterte er. David meinte, dem zweiten Geräusch Schritte zuordnen zu können. „Hallo?“, rief er erneut in die Finsternis - keine Antwort. „Sind Sie auch gekommen, um die Mondfinsternis zu betrachten?“ Dass er seinen Humor nicht verloren hatte, beruhigte ihn angesichts der Tatsache, dass die Schritte unaufhörlich näher kamen. Erst jetzt bemerkte David, dass sie aus zwei verschiedenen Richtungen kamen. Er drehte sich instinktiv nach rechts, da die Schritte hier schon näher klangen. In diesem Moment gab die Wolke für einen Augenblick Teile des Monds frei, und David konnte schemenhaft Umrisse einer Gestalt erkennen, die sich ihm aus etwa zehn Metern näherte. „Mein Name ist David Wilder, ich gehe hier mit Goliath spazieren und hoffe, wir haben Sie nicht erschreckt“, äußerte sich David in Richtung der Stelle, wo tiefe Schwärze längst wieder jede Sicht genommen hatte.
„Mr. Wilder?“
David drehte sich in die Richtung um, aus der er die vertraute Stimme von Mr. Grumble vernahm.
„Mr. Wilder, sind Sie das?“
„Ja!“, antwortete David kurz.
„Bin ich froh, Sie zu hören, Mr. Wilder, das Licht ist ausgefallen, als ich im Park spazieren ging!“, rief Mr. Grumble ihm zu. In diesem Moment erbarmte sich die Wolke und gab den Mond wieder vollständig frei. „Sieht so aus, als hätten wir jetzt wieder Licht“, bemerkte David, als fast gleichzeitig auch die Parkbeleuchtung anging.
„In der Tat, Sie sind es!“ Mr. Grumble musterte den einen Meter achtzig großen, immer leger gekleideten David Wilder. Auch wenn sich erste Geheimratsecken auf Davids kurz geschnittenem, dunkelblondem Haupt abzeichneten, für Grumble, der schon Davids Großvater gekannt hatte, würde er

immer der junge Mr. Wilder bleiben.
Grumble reichte David die Hand, der, so wie er, heilfroh war, ein vertrautes Gesicht nach seiner Wanderung in der Dunkelheit zu treffen. David setzte Goliath auf den Boden und schüttelte Grumble die Hand: „Guten Abend, Admiral." Grumble hatte bis zu seiner Pensionierung bei der Marine gedient und eine Menge Orden angesammelt, von denen er bei jeder Gelegenheit erzählte.
„Ihr Begleiter scheint eine Nachricht für Sie zu haben", scherzte Grumble und zeigte hinter David. Jetzt erst erinnerte sich David an die Gestalt hinter ihm und drehte sich um. „Da unten", bestätigte Grumble und zeigte auf Goliath, während David mit seinen Augen die Gegend nach jener unbekannten Gestalt absuchte, die sich ihm zuvor genähert hatte.
„Er ist weg!", rief David überrascht aus.
„Weg?", zeigte sich Grumble verdutzt und deutete abermals mit dem Finger auf Goliath. „Aber da sitzt er doch."
Erst jetzt erkannte David, was er meinte und bückte sich, um den kleinen Zettel aufzuheben, dessen Ecke Goliath gerade mit seinen Zähnen bearbeitete. David erkannte, dass auf dem Zettel etwas von Hand geschrieben stand, doch das Licht reichte nicht aus, um es lesen zu können.
„Ich mache mich auf den Heimweg", verabschiedete sich der Admiral und streckte seine Hand salutierend zur Stirn.
„Leben Sie wohl, Admiral", kommentierte David sein eigenes Salutieren und sah dem Admiral hinterher.
„Du hast ihn doch auch gesehen", meinte er zu Goliath, der sich auf die Hinterbeine stellte, um an den Zettel in Davids Hand zu gelangen. David schüttelte den Kopf. „Wie oft habe ich dir schon gesagt, wir knabbern nichts an, was andere wegwerfen oder noch verwenden." David suchte den nächsten Papierkorb, um das Papier dort zu deponieren. „Kein Wunder, dass die Leute alles einfach fallen lassen, wenn es hier nirgends

Mülleimer gibt."
Unter der letzten Lampe, die schon beim Ausgang des Parks montiert war, fand er, wonach er suchte. Als er den Zettel schon über dem Papierkorb loslassen wollte, konnte er lesen, was darauf stand. David zuckte zusammen, lange starrte er fassungslos auf die Zeilen. „Das kann kein Zufall sein", murmelte er. „Die meinen mich." David steckte den Zettel in seine Brieftasche und machte sich mit Goliath auf den Heimweg.

***

„Ob Goliath wohl alleine klarkommt?", fragte David sich leise. Er ging nochmals seine generalstabsmäßig geplante Checkliste durch, bei der jeder Punkt mittlerweile vier Häkchen hatte. Während David Webcam Nummer acht einem finalen Funktionscheck unterzog, meinte er Goliaths traurigen Blick in seinem Rücken spüren zu können. Er drehte sich um und blickte auf ein Paar tiefschwarze Kulleraugen hinunter. „Keine Sorge", beruhigte David. „Es gibt keinen Raum im Haus und keinen Platz im Garten, wo ich dich nicht mit den Webcams sehe." David griff zu seinem Handy und hielt es dem glänzenden Augenpaar entgegen. „Siehst du, meine Software erkennt automatisch, wo du dich befindest und liefert mir das Bild der entsprechenden Kamera per Knopfdruck auf mein Handy. Ein Anruf bei Ms. Furgerson und zwei Minuten später ist sie bei dir." Goliath schien beim Namen von Davids Nachbarin kurz zusammenzuzucken. David lachte: „Kopf hoch! Wir holen sie ja nur im Notfall, wenn die Elektronik versagt, und wir beide wissen, dass das nicht der Fall sein wird."
„David!", hörte er Nataschas Stimme aus dem Erdgeschoss. „Willst du mir nicht endlich mit den Koffern helfen?"
„Komme schon!", rief David hinunter und beugte sich zu

Goliath. „Na, dann pass mir gut auf unser Haus auf, mein Riese.“ Goliath hob zustimmend das rechte Ohr an, als David ihn zum Abschied auf den Kopf küsste.
„Wie lange willst du dich denn noch von diesem Tier verabschieden?“, herrschte ihn Natascha an, als er nach unten kam. „Goliath ist sehr sensibel“, rechtfertigte sich David.
„Du hast in den letzten zwei Wochen unser gesamtes Haus in eine Festung mit Infrarotkameras und Sensoren umgebaut, nur weil wir für drei Tage nach Wien fahren. Meinst du nicht, dass es gereicht hätte, zwei Schüsseln mit Futter und Wasser aufzustellen und Ms. Furgerson den Schlüssel zu geben?“ Nataschas Logik war David nicht verborgen geblieben, er suchte aber bereits seit Wochen nach einem Vorwand, um das Haus sicherer zu machen. Eigentlich war David kein Freund von Kameras, aber jener Parkspaziergang mit Goliath vor zwei Wochen hatte seine Einstellung zu diesem Thema grundlegend verändert.
Gern hätte er Natascha davon erzählt, um sich jemandem anzuvertrauen, aber David wusste, dass er sie damit nicht belasten konnte. Ihre regelmäßigen Besuche in der Selbsthilfegruppe schienen ihren Zustand zwar geringfügig zu verbessern, aber von einer Belastbarkeit mochte David nicht sprechen. Er beschloss daher, jede zusätzliche Aufregung und Verunsicherung von ihr fernzuhalten.
„David?“ Er zuckte zusammen. „Hörst du mir überhaupt zu?“ Natascha streckte ihm einen großen Koffer entgegen, den sie mit beiden Händen nur mühsam anheben konnte. „Wir versäumen unseren Flieger, wenn wir nicht endlich losfahren.“

***

„Was meinen Sie mit *der Flieger ist überbucht*?“, fragte Natascha die Dame am Schalter des Flughafens.

„Es ist schon sehr kurz vor dem Abflug, weshalb wir bereits Plätze an die Passagiere auf der Warteliste vergeben haben. Sie sollten wenigstens eine Stunde vor Abflug einchecken.“
Das war eindeutig nicht die Antwort, die Natascha hören wollte.
„Hören Sie“, erzürnte sich Natascha, „mein Mann und ich verbringen seit sieben Jahren unseren Hochzeitstag in Wien, wo wir geheiratet haben. Wir fliegen immer mit Ihrer Airline und hatten noch nie derartige Probleme.“
„Ich versichere Ihnen, mein Möglichstes zu tun“, erwiderte die Dame am Schalter mit freundlicher Stimme. Sie begann auf der Tastatur ihres Terminals herumzudrücken. „Wir hätten da noch zwei Plätze, die allerdings nicht nebeneinander sind.“
Noch bevor Natascha ihre Antwort formulieren konnte, bestätigte David: „Die nehmen wir, herzlichen Dank.“ David brauchte Natascha nicht anzusehen, um zu wissen, welchen Blick sie ihm gerade zuwarf. Er bückte sich rasch nach dem Ungetüm von Koffer, das in seinen Augen ausgereicht hätte, um eine Großfamilie auf Weltreise zu begleiten. Beim Anheben spürte er einen leichten Stich im Kreuz und hielt kurz inne.
„Schon wieder dein Kreuz?“, fragte Natascha und griff unterstützend nach dem Koffer.
„Ja“, seufzte David. „Das Übliche.“
Davids Platz befand sich im hinteren Teil der Maschine neben einem kleinen Mädchen, das direkt am Fenster saß. Ihre hellbraunen Haare waren an beiden Seiten zu Zöpfen geflochten, an deren Ende eine rote und eine gelbe Haarspange klemmte. „Hallo, junge Dame, reist du alleine?“, fragte David ungläubig, als er seinen Laptop in einem freien Fach verstaute.
„Ja! Und du?“, antwortete die Kleine mit dem freundlichen Gesicht selbstbewusst und entlockte David ein Lächeln.
„Nein“, entgegnete er, „meine Frau sitzt weiter vorne in der Maschine.“

„Hast du dich mit ihr gestritten?“, fragte das Mädchen besorgt.
„Nein“, bemerkte David abermals. „Ich habe mir wohl einfach zu viel Zeit beim Verabschieden gelassen.“
„Von wem?“, fragte sie. David erkannte, dass dieser Flug anders verlaufen würde als die bisherigen Flüge nach Wien. Bevor er sich setzte, holte er ein Bild aus seinem Portemonnaie und hielt es dem Mädchen entgegen.
„Ein Hase! Oh, ist der knuddelig!“, rief die Kleine entzückt. Ihre runden braunen Augen glänzten vor Freude.
„Eigentlich ist er ja ein Riesenkaninchen.“
Sie sah ihn verwundert an.
„Nicht so wichtig. Sein Name ist Goliath und ich bin David“, stellte David sich vor und zeigte ihr ein weiteres Bild, auf dem Goliath mit hängenden Ohren zufrieden an einer Karotte nagte. „Goliath und ich gehen jeden Abend spazieren. Danach bekommt er eine besonders große Karotte.“
„Ich bin Clara Burcely und werde im Oktober sieben Jahre alt“, grinste sie über beide Ohren und streckte ihm ihre Hand entgegen. „David Wilder“, antwortete er. „Ich werde nächstes Jahr 42.“
David erfuhr, dass Clara die Tochter einer Diplomatin war, die viel reiste. Clara traf sich in Wien mit ihrer Mutter zur gemeinsamen Weiterreise nach Jordanien. Nach dem Essen nützte Clara die Zeit für ein Schläfchen. David besuchte Natascha im vorderen Teil des Flugzeugs und erzählte ihr von seiner Bekanntschaft.
Zurück auf seinem Platz holte er den Zettel hervor, den die geheimnisvolle Gestalt ihm im Park hatte zukommen lassen. Er blickte sorgenvoll auf die Zeilen, die da geschrieben standen und jenes Symbol, das er nur zu gut kannte. Vertieft in Gedanken schreckte er auf, als er neben sich die Stewardess hörte. „Tee, Kaffee oder einen Orangensaft für Ihre Tochter?“
„Einen Orangensaft für mich und einen für David, bitte“,

meldete sich Clara zurück. David drehte sich verdutzt zu Clara. „Eine entzückende Tochter haben Sie da", schmeichelte die Stewardess und hielt ihm und Clara einen Becher Orangensaft entgegen. David stellte den Orangensaft auf die Ablage vor ihm und verstaute den Zettel. „Danke", sagte David, „aber woher hast du gewusst, dass ich Orangensaft trinke?"
„Na, von dem Foto mit deinem Hasen Goliath", entgegnete Clara ganz selbstverständlich.
David schaute sie fragend an. „Von dem Foto?"
„Ja", meinte Clara, „auf dem Foto warst du mit deinem Hasen und hattest ein Glas Orangensaft in der Hand." Sie hielt sich mit der Hand die Augen zu. „Du hast braune Augen, dunkelblonde Haare und einen blauen Pullover an, auf dem Foto sind die Haare länger gewesen, und der Pulli war grün. Die Hose ist dieselbe, die du jetzt anhast. Ob es auch die gleichen Sportschuhe sind, kann ich nicht sagen, da hört das Foto auf."
David war noch damit beschäftigt Claras Antwort zu überdenken, da ließ ihn ihre nächste Frage zusammenzucken.
„Warum ist ein Blatt von dem Kleeblatt schwarz, und was bedeuten die Zeichen daneben?" „Woher…", wollte David den Satz beginnen, da fiel ihm Clara schon ins Wort.
„Ich meine die Zeichnung auf deinem Zettel. Ich kann mir Bilder gut merken", erklärte Clara, die an seinem Gesicht erkannte, dass er nicht wusste, wie ihm geschah. David schüttelte fassungslos den Kopf, er hatte von Erwachsenen mit fotografischem Gedächtnis gehört, aber Clara war keine sieben Jahre alt. „Aber du hast den Zettel doch nur kurz gesehen", wunderte er sich.
„Ich habe das Bild gesehen", antwortete Clara. „Das reicht."
David überlegte, was er Clara antworten sollte. „Es ist nur eine Zeichnung", erklärte er, „und die Zeichen sind hebräisch." Das Anschnallsignal für den Landeanflug unterbrach das Gespräch.

***

David hatte den Koffer vom Förderband geholt und steuerte mit Natascha auf den Ausgang zu. Clara folgte ihnen noch ein Stück, dann trennten sich ihre Wege. David drehte sich mit ausgestreckter Hand zu Clara: „Auf Wiedersehen, Clara Burcely, es hat mich gefreut, dich kennenzulernen."
„Auf Wiedersehen, David", antwortete Clara, als sie ihre kleine Hand in seine legte. Claras Mutter, eine bildhübsche, schlanke Frau mit langen blonden Haaren, winkte bereits von der anderen Seite der Absperrung herüber. Ihre Kleidung war modisch betont, der orangefarbene Rock harmonierte mit ihrer Designerbrille.
„Ich muss jetzt los", verabschiedete sich Clara, „und keine Sorge, David, ich werde unser Geheimnis nicht verraten." Sie lief zum Ausgang, wo ihre Mutter auf sie wartete.
„Euer kleines Geheimnis?", fragte Natascha, die gerade dazugekommen war.
„Kinder!", bemerkte David, „die brauchen Ablenkung, wenn sie so lange ruhig sitzen müssen."

***

„Natascha, David! Herzlich willkommen in Wien!", rief ein bärtiger Mann mit sehr gepflegtem Äußeren, als sie die Lobby des Hotels betraten. „Ich hoffe, Sie hatten eine angenehme Reise. Möchten Sie gleich auf Ihr Zimmer? Selbstverständlich haben wir Sie wieder in Zimmer 444 untergebracht." Der Manager des Hotels strahlte seine Stammgäste an.
„Ja, danke, Thomas", erwiderte David, der sich fragte, wie der Manager des Hotels es schaffte, Jahr für Jahr die gleiche originelle Begrüßungsformel zu sprechen.

Zwei Pagen eilten herbei, um sich des Gepäcks anzunehmen, als David bereits den schweren Koffer auf den Gepäckwagen hievte. Ein kurzer, aber sehr lauter Schrei hallte durch den Empfangsbereich des Hotels, als David den Koffer fallen ließ.
„David!“, rief Natascha entsetzt. Thomas stützte David, während sich die Pagen um den Koffer kümmerten.
„Es geht schon“, stammelte David, der sich damit selbst Mut machen wollte.
„Kommen Sie, setzen Sie sich erst einmal“, deutete der Manager auf einen Stuhl neben einer Säule.
„Es ist sein Kreuz“, erklärte Natascha. „Er hatte schon in London Probleme damit.“ Während David schmerzverzerrt auf dem Stuhl kauerte und von Natascha ein Glas Wasser bekam, telefonierte Thomas aufgeregt in der Rezeption.
„Gregor, ein Freund von mir, ist Osteopath hier in Wien“, berichtete Thomas, als er zurückkam. „Seine Praxis schließt in 30 Minuten, aber er hat mir zugesagt, Sie noch anzuhängen.“
„Ein Arzt?“, fragte David mit schmerzverzerrtem Gesicht.
„Ein Osteopath“, erwiderte Thomas, „sein Name ist Gregor Hempel. Er wird Ihnen ganz sicher weiterhelfen. Ich lasse sofort ein Taxi kommen, das Sie hinbringt.“
Während David auf das Taxi wartete, merkte er, wie der Schmerz nachließ. „Ich glaube, wir können uns den Doktor sparen“, heuchelte David.
„O nein!“, erwiderte Natascha und wurde dabei von Thomas unterbrochen. „David, Ihr Taxi ist da.“
„Ich schaffe das schon alleine“, insistierte David zu Natascha blickend. „Du kannst ja inzwischen den Koffer ausräumen.“ Widerwillig ließ sie sich von David überzeugen, nicht mitzufahren.
David betrat das Haus in der Porzellangasse, zu dem ihn der Taxifahrer gebracht hatte. Im dritten Stock hielt der Lift und David öffnete mit einem elektrischen Taster die Tür zum

Warteraum. Er erblickte einige Stühle und Zeitschriften, aber keine anderen Patienten. Sein Termin schien tatsächlich außerhalb der Sprechstunden stattzufinden. Die Tür zum Behandlungszimmer öffnete sich, noch bevor David Platz nehmen konnte. „Herr Wilder?“, fragte ein weiß gekleideter Mann, den David Ende dreißig schätzte. „Ja, ich bin David Wilder. Und Sie sind Doktor Hempel?“
„Ich bin Gregor Hempel. Ich leite die Praxis für Osteopathie“, erklärte der Mann mit ruhiger freundlicher Stimme und streckte ihm die Hand entgegen. David erzählte ausführlich von seinen Kreuzproblemen und Hempel hörte ihm geduldig zu, ehe er mit der Untersuchung begann.
Er untersuchte David keine zwei Minuten mit bloßen Händen und stellte dann fest: „Verzeihen Sie mir die direkte Frage, Herr Wilder, haben Sie in Ihrer Beziehung Probleme sexueller Natur?“ David war sich nicht sicher, ob er die Frage richtig verstanden hatte. „Wissen Sie“, fuhr Hempel fort, „Ihr vierter Lendenwirbel hat eine Fehlstellung, das kann auch Beziehungsprobleme als Ursache haben. Man nennt das auch das Sexual-Chakra.“ David war fassungslos. Sollte der Taxifahrer die Adresse verwechselt haben? „Um ganz sicherzugehen, empfehle ich Ihnen jedenfalls ein Röntgenbild machen zu lassen“, fuhr Hempel fort. „Ich lege Ihnen aber dringend nahe, das zugrunde liegende Problem für diese Fehlstellung dauerhaft zu beseitigen, sonst war das sicher nicht Ihr letzter Hexenschuss.“ David merkte, wie seine Skepsis schwand, je länger er der ruhigen Stimme lauschte. „Bitte legen Sie sich auf den Bauch.“ Der Osteopath deutete auf den weiß überzogenen Massagetisch. David starrte minutenlang wortlos auf das Plastikskelett vor sich, während Hempel mit beiden Händen leichten Druck auf seinen Rücken ausübte.
„Unterliegen Sie der ärztlichen Schweigepflicht?“, platzte David heraus.

„Was immer Sie mir als Patient erzählen, wird niemand erfahren“, versicherte Hempel und schob den linken Daumen wiederholt an Davids Wirbel vorbei.
„Meine Frau und ich wünschen uns schon länger ein Kind“, begann David zu erzählen, „Natascha, meine Frau, hatte eine schwere Kindheit. Es fällt ihr heute noch schwer, darüber zu sprechen. Sie ist in einem kirchlichen Kinderheim aufgewachsen.“ David spürte, wie sich die Stelle auf seinem Rücken angenehm erwärmte. „Einer der jüngeren Priester hatte sie und andere Kinder bedrängt. Als Natascha sich damit schließlich an einen der älteren Priester wandte, wurde die Sache vertuscht und der Schuldige zu seinem Schutz versetzt.“ Hempel sprach kein Wort. „Ich habe Angst, sie zu irgendetwas zu drängen, ich will sie nicht unter Druck setzen“, fuhr er fort.
Hempel brach sein Schweigen. „Ich bin kein Spezialist für Beziehungsfragen und kenne Ihre Frau nicht, aber ich kann sagen, dass Ihre Wirbelsäule unter diesem Druck leidet. Ich gebe Ihnen den gut gemeinten Rat, mit Ihrer Frau darüber zu sprechen.“
Auf dem Weg ins Hotel dachte David über Natascha nach, während er das Kärtchen eines Londoner Kollegen von Hempel betrachtete, das dieser ihm mitgegeben hatte. Er erinnerte sich an Nataschas Bitte, die er stets respektiert hatte. Keine Fragen über Gespräche oder Mitglieder der Selbsthilfegruppe. Einmal, als David sie überraschend von einer Sitzung abholen kam, machte sie ihm daheim eine Szene, als hätte er sie vor der ganzen Welt bloßgestellt.
Die kollektive Anonymität der Gruppe nach außen war der wichtigste Schutz ihrer Mitglieder. Um im täglichen Leben keine gesellschaftlichen oder beruflichen Nachteile zu haben, hatten sich alle Mitglieder darauf geeinigt, über die Sitzungen mit Dritten nicht zu sprechen. Es stand natürlich jedem frei,

auch außerhalb der Gruppe Hilfe zu suchen, solange dabei keine Sitzungsteilnehmer oder Gesprächsinhalte genannt wurden.
Natascha hatte einen verantwortungsvollen Job als Physikerin am Londoner Imperial College. Noch im September wollte sie der Fachwelt eine kleine Sensation präsentieren. Damit wollte sie auf Basis der Forschungen ihres großen Idols, des Nobelpreisträgers Dennis Gabor, die Holographie grundlegend revolutionieren. Ihre Reputation würde allerdings erheblich darunter leiden, wenn die vorwiegend männlichen Kollegen von ihren Besuchen bei der Selbsthilfegruppe wüssten.

***

„Zimmerservice!“, rief David mit tiefer Stimme, als er an die Tür von Zimmer 444 klopfte. Er hörte ein Scheppern gefolgt von Nataschas Stimme, die irgendeine Verwünschung ausstieß. David war sich sicher, darin das Wort *Koffer* erkannt zu haben. Als sie öffnete, sah er im Türspalt jene Kleider und Schuhe, die sonst die begehbaren Schränke von Natascha füllten.
„David!“ rief sie erfreut, „wie geht es dir und was hat der Doktor gesagt?“
„Der Osteopath“, korrigierte sie David lachend. „Er meinte, ich soll mir zwei Tage Bettruhe gönnen. Ich fürchte, die obligatorische Fiakerfahrt muss ich dieses Jahr leider auslassen.“ David erzählte ihr von seinen Erlebnissen bei Hempel, vermied aber den Teil über das Sexual-Chakra und die damit verbundene Aussprache, die er sich für London aufheben wollte.
Die nächsten beiden Tage verliefen ruhig für David. Natascha nutzte jede Gelegenheit, um die Einkaufszentren Wiens zu erkunden, und verbrachte die Nächte damit, ihm ihre Neuerwerbungen für die heimische Sammlung zu präsentieren.

David ließ das erstaunlich kalt, da er sich sicher war, dass nicht er es sein würde, der diesmal die Koffer zu schleppen hatte. Irgendwie gefiel er sich in der Rolle, die das Schicksal ihm zugedacht hatte. Natascha bemitleidete und umsorgte ihn ausgiebig, bevor sie zu ihren Touren aufbrach, und auch der Hotelservice übertraf sich diesmal selbst. Seine mitleiderregende Vorstellung in der Lobby hatte Thomas dazu veranlasst, David zum Mittelpunkt aller Hotelangestellten zu machen.
David ließ in seinem luxuriösen Krankenzimmer zunächst keine Langeweile aufkommen. Er vertrieb sich die Zeit tagsüber mit permanentem Wechsel zwischen Hotelfernsehen und dem Goliath-TV auf seinem Laptop, bei dem er mittels Fernzugriff auf seine Webcams selbst Regie führte. Als er am Ende des zweiten Tages zu der Ansicht kam, dass sein Bedarf an Fernsehen gedeckt war, beschloss er, seine Mails zu lesen. *Wie langweilig muss mir sein, wenn ich im Urlaub meine Mails lese*, fragte er sich selbst. „Und Selbstgespräche führe ich auch schon", ergänzte er lachend.
Seine Mailbox wollte nicht aufhören, neue Nachrichten aus den Tiefen des Internets hervorzuholen. David hatte die Einstellungen für unerwünschte Mails bereits auf die stärkste Stufe gestellt, konnte sich aber des Eindrucks nicht erwehren, dass das keinen Einfluss auf die Anzahl der Werbemails in seinem Postfach hatte. Anfangs hatte er noch eigene Ordner angelegt, um die sicherlich gut gemeinten Angebote an Penisverlängerungen und Investitionsbeteiligungen an russischen Kernkraftwerken wöchentlich zählen zu können. Mittlerweile beschränkte er sich allerdings darauf, derartige Mails in einen einzigen Ordner zu verschieben, den er täglich leerte.
264 neue Nachrichten zeigte sein Mailprogramm an, als es den Download ordnungsgemäß für beendet erklärte und die

Verbindung trennte. David drückte ein Tastaturkürzel, um mit dem von ihm programmierten Filter die gröbste Drecksarbeit zu erledigen, wie er sie nannte. Nur 71 Mails blieben im Posteingang erhalten. „Kein schlechter Schnitt“, grinste David. Nach etwa einer Stunde war die Zahl der Mails, dank Davids Sortierfreudigkeit, noch einmal deutlich reduziert worden. Es gehörte zu seinen Eigenheiten, keine Mails zu öffnen, bevor nicht alle unerwünschten Mails gelöscht waren. Jetzt erst hatte er Zeit, sich um die letzten vier Mails zu kümmern, die er auch lesen wollte.

Er fand eine Buchungsbestätigung von Thomas für den Urlaub, der bereits am nächsten Vormittag zu Ende ging, sowie einen Newsletter der Londoner Schlappohren. David hatte ihn eigentlich für Goliath abonniert und beschloss, ihm den Inhalt vorzulesen, wenn er wieder in London war. Die letzten beiden Mails hatten für ihn unbekannte Absender, und eines davon schien einen Dateianhang zu haben. David öffnete zuerst die andere Nachricht.

Interessant, fand David, als er den Text las. *Höchst interessant.* Er begann seine linke Augenbraue anzuheben, wie er es immer tat, wenn er an etwas Zweifel hatte. Er notierte einige Worte in seinem elektronischen Kalender und verschob dann das Mail in den Ordner mit der Aufschrift *lehit*, was auf hebräisch so viel wie Tschüss bedeutete. Die Mails des *lehit*-Ordners wurden automatisch nach zwei Wochen gelöscht, sollte David es sich bis dahin nicht anders überlegt haben.

Sein Posteingang hatte nur noch eine Nachricht übrig, und der Virenscanner stufte den Dateianhang, eine Grafikdatei, als unbedenklich ein. *Na dann los.* Er klickte auf das Mail. Es enthielt keinen Text und der Betreff beinhaltete nur den Namen des Dateianhangs: *bewakascha.jpg*. David blickte noch einmal auf das Anzeigefenster seines Virenscanners, der immer noch keine Gefahr anzeigte und beschloss, die Grafik zu öffnen.

Der Bildschirm zeigte ein vierblättriges Kleeblatt, dessen unteres Blatt schwarz war. David war seit jenem Abend im Park klar, dass er dieses Symbol bald wieder sehen würde. Er gehörte zu den wenigen noch lebenden Menschen, die die wahre Bedeutung des Kleeblatts kannten. Für ihn verbanden sich damit schmerzhafte Erinnerungen an seine alte Heimat Israel und an seine Zeit beim *Shabak*, dem israelischen Spionageabwehrdienst.

Nervös begann er im Zimmer auf und ab zu gehen. Ihm war klar, was der Absender dieser Nachricht, der zweifellos einem der israelischen Geheimdienste angehörte, von ihm erwartete. David war sich nicht sicher, ob er dieser Erwartung gerecht werden wollte. Minutenlang haderte er mit sich selbst, wog Für und Wider ab und beschloss zunächst herauszufinden, welchen Inhalt die Nachricht hatte. Später konnte er noch immer entscheiden, ob und wie er darauf reagieren würde.

David begann die Bilddatei genauer zu untersuchen. Er war überzeugt, dass sowohl die Nachricht selbst als auch der Schlüssel zur Nachricht ins Bild codiert waren. Er brauchte nicht lange, um festzustellen, dass die Dateigröße nicht zu der Einfachheit der Darstellung des Bildes passte. David durchsuchte den Quellcode des Bildes nach überflüssigen Bytes und wurde rasch fündig. Jemand hatte ein Computerprogramm so in das Bild vercodiert, dass man dieses unmöglich bemerken konnte, wenn man sich nur das Bild als solches anschaute. Erst Davids Erfahrung im Umgang mit derartigen Verschlüsselungstechniken machte es möglich, die Datei zu erkennen, die als blinder Passagier in dem Bild verschickt wurde. David extrahierte die kleine Datei aus dem Bild und speicherte sie als eigenständiges Programm ab, um es anschließend starten zu können.

„Das war zu erwarten“, meinte David, als er den blinkenden Cursor neben der Anweisung *Passwort eingeben* erblickte. Er ging zum geöffneten Fenster und dachte nach. Die Antwort würde irgendetwas mit dem Kleeblatt selbst zu tun haben. David erinnerte sich zurück, als er früher fast täglich Passwörter für Israel entschlüsseln musste. Er hatte vor Jahren ein kleines Tool programmiert, das brauchbare Rückschlüsse auf die Anzahl der Zeichen zuließ, die ein Programmierer für eine Passworteingabe vorgesehen hatte. *Es funktioniert zwar nur bei einfachen Codierungen - aber mit etwas Glück...* David begann seine Festplatte zu durchsuchen. „Irgendwo muss es doch noch sein", murmelte er konzentriert vor sich hin, um sich kurz darauf mit „Da haben wir dich ja", selbst zu bestätigen.

Davids Programm begann den Speicher seines Laptops auszulesen und meldete sich nach wenigen Minuten mit einem Report. „Maximal vier Zeichen", stieß David fast enttäuscht aus, „das Kleeblatt hat vier Blätter", bekräftigte er. Er tippte *arba*, das hebräische Wort für die Ziffer vier auf seiner Tastatur und bewegte den Zeigefinger über die Entertaste. „Nein", murmelte er kopfschüttelnd zu sich selbst. „Das ist mir viel zu einfach."

David hatte zu lange mit dem israelischen Geheimdienst zu tun gehabt, um bei einem so deutlich gelegten Köder anzubeißen. Ihm war klar, dass das Programm eine *Lethal-Truth-Abfrage* haben würde, die bei Eingabe des Köderpassworts eine gefälschte Nachricht freigab. Die Idee dahinter war einfach und mörderisch zugleich: Neben dem eigentlichen Passwort wurde auch ein leicht zugängliches Köderpasswort versteckt, das feindliche Agenten relativ einfach finden konnten. Aufgabe der *Lethal-Truth-Abfrage* war es, dem Feind vorzumachen, er hätte bereits das richtige Passwort eingegeben und würde daher auch die richtige Botschaft erhalten. Zu viele Agenten hatten im Vertrauen auf diese falschen Botschaften ihr Leben verloren.

David überlegte, wie er aus dem Köderpasswort das richtige Passwort ableiten konnte. „Vier", murmelte er immer wieder vor sich hin, während er sich einen Schokoriegel aus der Minibar holte und genüsslich daran kaute. „Irgendwie muss ich diese Zahl umformen.“ Er bemerkte den Strichcode auf der Schokoriegel-Verpackung, unter dem sich die in Zahlen gedruckte Übersetzung des Codes befand. „Aber natürlich“, stellte er kopfnickend fest. Er spürte ein Gefühl in sich aufkeimen, das er seit Jahren nicht mehr wahrgenommen hatte. Es war, als hätte jemand seinen Jagdinstinkt geweckt. „Da soll noch jemand behaupten, dass Schokolade keine Hirnnahrung wäre“, meinte er und begann die einzelnen Buchstaben des Wortes *arba* als Zahlen zu lesen.

In alten hebräischen Texten war jeder Buchstabe des Alphabets gleichzeitig eine Zahl. Das Alphabet hatte zudem nur 22 Buchstaben. So war das Zeichen für den ersten Buchstaben des Alphabets gleichbedeutend mit der Ziffer 1 und der zweite Buchstabe mit der Ziffer 2. Diese Zählweise wurde bis zum zehnten Buchstaben beibehalten. Der elfte Buchstabe erhielt die Zahl 20, der zwölfte 30, usw. Der einundzwanzigste Buchstabe bekam den Wert 300 und der zweiundzwanzigste und letzte Buchstabe bedeutete 400. Um Buchstaben und Zahlen beim Schreiben unterscheiden zu können, wurde vor Ziffern ein einfaches Anführungszeichen gesetzt. Das Wort *arba* bestand im Hebräischen, weil die Sprache mehr als nur ein *a* kannte, aus vier verschiedenen Buchstaben.

David erhielt durch seine Umwandlung der hebräischen Buchstaben in Zahlen die Zahl 273. Als er die Zahl erblickte, war ihm klar, dass er das richtige Passwort gefunden hatte. Die Zahl 273 war in leicht veränderter Form bei zahlreichen natürlichen Größen zu finden. So beschrieb sie unter anderem die absolute negative Temperatur, erklärte das Verhältnis von Mond- und Erdradius oder die Ausdehnung des Gasvolumens, aber auch bei der Beschreibung des weiblichen Zyklus und der Mondumlaufbahn war sie anzutreffen.

David tippte die Zahl in seinen Laptop und drückte die Enter-Taste. Auf dem Bildschirm erschienen drei Zahlenreihen:
48080489
16142384
07082130
David überlegte einige Minuten, was die Zahlen bedeuten könnten, blickte dann entschlossen auf seine Armbanduhr und hatte damit die Entscheidung, der Einladung zu folgen, bereits getroffen. Durch einfaches Aufspalten der Zahlenfolgen in Zweiergruppen kannte er Zeit und Ort des Treffens.
Thomas ist wirklich eine Seele von Mensch, dachte David, nachdem er ihn für seine Zwecke eingespannt hatte. Der Hotelmanager würde Natascha vom Einkaufen abholen und sie direkt ins Casino nach Baden ausführen. Er würde ihr von Davids Bitte erzählen, heute nicht mehr geweckt zu werden, um für die morgige Abreise wieder fit zu sein. Damit hatte David genügend Zeit, um Natascha nichts von dem nächtlichen Ausflug erzählen zu müssen.
Der Mietwagen, den Thomas ihm kurzfristig organisiert hatte, brachte David zügig in den Süden Wiens an die Ausläufer des Wienerwaldes, wo er gezwungen war, den Rest des Wegs zu Fuß fortzusetzen. Er nahm die alte Taschenlampe, die ihm Thomas mitgegeben hatte, und folgte dem Pfeil des Navigationssystems seiner Uhr zu den Koordinaten, die er erhalten hatte: N 48°08’04.89“ und E 16°14’23.84“. Es war der siebente August und David hatte noch 30 Minuten Zeit, um die letzten zwei Kilometer zurückzulegen, bevor die Uhr 21:30 zeigen würde.
Der Weg durch den Wald war breit. Zu seiner Rechten endete der Waldstreifen nach wenigen Metern, wo er von einer hohen Mauer jäh begrenzt wurde. Die linke Seite des Wegs flankierte eine Erhebung, die dicht mit Bäumen bewachsen war. Das Licht des Mondes erhellte den Weg nur schwach, und David

war froh, die Taschenlampe mitgenommen zu haben. Unter anderen Umständen wäre dieser Ort für einen Abendspaziergang sicherlich hervorragend geeignet gewesen. Niemand außer David war hier unterwegs und nur der Ruf eines Käuzchens unterbrach gelegentlich die Friedhofsstille.
Der Richtungspfeil seiner Uhr zeigte zunehmend nach rechts und er hoffte darauf, bald ein Ende der Mauer zu erreichen. Als der Entfernungscountdown auf weniger als 500 Meter heruntergezählt hatte, war David klar, dass er nicht umhin kommen würde, die Mauer zu überklettern. Kein leichtes Unterfangen für jemanden, der bis vor zwei Stunden eigentlich zu absoluter Bettruhe angehalten war. Er sah seine Hose an und war sich bewusst, dass ihm auf dem Heimweg noch eine gute Erklärung für Natascha einfallen musste.
Hinter der Mauer erkannte David wieder nur Wald. *Eigentlich gebe ich in dem finsteren Wald mit meiner Taschenlampe schon aus der Ferne ein perfektes Ziel ab*, dachte er. Er fühlte, wie das Unbehagen in ihm wuchs. Er beschloss einen Trick anzuwenden und befestigte die Lampe an einem langen Stock, den er vor sich trug. *Wenn jetzt jemand auf mich schießt*, überlegte er, *dann ist es unwahrscheinlich, dass er mich trifft.* Schon nach wenigen Metern merkte er, wie seine Arme unter der Hebelwirkung des langen Stockes immer weiter nach unten gezogen wurden. Noch 100 Meter, blinkte es auf seiner Uhr. David war so damit beschäftigt gewesen, die Lampe beim Gehen nicht gänzlich in der Erde einzugraben, dass er gar nicht gemerkt hatte, wie nah er dem Ziel schon gekommen war.
Er blickte auf den vom Wald bewachsenen Hügel, der vor ihm lag, und folgte einem schmalen Pfad nach oben. Noch konnte er nichts Genaues erkennen, doch es schien ihm, als hinge in den Baumwipfeln eine Art Turm mit eigenwilliger Verzierung. Als David näher kam, erkannte er die Umrisse einer alten Kapelle, an deren Spitze ein Kreuz angebracht war. Es war ihm

zuvor unmöglich gewesen, es als solches zu erkennen, da ein Stück des Kreuzes fehlte. Die Kapelle wirkte verlassen und der Zahn der Zeit hatte wohl dafür gesorgt, dass der linke Arm des Kreuzes irgendwann heruntergefallen war.
David wollte die letzte Stufe zum Aufgang der Kapelle betreten, als er hinter sich eine tiefe Männerstimme seinen Namen sagen hörte. Er drehte sich erschrocken herum und riss dabei die Lampe vom Stock, die die Treppen hinunterfiel, um dann mit einem klirrenden Geräusch ihren Dienst zu versagen. Gänzlich ohne Licht starrte er auf die Umrisse eines gut zwei Meter großen, breitschultrigen Mannes. „Na toll", flüsterte David, „wenigstens bin ich jetzt kein gutes Ziel mehr."
Er vernahm das Klicken eines Schalters und blickte im gleichen Moment in einen hellen Scheinwerfer, den der Fremde auf ihn richtete. „Wer sind Sie?", fragte David. Der Scheinwerfer senkte sich ein wenig, um David nicht weiter zu blenden, und so war es ihm möglich, das Gesicht seines Gegenübers zu betrachten. Der kräftige, durchtrainierte Mann musste Mitte vierzig sein, seine braunen Haare hatte er zur Seite frisiert. Die ausgeprägten, harten Gesichtszüge passten nicht sonderlich gut zu dem eleganten Anzug, den man eher an einem Börsenmakler vermutet hätte. „Nennen Sie mich Hiob", verlangte der Mann.
„Was wollen Sie von mir?", fragte David und hob den Kopf, um seiner Frage Nachdruck zu verleihen.
„Sie haben unsere Nachricht doch erhalten", antwortete der Mann, der sich ihm als Hiob vorgestellt hatte.
„Dann waren Sie das im Park?", fragte David.
Hiob nickte. „Mein Auftrag war, Ihnen die Nachricht zu überbringen."
„Mich zu Tode zu erschrecken, trifft es wohl eher! Ihretwegen habe ich mein ganzes Haus mit Kameras bestückt!", rief David ärgerlich.

Hiob sah ihn abfällig an. „Sie wollen ein Agent sein?“
„Ein Ex-Agent“, entgegnete David, „mein Platz war im Innendienst. Ich habe unsere Feinde mit dem Kopf bekämpft, nicht mit dem Schwert.“
„Sie meinen, Sie haben den Mossad die Drecksarbeit für Sie machen lassen.“ Mit der abfälligen Bemerkung brachte Hiob seine Geringschätzung für David erneut zum Ausdruck.
„Meine Aufgabe war es, Informationen bereitzustellen, um das Leben von Menschen zu schützen“, rechtfertigte sich David.
„Natürlich“, sagte Hiob zynisch.
David fühlte sich zunehmend unwohl bei diesem Gespräch und drängte nach dem Grund für sein Kommen. „Sagen Sie mir endlich, was Sie von mir wollen und wer Sie geschickt hat.“
Hiob blickte zur Seite und aus dem Dunkeln trat ein Mann in das Licht des Scheinwerferkegels, den David bisher nicht bemerkt hatte. David erkannte sofort, dass es sich um seinen alten Freund Alon Kollek handelte, mit dem er beim *Shabak* zusammengearbeitet hatte. Als hätten die Jahre ihn verschont, zeigte sich der ewig sportliche Frauenschwarm mit den schwarzen Haaren und den charmanten Sommersprossen im Gesicht. Obwohl Alon ein Jahr älter war als David, war er, solange David sich zurückerinnern konnte, immer um vieles jünger geschätzt worden.
„Ich brauche deine Hilfe, David“, bat Alon.
David schluckte, er hatte Alon seit Jahren nicht mehr gehört oder gesehen, er war sich bis eben nicht einmal sicher gewesen, ob er noch lebte. „Aber warum...“
David wurde von Alon unterbrochen. „Ich weiß nicht, wem ich von meinen Leuten noch trauen kann.“ David erinnerte sich an das Kleeblatt, das er erhalten hatte. Das vierblättrige Kleeblatt war das Symbol einer israelischen Kommandoeinheit, der er und Alon früher angehört hatten.
Während seiner aktiven Zeit beim *Shabak* hatte er niemals ein

faulendes Kleeblatt zu sehen bekommen. Wie bei echten Blättern symbolisierte die schwarze Farbe eines einzelnen Blattes das Erkranken des ganzen Kleeblattes. Für die Kommandoeinheit war es das Zeichen für den schlimmsten denkbaren Zustand. Der Feind hatte die Einheit infiltriert.
David deutete mit dem Kopf auf Hiob.
„Hiob?“, fragte Alon. „Du kannst ihm vertrauen, er ist mein Mann für das Grobe.“ Hiob grinste selbstgefällig. Alon begann, David zu erzählen, warum er mit ihm Kontakt aufgenommen hatte.
„In den letzten Monaten haben wir Hinweise erhalten, dass sich ein Unbekannter verschiedene religiöse Reliquien beschafft. Er schreckt dabei auch vor Mord nicht zurück. Wir konnten die Spur bis Jordanien zurückverfolgen, haben sie dann aber verloren. Wir haben dringenden Grund zu der Annahme, dass jemand aus unseren Reihen ihm dabei hilft. Bei einer Routineüberprüfung unserer Mailserver sind wir auf eine verdächtige codierte Botschaft gestoßen, die eine unserer Mitarbeiterinnen nach Jordanien geschickt hatte. Selbstverständlich wollten wir sie zur Rede stellen, aber leider hat sie uns bemerkt. Wir konnten nur noch das sicherstellen.“ Alon zeigte David einen angekohlten Papierfetzen, der wie die Überreste einer Notizblockseite aussah. David konnte mit viel Mühe einzelne Wörter lesen.
20:00... Monza... Eiserne Krone...
„Und?“, entgegnete David. „Das ist doch nur wirres Zeug.“ Alon reichte David einen Zeitungsausschnitt mit der Überschrift *Eiserne Krone auf brutale Weise geraubt!* David las weiter, der Artikel erzählte von einer Krone der Langobarden, auch eiserne Krone genannt, die aus dem Domschatz zu Monza in Oberitalien geraubt worden war. Zwei Mönche waren dabei von den Dieben auf bestialische Weise im Genitalbereich verstümmelt worden. „Das ist furchtbar“,

bemerkte David. „Aber ich verstehe noch immer nicht.“
Alon setzte fort. „Dem Polizeibericht zufolge wurde die Krone nicht nur einfach geraubt. An den beiden Mönchen, die an jenem Abend anwesend waren, wurden grausame Ritualmorde verübt. Man fand die armen Kerle gefesselt und geknebelt in ihren Blutlachen. Wer immer die Krone gestohlen hat, legte großen Wert darauf, dass seine Opfer sehr langsam ausbluten. Dabei wurde aber nicht wie beim koscheren Schlachten von Vieh die Kehle durchtrennt. Durch das Abtrennen der Genitalien sollte der Vorgang des Reinblutens besonders langsam und grausam vonstattengehen. Ein Fußabdruck, den die Polizei in einer der Blutlachen fand, lässt darauf schließen, dass die Täter es nicht eilig hatten und dem Ritual bis zum Ende beiwohnten. Erst dann haben sie sich der Krone bemächtigt.“
„Der innere Reif dieser goldenen Krone wurde der Überlieferung nach aus einem jener drei Nägel gefertigt, mit denen man Jesus ans Kreuz genagelt hatte. Wir sind uns sicher, dass noch andere Morde für weitere Reliquien folgen werden. Aber wir wissen nicht wo und vor allem nicht warum. Und dafür brauche ich dich, David. Du musst diese Datei entschlüsseln, damit wir die gesamte Botschaft kennen. Ich weiß keinen besseren als dich, und wir können sonst niemandem vertrauen, bis wir nicht alle Maulwürfe enttarnt haben.“
David versuchte, die Fülle an Informationen in seinem Kopf zu sortieren. „Warum befragt ihr denn nicht eure Agentin, die diese Datei verschickt hat?“, wollte David wissen, „Ihr habt doch eure Methoden, um Leute zum Sprechen zu bringen.“
Alon schüttelte mit Bedauern den Kopf. David sah ihn entsetzt an. Alon sprach kein Wort, doch Hiob nahm David jeden Zweifel. „Wir haben es versucht, aber sie ließ uns leider keine andere Wahl.“

Aus Alons Jackentasche ertönte ein kurzer Piepton. Hiob verlor mit einem Mal seine Gelassenheit und blickte zu Alon. Dieser zog ein kleines Gerät von der Größe eines Organizers aus seiner Jacke und David, der unmittelbar neben ihm stand, konnte auf dem Bildschirm fünf rote Punkte erkennen. Drei davon standen eng beisammen, während sich die beiden anderen von zwei Seiten auf sie zubewegten. „Wir bekommen Besuch", meinte Alon. David sah ihn fragend an.
„Ein Infrarotsatellit", erklärte Alon wortkarg und wandte sich Hiob zu. „Kümmere dich um ihn", und deutete mit dem Kopf in Davids Richtung. Noch ehe David wusste, wie ihm geschah, war Alon in der Dunkelheit verschwunden. Hiob drückte David durch die Tür in die Kapelle. „Gehen Sie nach oben und bleiben Sie dort, bis einer von uns beiden Sie holen kommt", verlangte er. „Egal was passiert." Er drückte David eine Pistole in die Hand. „Falls Ihnen Ihr Kopf zu schade ist." David sah ihn erstaunt an. „Schwert hab ich leider keines, ich hoffe, Sie können damit umgehen." Bevor David antworten konnte, hatte Hiob die Lampe ausgemacht und war in der Dunkelheit verschwunden.
David versuchte, sich in der Kapelle zu orientieren. Er tastete sich an der Wand entlang und dachte, so etwas wie Stufen gefunden zu haben. David erkannte sofort, dass es sich um eine Wendeltreppe handelte. Er stieg, ohne etwas sehen zu können, eine enge und morsche Treppe nach oben. Plötzlich gab ein Brett unter seinem Gewicht nach. *Das war aber knapp*, dachte David, der seinen Fuß noch rechtzeitig auf die nächste Stufe setzen konnte, ehe das Brett unter seinem Gewicht komplett durchbrach. Am Ende der Treppe angelangt, fand er sich in einem Raum mit Fenstern wieder, in dem das schwache Mondlicht nur ahnen ließ, dass es sich um die Sakristei gehandelt haben musste. Eine Tür führte ins Freie auf einen Turm. David beschloss, sich zwischen den Zinnen des Turms

hinzusetzen und erst einmal abzuwarten. Er war bereits über den Baumkronen und hätte wahrscheinlich auch bei Tag kaum gesehen, was am Boden rund um die Kapelle vor sich ging. Während David auf dem Turm kauerte und auf die Rückkehr der beiden Agenten wartete, schien die Zeit stillzustehen.
Immer wieder suchte er mit angehaltenem Atem die fast völlig kontrastlose Schwärze rund um die Kapelle ab, um zumindest irgendeinen Hinweis auf die Geschehnisse zu erhalten. Für einen kurzen Moment sah er in einigen hundert Metern Entfernung einen Lichtblitz. David musste kein Experte sein, um zu wissen, dass es das Mündungsfeuer einer Pistole gewesen war. Den Bruchteil einer Sekunde später hörte er den dazu gehörigen Knall, der die unerträgliche Stille für einen Augenblick unterbrach.
Wenige Sekunden später war, nahe der Stelle des ersten Schusses, der Wald überzogen von blitzendem Mündungsfeuer. Es folgte eine Reihe von zehn oder mehr Schüssen in zwei sehr kurzen Abfolgen. *Automatische Waffen!* David wusste, dass die Agenten des Mossad keine derartigen Maschinenpistolen verwendeten. Für einige Sekunden blieb es still, dann folgten nochmals mehrere Maschinenpistolensalven aus einer Position, die sich etwas weiter links von der ersten befand.
Für einen Moment hätte man eine Stecknadel fallen hören können, doch dann, fast gleichzeitig, begannen zwei Maschinenpistolen, von unterschiedlichen Positionen aus, auf die gleiche Stelle im Wald loszufeuern. Der gleichzeitige Lärm der beiden Pistolen machte es David unmöglich, die Anzahl der Schüsse einschätzen zu können, aber es schien ihm logisch, dass beide Schützen ihr Magazin leer geschossen hatten.
David hoffte, noch einen oder mehrere einzelne Schüsse zu hören, die ihm glauben machen würden, dass einer der beiden Mossadagenten das Feuer mit seiner Dienstpistole erwiderte. Doch es blieb still.

Die Sekunden dehnten sich für David zur Ewigkeit aus. Was würde er tun, wenn weder Alon noch Hiob zurückkäme, um ihn zu holen? Was würde er Natascha erzählen, wenn ihn die Polizei morgen Früh mit zwei Leichen im Wald fände? Oder schlimmer noch, wenn auch er morgen Früh...
David schreckte vor seinen Gedanken zurück. *Positiv denken*, beruhigte er sich. *Du hast schon Schlimmeres überstanden*, auch wenn ihm im Moment nichts einfallen wollte. Er blickte mit rasendem Herzen auf die Pistole in seiner verschwitzten Hand. Noch nie war er in die Notwendigkeit geraten, einen Menschen damit bedrohen oder gar töten zu müssen. David erinnerte sich an Hiobs Worte. Er hatte Recht gehabt, als er feststellte, dass die Agenten des Mossad immer die Drecksarbeit für ihn gemacht hätten.
Schnelle Schritte näherten sich der Kapelle, und David spürte das Adrenalin in sich wie nie zuvor. Mit einem Mal hörte seine Hand auf zu zittern. Er war sich sicher, sein Leben vor das eines Angreifers zu stellen, wenn er dazu gezwungen wäre.
Jemand betrat die Kapelle und David vernahm kurz darauf das Knarren der Stufen. Wer immer zu ihm hochkam, hatte jetzt die kaputte Stufe erreicht, die ihn aber nicht aufzuhalten schien. David löste den Sicherungsbolzen der Pistole und umklammerte sie fest mit beiden Händen. Gleich würde sich eine Gestalt dort zeigen, wo David mit seiner Waffe durch die Tür des Turmes auf den Treppenaufgang zielte. David konnte spüren, wie das Blut durch seine angespannten Schläfen gepumpt wurde. Die Zeit stand jetzt endgültig still. David realisierte, dass er gegen eine Maschinenpistole nur das Überraschungsmoment auf seiner Seite hatte. Er musste schießen, bevor er erkennen konnte, auf wen er schoss. Doch was, wenn Alon oder Hiob vor ihm auftauchten und er sie in Panik erledigte?
Noch bevor David zu einer Entscheidung gezwungen wurde,

hörte er einen Schuss aus dem Treppenhaus der Kapelle, unmittelbar gefolgt von dem Klicken eines Schlagbolzens. Ehe David wusste, wie ihm geschah, stürmten unmittelbar hintereinander zwei Gestalten in die Sakristei. Eine Gestalt hielt einen länglichen Gegenstand in der Hand und wurde von der anderen zu Boden gerissen. David sah einen Kampf auf Leben und Tod. Die beiden wälzten sich auf dem Boden und versuchten, den jeweils anderen mit bloßen Händen zu erwürgen.

David vermochte nicht mehr einzuschätzen, wie lange der Kampf bereits dauerte. Er überlegte, wer von den beiden als Sieger aus dem Kampf hervorgehen müsste, als er mit der Waffe abwechselnd auf die beiden Gegner zielte. Stühle und andere Möbel zerbarsten krachend unter den beiden. Endlich löste sich einer der beiden und versuchte zu Davids Verwunderung die Treppe hinunterzulaufen. Doch der andere hatte ihn bereits gepackt und stemmte ihn, einen unmenschlichen Schrei ausstoßend, mit beiden Händen über den Kopf. Keine Sekunde später wurde ein Körper durch die Fensterscheibe der Sakristei geworfen. Das Klirren der Fenster verstummte im Todesschrei des in die Tiefe stürzenden Verlierers.

Regungslos stand David da, als der dumpfe Aufschlag den Schrei abrupt beendete. Er blickte auf die verbliebene Gestalt, die sich ihm näherte. „Ich werde schießen“, drohte David und bemerkte resignierend, dass das Zittern in seiner Stimme ihm keine Glaubwürdigkeit verlieh.

„Ich würde es vorziehen, wenn Sie stattdessen Ihren Kopf benutzen“, vernahm er, als mit einem Mal die gesamte Spannung von ihm abfiel.

„Hiob!“, schrie er euphorisch.

Hiob kam näher und reichte ihm eine Taschenlampe.

„Sie können sich später bedanken“, empfahl er kühl, „wir

müssen hier weg. Sofort!“
David bemerkte einen dunklen Fleck auf Hiobs Hemd, der rasch größer wurde. „Sie bluten!“
„Ich weiß“, entgegnete Hiob. „Aber hier geht es nicht um mich.“ Er drängte David die Stufen hinunter und zum Ausgang der Kapelle, wo Alon auf ihn wartete.
„Sieht so aus, als wären wir wieder unter uns“, äußerte sich Alon, als er den Blick von seinem Satellitentransponder zu David gleiten ließ. „Ich würde sagen, du fährst jetzt zurück ins Hotel“, schlug er dann vor. „Wir sehen uns in London.“ Noch bevor David antworten konnte, waren Alon und Hiob bereits in der Dunkelheit verschwunden.
David lief, so schnell es seine weichen Knie zuließen, zurück zum Auto. Auf dem Weg ins Hotel versuchte er die Erlebnisse der letzten Stunden zu verarbeiten. Was immer er Natascha über den Zustand seiner an der Mauer gescheiterten Hose erzählen würde, konnte nicht die Wahrheit sein.

***

Die Sonne stand schon tief, als der Range Rover schwerfällig über die staubige Straße Richtung Süden fuhr. Diese Ecke Jordaniens hatte seit vielen Jahren keine Bewohner mehr. Abseits der vom Sand stellenweise zugewehten Straße wartete nur die Wüste. Einige wenige, kaum grüne Sträucher teilten das seltene Privileg des verbliebenen Wassers unter sich auf. Andere, völlig verdorrte Büsche erinnerten daran, wie vergänglich das Leben in der Wüste war, wenn das Wasser verschwand.
„Was machst du mit deinem Anteil?“, fragte der junge Mann hinter dem Steuer.
„Nun, zunächst werde ich meinen Wagen auftanken, sobald wir zurück in der Stadt sind, wenn dann noch was übrig ist, lade

ich dich zum Essen ein", meinte seine Begleiterin lachend.
Der junge Mann grinste. „Ich hoffe doch, dass wir uns dafür mehr leisten können", bemerkte er und hielt ein sehr altes, in schwarzes Leder gebundenes Buch hoch. „Es wird mir ewig unverständlich bleiben, wie jemand für alte Bücher so viel Geld ausgeben kann, wo es DVD-Player für unter 50 Dollar gibt."
„Zum Glück teilen nicht alle Menschen deine Einstellung zu Kulturschätzen", erwiderte die Frau neben ihm.
„Nicht weit hinter diesem Hügel muss es sein, Ali", sagte sie zu ihm und deutete auf die Gesteinsformation auf der linken Seite. Ali steckte das Buch ein, als sie auf eine Anlage mit weißen, flachen Gebäuden zufuhren. Aus der Nähe war klar, dass diese einfach gemauerten Unterkünfte schon lange verlassen sein mussten. Der weiße Kalk, mit dem ihre früheren Bewohner die Fassaden gestrichen hatten, war nur noch an wenigen Stellen zu erkennen. Das kleine Wüstendorf schmiegte sich perfekt in die landschaftliche Trostlosigkeit der letzten 60 Kilometer.
Vor einem der größeren Häuser, das dem Dorf vermutlich als Lager gedient hatte, standen zwei armeefarbene Geländewagen. „Hier sind wir richtig", bemerkte er und parkte den Wagen neben einer Reihe rostiger Ölfässer. Den Flecken im Sand nach zu urteilen, tropften aus einigen davon seit geraumer Zeit verschiedenste Flüssigkeiten.
Die beiden betraten eine Halle. Im Inneren türmten sich auf der rechten Seite unzählige Holzkisten, die teilweise schon zerfielen. Einige Stapel waren noch mit grauen Planen abgedeckt. Die Fenster, die von außen zu erkennen gewesen waren, waren mit Holzkisten verstellt. Durch den Eingang und die großen Löcher im verrosteten Wellblechdach fiel jedoch genügend Licht. Am Ende der Halle standen zwei Männer um einen Tisch, an dessen kurzem Ende ein kleiner Mann saß, der

genüsslich eine Zigarre rauchte.
Als er die beiden Neuankömmlinge erblickte, stand er auf und kam näher. „Chess, wie ich vermute?“, erkundigte sich der Zigarrenraucher mit starkem ägyptischem Akzent und blickte Ali in die Augen.
„Ich bin Chess“, entgegnete die Frau und zog die Aufmerksamkeit des übergewichtigen, knapp einen Meter sechzig großen, dunkelhäutigen Mannes auf sich.
„Unmöglich“, widersprach er ungläubig und musterte Chess ausführlich. Die Mundwinkel hoben sich, als er den Blick von ihren kniehohen, glänzend schwarzen Stiefeln auf die eng anliegende schwarze Hose gleiten ließ, die ihre Figur vorzüglich betonte. Die Taille zierte ein breiter schwarzer Ledergürtel mit silberner Schnalle. Unter der offen getragenen schwarzen Lederjacke ließ ihn eine leicht geöffnete weiße Bluse einiges vermuten. „Andererseits, warum nicht“, lachte er lauthals. „Ich mag Frauen mit Potenzial“, sagte er, den Blick noch immer auf ihre Brust fixiert.
Und mir wird gleich schlecht, wenn ich dieses fette Pickelgesicht noch länger sehen muss, dachte Chess. Er war in der Tat kein erwähnenswerter Anblick. Während die letzten dunklen Haare seiner weit fortgeschrittenen Glatze wichen, schien er andererseits Mühe zu haben, seine Nasenhaare am Herauswachsen zu hindern.
„Eigentlich sind wir deshalb hier“, beendete Ali die Begrüßung, als er das schwarze Lederbuch aus seiner Jacke holen wollte.
Blitzschnell hatten die beiden Männer am Tisch ihre Kalaschnikows auf Ali gerichtet. „Schön langsam“, verlangte der Ägypter nervös und forderte ihn auf, seine Hand vorsichtig aus der Tasche zu holen.
„40.000 Dollar in bar und es ist das Ihre“, argumentierte Chess und deutete Ali mit ihrem Kopfschütteln, das Buch in der Jacke zu belassen. Der Ägypter rief einem seiner Männer am Tisch

etwas zu, der ihm sogleich einen silbernen Koffer brachte.
Chess versuchte den Ägypter, der immer noch unmittelbar vor ihr stand, einzuschätzen. Er musste bereits über 50 sein, und augenscheinlich verdiente er sehr gut mit dem Handel von Antiquitäten. Für die Wüste war er mit seinem fein vernähten Maßanzug und den italienischen Lederschuhen nicht annähernd passend gekleidet. Die vermutlich aus Kalbsleder hergestellten braunen Handschuhe passten wie eine zweite Haut. Sie bildeten jede noch so kleine Bewegung seiner Finger an der matten Lederoberfläche ab.
Ali nahm den Koffer und legte ihn auf eine Holzkiste. „Die Kombination?“, fragte er den Ägypter, als er feststellte, dass sich die beiden Öffnungshebel nicht bewegen ließen.
„Ist eingestellt“, antwortete der Ägypter. „Das klemmt nur.“ Ali riss sich den Nagel des linken Daumens ein, als unter Einwirkung von viel Gewalt schließlich beide Schlösser aufsprangen.
„Jetzt mein Buch“, forderte der Ägypter und streckte Ali fordernd die Hand entgegen. Chess nickte. Aufgeregt blätterte er das Buch durch. Chess beobachtete, wie er einzelne Seiten genauer betrachtete.
„Lass uns gehen, Chess“, röchelte Ali mit hustender Stimme.
„Das war wirklich gute Arbeit. Schade, dass ich für Ihren Begleiter keine Verwendung mehr habe“, erklärte der Ägypter und veranlasste damit Chess, ihren Blick auf Ali zu richten, der mit einem Mal hustend in die Knie ging.
„Was ist mit dir?“, beugte sich Chess zu ihm.
„Sie können ihm nicht mehr helfen“, bemerkte der Ägypter mit einem kühlen Kopfschütteln. „Wenn der Wirkstoff erst einmal mit der Haut in Berührung gekommen ist...“, er deutete auf das Schloss des Geldkoffers.
„Was haben Sie getan?“, schrie Chess ihn an. Ali begann sich auf dem Boden zu krümmen und sein Husten brachte blutigen

Schleim hervor.
„Faszinierend, die Biowaffen der Amerikaner, nicht wahr?“, lächelnd machte er einen tiefen Zug von seiner Zigarre.
Einer seiner Männer begann mit Handschuhen das Geld aus dem Koffer zu nehmen und in einen Plastiksack zu stecken.
Ali röchelte zu seinen Füßen und verfiel in krampfähnliche Zuckungen.
„Tun Sie was!“, schrie Chess ihn an. „Sofort!“ Sie wollte ihre Waffe ziehen. Der Ägypter schüttelte teilnahmslos den Kopf und Chess spürte, wie sich der Lauf einer Pistole so heftig zwischen ihre Schultern bohrte, dass ihre Brust davon nach vorne gedrückt wurde.
„Sie haben ja noch mehr davon“, begeisterte sich die Fratze des Ägypters, der mit seiner Hand nach ihrer Brust greifen wollte.
„Ich verspreche, ich mache was Sie wollen, aber bitte helfen Sie ihm“, flehte Chess ihn an. Der Ägypter blickte Chess zum ersten Mal in die Augen, und sie erkannte seine Gier nach ihrem Fleisch und den Wahnsinn, der tief in seinen dunklen grauen Augen loderte.
„Wie leicht man doch das Herz einer Frau gewinnen kann.“
Chess versuchte seinem Blick auszuweichen und seine Aufmerksamkeit damit auf Ali zu lenken, aus dessen Augenhöhlen Blut zu treten begann und dessen Husten immer leiser wurde. „Helfen Sie ihm - bitte.“
Der Ägypter gab einem der Männer ein Zeichen, der daraufhin einen Kanister öffnete und eine durchsichtige Flüssigkeit über Ali schüttete. „Ich hoffe, Sie halten Ihr Versprechen“, grinste der Ägypter, als der zweite Mann seine Waffe hob und einen gezielten Schuss auf Alis Kopf abfeuerte.
„Nein!“, schrie Chess. Doch die Kugel hatte das Benzin bereits entzündet. In den Tränen ihrer Augen spiegelte sich eine Stichflamme, die Ali einhüllte.
Sie spürte, wie ihre Glieder schwer wurden und ein tiefer kalter

Schmerz ihren Körper durchlief. In diesem Moment starb jener Teil von ihr, der in den Flammen verbrannte, die aus dem leblosen Körper ihres Bruders loderten. Sie wollte das Leid herausschreien, das auch sie zu verbrennen schien, doch ihre Lippen versagten. Wortlos starrte sie in die Flammen, die immer höher loderten. Sie bemerkte die Hände nicht mehr, die ihren Körper nach Waffen abtasteten und ihre Pistole an sich nahmen.
„Los, weg hier!“, rief der Ägypter seinen Männern zu und zerrte Chess am Arm hinter sich her. Chess versuchte, die aufkommende Leere mit einer Erinnerung an das Lächeln ihres Bruders zu füllen, das sie so an ihm gemocht hatte. Ihre Emotionen schienen sie bereits zu überwältigen, als ihre Gedanken mit einem Mal klar wurden. Ihr eigener Überlebenswille hatte begonnen, sie dazu zu zwingen, sich nicht länger der vermeintlichen Ausweglosigkeit der Situation auszuliefern. Die Trauer um ihren Bruder wich der Realität ihres eigenen Schicksals.
Das Feuer in der Halle griff schnell auf die Holzkisten über und binnen kurzer Zeit würde die ganze Halle in Flammen stehen. Chess sah ihre einzige Chance darin, zu ihrem Wagen zu gelangen.
„Du fährst ihren Wagen“, wies der Ägypter einen seiner Männer an, als sie die Halle verließen. Er forderte Chess auf, ihm den Schlüssel zu geben. „Der alte Rover bringt uns sicher noch ein paar tausend Dollar extra.“ Geistesgegenwärtig deutete Chess in die Flammen. „Ali hatte den Schlüssel.“
Die anderen Männer hatten bereits den ersten Wagen bestiegen und warteten im Fahrzeug. Der Ägypter befahl dem letzten verbliebenen Mann zurück in die Halle zu gehen und den Schlüssel zu bringen. Dieser schüttelte sichtlich irritiert den Kopf. „Geh!“, schrie ihn der Ägypter an. Der Mann zögerte immer noch. Der Ägypter zog seine Waffe und zielte auf

seinen Kopf. „Ich werde mich nicht wiederholen.“ Widerwillig drehte er sich um und lief zurück, um von der Leiche den Schlüssel zu holen.
„Heute noch!“, rief er ihm nach. „Wenn die Flammen den Schlüssel zerstören, zieh ich dir den Wagen von deinem Anteil ab.“ Er wusste, dass keine Zeit mehr war, den Wagen, der neben den tropfenden Blechfässern parkte, ohne Schlüssel schnell genug von der Halle wegzubringen.
Die Männer konnten nicht ahnen, wie viel Geld der Wagen von Chess bringen würde. Der Rover stammte aus dem Besitz eines hohen jordanischen Regierungsbeamten. Der Ägypter drehte sich zur Halle, um zu sehen, wo sein Mann mit dem Schlüssel blieb. Chess nutzte diesen Moment der Unaufmerksamkeit und schlug dem Ägypter mit voller Kraft den Ellenbogen in den Rücken. Sie griff in die Hosentasche, wo sie die Fernbedienung des Wagens ertastete und drückte auf den Knopf. Die schweren hydraulischen Türen des Rovers öffneten sich blitzschnell von selbst, während der Motor startete. Mit einem beherzten Sprung hechtete Chess in ihr Fahrzeug und drückte die Paniktaste, mit der sich die Türen sofort wieder verriegelten.
Der Ägypter stand auf und klopfte sich den Staub von seinem Anzug, während einer der Männer aus dem Auto ihm zu Hilfe eilte. Chess kletterte hinter das Lenkrad und stellte den Gangwahlhebel auf D. „Steigen Sie aus - sofort!“, schrie der Mann neben dem Ägypter und richtete seine Kalaschnikow auf Chess. *Jetzt wird sich zeigen, ob der Wagen sein Geld wert ist,* dachte Chess und drückte das Gaspedal durch. Der Motor heulte auf und aus den Radkästen prasselten Steine und Geröll auf die Mauer der Halle, ehe sich der Rover langsam in Bewegung setzte. „Stoppt sie!“, schrie der Ägypter zu den wartenden Männern im Auto und begab sich selbst hinter das Steuer des Wagens.
Die Männer stellten sich mit vorgehaltenen Waffen Chess’

Rover in den Weg, der langsam an Fahrt gewann. „Wenn ihr es so haben wollt!“, brüllte Chess und hielt auf die Männer zu. Einer der Männer begann, auf den Wagen zu feuern. Chess sah die Kugeln auf sich zukommen, die wie schwerer Hagel auf die gepanzerte Scheibe prasselten. Zwei der Männer sprangen zunächst noch zur Seite, während der Körper des dritten mit einem dumpfen Schlag auf die Motorhaube des Rovers geschleudert wurde.

Chess hätte diesen Vorteil nutzen können, um sich in Sicherheit zu bringen, aber sie wollte die Mörder ihres Bruders nicht ungeschoren davonkommen lassen. Nur von Hass getrieben trat sie mit beiden Beinen auf die Bremse und legte den Rückwärtsgang ein, um gleich darauf wieder das Gaspedal durchzutreten. Der leblose Körper rutschte von ihrer Motorhaube und verschmierte dabei großflächig das Blut, das bereits ausgetreten war. Chess spürte, wie die Räder des tonnenschweren Fahrzeugs gegen etwas Festes fuhren, um es gleich darauf zu erfassen und unter sich zu zerquetschen. Die Stille der Wüste wurde abgelöst von einer bizarren Sonate aus Motorengeheul, Schüssen und dem Schreien verstümmelter Körper.

Während Chess noch einmal über die am Boden liegenden Überreste der Peiniger fuhr, steuerte der Ägypter seinen Jeep mit hoher Geschwindigkeit in die Seite des Rovers. Mit einem lauten Krachen traf er die Fahrertür und versetzte Chess' Wagen um einen guten Meter zur Seite. Der Wagen des Ägypters hatte dabei so großen Schaden genommen, dass der Vorbau keine fahrzeugähnliche Struktur mehr erkennen ließ. Der Ägypter lag regungslos hinter dem Lenkrad und seine Haare färbten sich rot. Chess setzte den Wagen zurück Richtung Halle, um Schwung zu holen.

Als sie kurz vor der Halle abbremste, um den Vorwärtsgang einzulegen, sah sie im Rückspiegel einen Mann aus der Halle

kommen, die sich in eine Flammenhölle verwandelt hatte.
Sein rechter Oberkörper war schwer verbrannt. Nur unter großen Schmerzen war es ihm möglich, seine Kalaschnikow auf den Rover zu richten. Mit einem lauten markerschütternden Schrei feuerte er sein Magazin gegen den Wagen, an dem die Kugeln so leicht abprallten, als hätten sie Kinder mit der Hand darauf geworfen.
Chess sah den Mann mit einem leeren Blick an und verspürte für einen kurzen Moment so etwas wie Mitleid mit dem armen Teufel, dessen rechter Arm nur noch wie ein Stück verbranntes Fleisch an seiner Schulter baumelte. In diesem Augenblick musste ein Querschläger eines der Ölfässer getroffen haben. Wie in Zeitlupe erlebte Chess den Feuerball, der seinen Körper erfasste und ihm zunächst nur den verkohlten Arm abriss. Den Bruchteil einer Sekunde später wurde der restliche Körper von der vollen Wucht der Druckwelle erreicht, der auch der fast fünf Tonnen schwere Rover nur wenig entgegenzusetzen hatte. Die Wucht der Explosion schleuderte den Wagen in die Luft. Eine Wolke aus Staub und Rauch nahm Chess die Sicht. Einige Meter weiter fiel der Wagen wie ein Stein laut krachend zu Boden und ließ das umliegende Erdreich in hohem Bogen wegfliegen.
Als Chess das Bewusstsein wiedererlangte, spürte sie, wie warm ihre Hand sich anfühlte. Ein Riss in ihrer Schulter ließ das Blut über ihren Arm auf ihre Finger rinnen. Sie war beim Aufprall offensichtlich schwer mit dem Fensterrahmen kollidiert. Chess suchte nach dem Verbandskasten unter ihrem Sitz, während sie von ihrem Körper zunehmend Rückmeldungen darüber erhielt, wo dieser noch benötigt wurde.
Ich denke, die Schnittwunde werde ich auch ohne Arzt überleben, wenn die Blutung erst gestillt ist. Der Rest sind ohnehin nur Kratzer und blaue Flecken.
Nachdem sie die gröbsten Wunden versorgt hatte, versuchte sie

sich einen Überblick über die Situation außerhalb ihrer Festung zu verschaffen. Die Scheiben waren stark verschmutzt und schwer beschädigt, sodass es kaum möglich war, etwas zu erkennen. Es war aber ruhig genug, um den Ausstieg zu wagen. Keiner der Fensterhebermotoren war noch in der Lage, die völlig zersprungenen, aber noch immer haltenden Scheiben zu bewegen. Chess versuchte, ihre Tür zu öffnen, die extrem nach außen gewölbt war. Die Türverriegelung machte zwar ein Geräusch, aber keine Anstalten, das Schloss freizugeben. Auch bei den anderen Türen hatte sie kein Glück. Sie griff zum Hörer des Satellitentelefons und legte ihn kurz darauf enttäuscht zurück. Das Display an der Unterseite des Hörers war zerbrochen und einige Kabel hingen heraus. *Damit kann ich keine Hilfe mehr holen.*

Chess war sich sicher, dass außer ihr niemand überlebt haben konnte bei einer Explosion, die in der Lage war, den Rover so zuzurichten. Der Vorbesitzer des Wagens hatte ihn mit einer B7-Panzerung bestellt, die selbst den Beschuss mit einzelnen Granaten überstehen konnte. Chess erinnerte sich an die abschließenden Worte des Vorbesitzers, als er ihr den Wagen übergab. „Wenn das Fahrzeug einmal so zerstört ist, dass Sie es nicht mehr über die regulären Ausstiege verlassen können, dann bleibt Ihnen nur noch eins zu tun.“ Chess erinnerte sich auch an den roten Schalter in der Mittelkonsole, den ihr der Mann damals gezeigt hatte. „Ich hoffe, Sie werden ihn nie brauchen.“

Sie öffnete die Mittelkonsole und blickte auf die zwei Knöpfe, der rechte betätigte den Feuerlöscher unter dem Rover. *Kann nicht schaden*, fand sie und hörte für einige Sekunden das Gas unter dem Fahrzeugboden ausströmen. *Und jetzt raus hier*. Ihre blutverschmierte Hand drückte den roten Knopf. Sie presste die Augenlider zusammen und wartete - nichts. „Verdammt!“, fluchte sie. Da hörte sie ein Piepsen, das immer schneller

wurde, an den Türen begannen rote Lämpchen im Takt des Piepsens ebenfalls immer schneller zu blinken.
Sie begab sich sofort in die Mitte des Wagens, um möglichst weit von allen Türen entfernt zu sein. In diesem Moment sprengten mehrere gezielte Explosionen fast gleichzeitig die Türen aus dem Rover.
Chess stieg aus dem Wagen und glaubte, ihren Augen nicht zu trauen. Der verkohlte Haufen Schrott, aus dem sie geklettert war, hatte keine Ähnlichkeit mehr mit ihrem geliebten Auto.
Vorsichtig begann sie die Umgebung abzusuchen. Vereinzelt brannten noch kleinere Stücke, die die Explosion in großem Bogen verteilt hatte. Das Blechdach der Halle war eingestürzt und ein erheblicher Teil der Wand, vor der die Fässer gestanden hatten, war nicht mehr da. Sie beschloss später mit Hilfe wiederzukommen, um die Überreste ihres Bruders zu bergen.
In den Trümmern vor der Lagerhalle entdeckte sie zahlreiche verbrannte menschliche Gliedmaßen, deren Gestank sich mit dem beißenden Brandgeruch mischte, der in der Luft lag. Sie fand eine Pistole, die offenbar noch funktionsfähig war und steckte sie ein. Einer der Geländewagen war komplett ausgebrannt und nur dort, wo einmal das Armaturenbrett gewesen sein musste, dampfte es noch ein wenig.
Chess ging zum Wrack des zweiten Wagens, den sie hatte rammen wollen, bevor die Explosion sie erfasst hatte. Er war nur knapp außerhalb der Reichweite der Explosion geblieben. Seine Frontscheibe war zwar noch in einem Stück, aber überzogen von kleineren Einschlägen brennender Teile, die darauf heruntergeregnet waren. Chess öffnete mit der Waffe in der Hand die Tür und erschrak. Das Fahrzeug war leer. Auf dem Beifahrersitz lag ein geöffneter Verbandskasten. Dort, wo offensichtlich einmal das Funkgerät gewesen war, standen abgerissene Drähte aus einem Loch. Auf dem Lenkrad und

dem Armaturenbrett trocknete Blut, doch von dem Ägypter fehlte jede Spur. Chess sah sich im Fahrzeug genauer um und fand unter dem Sitz einige lose Blätter. Bei näherer Betrachtung war sie sich sicher, Seiten des schwarzen Buchs gefunden zu haben. Sie mussten wohl herausgefallen sein, bevor der Ägypter sich mit dem Buch und ihrem Geld aus dem Staub gemacht hatte.
Chess blickte sich besorgt um. Irgendwo da draußen in der Wüste war der Mörder ihres Bruders. Dem Blut im Fahrzeug nach zu urteilen war er verletzt, doch offensichtlich noch kräftig genug, um in die Wüste laufen zu können.
Wie lange war sie wohl ohnmächtig gewesen, und wie viel Vorsprung würde er haben? Sie konnte die Zeit nur grob einschätzen und vermutete, dass er an die 20 Minuten vor ihr losgegangen sein musste. Aber sie wusste nicht in welche Richtung. Wie sollte sie ihn finden, und was, wenn sie ihn gefunden hatte?
Chess fühlte, wie die Trauer um ihren Bruder wieder stärker wurde, als die Last der Anspannung von ihr abfiel. Einsamkeit bemächtigte sich ihrer Gedanken. Eine Träne rollte langsam über ihre Wange. Chess setzte sich in den Sand und begann zu weinen.

***

Amman, die Hauptstadt Jordaniens, bot ihren Touristen optisch nicht viel. Bei Nacht waren die Bausünden der Stadt mit ihrer mehr als einer Million Einwohnern ein weit besserer Anblick als bei Tag. Die dicht gedrängten Plattenbauten ließen sich auch nicht durch die großzügigen Parks entschuldigen, die man um die wenigen prunkvollen Hotels angelegt hatte. Kaum jemand konnte sich leisten, auch für westliche Augen ansehnliche Häuser in wenig bebauter Grünlage aufstellen zu

lassen.
In der großen Villa eines Regierungsbeamten klingelte das Telefon. „Es ist dein Büro, Schatz“, informierte eine Frauenstimme beim Blick auf die Nummer auf dem Display. Die Frau hielt ihrem Gatten den Hörer entgegen.
„Hallo“, meldete sich dieser und lauschte der Männerstimme am anderen Ende der Leitung.
„Es geht um die Satellitenregistrierung Ihres alten Wagens“, erklärte die Stimme.
„Was ist damit?“, fragte der Mann verwundert.
„Wir haben ein Signal“, setzte die Stimme die Erklärung fort. „Der GPS-Sender wurde vor etwa zehn Minuten aktiviert. Unserer Anzeige zufolge ist es ein automatisches Signal, das vom System gestartet wurde, nachdem jemand die Türen herausgesprengt hat. Das Fahrzeug befindet sich fernab jeder Zivilisation mitten in der Wüste. Wir haben selbstverständlich sofort versucht, Kontakt mit dem Fahrer herzustellen, aber das Satellitentelefon scheint nicht aktiv zu sein.“
„Chess!“, rief der Mann.
„Chess?“, fragte die Stimme verwundert.
„Das erkläre ich Ihnen später. Schicken Sie sofort eines unserer Bergungsteams. Sie sollen nach einer westlich aussehenden, etwa 35-jährigen Frau suchen, sie ist wahrscheinlich in Begleitung ihres Bruders, beide sind Palästinenser.“
Seine Frau bemerkte die Besorgnis in seiner Stimme.
„Halten Sie mich auf dem Laufenden, was die Suche betrifft.“
„Chess?“, fragte seine Frau, als er den Hörer aufgelegt hatte und erinnerte sich, den Namen schon gehört zu haben.
„Unser Nachrichtendienst hat ein automatisches Notsignal von meinem alten Rover aufgefangen. Das Fahrzeug ist noch immer bei uns in der Datenbank registriert, und weil sie im Auto niemanden erreichen konnten, haben sie hier angerufen.“
„Du meinst den Wagen, den diese nette, gut aussehende

Archäologin gekauft hat?“
„Ja, Schatz, genau diese Archäologin steckt anscheinend in großen Schwierigkeiten.“
Seine Frau erinnerte sich an die freundliche junge Dame und ihren Bruder, die sie scherzend mit Indiana Jones verglichen hatte. Sie hatten sich einige Male getroffen, ehe Chess sich dann doch entschieden hatte, den ehemaligen Dienstwagen ihres Mannes zu kaufen.

***

Chess stand auf und trug die Dinge zusammen, die ihr noch nützlich schienen. Sie holte eine mit Wasser gefüllte Flasche aus den Überresten des Rovers sowie etwas Dosenbrot, wie man es bei der Armee gern servierte. Aus dem Teil, der einmal das bullige Heck des Rovers gewesen war, nahm sie ein Schweizer Armeemesser, eine kleine Taschenlampe, einen Kompass und eine Leuchtpistole mit drei Patronen an sich.
Chess sah, wie die letzten schwachen Sonnenstrahlen am Horizont verblassten. Ihre einzige Chance war, die Wüste während der Nacht zu durchqueren, um möglichst wenig Flüssigkeit durch Schwitzen zu verlieren. Sie richtete ihren Blick auf den Kompass in ihrer Hand und machte sich auf den langen Weg Richtung Norden.
Sie orientierte sich zunächst an der Straße, auf der sie mit dem Rover gekommen waren. Die Sterne am abendlichen Wüstenhimmel boten gerade genügend Licht, um den Straßenverlauf auszuleuchten. Chess war klar, dass die Straße nicht den kürzesten Weg zurück bedeutete. Eine mehrere Kilometer lange, stufenförmige Felsformation zwang die Straße, ihrem scharf begrenzten Rand zu folgen. Unmittelbar neben der Fahrbahn ging es steil bergab.
Beim Herfahren hatte sie mehrmals über den etwa 20 Meter

tiefen Abgrund auf die darunter liegende Straße geblickt. Er zwang Fahrzeuge dazu, diese Laune der Natur großräumig zu umfahren. *Das spart mir sicher zehn Kilometer*, überlegte sich Chess, als sie mit der Taschenlampe die Steilwand hinunter leuchtete. Nur ganz schwach zeichnete der Lichtkegel in der Tiefe des Abgrunds noch Umrisse herumliegender Steinbrocken ab. Sie suchte im Licht der Taschenlampe eine Stelle in der Steilwand, die ausreichend strukturiert war, um hinunterklettern zu können. Geduldig schritt sie Meter für Meter ab.

Sie entdeckte eine andere Stelle, die ihr für einen Abstieg geeignet erschien. Chess trat mit dem Absatz ihres Stiefels vorsichtig gegen einen Steinbrocken, der aus der Steilwand ragte. Als er sich nicht bewegte, trat sie fester darauf ein, um sicherzustellen, dass er ihr Gewicht tragen würde. Der Steinbrocken steckte in der Wand und rührte sich nicht. Vorsichtig begann sie in die felsige Wand einzusteigen. Unter ihren Füßen bröckelten zahlreiche kleinere Steine weg und fielen in die Tiefe. Chess testete mehrfach jeden Tritt, ehe sie ihr ganzes Gewicht darauf verlagerte. Sie hatte die Taschenlampe zwischen ihre Zähne geklemmt, um sich die möglichen Griffe besser ausleuchten zu können. Doch der helle Schein der Lampe unmittelbar vor ihrem Gesicht blendete sie und erschwerte den Abstieg zusätzlich.

Bei nahezu jedem Tritt vernahm sie das Geräusch von fallendem Geröll, das unter ihr in der Dunkelheit verschwand. Es war nicht schwer, sich auszurechnen, wie ein Absturz aus dieser Höhe enden würde. Meter für Meter durchkletterte sie die Wand und musste feststellen, dass sich deren Zusammensetzung veränderte. Je weiter sie kam, desto weniger Halt fand sie im zunehmend glatter werdenden felsigen Untergrund. *Von oben sah das aber nicht so weit aus.* Die vermeintliche Abkürzung wollte kein Ende nehmen. Sie blickte

hinauf zur Kante der Felswand, um mit Hilfe des Mondlichts die zurückgelegte Strecke einschätzen zu können.
„Verdammt“, stieß sie erschrocken aus, als ihr rechter Fuß plötzlich den Halt verlor. Ein großer Stein hatte sich unter ihrem Gewicht aus der Felswand gelöst und schlug mit lautem Krachen einige Meter unter ihr auf. Einzelne kleinere Steine fielen ihm weit weniger spektakulär hinterher. Chess hatte alle Mühe, die linke Hand fester um jenen Stein zu krallen, der in diesem Moment fast ihr gesamtes Gewicht tragen musste. Ihren Oberkörper hatte sie instinktiv gegen den Fels gepresst, um den Absturz der Taschenlampe zu verhindern.
Nur mit Mühe gelang es Chess, wieder festen Halt mit dem Fuß zu ertasten. Mit äußerster Vorsicht bemühte sie sich, ihre Lage zu stabilisieren, ohne dabei die Taschenlampe zu verlieren, die sie mit ihrer Brust an den Fels drückte.
Das war verdammt eng, dachte Chess, als sie wieder einigermaßen sicher in der Wand stand. „Jetzt noch die Lampe.“ Langsam senkte sie den Kopf, ohne dabei ihren Oberkörper zu weit von der Wand zu entfernen. Der Spalt, der sich zwischen ihrem Oberkörper und dem Fels auftat, bot kaum genug Platz für ihren Kopf. *Komm schon.* Sie streckte ihren Nacken, um mit ihren Zähnen näher an das Licht zu gelangen. Ihre Finger schmerzten bereits unter der stetigen Einwirkung der scharfkantigen Felsen. Trotz aller Bemühungen sah sie keine Möglichkeit mehr, die Lampe mit den Zähnen noch zu erreichen. *Besser nur die Lampe als wir beide.* Chess gab mit ihrem Oberkörper die Lampe frei und sah den Lichtschein im gleichen Moment etwa drei Meter in die Tiefe fallen.
Angenehm überrascht von der geringen Resthöhe rief Chess in die Nacht hinaus: „Besser kontrolliert springen als unkontrolliert fallen.“ Sie stieß sich von der Felswand ab und wagte einen kühnen Sprung. Wie ein Flugzeug, das sich im Landeanflug an den Positionsleuchten des Flughafens

orientierte, visierte Chess den Schein der am Boden liegenden Taschenlampe an. Sanfter als erwartet landete sie knapp zwanzig Zentimeter neben der Lampe.
Chess klopfte sich erleichtert den Staub ab und bückte sich zu der Taschenlampe neben ihr. Ohne richtig hinzusehen, griff sie danach. Erst als sie diese nicht zu ertasten vermochte, blickte sie zur Seite. Chess erstarrte wie vom Blitz getroffen. Ihre Hand verharrte regungslos neben der Lampe im Staub, wo ein Skorpion sie mit seinem aufgestellten Hinterleib anvisierte. Es war ein sandgelber, etwa acht Zentimeter langer Skorpion, der seinen dünnen Schwanz über den schwarzen Rücken nach vorne gebeugt hatte. Mit seinen weit geöffneten Scheren und dem Stachel zielte er auf Chess' Hand.
Sie starrte das Spinnentier an und versuchte jede Bewegung oder Erschütterung zu vermeiden. Auch das Tier rührte sich nicht und schien darauf zu warten, dass sie sich zuerst bewegen würde.
Sie verglich die Größe der Scheren mit der des Giftstachels. Jedes palästinensische Kind kannte den Spruch: „Mit kleinen Scheren wird viel Gift er entleeren." Ihr war sofort klar, dass das Exemplar vor ihr mehr auf sein Gift als auf die Scheren vertraute. Sie erinnerte sich an ihren Bruder, als sie den Skorpion anstarrte.
Ali hatte früher Skorpione in Plastikdosen gehalten und seine Schwester wiederholt für sein ausgefallenes Hobby begeistern wollen. Er hatte vom Überlebenswillen und der Gefährlichkeit dieser Tiere geschwärmt, die auch den Kampf mit übermächtigen Gegnern nicht scheuten. *Skorpione sind unsere Brüder*, hatte er einmal zu Chess gesagt, *sie kämpfen im Staub der Vorfahren gegen ihre übermächtigen Feinde. Wegen ihrer Stärke und Zähigkeit hat Allah ihnen dieses Heilige Land zugedacht. Wie sie müssen auch wir stark sein und uns seines Vertrauens würdig erweisen.* Er hatte die Widerstandsfähigkeit

der Skorpione mit dem Kampf der Palästinenser gegen die zionistischen Besatzer verglichen.
Chess, die oft Zeugin einer Skorpionfütterung gewesen war, kannte die Angriffstaktik des Skorpions genau. Er würde zuerst versuchen, seine Beute mit den Scheren zu packen, um dann sein Gift zu injizieren. Mit tödlicher Präzision traf der Stachel jedes Mal exakt in das von den Scheren umklammerte Ziel. Nur wenige Tiere waren in der Lage, den Stachel eines Skorpions rechtzeitig zu fassen und abzubeißen.
Völlig unvermittelt drehte sich der Skorpion mit einem Mal um. Chess zog sofort ihre Hand zurück und erkannte, wie der Skorpion mit seinen Scheren einen dicken schwarzen Käfer packte, der über den Sand lief. Nur einen Augenblick später knackte sein Panzer unter der Wucht, mit der ihm der Skorpion seinen Stachel hineinrammte.
Sie ergriff die Lampe und sprang auf. *Besser er als ich!* Sie leuchtete mit der Taschenlampe den Weg aus. Chess musste knapp 100 Meter zurücklegen, um wieder auf die Straße zu gelangen.
Nachdem sie sich einen Schluck Wasser genehmigt hatte, setzte Chess ihren Weg Richtung Norden fort. Die breite, staubige Straße entfernte sich von der Felsformation und führte ins offene Gelände. Chess registrierte leichten Wind, der aus Nordost wehte. Die Nächte in der Wüste konnten unangenehm kühl werden, waren aber die bessere Alternative zu einer Durchquerung in der Gluthitze, die hier tagsüber herrschte.
Chess hatte errechnet, dass sie am frühen Vormittag die Siedlung erreichen müsste, durch die sie mit dem Rover gefahren waren. Auch wenn ihr eine kurze Rast gut getan hätte, so wollte sie angesichts der feindseligen Fauna dieser Wüste keine Minute länger bleiben als notwendig. Weit entfernt heulte einsam ein Wolf, der sie in ihrer Entscheidung bekräftigte.

Mit jedem quälenden Schritt wuchs ihr Hass auf den Ägypter. *Ob er die Wüste überlebt,* fragte sie sich, und dachte an die Skorpione, Wölfe und Hyänen, die diese Wüste bei Nacht bejagten. Mit seinen Verletzungen und der unpassenden Kleidung standen seine Chancen schlecht. *Was aber, wenn er über Funk Hilfe angefordert hat?*, schoss es ihr mit einem Mal durch den Kopf. Wenn er gar nicht so hilflos durch die Wüste irrte, wie sie dachte?
Während sie versuchte, diesen Gedanken zu verdrängen, nahm sie hinter sich ein weit entferntes Motorengeräusch wahr. Sie drehte sich um und sah einen Lichtpunkt, der rasch näher kam. Immer lauter wurde das Geräusch, das dem Straßenverlauf zu folgen schien. Chess erkannte einen Hubschrauber, der mit hellen Suchscheinwerfern die Straße ausleuchtete. Sie zögerte kurz, dann drehte sie die Taschenlampe ab und lief im rechten Winkel von der Straße weg.

***

Es war kurz vor 20:00 Uhr, als der Wachmann des Imperial College auf seinem Rundgang beim Portier vorbeikam. „Hallo Steve, heute bist du wirklich nicht zu beneiden." Der Wachmann sah durch die Glastür nach draußen, wo heftiger Regen auf den Steinboden prasselte. „Wir können gern tauschen!", rief er in Richtung Portierloge, als er die schwere Glastür öffnete und ihm der Regen entgegenschlug. Steve war es gewohnt, dem britischen Regen ohne Schirm zu trotzen.
Routiniert begann er seine Abendrunde. Er prüfte jeden Zugang genau nach den Vorgaben des Dekanats. Auch der heftige Regen konnte seinen Zeitplan nicht gefährden.
„Wirklich ein Schweinewetter", murmelte er, als er den nächsten Kontrollpunkt seiner Runde ansteuerte. Der 90 Meter hohe Queens Tower stand etwas abseits vom Hauptgebäude.

Früher war der Queens Tower förmlich von Studenten und Besuchern gestürmt worden. Seine exponierte Lage ermöglichte einen einzigartigen Rundblick über London.
Mit der Ablösung des alten Dekans war das Betreten des Turms untersagt worden. Der Wachdienst musste seither auch den Turmeingang zweimal täglich kontrollieren. Begründet hatte man die Entscheidung mit der Baufälligkeit des Turms, dessen Inneres von einer in die Jahre gekommenen Holzkonstruktion getragen wurde.
Steve war seit über zwanzig Jahren als Wachmann auf dem Campus tätig. Die Entscheidung für die Schließung des Turms schien ihm nicht nachvollziehbar. Steve hatte viele Dekane kommen und gehen sehen und längst aufgehört, deren Entscheidungen zu hinterfragen.
„Das hat mir noch gefehlt“, brummte er, als der Dauerregen begann, die Imprägnierung seiner Dienstjacke zu durchdringen. Steve sah auf seine Armbanduhr. „Noch zwanzig Minuten, bis ich wieder im Trockenen bin“, seufzte er.
Steve war so damit beschäftigt gewesen, sich über das Wetter zu ärgern, dass er die Gestalt vor dem Turm erst jetzt bemerkte. Noch war er zu weit entfernt und der Regen zu stark, um Details zu erkennen.
„Hier ist Steve vom Wachdienst!“, schrie er in Richtung Turm. Er erhielt keine Antwort. *Kein Wunder, dass mich bei dem Wetter keiner hört*, dachte er und lief zum Turm. Etwas außer Atem keuchte er: „Hier ist der Wachdienst, bitte geben Sie sich zu erkennen.“
Der etwa zwei Meter große dunkelhäutige Mann mit Vollbart drehte sich wortlos zu ihm um.
Steve leuchtete ihn mit der Taschenlampe an. „Wachdienst“, stellte er sich erneut vor. „Sagen Sie mir, wer Sie sind und was Sie hier machen.“ Der Bärtige, dessen gewaltiger Körper die gesamte Tür verdeckte, tat einen Schritt zur Seite. Steve konnte

erkennen, dass das Schloss der Tür beschädigt war.
„Sagen Sie mir sofort, was hier los ist“, herrschte er den Bärtigen an. Steve sah, wie der Regen über das vernarbte Gesicht des Mannes lief. Wieder erhielt er keine Antwort. Völlig teilnahmslos blieb der Mann stehen und richtete seinen Blick in die verregnete Nacht.
„Dieser Vandalismus wird Sie teuer zu stehen kommen.“ Steve griff nach seinem Funkgerät, um die Zentrale zu verständigen.
„Lassen Sie das!“, ließ ihn eine Stimme hinter sich aufschrecken. Noch ehe er Zeit fand, sich umzudrehen, verspürte er den Druck von nassem, kaltem Stahl an seiner Kehle. „Nicht bewegen“, befahl die Stimme mit arabischem Akzent.
Wir sind Wachleute, keine Filmhelden, schoss Steve der Leitsatz seines Chefs durch den Kopf. Er machte keine Anstalten, sich zu wehren. Nie zuvor hatte jemand sein Leben bedroht, der Job am Campus galt als einer der langweiligsten Arbeitsplätze unter den Wachdienstmitarbeitern.
Der Bärtige öffnete die Tür zum Turm, die mit einem gequälten Knarren den Weg freigab. „Vorwärts“, wurde Steve angewiesen, dem Bärtigen ins Innere des Turms zu folgen.
Er hörte die Tür hinter sich ins Schloss fallen. Zielsicher schritt der Bärtige die Kellerstufen hinunter. Der Druck der Klinge an seinem Hals machte Steve klar, dass er folgen sollte.
Vorsichtig stieg Steve die Stufen hinab, ständig bemüht, das Messer nicht weiter an seine Kehle kommen zu lassen. *Das passiert alles nicht wirklich*, dachte er, *ich muss aufwachen,* versuchte er den Albtraum zu beenden.
Der Bärtige blieb vor einer schweren Eisentür stehen, die den Weg versperrte. Der Rost und die Spinnweben zeigten, dass sie seit vielen Jahren nicht mehr benutzt wurde.
„Aufmachen!“
Ein Stück entfernte sich das Messer von seinem Hals und gab

Steve die Möglichkeit zu sprechen. „Ich… Ich habe keinen Schlüssel“, stotterte er verunsichert. „Nur der Dekan hat ihn.“
„Aufmachen!“, schrie die Stimme ungeduldig. Steve fühlte, wie aufsteigende Angst ihm die Kontrolle über seine Muskulatur nahm. Er begann am ganzen Körper zu zittern.
Der Bärtige drehte sich um und starrte ihn an. Noch nie hatte Steve eine solche Entschlossenheit in den Augen eines Menschen gesehen. *Der bringt mich um*, schoss es ihm durch den Kopf.
Steve geriet in Panik. „Ich habe wirklich keinen Schlüssel!“, schrie er verzweifelt.
„Sie...“ Steves Satz wurde von einem Gurgeln beendet. Er sah sein Blut an die Wand spritzen, ehe er den Schmerz der durchtrennten Kehle spürte. Seine Hände versuchten schützend den Hals zu umklammern, doch mit jedem Herzschlag quoll das Blut zwischen seinen Fingern hervor.
Steve sank in die Knie, „Wach auf!“, wollte er sich selbst noch zurufen.
Langsam begann der Druck seiner blutigen Hände nachzulassen. Er spürte, wie sein Herzschlag sich verlangsamte, als die Dunkelheit ihn einschloss.
„Idiot!“, fluchte der Mann mit dem arabischen Akzent und wischte das Messer an Steves Jacke ab.
„Brich sie auf!“, wies er den bärtigen Mann an, der daraufhin Steves Körper mit dem Fuß von der Tür wegtrat.
Ein modriger Geruch schlug den beiden entgegen, als die Tür nachgab. Die Wände und das Deckengewölbe des Treppenabgangs waren gemauert, an vielen Stellen tropfte Wasser auf die steinigen Stufen. Ein Geflecht aus Spinnennetzen schuf eine bizarre Szenerie. In einigen Netzen befanden sich von Pilzen mumifizierte Spinnen. Gespenstisch hingen ihre kalkweißen Körper von der Decke herab.
Der Mann mit dem arabischen Akzent blickte auf seine Uhr.

„Wir müssen uns beeilen.“ Er deutete auf die Treppe, die weiter in die Tiefe führte.

***

„Danke“, sagte Alon und gab David das völlig durchnässte Handtuch zurück, mit dem er sich abgetrocknet hatte. „Wie kann man nur in eine Stadt ziehen, wo es ständig regnet.“
„Man gewöhnt sich daran“, meinte David und hielt Alon einen Pullover entgegen. „Der wird dir sicher passen.“ Alon beäugte den grauen Pullover mit dem gestickten Hasenlogo skeptisch.
„Danke David, ich weiß deine Hilfe zu schätzen. Und damit meine ich jetzt nicht nur den Pullover.“ Alon schlüpfte in den Pulli und streckte demonstrativ seine Brust mit dem aufgestickten Hasen heraus.
„Freut mich, dass ich helfen kann, auch wenn ich deine Personalentscheidungen heute noch weniger verstehe als damals“, bemerkte David schmunzelnd.
„Hiob ist in Ordnung“, verteidigte ihn Alon, „er mag eine kantige Persönlichkeit sein, aber er genießt mein volles Vertrauen.“
„Wo ist er überhaupt?“, fragte David.
„Wir sind vorsichtiger geworden seit Wien.“ Alon blickte nachdenklich zum Fenster. „Hiob hat vom Flughafen mit dem Taxi eine falsche Fährte gelegt, um mögliche Verfolger in die Irre zu führen. Ich selbst bin mit dem Zug nach London gefahren. Die letzten fünf Kilometer zu dir bin ich zu Fuß gegangen.“
„Spätestens beim Fußmarsch hätten die Verfolger dich entkommen lassen“, lachte David und hängte Alons völlig durchnässte Jacke zum Trocknen auf.
„Hast du keine Idee, wer euch in Wien aufgelauert hat?“
Alon verneinte. „Dunkle Haut, keine Ausweise, nicht

registrierte Waffen aus russischen Armeebeständen. Israel hat viele Feinde im arabischen Raum." Alon kramte in seiner Hosentasche.
„Vielleicht wissen wir mehr, wenn wir den Code knacken", mutmaßte er und legte einen USB-Stick auf den Tisch.
David begann die Daten des Sticks auf seine Festplatte zu laden, während sich Alon neben ihn setzte. David öffnete mehrere Programme. „Damit analysieren wir die Struktur der Nachricht." Gekonnt klickte er sich durch die Konfigurationsfenster.
„Die Nachricht ist aus mehreren Blöcken zusammengesetzt. Leider hat jeder Block sein eigenes Passwort."
„Wie schnell kriegst du es hin?"
„Wir können nur einen Block nach dem anderen bearbeiten." Alon bemerkte, wie David angestrengt die Augenbrauen zusammenkniff.
„Möglicherweise sind die Informationen im ersten Block bereits veraltet, es könnte sich dabei um den Raub der Krone handeln. Wir würden dann nur unsere Zeit verschwenden."
„Das macht Sinn", bestätigte ihn Alon, „beginnen wir mit einem Block aus der Mitte. Vielleicht ist die Reihenfolge ja absichtlich vertauscht. Die Mitte ist immer eine gute Wahl."
„Versuchen wir es mit einer Wortliste", schlug David vor, „viele Menschen verwenden Orte oder vertraute Begriffe als Passwörter."
Alon kommentierte Davids Vorschlag mit einem Achselzucken. David beugte sich über die Tastatur und erklärte. „Eine Liste mit allen Wörtern eines Wörterbuchs. Mein Programm probiert jedes Wort der Liste als Passwort. Ich habe Wortlisten aller gängigen Sprachen. So können wir über eine Million Wörter ausprobieren." David klickte auf den Startknopf.
„Wie lange?", fragte Alon ungeduldig.
„Fertig." David war sichtlich enttäuscht, dass seine Listen kein

gültiges Passwort enthielten.
„Fertig?“ Alon war erstaunt.
„Ein guter PC probiert 90 Millionen Passwörter pro Sekunde. Die Wortlisten helfen uns hier leider nicht weiter.“
„Sieht so aus, als müssten wir es auf die brutale Methode versuchen“, grummelte David.
„Willst du ihn bedrohen?“, scherzte Alon. „Bei meinem PC hat das noch nie geholfen.“
„Nein, natürlich nicht“, grinste David. „Damit ist der mühsame Weg gemeint, alle denkbaren Kombinationen durchzuprobieren.“
„Das hört sich eher langweilig an.“ Alon stützte die Ellenbogen auf den Tisch und legte das Kinn auf seinen Handflächen ab.
„Wir können die Suche etwas einschränken“, versuchte David ihn für seine Arbeit zu begeistern. „Das Passwort hat nicht mehr als sieben Zeichen.“ *Hoffe ich.*
Alons Blick folgte einem Regentropfen, der an der Scheibe herunterlief.
„Der verkohlte Zettel ist in Englisch gehalten, was uns einen Anhaltspunkt für die verwendeten Zeichen bietet. Versuchen wir Groß- und Kleinbuchstaben kombiniert mit Ziffern von 0-9.“
„Wie lange?“, fragte Alon lapidar.
„Mit etwas Glück sofort, im schlechtesten Fall etwa sieben Stunden.“
Alon blickte zur Oberkante des Fensters und fixierte einen neuen Tropfen.
David wusste seit ihrer ersten Begegnung, dass Geduld keine von Alons Tugenden war. Beispiellos konnte er seine Langeweile publikumswirksam in Szene setzen. Nach nur zwei Tagen beim *Shabak* hatte jeder Kollege aus freien Stücken Alons Antrag auf Versetzung in den Außendienst zugestimmt.
„Wann kommt deine Frau?“, unterbrach Alon die Stille.

„Das wird spät werden, sie bereitet sich auf die Veröffentlichung ihrer Entdeckung vor. Im Moment verbringt sie jede freie Minute im Labor des Imperial College."
„Was hat sie denn entdeckt?"
„Sie will die Holographie revolutionieren. Möglicherweise ist ihr das bereits gelungen. Aber selbst mir hat sie nicht mehr darüber erzählt."
„Topsecret, verstehe", gähnte Alon und hoffte darauf, endlich losschlagen zu können.
Goliath kam ins Zimmer gehoppelt und stellte sich auf die Hinterbeine. „Heute nicht, mein Riese", blockte David seine Aufforderung zum Spaziergang ab. „Wir müssen uns die Zeit im Haus vertreiben." Er ging ins Vorzimmer und holte einen kleinen blauen Stoffball aus dem Schrank, den er Goliath zurollte.
Alon dachte an Hiob, dessen Taxifahrt durch London sicher mehr Abwechslung bot. Er starrte auf die Anzeige am Bildschirm, die die verbleibenden Passwortkombinationen herunterzählte. Noch war die Zahl viel zu lang, als dass Alon sie hätte benennen können. Sein Blick suchte einen neuen Tropfen.
„Passwort akzeptiert", tönte eine Frauenstimme aus den Monitorlautsprechern. Alon schreckte auf und begann sofort, den entschlüsselten Block vom Bildschirm abzulesen: *„18.08. 20:00 Imperial College London blaues Labor cH.*"
David, der den Lautsprecher nicht gehört hatte, spielte noch immer mit Goliath im Vorzimmer. *„20:12*" zeigte die Anzeige auf Alons Uhr, als er sich hastig den Text notierte.
„Wir müssen sofort los!", schrie Alon aus vollem Hals und rannte ins Vorzimmer. Goliath erschrak und machte einen Satz auf die Seite. „Wo ist dein Autoschlüssel?"
„Der steckt im Wagen." David zeigte auf die Tür zur Garage.
„Ich fahre!"

Noch bevor David Zeit fand, Fragen zu stellen, saß er bereits neben Alon im Auto.
„Ruf deine Frau an, das Imperial College ist das nächste Ziel", er drückte David ein Handy und den Zettel mit dem entschlüsselten Textblock in die Hand. David hatte begriffen. Aufgeregt tippte er Nataschas Nummer in Alons Handy, während sich der Volvo mit quietschenden Reifen aus der Garage bewegte.
„Sie hat ihr Telefon ausgeschaltet. Ich versuche die Labornummer." Davids Herz raste vor Sorge. Flüchtig las er den handgeschriebenen Zettel, während er auf das Läuten wartete.
Die Scheibenwischer liefen auf der höchsten Stufe, als Alon den Wagen viel zu schnell durch die enge Straße lenkte.
„Hier links", er riss das Steuer kontrolliert herum und zwang den Volvo mit viel Gefühl um die Kurve.
David kam die Zeit zwischen den Klingelzeichen wie eine Ewigkeit vor.
„Sie hebt nicht ab", wollte David verzweifelt ausrufen, als sich eine dunkle Männerstimme meldete. „Imperial College Portierloge. Was kann ich für Sie tun?"
„Mein Name ist Wilder, ich muss sofort mit meiner Frau, Dr. Natascha Wilder, sprechen."
„Das College hat bereits geschlossen, ich glaube nicht, dass Sie noch jemanden erreichen werden", tönte die Stimme aus dem Hörer.
„Meine Frau arbeitet am Institut für Holographie, sie bleibt immer bis spät in die Nacht. Ich muss sie wirklich sofort sprechen, Durchwahl 233, es ist ein Notfall." Davids besorgte Stimme unterstrich seine Bitte.
„Ich werde Sie jetzt mit der gewünschten Nebenstelle verbinden."
David hörte ein Klicken im Hörer, während der Portier

versuchte, die Verbindung herzustellen.
„Vorsicht!“, schrie David, als sie einem roten Kleinwagen die Vorfahrt nahmen.
„Schon gesehen“, konterte Alon und wich dem Wagen mit einem gelungenen Bremshaken aus, um gleich darauf wieder voll ins Gas zu steigen.
„Hallo, Mr. Wilder?“
„Ja!“, schrie David erwartungsvoll in den Hörer.
„Es tut mir leid, aber die Leitung scheint gestört zu sein. Ich kann die gewünschte Nebenstelle nicht anwählen. Wahrscheinlich ein Kurzschluss, kein Wunder bei dem Unwetter.“
Alon folgte den Schildern Richtung Imperial College. Mit quer gestelltem Heck driftete der Wagen an der Chelsea Police Station vorbei.
„Mr. Wilder?“
David überlegte kurz. „Verständigen Sie bitte den Sicherheitsdienst. Das Labor wird gerade überfallen.“
„Wie meinen Sie das?“
„So wie ich es sage, ich habe keine Zeit für Erklärungen. Verständigen Sie sofort den Sicherheitsdienst!“, brüllte er ins Telefon.
„Das habe ich bereits versucht, während wir beide telefonieren, der Wachmann meldet sich nicht.“
„Dann rufen Sie endlich die Polizei!“
„Ich hoffe, das ist kein Scherz. Auch wenn Ihre Rufnummer unterdrückt ist, lässt sich der Anruf zurückverfolgen.“
Alon machte David auf das Blaulicht aufmerksam, das sie verfolgte.
„Wir bringen sie selbst mit!“, schrie David in den Hörer und legte auf.
„Da vorne rechts ist eine Abkürzung“, machte er Alon aufmerksam.

Das Wasser spritzte in hohem Bogen über den Gehsteig, als der Volvo eine tiefe Lache durchraste.
Alon jagte den Wagen die Exhibition Road hoch. „Wir brauchen Hiob, drück die Kurzwahltaste drei“, wies er David an. Es fiel Alon schwer zu erkennen, wie viele Polizeifahrzeuge er bereits hinter sich versammelt hatte. „Wahrscheinlich haben sie nicht mehr Wagen“, brummte er und gab weiter Gas.
„Hiob, wir brauchen Sie sofort beim Imperial College“, antwortete David, als er Hiobs Stimme vernahm. Noch ehe Hiob etwas erwidern konnte, legte David auf. Er klammerte sich an dem Griff über der Tür fest, als Alon bereits den Eingang des College anvisierte. *Jetzt wäre ein guter Zeitpunkt zum Bremsen,* dachte David. Noch ehe er seinen Gedanken aussprechen konnte, hatte Alon auch schon die Handbremse gezogen.
Mit einer eindrucksvollen 180-Grad-Drehung baute der Wagen die hohe Geschwindigkeit ab. Dabei schob er eine riesige Wasserwand vor sich her, die Sekundenbruchteile später als mächtige Welle über den Stufen des College zusammenbrach.
„Wir sind da“, stellte Alon nüchtern fest, während David langsam seine Augen öffnete und begann, sich umzusehen.
Rings um ihn leuchtete Blaulicht, und mehrere Polizisten sprangen aus ihren Fahrzeugen. Dicht gefolgt von einer Gruppe Polizeiwagen hatte sich der Volvo genau vor dem Eingang zum Imperial College eingeschliffen.
„Das nächste Mal nehmen wir deinen Wagen“, merkte David an und wollte sich abgurten, als zwei Männer in Uniform bereits die Waffen auf ihn und Alon gerichtet hatten.
„Chief Inspector Scowcroft von Scotland Yard!“, rief einer der Männer und streckte seinen Ausweis gegen Alons Seitenscheibe. „Steigen Sie sofort aus dem Wagen.“
„Schön langsam, und lassen Sie Ihre Hände dort, wo ich sie

sehen kann“, ergänzte der Beamte auf Davids Seite.

***

Qian betrat das Labor mit raschen Schritten. „Wie weit sind Sie mit der Arbeit für Mr. Shahid?“ Sein Gegenüber löste die verschränkten Hände und drehte sich überrascht um. „Ich fürchte, dass wir mit seiner Probe keinen Erfolg haben, Dr. Qian.“

Qian umrundete den Tisch und setzte sich neben seine Kollegin. „Wir haben alle bekannten Verfahren angewandt. Selbst mit Enzymreinigern waren wir nicht in der Lage, Erbgut aus dem Metallgitter zu waschen.“

Qian betrachtete die zerschnittene Krone auf dem Labortisch und hob einen Splitter davon auf. „Konnten Sie denn gar keine Gene daraus gewinnen?“

Qians Kollegin verwies auf einen Ständer mit Probenröhrchen. „Wir haben einige Hautschuppen gefunden, die uns mit Sicherheit DNA von Trägern der Krone liefern. Aber nichts davon entspricht auch nur ansatzweise der Datierung von Mr. Shahid.“

„Auch wenn die Jahrtausende die Gene im Nagel nicht zerstört haben, das Schmieden der Krone hat uns jede Chance auf verwertbares Erbmaterial genommen.“

Qian legte den Splitter zurück. „Lassen Sie bitte die Reste der Krone zur Abholung vorbereiten. Mr. Shahid hat bereits angedeutet, dass er uns in Kürze eine weitere Probe liefern wird.“

Er sah den skeptischen Ausdruck im Antlitz seiner Kollegin. „Mr. Shahid hat mir versichert, dass die neue Probe unbehandelt in unser Jahrhundert gelangte. Die Chancen stehen also gut, dass Sie daraus verwertbare DNA extrahieren können.“

Qian stand auf und ging zur Labortür, als ihre Frage ihn aufhorchen ließ. „Wissen Sie, wie die Krone in Mr. Shahids Besitz gelangt ist?“

Qian hielt inne, seine Mundwinkel folgten schlagartig der Gravitation. Mit erhobener Stimme maßregelte er sie. „Ich habe Sie in dieses Forschungsteam genommen, weil Ihre Arbeit für Sie spricht. In Ihrem eigenen Interesse rate ich Ihnen, es dabei zu belassen.“ Eingeschüchtert senkte die junge Forscherin den Kopf, als Qian sichtlich verärgert verschwand.

***

„Sie hätten unsere Unterstützung auch auf dem Dienstweg anfordern können“, wies Scowcroft Alon zurecht, als er ihm den Ausweis zurückgab. „Folgen Sie mir ins Trockene, meine Herren.“ Er zeigte auf die Portierloge.

Einer von Scowcrofts Männern kam ihnen bereits entgegen. „Der Portier berichtet von einem vermissten Wachmann. Zu einem Labor gibt es derzeit keine Verbindung. Die einzige Tür ist mit einem Sicherheitsschloss verriegelt. Kamera und Telefonleitung zum Labor sind gestört. Ein Beamter ist bereits unterwegs, um Professor Woodberry abzuholen. Er verfügt über einen gültigen Zugangscode für die Labortür.“ Der Beamte holte kurz Luft. „Ich habe bereits Unterstützungseinheiten angefordert.“

„Gute Arbeit!“, kommentierte Scowcroft den Bericht. „Bringen Sie die Männer rund um das Gelände in Stellung. Niemand betritt oder verlässt den Campus ohne meine Zustimmung.“

Der Portier musterte die drei Männer, die sein spärlich eingerichtetes Büro betraten.

„Ich bin Chief Inspector Scowcroft, und das sind Mr. Kollek und Mr. Wilder“, begann Scowcroft sein Gespräch mit dem Portier.

„Wie ich Ihren Kollegen schon mitgeteilt habe, ist es im Moment leider nicht möglich, Kontakt zu dem Labor herzustellen. Wahrscheinlich hat das Gewitter...“ Alon fiel ihm ins Wort. „Wir haben berechtigten Grund zu der Annahme, dass bewaffnete Männer sich gegen 20:00 Uhr Zugang zum Labor verschafft haben.“
„Der Laborzugang ist videoüberwacht, so wie die Eingänge zum College. Ich habe nichts Auffälliges bemerkt. Die Kamera zum Labor kann erst während des Anrufs von Mr. Wilder ausgefallen sein.“
„Wie erhalte ich Zugriff auf die Videos der Überwachungskameras?“, wollte Scowcroft wissen.
„Gleich hier“, der Portier zeigte auf den Monitor im hinteren Teil der Portierloge. Er spulte das Band der Laborkamera zurück, bis der Zeitindex der Aufzeichnung bei 19:50 angelangt war. Der Bildschirm zeigte einen Gang, an dessen Ende eine Tür zu erkennen war.
„Ist das die Tür zum Labor meiner Frau?“, wollte David wissen. Seine Stimme klang besorgt.
Der Portier bestätigte Davids Frage mit einem Nicken.
„Spulen Sie ein wenig vor!“, wies Scowcroft ihn an.
Das Video der Kameraaufzeichnung unterschied sich kaum von einem Foto. Lediglich der chronologische Index in der rechten unteren Bildecke ließ das Verstreichen der Zeit erkennen.
„Stopp, das war zu weit.“ Alon hatte als Erster auf das veränderte Bild reagiert.
„Hier ist die Aufnahme bereits gestört“, kommentierte der Portier den Hinweis *„kein Signal*“, auf dem blauen Schirm.
„Das sehe ich selbst“, grummelte Scowcroft, „Lassen Sie die Stelle nochmals in Zeitlupe durchlaufen!“
„Was war das?“, Scowcroft konnte kaum fassen, was er gesehen hatte. Der Portier spulte erneut zurück und hielt die

Wiedergabe an, als ein schwarz gekleideter bärtiger Mann ins Bild kam.
„Fahren Sie das Band ganz langsam weiter."
Ein zweiter Mann war nur vage im Hintergrund zu erkennen. Der bärtige Mann hielt etwas, das wie eine kleine Schachtel aussah, in seinen Händen. Ein Lichtblitz trat aus der Schachtel und die Aufzeichnung endete.
„Hat jemand von Ihnen eine Erklärung für den Blitz?"
„Ein elektromagnetischer Impuls. Diesen Effekt hat man ursprünglich bei Atombombentests beobachtet. Der Impuls, der dem Lichtblitz der Bombe folgt, zerstört die Mikrochips." David betrachtete die Schachtel in der Hand des Mannes genauer. „Hier laden vermutlich Hochspannungskondensatoren eine Blitzeinheit auf. Der Impuls hat zweifellos ausgereicht, die umliegenden Leitungen und Verdrahtungen zu überlasten."
„Sie meinen, die Elektronik der Kamera ist wegen des Lichtblitzes durchgebrannt?"
„Vereinfacht ausgedrückt, ja", bestätigte David. „Wer immer das durchführt, braucht ausgezeichnetes Fachwissen und eine Menge Geld für die Umsetzung."
„Können Sie den Mann im Hintergrund mehr ins Bild bringen?", fragte Alon.
„Besser geht es leider nicht", meinte der Portier, nachdem er den Bildausschnitt vergrößert hatte.
„Kennen Sie den Mann?", wollte Scowcroft von Alon wissen.
„Ich bin mir nicht sicher. Es ist sehr dunkel, und die Aufnahme ist kein Ruhmesstück der Videotechnik. Es scheint mir aber wahrscheinlich, dass es sich bei dem Mann im Hintergrund um einen von Shahids Männern handelt."
„Mustafa Shahid?" Scowcrofts Interesse war mehr als geweckt.
„Ja, die schlimmste Söldnerseele, die jemals von uns gejagt wurde."

„Nicht nur von Ihnen." Scowcroft nahm sein Funkgerät und gab den Polizisten neue Instruktionen. „Ich wiederhole, gehen Sie mit äußerster Vorsicht vor. Die gesuchten Männer werden nicht zögern, von der Schusswaffe Gebrauch zu machen. Stoppen Sie jeden, der sich Ihren Aufforderungen widersetzt, nach eigenem Ermessen."

„Natascha ist noch im Labor!", rief David, der Scowcrofts Befehl mit Entsetzen verfolgt hatte.

„Ich versichere Ihnen, dass wir alles tun werden, um Ihre Frau zu retten, wenn sie noch lebt."

David sah ihn fassungslos an. „Wenn sie noch lebt?"

„Wir müssen bei Shahid mit dem Schlimmsten rechnen. Lebend wird ihn niemand erwischen, das hat er mehr als einmal klar gemacht."

Alon legte seinen Arm um Davids Schulter. „Es tut mir leid, dass es so gekommen ist, David. Shahid ist einer der meistgesuchten Männer. Auf sein Konto gehen unzählige Morde. Dieser Mann ist so gewissenlos und sadistisch, dass selbst die Hamas ihn aus ihren Reihen verstoßen hat."

„Seither bietet er sein mörderisches Handwerk dem Meistbietenden an. Es gibt keinen Geheimdienst, der diesen Mann nicht tot sehen will. Das weltweit auf ihn ausgesetzte Kopfgeld würde ausreichen, um sich in Afrika einen Königsthron zu kaufen", setzte Scowcroft fort.

„Sie müssen Natascha da rausholen", insistierte David.

„Ich fürchte, das wird nicht so einfach sein. Bisher wissen wir noch nicht einmal, wie wir Zutritt zum Labor bekommen."

„Vielleicht kann ich Ihnen weiterhelfen, meine Herren." Ein etwa sechzig Jahre alter, weißhaariger Mann stand in der Tür. Seinem gepflegten Äußeren nach zu urteilen, konnte er nicht der vermisste Wachmann sein. „Professor Woodberry!", rief David. „Bitte helfen Sie uns, in das Labor zu gelangen. Natascha wird dort festgehalten."

„Die Polizei hat mich bereits informiert. Aber ich versichere Ihnen, dass es niemandem möglich ist, das Labor zu betreten, der nicht dazu berechtigt ist. Auch wenn derzeit kein Kontakt zu dem Labor möglich ist, so ist das kein Grund zur Besorgnis. Bitte folgen Sie mir."

Gesichert von vier Polizeibeamten führte Woodberry die drei Männer durch den Campus. „Haben Sie eine Vorstellung davon, was eine international gesuchte Mörderbande motivieren könnte, hier einzudringen?", wollte Scowcroft von Woodberry wissen, als er ihm ins Untergeschoss folgte.

„Unsere außeruniversitären Forschungsprogramme sind streng geheim. Ich garantiere Ihnen, dass es sich um ein Missverständnis handelt, niemand hat Zugang zu unseren Daten. Hier entlang, bitte", er deutete auf den Gang, den David bereits vom Video kannte.

„Das ist eine einfache Tür", bemerkte Alon, als sie sich näherten.

„Das ist nicht nötig", wandte sich Woodberry an Scowcrofts Männer, die ihre Waffen auf die Tür gerichtet hatten.

Mit einem Ruck öffnete einer der Beamten die Tür, während zwei seiner Kollegen den Raum dahinter stürmten.

„Gesichert!", rief eine Stimme aus dem Raum und Scowcroft deutete auffordernd zur Tür.

„Erinnert mich an einen Aufzug", stellte Alon fest, als er in den engen Raum trat, dessen Wände mit gebürstetem Edelstahl verkleidet waren.

„Es ist ein Aufzug", erklärte Woodberry mit ruhiger Stimme. „Das Labor kann nur über diesen Aufzug erreicht werden."

„Welche Etage?", drängte David, ehe er feststellte, dass es keinen Knopf gab, den er hätte drücken können.

„Wie ich schon sagte, meine Herren, der Zugang zum Labor ist speziell gesichert. Derzeit können nur Ms. Wilder, der Dekan höchstpersönlich und ich den Aufzug bedienen. Gestatten Sie?"

Erst jetzt fiel David die bläulich leuchtende Glasplatte an der Wand auf, der sich Woodberry näherte. „Ich würde es bevorzugen, wenn wir den Kreis der Personen auf ein Minimum reduzieren könnten. Wie ich Ihnen bereits erklärt habe, unterliegt die Forschung in diesem Labor der höchsten Geheimhaltung."

„Der Aufzug führt also direkt ins Labor. Ohne weitere Zwischentüren?", wollte Scowcroft wissen.

„Ja, so ist es", entgegnete der Professor.

„Ich muss Sie alle bitten, den Aufzug zu verlassen. Das erfolgt zu Ihrer eigenen Sicherheit. Erst wenn meine Männer grünes Licht geben, werde ich den Zutritt für Sie freigeben. Das gilt auch für Sie, Professor, bitte geben Sie den Code für den Aufzug ein und verlassen Sie dann mit uns die Kabine."

„Sie verstehen nicht", führte Woodberry aus. „Dieser Aufzug verwendet keinen Code, und er kann von Ihren Leuten auch nicht bedient werden. Wie ich bereits sagte, kann er nur von Ms. Wilder, dem Dekan und mir bewegt werden. Den biometrischen Scanner, den Sie vor sich sehen…", er deutete auf die blau beleuchtete Platte, „kann man nicht täuschen."

„Jedes Schloss kann manipuliert werden", entgegnete Scowcroft. „Wir verlieren nur Zeit."

„Lassen Sie mich alleine hinunterfahren", schlug der Professor vor.

Scowcroft sah ihn entgeistert an. „Auf keinen Fall! Wenn es keine andere Möglichkeit gibt, den Aufzug zu aktivieren, dann fahren Sie mit meinen Männern ins Labor."

Scowcroft zog seine schusssichere Weste aus und reichte sie dem Professor. „Ziehen Sie die Weste an."

„Danke, aber ich versichere Ihnen, das wird nicht nötig sein."

„Ziehen Sie die Weste an, und dann bringen Sie mein Team in das Labor. Sofort!", herrschte Scowcroft ihn an.

Woodberry nickte und zog sich die Weste über.

David, Alon und Scowcroft stiegen aus dem Aufzug und warteten.
Mit einem leisen Surren setzte sich der Lift in Bewegung. David legte sein Ohr an die Tür. Das Surren wurde leiser und er konnte hören, wie der Lift anhielt. „Sie steigen aus“, flüsterte er sichtlich nervös.
Ein Ruf, der auf Scowcrofts Funkgerät hereinkam, unterbrach die angespannte Stille. „Wir haben den Wachmann in einem Tunnel entdeckt. Er ist tot.“ Scowcroft beantwortete den Ruf und instruierte die Männer, dem Tunnelverlauf zu folgen.
„Wie lange brauchen die da unten denn?“ David schien die Zeit wie eine Ewigkeit. Verzweifelt versuchte er ein Geräusch aus dem Aufzugsschacht wahrzunehmen.
Ein weiterer Funkspruch brachte Klarheit. „Labor gesichert, keine Personen angetroffen.“
David blickte zuerst Scowcroft und dann Alon fragend an.
„Kommen Sie zurück!“, forderte Scowcroft seine Männer im Labor auf. Er wandte sich David zu: „Wir werden uns die Sache jetzt aus der Nähe ansehen, Mr. Wilder. Es scheint mir aber nur zwei Möglichkeiten zu geben. Entweder Ihre Frau war nicht im Labor oder sie wurde entführt. Haben Sie ein Foto von Ms. Wilder dabei?“
Die Lifttür öffnete sich, und Scowcrofts Männer erstatteten ihm Bericht. „Nehmen Sie so viele Leute, wie Sie benötigen, und durchsuchen Sie den gesamten Campus. Außerdem will ich die Fotos der Überwachungskamera in spätestens einer Stunde auf allen Seehäfen, Flughäfen, Bahnsteigen und Grenzübergängen hängen haben. Wir suchen zudem diese Frau, die möglicherweise als Geisel genommen wurde. Ihre Sicherheit hat absoluten Vorrang.“ Scowcroft reichte seinem Beamten das Foto von Natascha.
Scowcroft, Alon und David betraten den Lift, in dem Woodberry auf sie wartete. „Ich dachte, niemand außer Ihnen,

dem Dekan und Ms. Wilder kann den Lift bedienen, Professor. Wie erklären Sie sich dann, dass Ms. Wilder verschwunden ist?“
„Das kann ich nicht“, gab Woodberry zu. „Es ist einfach unmöglich, das Sicherheitssystem zu umgehen.“
„Könnte der Dekan...?“, fragte David besorgt.
„Nein, der ist gerade auf Weltreise. Er hat vorige Woche geheiratet.“
„Schon wieder?“, fragte Scowcroft überrascht.
„Sie scheinen ihn zu kennen“, vermutete der Professor.
„Ja, wir sind alte Freunde und haben gemeinsam die Schulbank gedrückt. Er war schon immer sehr...“
„Sprunghaft?“, legte ihm Woodberry das Wort in den Mund.
Scowcroft nickte. „Ja, was seine Beziehungen zu Frauen betrifft, kann man das wohl so ausdrücken.“
„Manches ändert sich eben nie“, beendete Woodberry die Anekdote und folgte damit Davids drängendem Blick.
Der begutachtete den biometrischen Scanner in der Wand des Aufzugs. Vorsichtig berührte er die gelartige Oberfläche. „Wie funktioniert dieser Scanner?“
Woodberry drückte seine ausgestreckte Hand in das blaue Gel und der Lift setzte sich in Bewegung. „Der Scanner vergleicht die Hand, die in die Gelplatte eingetaucht wird, mit Referenzwerten holographisch abgespeicherter Abdrücke.“
„Sie meinen eine Art Fingerabdruck der ganzen Hand?“, warf Scowcroft ein.
„Viel mehr als das“, setzte Woodberry fort, „wir sind nicht nur in der Lage zu sagen, ob die richtige Hand eingetaucht wurde sondern auch von wem.“
„Wie meinen Sie das?“, fragte Alon ungläubig.
„Wir mussten sicherstellen, dass niemand eine abgetrennte Hand benutzen kann, um den Scanner zu täuschen. Als Referenz ist der gesamte Vorgang des Eintauchens als eine Art

holographisches 3D-Video gespeichert. Jeder Mensch drückt seine Hand nach einem bestimmten Muster in die Gelplatte. Nicht alle Finger werden gleich schnell hineingedrückt und auch nicht gleich fest. Mit diesem Muster lässt sich erkennen, ob meine Hand auch von mir benutzt wird."
„Das ist unglaublich", stieß David aus. „Mir ist kein derartig fortschrittliches Zutrittssystem bekannt." Für einen kurzen Moment hatte er seine Sorge um Natascha vergessen.
„Ich habe diesen Scanner gemeinsam mit Ihrer Frau entwickelt. Wer immer ihn bedient, muss es aus freien Stücken tun. Würden Sie mich beispielsweise mit einer Waffe zwingen den Lift zu bewegen, würde die Bedrohungssituation den natürlichen Ablauf meiner Bewegung stören. Das feine, nicht kontrollierbare Zittern meiner Hand würde ausreichen, um den Zutritt zu verweigern."
„Das heißt unter Androhung von Gewalt würde sich die Lifttür weder bei Ihnen noch bei meiner Frau oder dem Dekan öffnen?"
Der Lift hielt mit einem leichten Ruck an.
„Genau so ist es, Mr. Wilder. Wie ich schon feststellte, ich habe keine Erklärung, wie jemand hier eingedrungen sein soll."
Die Lifttür öffnete sich und ein nur spärlich beleuchteter großer Raum tat sich vor ihnen auf. Mehrere Tische mit einer Unzahl von elektronischen Geräten waren ringförmig um eine große Maschine angeordnet.
„Es gibt keinen weiteren Eingang?"
Woodberry verneinte. „Wer immer das Labor betreten möchte, kann dazu nur den Lift verwenden."
„Meine Männer haben mir von einem toten Wachmann in einem Tunnel berichtet. Können Sie sich vorstellen, welchen Tunnel sie gemeint haben könnten?"
„Es gibt einen alten, unterirdischen Versorgungsweg zum Queens Tower. Der wird aber seit Jahren nicht mehr benutzt."

„Könnte jemand den Tunnel...“
„Unmöglich“, wurde er von Woodberry unterbrochen, „der Tunnel endet nahe der Stelle, wo wir in den Lift eingestiegen sind. Selbst wenn ihn jemand benutzt hat, um unbemerkt in den Campus zu gelangen, der Zutritt zum Labor ist damit nicht möglich.“
„Ich sehe keine Kameras im Labor“, bemerkte David, als er um die Tische ging.
„Die Arbeit hier ist vertraulich und der Zugang ist gesichert, wir haben keine Verwendung für Überwachungskameras.“
„Wir hätten aber Verwendung dafür.“ Scowcroft stellte sich vor den Professor. „So wie es aussieht, wurde Ms. Wilder entführt, und die einzige Person, die Zugang zum Labor hatte, sind Sie.“
„Ich bitte Sie“, gab sich Woodberry entrüstet. „Sie wollen mir doch nicht unterstellen, dass ich etwas mit Ms. Wilders Verschwinden zu tun hätte?“
„Haben Sie?“
„Natürlich nicht!“
„Woran haben Sie und Ms. Wilder gerade gearbeitet?“
„Wir forschen an holographischer Speicherung. Ich kann Ihnen darüber leider keine genauere Auskunft geben.“
„Wer finanziert dieses Labor?“
„Es gibt viele ehemalige Studenten, die uns mit dem Nötigsten ausstatten.“
„Mit dem Nötigsten?“, rief David, „Ihr Labor hat eine Ausrüstung, die manchen Großkonzern vor Neid erblassen ließe. Sie wollen uns doch nicht weismachen, dass Sie diesen Aufwand nur für Datenspeicherung treiben?“
Der Professor schwieg.
„Haben die Eindringlinge etwas mitgenommen?“, wollte Alon wissen.
„Es gibt keine Eindringlinge“, stellte Woodberry energisch fest,

„das Labor ist so, wie ich es verlassen habe.“
„Was ist damit?“ David zeigte auf eine rechteckige helle Stelle an der Wand, wo ein Bild zu fehlen schien.
„Das Bild gehörte Ihrer Frau, ich habe keine Ahnung, was damit ist.“
„Was war auf dem Bild?“
„Ein religiöses Gemälde mit vielen Menschen, ich glaube von Buonarroti. Es hatte sicherlich nichts mit unserer Arbeit zu tun. Ich würde Sie jetzt bitten, das Labor wieder zu verlassen.“
„Ein Wachmann ist tot, Ihre Mitarbeiterin wird vermisst und zwei Handlanger eines weltweit gesuchten Mörders sind gewaltsam hier eingedrungen. Ich werde jeden Zentimeter Ihres Labors durchsuchen lassen, bis ich weiß, was hier passiert ist.“
„Ich werde mein Möglichstes tun, um Sie zu unterstützen, aber in dieses Labor wurde nicht eingebrochen, und es wurde auch niemand daraus entführt. Ich möchte Sie also nochmals höflichst ersuchen, das Labor zu verlassen und Ihre Ermittlungen auf den Tatort zu konzentrieren.“ Woodberry forderte sie mit einer Geste auf, sich zum Aufzug zu begeben. Widerwillig folgte Scowcroft seiner Aufforderung. Im Aufzug holte David den Zettel mit der Botschaft hervor, die Alon aufgeschrieben hatte. *„18.08. 20:00 Imperial College London blaues Labor cH*“
„Können Sie sich erklären, was mit *cH* gemeint ist?“, fragte er. Woodberry erschrak und senkte rasch seinen Kopf. „Nein, ich habe keine Ahnung.“
„Danke für Ihre Unterstützung, Professor Woodberry“, verabschiedete sich Alon zynisch, als die Männer den Lift wieder verlassen hatten. Scowcroft blickte ihm verärgert nach, als der Professor Richtung Portierloge abbog.
„Wieso lassen Sie ihn gehen?“ Davids Vorwurf traf Scowcroft nicht unerwartet. „Er weiß weit mehr, als er uns erzählt. Haben

Sie gesehen, wie bleich er wurde, als ich ihn nach *cH* gefragt habe?"
„Ich bin mir auch sicher, dass er uns einige Dinge verheimlicht, Mr. Wilder. Die Fakten in diesem Fall geben mir aber leider keine Möglichkeit, ihn weiter unter Druck zu setzen. Das Labor sieht nicht so aus, als hätte es einen Kampf gegeben, und Sie konnten sich selbst überzeugen, dass der Zugang für Fremde nicht möglich ist."
„Sie können ihn doch nicht so einfach gehen lassen, was ist mit Natascha?"
„Wir sollten die Möglichkeit in Betracht ziehen, dass Ihre Frau gar nicht im Gebäude war. Die beiden Männer sind möglicherweise unverrichteter Dinge wieder abgezogen, als sie nicht ins Labor konnten."
„Das meinen Sie doch nicht wirklich?" David konnte nicht glauben, was er aus Scowcrofts Mund hörte.
„Es obliegt dem College, eine Anzeige wegen Einbruchs zu erstatten. Wir können ohne Zustimmung des Dekanats nur im Mordfall des Wachmanns ermitteln. Wenn wir die Täter schnappen, werden sich auch die anderen Fragen beantworten. Bis dahin möchte ich Woodberry gern in Sicherheit wiegen."
Scowcroft versuchte, David zu beruhigen. „Glauben Sie mir, Mr. Wilder, ich verstehe, wie Sie sich fühlen. Das Foto Ihrer Frau geht bereits tausendfach um die Welt. Ich verspreche Ihnen, wir finden Ms. Wilder."
David bemühte sich, den Worten von Scowcroft Glauben zu schenken. Alon mischte sich ein. „Es tut mir leid, dass wir deine Frau da mit reingezogen haben, David. Ich hätte dich niemals bitten dürfen, uns zu helfen."
David schüttelte den Kopf „Darauf hattest du keinen Einfluss. Du nicht… und ich auch nicht."
Alon verstand zunächst nicht, was David ihm zu sagen versuchte.

„Die Nachricht, die ihr abgefangen habt, war doch erst der Grund, mich um Hilfe zu bitten", bemühte sich David, seinem Freund auf die Sprünge zu helfen.
Mit einem Mal dämmerte Alon, worauf David hinauswollte. Der Überfall auf das Labor und die Entführung Nataschas war längst beschlossen, ehe er David überhaupt kontaktiert hatte.
„Unsere Wege hätten sich in jedem Fall hier gekreuzt", bekräftigte David. „Irgendjemand hatte das bereits vor Wochen so geplant."
Scowcroft unterbrach das Gespräch zwischen David und Alon. „Ich habe zwei meiner Beamten damit betraut, Woodberry rund um die Uhr zu beschatten. Wie kann ich Sie erreichen, wenn wir mehr wissen?"
Scowcroft notierte die ihm diktierten Telefonnummern und verabschiedete sich dann von David und Alon. „Das hätte ich fast vergessen, Mr. Kollek", merkte er noch an, „ein Mr. Hiob wartet am Eingang auf Sie."
„Da habt ihr mehr erlebt als ich", stellte Hiob fest, nachdem ihm Alon eine Zusammenfassung der letzten Stunden gegeben hatte. „Ich habe mich bereits gefragt, wann Shahid das nächste Mal auftaucht. Diesmal werde ich ihn endgültig zur Strecke bringen."
„Davids Frau geht vor persönlicher Rache, Hiob", bremste Alon ihn.
„Natürlich", bestätigte Hiob die Anweisung.
„Können Sie sich vorstellen, welches Bild der Direktor gemeint hat?"
„Mein Kunstverständnis ist eher bescheiden, ich habe mir nicht einmal den Namen des Künstlers gemerkt", gestand David.
„Buonarroti", warf Alon ein, „das ist der Name eines italienischen Lokalbesitzers in Haifa. Mr. Buonarroti macht die beste Pasta in Haifa."
„Kann er auch malen?"

„Ich denke, das können wir ausschließen."
David las die Zeit vom Armaturenbrett seines Wagens ab. „Nur zwei Straßen weiter befindet sich das *Victoria and Albert Museum*, mit etwas Glück haben die noch offen."
Hiob blieb im Wagen sitzen, der vor dem Museum in zweiter Spur hielt.
„Wir suchen ein religiöses Gemälde mit vielen Menschen, ein gewisser Buonarroti soll es gemalt haben", erklärte David der Museumsangestellten.
Die junge Frau lächelte. „Sie wollen mich wohl testen."
David blickte sie fragend an. „Wie meinen Sie das, bitte?"
„Ihre Frage, sie zielt doch offensichtlich darauf ab, mein Kunstverständnis zu prüfen."
„Glauben Sie mir, dazu ist er nicht geeignet", mischte sich Alon ein, „wissen Sie, von welchem Bild mein Freund spricht?"
„Aber selbstverständlich", erwiderte die junge Frau selbstbewusst. Sie zog ein Buch hervor und blätterte kurz darin. „Das ist es", sie drehte das aufgeschlagene Buch zu David und Alon und zeigte auf ein Foto. *„Das Jüngste Gericht*, aber ich denke, das wissen Sie so gut wie ich", lachte sie.
„Sie müssen mich mit jemandem verwechseln." David konnte sich keinen Reim darauf machen, was die Museumsangestellte ihm mitteilen wollte.
Alon betrachtete die Seite im Buch genauer. „Unter dem Bild steht, es ist von Michelangelo."
„Das meinte ich doch", entgegnete die junge Frau. „Niemand, der Michelangelo beim Nachnamen nennt, kann mir weismachen, dass er sein Fresko in der Sixtinischen Kapelle nicht kennt."
„Sprechen wir von *dem* Michelangelo?"
„Kennen Sie denn noch andere?"
„Wenn das Bild so berühmt ist, haben Sie doch sicher auch ein

Poster davon?“

„Einen Moment, bitte“, die junge Dame verschwand hinter einem Vorhang.

„Professor Woodberry hat Michelangelo sicher nicht mit einem israelischen Pizzabäcker verwechselt, als er von Buonarroti sprach“, stellte David fest. „Was mich aber viel mehr beschäftigt, ist die Frage, warum Natascha sich ein solches Bild an die Wand hängt.“

„Oder warum es jetzt nicht mehr dort hängt“, ergänzte Alon und nahm das Poster, das die Museumsangestellte auf dem Tisch abgelegt hatte, an sich.

„Danke, das wäre alles.“ David legte das Geld passend auf den Tisch. „Sie haben uns wirklich weitergeholfen.“

***

Davids Sorgenfalten waren nicht zu übersehen. „Und jetzt?“ Er blickte ratlos zu Alon, der neben ihm im Auto saß.

„So wie ich die Sache sehe, können wir niemandem außerhalb dieses Wagens mehr trauen.“

David startete den Motor und steuerte seinen Volvo nach Hause. „Meinst du damit auch Chief Inspector Scowcroft?“

„Der Professor schien irgendetwas verheimlichen zu wollen, als er von dem Bild sprach. Ich kann mich des Gefühls nicht erwehren, er hätte uns einen versteckten Hinweis zukommen lassen.“

„Wir könnten ihn doch einfach fragen.“

„Scowcroft lässt ihn nicht ohne Grund von seinen Leuten beschatten. Ich bin sicher, dass der Professor erwartet hat, dass wir herausfinden, welches Bild er meint. Was immer er uns vor Scowcrofts Augen mitteilen wollte, ist hier drin.“ Alon deutete auf die Rolle mit dem Poster. „Außerdem sollten wir so schnell wie möglich die anderen Blöcke der Nachricht entschlüsseln.

Wo immer Shahid das nächste Mal zuschlagen will, müssen wir ihm zuvorkommen."
Goliath hoppelte zur Tür, die das Haus mit der Garage verband, als er hörte, wie Davids Wagen eingeparkt wurde. Erwartungsvoll blickte er auf die Tür.
„Goliath, mein Riese." David streckte ihm die Arme entgegen. *Wenigstens du bist noch da.* Seine Gedanken schweiften zu Natascha ab.
Im Vorbeigehen registrierte Hiob die freudige Begrüßung. Er sah, wie David einen Ball durchs Zimmer rollte und Goliath ihn apportierte.
„Eine komische Rasse", flüsterte er Alon zu. „Da sind ja die Ohren länger als die Beine."
Alon musste schmunzeln. „Keine Hasenwitze, bitte", er zog seine durchnässte Jacke aus, und Hiobs völlig verdutzter Blick fixierte das Hasenlogo auf dem Pullover.
„Erklär ich dir später." Alon ging zum PC und betrachtete die Fortschrittsanzeige des Passwortprogramms. „Das sieht nicht gut aus, die Zahl der verbleibenden Versuche ist viel länger als beim vorigen Block", hörte David Alons Stimme tönen.
David kam ins Zimmer und bestätigte Alons Befürchtung. „Das nächste Passwort hat nicht nur sieben, sondern bereits acht Stellen. Die Anzahl der möglichen Versuche steigt damit exponentiell an."
„Wie lange?"
„Drei Wochen, wenn wir Pech haben", bemerkte David.
„Drei Wochen? Das ist aber nicht dein Ernst."
„Damit werden wir die Sache verkürzen." David stellte einen Laptop auf den Tisch.
„Ich verstehe nicht viel von Computern, Mr. Wilder", meldete sich Hiob zu Wort, „aber selbst mir ist klar, dass der Laptop nicht annähernd die Leistung des Standgeräts bringen wird."
„Sie haben völlig Recht, Hiob. Er verfügt zwar bei weitem

nicht über die Rechenleistung seines großen Bruders, aber er hat mächtige Freunde."
„Was hast du vor, David?"
„Wir werden die Arbeit gerechter verteilen. Ich kenne einige Rechner, die während der Nacht ungenutzt in den Büros meiner Kunden herumstehen. Archimedes wird die einzelnen Computer so zu einem Cluster verbinden, dass sie wie ein großer Rechner arbeiten."
„Archimedes?", fragte Alon und zeigte auf den Laptop.
„Archimedes!", bestätigte ihm David. „Wir können die Leistung des Computer-Clusters zwar nur während der Nachtstunden abrufen, das aber überall dort, wo wir Internetzugang haben."
„Wie schnell ist so ein Cluster?"
„Das hängt davon ab, wie viele Rechner wir aufwecken können. Das Personal ist angewiesen, die Computer beim Verlassen des Gebäudes herunterzufahren. Es ist mir aber bei vielen Geräten möglich, sie über das Netzwerk aufzuwecken. Natürlich nur, wenn sie nicht komplett vom Strom getrennt wurden."
Hiob beobachtete, wie auf dem Bildschirm des Notebooks kleine grüne und gelbe Punkte aufzuleuchten begannen. „Jeder Punkt ist ein Computer?", wollte er von David wissen.
„Ja, die gelben Punkte melden sich gerade am Cluster an. Die grünen Punkte zeigen jene Rechner, die sich dem Cluster bereits angeschlossen haben und Datenpakete bearbeiten."
Immer mehr Maschinen begannen dem Cluster unter der Führung von Archimedes beizutreten. „142 Computer beteiligen sich an der Suche nach dem Passwort", zeigte sich David angenehm überrascht und warf einen Blick auf seine Uhr. „Das sollte bis morgen Früh erledigt sein. Im Übrigen ist es schon ziemlich spät geworden."
„Legen wir uns für ein paar Stunden aufs Ohr", schlug Alon vor, „wer weiß, wohin uns der nächste Teil der Nachricht

führt."
„Hältst du das Haus für sicher?" Hiob wollte Alon mit seiner Frage anbieten, die erste Wache zu übernehmen.
„Keine Sorge, ich habe dank euch überall Kameras und Sensoren. Wenn sich jemand dem Haus nähert, werden wir das unmöglich verschlafen", verabschiedete sich David, nachdem er seinen Gästen das Nachtlager gezeigt hatte.
„Ich verlass mich lieber auf die hier." Hiob schob seine Pistole unter einen Polster der Couch.
„Gute Nacht."
David wurde nicht nur von dem heftigen Gewitter wach gehalten, das über London niederging. Seine Gedanken drehten sich um Natascha. *Wo ist sie jetzt? Wer hat sie entführt, und wie hat man sie aus dem Labor bekommen?* Immer wieder stellte er sich die gleichen Fragen.
David schrak zusammen, als die Fensterscheiben im Schlafzimmer unter der Wucht des Donnergrollens erzitterten. Seit Monaten hatte er nicht mehr alleine in diesem Zimmer geschlafen. Selbst Goliath zog es vor, die unruhige Nacht in einer Schachtel unter dem Schrank zu verbringen. Nur sehr langsam zog das Unwetter weiter.

***

„Ich danke Ihnen im Voraus für Ihre Hilfe. Seien Sie versichert, dass ich Ihnen das nicht vergessen werde." Alon beendete das Telefonat und drehte sich Hiob zu, der unentschlossen Davids Kühlschrank durchwühlte. „Wenn du noch länger offen lässt, kannst du gleich alles auf den Küchentisch räumen."
„Ausgezeichnete Idee!", griff Hiob den Gedanken auf. „Wie kann man sich bei dieser Menge an gleich aussehenden Plastikboxen und Dosen nur zurechtfinden?"
„Ich habe sie nach dem Ablaufdatum geordnet. Guten Morgen,

im Übrigen“, gähnte David, der sich an den Türrahmen lehnte.
„Morgen“, erwiderten Hiob und Alon gleichzeitig.
4:37 am zeigte die Anzeige der Küchenuhr.
„Suchen Sie etwas Bestimmtes?“, bot David seine Hilfe an.
„Er sah so hungrig aus, aber nichts, was ich ihm angeboten habe, war bisher gut genug.“
David beugte sich vor, um Hiobs Hand sehen zu können.
Goliath machte neben dem Kühlschrank Männchen und schnupperte an der geöffneten Dose, die Hiob ihm entgegen hielt.
Angewidert wandte das Riesenkaninchen sich plötzlich ab.
„Die mag er wohl auch nicht.“ Hiob legte die Dose auf einen Berg anderer Dosen.
David rieb sich fassungslos die Augen. „Sie wollen mein Riesenkaninchen mit eingelegten Zwiebeln füttern?“
Hiob zuckte mit den Achseln. „Einen Versuch war es wert.“
David griff in ein Regal und holte einen Apfel hervor, den er mit einem Messer viertelte. „Versuchen Sie es doch einmal damit.“
„Wir haben ein neues Ziel.“ Alon hatte mit einem Mal Davids volle Aufmerksamkeit. „Ich muss gestehen, dein Computer-Cluster ist beeindruckend. Wer weiß, wie lange wir sonst auf diese Zeile gewartet hätten.“ David griff nach dem Zettel und las laut vor.
„*Festung Kerak, goldenes Buch der Gog und Magog.*“ Enttäuscht gab er Alon den Zettel zurück. „Hoffentlich bin ich der Einzige hier, dem das nichts sagt.“
„Die Festung Kerak wurde von den Kreuzrittern errichtet. Sie befindet sich im Westen Jordaniens, nahe dem Toten Meer.“ David konnte nicht glauben, dass Hiob das gesagt hatte.
„Sie überraschen mich, Hiob.“
„Hat mir Alon vor einer Stunde schon erzählt.“
Ich hätte es wissen müssen, dachte David und schmunzelte.

„Ist Alon auch etwas zu dem goldenen Buch der Gog und Magog eingefallen?“, richtete er seine Frage provokant an Alon.
„Es ist mir dort jedenfalls nicht aufgefallen.“
„Du warst schon einmal dort?“
„Geschichte ist mein Steckenpferd. Vor einigen Jahren habe ich auch Kerak besucht. Soweit ich mich erinnern kann, war dort aber kein goldenes Buch ausgestellt, weder von einer Gog noch von einem Magog.“
„Wann geht’s los?“
„Unser Flieger startet in 65 Minuten.“
„Das schaffen wir unmöglich! Ich muss erst meinen Koffer suchen und Ms. Furgerson fragen, ob sie mir auf Goliath aufpasst, während wir weg sind.“
„Das wird nicht nötig sein.“ Hiob hielt Davids Koffer hoch.
„Wo haben Sie das Ungetüm denn gefunden?“
„Im Keller, gleich neben dem Transportkäfig für Ihren Hasen. Bei der Größe war er ja kaum zu übersehen.“
„Goliath ist ein Riesenkaninchen, kein Hase.“
„Hauptsache, er hat keine Flugangst“, grinste Alon.
„Wir können Goliath unmöglich so lange in den engen Käfig sperren.“
Alon hörte nicht auf, David anzugrinsen.
„Wie lange eigentlich?“, fragte David, den Alons Grinsen verunsicherte.
„Die Frage gebe ich an unseren Piloten weiter“, seine Augen richteten sich auf Hiob.
„Es sind etwa vier Flugstunden bis Amman. Da Sie meine einzigen Passagiere sind, denke ich, es geht in Ordnung, dass er etwas Auslauf an Bord bekommt.“
Die Freude in Davids Gesicht war unübersehbar. „Danke Hiob, das werde ich Ihnen nicht vergessen.“
„Schon gut, passen Sie nur auf, dass er uns keine Kabel

anfrisst."
„Wie hast du das mit dem Flieger hinbekommen?", wollte David wissen, während das Taxi sie zum Flughafen brachte.
„Bitte mich nicht, dir das zu verraten, ich müsste dich sonst erschießen."
„Ist sie so geheim?" Davids Mundwinkel hoben sich, als er daran dachte, wie Alon seine Frauengeschichten immer in den Rang eines Staatsgeheimnisses hob.
„Sie ist noch viel geheimnisvoller", zwinkerte ihm Alon zu. Unweigerlich dachte David wieder an Natascha.

***

„Ein nettes Flugzeug", stellte David fest, nachdem er Goliaths Transportkäfig aus dem Taxi gehoben hatte. „Bei solchen Dienstfahrzeugen könnte ich mir die Rückkehr zum *Shabak* gut vorstellen."
„Denk nicht einmal daran", zerstörte Alon Davids Träumereien. „Der Jet gehört dem Boss einer guten Freundin."
„Lass mich raten", unterbrach ihn David, „sie schuldet dir bestimmt noch einen Gefallen?"
„Nicht nur einen, wie du dir sicher denken kannst."
„Sieht noch sehr neu aus. Sind Sie mit so etwas schon geflogen, Hiob?"
„Eine umgebaute Citation? Nein, das Vergnügen hatte ich bis heute noch nicht. Aber keine Sorge, ich habe das Vorgängermodell einige Stunden im Simulator getestet."
David war sich nicht sicher, ob Hiob tatsächlich versucht hatte, einen Scherz zu machen. Verunsichert setzte er ein gekünsteltes Lächeln auf.
Nur wenig später hob die Maschine bereits vom Boden ab und legte einen beeindruckenden Steigflug hin.
„Ihr könnt die Sicherheitsgurte jetzt lösen, wir haben die

Reiseflughöhe erreicht", vernahmen David und Alon die Stimme von Hiob aus den Kabinenlautsprechern.
„Das gilt natürlich auch für Ihren langohrigen Freund", ergänzte Hiob unmittelbar darauf.
David öffnete Goliaths Transportkäfig, während Alon begann, das Poster mit Michelangelos Gemälde auf dem Tisch auszubreiten.
„Kann ich mein Notebook hier anhängen?"
„Ich denke schon, Hiob hat gesagt, dass der Jet über Internet verfügt."
Alon begann, das Bild, das in mehrere Szenen aufgeteilt war, genau zu betrachten.
„Woodberry hat nicht übertrieben, als er von vielen Menschen sprach. Das müssen leicht an die 200 Personen sein, die hier dargestellt sind."
„Mehr als 390, um genau zu sein."
„Gezählt oder geraten?"
„Gelesen, gerade eben. Hiob hatte Recht mit dem Internetanschluss an Bord."
„Hier steht auch, dass die Figur in der Mitte Christus darstellt, der als Weltenrichter sein Urteil über die Lebenden und die Toten spricht."
„Und die hübsche junge Dame an seiner Seite ist wer?" Alon grinste über beide Ohren.
David überflog den Text auf der Suche nach einem Hinweis auf die Frau neben Christus. „Hier steht, es ist Maria, seine Mutter."
„Seine Mutter?", reagierte Alon ungläubig. „Das scheint mir aber sehr weit hergeholt. Man braucht viel Phantasie, um sich vorzustellen, dass die Frau auf dem Bild überhaupt schon so alt ist wie er."
„Hier steht auch, dass das Fresko kürzlich restauriert wurde."
„Du meinst, man hat seine Mutter dabei etwas zu viel geliftet?"

„Wir sollten uns lieber auf die wesentlichen Dinge konzentrieren“, bremste ihn David ein. „Siehst du irgendwelche Besonderheiten, die uns weiterhelfen könnten?“
„Du meinst, abgesehen von verwesenden Untoten, Schlangenmenschen und der abgezogenen Haut, die von einer Wolke herabhängt?“
„Bei der Vielzahl von Ereignissen auf diesem Bild wird es schwer werden, einen Anhaltspunkt dafür zu finden, was wir eigentlich suchen.“
„Hast du dir schon überlegt, was du mit deinem Riesenkaninchen machst, wenn wir Jordaniens Ruinen nach dem Buch durchkämmen? Du kannst ihn ja schwerlich anleinen und mitnehmen.“
„Ich habe gerade einer Freundin ein Mail geschickt, die mir angeboten hatte, auf Goliath aufzupassen, wenn wir in der Gegend sind. Ich hätte allerdings nie geglaubt, dass ich auf dieses Angebot einmal zurückkommen würde.“
„Eine Freundin?“ Alon gab sich interessiert. „Ist sie jung und hübsch?“
„Sehr sogar“, witzelte David. „Ich freue mich bereits darauf, sie dir vorzustellen.“
„Im Ernst?“
„Selbstverständlich. Ich bin sicher, du wirst überrascht sein.“
David setzte sich ans Fenster und beobachtete die vorbeiziehenden Wolken. „Wir fliegen ziemlich schnell.“
„Das müssen wir auch, wenn wir die Strecke in nur vier Stunden schaffen wollen. Hiob hat mir beim Frühstück pausenlos vorgeschwärmt, wie schnell der Vogel ist. Nach seinen Erzählungen bewegen wir uns knapp an der Schallgeschwindigkeit.“
„Beeindruckend.“ David wandte sich wieder seinem Laptop zu. „Das nächste Passwort müsste in der kommenden Nacht fallen, wenn wir eine vernünftige Internetverbindung zustande

bringen.“
„Ist denn die derzeitige Verbindung nicht ausreichend?“
„Doch, die ist ausgezeichnet, allerdings wird unser Cluster während des Tages für Buchhaltung und Kostenrechnung missbraucht. Wir müssen also warten, bis es wieder Nacht wird in London.“ David deutete auf seine Uhr.
„Die Zeitverschiebung ist minimal“, reagierte Alon. „Die Uhren müssen nur um eine Stunde vorgestellt werden, was wir im Übrigen gleich tun können.“
„Das Bad ist ziemlich nobel eingerichtet“, bemerkte David, als er vom Austreten zurückkam. Er setzte sich wieder zum Fenster und hob Goliath auf seinen Schoß.
„Archimedes hat nach dir gepiepst, während du weg warst.“
David prüfte seinen Posteingang. „Sieht so aus, als hätten wir eine Buchungsbestätigung für deine Ferienpension.“ Zärtlich kraulte er Goliath zwischen den Ohren.

***

„Hier muss es sein.“ David deutete auf ein riesiges Haus zu seiner Rechten.
„Halten Sie bitte hier“, wies Alon den Taxifahrer an.
„Passen Sie auf mit dem Koffer, Hiob! Mein Kreuz hat er bereits auf dem Gewissen.“
„Deine Freundin hat Geschmack“, stellte Alon erfreut fest, als die drei Männer auf das Tor zugingen.
David drückte den Knopf unter dem goldenen Namensschild und lächelte in die Kamera.
„Burcely?“, wunderte sich Alon, „Das hört sich nicht sehr einheimisch an.“ Er knöpfte seine Jacke ein Stück auf, kontrollierte den Hemdkragen und fuhr sich abschließend durch sein Haar.
Das schwere blaue Gittertor begann sich ohne Vorankündigung

zu öffnen.
„Scheint so, als wären wir willkommen.“ David bückte sich, um Goliaths Käfig aufzuheben.
Der etwa sechs Meter breite Weg bis zum Haus war mit riesigen weißen Marmorplatten ausgelegt. Vor dem Haus umrundete der Weg einen gewaltigen Springbrunnen, auf dessen Spitze ein weißes Pferd kniete. Sein Reiter hielt einen Dreizack in den Himmel.
„Ein Pferd mit Flossen?“ Hiob konnte seine Verwunderung über die Statue inmitten des Springbrunnens nicht verbergen.
„Goliath!“, rief Clara und stürmte auf den Käfig in Davids Hand zu.
„Papa hat im Garten schon einen kleinen Zaun um den saftigsten Löwenzahn aufstellen lassen.“ Sie schüttelte David begeistert die Hand.
„Darf ich vorstellen?“, drehte David sich zu seinen Begleitern, „Das ist Clara Burcely, meine Freundin... Und hier ist mein Freund Alon.“
„Sehr erfreut“, sagte Clara und streckte Alon ihre kleine Hand entgegen.
„Ich bin auch sehr erfreut, dich kennenzulernen, Clara. David hat mir schon viel von dir erzählt.“ Alon warf David einen vorwurfsvollen Blick zu. David kommentierte die Anspielung mit einem von Lächeln begleiteten Schulterzucken.
„Und das ist Hiob. Er brummt zwar manchmal, aber er beißt nicht.“
Clara lachte lauthals los und schüttelte Hiobs riesige Hand. Es war nicht zu übersehen, dass Hiob die herzliche Begrüßung durch Clara verunsicherte. „Guten Tag“, entgegnete er schließlich.
„Bitte folgt mir!“, rief Clara, als sie ins Haus lief, „meine Eltern erwarten euch bereits.“
„Ich habe dir doch hoffentlich nicht zu viel versprochen,

Alon?“ David genoss es, ihn noch einmal damit aufzuziehen.
Alon klopfte David auf die Schulter. „Vielleicht hat sie ja eine ältere Schwester.“
Lachend betraten sie die Empfangshalle.
„Sie kommen gerade rechtzeitig zum zweiten Frühstück“, wurden sie von Claras Eltern freundlich begrüßt.

***

Geschafft. Chess blickte von der Anhöhe auf eine kleine Siedlung. „Keine schlechte Zeit“, kommentierte sie ihren Blick auf die Uhr.
Trotz des Umwegs, den sie in Kauf genommen hatte, um dem Hubschrauber auszuweichen, war sie früher zur Siedlung gelangt, als sie gedacht hatte. Gefällig schritt sie die Schotterstraße bergab. Sie wusste genau, wie ihre erste Bestellung in der kleinen Bar gleich hinter der Ortseinfahrt lauten würde. Seit Stunden sehnte sie sich nach einem kühlen, schaumigen Bier.
Chess war sich bewusst, dass die ebenso sehnlichst erhoffte Dusche noch warten musste, bis sie wieder daheim war. *Das Bier ist schon einmal ein guter Anfang,* dachte sie und spürte förmlich, wie es ihre staubige Kehle hinunterfloss.
Obwohl die Vormittagssonne noch lange Schatten warf, war die Siedlung bereits in vor Hitze flimmernde Luft getaucht. Chess meinte, über der Siedlung einen Geier zu sehen, war sich aber angesichts der vom Boden reflektierten Hitze nicht sicher.
Mit jedem Schritt, den sie sich der Siedlung näherte, beschleunigte sich ihr Gang. Dabei verstärkte sich auch das Gefühl, dass der Geier auf sie zuflog.
Die Schritte wichen zunehmend dem Versuch, die erschöpften Beine zum Laufen zu bewegen. Das Pochen des Blutes in ihren Schläfen hatte das näher kommende Motorenbrummen bisher

überlagert. Doch jeder weitere Meter, den sie zurücklegte, ließ das Brummen lauter werden, bis sich der vermeintliche Geier schließlich in einen Militärhubschrauber verwandelte.
Erschrocken blieb Chess stehen.
Sie blickte sich um. Die Siedlung war noch knapp einen Kilometer entfernt, sie würde sie unmöglich vor dem Hubschrauber erreichen.
Chess suchte die Gegend nach einem Versteck ab. Die karge Wüste ringsum bot aber keine Möglichkeit, sich zu verstecken.
Jede Sekunde, die du hier stehen bleibst, verschlechtert deine Chancen, schoss es ihr durch den Kopf.
Chess lief auf einen kleinen Felsen zu, den sie übersprang und dahinter Deckung suchte.
Wissend, dass ihr vermeintliches Versteck kaum Sicherheit bot, hoffte sie auf eine Unachtsamkeit des Piloten.
Ihre Augen versuchten eine Kennung auf dem Hubschrauber auszumachen, der genau auf ihre Position zuflog.
Der Helikopter war kaum noch hundert Meter entfernt und wirbelte bereits eine Menge Dreck auf, während die Neigung seiner Rotorblätter ihn immer tiefer sinken ließ. Chess kniff die Augen zusammen und mühte sich, den Überblick zu behalten. Durch den schmalen Spalt gelangte aber mehr herumfliegender Staub als Licht in ihre Augen. Der Hubschrauber setzte nur wenige Meter neben ihr auf dem Wüstenboden auf. Wie ein Schleifpapier fegten die dabei verwehten Sandkörner über ihr Gesicht.
Chess holte die Pistole hervor und zielte, ohne etwas sehen zu können, in die Richtung des Rotorengeräusches.

***

„Sieht so aus, als bekämen wir noch einen Gast.“ Claras Vater kam zurück auf die Terrasse, wo sich der Tisch unter dem

üppig aufgetischten Buffet fast durchbog. Mr. Burcely war zweifelsfrei arabischer Abstammung. Seine dunkle Haut, die fast schwarzen Augen und sein gekräuseltes Haar bestätigten das eindrucksvoll. Er war ein wenig untersetzt, wirkte aber bullig und durchtrainiert.
David biss in eine frische Orange. „Ich weiß gar nicht, wie ich Ihnen danken soll. Es tut mir leid, dass wir Sie mit unserem Besuch so überfallen haben."
„Nun, Mr. Wilder, wie Sie sehen können, sind wir nicht nachtragend", lachte Ms. Burcely und lenkte Davids Blick auf Clara, die mit Goliath durch den Garten tollte.
„Zumindest für die Dauer Ihres Aufenthaltes in Jordanien ist die Anschaffung eines Haustieres kein Topthema mehr am Frühstückstisch."
„Das Buch, das Sie suchen..." Mr. Burcely setzte sich wieder an den Tisch. „Haben Sie eine Ahnung, wo genau in Jordanien es sich befindet?"
„Wir vermuten es irgendwo in der Festung Kerak. Ich habe Kerak vor Jahren einmal mit Führung besucht, kann mich aber nicht mehr an ein Buch erinnern."
„Kerak liegt etwa zwei Autostunden südlich von hier. Aus touristischer Sicht kann ich einen Besuch nur empfehlen. Von einem goldenen Buch weiß aber auch ich nichts zu berichten."
„Wir haben nicht damit gerechnet, dass die Suche leicht wird", gestand Alon.
„Möchten Sie lieber etwas anderes?" Claras Mutter hatte Hiob bereits seit einiger Zeit zugesehen, wie er auf seinem Teller herumstocherte. Er hob seinen Kopf und blickte durch die nur zart gelb getönte Brille in ihre tiefen, ehrlichen, blauen Augen.
„Ehrlich gesagt beschämt es mich, Ms. Burcely, wie freundlich Sie uns hier bei sich aufnehmen."
„Weil Sie Israelis sind?", entgegnete Ms. Burcely völlig unverblümt.

Hiob schluckte. „Allein die Tatsache, in einem arabischen Land als Israeli bezeichnet zu werden, ist für uns ein seltenes Privileg."
„Jordanien hat vor über zehn Jahren mit Israel Frieden geschlossen. Wie in jedem Krieg haben beide Seiten viele Fehler gemacht. Ich halte es für wichtiger, die gemeinsame Zukunft als friedliche Nachbarn zu gestalten, als die Unterschiede der Vergangenheit zu betonen... Damit meine ich natürlich auch unsere Nachbarländer."
Hiob war sichtlich überrascht von ihrer offenen Antwort. Sein Blick wurde nachdenklich. „Ich verteidige mein Volk seit vielen Jahren gegen die ständige Bedrohung, die von unseren Nachbarn ausgeht."
Es dauerte einen Moment, ehe er fortsetzte. „Nachbar", seufzte er. „In diesem Moment verbinde ich zum ersten Mal mehr als nur eine Bedrohung mit diesem Wort."
Ms. Burcely lächelte freundlich. „Auch ich bin vor vielen Jahren als Fremde in dieses Land gekommen. Die Jordanier sind Fremden gegenüber nicht skeptischer als andere Völker. Wäre mein Mann damals mit mir nach England gekommen, hätte er es sicher schwerer gehabt als ich hier. Ich habe zwar einige Zeit gebraucht, mich einzuleben, aber letztlich hat er sogar zugestimmt, meinen englischen Namen anzunehmen."
Mr. Burcely betrachtete Alons Zettel mit der entschlüsselten Nachricht. „Gog und Magog", murmelte er. „Irgendwo habe ich diese Begriffe schon einmal gehört." Burcely versuchte verbissen, sich zu erinnern.
„Könnten es die Eigentümer des goldenen Buches sein?", versuchte Alon ihn zu unterstützen. „Haben Sie diese Leute vielleicht einmal getroffen?"
Burcely verneinte. „Warten Sie einen Moment", bat er dann und rief nach einem der vier Araber, die damit beschäftigt waren, die Hecke entlang des Grundstücks zu schneiden.

Burcely befragte den Mann auf Arabisch. David konnte nur mit Mühe das Wort Gog heraushören. Für einen ehemaligen Nachrichtendienstmitarbeiter war sein gesprochenes Arabisch geradezu erbärmlich. Der Gärtner nickte mehrmals und begann eine Geschichte zu erzählen, die Burcely mit Interesse verfolgte. Alon war ebenfalls in der Lage, der in Arabisch gehaltenen Erzählung zu lauschen.
David beobachtete indessen, wie der Gärtner wild gestikulierte, um seiner Geschichte Nachdruck zu verleihen.
Das sind bestimmt keine Freunde von ihm, war David sich sicher. Der Gärtner zeichnete mit seinen Händen einen riesigen Kreis in die Luft, in dessen gedachter Mitte er gleich darauf seine Fäuste ballte. Auch Hiob und Ms. Burcely folgten den Ausführungen des Gärtners, der bereits seit Minuten ohne Pause redete.
„Gog Magog", beendete dieser schließlich seinen Monolog.
„Was hat er gesagt?" David wollte keine Minute länger warten.
„Nicht viel", bemerkte Alon.
„Die arabische Sprache ist sehr blumig", ergänzte Burcely. „Im Wesentlichen geht es um den Jüngsten Tag. Gefangen hinter einer Mauer warten die Gog und die Magog darauf, freigelassen zu werden. Am Vorabend des Jüngsten Tages werden sie über die Menschen herfallen und Tod und Vernichtung bringen. Jesus wird sich der Menschen erbarmen und ihnen zu Hilfe kommen. Im finalen Kampf zwischen Gut und Böse wird er die Gog und Magog vernichten und den gläubigen Menschen das ewige Leben schenken."
David musste sofort an das Bild von Michelangelo denken. „Das kann doch kein Zufall sein!", rief er und holte das Poster hervor. „Das Jüngste Gericht von Michelangelo zeigt auch das Weltgericht, bei dem Jesus den gläubigen Menschen ewiges Leben schenkt und das Böse in die Hölle verdammt."
„Michelangelo war gläubiger Christ", warf Alon ein. „Die

Geschichte der Gog und Magog entspricht der islamischen Auffassung. Dennoch ist die Ähnlichkeit der Ausführungen offensichtlich."

„Die Frage ist nur, wie bringt uns das weiter?", meldete sich Hiob zu Wort. „Jeder der bisherigen Hinweise hatte mit Jesus Christus zu tun. Die gestohlene Krone enthält einen Nagel seiner Kreuzigung, und Michelangelos Bild verweist ebenso wie die Gog und Magog auf den Jüngsten Tag. Was hat das mit der Entführung von Ms. Wilder zu tun?"

„Vielleicht ging es Shahids Männern gar nicht um Davids Frau. Wäre es nicht möglich, dass sie hinter dem Bild her waren?"

„Das würde zwar erklären, warum das Bild aus dem Labor fehlt, aber es macht Nataschas Verschwinden noch rätselhafter. Außerdem hätten sie ein derartiges Poster doch auch einfacher haben können."

Alon stimmte David zu und merkte dann an: „Das Bildmotiv könnte auch eine Erfindung von Woodberry sein, um uns auf eine falsche Fährte zu locken. Außer ihm und deiner Frau hat niemand das Bild im Labor gesehen."

„Das halte ich für unwahrscheinlich." David beugte sich über das Poster. „Wenn Woodberry, aus welchen Gründen auch immer, dieses Bildmotiv erfunden hätte, wie wahrscheinlich ist es dann, dass wir durch die Gog und Magog erneut auf das Jüngste Gericht gestoßen sind? Für mich ist die Geschichte des Gärtners eine Bestätigung der Aussage des Professors."

Alon musste David beipflichten.

„Weiß Ihr Gärtner auch etwas über den Aufenthaltsort des goldenen Buches zu berichten?"

„In seiner Erzählung sprach er von einer goldenen Mauer, hinter der die Gog und Magog auf ihre Freilassung warten. Ich würde dem aber nicht zu viel Bedeutung beimessen. Die Symbolik derartiger Hinweise ist eher bildlich zu verstehen. Wie ich bereits erwähnte, ist die Sprache sehr blumig."

„Vielleicht meint die Nachricht eine goldene Mauer und nicht das goldene Buch. Kann es sich um einen Übersetzungsfehler in der Nachricht handeln?“
Alon schüttelte den Kopf. „Nein, eine Wortverwechslung bei der Übersetzung können wir ausschließen. Da besteht keine Ähnlichkeit.“
Hiob griff Davids Gedanken auf. „Das Buch, das wir suchen, ist aber möglicherweise gar nicht golden. Es wäre durchaus vorstellbar, dass es zu seiner Bezeichnung gelangte, weil es vorrangig die goldene Mauer beschreibt.“
„Gibt es in Kerak eine goldene Mauer?“, fragte David.
„Sie wäre mir nicht aufgefallen“, räumte Alon ein.
„Entschuldigen Sie mich bitte für einen Moment“, reagierte Burcely, als er die Türglocke vernahm.
Kurz darauf kam er in Begleitung einer jungen Dame zurück auf die Terrasse. Die Sitzordnung erlaubte es David als Erstem, einen Blick auf die schwarzhaarige Schönheit zu werfen. Ihre etwa schulterlangen Haare hatte sie zu einem Pferdeschwanz gebunden.
„Darf ich vorstellen, das ist Chess“, begann Burcely. Alon drehte sich um, und sein Blick traf ihre wohlgeformten Hüften. Er folgte der eng anliegenden braunen Lederjacke, die nur bis zur Brusthöhe Knöpfe hatte. Ohne Burcelys Vorstellung noch zu hören, begann Alon sich langsam zu erheben, und die Rundungen ihres Körpers ließen seine Augen immer höher wandern. Auf ihren rot glänzenden Lippen spiegelte sich das Licht der Vormittagssonne, und in den tiefen grünen Augen vermochte Alon das Meer zu sehen.
„Alon!“, flüsterte Hiob ihm zu.
Alon war fasziniert von Chess’ Anblick. In ihrem Gesicht tanzte eine einzelne Haarsträhne im leichten Westwind, der ihm einen Hauch Lavendel entgegenwehte.
„Alon!“ Der Stoß von Hiobs Ellenbogen beendete Alons

sinnlichen Tagtraum. Erst jetzt nahm er Notiz von der Hand, die Chess ihm entgegenstreckte.
„Sehr erfreut, Sie kennenzulernen, Mr. Kollek“, überspielte Chess die Situation.
„Nennen Sie mich doch bitte Alon. Ich fürchte, ich habe Ihren Namen nicht richtig verstanden.“
Das Säuseln in Alons Stimme versetzte David in Erstaunen. Davids auffälliges Grinsen wurde von Hiob mit einem Augenzwinkern kommentiert.
„Chess“, bekräftigte sie. „Einfach nur Chess.“
Alon antwortete mit einem charmanten Lächeln: „Ich bin auch sehr erfreut, Sie endlich kennenzulernen, Chess.“ Mit einem gekonnten Griff prüfte er den Sitz seines Hemdkragens.
„Endlich?“, fragte Chess überrascht.
„Mr. Burcely hat Sie uns bereits angekündigt“, versuchte Hiob die Situation zu retten.
Alon vermied es, weiter aufzufallen und nickte nur zustimmend.
„Sie können meine Hand jetzt loslassen“, forderte Chess ihn auf.
„Ihre Hand?“, Alon kicherte verlegen, „Ja, natürlich.“
Chess begann, ihre Geschichte zu erzählen. David konnte kaum glauben, was er aus dem Mund der jungen Frau hörte. Ausführlich schilderte sie von ihrem Bruder und dem Zusammentreffen mit dem Ägypter.
„Shahid!“, wurde sie von Hiob unterbrochen, dessen Miene sich verfinsterte.
Auch Alon war versucht, den Ägypter aus Chess’ Erzählung mit Shahid in Verbindung zu bringen. „Das Buch, das Sie für ihn beschafft hatten, war es goldfarben?“
Chess schüttelte den Kopf. „Es hatte einen schwarzen Ledereinband und war zweifellos schon einige hundert Jahre alt. Das Buch war in arabischer Sprache und von Hand

geschrieben.“
„Haben Sie es gelesen?“, wollte David wissen.
„Nein, dazu blieb keine Zeit. Mein Bruder hat das Buch erst kurz zuvor gebracht.“
„Wissen Sie, woher er es hatte?“
„Ali hat sich mit einem Freund in Kerak getroffen, danach hielt er das Buch in seinen Händen. Wenig später waren wir auch schon unterwegs zu dem Treffen mit diesem Mörder.“
Ms. Burcely legte ihre Hand auf Chess' Schulter, die sichtlich mit den Tränen kämpfte.
„Ich glaube nicht an einen Zufall“, stellte David fest. „Sehen Sie eine Möglichkeit, an den Lieferanten zu gelangen, von dem Ihr Bruder das Buch erhalten hat?“
Chess verneinte abermals. „Aber möglicherweise helfen uns die Seiten weiter, die aus dem Buch gefallen sind.“ Chess setzte ihre Geschichte fort.
Mit jedem ihrer Sätze bestätigte sich Hiobs Verdacht, dass Chess mit Shahid zusammengetroffen sein musste.
„Danach haben mich Mr. Burcelys Männer nach Hause gebracht, wo ich mich geduscht und umgezogen habe. Und jetzt bin ich hier“, beendete Chess die Erzählung.
„Haben Sie die Buchseiten dabei?“
„Selbstverständlich.“ Chess griff in die Innentasche ihrer Lederjacke und brachte die Blätter aus altem Pergament zum Vorschein.
„*Kufi*“, stellte Hiob fest, als er versuchte, die Seiten zu lesen. „Das wird dann wohl ein wenig dauern.“
Alon richtete seine Frage in die Runde. „Könnten Sie uns bei der Übersetzung helfen? Unser Arabisch reicht, um sich verständlich zu machen, aber zur Übersetzung von alten Kufitexten...“
„Was ist Kufi?“, fragte Clara, die mit Goliath im Arm die Terrassenstufen hochkam.

„Eine alte arabische Schrift“, erklärte Alon und reichte Clara eine Seite.
„Das ist ein hübsches Bild“, meinte sie, während sie die Seite aufmerksam betrachtete.
David musste ihr zustimmen, denn in der alten Kufischrift wirkte tatsächlich jeder Satz wie eine kleine Zeichnung. Die vielen kleinen Zeichnungen einer Seite ergaben als Ganzes betrachtet ein Bild.
„Hierbei bin ich wohl keine Hilfe“, stellte David fest und ersuchte Mr. Burcely, seinen Internetanschluss benutzen zu dürfen.
Alon, Hiob und Chess begannen sich in die alten Kufitexte einzulesen, während Clara und ihre Mutter eine Hausbesichtigung mit Goliath veranstalteten.
Chess war mit Kufi sehr gut vertraut, dennoch fiel es ihr nicht leicht, die Schrift zu lesen. Zum einen verstanden es die alten Araber ausgezeichnet, einfachste Sätze ausschweifend niederzuschreiben, zum anderen ließ Kufi eine Fülle von Interpretationen für einzelne Zeichen zu.
„Ich habe hier eine Stelle, die vom Jüngsten Tag erzählt!“, rief sie Alon und Hiob zu. Damit stand für Hiob außer Zweifel, das richtige Buch gefunden zu haben.
Alon nutzte die Gelegenheit, sich Chess zu nähern. „Wo genau befindet sich die Stelle?“, fragte er, als er sich über sie beugte.
Chess zeigte mit ihren zerschnittenen Fingern auf die Textstelle.
„Das sieht aber gar nicht gut aus“, bemitleidete Alon sie wegen ihrer Verletzung. Er führte seine Hand vorsichtig über einen langen Schnitt an ihrem Zeigefinger.
„Ich schlage vor, Sie helfen Hiob bei seiner Übersetzung.“ Chess zog ihre Hand zurück. „Ich kann Ihnen meinen Text auch von hier vorlesen.“ Sie setzte ein bewusst gekünsteltes Grinsen auf.
Als Alon sich wieder neben Hiob gesetzt hatte, fasste Chess die

Stelle des Buches zusammen. „Wer oder was immer diese Gog und Magog sind, der Text lässt keinen Zweifel daran, dass es besser wäre, sie nicht freizulassen. Ihre Zahl ist so groß, dass, wenn sie von allen Seiten auf den See Genezareth zustürmen, die ersten ihn bereits leer getrunken haben, noch ehe die letzten von ihnen dort angekommen sein werden."

„Das klingt übel, selbst wenn Sie es sagen."

„Es wird noch übler", setzte Chess fort, ohne auf Alons Anspielung einzugehen, „der Tag ihres Erscheinens ist der, an dem ein Mensch einen anderen um dessen Tod beneiden wird."

„Sie haben Recht, Chess, das ist noch übler."

„Ich glaube, ich habe einen Hinweis auf das Gold in dem Buch gefunden." Hiob reichte Chess die Seite hinüber. „In der vorletzten Zeile. Ich bin mir aber nicht sicher, wie ich den Satz danach deuten soll."

Chess konzentrierte sich auf die letzten beiden Zeilen und versuchte, einen Sinn darin zu erkennen. Sie blätterte die Seite um und wollte dann auf dem Tisch nach der Folgeseite suchen.

„Sparen Sie sich die Suche", warf Hiob ein, „die nächste Seite ist leider nicht dabei."

Wieder und wieder las Chess die Stelle mit dem Satz, der für sich alleine keinen Sinn ergab.

„Was steht denn da?", drängte Alon.

„So einfach ist das nicht. Hier beginnt ein neues Kapitel in dem Buch. Aus dem Zusammenhang gerissen, könnte der einzelne Satz vieles bedeuten."

„Machen Sie mir einen Vorschlag." Alon hob auffordernd seine Hand.

„Nehmen wir an, dass dieses Zeichen für Gold steht und dieses Zeichen...", Chess murmelte vor sich hin und schrieb einige Worte auf ein leeres Blatt.

Dann stand sie auf. „Eine Möglichkeit wäre...", sie stoppte mitten im Satz und begann, ihre Niederschrift wieder

durchzustreichen. „Einen Moment noch!“
Alon sah Hiob gelangweilt an und gähnte demonstrativ.
„Schon gut.“ Chess warf ihm einen genervten Blick zu. „Nehmen wir an, der Text bezieht sich auf eine Mauer aus Gold, welche die Gog und Magog zurückhalten soll. Der letzte Satz erwähnt drei Metalle, nennt aber namentlich nur Eisen, grünes Eisen und ewiges Eisen.“
„Eine Möglichkeit Eisen über Zwischenschritte in Gold zu verwandeln? Das wäre wahrlich ein gutes Motiv“, brachte sich Hiob ein.
„Das bezweifle ich.“ Chess dachte ihren Gedanken laut zu Ende. „Ich würde aufgrund der Reihenfolge, wie die Metalle im Satz angeordnet wurden, eher vermuten, dass die drei Metalle gemeinsam die Mauer bilden. Mit grünem Eisen kann ebenso ein grünes Metall gemeint sein. Die Deutung ist auch hier nicht so eng begrenzt möglich.“
„Kupfer wird grün, wenn es an der Luft oxidiert.“
„Das wäre eine Möglichkeit“, räumte Chess ein, als sie Alons Vorschlag gehört hatte. „Und ewiges Eisen?“
„Zink wird durch seine gegen Sauerstoff unempfindliche Oberfläche bis heute verwendet, um Eisen am Rosten zu hindern.“
Chess stimmte zu.
„Inwieweit hilft uns das mit der goldenen Mauer weiter?“, wollte Hiob wissen.
„Mehr als du denkst, mein Freund. Die Mischung von Eisen, Kupfer und Zink ist auch als Sondermessing bekannt.“
Chess versuchte, sich nicht anmerken zu lassen, wie Alon sie mit seinem Wissen beeindruckte, während er weiter ausführte. „Womit wir auch eine Erklärung für die goldene Mauer haben. Denn Messing ist goldfarben.“
„Nehmen wir einmal an, Sie hätten richtig geraten“, formulierte Chess ihre Frage an Alon. „Wo finden wir diese

Mauer?“
„Hier!“ Hiob zeigte auf eine Zeile. „Hier ist von einem Stein die Rede, dessen Innerstes sichere Passage zur goldenen Mauer gewährt.“
Gemeinsam machten sich Hiob und Chess daran, den Text dieser Seite zu übersetzen.
David kam mit Mr. Burcely zurück auf die Terrasse. „Und?“, fragte er in die Runde: „Habt ihr etwas herausgefunden?“
„Du zuerst!“, gab Alon den Ball zurück.
„Es wird noch dauern, im Moment ist Archimedes nur mit zwei Rechnern im Haus von Mr. Burcely verbunden. Heute Abend werden wir den Cluster mit London wieder aufbauen.“
„Das klingt doch nicht schlecht. Chess und Hiob waren in der Zwischenzeit auch erfolgreich. So wie es aussieht, haben wir gute Chancen, Shahid dieses Mal zuvorzukommen. Wir suchen einen hohlen Stein, möglicherweise eine Art steinerner Behälter. Auch hier lässt die Übersetzung einigen Spielraum.“
Chess setzte Alons Erklärung fort. „Soweit sich das aus den Texten ableiten lässt, finden wir ihn nahe dem Toten Meer, südlich der Grenze zum Westjordanland. Er soll in der Nähe eines alten Tempels versteckt sein.“
Alon wandte sich an Mr. Burcely. „Gibt es hier in der Nähe eine Unterkunft, wo auch Israelis sicher übernachten können? Ich möchte es nämlich vermeiden, unnötig Aufmerksamkeit auf unsere Anwesenheit zu lenken.“
Mr. Burcely winkte ab. „Wie ich Mr. Wilder bereits mitgeteilt habe, sind Sie selbstverständlich für die Dauer Ihres Aufenthalts unsere Gäste. Ich könnte es mir nie verzeihen, wenn Ihnen etwas zustoßen würde. Auf meinem Grundstück kann ich dank des umfassenden Wachpersonals für die Sicherheit garantieren.“
„Mr. Burcely?“ Chess’ Stimme wurde mit einem Mal glockenhell.

Burcely fing an zu schmunzeln. „Ich habe mich schon gefragt, wann Sie mit der Bitte auf mich zukommen werden."
„Sie wissen doch...", versuchte Chess ihre Stimme mit gespielter Verlegenheit zu untermalen. „Wenn man etwas einmal gewohnt ist..."
Burcely öffnete seine Hand und Chess erkannte sofort den Wagenschlüssel. „Der Zeitpunkt ist kein schlechter", erklärte er, „in etwas weniger als zwei Wochen soll das Nachfolgemodell an mich ausgeliefert werden. Ich schlage vor, Sie machen eine gründliche Probefahrt, über den Preis unterhalten wir uns später."
Chess strahlte bis über beide Ohren. „Danke, Mr. Burcely, ich verspreche Ihnen, keine Beule und keinen Kratzer hineinzufahren."
„Aber natürlich, Chess - und selbst wenn", meinte er lachend, „Sie kennen die Modalitäten ja bereits. Wie besichtigt und Probe gefahren."
Chess und Burcely blickten einander zufrieden in die Augen, als sie ihre Vereinbarung mit einem festen Händedruck besiegelten.
Burcely ging mit Chess zur Garage, um ihr den Wagen zu zeigen, während Alon sich mit David und Hiob absprach. „David, ich ersuche dich, alles daran zu setzen, den nächsten Teil der Nachricht zu entschlüsseln. Chess und ich werden in der Zwischenzeit diesen Stein beschaffen."
Hiobs Gesicht signalisierte, dass er keine Freude mit dem Vorschlag hatte. Alon ging auf Hiob zu.
Er legte den Arm um seine Schulter und erklärte das Vorhaben mit ruhiger, aber entschlossener Stimme. „Ohne die fehlenden Seiten des Buches weiß Shahid nicht, wohin wir fahren. Chess und ich sind also nicht unmittelbar in Gefahr. Außerdem werden wir die Seiten des Buches unter uns aufteilen. Wir nehmen nur die Seite mit dem Stein mit."

Hiob stimmte ihm zu.
„Und wenn er hier auftaucht?“, fragte David. „Was machen wir, wenn er die anderen Seiten will?“
Alon klopfte auf Hiobs Schulter. „Dann weißt du, was du zu tun hast, mein Freund.“
Hiob nickte.
„Wir melden uns dann heute Abend“, verabschiedete sich Alon von seinen Freunden.

***

Die Nachmittagssonne brannte unerbittlich auf den trostlosen Landstrich, den Chess und Alon mit dem Wagen durchquerten.
„Sehen Sie, Chess“, brach er das Schweigen, „ich hatte Ihnen ja gesagt, dass wir keine Probleme haben werden beim Überqueren der Grenze nach Israel. Mit den richtigen Papieren...“
„Genau genommen sind wir auch nicht in Israel, sondern im Westjordanland.“ Chess machte eine kurze Pause. „Seien Sie froh, dass der Grenzposten nicht männlich besetzt war, und bei einer Frau mit etwas mehr Stil und weniger Naivität hätte Ihre Masche auch nicht geklappt.“
„Ach, hören Sie doch auf, Chess.“ Alon fuhr sich mit einer Hand durchs Haar. „Mein Charme kommt bei Frauen einfach gut an.“
Chess blickte durch die Seitenscheibe und sah in weiter Ferne das Tote Meer. „Hat Ihnen das Ihre Großmutter eingeredet?“
Der Wagen verließ die Hauptstraße und bog auf einen kaum befestigten Schotterweg ab. Demonstrativ blickte Alon aus dem Fenster auf seiner Seite und tat so, als hätte er ihre Aussage gar nicht wahrgenommen. „Ziemlich laut, der neue Wagen!“, rief er.
„Kein Wunder“, reagierte Chess prompt, „der Weg, den Sie

vorgeschlagen haben, führt uns auch immer weiter weg von der Straße."
„Ich habe Ihnen bereits angeboten, mich fahren zu lassen, also wenn es für Sie zu schwierig wird..."
„Niemals", fauchte Chess zu ihm hinüber.
„Schon gut", hob Alon beschwichtigend seine Hände, „wir haben es ja nicht eilig."
Weiter und weiter entfernte sich der Wagen von der befestigten Straße. Der unebene Untergrund machte das rasche Fortkommen zunehmend schwieriger.
„Wie weit ist es noch?"
„In einigen Kilometern sollte es eine kleine Abzweigung geben, die direkt bei den Überresten des Tempels endet, den wir suchen."
Chess stieg auf die Bremse und brachte den Wagen ruckartig zum Stehen. Eine Wolke aus aufgewirbeltem Staub stieg aus den Radkästen auf und hüllte den Wagen ein.
Alon, den das Bremsmanöver völlig überrascht hatte, hing in seinem Gurt. „Es ist nicht ratsam, auf Sand so zu bremsen."
Mit lauter Stimme stellte sie ihn zur Rede. „Eine Abzweigung wovon, bitte? Wir haben seit über einer halben Stunde weder Straße noch Weg unter den Rädern."
„Ich gebe zu, dass sich die Gegend etwas verändert hat, seit ich das letzte Mal hier gewesen bin", versuchte Alon sie zu beschwichtigen.
„Von dem alten Tempel, den das Buch erwähnt, sind heute nur noch Reste der Grundmauern übrig. Das ist keine Sehenswürdigkeit, die groß ausgeschildert wird oder an die man sich beeindruckt erinnert. Solange das Meer links von uns ist, während wir nach Süden fahren, sind wir richtig. Wir müssen uns nur parallel zum Ufer halten."
Chess war skeptisch und tat sich schwer einzuschätzen, ob Alon bluffte oder tatsächlich noch wusste, wohin er sie

schickte. Sie entschied sich dafür, ihm zu vertrauen. „Einverstanden, wir fahren noch weiter die Küste entlang."
Sie gab Gas, doch der Wagen wollte sich nicht vorwärts bewegen. Vorsichtig drückte sie das Pedal fester hinein, und die Räder drehten ohne Vorankündigung durch, um gleich darauf von der Elektronik eingebremst zu werden.
„Sie sollten es mit etwas weniger Gas versuchen."
„Danke für den Vorschlag", entgegnete sie schnippisch und sah, wie die Räder immer mehr Staub aufwirbelten. „Wir sind vielleicht beim Bremsen etwas eingesunken."
„Sie meinen bestimmt, dass Sie mit Ihrem abrupten Anhalten vorhin die Räder eingegraben haben", wurde Chess von Alon verbessert.
„Ihre Besserwisserei hilft uns jetzt auch nicht weiter." Chess drückte die verschiedenen Knöpfe für die Untersetzung und das Sperrdifferenzial. Jeder Versuch wuchtete massenhaft Sand aus den Radkästen, der in einer dichten braunen Staubwolke wieder zu Boden sank.
„Wir stecken fest", zeigte sich Chess nach mehreren erfolglosen Manövern ratlos.
Alon stieg aus und blickte auf die Räder, die sich weit in den Sand eingegraben hatten. „Das haben Sie ja großartig hinbekommen!"
Chess traute ihren Ohren nicht. „Ich habe es hinbekommen?", schrie sie, „Sie haben sich doch geradezu aufgedrängt, den Reiseführer zu spielen. Wer hat es denn abgelehnt, in der letzten Ortschaft nach dem Weg zu fragen?"
„Ich gebe zu, dass ich da möglicherweise etwas vorschnell war", entgegnete Alon.
„Wissen Sie was?" Chess stieg aus. „Sie bekommen gleich noch eine Chance, Sie können jetzt nämlich zurücklaufen und Hilfe holen."
Wütend knallte sie die Wagentür zu. „Und bei der Gelegenheit

seien Sie doch bitte so freundlich und fragen nach dem Weg."
„Nichts würde ich lieber tun, als mit Ihnen einen Spaziergang entlang der Küste zu machen, aber…" Alon streckte seine Hand nach ihr aus.
„Treiben Sie es nicht zu weit", wich Chess zurück.
„Aber...", setzte Alon fort, „wir haben nicht ewig Zeit. Bitte geben Sie mir den Schlüssel."
Chess überlegte kurz und legte dann den Wagenschlüssel in Alons ausgestreckte Hand. „Sie werden den Wagen nur noch tiefer eingraben, wenn Sie versuchen herauszufahren."
Alon gab keine Antwort und ging nach hinten zum Reserverad. Er öffnete mit dem Wagenschlüssel den Sperrbolzen und hob dann das Rad herunter. Aus dem Kofferraumboden holte er einen Klappspaten und fing an, 20 Meter vor dem Wagen ein Loch auszuheben.
Chess schaute ihm zu und verkniff es sich, die zynische Bemerkung auszusprechen, die ihr auf der Zunge lag.
Alon hob Schaufel um Schaufel aus, und das Loch im Wüstensand wurde immer tiefer. „Bringen Sie mir das Rad, bitte."
„Wissen Sie, was eines dieser Räder kostet?", fragte Chess.
„Bitte", forderte er mit Nachdruck und schaufelte weiter Sand aus dem Loch.
Chess ging zum Heck und rollte das mächtige Reserverad in Richtung Loch.
„Danke." Alon gab ihr den Schlüssel zurück. „Und jetzt wickeln Sie bitte das Seil von der elektrischen Seilwinde ab, und stellen Sie den Gangwahlhebel auf Neutralstellung."
Alon montierte das Drahtseil fest an dem Reserverad und legte es dann in die Sandgrube.
„Das wird nicht funktionieren."
„Das wird es ganz sicher", bekräftigte Alon, während er begann, das Loch wieder mit Sand zu füllen. Chess stand

ungläubig daneben und hoffte insgeheim, dass es Alon wieder gelingen würde, sie zu beeindrucken.
„Fangen wir an.“ Alon betätigte den Schalter zum Einziehen des Seils. Die elektrische Winde in der Stoßstange des Wagens rollte Zentimeter für Zentimeter des Drahtseils auf. Zunächst schliff sie das durchhängende Seil noch über den Wüstenboden, doch dann spannte sich das Seil fester und fester. Chess wartete darauf, dass der Reifen aus dem Sand gerissen würde. Für einen Augenblick lang kam es ihr so vor, als würde die Winde das Seil dehnen, bis es abreißen würde. Es rollte sich immer weiter auf, ohne dass etwas passierte. Doch plötzlich begann sich das Auto ganz langsam zu bewegen. Wie von Geisterhand angetrieben kletterten die Räder aus dem Sand.
„Ich würde sagen, das reicht.“ Alon drehte die Winde ab, als der Wagen sicher auf ebenem Boden stand. Er drückte Chess den Spaten in die Hand. „Sie wissen ja, was ein Rad kostet“, deutete er auf das vergrabene Reserverad. Mit einem selbstgefälligen Grinsen drehte er sich um und schlenderte gemütlich auf das weniger als 500 Meter entfernte Ufer des Toten Meeres zu.

***

Alon saß am Strand und blickte auf die salzverkrusteten Felsen, die ringsum lagen. In Ufernähe bildeten unzählige Salzbrocken eine bizarre weiße Linie, die im Kontrast zum tiefblauen Wasser an die Farben der israelischen Flagge erinnerte. Gleich hinter dem gegenüberliegenden Ufer des Toten Meeres ragte ein mächtiges Bergmassiv in den Himmel. An klaren Tagen wie heute wirkten die jordanischen Berge am Ostufer so nahe, als könnte man sie mit einem Steinwurf erreichen.
„Alon“, hörte er ihre Stimme hinter sich und drehte sich um. „Wir können weiterfahren, wenn Sie wissen, wohin.“

„Setzen Sie sich doch einen Moment“, zeigte Alon auf den flachen Stein neben sich.
„Danke, ich stehe lieber. Wohin müssen wir?“
Alon reichte ihr den Feldstecher und zeigte auf einen kleinen grauen Punkt in der Nähe des Westufers.
„Sieht so aus, als hätte Sie Ihr Glück nicht verlassen“, kommentierte Chess den Blick auf die zerfallene Tempelruine.
Keine zehn Minuten später bremste Chess den Wagen mit sehr viel Gefühl vor den Trümmern des alten Tempels ab. „Da wären wir also“, sagte sie, „vorausgesetzt, Sie haben uns auch zum richtigen Tempel geführt.“
Alon griff sich den Spaten und ging los. „Wenn wir Ihrer Kufiübersetzung Glauben schenken, dann liegt unser Stein irgendwo zwischen dem westlichsten Punkt des Tempels und dem Ufer des Toten Meers, was ein ziemlich großes Suchgebiet darstellt, wenn man die Genauigkeit der Angaben zu Grunde legt.“
„Nicht, wenn man sie exakt interpretiert.“ Chess holte die Buchseite hervor und gab sie Alon. „Der Text spricht davon, dass die Position der westlichsten Tempelsäule so gewählt war, dass sie 30 Schritte vom Meer entfernt war.“
Alon blickte zum Meeresufer und drehte auf der Stelle um. „Wir sind niemals beim richtigen Tempel“, murrte er. „Selbst ein Riese würde den Weg von hier bis zum Ufer nicht mit 30 Schritten schaffen.“
„Geben Sie immer so schnell auf, wenn es anfängt, Spaß zu machen?“, rief Chess ihm nach, während er im lockeren Sand zum Auto zurückstapfte.
Alon blieb nachdenklich stehen. Dann drehte er sich zu Chess um. „Manche Ihrer Sätze erinnern mich ein wenig an die alten Kufischriften, so zweideutig, wie sie bei mir ankommen.“
„Geben Sie sich keinen falschen Hoffnungen hin, Alon, ich verstehe Kufi, aber ich spreche es nicht.“

„Wirklich schade“, heuchelte Alon mit einem Unschuldsgesicht, „wie darf ich Ihre Frage dann verstehen?“
Chess hatte nach der Blamage mit dem steckengebliebenen Wagen nur darauf gewartet, eine solche Gelegenheit zur Revanche zu bekommen. „Wenn wir die jährliche Verdunstung und Austrocknung des Toten Meeres berücksichtigen, dann liegt der Wasserspiegel heute zumindest 150 Meter tiefer als zu jener Zeit, in der das Buch geschrieben wurde.“
Ziemlich clever, dachte Alon, als er mit dem Spaten wieder zurück zu Chess ging. „Sieht so aus, als hätten Sie auch einmal Glück beim Raten gehabt.“
„Wollen Sie anfangen?“ Alon gab sich betont freundlich. „Es war ja schließlich Ihre Idee.“
Meter für Meter gruben Chess und Alon sich abwechselnd durch den lockeren Sand. „Finden Sie nicht auch, dass der Sand hier erstaunlich feucht ist?“
Chess hatte keine Zeit, auf seine Frage zu antworten, da sie in diesem Moment mit dem Spaten auf etwas Hartes gestoßen war. „Ich glaube, ich habe etwas gefunden.“
Alon kniete sich neben sie und begann, ihr dabei zu helfen, die dunkle glatte Oberfläche freizulegen. Unter dem Sand kam eine rechteckige glatte Platte zum Vorschein. „Sieht tatsächlich aus wie ein schwarzer Stein“, stellte er fest. „Versuchen Sie, ob Sie mit der Schaufel darunter kommen.“
Chess hob die für ihre Größe sehr leichte, freigelegte schwarze Steinkiste auf und betrachtete sie von allen Seiten. „Sieht aus wie Speckstein. Der ist leicht zu bearbeiten und war damals weit verbreitet.“
„Ich schlage vor, Sie bringen die Kiste zum Wagen, Chess. Ich werde unsere Ausgrabungsspuren beseitigen. Sollte sich jemand nach uns die Mühe machen, auch nach dem Stein zu suchen, dann wird ihn das zumindest eine Weile aufhalten.“
„Die Idee gefällt mir.“ Chess konnte sich ein Lächeln nicht

verkneifen, ehe sie sich umdrehte und zum Wagen ging.
„Sie haben ein tolles Lächeln!“, rief Alon ihr nach.
Chess drehte sich nicht mehr um. Sie signalisierte ihm mit einem Kopfschütteln, dass sein Kompliment nicht angenommen wurde, musste aber, unbemerkt von Alon, darüber schmunzeln.
Alon schaufelte die ausgehobenen Löcher zu. Mit jeder Schaufel wurde der Sand nasser. *Das eine Loch noch,* dachte er und setzte seinen Fuß auf einen kaum merkbaren kleinen Sandhaufen, der ohne Vorwarnung unter seinem Gewicht nachgab. Bevor Alon begriff, was mit ihm passierte, war er bereits bis zur Hüfte in den Sand eingesunken. Als er versuchte, sich mit den Händen abzustützen und herauszuziehen, fing immer mehr Sand an abzurutschen und zog ihn weiter in die Tiefe.
Treibsand, das hat mir noch gefehlt, dachte er. Mit äußerster Vorsicht bewegte er sein linkes Bein auf der Suche nach festem Halt. *Wenn es mir gelingt, mich irgendwo abzustützen, dann kann ich mich vielleicht herausdrücken.* Er spürte einen Stein unter seinem Fuß und verlagerte zunehmend mehr Gewicht darauf. *Es klappt.* Er hatte kaum länger als eine Sekunde die volle Belastung auf den Stein gebracht, als ein schmatzendes Geräusch aus dem Sandloch Alon und den Stein ein Stück tiefer rutschen ließ. „Verflucht“, stieß er aus und spürte, wie die sandige Brühe ihm langsam über den Hosenbund in seine Unterhose floss. *Besser, ich vermeide jetzt jeden weiteren Versuch, mich selbst zu befreien, bevor ich ganz in dem Dreck versinke.* Alons Beine hingen so entspannt, wie es ihm angesichts der Situation möglich war, in das Sandloch unter ihm.
„Chess!“, rief er mit gewohnt ruhiger Stimme, während er, jede rasche Bewegung vermeidend, versuchte, mit der Schaufel sein Gewicht auf eine größere Fläche zu verteilen.

Wenn ich nicht wüsste, dass es hier drin niemanden außer mir gibt, dann würde ich meinen, jemand zieht mich an meiner Hose in die Tiefe. „Chess!“ Seine Stimme klang jetzt etwas bestimmter. „Ich könnte Ihre Hilfe gebrauchen!“
„Ich komme gleich. Diese Steinkiste ist voll von wunderschönen Zeichnungen, die man erst sieht, wenn man sie vom Sand befreit hat“, wehte der Wind ihre begeistert klingende Stimme zu ihm herüber, während der Treibsand den zweiten Hemdknopf erreichte.
„Ein gutes Thema! Möglicherweise sollten wir aber nicht warten, bis Sie mit der Reinigung der Kiste fertig sind.“ Alon spürte, wie der Sand seine Brustwarzen umfloss.
„Genau genommen würde ich Sie ersuchen, vorrangig mich vom Sand zu befreien, bevor Sie sich weiter um die Kiste kümmern.“
Chess griff nach dem größeren von zwei Pinseln, um die Unterseite der Kiste freizulegen. „Das müssen Sie verstehen, es hat mich schon als Kind fasziniert, alte Dinge zu suchen und vom Schmutz zu säubern, um sie dann in neuem Glanz erstrahlen zu lassen. Nur deshalb bin ich überhaupt Archäologin geworden.“ Begeistert pinselte Chess den Staub aus den Ritzen der schwarzen Steinkiste.
„Ich fürchte, ich muss darauf bestehen. Ihre Vorliebe für Mumien in Ehren, aber so weit will ich dann doch nicht gehen.“ Er holte tief Luft und schrie dann: „Und jetzt holen Sie mich endlich aus dem verdammten Treibsand, bevor ich hier verrecke!“
Chess drehte sich wie vom Blitz getroffen um. Ihre Augen begannen das Gelände nach Alon abzusuchen. „Wo sind Sie?“
„Ungefähr zehn Meter vor Ihnen und schon ziemlich weit unten“, hörte sie seine Stimme sagen.
Chess erschrak, als sie sah, wie weit Alon in den Treibsand eingesunken war. „Nicht bewegen!“, rief sie ihm zu und lief

zur Seilwinde des Autos.
„Ich werfe Ihnen jetzt das Seil zu." Chess vermied es, sich Alon mehr als notwendig zu nähern, um nicht selbst Gefahr zu laufen, in einem Sandloch zu verschwinden. Sie hatte einen leeren Wasserkanister an das Seilende montiert, den sie Alon gezielt zuwarf.
Spuckend kommentierte er den Sand in seinem Gesicht, der rund um den einschlagenden Kanister aufspritzte. Sofort griff er mit der linken Hand nach dem Seil und tastete sich daran bis zum Kanister vor. Dann umklammerte er ihn mit beiden Händen und versuchte seinen Oberkörper hinaufzuziehen. Der Druck von tonnenschwerem Sand verhinderte aber jede Bewegung unterhalb der Oberfläche. *Du kannst doch unmöglich zu schwach sein, dich da raufzuziehen.*
Chess stand wieder beim Wagen und wollte keine Sekunde länger untätig warten. „Halten Sie sich einfach nur fest, ich schalte die Seilwinde jetzt ein."
Mit jedem Zentimeter, um den die Winde das Seil einholte, streckten sich Alons Hände. *Nicht loslassen,* sagte er sich. *Nicht loslassen.*
Es wäre ihm unmöglich gewesen, ohne den Griff des Plastikkanisters genug Halt zu finden. Er fühlte sich, als müssten seine Hände den ganzen Sand, der ihn einschloss, mit aus dem Loch ziehen. Langsam, aber stetig kam sein Oberkörper wieder zum Vorschein. Wie eine zweite Haut löste sich der Sand ab, der an ihm zu Tage gefördert wurde.
„Einfach nur festhalten", hörte er Chess Stimme, während er mit geschlossenen Augen den Kanister umklammert hielt und spürte, wie seine Füße sich zunehmend leichter und freier anfühlten. Meter um Meter holte Chess ihn mit der Winde ans Auto heran, bis der feste Boden erreicht war. Alon stand auf und begann sich den Sand aus den nassen Kleidern zu schütteln.
„Alles in Ordnung?" Ihre Stimme war von Besorgnis

gezeichnet.
„Ja, danke. Es geht schon wieder.“ Er starrte seine nackten Füße an, die bis vor kurzem noch von Socken und Schuhen bekleidet gewesen waren.
„Gut, dass ich Ihnen gezeigt habe, wie man sie benützt.“ Seine Hand zeigte auf die Seilwinde.
„Wieso haben Sie denn nicht gleich um Hilfe gerufen?“
Alon zuckte mit den Schultern. „Ich wollte sehen, wie weit ich bei Ihnen gehen muss, bevor Sie mir Ihre ungeteilte Aufmerksamkeit schenken.“
„Verlassen Sie sich nicht darauf, dass es beim nächsten Mal wieder funktioniert. Es braucht schon gute Gründe, mich von meiner Arbeit abzuhalten.“
„Ich verstehe das jetzt als Kompliment.“
„Wenn Ihr Ego das nötig hat! Hauptsache, wir kümmern uns wieder um die wichtigen Dinge“, antwortete sie frech. „Verwenden Sie bitte die Decke, die auf der Rückbank liegt, und machen Sie schnell! Ich möchte vermeiden, dass sich auch noch der Sandboden unter dem Wagen aufweicht.“

***

Shahid zog an seiner Zigarre und blies genüsslich den Rauch in die Luft, während er das Mobiltelefon an sein Ohr hielt. „Natürlich meine ich das ernst. Ich musste für dieses Buch durch die verdammte Wüste laufen. Also sorgen Sie gefälligst dafür, dass es übersetzt wird.“ Shahids Gesichtszüge verfinsterten sich, als ihm die Stimme aus dem Hörer widersprechen wollte. Noch ehe sein Gegenüber den Einwand zur Gänze vorbringen konnte, unterbrach Shahid. „Ich bezahle Sie nicht dafür, mir Dinge zu erzählen, die ich bereits weiß.“ Shahid dämpfte entnervt die Zigarre aus. „Das interessiert mich nicht!“, schrie er. „Ich mache Sie persönlich

dafür verantwortlich, wenn die Hubschrauber nicht wie vereinbart an der Grenze bereitstehen.“ Shahid beendete das Telefonat und blickte zu der Gruppe von Söldnern, dic ihn umgab. „Wie weit sind Sie?“, fragte er einen der Männer.
„Nun, wie Sie wissen, ist es schwierig bis unmöglich, sich als bewaffnete Gruppe von Arabern frei in Israel zu bewegen, Mr. Shahid.“
Fordernd hob Shahid den Kopf. Der Mann entfernte daraufhin eine große, sandbraune Plane und brachte einen weißen Jeep zum Vorschein. Shahids Miene begann sich mit einem Mal wieder aufzuhellen. „Eine ausgezeichnete Idee“, stellte er anerkennend fest, während der Mann weitere Planen entfernte und mehrere Fahrzeuge freilegte. Shahid zeigte auf die abgestellten Wagen. „Damit wird uns keiner belästigen.“ Entschlossen öffnete er die Tür eines Transporters, worauf ihm der Geruch von verwesendem Fleisch entgegenschlug. Angewidert drehte er sich weg. „Was zur Hölle...“
„Es tut mir leid, Mr. Shahid, aber die Wagen sind alle gepanzert, und die Männer im hinteren Teil des Transporters hatten sich geweigert auszusteigen. Wir haben versucht, das Schloss aufzubrechen, doch die Zeit reichte nicht mehr.“
„Schon gut, ich nehme den Jeep.“ Shahid griff nach dem Wagenschlüssel. „Das nächste Mal parken Sie den Wagen nicht bei 50 Grad in der prallen Sonne. Und jetzt steigen Sie alle ein, wir haben keine Zeit zu verlieren.“

***

„Wollen Sie nicht endlich anhalten, damit wir uns die schwarze Specksteinkiste in Ruhe ansehen können, Chess?“
„Wozu? Sie haben die Buchseite mit der Anleitung doch sowieso beim Sandspielen verloren“, kam prompt ihre patzige

Antwort.
Alon blickte auf seine aufgerissene Hosentasche, in der er die Buchseite aufbewahrt hatte. „Sie hätten mich ja auch etwas gefühlvoller aus dem Sand ziehen können, dann wäre meine Hose dabei nicht aufgerissen, und wir wären noch im Besitz der Seite."
„Wissen Sie was?" Chess konnte die aufkeimende Wut nur schwer unterdrücken. „Beim nächsten Mal können Sie im Treibsand verrotten, bis die Sandwürmer Sie fressen."
„Ja, ja", murmelte Alon und beugte sich über die Rückbank, um an die Steinkiste zu kommen.
„Und hören Sie auf, da hinten rumzurutschen, Sie machen mir noch die ganze Rückbank..."
„Haben Sie den Wagen hinter uns schon bemerkt?", wurde sie von Alon unterbrochen. Sie blickte flüchtig in den Rückspiegel. „Ja, der folgt uns bereits seit einiger Zeit. Kein Wunder, es gibt ja auch nur die eine Straße."
„Mag sein", stimmte Alon zu. „Dennoch ist es ungewöhnlich, dass sich ein UN-Fahrzeug so weit abseits des Einsatzgebietes bewegt. Versuchen Sie, einen Zahn zuzulegen, Chess."
Der schwere Wagen bestätigte mit einem sonoren Brummen das Kommando, und die Tachonadel kletterte langsam in Richtung 120 km/h. Alon drehte sich erneut nach dem UN-Fahrzeug um, das bereits deutlich zurückfiel.
„Sieht so aus, als wäre er nicht an uns interessiert." Chess nahm etwas Druck vom Gaspedal, um die Geschwindigkeit zu halten.
„Möglich", erwiderte Alon und versuchte, mit seinen Fingern die schwarze Steinkiste zu erwischen.
„Bemühen Sie sich nicht. Ich habe die Kiste fachgerecht verstaut und fixiert. Es wird Ihnen nicht..." Sie unterbrach ihren Satz, als sie auf der Straße vor sich zwei weitere UN-Fahrzeuge bemerkte. „Meinen Sie, die veranstalten hier so was

wie eine Übung?“
„Keine, die die UNO angeordnet hat.“ Alon kletterte auf den Vordersitz, noch ehe Chess Zeit fand, erneut auf seine sandige Hose hinzuweisen. „Vorsicht!“, schrie er, als die beiden Fahrzeuge vor ihnen sich nebeneinander auf die Straße setzten und gleichzeitig zu bremsen begannen. Chess bremste instinktiv mit, um den Abstand zu halten.
„So habe ich das nicht gemeint! Bleiben Sie auf dem Gaspedal und versuchen Sie, seitlich auszuweichen. Da, auf der rechten Seite ist genug Platz.“
Chess drückte das Gaspedal ein Stück hinein und lenkte den Wagen neben die Straße. Die beiden Fahrzeuge vor ihr reagierten auf das Manöver und begaben sich auch nach rechts.
„Das wird nichts! Lassen Sie mich ans Steuer.“ Alons Hand legte sich um Chess’ Hüfte und zog sie zu sich herüber.
„Unterstehen Sie sich!“ Chess hatte Mühe, den Wagen ruhig neben der Straße zu halten, als Alon sie auf sein Becken hob, um unter ihr auf den Fahrersitz rutschen zu können.
„Lassen Sie den Fuß auf dem Gas, bis ich meinen dort habe“, drückte Alon ihr Bein mit seiner Hand nach unten.
„Wenn Sie Ihre Hand nicht sofort von...“ Chess fand keine Gelegenheit mehr, den Satz auszusprechen. Mit einem energischen Schubs beförderte Alon sie auf den Beifahrersitz. „Tut mir wirklich leid, aber der Moment ist denkbar ungünstig gewählt, um sich ausführlicher kennenzulernen.“
Die beiden Fahrzeuge bremsten in Schlangenlinien immer weiter herunter und zwangen Alon, den Lenkbewegungen zu folgen. Chess erkannte im Außenspiegel, wie sich der weiß lackierte UN-Transporter näherte. „Der Wagen hinter uns holt wieder auf!“
„Die Wagen holen auf!“ verbesserte sie Alon, als er im Rückspiegel zwei UN-Fahrzeuge sah. „Gut festhalten! Ich werde Sie jetzt ein wenig in die Wüste entführen.“ Er lenkte

den Wagen von der Straße auf den steinigen Sandboden. Nach einem beherzten Tritt ins Gaspedal schaltete der Rover zurück, und ein bäriges Brummen entwich dem Motor, dessen Turbolader begann, die verdichtete Luft in die Brennkammern zu pressen. Gleichzeitig versuchten alle vier Räder, Grip aufzubauen. Das anfängliche Brummen wich zunehmend einem schrill klingenden Pfeifen, während sich der Zeiger des Tourenzählers erbarmungslos nach oben drehte. Zügig wuchtete sich das tonnenschwere Auto nach vorne. Die Verfolgerfahrzeuge reagierten zunächst nur zögerlich darauf und begannen, sich halbkreisförmig aufzuteilen, um in einiger Entfernung zu folgen.

„Zur Grenze geht es dort lang“, stellte Chess fest. „Wir sollten so schnell wie möglich zurück in jordanisches Hoheitsgebiet.“

„Das wäre mir nicht Unrecht, aber wir können davon ausgehen, dass Shahid das erwartet und darauf vorbereitet ist. Es ist ihm sicher nicht schwer gefallen, mit einigen Dollars den einzigen Grenzübergang in der Gegend unter seine Kontrolle zu bringen.“

„Shahid? Haben Sie ihn gesehen?“ Chess’ Augen blitzten auf vor Hass.

„Ich bin mir nicht sicher, aber ich glaube, ihn von hinten erkannt zu haben. Er ist in dem Jeep, der sich vor uns eingebremst hat.“

„Dann sollten wir es hier und jetzt beenden.“ Chess griff nach ihrer Waffe, während der Rover weiter Richtung Süden hielt.

„Vergessen Sie es, die Wagen der UN sind alle gepanzert, und hier draußen stehen wir alleine gegen unsere Verfolger. Wir können mit dem Wagen weder das Meer zu unserer Linken durchqueren noch schaffen wir die unbefestigte Bergkette auf der rechten Seite.“

Chess deutete auf den Tankanzeiger, der sich bereits im untersten Abschnitt befand. „Ich unterbreche Ihre optimistische

Prognose nur ungern, aber nur nach Süden zu fahren, hilft uns auch nicht mehr lange weiter."

***

„Er hätte sich doch schon melden sollen", stellte David nachdenklich fest.
„Keine Sorge", beruhigte ihn Hiob, „Alon kann sehr gut auf sich aufpassen."
David lachte. „Ja, und er würde sich ohnedies nur langweilen, während wir auf die Entschlüsselung des nächsten Passworts warten."
„Erinnern Sie mich bitte nicht daran." Hiob stopfte genüsslich ein weiteres Stück von Ms. Burcelys Kuchen in sich hinein. „Wollen Sie auch?", hielt er David den großen weißen Teller mit Blumenmuster entgegen, auf dem sich nur noch ein Stück befand.
„Danke, aber ich bin sicher, das letzte Stück schaffen Sie auch noch alleine", entgegnete David etwas vorwurfsvoll. „Ich glaube übrigens nicht, dass wir in dieser Nacht schon Erfolg haben werden. Die Internetverbindung ist leider nicht so stabil, wie ich gehofft habe. Es werden laufend verlorene oder verstümmelte Datenpakete gemeldet, die nochmals gesendet werden müssen."
„Einer der Gründe, warum ich Computer nicht mag", schmatzte Hiob. „Man behandelt die Dinger so sorgsam wie einen Freund oder die eigene Frau, kauft jedes nur erdenkliche Extra hinein, um dann festzustellen, dass sie einen im wichtigsten Moment im Stich lassen. Und wissen Sie, warum sie das tun?"
Achselzuckend erwartete David die Erklärung.
„Weil Computer keinen Selbsterhaltungstrieb haben und kein Verantwortungsbewusstsein. Wenn ein Mensch überleben will,

wird er alles dafür tun. Egal, ob er sich den Fuß gebrochen hat oder ob es regnet, er wird seine ganze Kreativität dafür aufwenden. Geben Sie einem Computer eine Anweisung und warten Sie, was passiert, wenn sich ein einziger Parameter ändert."

David brauchte sich seine Antwort nicht erst zu überlegen. „Die Kiste macht genau nichts."

„Sehen Sie?", fühlte sich Hiob bestätigt. „Das ist genau das, was ich meine. Solange den Dingern die Intelligenz fehlt, den Sinn eines Befehls zu erkennen und alternative Lösungsmöglichkeiten in Betracht zu ziehen, sind sie für mich mehr Risiko als Hilfe." Sein Blick wandte sich zu Archimedes. „Ich muss allerdings zugeben, dass uns Ihr kleiner Kasten und seine Clusterbekanntschaften recht hilfreich sind."

David nickte zustimmend. „Was ist mit dem Jet, mit dem wir hergeflogen sind? Die Technik darin muss Sie doch auch beeindrucken?"

„Zweifellos tut sie das", bestätigte ihn Hiob. „Es stimmt mich aber zumindest nachdenklich, dass wir Kampfjets bauen, die sich ohne Computerunterstützung gar nicht mehr fliegen lassen. Ich hoffe inständig, dass ich bereits in Rente bin, wenn sich dieser Trend auch in der zivilen Luftfahrt durchsetzt."

„Auf unseren technikfreien Ruhestand!", scherzte David und hob sein Glas, um mit Hiob anzustoßen.

„Gerade rechtzeitig, bevor wir uns hoffnungslos besaufen", kommentierte Hiob das Läuten seines Handys, auf dessen Display die Nummer von Alon aufleuchtete. „Wir dachten schon, ihr habt euch ein Zimmer genommen", witzelte Hiob, nachdem er das Gespräch angenommen hatte. Sein Gesicht wurde ernst. „Ja, ich verstehe. Wir holen euch in 30 Minuten dort ab." David erkannte sofort den Ernst der Lage und lief ins Haus zu Mr. Burcely, der sich gewohnt hilfsbereit zeigte. „Selbstverständlich! Mein Fahrer wird Sie sofort zum

Flughafen bringen."

***

„Sobald wir in der Luft sind, gehen Sie bitte nach hinten in den Frachtraum und entfernen die Verkleidung von Wand und Decke." Hiob gab David genaue Instruktionen, während er selbst die Triebwerke anließ. Detailgenau erklärte er den Plan zur Rettung.

„Wie oft haben Sie das schon getan?", fragte David erstaunt, als er den Vorschlag von Hiob gehört hatte. Hiob gab keine Antwort und konzentrierte sich bereits voll auf die Checkliste neben ihm. Schritt für Schritt ging er die Punkte durch, um kurz darauf einen Bilderbuchstart hinzulegen.

David merkte, wie das Fahrwerk eingezogen wurde und tat gewissenhaft das, was Hiob ihm zuvor erklärt hatte. Er lief durch die Kabine in das Heck des Flugzeuges, wo er die Frachtraumtür öffnete. Davids Hand tastete nach dem Lichtschalter auf der rechten Seite. *Sieht doch gleich besser aus mit Licht. Hiob hat nicht übertrieben mit der sehr schmalen Leiter, die nach unten führt.* David kletterte die Leiter hinunter in den Frachtraum und holte den Werkzeugkasten. *Wie kann man nur so viele Schrauben für eine blöde Abdeckung verwenden?* Eine Verkleidungstafel nach der anderen wurde von David abmontiert und in die Kabine getragen. Mit jedem Stück, das er entfernte, wurde der Lärm der durch die Triebwerke strömenden Luft lauter. *Würde mich nicht wundern, wenn ich hinter der letzten Abdeckung ins Freie sehen könnte, so laut, wie das hier drinnen schon ist.* Die letzte Lage bestand aus gepresstem Schaumstoff, der erheblich dazu beitrug, den Frachtraum gegen Kälte und Lärm zu isolieren. Er griff in die Tasche und holte das Maßband hervor, das ihm Hiob gegeben hatte. *Jetzt nur keinen Fehler machen.*

2,10 Meter breit und 2,30 Meter hoch. Viel Platz ist das aber nicht. David vermaß den Laderaum noch ein weiteres Mal, um sich ganz sicher zu sein. Er notierte die Abmessungen auf einem Zettel und lief zurück zu Hiob.
„Geschafft!“, meldete er sich, als er das Cockpit betrat. „Hier ist der Zettel mit den Abmessungen.“
Hiob blickte ungläubig auf die Zahlen. „Haben Sie alle Verkleidungen entfernt? Auch die Lärm- und Kälte-Dämmplatten?“
David nickte.
Das wird höllisch eng werden, dachte Hiob. „Dann prüfen wir jetzt die hydraulischen Verriegelungen.“ Er drückte auf einen Knopf vor sich, und zwei Lampen begannen gelb zu blinken. Eine der beiden Lampen wurde kurz darauf grün, während die andere weiter blinkte. „Dreck! Eine der Verriegelungen rastet nicht ein, möglicherweise hat sich etwas verklemmt.“
„Ich bin schon unterwegs.“
David bückte sich zu der Stelle im Boden, wo die hydraulische Verriegelung ausgefahren war. Er begann an einer der beiden Stahlplatten zu rütteln. *Diese Seite hält perfekt.* David ging zur anderen Verriegelungsplatte und erkannte gleich das Problem. *Ich brauche irgendetwas, um die Schraube da rauszukitzeln.* Aufgeregt suchte er im Werkzeugkasten nach einem passenden Instrument.
Im Cockpit wurde auch die zweite Lampe grün. *Gute Arbeit*, dachte Hiob. David rüttelte noch einmal an der Platte, bevor Hiob sie wieder einfuhr. „Ich glaube, wir haben es!“ keuchte David und nahm wieder auf dem Copilotensitz Platz.

***

„Wieso werden wir langsamer?“
„Ich möchte unsere Verfolger in Sicherheit wiegen und

dadurch ein wenig Abstand gewinnen."
„Indem Sie die aufholen lassen?"
„Ja", gab sich Alon wortkarg und verlangsamte weiter das Tempo. Chess blickte ihn entgeistert an. „Würden Sie mir bitte erklären, was Sie vorhaben?"
„Wie ich schon sagte, wir müssen Abstand gewinnen. Meine Idee ist, Shahid mit seinen Schergen möglichst nah kommen zu lassen und gerade nur so weit vor ihnen zu bleiben, dass sie uns nicht überholen. Danach werde ich den Wagen auf dem kürzesten Weg zurück auf die Straße bringen, der wir dann, so schnell wie ihre Neuanschaffung es zulässt, bis zum Flughafen folgen. Dort holen uns Hiob und David ab." Alon verfolgte im Spiegel, wie sich die Verfolgerfahrzeuge neu gruppierten, um ihm den Weg abzusperren.
„Wann genau wollen Sie wieder losfahren?" Chess' Stimme klang besorgt ob der Tatsache, dass sie schon fast eingekreist waren.
„Geduld Chess, noch ein wenig Geduld. Wenn meine Rechnung aufgeht, sind wir hier gleich weg." Alon drückte den Knopf für den Allradantrieb. Danach schaltete er auch die elektronische Schlupfregelung des Rovers aus. Während sein Fuß über dem Gaspedal hing, stellte er den Gangwahlhebel auf die Neutralstellung. „Wenn ich es Ihnen sage, schalten Sie, ohne zu zögern, die Schlupfregelung und den Allrad wieder ein, egal was passiert."
„Noch nicht." Alon drückte das Gaspedal bis zum Anschlag durch und ließ den Motor aufheulen. Chess hielt die Hand über den Schaltern und wartete ungeduldig auf ihren Einsatz. Der weiße Jeep war nur noch wenige Meter entfernt.
Alon legte den Vorwärtsgang ein, und die Automatik verband den auf Vollgas laufenden Motor mit der Hinterachse. „Einen Moment noch", sprach er mit gewohnt ruhiger Stimme. Ohne sich vom Fleck zu bewegen, schleuderte der Wagen in zwei,

mehreren Meter hohen Fontänen Staub und Sand in die Luft, die sich wie ein Vorhang zwischen den Rover und die aufgerückten Verfolger legten.
„3 - 2 - 1 - Jetzt!“, gab er Chess das Signal. Mit einem deutlich spürbaren Ruck schaltete sich der Allradantrieb zu, während die Motorelektronik in Sekundenbruchteilen die Raddrehzahl elektronisch begrenzte. Komm schon, beschwor Alon die Vorderräder, ausreichend Grip zu bekommen, um auch die eingegrabenen Hinterräder herauszuziehen. Für einen kurzen Augenblick schien gar nichts zu passieren, dann hatte die Elektronik die Drehzahl dem Untergrund perfekt angepasst.
„Es klappt!“, stieß Chess erfreut aus. „Wir bewegen uns.“ Fast gleichzeitig wurde sie von einem lauten, blechernen Scheppern hinter dem Rover aufgeschreckt, doch der erwartete Anprall eines auffahrenden Fahrzeuges blieb aus.
„Da haben sich wohl zwei im Sandsturm gefunden“, grinste Alon, der den Wählschalter des Rovers auf die Sportstufe stellte. „Jetzt aber nichts wie weg hier, wir wollen doch unseren Flieger nicht verpassen.“
Chess schaute zurück und konnte in der riesigen Staubwolke nur schemenhaft die Umrisse von zwei ineinander verkeilten Fahrzeugen erkennen. Der Rover erreichte mit einem sanften Ruck die befestigte Straße, die in südlicher Richtung zu einem weit abseits gelegenen Flughafen führte.
„Nächster Halt Flughafen.“ Alons Fuß presste das Pedal an die Bodenplatte. „Suchen Sie die Betriebsanleitung! Wir müssen wissen, wie breit und wie hoch der Wagen ist.“
„Haben Sie das vor, was ich denke?“ fragte Chess besorgt.
„Kommt darauf an, was Sie denken! Aber wenn Sie mir die Abmessungen geben, dann finden wir's raus.“
Chess kramte im Handschuhfach nach der Betriebsanleitung. *Serviceheft, Garantiekarte, irgendwo muss sie doch sein.* Ihre Hand erfasste einen samtig grauen Umschlag, aus dem Chess

die Betriebsanleitung entnahm. Motor, Fahrwerk, Kraftstoff, Sicherungen,... „Hier steht es! Die Höhe beträgt 1,9 Meter und die Breite 2,2 Meter.“

„Drücken Sie die Wiederwahltaste!“ Alon deutete auf sein Handy. „Hoffen wir, dass Kapitän Hiob so viel Platz in seinem Laderaum hat.“

„Chess? Schön, Ihre Stimme zu hören“, antwortete David.

„Alon hat mich gebeten, Ihnen unsere Fahrzeugdaten zu übermitteln. Unsere Höhe beträgt 1,9 Meter und die Breite 2,2 Meter.“

David griff nach dem Zettel, auf dem er die Abmessungen des Laderaums notiert hatte. „Ich habe eine gute und eine schlechte Nachricht.“

„Schlechte Nachrichten hatten wir heute schon genug, fangen Sie mit der guten an, David.“

„Sie haben 40 Zentimeter Platz bei der Höhe, ich denke, das wird kein Problem werden.“

„Und die Breite?“

„Das ist die schlechte Nachricht. Ich habe alle Verkleidungen entfernt, aber mehr als 2,1 Meter kann ich nicht anbieten.“

„Das klingt übel! Mal sehen, ob Ihr Freund dafür auch eine Lösung hat. Wo sind Sie gerade?“

„Wir sind im Sinkflug über Kerak kurz vor den Salzgewinnungsbecken und nähern uns aus östlicher Richtung der Grenze zu Israel. Hiob will noch eine Kurve drehen und dann von Süden her aufsetzen. Wenn alles klappt, erwarten wir Sie in drei Minuten am nördlichen Ende der Landebahn.“

„Wir erkennen die Salzbecken auch schon, ich freue mich darauf, Sie beide wiederzusehen.“

„Das wird wohl noch ein wenig dauern, denn angesichts der Enge im Frachtraum werden Sie den Rover nicht verlassen können, selbst wenn Sie es irgendwie hinein schaffen. Wie auch immer, wir erwarten Sie in Kürze bei den Rendezvous-

Koordinaten. Viel Glück!“
„Der Flughafentower meldet sich nicht, und er schickt auch keine Kennung. Möglicherweise ist er überhaupt geschlossen. Bleibt nur zu hoffen, dass wir eine leere Landebahn vorfinden.“ Hiob zwang die Citation in eine lang gezogene Rechtskurve und ermöglichte David einen einzigartigen Blick auf die Salzteiche, aus denen Jordanien und Israel ihr Salz gewannen. Die tief stehende blutrote Abendsonne spiegelte sich in den zahlreichen Salzbecken. David verfolgte, wie sich die Landeklappen aus den Tragflächen schoben, um dem Flieger mehr Auftrieb zu geben, während sich die Geschwindigkeit weiter verringerte. „Aus der Luft sieht die Negevwüste so friedlich aus“, merkte Hiob an.
Davids Hinterteil vermeldete unzweifelhaft das Ausfahren des Fahrwerks. „Ich möchte behaupten, wir sind die Einzigen hier.“
Vor ihnen lag eine vom Sand angezuckerte Landebahn, die sich perfekt zwischen die Salzbecken und die bergigen Ausläufer der Negevwüste einfügte. Eine kleine Herde nubischer Steinböcke sprang aufgeschreckt davon, als die Steilwand das Echo des Turbinendonners zurückwarf.
Rauer als vermutet setzte die Maschine auf der Landebahn auf. „Geben Sie mir mehr Speedbrakes!“, wies Hiob seinen Copiloten an, als er merkte, dass die Maschine Schwierigkeiten hatte, auf der sandigen Landebahn zum Stehen zu kommen. Ehrfürchtig betätigte David den Regler, dessen Funktion Hiob ihm zuvor erklärt hatte. Ein heftiger Ruck ließ die Körper der beiden in die Gurte fallen. David bemerkte Hiobs strafenden Blick. „Sorry!“, sagte er kleinlaut.
„Wird schon!“, brummte Hiob und brachte die Maschine kurz vor dem Ende der Landebahn zum Stillstand.

***

„Verbinden Sie mich mit dem Hubschrauber." Shahids Worte klangen sehr nüchtern trotz der Tatsache, dass einer seiner eigenen Wagen ihn gerammt hatte. Der Beifahrer des Transporters reichte ihm das Funkgerät nach hinten. „Kamov Leader hier", meldete sich eine Stimme. „Wir haben die Maschine gesichtet, sie ist soeben gelandet."
Das Funkgerät knackste, als Shahid die Sprechtaste drückte. „Ich wurde leider aufgehalten." Er betrachtete das mit Blut verschmierte Kampfmesser in seiner Hand. „Nein, nichts, was wir nicht lösen konnten", antwortete er und wischte die gezackte Klinge an der Rückbank des Wagens ab. „Stellen Sie sicher, dass die Maschine am Boden bleibt, bis wir da sind." Shahid steckte das Messer weg. „Natürlich nicht, Sie Idiot!", brüllte er in das Mikro. „Ich brauche sie lebend!" Seine Stimme beruhigte sich wieder. „Zumindest für den Moment."
„Wie lange noch bis zum Flughafen?", gab er die Frage des Piloten an seinen Fahrer weiter.
„Maximal fünf Minuten, Mr. Shahid."
„Sie haben es gehört!", vernahm der Pilot Shahids Stimme aus dem Cockpitlautsprecher. „Ich mache Sie persönlich dafür verantwortlich, dass ich in fünf Minuten bekomme, was mir gehört."
„Geht klar, Mr. Shahid. Wir übernehmen jetzt. Kamov Leader Ende."
Der Pilot trennte die Funkverbindung zu Shahids Wagen und änderte die Frequenz, um seinen Flügelmann im zweiten Hubschrauber anzufunken. „Kamov Leader an Werwolf! Bitte kommen." Es rauschte kurz, ehe er den Funkspruch des Werwolfs vernahm: „Hier Werwolf, bitte sprechen Sie, Kamov Leader."

***

David war bereits ausgestiegen, um das Öffnen der Heckklappe zu überwachen. Trotz der auf Stand-by laufenden Turbinen war das Surren der Ölpumpe deutlich zu hören. Langsam senkten die beiden silberfarbenen Hydraulikstempel die Klappe ab. Ein kratzendes Geräusch begleitete sie auf den letzten Millimetern. Es war das Scheren der vielen kleinen, auf der Startbahn liegenden Steine, über die sich die Metallwand schob. Mit einem festen Ruck rasteten die Stempel in der Endposition ein und hatten die Heckklappe so arretiert, dass sie eine perfekte Auffahrtsrampe bildete. Eine grüne Lampe bestätigte dem Personal, das sie bediente, die ordnungsgemäße Verriegelung und Belastbarkeit.
Hiob bereitete sich unterdessen im Cockpit auf den Blitzstart vor, mit dem sie Alons Verfolgern entkommen wollten. Punkt für Punkt ging er die Checklisten durch.
„Hinten ist alles bereit“, meldete sich David im Cockpit zurück.
„Hier leider nicht.“ Hiob starrte auf eine blinkende Kontrollleuchte. „Irgendetwas stimmt nicht mit der Steuerbordturbine. Möglicherweise mag sie den Sand hier genauso wenig wie ich. Wie viel Zeit haben wir noch?“
David blickte auf die Uhr. „Laut unserem letzten Telefonat sollten sie in weniger als fünf Minuten hier sein.“
„Das muss einfach reichen, wir dürfen kein Risiko eingehen. Drücken Sie den Schalter unter der blinkenden Kontrollleuchte.“
David hörte, wie die Turbine heruntergefahren wurde. Immer leiser vernahm er das Triebwerksgeräusch aus dem Heck der Maschine.
„Was zur Hölle?“, Hiob stieß einen besorgniserregenden Schrei aus. „Wo kommt der denn plötzlich her?“ Seine Hand klopfte auf die Radaranzeige, wo ein grüner Punkt aufleuchtete.
„Was ist das?“

„Nichts Gutes! Der Höhe und Geschwindigkeit nach zu urteilen, muss es ein Jagdhubschrauber sein, das Signal ist aber noch nicht klar genug. Mal sehen, ob wir das noch besser hinbekommen.“ Er begann, die Einstellungen der Abtastung zu verändern.
„Jetzt sind es zwei!“, rief David entsetzt.
„Das muss nichts bedeuten, möglicherweise ein Doppelecho, verursacht durch die niedrige Flughöhe des Helikopters. Auf das Radar können wir uns nur bedingt verlassen, solange wir am Boden stehen.“ Hiob bemühte sich, die angezeigte Kennung zuzuordnen.
„Wenn er in dem Tempo weiterfliegt, dringt er in weniger als 30 Sekunden in israelischen Luftraum ein.“
„Gut“, stellte David beruhigt fest. „Dann wird er von der israelischen Luftwaffe gestoppt.“
Hiob drehte sich mit einem befremdlichen Blick zu David. „Sehen Sie hier noch irgendjemanden außer uns?“
David dachte über seine eigenen Worte nach und schwieg. Dann schüttelte er verlegen den Kopf.
„Bis unsere Luftraumüberwachung den Tiefflieger bemerkt, ist der wieder zurück über die Grenze. Die Frage, die sich dabei stellt, ist, ob wir hier bleiben wollen und rausfinden, was er währenddessen tut.“ Hiob klopfte David aufmunternd auf die Schulter. „Lassen Sie die Turbine wieder an!“
David betätigte erneut den Schalter für das Triebwerk. Mit einem kräftigen Rauschen wurde Pressluft in die Turbine gelassen, um sie zum Anlaufen zu bewegen. Anfangs nur langsam, doch dann immer schneller begannen sich die Schaufelräder im künstlichen Luftstrom zu drehen.
„Lesen Sie mir jetzt die Pre-Start-Checkliste vor.“ Punkt für Punkt ging David mit Hiob die Liste durch. David konnte nicht davon ablassen, immer wieder auf die Radaranzeige zu schauen. *Unglaublich, wie gelassen Hiob bleibt, obwohl die*

zwei blinkenden Punkte immer näher kommen. „Gurte?" las er den nächsten Punkt auf der Liste vor.
„Checked!" wiederholte sich Hiob.
„Türen?"
„Checked!"
„Das war's. Mehr steht hier nicht." David legte die Checkliste beiseite.
„Dann hoffen wir, dass es reicht. Mal sehen, ob das Radar in der Zwischenzeit herausgefunden hat, wer oder was uns da ansteuert."
Ganz deutlich waren bereits zwei getrennte Punkte zu sehen, die sich auf die Citation zubewegten. Neben den Punkten leuchteten für David nichtssagende Buchstabenkürzel auf.
„Es sind russische *Kamov*. Sehr kleine Hubschrauber, nur ein Pilot und ausgesprochen wendig. Alles, was man bei deren Konstruktion an Gewicht eingespart hat, wurde in die Bewaffnung gesteckt. Kein Gegner, mit dem man sich anlegen will."
David schluckte. „Aber, die müssen doch nicht uns meinen?"
„Es würde mich doch schwer wundern, wenn die nicht wegen uns hier wären. Oder können Sie mir erklären, warum die Piloten ihre Helikopter nach Israel fliegen?"
„Es könnte sich doch um einen Fehler handeln, vielleicht ein defektes Steuerungssystem bei einem Routineflug oder unerfahrene Piloten?", versuchte David sich zu beruhigen.
Hiob stöhnte, als er Davids fragwürdigen Erklärungsversuch hörte. „Willkommen in der Realität, Mr. Wilder! Diese Hubschrauber können nur von den besten Piloten der Welt so knapp über dem Boden gesteuert werden. Da sie über keinen Heckrotor verfügen, erfolgt die gesamte Stabilisation während des Fluges über die beiden gegenläufig rotierenden Hauptrotoren. So ein Ding fliegt man nicht nur mal eben so zum Zeitvertreib. Jeder der beiden Helikopter kann mit bis zu

80 Raketen bestückt werden. Ich versichere Ihnen, dass es sich dabei nicht um eine misslungene Orientierungsflugübung handelt. Wer immer diese Maschinen lenkt, der weiß haargenau, was er tut."

Davids Gesicht verlor mit jedem von Hiobs Sätzen etwas an Farbe, bis er schließlich kreidebleich neben ihm saß. Wie in Trance griff er zum Handy und wählte Alons Nummer. *Nun geh schon ran!*

„Wir sehen schon die offene Heckklappe", meldete sich Chess' Stimme, ohne auf eine Frage zu warten.

David hörte gar nicht zu und redete wie ein Wasserfall einfach los: „Sagen Sie Alon, dass er alles aus dem Wagen rausholen soll. Hier wird es gleich einen ganz schlimmen Krieg geben. Wir werden mit ganz vielen Raketen angegriffen und Hiob meint, die besten Piloten der Welt steuern sie!" Er atmete kurz ein. „Die sind unglaublich schnell und wendig, und bis an die Zähne bewaffnete Kampfhubschrauber haben sie auch!" David war völlig außer Atem, als er das Gespräch beendete. Keuchend wandte er sich zu Hiob. „Ich hoffe, die beiden kommen mit dieser Extremsituation klar."

„Aber sicher, da besteht bei Ihrer detailgenauen Schilderung doch gar kein Zweifel." Hiob konnte sich das Schmunzeln nicht verkneifen, als er auf den Videomonitor blickte, wo das Bild der Frachtraumkamera angezeigt wurde. Deutlich waren bereits die Umrisse des sich nähernden Rovers zu erkennen.

„Ich hoffe, Sie sind wirklich so gut, wie Sie von sich behaupten." Chess fixierte skeptisch die viel zu enge Laderampe, die rasch auf sie zukam. „Und wenn das Einklappen der beiden Spiegel nicht ausreicht, um da hineinzupassen?"

Alon war voll auf die Öffnung des Laderaums konzentriert. Seine Hände korrigierten permanent mit ganz kleinen Lenkbewegungen die Richtung. „Uns bleiben knapp fünf

Zentimeter auf jeder Seite, das reicht mir.“
„Und wenn nicht? Was tun wir, wenn Sie in Ihrer Selbstüberschätzung ein Riesenloch in die Flugzeugwand reißen?“
„Das finden wir gleich raus, wenn Sie mich weiter stören.“ Alon bremste den Wagen noch kurz ab, ehe die Vorderräder auch schon auf die Rampe fuhren. Ein metallisches Kratzen schien Chess’ schlimmste Vermutungen zu bestätigen. Dem Kratzen folgte ein Holpern, das die zurückfedernde Hinterachse auf dem Frachtboden erzeugte. Mit einem durch den Turbinenlärm stark überlagerten Reifenquietschen blieb der Wagen stehen. Chess spürte, wie die Karosserie des Rovers noch einmal kurz nachfederte. „Kann ich die Augen schon aufmachen?“
„Sie haben meine Punktlandung, dieses Meisterwerk an Fahrzeugbeherrschung, nicht gesehen?“, gab sich Alon entrüstet.
„Nein. Gesehen nicht, aber gehört“, stichelte Chess und öffnete die Augen. „Sagen Sie mir besser gleich, wo Sie angefahren sind, ich finde es ja doch raus.“
„Fahr noch ein kleines Stück vor, bis der Wagen ganz ansteht“, kam Hiobs Stimme über den Lautsprecher im Frachtraum. Alon folgte der Aufforderung. „Passt! Kannst den Motor jetzt abstellen“, bestätigte Hiob die neue Parkposition. Aus dem Frachtraumboden kamen zwei Verriegelungskrallen, die sich um die Hinterräder des Wagens legten. Mit einem dumpfen Schlag arretierten die stählernen Verriegelungen. „Jetzt sitzen wir hier fest.“ Chess schaute nach hinten, wo die Heckklappe von unten hochklappte und immer weniger Licht in den Frachtraum gelangen ließ, um letztlich mit einem lauten Grollen einzurasten. Nicht einmal ein kleiner Spalt blieb frei, durch den die letzten Sonnenstrahlen den stockfinsteren Laderaum hätten erhellen können. „Das wäre geschafft, den

Rest können wir getrost dem Piloten überlassen." Alon lehnte sich entspannt zurück. „Denken Sie, was ich denke?"
„Könnte gut sein", entgegnete Chess. „Wollen Sie es mir sagen oder besser noch zeigen?"
Alon drehte sich erwartungsvoll in ihre Richtung. *Du hast dich tapfer gewehrt, aber gegen meinen Charme hast du einfach keine Chance.* Leidenschaftlich spitzte er seine Lippen und beugte dabei den Oberkörper nach vorne.
Klick.
„Na endlich", kommentierte Chess das Einschalten der Innenbeleuchtung, die sie in der Dunkelheit verzweifelt gesucht hatte. „Jetzt können Sie mir zeigen, wo Sie die Delle in meinen Wagen gefahren haben."

***

Die Kontrollleuchte für die Heckklappe im Cockpit ging aus. *Jetzt noch die Sicherheitschecks beim Anrollen, und dann nichts wie weg hier!* Hiob löste die Bremse, und die Citation setzte sich langsam in Bewegung. David war mit seinen Gedanken fest in die beiden Punkte auf dem Radarschirm vertieft, die mittlerweile so nah waren, dass er ihre Konturen kaum noch von denen des Jets unterscheiden konnte. Eine orangefarbene Lampe begann neben der Radaranzeige aufzuleuchten und erregte Davids Aufmerksamkeit. „Das Lämpchen hier hat gerade aufgeleuchtet."
Hiob war bereits damit beschäftigt, die Bremsanlage ein letztes Mal vor dem Start zu überprüfen. Schwerfällig nickte das Flugzeug nach vorne.
„Da! Schon wieder." Davids Finger klopfte auf die orange blinkende Warnleuchte. „Ich hoffe, ich muss jetzt nicht wieder aussteigen und irgendwelche Schrauben entfernen." Die Blinkfrequenz der Warnleuchte erhöhte sich so stark, dass das

Blinklicht fast nur noch als ein durchgängiges Leuchten wahrzunehmen war.
„Das heißt, dass wir angepeilt werden. Einer der Hubschrauber hat sein Waffensystem ausgerichtet und zielt mit den Raketen auf uns. Das Dauerleuchten der Lampe zeigt uns, dass die automatische Zielvorrichtung eingerastet ist und zwar auf uns."
„Bin ich der Einzige hier, der das besorgniserregend findet?" David konnte mit Hiobs Gelassenheit in derart brenzligen Situationen nur wenig bis gar nichts anfangen.
„Nur die Ruhe, wenn sie wirklich auf uns schießen wollten, hätten sie es bereits getan."
„Kamov Leader an Citation 4X-7117!", krächzte es aus dem Funkgerät. „Bleiben Sie, wo Sie sind, und stellen Sie sofort die Triebwerke ab. Wir haben unsere Waffen auf Sie gerichtet. Verlassen Sie auf der Stelle die Maschine, oder wir eröffnen das Feuer."
David war bemüht, Hiobs Coolness zu teilen und setzte ein gekünsteltes Lächeln auf. „Der blufft doch nur!"
Hiob war der ängstliche Unterton in Davids Stimme nicht entgangen. Selbstbewusst griff er zum Schubregler. „Sie haben den Mann gehört, Mr. Wilder, also lassen Sie uns genau das nicht tun, was er gesagt hat." Entschlossen schob er den Schubregler ein Stück nach vorne und löste die Radbremsen. Die Citation begann langsam anzurollen.
„Kamov Leader an Citation 4X-7117. Das ist unsere letzte Warnung. Stoppen Sie augenblicklich Ihre Triebwerke und verlassen Sie das Flugzeug."
„Wollen Sie mit ihm sprechen?" Hiob deutete mit dem Kopf auf das Mikrophon an Davids Kopfhörer. „Der schwarze Knopf!"
David drückte den Knopf. „Hallo?" Er wartete auf eine Antwort. „Hallo?", wiederholte er sich. „Hier spricht der Ehrenvorsitzende der Londoner Schlappohren. Wir sind

unterwegs zu einem Kongress der israelischen Kaninchenzüchter und haben über dreißig Kaninchen an Bord. Ich versichere Ihnen, dass wir keine Bedrohung für Sie darstellen. Bitte lassen Sie uns zurückfliegen."
Hiob schüttelte fassungslos den Kopf. „Fällt Ihnen so was eigentlich spontan ein?"
„Würden Sie auf eine Maschine mit dreißig unschuldigen Riesenkaninchen schießen?" Davids Stimme klang vorwurfsvoll.
Mit einem gewaltigen Lichtblitz, gefolgt von einem ohrenbetäubenden Knall, schlug eine Rakete ohne weitere Vorwarnung in den Flughafen Tower ein. David fuhr erschrocken zusammen.
„Ich natürlich nicht, aber bei denen wäre ich mir nicht so sicher", war Hiobs knappe Antwort.
Erneut schickte der Hubschrauber eine Funkmeldung über den Äther. „Die nächste Rakete schicken wir genau auf die Zielpeilung."
David brauchte die orange Lampe nicht extra anzusehen, um zu wissen, worauf die Zielpeilung der nächsten Rakete eingestellt war. Der Jet befand sich auf dem ersten Drittel der Startbahn und baute nur langsam Geschwindigkeit auf. „Können Sie nicht mehr Schub geben, damit wir hier endlich wegkommen?"
„Ich möchte nicht riskieren, das Steuerbordtriebwerk erneut zu verschmutzen. Wir brauchen den vollen Schub, wenn wir nach dem Start hier abhauen wollen. In wenigen Sekunden sind wir in der Luft, dann haben wir gute Chancen davonzukommen. Bis dahin heißt es Daumen drücken."
„Da!", schrie David und zeigte auf den Hubschrauber, der neben seinem Fenster auftauchte.
„Hier auch!", folgte prompt Hiobs Antwort.
Die beiden Hubschrauber flankierten den Jet, waren aber durch die Trägheit des startenden Flugzeugs spielend in der Lage, es

zu überholen. In geringer Höhe flogen sie auf das Ende der Startbahn zu. Hiob musste Schub zurücknehmen, um den durch die Rotoren aufgewirbelten Dreck nicht in die Turbinen zu saugen.
„Um Himmels willen, Hiob, was tun Sie?“
„Wir können nicht durchstarten, solange die Helikopter auf gleicher Höhe sind, der aufgewirbelte Sand ruiniert uns die Turbinen.“
Die Hubschrauber hatten fast das Ende der Startbahn erreicht und drehten sich, gleichzeitig und auf der Stelle schwebend, zu dem Jet um. Knapp 20 Meter über dem Boden hielten sie ihre Position und visierten den Jet an.
„Hier und heute werden wir es beenden“, krächzte eine Stimme aus dem Lautsprecher.
„Shahid!“, brüllte Hiob. Ihm war sofort klar, zu wem diese Stimme gehörte. Nichts hätte er lieber getan, als auszusteigen und der Gerechtigkeit ihren Lauf zu lassen. Zu oft war ihm der Ägypter schon entkommen. David bemerkte Hiobs Zögern. „Ich weiß, dass Sie ihn schnappen wollen, und das will ich auch. Aber wir dürfen nicht riskieren, dass er mit seinem Plan Erfolg hat. Ich brauche Ihre Hilfe, um Natascha zu finden.“
Hiob drückte den Knopf an seinem Kopfhörer. „Nicht hier.“ Er biss sich auf die Lippe. „Und nicht heute.“
David war erleichtert darüber, dass Hiob sein Vorhaben, Shahid zur Strecke zu bringen, noch einmal aufgeschoben hatte, auch wenn die angespannte Situation eigentlich keinen Grund für Optimismus bot. Irgendwie schaffte es Hiob, mit der unermüdlichen Stärke und dem kompromisslosen Mut, den er ausstrahlte, David zu beeindrucken. Die Bedrohlichkeit der Situation schien diesem Bären von einem Mann nichts anhaben zu können.
„Festhalten!“ Hiob setzte alles auf eine Karte. Er drückte den Schubregler bis zum Anschlag nach vorne und die Turbinen

heulten auf, als wollten sie ohne den Jet losfliegen. Ein gewaltiges Zittern durchlief die Außenhaut des Flugzeugs. David hatte Mühe, gegen die erdrückende Kraft anzukämpfen, die ihn in den Sitz presste. Gnadenlos kletterte der Geschwindigkeitsmesser der Citation nach oben. Es war ein überwältigendes Gefühl, in dem tonnenschweren, dröhnenden Stahl auf das letzte Stück der Startbahn zuzurasen, wo noch immer die beiden Helikopter schwebten. David hörte, wie das Fenster neben ihm unter der Spannung vibrierte.

TRAFFIC. Die Kollisionswarnung aus dem Bordlautsprecher passte perfekt in die mit Adrenalin geladene Situation. Auch ohne die rot blinkende Warnleuchte und die sich ständig wiederholende Warnung vor dem bevorstehenden Aufprall war David klar, dass es keinen Weg zurück mehr gab. Längst hatte die Citation zu viel Geschwindigkeit aufgebaut, um auf dem letzten Rest der Startbahn noch einmal anhalten zu können. *Die oder wir. Hiob, ich hoffe, Ihr Mut reicht aus, um uns hier alle noch heil rauszubringen.* David krallte sich mit seinen Händen fest in die Armlehnen des Copilotensessels und starrte auf die beiden Helikopter, die nur noch wenige Meter entfernt waren.

Hiob wusste, dass sein Plan das Verwegenste war, was er je versucht hatte. Dennoch hielt er ohne zu zögern auf die beiden Helikopter zu. *Sie schweben gut zwanzig Meter über der Erde, um nicht in ihre eigenen Verwirbelungen zu gelangen. Das reicht mir, um darunter durchzurasen. Sobald ich genau unter ihnen bin, muss ich den Vogel so steil hochziehen, wie es die Triebwerke zulassen.*

Davids Augen fixierten in Abständen von Sekundenbruchteilen abwechselnd die Hubschrauber und das Ende der Startbahn. *Selbst wenn Hiob unter den Helikoptern durchfährt, wie will er auf den paar Metern verbleibender Piste noch den Jet in die Luft bringen?*

David hörte seinen eigenen Herzschlag. Eigentlich raste sein

Herz, doch mit einem Mal wurde sein Puls langsamer. Wie in Zeitlupe verfolgte er die Helikopter, die über dem Bugfenster der Citation verschwanden, als hätte man sie an Schnüren weggerissen. Der Jet glühte förmlich unter ihnen durch. Die helle Stimme, die ständig die Kollisionswarnung wiederholte, erschien David so langsam, als stammte sie von einem leiernden Tonband, das zu lange in der Sonne gelegen war. Das Ende der Landebahn war nicht mehr zu sehen, doch David hatte weder das Gefühl, als wären sie schon darüber hinaus gerast, noch vermochte er zu sagen, ob der Flieger bereits in der Luft war.

Komm schon! Hiobs Hand hatte den Steuerknüppel so fest im Griff, dass man die Adern hervortreten sah. Die Muskelfasern waren bis zum Zerreißen angespannt. Unterdessen donnerte die Citation in niedriger Höhe über den Wüstenboden dahin. David sah die Berge immer näher kommen. Erbarmungslos hielt Hiob auf die Bergkette zu, als gäbe es kein Morgen.

„Hiob?“

Zunächst zeigte Hiob keine Reaktion. Sein Blick wechselte ständig zwischen der nahenden Bergkette und dem Höhenmesser, auf dem sich kaum ein merklicher Anstieg ablesen ließ.

„Hiob? Wir knallen in die Berge, wenn Sie nicht endlich hochziehen“, drängte ihn David.

„Tun wir nicht!“ Hiobs Hände hatten alle Mühe, die Maschine mit Hilfe des immer stärker vibrierenden Steuerknüppels auf Kurs zu halten. „Leider ist das Baby nicht dafür gemacht, so knapp über den Boden zu brettern, aber wir müssen maximalen Abstand zwischen uns und die Helikopter bringen, bevor wir in den Steigflug übergehen. Wenn ich die Maschine zu früh hochziehe, bleiben wir länger in ihrer Waffenreichweite, weil unsere Geschwindigkeit beim Hochziehen sofort abfällt.“

David fiel die orange Lampe wieder ein, die zuletzt

durchgehend geleuchtet hatte. „Sie blinkt jetzt wieder langsamer! Sie verlieren unser Signal.“

„Freuen Sie sich nicht zu früh! Ich muss gleich den Steigflug einleiten, um über die Berge zu kommen, und dann könnten die Hubschrauber noch mal aufholen. So langsam sind die nämlich nicht. Mit etwas Glück...“

MASTER CAUTION - Engine Failure, wurde Hiob durch den kreischenden Lautsprecher jäh unterbrochen. *Bitte nicht jetzt, nicht das Triebwerk*, ging es ihm durch den Kopf, doch die rot blinkende Triebwerksleuchte vernichtete jede Hoffnung.

MASTER CAUTION, die Warnmeldung kam in Sekundenabständen.

„Jetzt wird’s eng! Wir haben das Steuerbordtriebwerk verloren. Ich habe keine Zeit mehr, mich darum zu kümmern, wenn wir nicht in den Berg knallen wollen. Sie müssen das Triebwerk allein neu starten und zwar sofort.“

David hing wie paralysiert im Sessel, seit ihm die Master-Caution-Meldung entgegen plärrte.

„Wilder!“, schrie Hiob und riss David damit aus seinem Todesschlaf. „Sie müssen das Triebwerk neu starten. Nehmen Sie die Checkliste, und machen Sie genau das, was wir zuerst am Boden gemacht haben.“

David fasste wieder einen klaren Gedanken. Eilig suchte er die passende Checkliste.

„Machen Sie schon!“, herrschte Hiob ihn an.

„Da gibt es einen Verweis auf eine andere Liste, wenn man das Triebwerk in der Luft mit Pressluftunterstützung neu starten will.“

„Vergessen Sie den Punkt, wir brauchen keine Pressluft zum Anlaufen der Turbine. Die dreht sich ja sowieso schon durch den Fahrtwind.“

„Okay.“ David kontrollierte alle Einstellungen, die für den Turbinenneustart notwendig waren. Die Citation donnerte unterdessen weiter auf die Felswand zu. „Ich bin so weit.“
„Keine Sekunde zu früh!“, überschrie Hiob die ihm bereits nervig gewordene Master-Caution-Warnung und zog das Steuer des Jets ganz zu sich. Die Schnauze des Fliegers begann sich zögerlich in den Himmel zu richten. Mit einem metallischen Ächzen kommentierte die Cockpitverkleidung die auftretenden starken Beschleunigungskräfte. „Jetzt brauchen wir das zweite Triebwerk, sonst wird das mein letzter Flug.“
„Sie startet nicht!“, rief David panisch.
„Versuchen Sie es weiter, auch wenn es das Letzte ist, was Sie tun.“
Die Citation verlangsamte sich bereits merklich. Hiob musste den Steigwinkel verringern, um keinen Strömungsabriss unter den Tragflächen zu riskieren. *Zwei Grad weniger Steigung und wir knallen in wenigen Sekunden gegen den Berg. Aber wenn ich den Steigwinkel noch länger halte, reißt die Strömung ab, und wir fallen wie ein Stein zu Boden.*
Wieder und wieder drückte David den Anlassknopf. *Spring endlich an, du verdammtes Ding! Natascha und Goliath brauchen mich, ich kann hier nicht draufgehen.*
Der Jet kam den Bergen gefährlich nahe, doch das Anschlagen der *Stall-Warning* - die Warnmeldung für einen drohenden Strömungsabriss - zwang Hiob dazu, weiter nachzulassen. Der Bug des Flugzeugs senkte sich bedrohlich in Richtung der vor ihnen liegenden Felswand.
„Sie läuft an!“, schrie David euphorisch. „Sie läuft an!“
Das war die Nachricht, auf die Hiob gewartet hatte. Mit einem alles durchdringenden Zittern meldete sich das zweite Triebwerk zurück. Die rechte Tragfläche des Jets hob sich wieder etwas an, und Hiob hatte Mühe, den Leistungszuwachs rasch genug auszugleichen. Wie ein Pfeil schrammte die

Citation, deren Triebwerke unter der Volllaststellung aufheulten, an den Felswänden vorbei und zog Richtung Himmel. In einer leichten Rechtskurve schraubte sich der Jet, vorbei an der Bergkette, weiter nach oben. David atmete tief durch und spürte, wie die Anspannung von ihm abfiel. Er sah durch das Seitenfenster, auf der Landebahn unter ihm, zwei weiße Fahrzeuge, die rasch kleiner wurden. *Die Hubschrauber! Wo sind die Hubschrauber?* Sein Kopf verdrehte sich weit nach hinten, in seinem Bemühen, irgendwo die Hubschrauber entdecken zu können.

„Was macht das Kamovduo?", fragte Hiob, der noch immer damit beschäftigt war, den Steigflug der Citation zu stabilisieren.

„Ich glaube, sie landen!" David sah im Augenwinkel, wie einer der Helikopter sich den beiden Fahrzeugen am Boden näherte.

„Sie glauben? Diese Kiste hat eines der besten Radarsysteme nachgerüstet bekommen und Sie glauben? Sagen Sie mir, wo die verfluchten Helikopter sind."

David brauchte den Radarschirm nicht erst abzusuchen, viel zu augenscheinlich war das rasche Blinken der orangen Lampe.

„Wir werden angepeilt!"

Einer der Kamovhelikopter hatte die Verfolgung des Jets aufgenommen.

„Wir sind noch zu niedrig, um ihm entkommen zu können. Seine Höchstgeschwindigkeit liegt zwar deutlich unter unserer, aber bis zu einer Höhe von 5.000 Metern kann er uns auch ohne Druckkabine folgen." David bemühte sich, den zweiten Hubschrauber mit einem Blick aus dem Fenster auszumachen. „Laut dem Radar ist er etwa 500 Meter rechts hinter uns, aber ich sehe ihn nicht."

„Er wird gleich zu sehen sein." Hiob hatte ständig den Höhenmesser im Auge, der dabei war, die 5.300-Meter-Marke zu überspringen.

„Da ist er! Aber er macht nicht den Eindruck, als würde er zurückfallen, der kommt immer näher.“

„Unmöglich. Das wäre glatter Selbstmord. Ohne Druckkabine kann er nicht mithalten.“ Hiob kontrollierte noch einmal die Steigrate des Jets. Der Höhenmesser zeigte bereits über 5.500 Meter an.

„Er kommt noch immer näher. Hiob, ich glaube, der Wahnsinnige will uns rammen!“

„Unwahrscheinlich, das könnte er billiger haben. Eine einzige seiner Raketen würde das wesentlich effizienter erledigen.“ Hiob las bereits 5.700 Meter vom Höhenmesser ab. *Aber warum riskiert der Pilot sein Leben, wenn es ihm nicht darum geht, uns zu erwischen?*

„Er beginnt zu trudeln!“ David sah zu, wie ihr Verfolger die Kontrolle über den Helikopter verlor. Ohne Chance, den Kamov wieder abfangen zu können, begann der Pilot, mit seinem Helikopter wie ein Stein in die Tiefe zu fallen.

„Er stürzt ab.“ David schaute dem Helikopter nach, der völlig unkontrolliert immer schneller auf die Erde zuraste. Noch lange bevor David den Boden vermutet hatte, schien der Helikopter aufzuschlagen. In hohem Bogen flogen die Rotorblätter und kurz darauf auch Teile der Kabine davon. Dann konnte David seinen Augen nicht trauen. Ein dunkelgrüner Fallschirm breitete sich aus und bremste den Absturz des Piloten jäh ab, während der Rest seiner Maschine nun tatsächlich auf den Boden niederregnete. Wie ein Meteoritenschauer schlugen die Hubschrauberteile, begleitet von aufsteigenden Staubfontänen, auf dem steinigen Wüstenboden ein.

„Er ist mit einem Fallschirm ausgestiegen.“ David war die Verwunderung ins Gesicht geschrieben. „Er ist aus dem Hubschrauber mit einem Fallschirm ausgestiegen.“

Hiob überlegte. „Ich habe davon gehört, dass die Kamov die

Rotorblätter absprengen können. Das gibt dem Piloten die Möglichkeit, den Schleudersitz zu aktivieren. Bei der Ausbildung, die man braucht, um die Dinger fliegen zu können, ist das wohl auch notwendig, um überhaupt Piloten dafür zu bekommen."
„Sie meinen, er wird es überleben?"
„Den Absprung und die Landung sicher. Aber wie ich Shahid kenne, wird er einen Schuldigen für unsere Flucht suchen."

***

„Die Citation erbittet Landefreigabe, Sir", gab der junge Flughafenangestellte den eingehenden Funkspruch an seinen Vorgesetzten weiter. „Sie kommt aus südwestlicher Richtung herein." Erleichtert blickte der Angesprochene auf die Uhr, die vor ihm an der Wand hing. „Weisen Sie den Piloten an, die Maschine hinter dem Westhangar abzustellen." Seine Hand kramte in der Jackentasche nach dem Mobiltelefon. Er wählte eine Nummer aus dem Kurzwahlspeicher. „Sie sind da."
Die Nacht begann über Amman hereinzubrechen. Tausend bunte Lichter zeichneten die Silhouette der Stadt in die Dunkelheit. David hatte Mühe, das hell beleuchtete Stadtzentrum zu erkennen. Ohne das grelle Licht der Sonne wirkte die Stadt noch viel hügeliger, als sie sich tagsüber zeigte. Hiob schaltete den Bordlautsprecher für den Frachtraum ein. „Festhalten, da hinten! Wir landen in Kürze."
Sekunden später setzte der Jet butterweich auf und rollte, wie vom Tower angeordnet, auf den Westhangar zu. David konnte als Erster das Empfangskomitee ausmachen. „Sieht so aus, als würden wir schon erwartet." Drei schwarze Transporter mit getönten Scheiben standen neben dem Hangareingang bereit.
Lautstark senkte sich die Heckklappe der Citation, und Alon setzte den Wagen zurück, um endlich die Türen öffnen zu

können. „Chess!“, begrüßte Mr. Burcely die Dame zuerst, wie es sich für einen Gentleman gehörte. „Sie haben mir einen gehörigen Schreck eingejagt mit Ihrem Anruf. Ich bin froh, Sie alle gesund wiederzusehen.“
„Das bin ich auch. Bitte entschuldigen Sie mich für einen Moment.“ Chess lief zu Hiob und umarmte ihn ohne Vorwarnung. Völlig perplex stand der stämmige Mann da und konnte sich selbst nicht recht erklären, wie ihm geschah. „Vielen Dank, Hiob, Sie haben mir das Leben gerettet.“
Alon, der das Geschehen aus nächster Nähe verfolgte, räusperte sich unüberhörbar.
„Natürlich gilt mein Dank auch Ihnen“, setzte Chess fort und presste David fest an sich. „Wenn Sie beide nicht gewesen wären, dann hätte Shahid uns ganz sicher umgebracht.“
Alon räusperte sich erneut. „Und was ist mit mir? Wer hat denn bitte den Wagen gefahren?“
„Keine Sorge, das habe ich nicht vergessen. Sobald Sie sich um den Frosch in Ihrem Hals gekümmert haben, können Sie die Kratzer aus dem Kotflügel polieren“, bemerkte Chess im Vorbeigehen. Ohne Alons langes Gesicht wahrzunehmen, reichte sie Burcely ihre Hand.
„Sieht so aus, als müsste ich mich schon wieder bei Ihnen bedanken. Ich hoffe, ich habe mit meinem Verdacht niemanden in Verlegenheit gebracht?“
„Keineswegs“, entgegnete Burcely. „Nach Ihrem Anruf haben meine Männer sofort mit der Befragung des Gärtners begonnen. Er hat erst gar nicht versucht abzustreiten, dass er einen Kontaktmann über Ihren Ausflug informiert hat. Leider wissen wir noch nicht, wer dieser Kontaktmann ist und in welchem Verhältnis er zu Shahid steht. Ich kann Ihnen aber zusichern, dass wir alles tun werden, um dieser Frage nachzugehen.“ Burcelys Miene wurde nachdenklich. „Ich will mir gar nicht ausmalen, welche Gefahr ich in meinem Haus

beschäftigt hatte. Nicht auszudenken, wenn er Clara oder meiner Frau etwas angetan hätte. Ich bin es, der Ihnen zutiefst zu Dank verpflichtet ist."

„Hat er Ihnen gesagt, warum Shahid so an diesem Ding interessiert ist?" Alon räumte die schwarze Steinkiste aus dem Kofferraum des Rovers hervor.

„Ich glaube nicht, dass er wusste, worum es im Speziellen ging. Es passt gut in das Bild, das wir von Shahid haben, dass er seine Handlanger nicht mehr wissen lässt, als unbedingt nötig ist."

Burcely zog ein Kuvert aus der Innentasche seines Sakkos und streckte es Alon entgegen. „Das ist eine Ermächtigung des Premierministers. Sie erlaubt es mir, Ihnen, wenn auch nur informell, unsere Zusammenarbeit anzubieten."

Alon öffnete das Kuvert, auf dem sich ein Adler befand, der unter einer Krone saß. Es war unverkennbar das Wappen des jordanischen Königshauses. „Ich bin angenehm überrascht", kommentierte Alon das Schreiben und gab es Burcely zurück.

„Glauben Sie mir, das war ich auch. Ich konnte den Premierminister davon überzeugen, dass es im Interesse unserer beiden Länder ist, wenn wir unsere Kräfte bündeln, um Shahid gemeinsam zur Strecke zu bringen."

„Natürlich rein inoffiziell und ohne diplomatische Verwicklungen", ergänzte Alon ein wenig zynisch.

„Natürlich", lächelte Burcely und griff nach Alons ausgestreckter Hand. Sie besiegelten die Zusammenarbeit mit einem Handschlag.

„Wir sollten unverzüglich damit beginnen, die Kiste zu erforschen", unterbrach Chess die beiden.

„Selbstverständlich", stimmte Burcely dem Vorschlag zu. „Mein Haus steht Ihnen offen."

David winkte ab. „Ich lasse euch nur ungern allein, aber ich habe eine Nachricht von Professor Woodberry in meiner

Mailbox, er würde sich gern mit mir treffen." Alon überlegte einen Augenblick, dann signalisierte er Hiob, sich darum zu kümmern. Dieser bestätigte mit einem Kopfnicken. „Ich habe Mr. Wilder bereits angeboten, ihn nach London zu bringen, wenn du damit einverstanden bist. Außerdem wäre eine Wartung beim Steuerbordtriebwerk fällig, die könnte ich bei der Gelegenheit gleich durchführen lassen."
„Einverstanden. Kümmert euch bitte zuerst um den Jet und fahrt dann gemeinsam zu Woodberry!" Alon zog Hiob zu sich heran. „Pass mir gut auf ihn auf. Ich traue diesem Professor nicht über den Weg", flüsterte er ihm ins Ohr.

***

Hinkend schleppte sich der Pilot zu den UN-Fahrzeugen. Sein Overall war mit Staub bedeckt, und in seinem rechten Hosenbein klaffte ein großes Loch, dessen Rand in dunkles Rot getränkt war. Erst aus der Nähe war der offene Schienbeinbruch zu erkennen, den der Pilot des Helikopters sich beim Absprung zugezogen hatte. Mit schmerzverzerrtem Gesicht hockte er sich zu Shahids Füßen in den Sand und atmete laut aus. „Es tut mir leid, Sir. Ich habe alles versucht, aber es blieb letztlich nur noch die Option mit dem Sender."
„Was ist mit dem Sender?" Shahid ließ keinen Zweifel daran, wem seine Priorität galt.
Der zweite Pilot mischte sich in das Gespräch ein und versuchte Shahid mit seiner Erklärung zu beruhigen. „Wir haben Peilsender an Bord, die wir aus geringer Entfernung abschießen können."
Shahid blickte demonstrativ auf seine Armbanduhr, wo der kleine Zeiger sich bereits auf die Zehn zubewegte.
„Ich glaube, es hat funktioniert." Die langsam gesprochenen Worte des angeschlagenen Piloten untermauerten den

erschöpften Eindruck, den er auf die umstehenden Männer machte.
„Sehe ich so aus, als würde mich Ihr Glaube interessieren?“, herrschte Shahid den vor ihm kauernden Mann an.
„Kanal 12.“ Der verletzte Pilot bemühte sich, Shahid den nötigen Respekt entgegenzubringen. „Das Signal des Senders wird auf Kanal 12 übertragen.“
„Überprüfen Sie das!“, ging Shahids Anweisung an den zweiten Piloten, der sich sogleich zu seinem Helikopter begab.
Der abgestürzte Pilot hatte wieder Shahids volle Aufmerksamkeit. „Wieso haben Sie den Jet entkommen lassen?“
Der Pilot hatte die Frage längst erwartet und verzweifelt nach einer akzeptablen Antwort gesucht. „Der Jet war einfach zu schnell. Ich hatte Mühe, noch nahe genug heranzukommen, um den Sender abschießen zu können.“
„Ihre Aufgabe war es, den Jet am Starten zu hindern. Sie hatten alle Zeit der Welt, als er noch am Boden war.“ Shahids Hand glitt andächtig an seiner Hüfte entlang Richtung Rücken, wo in einer dunkelgrauen Lederscheide sein gezähntes Messer steckte.
„Dieses Flugzeug wurde von einem Selbstmörder geflogen“, versuchte sich der Pilot zu rechtfertigen. „Wir haben mit unseren Rotoren so viel Sand und Dreck aufgewirbelt, dass seine Turbinen daran hätten verrecken müssen.“
Shahids Finger öffneten den Druckverschluss der Messerscheide. „Wenn Sie Ihre Maschinen, so wie angewiesen, tiefer gehalten hätten, dann wäre kein Platz gewesen, einen Jet darunter durchzufliegen.“
Der Pilot drückte mit beiden Händen auf sein stark blutendes Bein, wissend, dass er von Shahid kein Mitleid zu erwarten hatte. „Unsere Maschinen sind sehr schwer zu fliegen, und so knapp über dem staubigen Wüstenboden sind die Aufwirbelungen zu stark, um die Kamov im Schwebflug halten

zu können. Das müssen Sie verstehen, Mr. Shahid."
„Muss ich das?" Shahids Finger legten sich erwartungsvoll um den hölzernen Griff, eine handgeschnitzte Spezialanfertigung, die seiner Hand genau angepasst war.
„Wir hatten Ihre ausdrückliche Anweisung, die Maschine nicht abzuschießen oder zu gefährden. Eine Kollision mit dem startenden Jet hätte dem klar widersprochen." Der Pilot atmete durch, ehe er fortsetzte. „Und ich bin mir sicher, der Pilot der Citation hätte davor nicht zurückgeschreckt."
Behutsam zog Shahids linke Hand das Messer ein Stück aus der Scheide. „Vermutlich haben Sie damit sogar Recht."
„Mr. Shahid!" Eilig kam der Pilot des zweiten Kamovs angelaufen. „Es hat tatsächlich funktioniert! Wir haben ein Signal von dem Sender. Die Abtastungssyteme des Kamovs sind zwar sehr ungenau, aber mit dem exakt abgestimmten Radarempfänger in unserem Camp sind wir in der Lage, die Maschine punktgenau zu orten."
Shahid zögerte kurz, bevor er das gezogene Messer wieder zurückrutschen ließ. „Meinen Glückwunsch an die Herren Piloten. Es sieht so aus, als hätten wir doch noch Verwendung für Sie beide."
Fast gleichzeitig atmeten die zwei Piloten erleichtert aus.

***

„Guten Morgen." Chess betrat sichtlich erholt die Terrasse und streckte ihre ausgebreiteten Arme in den Himmel. „Nach den Strapazen der letzten Tage ist so ein herrliches Bett eine wahre Wohltat."
„Freut mich, dass es Ihnen bei uns gefällt, Chess. Ich lasse gleich das Frühstück bringen." Ms. Burcely wies eine ihrer Angestellten an, ein weiteres Gedeck aufzulegen.
„Ich weiß wirklich nicht, was ich ohne Sie und Ihre Familie

täte, Ms. Burcely. Bis vor kurzem dachte ich, es läuft alles perfekt und ich könnte der Welt ein Bein ausreißen. Dann noch der mehr als gut bezahlte Auftrag mit dem Buch, das war einfach zu schön, um wahr zu sein. Ali und ich hätten das Geld gebrauchen können, keine Frage." Ihre Stimme stockte für einen Moment. „Aber das war es doch alles nicht wert. Ali fehlt mir so sehr." Chess spürte, wie eine Träne über ihre Wange kullerte, als sie den Namen ihres Bruders aussprach.
Ms. Burcely legte ihren Arm um Chess' Schulter und versuchte, sie zu trösten. „Niemand hat wissen können, was dieser Mörder vorhat." Sie holte ein Taschentuch hervor und wischte die Tränen von Chess' Gesicht. „Ich verspreche Ihnen, dass mein Mann alles tun wird, um ihn zur Strecke zu bringen."
„Ich weiß", schnupfte Chess zustimmend, während Ms. Burcely weitere Tränen auftupfte. „Und vergessen Sie nicht, dass auch unsere israelischen Freunde und Scotland Yard hinter ihm her sind." Chess blickte ihr tief in die Augen und presste ein Lächeln heraus. „Wir werden ihn schnappen, nicht wahr, Ms. Burcely?"
„Ganz bestimmt werden wir das", bestätigte Ms. Burcely. „Und bitte sagen Sie Elisabeth zu mir, das klingt nicht so förmlich."
„Komme ich ungelegen?", fragte Alon mit viel Feingefühl, als er seinen Fuß auf die Terrasse setzte.
„Keineswegs. Wir haben uns gerade darauf verständigt, uns mit dem Vornamen anzusprechen. Ich bin Elisabeth!", stellte sie sich vor und streckte Alon ihre Hand entgegen.
„Eine ausgezeichnete Idee. Bitte nennen Sie mich Alon", freute er sich über das Angebot.
„Ich werde sofort noch ein Gedeck bringen lassen." Elisabeth verschwand im Haus.
„Alles in Ordnung mit Ihnen?" Alons Stimme klang ehrlich besorgt, als er sich zu Chess beugte.

„Ich denke, ich komme klar. Danke“, sagte Chess mit einem Zittern in der Stimme. Sie wischte sich mit dem Taschentuch über ihr Gesicht. „Das mit gestern…“ Sie räusperte sich, um ihre beschlagene Stimme zu verbessern. „Es tut mir leid, und ich möchte mich bei Ihnen entschuldigen.“
„Sie meinen für den Frosch im Hals?“, versuchte Alon ihr die Sache zu erleichtern.
„Ja.“ Chess konnte sich ihr Lächeln nicht verkneifen. „Auch dafür.“
„Schon vergessen.“ Alon setzte sich an den Tisch. „Sie werden sehen, wenn wir uns erst näher kennen...“
„Fordern Sie Ihr Glück lieber nicht heraus, Alon“, unterbrach sie ihn listig lächelnd.
Elisabeth kam zurück und hatte zwei Hausmädchen im Schlepptau. Deren Hände waren mit hoffnungslos überfüllten Tabletts beladen.
„Mit diesem Aufgebot an Leckereien wird es uns nicht schwer fallen, hier sitzen zu bleiben, bis das Geheimnis der Kiste gelüftet ist“, lachte Alon und griff sich eine Orange.

***

David streckte seine Glieder durch. So bequem hatte er sich das Übernachten in einem Business-Jet eigentlich nicht vorgestellt. Im Flugzeug glimmte nur die Notbeleuchtung, die den kürzesten Weg zu den Ausgängen anzeigte. *Ich muss wohl eingeschlafen sein, als ich dem Passwortprogramm zugesehen habe.* David klickte den Bildschirmschoner weg. *Das wär auch zu schön gewesen, aber immerhin, wir haben knapp die Hälfte aller Möglichkeiten geschafft.*
„Hiob?“, rief David und blickte sich um. Die Maschine war leer. Er versuchte sich zu erinnern. *Wir haben uns in Amman verabschiedet und dann sind wir Richtung England geflogen.*

Ich bin nach hinten gegangen, um den Passwortcluster anzuwerfen. Sieht so aus, als hätte ich die Landung verschlafen. Aber wo bin ich oder besser noch, wo ist Hiob? Der Blick auf die Uhr verriet ihm, dass es 6:35 war.

Der kann doch unmöglich schon wieder auf den Beinen sein. David drückte sein Gesicht gegen eines der Kabinenfenster, um sich ein Bild davon zu machen, wo er sich befand. Er vermochte nicht, außerhalb des Jets etwas zu erkennen. Auch das nächste Fenster hatte nicht mehr zu bieten. Aufgeregt lief er von einem Fenster zum anderen. Es war, als hätte jemand den ganzen Jet in einen schwarzen Sack gesteckt. David folgte der Notbeleuchtung zu der vorderen Kabinentür. Nur mit viel Phantasie konnte man das graue Gestänge neben dem Eingang als Treppe einordnen.

Der Schimmer des Notlichts aus dem Inneren des Jets reichte gerade aus, David einen Anhaltspunkt dafür zu geben, wo in etwa die erste Stufe zu vermuten war. Seine Hand umklammerte das Geländer und half ihm, sich Schritt für Schritt die Stufen nach unten zu tasten. Selbst mit weit aufgerissenen Augen war es ihm nicht möglich, etwas zu erkennen. *So muss sich Jonas gefühlt haben, als er vom Wal verschluckt wurde. Was sonst kann so groß sein, dass es einen ganzen Jet verschwinden lässt und so dunkel, dass man die Hand nicht vor Augen sieht?* Aufmerksam tastete er sich vorwärts, stetig bemüht, die Hände schützend vor seinem Gesicht zu bewegen, um drohende Hindernisse rechtzeitig zu erkennen. Der Raum um ihn schien völlig leer zu sein und veranlasste ihn, immer größere und unvorsichtigere Schritte zu setzen. David war bereits mehrere Meter gegangen, doch nichts befand sich in Reichweite seiner Hände.

„Verflucht!“, durchbrach ein heulender Schrei die Stille. Sein Schienbein hatte just in jenem Moment das feste Hindernis gerammt, in dem seine Hand den Stahlmast vor ihm ertastet

hatte. Mit beiden Händen rieb er sich die Stelle, an der die Beinhaut wie Feuer brannte. *Das ist sicher der einzige Handymast in diesem Wal, und genau in den lauf ich rein. Solche Masten gehören jedenfalls beleuchtet.*
„Mein Handy!“, rief er aus und hatte ungewollt auch schon die Lösung für sein Problem gefunden. *Da hätte ich doch gleich darauf kommen müssen.* Stolz zog er sein Handy aus der Hosentasche. Mit der Videoleuchte des Telefons beleuchtete er den vor sich stehenden Tisch, an dessen Seite ein etwa vier Meter hoher Montagekran anmontiert war. Davids vorwurfsvoller Blick fiel auf die wegstehende Querstrebe, in die er unmittelbar zuvor gelaufen war. Im schwachen Lichtkegel der provisorischen Taschenlampe erkannte er Teile von Tragflächen, die auf mehreren Tischen gelagert wurden.
Behutsam drehte er sich im Kreis, um einen Überblick zu erhalten. *Das sieht wie Werkzeugkästen aus. Und da hinten steht noch ein Flugzeug. Aber natürlich,* klopfte er sich mit der flachen Hand auf die Stirn. *Wir sind in einem Flugzeughangar. Hiob wollte ja das Triebwerksservice bei der Citation machen lassen. Aber wo ist er?*
Angenehm überrascht von seinen genialen Schlussfolgerungen machte er sich auf, den Ausgang zu suchen. Kurz darauf hatte er die kleine Tür gefunden, die nach draußen führte. Seine Augen blinzelten, als er in die aufgehende grelle Sonne blickte. Unübersehbar erstreckte sich das Hauptgebäude der Anlage quer vor ihm. Mit leichtem Hinken steuerte David auf die Treppe zu, die zur gläsernen Eingangstür führte. Ein grauer Spannteppich durchzog die schier endlos scheinende Empfangshalle. Aus dem Augenwinkel heraus meinte er ein vertrautes Gesicht zu erkennen, als er auch schon Hiobs Stimme aus eben dieser Richtung vernahm. „Wilder! Sie leben ja noch.“
Hiob saß neben einem, selbst für Hiobs Verhältnisse großen,

elegant gekleideten Mann im schwarzen Nadelstreif und einem kleineren Mann im blauen Overall. „Wir waren uns nicht sicher, ob Sie nur schlafen oder schon tot sind.“ An Davids Gesicht erkannte Hiob, dass er mit seiner Bemerkung nichts anzufangen wusste. „Ich habe versucht, Sie zu wecken, aber Sie haben geschlafen wie ein Toter.“

David zuckte mit den Schultern. „Es wird ja noch erlaubt sein, ein kleines Nickerchen zu machen.“

„Wenn Sie das ein Nickerchen nennen, bin ich auf Ihre Definition von Tiefschlaf wirklich gespannt.“

„Setzen Sie sich doch bitte zu uns“, bat ihn der Herr im Anzug. „Ich habe gerade erklärt, was wir bei der Inspektion Ihrer Citation an Arbeiten durchgeführt haben.“

„Durchführen werden, wollten Sie doch sicher sagen“, verbesserte ihn David.

Der Herr im Anzug musste sich sein Schmunzeln sichtlich verbeißen. „Nein, Sie haben mich schon richtig verstanden. Wir sind bereits fertig.“

„Unmöglich.“ David ließ sich in den weichen schwarzen Ledersessel zurückfallen. „Hiob sagte, dass die Steuerbordturbine einen dringenden Servicetermin braucht.“

„Ich garantiere Ihnen, dass sie den auch bekommen hat.“

„Während Ihres Nickerchens!“, ergänzte ihn Hiob, breit grinsend. „Sie haben es tatsächlich geschafft, die Landung, das Service und den anschließenden Testflug komplett zu verschlafen. Die Aufregung gestern Abend war wohl etwas zu viel für Sie.“

Ungläubig hob David die Augenbrauen an. *Möglich wäre es ja schon.* „Diese Liegesitze in der Kabine sind wirklich sehr einladend“, gab er dann mit einem Lächeln in der Stimme zu.

Ausführlich erklärte der Anzugträger, welche Arbeiten seine Leute an der Maschine vorgenommen hatten. „Wenn Sie keine Fragen mehr haben“, beendete er seine Ausführungen und

erhob sich vom Ledersofa. Durch die riesige Glasscheibe konnte David die Rollbahn sehen, auf der gerade ein Jet zur Landung ansetzte. *Die sieht genauso aus wie unsere.*
Nachdem die beiden Männer sich verabschiedet hatten, holte Hiob einen silberfarbenen Metallstab hervor, dessen Form und Größe David an einen Pfeil erinnerten. „Wissen Sie noch, wie nah uns der Kamov kam, bevor er abgeschmiert ist?"
„O ja, wie könnte ich das jemals vergessen?"
„Ich habe mich die ganze Zeit gefragt, welchen Zweck er verfolgte, als er uns weit über seine Dienstgipfelhöhe gefolgt ist."
„Was ist das?", wollte David wissen.
„Ein Peilsender! Der Pilot hat ihn uns in die Außenhülle geschossen, wo er sich mit den Widerhaken festgekrallt hat. Ohne die Aufmerksamkeit des Servicepersonals hier hätten wir ihn mit Sicherheit nicht so bald bemerkt."
„Sie meinen, Shahid..."
Hiob unterbrach ihn. „Ich meine noch viel mehr als das. Seine Männer, wenn nicht sogar er selbst, werden in Kürze hier auftauchen, um an die Kiste zu kommen, die Chess und Alon gefunden haben."
David schluckte. „Wird er nicht ziemlich sauer sein, wenn er uns hier findet und merkt, dass wir sie gar nicht haben?"
„Wäre gut möglich", entgegnete Hiob, während er David nach draußen führte, wo der gelandete Jet gerade zum Hangar rollte.
„Aber mein Treffen mit dem Professor?", entgegnete David besorgt.
„Keine Sorge, das wird wie geplant stattfinden. Allerdings ohne Shahids Beisein." Zielstrebig ging Hiob auf die Citation zu, die die Umkehrschleife vor dem Hangar nützte, um sich wieder zur Startbahn auszurichten.
Langsam begann David zu begreifen. „Sie wollen doch nicht etwa?"

„Doch, genau das will ich." Er zeigte auf den Jet vor ihnen. „Darf ich vorstellen, die Schwestermaschine unserer Citation. Die beiden Flugzeuge gleichen einander wie ein Ei dem anderen. Nur befindet sich in dieser Maschine ein halbes Dutzend jordanischer Gardesoldaten, die bis an die Zähne bewaffnet sind. Der Pilot ist angewiesen, unseren Peilsender in den Norden Senegals zu fliegen. Nach einem kurzen Zwischenstopp wird er dann verschiedene andere Sandwüsten ansteuern und Shahid für einige Zeit beschäftigen."
„Warum gerade Sandwüsten?", fragte David mit einem schadenfrohen Grinsen.
Hiob tat so, als müsste er nachdenken. „Lassen Sie mich kurz überlegen. Da war doch etwas. Ach ja! Shahid hasst die Wüste, der Sand könnte ihm ja seine teuren italienischen Schuhe ruinieren."
David strahlte bis über beide Ohren. „Ich muss zugeben, Hiob, dass ich anfange, ein Fan Ihres subtilen Humors zu werden."
Hiob warf einem Soldaten in der wartenden Maschine den Peilsender zu. Danach gab er dem Piloten ein Signal. „Das wäre erledigt", klopfte Hiob seinem Begleiter auf die Schulter. „Und jetzt kümmern wir uns um Ihren Termin mit dem Professor." Die Triebwerke heulten auf, und kurz darauf entschwand der fliegende Lockvogel in südlicher Richtung.

***

In Shahids Basiscamp waren seine Leute unterdessen damit beschäftigt, den Peilsender zu orten. Entgegen der früheren Aussage des Kamovpiloten war es ihm bisher nicht gelungen, das Signal überhaupt, geschweige denn punktgenau zu empfangen.
„Wieso dauert das so lange?", fuhr Shahid den nervös wirkenden Mann am Radarschirm an.

„Ich kriege das Signal einfach nicht rein.“ Er wischte sich mit dem Hemdärmel den Schweiß von der Stirn. „Die Ortung erfolgt über eine geschützte Frequenz, aber im Moment wird auf dieser Frequenz nicht gesendet.“
„Wie schade.“ Shahids Worte des geheuchelten Bedauerns hatten einen fahlen Beigeschmack für den Mann am Radargerät.
„Ich versichere Ihnen, dass es sich nur um einen vorübergehenden Zustand handelt. Irgendetwas muss das Signal des Senders abschirmen. Vielleicht ein Gebäude oder ein Berg“, versuchte ihn der Mann zu beruhigen.
Trotz seiner geringen Größe verstand Shahid es, nicht zuletzt dank seiner regelmäßig zur Schau gestellten Grausamkeit, die Männer überzeugend einzuschüchtern. Sein primatenhaftes Äußeres unterstrich die brutalen Urinstinkte, die sein Handeln so oft bestimmten. Shahids Erscheinung glich einem wütenden Gorilla, dem man einen Armani-Anzug verpasst hatte.
„Ich versichere Ihnen auch etwas.“ Shahid zog sein von allen gefürchtetes Messer und zeigte damit auf ihn. „Um bei Ihren Worten zu bleiben…“, begann er seine Drohung, „innerhalb der nächsten Stunde kriegen Sie garantiert etwas rein.“ Mit einer raschen Bewegung verdrehte er die Hand mit dem Messer ein Stück, so als wollte er ein Kerngehäuse aus einem Apfel schneiden. „Sorgen Sie dafür, dass es das Richtige ist.“ Er drehte sich stehenden Fußes um und verließ den Raum.

***

Chess nützte die Gelegenheit, Alon unbemerkt anzustarren, als dieser sich auf die Inschrift der schwarzen Specksteinkiste konzentrierte. Für einen gebürtigen Israeli war die Haut eher hell. Seine Arme, die unter dem sportlich blauen Polohemd hervorragten, waren mittelstark behaart. Die obersten beiden weißen Knöpfe seines Hemdes waren geöffnet und ermöglichten es Chess, einen Blick auf Alons unbehaarte Brust zu werfen. Sein Körper war nicht übermäßig muskulös, aber doch ausreichend trainiert, um es einer Frau wie Chess zu erlauben, Gefallen daran zu finden. Die aufstehenden Haare ließen an den Schläfen erste graue Strähnen erkennen, die seine männliche Reife unterstrichen.

„Ich sehe keinen Hinweis darauf, dass es uns nicht erlaubt wäre, diese Kiste zu öffnen. Keine Drohung, kein Fluch, keine irgendwie geartete Warnung." Beim unvermittelt raschen Aufsehen kreuzte sein Blick den von Chess, und für einen kurzen Augenblick meinte er, ein Lächeln der Zustimmung auf ihren Lippen erkannt zu haben.

Chess antwortete etwas überrascht. „Ich frage mich schon die ganze Zeit, warum Sie das Ding nicht einfach in den Spalt rammen."

Alon riss die Augen weit auf und sagte kein Wort. Einen Moment lang schienen selbst die Vögel im Garten in die alles erdrückende Stille einzustimmen. Sein Blick ließ berechtigte Zweifel bei ihr aufkommen, ob er dem Vorschlag folgen konnte. „Der Schraubenzieher!", ergänzte Chess, als wäre es nicht ohnehin das Naheliegendste, das Werkzeug in seiner Hand endlich einzusetzen, um die geheimnisvolle Kiste zu öffnen.

„Der Schraubenzieher?" Alon schluckte. „Ja, klar", sagte er verlegen und beugte sein, sich rot färbendes Gesicht tief über die schwarze Kiste. „Ich hab's gleich", bekräftigte er die gespielte körperliche Anstrengung, die ihm der fest sitzende Deckel abrang. „Sitzt ganz schön fest", stöhnte er gekünstelt, als die obere Hälfte der Kiste auch schon mit einem lauten Knacksen absprang. Das Zischen der einströmenden Luft beim Öffnen war ein untrügliches Anzeichen dafür, dass in der Kiste ein Vakuum geherrscht haben musste. Neben Alons Hand lagen einige schwarze Steinsplitter, die der Schraubenzieher

aus dem weichen Speckstein gebrochen hatte.
„War ja klar, dass Sie es kaputt machen“, nörgelte Chess und schob den Deckel zur Seite, um einen Blick in die Kiste werfen zu können.
Im Inneren der Kiste befanden sich sechs kleine Holzkästchen, die so perfekt in die Aussparungen des Kistenbodens passten, als hätte sie ein moderner Industrielaser hineingefräst. Über den in zwei Reihen angeordneten braunen Holzschächtelchen lag ein ca. 30 Zentimeter langes Holzschiff, das mit seiner eigenwilligen Form mehr an einen schwimmenden Kasten erinnerte. Vorsichtig holte Alon das Holzschiff heraus und stellte es auf den Tisch, ehe er sich daran machte, eines der Holzkästchen zu öffnen.
„Geben Sie es lieber mir!“, griff Chess nach dem Kästchen. „Es könnte doch gut sein, dass wir es noch in einem Stück brauchen.“ Bereitwillig gab Alon ihr das Kästchen und langte nach dem nächsten in der schwarzen Steinkiste.
Gefühlvoll lockerte Chess den passgenau sitzenden Deckel. „Es sind lauter Hasen drin!“, rief sie erstaunt aus.
„Das wird David sicher freuen“, belächelte sie Alon, der Mühe damit hatte, sein Kästchen unbeschadet aufzubekommen.
„Her damit“, riss ihm Chess auch das zweite Kästchen aus der Hand. Fingerfertig hob sie den Deckel ab und begann zu lachen. „Ich denke, es ist doch eher für Sie gedacht.“ Chess hielt ihm das geöffnete Kästchen unter die Nase, in dem sich mehrere aus schwarzem Speckstein gefertigte Esel befanden.
„Ha, ha.“ Alon überwand sich zu einem gequälten Lachen und versuchte indes, eines der übrigen Kistchen aufzubekommen. *Wie kriegt sie diese kleinen fragilen Schachteln nur so schnell auf?*
Unaufhörlich rüttelte und zog er an dem fest sitzenden Deckel. „Geschafft!“ Alon war die Erleichterung anzusehen. „Und so wie es aussieht, habe ich diesmal Ihres erwischt.“ Er schob das

Kästchen mit den Schafen selbstgefällig zu Chess. Es blieb ihm aber keine Zeit, sich auf seinem bescheidenen Triumph auszuruhen, denn auch Chess war es gelungen, ein weiteres Kästchen zu öffnen, welches sie ihrerseits wortgewandt Alon zuschob. „Das dürfte auch noch Ihnen gehören", kommentierte sie die Rinder aus schwarzem Speckstein.

Nachdem sie alle sechs Kistchen geöffnet hatten, begannen sie, die darin enthaltenen Figuren geordnet vor sich auf dem Tisch aufzustellen. In jedem der sechs Kistchen befanden sich zwanzig kunstvoll geschnitzte Figuren aus schwarzem Speckstein.

„Wir haben ein Holzschiff, das aussieht wie ein schwimmender Kasten und 120 Steinfiguren, gleichmäßig aufgeteilt in 20 Tauben, 20 Rinder, 20 Schafe, 20 Esel, 20 Hasen und 20 Menschen", fasste Alon den Inhalt der schwarzen Steinkiste zusammen. „Sagt Ihnen das etwas?"

„Oh, ich bin sicher, das würde es, wenn wir die Buchseite mit der Anleitung noch hätten, die Sie im Treibsand versenkt haben."

Alon kümmerte sich nicht weiter um ihre Sticheleien und nahm das Holzschiff genauer unter die Lupe. Im Inneren des Schiffes fanden sich 54 kreisrunde Ausformungen, die Platz boten, um je eine Figur aufzunehmen. *Sieht so aus, als könnten wir nicht alle von euch mitnehmen,* wisperte Alon den Steinfiguren zu. „Genau genommen, nicht einmal die Hälfte von euch", setzte er seinen Gedanken laut fort. „Wir haben 120 Figuren, aber es passen nur 54 in unser Boot. Erinnert Sie das nicht an irgendetwas?", versuchte es Alon erneut.

„Ja, an den Schulbus in unserem Viertel."

„Ich dachte eher an eine alte Bibelgeschichte. Dieser schwimmende Kasten..." Alon dachte angestrengt nach und drückte sich dabei die Hand fest gegen die Stirn.

„Sie meinen die Arche Noah?"

„Ja!“, rief Alon erfreut. „Genau die meine ich, was wissen Sie darüber?“
„War die nicht voll mit Tieren, die Noah retten wollte? Nur ein Paar von jeder Gattung, soweit ich mich erinnere.“
„Dann blieben hier aber noch eine Menge Plätze frei.“ Alon drehte das Schiff und betrachtete es von allen Seiten. „In den Rumpf sind eigenartige Linien eingraviert, sie verlaufen sehr unregelmäßig.“
„Lassen Sie mich mal sehen.“ Chess beäugte sorgfältig das Holzschiff und die auffälligen Linien. „Das könnte eine Karte sein“, sagte sie dann. „Diese Linie auf der linken Seite des Schiffsrumpfs erinnert von der Form her an die afrikanische Ostküste. Mit viel Fantasie wäre das der Jemen, und hier hätten wir Saudi-Arabien.“
Alon holte sich das Schiff zurück. „Ich denke, Sie haben Recht. Auf dieser Seite ist die gleiche Zeichnung, allerdings um 90 Grad verdreht eingraviert.“
„Das macht Sinn. So könnte man einen exakten Punkt auf der Karte bestimmen, wenn man das Schiff schwimmen lässt.“
„Könnte man?“ Für Alon hörte sich Chess’ Theorie wenig überzeugend an. „Nur einmal angenommen, es ist die Ostküste Afrikas. Es ist doch zweimal die gleiche Karte, nur verdreht dargestellt. Wie soll sich daraus ein Punkt ergeben?“
„Her damit.“ Chess nahm das Holzschiff wieder an sich und begann mit ihrer Erklärung. „Zunächst brauchen wir eine große Schüssel mit Wasser.“ Ihr Blick durchsuchte die nähere Umgebung. „Oder einen leeren Blumenübertopf, so wie diesen.“ Sie füllte den großen Topf zur Hälfte mit Wasser aus der Karaffe, die Elisabeth für das Frühstück verwendete. Anschließend setzte sie das Schiff in den Topf. „Beachten Sie die Wasserlinien auf beiden Seiten der Arche Noah! Auf der linken Seite zeichnet sie den Längengrad auf der Karte, aber auf Ihrer Seite, da wo die Darstellung um 90 Grad verdreht ist,

stellt die Wasserlinie den Breitengrad dar. Wenn wir die beiden Karten jetzt passend übereinander legen, dann haben wir einen genau definierten Schnittpunkt."
Das ist genial, dachte Alon. „Ich muss zugeben, Chess, an der Sache könnte unter Umständen etwas dran sein."
„Ich werte das als Zustimmung, nur inwieweit hilft uns die Karte weiter bei dem Schiffrätsel?"
„Wie Sie schon sagten, Chess. Das Schiff ist eine Karte. Was immer wir suchen, hat mit dem Schiff vielleicht gar nichts zu tun. Wir benötigen es möglicherweise nur, um den Punkt zu bestimmen."
„Und die Figuren?", fragte Chess.
Alon holte einen leeren Zettel hervor und malte 54 Kreise darauf, die die Ausnehmungen im Laderaum der Arche darstellen sollten.
„Die beschweren das Schiff. Je mehr Figuren wir einladen, umso tiefer taucht die Arche in das Wasser ein. Damit verändert sich die Höhe der Wasserlinie und folglich auch die Position, die uns die Karte anzeigt. Da die Figuren unterschiedlich geformt sind, können wir davon ausgehen, dass auch ihr Gewicht unterschiedlich ist. Wohin die Karte uns führt, hängt also davon ab, wen wir in die Arche lassen."
Eine geniale Schlussfolgerung, dachte Chess. „Nicht, dass ich Ihre wilde Theorie unterstützen möchte, aber angenommen, Sie hätten Recht, wie sollen wir herausfinden, wer an Bord darf und wen die Sintflut holt?"
Alon versuchte, die Figuren auf dem Papier, das den Grundriss der Ladefläche des Holzschiffs darstellte, der Größe nach zu platzieren.
„Die Frage ist nicht nur, wer an Bord darf, sondern auch auf welchen Platz er gehört. Wir könnten die schweren Esel nach links vorne stellen und die leichten Tauben nach rechts hinten. Doch möglicherweise wäre genau das falsch, denn auch die

Neigung der Arche verändert das Kreuz auf unserer Schatzkarte."
„Welche Schatzkarte?" Clara kam mit Goliath im Schlepptau die Stufen aus dem Garten herauf.
„Hallo, Clara!", begrüßten sie fast einstimmig das Mädchen, das sich in seinem, mit gelben Blüten gemusterten Kleid an den Tisch setzte.
„Eigentlich ist es ja nur ein Schiff, aber Alon und ich vermuten, dass sich dahinter eine rätselhafte Schatzkarte verbirgt."
„Ich mag Rätsel!", sagte die Kleine und schnitt für Goliath ein Stück Apfel ab. „Kannst du ein Foto von uns machen?" Sie drückte sich fest an das Riesenkaninchen. „Mit deinem Handy."
„Ja, sicher", lachte Alon, „willst du es dir ausdrucken und an die Wand hängen?"
„Nein", entgegnete die Kleine. „Ich will es David schicken, er vermisst Goliath bestimmt schon." Sie küsste das flauschige Riesenkaninchen auf den Kopf. „Und er fehlt dir bestimmt auch", flüsterte sie ihm ins Ohr.
„Na, dann bitte recht freundlich, ihr beiden." Alons Kamera bestätigte die Aufnahme mit einem Geräusch, das sich anhörte wie der Auslöser einer handelsüblichen Kleinbildkamera.
„Darf ich es sehen?" Die Neugier in Claras Stimme war unschwer herauszuhören.
„Selbstverständlich, ich bereite es gleich für den Versand an David vor. Du brauchst nur noch die grüne Taste zu drücken, wenn es dir gefällt, und damit verschickst du es an David."
„Au ja! Das Bild gefällt uns. Das schicken wir ihm." Clara war begeistert von der Aufnahme. Dankbar gab sie Alon sein Telefon zurück.
„Auf der Unterseite der Figuren sind Symbole eingraviert. Sieht aus wie Kufitext, können Sie das übersetzen, Chess?"
„Ohne Mühe! Da steht nur, was es ist. Ein Hase!"

„Ein Hasenrätsel?“ Claras Begeisterung war geweckt. „Dürfen Goliath und ich euch dabei helfen?“
„Ich fürchte, das wird nicht so einfach. Die Anleitung zu dem Rätsel ist tragischerweise im Treibsand versunken.“ Chess warf Alon einen vorwurfsvollen Blick zu. „Und auf den Seiten, die wir noch haben, steht leider nichts mehr darüber, wie die Figuren auf dem Schiff zu platzieren sind.“ Alon blätterte die verbliebenen Seiten des Buches teilnahmslos durch. *Ja, ja, langsam wissen dann bestimmt alle, dass ich die Seite mit der Anleitung verloren habe.*
Clara drehte die steinerne Hasenfigur in ihrer kleinen Hand herum und betrachtete sie von allen Seiten. „Die Zeichnung da unten bedeutet Hase?“, fragte sie.
Chess nickte. „Ja, das ist die gleiche alte Kufischrift, wie sie im Buch vorkommt.“
„Ich kenne diese Zeichnung, aber ich habe nicht gewusst, dass es ein Hase ist.“ Clara griff nach einer weiteren Figur und erwischte einen der Esel. „Und das bedeutet Esel?“
Chess drehte sich zu Alon. „Ja, Clara, das ist ein Esel.“
„Gibt es irgendetwas Neues, das Sie mir sagen wollen?“, gähnte Alon gelangweilt zurück.
„Diese Zeichnung kenne ich auch.“ Clara winkte mit einem Schaf. „Und die Kuh auch.“
Beeindruckend, was die Kinder heute alles in der Schule lernen. Alon wartete darauf, dass Clara nach der Taube griff. „Gleich wird sie uns freudestrahlend mitteilen, dass sie auch weiß, was das für ein Tier ist“, flüsterte er zu Chess.
Claras Hand griff nach den Schafen. „Davon brauchen wir mehr!“
„Kein Problem“, entgegnete Alon amüsiert. „Wir haben ja reichlich davon. Genau genommen so viele, dass wir nicht wissen, wohin damit.“ Er schob Clara die restlichen Figuren mitsamt dem Papier hinüber, auf das er den Frachtraum

gezeichnet hatte.
Chess bemühte sich, eine kindgerechte Erklärung abzugeben. „Die Figuren wollen mit einem Schiff wegfahren. Jeder Kreis auf dem Papier ist ein Sitzplatz für eine Figur. Aber nicht alle Figuren haben dort auch Platz.“
„Die beiden Hasen müssen in die Mitte“, war sich Clara sicher. „Und hier kommen die Tauben hin.“ Zielstrebig platzierte sie mehrere Taubenfiguren auf der Zeichnung. „Haben wir noch Tauben?“ Nach und nach füllte sie die Zeichnung mit den umstehenden Figuren auf. Die Menschen, die Rinder und alle anderen Motive landeten nach und nach auf dem Zettel.
„Jetzt ist es fertig.“ Voller Stolz präsentierte das kleine Mädchen ihr Werk.
„Sehr hübsch.“ Alon bemühte sich, ein Lächeln herauszupressen.
„Was ist mit den anderen Figuren?“, wollte Chess von dem Mädchen wissen und zeigte auf die verbliebenen Steinfiguren.
„Die gehören da nicht hin.“ Clara spielte mit ihren Zöpfen. „Kann ich einen von den übrig gebliebenen Hasen haben?“
„Vielleicht später“, mischte sich Alon ein. „Weißt du, wir wissen noch nicht, welche Figuren wir davon brauchen. Möglicherweise müssen alle Hasen mit auf das Boot.“
„Nein.“ Clara schüttelte heftig den Kopf. „Genau so war es auf der Zeichnung. Aber da unten fehlt noch etwas.“ Sie griff nach dem Kugelschreiber und malte zielstrebig mehrere Zeichnungen unter das Feld mit den Figuren. Alon und Chess sahen einander Rat suchend an. Immer schneller zeichnete Clara die einzelnen Muster auf das Papier.
„So war es!“ Sie legte den Kuli weg.
Chess beugte sich ungläubig über die vollgeschriebene Seite mit den Figuren. „Das ist Kufi!“ rief sie erstaunt aus. „Woher weißt du, wie man das schreibt?“
„Schreiben lerne ich erst“, grinste Clara. „Aber malen kann ich

schon."
Chess las Wort für Wort des alten Kufitextes und glaubte zu träumen. Einige Zeichen waren etwas ungenau, aber der Inhalt der Zeilen war zweifelsfrei zu erkennen. Fassungslos wandte Chess sich an Alon. „Das ist Kufi, und was weit wichtiger ist, der Text, den die Kleine da geschrieben hat, macht Sinn."
„Wie meinen Sie das?" Alon vermutete eine neue Offensive von Chess wegen seiner Treibsandaktion.
„So, wie ich es sage. Hier steht sehr detailliert, welche Figur welchen Platz in der Arche einzunehmen hat."
„Wiederholen Sie das, bitte!" Chess hatte mit einem Mal Alons volle Aufmerksamkeit.
„Clara hat hier exakt aufgeschrieben, wie die Figuren zu platzieren sind und warum. Und sie hat das in Kufi getan, das sie eigentlich weder lesen noch schreiben kann."
„Woher zum Geier..."
„Wo hast du diese Zeichnung gesehen?", formulierte Chess die Frage kinderfreundlich, nachdem sie Alon ins Wort gefallen war.
„Auf dem Zettel, den Alon mir gegeben hat."
„Wo ist der Zettel jetzt?" Alon erschreckte sie fast mit seiner Begeisterung für den Zettel.
Chess blickte ihn kopfschüttelnd an. „Ich denke, Sie wissen am besten von uns, wo sich der Zettel im Moment befindet und vermutlich für den Rest der Ewigkeit befinden wird."
„Hast du dir auch die Rückseite des Zettels angesehen?", wollte Chess von Clara wissen. Clara nickte.
„Meinst du, du könntest die Rückseite für mich malen?" Chess legte ihr ein weiteres leeres Blatt hin.
„Ich denke schon", antwortete Clara.
„Clara, du bist brillant." Chess drückte ihr einen Kuss auf die Stirn.
Alon war sich noch nicht sicher, ob er die Gesamtheit von

Claras Brillanz bereits erfasst hatte, zog es aber vor, sich die Frage zu verkneifen und sich vor Chess keine weitere Blöße zu geben.
Chess drückte Alon das leere Holzschiff in die Hand und begann, Alon vorzulesen, wie er die Arche Noah einzuräumen hatte. „Hier steht, wir brauchen jeweils sieben Paare von den reinen Tieren. Damit ist sicher die zeremonielle Reinheit gemeint. Soweit mir bekannt ist, gelten nur Wiederkäuer und Paarhufer als reine Tiere. Damit scheiden Esel, Tauben, Menschen und Hasen definitiv aus. Das ergibt auch insoweit Sinn, als Noah und seine Familie sich ja auch von etwas ernähren mussten, während sie über die zur Gänze mit Wasser bedeckte Erde trieben."
Alon nahm die entsprechenden Figuren, die Clara zuvor auf den Zettel gestellt hatte, und positionierte Rinder und Schafe paarweise in siebenfacher Ausführung an den von Clara angeführten Plätzen im Holzschiff.
„Dann brauchen wir noch sieben Paare von den Vögeln. Das wären in unserem Fall die Tauben. Da Noah sie eingesetzt hat, um nach Land zu suchen, können wir annehmen, dass nicht alle überlebt haben, was erklärt, warum er bei dieser Art großzügiger war."
Wieder nahm Alon die von Chess genannten Figuren vom Zettel und setzte sie an die vorgesehenen Plätze im Bauch des hölzernen Schiffes.
„Von den unreinen Tieren reichte Noah jeweils ein Paar. Da hätten wir folglich zwei Hasen sowie zwei Esel."
„Sieht so aus, als wäre Noah sehr großzügig mit dem Platz umgegangen, was seine eigenen Gemächer an Bord betrifft." Alon zeigte auf die verbleibenden acht Plätze im Schiff.
„Vergessen Sie nicht seine Familie. Noah hatte eine Frau und drei Söhne, von denen jeder ebenfalls eine Frau hatte. Was

insgesamt acht Menschen ergibt, die in Ihrem Modell offensichtlich perfekt Platz finden."
Alon füllte die letzten acht Plätze mit den menschlichen Steinfiguren.
„Sieht so aus, als hätten Sie es geschafft", kommentierte Chess die letzte Figur an ihrem Platz.
„Bei der Menge an Steinen, die wir eingefüllt haben, würde es mich nicht wundern, wenn der Kahn beim ersten Wasserkontakt von allein absäuft."
„Sie haben eine herzerfrischende Art, die Dinge positiv darzustellen."
„Wir Männer haben uns in der Kindheit auch ausreichend mit Bausteinen sowie deren Statik und Materialfestigkeit beschäftigt und nicht mit Puppen herumgespielt."
„Da, wo ich herkomme, waren wir zu sehr damit beschäftigt, Steine gegen die Panzer der Besatzungsmacht zu werfen, die unser weniges Spielzeug unter ihren Ketten zerquetscht haben."
Alon sagte kein Wort. Demonstrativ hob er die vollbesetzte Arche gefühlvoll in den mit Wasser gefüllten Blumentopf, wo sie prompt versank.
„Ich fürchte, ich kann den Kreuzungspunkt der Wasserlinien von meiner Position aus nicht exakt ablesen", ätzte er.
„Vielleicht würde es helfen, wenn Sie den Kopf in den Topf stecken", motzte Chess zurück.
Die darauf folgende Stille dauerte für beide Seiten weit länger als geplant. *Erst soll sie zugeben, dass ich Recht habe,* dachte Alon und sah Chess schweigend an.
Chess starrte ihrerseits wortlos zu Alon. *Wenn dieser eingebildete Macho tatsächlich glaubt, dass ich mich bei ihm entschuldige, dann hat er sich aber so was von getäuscht.*
Keiner von beiden machte Anstalten nachzugeben.
„Ich bin fertig", sagte Clara, die so in ihre Zeichnung vertieft

war, dass sie von dem vorangegangenen Wortwechsel nichts mitbekommen hatte.
„Das ist toll!“, nutzten Chess und Alon im selben Augenblick die Möglichkeit, ihr Schweigen zu brechen.

***

Über mehrere Kilometer erstreckte sich die aus Rückleuchten bestehende rote Lichterkette im Norden Londons. Davids Zeigefinger fuhr auf dem Stadtplan zum wiederholten Mal die Route ab, die sie noch zurücklegen mussten, um den mit Professor Woodberry vereinbarten Treffpunkt, einen Friedhof im Norden Londons, zu erreichen. „Einen Vorteil hat die Sache. Wenn wir noch länger im Stau stehen, haben wir bis zu unserer Rückkehr alle verbliebenen Teile der Botschaft entschlüsselt.“
„Wir können an der momentanen Situation sowieso nichts ändern, also machen wir das Beste daraus.“ Hiob lehnte sich entspannt zurück und genoss es, einmal nicht selbst am Steuer zu sitzen.
David rutschte nervös auf der Rückbank herum und blickte in Minutenabständen auf die Uhr. „Sie haben leicht reden, bis Highgate sind es noch gut und gern fünfzehn Kilometer. Bei dem Verkehrsaufkommen kann es noch eine Stunde dauern, bis wir die Strecke zurückgelegt haben.“
„Womit wir noch immer 30 Minuten zu früh dort wären.“
„Und wenn uns der Stau noch länger aufhält?“, setzte David nach.
Der Taxifahrer, der das Zwiegespräch seiner auf der Rückbank befindlichen Passagiere seit geraumer Zeit mitverfolgt hatte, meldete sich ungefragt zu Wort: „Die neue Baustelle ist um diese Tageszeit ein Engpass, aber ich garantiere Ihnen, dass wir den *Highgate Cemetery* in jedem Fall vor 19:00 erreichen werden.“

„Sehen Sie.“ Hiob fühlte sich durch den Taxifahrer bestätigt.
David blickte erneut auf seine Uhr. „Würden Sie Ihr Trinkgeld darauf verwetten?“, drängte er den Fahrer.
„Nein, natürlich nicht“, lachte dieser.
„Dann mache ich das für Sie!“, rief David nach vorne. Seine Aufmerksamkeit richtete sich wieder auf den Stadtplan. Konzentriert versuchte er, eine geeignete Möglichkeit zum Umsteigen zu finden. Hiob konnte Davids nervigem Drängen nichts abgewinnen. Er sah keinen Grund dafür, dass der Taxifahrer die Lage falsch einschätzen könnte und vertraute auf dessen Aussage.
„Fahren Sie hier rechts“, wies David den Taxifahrer an, der kurz darauf in eine kleine Seitengasse einbog. „Hier steigen wir aus.“
Hiob runzelte die Stirn. „Sie wollen den Rest doch nicht laufen?“
David zeigte mit seinem rechten Zeigefinger auf ein U-Bahn-Symbol auf der Karte. „Natürlich nicht, aber es gibt schnellere Fortbewegungsmittel innerhalb Londons als ein Taxi zur Stoßzeit.“
Minuten später fanden sich die beiden in einem Wagen der U-Bahn wieder. Auch hier war unverkennbar die Stoßzeit für die große Zahl von Benutzern verantwortlich. Hiob fühlte sich ausgesprochen unwohl im dichten Gedränge der Mitreisenden. Die Anzahl und Intensität der verschiedenen Gerüche, die das Gebläse an den Rezeptoren seiner Nase vorbeiwirbelte, reichte von *leicht verschwitzt* bis *Luft anhalten*.
„Im Taxi fand ich es wesentlich gemütlicher“, kommentierte Hiob seinen Stehplatz in der überfüllten Londoner U-Bahn.
„Man gewöhnt sich daran“, stellte David fest, der gerade die Tasche einer zur Tür drängenden Frau in die Seite geschlagen bekam.
„Ich glaube nicht, dass ich das möchte.“

„Etwas mehr Begeisterung, Hiob. Wer das nicht erlebt hat, war nie wirklich in London."
„Damit könnte ich leben." Hiob zog ruckartig seinen Fuß zurück, als sich ein gewichtsmäßig stark überlasteter Damenstöckel in seinen schwarzen Lederschuh zu bohren drohte.
„Noch zwei Stationen!", rief ihm David durch das Gemenge hinüber. „Versuchen Sie, rechtzeitig die Tür zu erreichen."
Das braucht er mir nicht zweimal zu sagen. Hiob setzte seinen schweren Körper geschickt ein, um zur Wagentür zu gelangen.

***

Woodberry blickte auf das kupferfarbene Zifferblatt seiner luxuriösen Armbanduhr. Bereits seit frühester Kindheit hatte er sich für teure und exquisite Uhren interessiert. In seiner Sammlung war vieles vertreten, was bei internationalen Uhrenkennern Rang und Namen hatte. Heute Abend zierte die jüngste Neuanschaffung des weißhaarigen Mannes sein breites Handgelenk, eine Breitling mit zum Zifferblatt passendem Lederarmband. Die Angst um den teuren Chronometer schien aber nicht der Grund dafür zu sein, warum Woodberry sich pausenlos umdrehte, als fühlte er sich beobachtet.
Beunruhigt schritt der im Anzug sehr seriös wirkende Professor die Grabreihe ab, zu der er Mr. Wilder bestellt hatte. Der Friedhof war von beachtlicher Größe, und selbst regelmäßige Besucher und ortskundige Menschen hatten ihre liebe Not mit der Orientierung, wenn sie die Hauptwege verließen. Ohne die genaue Beschreibung, die Woodberry geschickt hatte, wäre es für Mr. Wilder sicher unmöglich gewesen, den vereinbarten Treffpunkt zu finden. Der Friedhof war über die Jahre gewachsen, und viele der alten Grabsteine bildeten heute den einzigen Zugangsweg zu neueren Gräbern. Stellenweise waren

ganze Abschnitte des Friedhofs so mit Efeu und anderen Wildpflanzen überwuchert, dass es einer Machete bedurft hätte, zu den darunter liegenden Grüften vorzudringen. Woodberry hatte den eigenwilligen Treffpunkt bewusst gewählt. Seit einigen Tagen fühlte er sich verfolgt. Auch wenn es ihm bisher nicht möglich gewesen war, tatsächlich jemanden hinter oder neben sich auszumachen, so hatte er doch nicht mehr den geringsten Zweifel daran, dass jemand ihm auf Schritt und Tritt folgte. *Wo bleibt Mr. Wilder nur?*

Mit jeder Minute, die verstrich, wurde Woodberry unruhiger. Aus der Ferne war ein zögerndes Donnergrollen zu vernehmen, das perfekt zu der sich zusammenziehenden Wolkendecke passte. *Ob er sich verlaufen hat? ...Nein, das kann nicht sein, ich habe ihm den Weg genau beschrieben. Die Grabreihe ist eindeutig, die muss ein Mann wie Wilder problemlos finden.* Ein Regentropfen, der sich auf dem Glas seiner rahmenlosen Brille verteilte, bestätigte Woodberry in seiner Überzeugung, sich nicht ohne Schirm durch London zu bewegen.

Mit einem Klick öffnete sich der schwarze Automatikschirm, dessen hölzernes Ende Woodberry fest mit seiner linken Hand umklammerte.

Nur sehr vereinzelt erreichten die Tropfen den Schirm, nicht zuletzt dank der riesigen Baumkronen, die über ihm eine Art Dach formten. Das Geräusch des einsetzenden Nieselregens wirkte beruhigend auf ihn, während der Professor zum wiederholten Mal durch dieselbe Reihe versunkener Grabkreuze stapfte. Am Ende der Reihe angekommen blieb er einen Moment stehen und blickte in alle Richtungen. In unregelmäßigen Abständen war in der Ferne das Geräusch einer vom Wind umwehten Tür zu hören, die quietschend auf und zu schwang. Seit gut einer halben Stunde hatte der Professor keine andere Person mehr auf dem Friedhof gesehen, was sich zum einen durch das Fortschreiten der Zeit und die

Abgeschiedenheit der Lage und zum anderen durch das aufziehende Unwetter begründete. Wieder blickte Woodberry auf seine Breitling. Er murmelte etwas Unverständliches und schüttelte dabei den Kopf, um anschließend die Reihe ein weiteres Mal abzulaufen.

***

„Versprechen Sie mir, dass wir zurück ein Taxi nehmen, egal wie lange es dauert“, bat Hiob, als er mit David den letzten Kilometer zum Friedhof zurücklegte.
„Ich darf zu meiner Verteidigung anmerken, dass ich schon länger nicht mehr mit dieser Linie gefahren bin, und um meinen Orientierungssinn ist es leider nicht so gut bestellt.“ David atmete lautstark aus. „Aber Sie müssen zugeben, dass die Beschilderung geradezu dazu eingeladen hat, auf den falschen Bahnsteig zu laufen.“
„Es fällt mir schwer, das einzuschätzen, da Sie mich so überzeugt hinter sich nachgezogen haben. Ich werde aber in Zukunft vorher lesen, in welche Richtung der Zug fährt, bevor ich mich Ihnen unterordne.“
„Wenn ich erst mit dem Professor gesprochen habe, lade ich Sie auch gern zu einer Bootsfahrt auf der Themse ein, damit Sie das traumatische Erlebnis der U-Bahn-Fahrt verarbeiten können... Wenn er überhaupt noch auf uns wartet“, keuchte David.
„Wir haben noch etwas weniger als eine Viertelstunde bis zum vereinbarten Termin. Das letzte Stück sollte in dieser Zeit zu bewältigen sein. Selbst bei Ihren langsamen Schritten.“
„Ich würde es auch vorziehen loszulaufen“, entgegnete David, der seine Hand fest gegen die letzte Rippenreihe presste. „Aber dieses Seitenstechen lässt im Moment leider nicht mehr zu.“
„Besser Sie konzentrieren sich aufs Atmen.“

„Ja, ja... Ich bin schon still.“

Hiob war bemüht, seine Schrittfolge der von David anzupassen, dabei aber knapp vor ihm zu bleiben, um ihm so einen Anreiz zu bieten, doch noch einen Zahn zuzulegen.

Woher nimmt Hiob nur seine Energie? Er schläft so gut wie nie und ist aber, verglichen mit mir, fit wie ein Turnschuh. David atmete tief und schwer und bemühte sich redlich, mit Hiobs Schritten mitzuhalten.

Wenn wir nicht gleich eine Pause einlegen, dann spielt es keine Rolle mehr für mich, wie schnell ich auf den Friedhof komme. Gerade als David stehen bleiben wollte, um ein wenig zu verschnaufen, spürte er das Handy in seiner Tasche vibrieren. *Und wenn es nur die Willkommensmeldung eines Netzbetreibers ist, ich werde sie sorgfältig lesen und Hiob erzählen, es wäre wichtig.* „Pause!“, stöhnte David mit letzter Kraft und lehnte sich gegen einen Zaun. „Ich habe eine Nachricht.“

Hiob blieb stehen und sah zu, wie David sein Telefon hervorholte. „Könnte wichtig sein, vielleicht von Woodberry“, zeigte Hiob volles Verständnis für Davids Pause.

David nickte, erkannte aber im selben Moment, dass es Alon war, der ihm die Nachricht geschickt hatte. Sein Handy brauchte eine Weile, um die angehängte Bilddatei umzuwandeln und darzustellen. „Es ist von Alon... Es dauert noch“, stellte David mit brüchiger Stimme fest. Zeilenweise baute sich auf dem Display das Bild auf, das Alon ihm geschickt hatte, und David erkannte rasch, wer der eigentliche Absender gewesen sein musste. *Danke Clara, das hilft mir jetzt doppelt weiter*, freute sich David.

„Und?“, fragte ihn Hiob, als er sah, dass David sein Telefon grinsend wieder einsteckte.

„War nicht so wichtig, aber ich denke, Sie freuen sich sicherlich auch über schöne Grüße aus Jordanien.“

„Danke“, brummte Hiob und forderte ihn auf weiterzulaufen. Er beschloss David mit einem Gespräch abzulenken, um doch noch rechtzeitig zu dem Treffen mit Woodberry zu kommen. „Wissen Sie, Wilder, ich frage mich schon die längste Zeit, was Shahid mit dem ganzen religiösen Kram vorhat, den er da zusammenträgt. Ich kenne dieses Schwein lange genug, um zu wissen, dass er sich nichts aus Religionen macht. Gleichgültig ob muslimisch, jüdisch oder gar christlich, da ist nichts dabei, wofür Shahid auch nur einen Finger rühren würde.“ Hiob lief jetzt neben David her und sein Plan schien aufzugehen. „Wissen Sie, was ich denke? Ich denke, da steckt jemand dahinter, der ganz versessen darauf ist, alles in die Finger zu bekommen, was mit Christus zu tun hat. Was die Geschichte aber noch viel spannender macht. Es mag ja aus finanziellen Gründen durchaus sinnvoll sein, eine wertvolle Krone zu stehlen, aber der andere Plunder, ich meine, diese so genannten Reliquien, deren Diebstähle nur am Rande Erwähnung in den Tageszeitungen fanden. Wer würde so einen Ramsch klauen? Nägel, mit denen Christus angeblich ans Kreuz genagelt wurde. In der Wissenschaft sind diese Stücke doch alle umstritten, nicht zuletzt aufgrund der Tatsache, dass die Kirche viel mehr Kreuznägel als Reliquien verehrt als jene drei, die für eine Kreuzigung damals verwendet wurden. Und wenn einer davon tatsächlich in die Langobardenkrone eingearbeitet wurde, dann bleiben sogar nur noch zwei Nägel, die zumindest theoretisch echt sein könnten. Stellt sich doch allen Ernstes die Frage, wer daran interessiert ist, Shahid dafür anzuheuern, diese augenscheinlich gefälschten Reliquien zu stehlen.“
„Was ist mit Natascha?“, keuchte David. „Wie passt sie da hinein?“
„Das habe ich mich auch schon gefragt.“
„Und das Buch der Gog und Magog?“
„Ja, ich gebe zu, diese beiden Teilchen finden noch keinen

Platz in dem Puzzle... Es ist aber sicher, dass sowohl das Verschwinden Ihrer Frau als auch das Buch der Gog und Magog etwas mit den Erzählungen über das Jüngste Gericht zu tun haben. Und das ist zweifelsfrei wieder von religiöser Bedeutung. Das Bild, von dem Woodberry erzählt hat, ist eindeutig christlichen Ursprungs. Das Buch wiederum ist eine alte arabische Schrift, und dennoch scheint die beiden etwas zu verbinden. Wenn wir herausfinden, was, dann wissen wir vielleicht auch, was Shahid vorhat." Unbemerkt von den beiden in das Gespräch vertieften Joggern hatte sich der Himmel über ihnen zusammengezogen. Erst das Aufleuchten eines Blitzes, gefolgt von einem leicht zeitversetzten Donnerschlag, machte ihnen bewusst, dass die dunklen schweren Regenwolken bereits genau über ihnen hingen.
„Wissen Sie, welche Stadt den Titel *Venedig des Nordens* wirklich verdient hat? ...London! Ich bin heute zum vierten Mal hier und, wie könnte es auch anders sein, gleich steht wieder alles unter Wasser."

***

Woodberry blickte auf seine dunkelgrauen Lederschuhe, die mit jeder weiteren Minute, die verstrich, tiefer in den regennassen lehmigen Boden einzusinken drohten. Durch sein Auf-und-ab-Laufen hatte sich in dem schmalen Pfad vor der Grabreihe bereits ein kleines Rinnsal gebildet. Der Professor holte ein weißes Taschentuch mit eingesticktem Monogramm hervor, um seine Nase wieder freizubekommen. *Ich hole mir den Tod, wenn ich hier noch länger im Regen herumlaufe. Ich werde wohl besser Mr. Wilder anrufen und fragen, wo er bleibt.* Woodberry zog ein Telefon von der Größe eines Organizers hervor und wählte Davids Nummer. Ein weinerliches Piepsen aus dem Hörer signalisierte ihm, dass es keinen Netzempfang

gab. Enttäuscht steckte er das Handy wieder weg. *Ich gebe Ihnen noch zehn Minuten, Mr. Wilder.*
Die Zeit, die Woodberry auf dem Friedhof verbracht hatte, hätte längst ausgereicht, die Namen auf den Grabsteinen auswendig zu lernen, an denen er ungezählte Male vorbeigelaufen war. Einige der Grabeinfassungen hatten erheblich unter dem Zahn der Zeit gelitten. Dort, wo man dem Efeu die Möglichkeit gegeben hatte, waren bereits ganze Gräber unter seinem grünen Mantel verschwunden.
Bei jedem Durchgang blieb Woodberry für einen kurzen Moment vor demselben Grabstein stehen. Der aus hellgrauem Granit gehauene schlichte Stein litt weit weniger unter dem Bewuchs. Auch diesmal hielt Woodberry vor dem an der Oberseite abgerundeten Stein und blickte auf die Inschrift. *In loving memory of Thomas William Woodberry.* Er bückte sich und zupfte ein, aus einem Spalt der Grabeinfassung hervordringendes, hellgrünes Efeublatt aus. Die Nachbargräber von T. W. Woodberry machten den Eindruck, als hätten sie seit langer Zeit keinen Besuch mehr gehabt. Auch Woodberry wusste, dass die Grabstätte seines Großvaters vom Wald verschluckt werden würde, wenn es dem Professor eines hoffentlich fernen Tages nicht mehr möglich wäre, das Grab zu pflegen.
In Gedanken versunken bemerkte er nicht, wie rings um ihn ein kalter feuchter Nebel aufstieg. Als würde man die Leiber in den Gräbern aufkochen, drang aus jeder Ritze und jedem Spalt die graue Suppe und floss in Richtung des Professors. Der auffrischende Wind tat das Seinige, um den Bodennebel großflächig über die Gräber zu verteilen.
Woodberry kniete noch immer auf der verwitterten Steinplatte, als das Geräusch eines herabfallenden Astes ihn aufhorchen ließ. Erschrocken sprang er auf und wirbelte herum. Erst jetzt bemerkte er die Nebelschwaden, die sich auf ihn zubewegten,

als würde übergehende Milch aus einem Topf quellen. *Es ist wohl besser, wenn ich mich auf den Weg mache, bevor ich in der Nebelwand die Orientierung verliere.* Der Professor warf einen letzten Blick auf seine Uhr und beschloss, den Heimweg anzutreten.

***

David und Hiob hatten den Eingang des Friedhofs erreicht und stapften im aufgeweichten Boden in Richtung des großen Tores, das zu beiden Seiten der hohen Mauer von zwei riesigen Säulen flankiert wurde.
„Spät, aber doch", stellte David völlig durchnässt fest. Der kräftige Regenschauer hatte sie in vollem Umfang erwischt.
„Noch haben wir den Professor nicht gefunden." Hiob deutete auf den gemauerten Torbogen vor ihnen. Der Durchgang selbst erinnerte mit seinem gezackten, dreifach abgestuften Steinbogen mehr an eine türkische Moschee als an einen europäischen Friedhof. Überall wucherten verschiedene Schlingpflanzen von der Mauer herab und hatten sie stellenweise bereits komplett überwachsen. Das innerhalb des steinernen Bogens montierte Eisengitter bildete das eigentliche Tor und stand halb offen. Wegen des aufsteigenden Nebels hatte David Mühe zu erkennen, wie weit sich die Anlage im Inneren der Mauer erstreckte. „Wenigstens lässt der Regen ein wenig nach."
Überall auf den Wegen des Friedhofs hatten sich kleine Bäche gebildet, die auf dem lehmigen Boden in die Richtung flossen, die auch Hiob und David anvisierten. So rasch, wie es die Sichtverhältnisse zuließen, bewegten sich die beiden auf die von Woodberry genannte Grabreihe zu. Wie rote Augen funkelten Grabkerzen mancherorts aus der dicken grauen Nebelwand, die schon nach wenigen Schritten begann. David

lief voran, in der Hoffnung, als Erster die richtige Reihe zu finden. Nur wenige Schritte hinter ihm konzentrierte sich Hiob darauf, David nicht an die alles verschluckende Nebelwand zu verlieren.
„Hier sind wir richtig“, stellte David fest, dem es gelungen war, sich trotz der schlechten Sichtverhältnisse an den sporadisch aufgestellten Wegweisern zu orientieren. „Am Ende dieses Wegs müssen wir bei der T-Kreuzung links gehen und dann die zweite Möglichkeit rechts nehmen.“ Immer tiefer führte David sie durch die dunklen Baumreihen in einen abgelegenen Teil des Friedhofs. Nur gelegentlich war es Hiob möglich, in der dichten Suppe einen Grabstein zu erkennen. Umso mehr beeindruckte ihn der Anblick eines etwa drei Meter großen Engels, dessen Flügelspitzen so in den Nebel getaucht waren, dass es aussah, als würde der Engel versuchen, sich daraus zu befreien. Auch der schmerzvolle Gesichtsausdruck, den der Bildhauer dieser Figur geschenkt hatte, unterstrich diesen Gedanken. Mit gequältem, leidvollem Blick mühte sich der Engel, dem Nebel der Verdammnis zu entsteigen, der ihn für immer zu verschlingen drohte. „Haben Sie diese Figur gesehen?“, fragte Hiob und starrte noch immer den Engel an. *Unglaublich, wie echt diese Steinfigur wirkt.* „Wilder?“ Nur die Stille schien die Antwort auf Hiobs Frage zu kennen. „Wilder?“, rief er lauter in den Nebel. Doch David antwortete nicht. „Mr. Wilder! Bleiben Sie stehen, ich habe Sie verloren.“
David erstarrte, als er seinen Namen hörte, der aus der geöffneten Gruft zu kommen schien. Er stand vor einer kreisförmig angeordneten Mauer, die, soweit der Nebel es erahnen ließ, mehrere Meter in den Himmel ragen musste. Fünf Öffnungen, von denen jede den Zugang zu einer Gruft bildete, waren in die Mauer eingelassen. Über jedem Eingang befand sich ein dachförmiger Mauervorsprung, der eine in der Eile nicht zu entziffernde Inschrift trug. Soweit David das erkennen

konnte, war nur eine der Grüfte geöffnet, auf deren Vordach ein großer steinerner Vogel thronte. David war sich sicher, dass die Stimme aus dieser Gruft gekommen war.
„Mr. Wilder!“ Wie ein geröcheltes Echo aus dem Jenseits drang die Stimme, die dem Dunkeln der Gruft entwich, an seine Ohren.
David spürte, dass seine Haare begannen sich aufzurichten und wie von einem Magneten angezogen in die der Gruft abgewandten Richtung zeigten, als wollten sie ihm den Weg weisen. „Hiob“, flüsterte er. „Wenn Sie jetzt nicht hinter mir stünden, wäre das ein guter Grund für mich, in Panik zu geraten.“ Davids Augen bemühten sich, in dem schwarzen Loch, das den Eingang zur Gruft darstellte, irgendetwas ausmachen zu können. „Können Sie etwas erkennen?“
Noch ehe er mit einer Antwort rechnen konnte, blitzte plötzlich ein glühendes Augenpaar aus der Gruft. In seiner ersten Reaktion zuckte David erschrocken zusammen und stieß dabei einen so grellen Schrei aus, dass sich mit einem Mal auch der steinerne Vogel über dem Eingang mit Leben erfüllte und laut krähend das Weite suchte.
Hiob hatte Davids Schrei gehört und stürmte los. *Wenn ihm etwas zugestoßen ist, weil ich mir die dämliche Statue angesehen habe, dann...* Hiob sprang über mehrere kleinere Grabsteine, um ein Stück abzukürzen. Vorbei an umgestürzten Steinkreuzen und kopflosen Statuen bahnte er sich seinen Weg. „Halten Sie durch, ich komme!“ Mit einem beherzten Sprung traf er auf einen flachen, abgerundeten Grabstein, der unter der Wucht des Aufpralls aus dem nassen Erdreich gerissen wurde. Hiob hatte Mühe, das Gleichgewicht zu halten, als der Stein im vollen Lauf unter ihm wegbrach. Mit weit ausgestreckten Händen stolperte er auf ein riesiges Steinkreuz zu, das eines der vor ihm liegenden Gräber zierte. Hiob hatte keine andere Wahl, als sein ganzes Gewicht an dem moosbewachsenen

Kreuz abzubremsen, wenn er nicht riskieren wollte, unkontrolliert zwischen den Grabsteinen aufzuschlagen. Sein fester Griff umklammerte im Vorbeifliegen das nasse, rutschige Kreuz, und nur einen Wimpernschlag später drückte sein gesamter Körper gegen den kreuzförmigen Grabstein, der auch prompt nachgab. Begleitet von einem dumpfen Krachen zerbarst das Kreuz auf dem feuchten, lehmigen Boden und übertönte damit Hiobs sattes Aufschlagen in der daneben liegenden Drecklache.

David blieb nur ein beherzter Sprung zur Seite, um dem von Hiob verursachten Tsunami zu entgehen. Im Lichtschein der beiden Grabkerzen, die Woodberry in der Hand hielt, war schnell das ganze Ausmaß von Hiobs Rettungseinsatz zu erkennen.

„Alles in Ordnung mit Ihnen?“, fragte David und reichte dem am Boden liegenden Hiob die Hand. Ein sonores Brummen, gefolgt von einem ausgespuckten Erdklumpen war zunächst alles, was als Antwort zurückkam. Woodberrys weit aufgerissene Augen starrten noch immer auf den Unbekannten, der zu seinen Füßen im Dreck lag.

„Keine Sorge, er ist hier, um mich zu beschützen“, lächelte David verlegen in Richtung des Professors.

Hiob rappelte sich auf und versuchte, den gröbsten Schmutz abzuklopfen. Erst jetzt vermochte der klein gewachsene Woodberry einzuschätzen, welche beachtliche Größe sich hinter dem vermeintlichen Grabschänder verbarg.

„Darf ich vorstellen... Das ist Professor Woodberry, und hier hätten wir meinen Bodyguard Hiob.“

„Sehr erfreut“, die Stimme des Professors klang noch etwas unsicher ob des eigenwilligen ersten Eindrucks, den er von Hiob hatte.

„Wieso haben Sie geschrien, als ginge es um Ihr Leben?“ Hiobs Worte klangen nicht halb so vorwurfsvoll, wie

er sie angedacht hatte.
„Ich hatte mich erschreckt“, begann David zu erklären. „Der Professor hatte in der leeren Gruft hinter uns vorübergehend Zuflucht gesucht, als der Nebel und der Regen immer stärker wurden. Und als ich auf einmal meinen Namen aus der Gruft hörte und dann noch die beiden Kerzenflammen wie brennende Augen herausloderten... Da ist wohl meine Fantasie mit mir durchgegangen.“
„Vergessen Sie nicht meine angeschlagene Stimme!“ Tatsächlich klang die Stimme des Professors sehr heiser, wohl nicht zuletzt deshalb, weil er so lange Zeit mit durchnässten Schuhen in der Kälte gestanden hatte.
„Wo waren Sie eigentlich? Sollten Sie nicht auf mich aufpassen?“, gab David den Ball an Hiob zurück, dessen Mimik zweifelsfrei zeigte, dass er keinerlei Gefallen an der Frage fand.
„Schon gut, das können Sie mir ja auch später noch erklären.“
„Darf ich Sie beide in meine bescheidene Gruft bitten?“ Der Professor zeigte auf den pechschwarzen Eingang. „Die Haushälterin war augenscheinlich nicht auf Gäste eingestellt, aber bis sich der Nebel lichtet und das Unwetter vorbeigezogen ist, sind wir hier gut aufgehoben.“

***

„Das hast du großartig gemacht, Clara!“ Das kleine Mädchen grinste, als sie von Chess gelobt wurde. „David hat uns nicht erzählt, dass du ein fotografisches Gedächtnis hast und dir Bilder so gut merken kannst.“
„Und was steht da jetzt?“ Alon spielte lässig mit den Bügeln seiner tiefschwarz getönten Sonnenbrille.
„Nun, zunächst ist klar, warum Sie die Arche versenkten, als Sie sie in den Blumentopf stellten. Dass wir so nahe am Toten

Meer nach der Kiste suchen mussten, war kein Zufall. Wer immer diese Zeilen für die Nachwelt aufgezeichnet hat, nahm für alle seine Angaben den Salzgehalt des Toten Meeres als Referenzwert. Und da Salz bekanntlich den Auftrieb erhöht, wird das Schiff im Toten Meer auch schwimmen, wenn es richtig beladen ist."

„Gute Arbeit, Watson! ...Nur erklären Sie mir bitte, wie Sie in Erfahrung bringen wollen, wie hoch der Salzgehalt sein muss? Wie Sie selbst gesagt haben, zieht sich das Tote Meer weiter zurück, weil die Menschen immer mehr Wasser aus dem Jordan abzweigen, um die Wüste zu bewässern. Der Salzgehalt steigt also stetig an, womit es uns unmöglich sein dürfte, den exakten Salzgehalt vor einigen hundert, wenn nicht tausend Jahren zu erfahren." Alon stellte das tropfende Schiff auf den Tisch. „Sehen Sie sich die feinen Linien auf dem Bug an, da macht jeder Teelöffel Salz, den wir zusätzlich in den Blumentopf geben, gleich mehrere Kilometer auf der Karte aus."

„Es sieht so aus, als hätte der Verfasser dieser Zeilen die Veränderung des Salzgehaltes sehr wohl berücksichtigt. Möglicherweise waren die hohen Schwankungen durch die stetige Wasserverdunstung auch zu seiner Zeit schon ein Problem. Wie auch immer, wir haben einen Referenzwert bekommen, der uns helfen soll, Temperatur und Salzgehalt exakt anzupassen. Genauer gesagt sind es sechs Referenzwerte, vermutlich, um ganz sicherzugehen." Chess hob eines der Kästchen an, in denen die Figuren aufbewahrt wurden. „Sehen Sie diesen Strich? Das ist die Neutralstellung. Wenn wir das geschlossene Holzkästchen jetzt ins Wasser setzen, dann wird es bis weit über den Strich eintauchen. Wir müssen dann nur so viel Salz beifügen, bis der Strich sich mit der Wasserlinie deckt, und schon haben wir den korrekten Salzgehalt für unsere Arche Noah."

„Klingt plausibel, aber warum hat man die Neutralstellung nicht an der Arche selbst markiert?"
„Vielleicht wollte der Schreiber des Buches sichergehen, dass nur, wer die Kästchen ohne Gewalt öffnen kann und damit auch seine aufwändige Handarbeit zu würdigen weiß, in den Genuss des Schatzes kommen soll."
„Von mir aus", murrte Alon. „Steht da auch, was das für ein Schatz ist, der nur darauf wartet, von so würdigen Menschen wie Ihnen gehoben zu werden?"
„Ja, ich denke, da kann ich weiterhelfen. Wie bereits auf der vorigen Buchseite erwähnt, geht es um die goldene Mauer, die die Gog und Magog davon abhält, über die Menschheit herzufallen. Sofern ich den Absatz richtig interpretiere, findet sich besagte Mauer am Kreuzungspunkt der beiden auf das Schiff gezeichneten Kartenteile."
Alon hatte den Deckel vom Salzstreuer geschraubt und ließ das Salz in den Blumentopf laufen. „Nur damit ich das richtig verstehe... Wir ziehen los und finden die goldene Mauer, die, wie wir vermuten dürfen, gar nicht aus echtem Gold, sondern nur aus Sondermessing besteht. Und dann? Was machen wir, wenn sich dahinter tatsächlich die Gog und Magog aufhalten? Meinen Sie nicht, die werden nach so langer Zeit in Gefangenschaft doch ziemlich sauer sein, wenn wir dort einfach auftauchen und ihnen die Mauer klauen?"
Alon verrührte das Salz in dem mit Wasser gefüllten Blumentopf und setzte das Kästchen hinein. „Dabei drängt sich mir auch die Frage auf, ob der Erbauer besagter Mauer diese nicht aus gutem Grund dort aufgestellt hat. Und mal ganz abgesehen davon, haben Sie schon darüber nachgedacht, wer von uns beiden eine ganze Mauer wegtragen soll?" Alon wartete die Antwort gar nicht ab und sprang auf, um sich Nachschub an Salz zu beschaffen, da die Menge im Streuer längst nicht ausreichte, um den gewünschten Auftrieb zu

erzielen. „Ich bin gleich wieder da!“
Chess lächelte Clara an. „Männer! Wenn erst das Kind in ihnen geweckt ist, dann hält sie keiner mehr vom Spielen ab. Aber so bleibt mir wenigstens Zeit, den Rest der Seite zu übersetzen.“
Es dauerte eine Weile, bis Alon auf die Terrasse zurückkam. Er hatte zwischenzeitlich die lange Hose gegen dunkelblaue Bermudashorts getauscht. Sein Gesicht glänzte dank der weißen Sonnencreme, die er so dick aufgetragen hatte, als wollte er darunter seine Sommersprossen verstecken. Chess beäugte ihn argwöhnisch, als er seine behaarten Beine auf den grünen Sessel legte. Sofort stachen ihr die gemusterten Badesandalen ins Auge, die seine Füße zierten. „Tolle Verkleidung, Holmes! Wollen Sie unerkannt bleiben, wenn Sie sich unter die Badegäste am Strand mischen?“
„Wie scharfsinnig, ich hätte nicht gedacht, dass es so leicht ist, Ihre Aufmerksamkeit zu bekommen.“ Alon hatte eine gelbe Plastikdose mitgebracht, die etwa ein Kilo feinstes Meersalz enthielt. Behutsam begann er, die Salzkonzentration im Blumentopf weiter zu erhöhen. „Ich hatte Sie vorhin nicht zu Wort kommen lassen“, entschuldigte er sich. „Bitte setzen Sie die Erklärung fort.“
Chess räusperte sich lautstark. „Die Mauer als solches ist doch eher symbolisch gemeint. Ich glaube nicht, dass wir wirklich in die Verlegenheit kommen, eine ganze Mauer bergen zu müssen, geschweige denn die Gog und Magog zu befreien. Viel wahrscheinlicher scheint es mir, dass hier von etwas die Rede ist, das die Funktion einer Mauer erfüllt. Im Prinzip könnte das nahezu alles sein. Jede Art von Behältnis, in dem sich die Ursache für den Untergang der Menschheit verstecken lässt, käme hier in Frage.“ Chess beobachtete Alon, der immer wieder Salz in den Topf schüttete, um gleich darauf kräftig umzurühren.
„Ich hab’s gleich“, er schien sehr konzentriert zu sein. „Lassen

Sie sich von mir nicht stören, reden Sie bitte weiter."
„Es gibt noch einen Hinweis, der uns möglicherweise weiterhelfen könnte. Allerdings bin ich mir nicht sicher, wie ich den Begriff deuten soll, denn die einzig mir bekannte Interpretation macht eigentlich keinen Sinn."
Alon war überzeugt, unmittelbar vor der Fertigstellung seiner Salzmischung zu stehen. *Nur noch ein ganz klein wenig Salz, und dann ist die Konzentration perfekt.*
„Ich kann mir beim besten Willen nicht erklären, was der letzte Hinweis mit der goldenen Mauer zu tun hat."
Noch zwei klitzekleine Salzkörnchen, Alon war sichtlich angespannt und bemühte sich, nicht zu zittern, um nur ja kein Salzkristall zu viel in den Blumentopf fallen zu lassen.
„Halten Sie es für möglich, dass die Mauer ein Nagel ist?"
„Was?" Alon schreckte auf und schüttete im gleichen Moment gut und gern 50 zusätzliche Kilometer in die Salzbrühe.
„Sollten Sie das Dosieren nicht etwas gewissenhafter vornehmen?" Chess war nicht entgangen, dass Alon mit viel Elan eine gehörige Portion Salz in den Topf geschüttet hatte. Seine Hand deutete abfällig auf den Blumentopf. „Das können wir später wieder verdünnen, aber was haben Sie da gerade von einem Nagel gesagt?", drängte er sie, ihren Satz zu wiederholen.
„Der letzte Hinweis in der Übersetzung erzählt von einem Nagel. Das wäre nun an sich noch nichts Besonderes, aber der Begriff wird wiederholt als Synonym für die goldene Mauer verwendet. Das legt zumindest die Vermutung nahe, dass die goldene Mauer ein Nagel ist." Sie zuckte mit den Schultern. „Auch wenn das eigentlich keinen Sinn ergibt."
„Und wie das Sinn macht!" Die Sonnencreme auf Alons Stirn drückte sich in seine ausgeprägten Denkfalten. „In der Nachricht, die wir abgefangen haben, ging es um die Krone der Langobarden. In ihr Innerstes ist gemäß der Überlieferung

einer jener drei Nägel eingearbeitet, die bei der Kreuzigung Christi verwendet wurden. Hiob und ich hatten dem zunächst keine Beachtung geschenkt, da der materielle Wert der Krone zweifellos im Vordergrund stand. In Kombination mit dem Hinweis im Buch der Gog und Magog nimmt der Nagel in der Krone aber eine viel bedeutendere Stellung ein."

„Sie meinen, es ging dem Dieb gar nicht um die Krone, sondern um den Nagel darin?"

„Wäre gut möglich! Erinnern Sie sich an die ungeklärten Reliquiendiebstähle, von denen ich Ihnen erzählt habe?"

Chess nickte. „Sie erwähnten einige nicht näher bezeichnete Stücke mit fragwürdiger Echtheit, offensichtlich Fälschungen."

„Ja, in der Tat, denn die christliche Kirche nennt über dreißig dieser vermeintlich echten Kreuznägel. Tatsächlich benötigte man aber nur drei davon, um Christus ans Kreuz zu nageln. Das lässt den Schluss zu, dass es mit hoher Wahrscheinlichkeit Plagiate sind, weshalb wir uns damit auch nicht näher beschäftigt haben."

„Und jetzt?... Wie denken Sie jetzt darüber?"

Alon ballte seine Hände zu Fäusten und stemmte sie vor sich auf den Tisch. „Was wäre denn, wenn Shahid nur diese drei Nägel will? Die Krone, das goldene Buch, die sonstigen Diebstähle nur Mittel zum Zweck sind, um an die echten Kreuznägel zu gelangen."

„Sie trauen ihm zu, dass ausgerechnet dieser Primat weiß, welche Nägel die echten sind?"

„Keineswegs! Shahid geht nach dem Ausschlussprinzip vor. Er besorgt sich einfach alle Kreuznägel, die in Frage kommen."

„Und wozu?"

Alon schüttelte den Kopf. „Wenn ich das wüsste."

„Und welchen Grund hatte der Einbruch in das Labor des Professors, und warum wurde Davids Frau entführt?"

Wieder schüttelte Alon seinen Kopf. „Kann ich Ihnen nicht

sagen. Noch nicht."
Clara hatte sich bisher nicht getraut, das Gespräch der Erwachsenen zu unterbrechen, doch jetzt war eine gute Gelegenheit, um die Neugier zu befriedigen. „Das Kästchen soll im Wasser schwimmen?"
„Siehst du den Strich hier?"
Clara nickte begeistert.
„Wenn man Wasser und Salz im richtigen Verhältnis mischt, dann taucht das Kästchen genau bis zu diesem Strich ins Wasser ein. Je mehr Salz du in das Wasser einrührst, umso weiter kommt der Strich aus dem Wasser. Wenn du aber mehr Wasser dazugibst, dann taucht das Kästchen mit dem Strich wieder tiefer ein."
„Toll! Darf ich das mal probieren?"
„Aber klar, ich bin sicher, du kannst das auch viel besser als... Egal, du würdest uns sehr helfen, wenn du das mit dem Kästchen hinbekommst."
Clara lief hinunter in den Garten, und Chess wandte sich wieder Alon zu. „Also gut, angenommen, er hat es tatsächlich auf die drei echten Nägel abgesehen, und nehmen wir weiter an, er bekommt alle Nägel." Chess machte eine kurze Denkpause. „Wie stellt er dann fest, welche die echten Nägel sind, wenn es selbst die Kirche nicht zu sagen vermag?"
„Mit den heutigen Methoden der Wissenschaft dürfte das nicht schwer sein. Eine genaue Kohlenstoffanalyse gibt schnell Aufschluss über das Alter. Der Reinheitsgrad des für die Nägel verwendeten Eisens lässt ebenfalls Rückschlüsse über die Herkunft zu. Ich denke, es gibt eine Reihe von Möglichkeiten, die Echtheit einzelner Nägel, wenn schon nicht zweifelsfrei festzustellen, so doch zumindest einzugrenzen. Der Punkt ist, dass die Kirche nicht daran interessiert war und ist, die Mehrzahl ihrer Reliquien als Fälschungen zu entlarven. Wie sonst ist es zu erklären, dass sie keiner wissenschaftlichen

Untersuchung ihrer Heiligtümer zustimmt? Je mehr Nägel existieren, umso mehr Kirchen und Klöster werden ihretwegen von den Pilgern und Gläubigen aufgesucht."
„Wenn Sie Recht haben, dann könnte Shahid bald beweisen, welche der Nägel gefälscht sind. Wobei das für die Kirche ohnehin bedeutungslos wäre, wenn erst alle Reliquien gestohlen sind. Denken Sie am Ende, dass Shahid einen Glaubenskrieg gegen die christlichen Kirchen führt?"
„Ganz sicher nicht!" Alon brachte mit jeder Faser seines Körpers zum Ausdruck, wie absurd dieser Gedanke für ihn war. „Shahid würde jedes Götzenbild anbeten, wenn der Preis stimmt. Seine einzige Triebfeder ist Geld und die perverse Lust am sadistischen Töten." Alon stand auf. „Nein, Shahid braucht diese Nägel ganz sicher nicht für sich selbst. Ich möchte wetten, er wird von irgendjemandem gut dafür bezahlt, sie zu beschaffen. Die Frage ist nur..."
„Wer hat Interesse daran, einen Haufen offensichtlich gefälschter Reliquien anzusammeln?", fiel ihm Chess ins Wort.
Alon begann, auf der Terrasse auf und ab zu laufen. „Selbst wenn wir damit seine Absicht durchschaut haben, ist es nahezu unmöglich vorherzusagen, wo er als Nächstes zuschlägt. Dafür gibt es einfach noch zu viele Kreuznägel in diesem Spiel."
„Wenn wir feststellen können, ob unser goldener Nagel echt ist, dann haben wir vielleicht etwas, das Shahid in jedem Fall braucht, wofür auch immer."
„Sie wollen ihm eine so offensichtliche Falle stellen?"
„Warum nicht? Wenn der Nagel für ihn so wichtig ist..."
„Vergessen Sie es! Das haben schon ganz andere versucht. Keiner, außer Hiob, hat bisher eine zweite Chance bekommen."
Die Pupillen ihrer grünen Augen weiteten sich, als wollte sie damit das Interesse an ihrer nächsten Frage unterstreichen. „Es ist nicht zu übersehen, dass er in Shahid seinen Todfeind

gefunden hat. Verraten Sie mir warum?“
„Hiob hat sich mehr als einen Feind gemacht - aus den verschiedensten Gründen. Aber das fragen Sie ihn besser selbst.“
Clara hatte aus dem Garten eine kleine grüne Gießkanne mit einem langen Hals geholt, an dessen Ende sich eine weiße Blume befand. Voller Begeisterung machte sie sich daran, die Aufgabe zu lösen, die Chess ihr gestellt hatte.
Alon stoppte sein nervöses Herumlaufen und setzte sich wieder zu Chess an den Tisch. „Ich würde gern den ersten Teil Ihrer Idee aufgreifen. Lassen Sie uns klarstellen, was unser goldener Nagel kann.“
Chess, die Alon jetzt gegenüber saß, beugte sich vor. „Einverstanden. Beginnen wir damit hervorzustreichen, was unseren Nagel von den anderen unterscheidet.“
„Er befindet sich zweifelsfrei nicht im Besitz einer Kirche.“
„Mehr als das, sein Versteck wird in einem arabischen Buch erwähnt, das in ihm das Tor zur Hölle sieht.“
„Dem Alter des Buches nach zu urteilen, wusste die Kirche möglicherweise nie etwas von seiner Existenz, da er schon so lange an dem geheimen Platz verborgen ist.“
„Wissen Sie, was das bedeuten würde, Alon?“
„Ja! Damit haben wir entweder eine garantierte Fälschung, die niemals den Weg in ein christliches Kloster gefunden hat...“
„Oder wir haben einen echten Nagel! Einen, von dem die Kirche nichts weiß, weil er nach der Kreuzigung einfach verschwand. Und damit wäre unser Nagel die Nummer vier. Und zwar zusätzlich zu den drei echten Nägeln, von denen das Christentum berichtet.“
„Das klingt ziemlich weit hergeholt, auch wenn es unseren Nagel aufwerten würde“, grinste Alon.
„Aber es wäre durchaus denkbar!“
„Lassen Sie uns bei den Fakten bleiben. Wir erwarten, einen

goldenen Nagel zu finden, höchstwahrscheinlich aus Sondermessing. Ich kann mich nicht erinnern, dass ein derartiges Material bei der Kreuzigung Christi erwähnt wurde. Da war nur die Rede von Eisennägeln."
„Stimmt", gab Chess ernüchtert zu. „Aber wie würde ein Eisennagel nach zweitausend Jahren heute wohl aussehen?"
„Rostig, ohne Zweifel wäre er vom Rost gezeichnet."
Chess dachte angestrengt nach. *Wie passt unser goldener Nagel zu den rostigen Nägeln aus Alons Geschichte... Aber natürlich!* „Haben Sie nicht selbst gesagt, das Zink in der Legierung würde verhindern, dass ein derartiger Nagel aus Sondermessing rosten könnte?"
Alon nickte zustimmend. „Es würde zumindest dabei helfen, die Oberfläche eines solchen Nagels gegen Sauerstoff unempfindlich zu machen."
„Dann hätten wir doch ein Motiv, warum jemand einem Nagel wie dem unseren den Vorzug gibt gegenüber einem ordinären Eisennagel."
„Was denn? Sie meinen, jemand hat unter die Eisennägel der Kreuzigung einen Nagel aus Sondermessing gemischt, weil dieser länger hält? Wozu sollte er das tun?"
„Wüssten Sie einen besseren Weg, um einen sicheren Beweis für die Existenz Christi durch die Jahrtausende zu bringen? Dieser Nagel wäre wie eine Zeitkapsel. Wer immer ihn später findet und die technischen Möglichkeiten hat, kann mit seiner Hilfe die Geschichte belegen."
Alon musste lachen. „Entschuldigen Sie, bitte, aber das ist mir jetzt doch ein wenig zu sehr an den Haaren herbeigezogen. Das Buch berichtet von einer furchtbaren Bedrohung durch die Gog und Magog, die nur von diesem Nagel zurückgehalten werden. Ihre Befreiung wird die Welt ins Verderben stürzen, was letztlich mit dem Jüngsten Tag gleichzusetzen ist. Bei allem Verständnis für Ihre Fantasie, aber Ihr selbstloser

Zeitkapselbauer hätte damit den Untergang der Menschheit gleich mitgeschickt. Das ist wohl etwas zu viel Symbolik, die Sie hier hineininterpretieren."
Chess blickte ihn grimmig an. „Oh nein, Sie sind es, der sich auf die Symbolik versteift! Die Geschichte der Gog und Magog hat ihre angedachte Wirkung auf die Menschen der vorigen Jahrhunderte nicht verfehlt. Die Angst vor dem Harmagedon, das unmittelbar mit dem Entfernen des Nagels verbunden ist, hat dem Erfinder der Zeitkapsel doch beste Dienste geleistet. Niemand hat es bisher gewagt, die Mauer zu suchen, geschweige denn sie zu entfernen. Ich halte es für sehr gut möglich, dass der Autor des Buches gar nicht an die Gog und Magog geglaubt hat. Diese frei erfundenen Wesen waren vielmehr seine Versicherung dafür, dass der Nagel nicht zu früh entfernt wird, nämlich bevor die Wissenschaft in der Lage ist, seine Echtheit zweifelsfrei zu bezeugen. Jahrhundert für Jahrhundert sind ihm die Leute auf den Leim gegangen." Chess warf ihm einen zornigen Blick zu. „So wie Sie übrigens auch!"
Alon atmete lautstark aus. „Na gut, ich will meinen gesunden Menschenverstand einmal für einen Moment ausschalten. Soweit mir bekannt, endet das Harmagedon mit dem Erscheinen Christi, der das Böse, von mir aus auch in der Form von Gog und Magog, besiegt und anschließend über die Menschheit richtet. Für diesen Teil der Vorsehung haben Sie nicht auch zufällig eine Erklärung parat?" Er lehnte sich selbstgefällig zurück und grinste Chess provokant an.
Sie hatte die Mundwinkel angespannt und brannte bereits darauf, ihm die Antwort geben zu können. Wie ein Wasserfall begann sie loszureden.
„Doch, habe ich. Das Erscheinen Christi auf Erden ist auch nur symbolisch gemeint. Es ist vielmehr der Beweis für seine Existenz, der damit gleichgesetzt wird. Sein Sieg über das Böse, in welcher Form auch immer, steht stellvertretend für das Ende

des Zweifels an seiner Existenz. Wenn die Wissenschaft mit Hilfe des Nagels in der Lage wäre zu beweisen, dass Christus gelebt hat, dann ist das doch in jedem Fall gleichzusetzen mit seiner Rückkehr, zumindest im übertragenen Sinn. Sie selbst sagten doch vorhin, wie locker es die Kirche nimmt, wenn es darum geht, die Gläubigen mit fragwürdigen Reliquien anzulocken. Das aber wäre die einmalige Chance, sich dem ewigen Zweifler der Kirche, der Wissenschaft, zu stellen und damit den finalen Beweis für die Existenz Christi anzutreten."

„Und das sagt eine Araberin?"

„Sie wissen so gut wie ich, dass im Judentum genau wie im Islam die Existenz Christi als gesichert gilt. Seine Figur ist, in welcher Form auch immer, wichtiger Teil der drei größten monotheistischen Weltreligionen. Ein Beweis dafür, dass er tatsächlich gelebt hat, könnte eine Brücke zwischen unseren Religionen bauen, wie niemand es bisher für möglich gehalten hat."

„Na klar, und Shahid ist dann der selbstlose Überbringer dieser Frohbotschaft. Das glauben Sie doch nicht wirklich?"

„Ich dachte, wir waren uns einig, uns auf unseren Nagel zu konzentrieren. Wenn dieser Nagel nur halb so bedeutend ist, wie ich vermute, dann müssen wir alles daran setzen, dass gerade ein Verbrecher wie Shahid ihn niemals in seine blutigen Hände bekommt."

„Fertig!", rief Clara und unterbrach die heftige Diskussion. Das freundliche Mädchen stand mit breitem Grinsen neben dem Blumentopf. In der Hand hatte es noch immer die grüne Gießkanne, von deren weißer Blume einige Tropfen hingen, die Goliath mit seiner weit herausgestreckten rosa Zunge ableckte.

***

Zögerlich begann das Blut aus der frischen, breit aufgerissenen Stichwunde zu rinnen. Mit einem letzten Stöhnen fiel der leblose Körper auf den vor ihm befindlichen Radarschirm. Am grob gezackten Rücken von Shahids Klinge klebten blutige Fleischfetzen, die er beim ruckartigen Herausziehen mitgerissen hatte. Ohne sich weiter um sein erstes Opfer zu kümmern, drehte er sich zu den anderen Männern im Raum. „Was genau ist an meinen Anweisungen so schwer zu verstehen?“ Seine Stimme klang wie berstendes Eis.

Shahids Blick wanderte von einem Mann zum nächsten. Jeder, von dem er seine Augen wieder abwandte, war erleichtert, dass der Kelch an ihm vorübergegangen war. Der am Bein verletzte Kamovpilot war einer der nächsten in der Reihe. Er war geschockt von den Bildern der letzten Minuten, die ihm so unauslöschlich schienen, als hätte man sie in seine Netzhaut gebrannt. Noch immer glaubte er, eines der unzähligen Echos zu hören, die die metallischen Wände zurückwarfen. Es war, als wollten sie das letzte Flehen seines Kollegen niemals enden lassen.

Ich muss hier weg! Nur wenn es mir gelingt, den Hubschrauber zu erreichen, habe ich noch eine Chance, diesem Irren zu entkommen.

Er suchte den Raum nach Gegenständen ab, die er bei seiner Flucht aus der Baracke verwenden konnte, um die anderen davon abzuhalten, ihm zu folgen. *Gleich neben der Tür ist ein Feuerlöscher, wenn ich damit für Verwirrung sorge, gelingt es mir vielleicht, den Raum vor den anderen zu verlassen. Danach blockiere ich von außen die Tür und laufe, so schnell ich kann, zum Helikopter.*

Der Pilot blickte auf sein verletztes Bein, wissend, dass die Vorzeichen für seine Flucht nicht die besten waren.

Shahids Fratze grinste den verletzten Piloten an. Es war das untrügliche Zeichen dafür, dass er sich entschieden hatte, wer

für die misslungene Peilsenderaktion zahlen würde. Ohne auch nur eines seiner Worte abzuwarten, riss der Pilot den Feuerlöscher von der Wand und drückte mit dem Daumen seiner rechten Hand den Sicherungssplint heraus. In Sekundenbruchteilen war der Raum in weißes Pulver getaucht, das sich auf den Schleimhäuten anfühlte, als würde man mit konzentrierter Säure gurgeln. Ohne sich noch einmal umzudrehen, rettete sich der Pilot durch die enge Tür und schlug sie zu. Das Glück schien auf seiner Seite zu sein, als er gleich neben der Tür eine Schaufel sah, die er dazu verwendete, den Ausgang zu blockieren. Mit einem kräftigen Ruck zwängte er den Stiel der Schaufel zwischen die Griffe der Blechtür und verhinderte damit ihr Öffnen. So schnell das schmerzende Bein es zuließ, schleppte er sich danach zum Helikopter.
Nur langsam legte sich der Pulvernebel in der Baracke.
„Brecht sofort diese verdammte Tür auf, oder es gibt ein Blutbad!“
Der Mann, der sich am nächsten zum Ausgang befand, warf sich mit etwas Anlauf gegen die Tür, die nicht die geringsten Anstalten machte, sich zu öffnen. Zielstrebig griff ein großgewachsener Soldat nach seiner Maschinenpistole und eröffnete ohne Vorwarnung das Feuer auf die schwere Tür. Einer seiner Kollegen wollte ihn mit einem Schrei noch davon abbringen, doch die Querschläger, die von der schweren Eisentür abprallten, hatten bereits seine Kehle zerfetzt. Mit weit aufgerissenen Augen sank er in die Knie und war gleichzeitig das Letzte, was der Unglücksschütze sah, der sich seinerseits drei der Kugeln eingefangen hatte.
Vor Shahids Augen fielen die Männer, die unmittelbar bei der Tür gestanden hatten, um wie die Fliegen. Die geballte Faust seiner rechten Hand knallte mit voller Wucht auf den Tisch. „Das darf doch alles nicht wahr sein!“, brüllte er und fuchtelte wild mit dem Messer in seiner Linken herum. „Bin ich denn

nur von unfähigen Idioten umgeben?“
Nur einer seiner Männer hatte, so wie Shahid selbst, in der zweiten Reihe gestanden und wurde dank des lebenden Kugelfangs vor den Querschlägern geschützt.
„Öffnen Sie diese Tür!“ Shahids Messer an der Kehle des Soldaten war nicht nur eine leere Drohung. Verängstigt versuchte der Mann, Shahids Anweisung umzusetzen und deutete auf das Messer, das ihn daran hinderte, auch nur einen Schritt in Richtung Tür zu setzen. Shahid senkte die Klinge, und fast zeitgleich war, zur Verwunderung der beiden eingesperrten Männer, zu hören, wie jemand sich an der Außenseite der Tür zu schaffen machte.
Shahid staunte nicht schlecht, als er durch die sich öffnende Tür in das Gesicht seines bärtigen Freundes blickte. „Ramar!“ rief er, und sein Antlitz spiegelte mit einem Mal so etwas wie herzliche Freude wider.
„Mustafa!“, tönte es von draußen, und der bärtige Paschtune streckte beide Arme aus. Als hätte es die letzten Minuten nicht gegeben, lief Shahid auf seinen Freund zu und fiel ihm in die Arme. Die beiden Männer küssten einander wieder und wieder gegenseitig auf die Wange.
„Mustafa Shahid, du bist noch genauso hässlich, wie ich dich in Erinnerung hatte!“, lachte Ramar und drückte Shahid einen weiteren Kuss auf die Wange. „Ich weiß deine Aufrichtigkeit zu schätzen“, freute sich Shahid, als hätte er gerade eines der nettesten Komplimente bekommen.
Für den letzten Soldaten in der Baracke war es ein eigenwilliger Anblick, als der riesige Vollbartträger sich zu dem neben ihm geradezu winzig anmutenden Shahid hinunterbeugen musste, um ihn küssen zu können.
„Wie ich sehe, stehst du noch immer auf heiße Locations“, fielen Ramar die am Barackenboden liegenden Leichen auf, durch deren austretendes Blut Shahid gelaufen war. „Welch

eine Kulisse, um unser Wiedersehen zu feiern.“ Ramars lüsterner Blick folgte seiner eigenen Hand, die fordernd Shahids Gesäß umfasste.
„Nicht jetzt!“, wies Shahid ihn zurück. „Ich muss mich noch um einen Verräter kümmern.“
Der Paschtune lachte laut los: „Du meinst doch nicht etwa dieses armselige Etwas, das versucht hat, den Hubschrauber zu erreichen?“
Shahid wurde hellhörig. „Hast du ihn…“
Ramar schüttelte den Kopf. „Nicht ich. Du weißt doch, welche Freude es ihm macht.“ Ramar forderte Shahid mit einer Geste auf, seinem Blick zu folgen. Nahe dem Hubschrauber lag ein regungsloser Körper, neben dem ein dunkelhäutiger junger Mann kniete.
„Er ist dir so ähnlich!“, führte der Paschtune aus. „Ich habe wirklich viel Freude mit ihm. Er hat sich sogar das gleiche Messer zugelegt, wie du es hast.“
Shahid nickte gefällig. „Er ist groß geworden, soweit ich das aus der Ferne beurteilen kann. Trotzdem, es war nicht gut, ihn hierher zu bringen.“
„Sei nicht so hart. Du hättest ihn in London sehen sollen. Er hat erstklassige Arbeit geleistet.“
„Ihr habt also alles bekommen?“
Ramar nickte. „Möglicherweise sogar mehr, als du erwartet hast. Wir haben alles zu Qian ins Labor bringen lassen. Ich hoffe, seine Leute sind so gut, wie du gesagt hast.“
„Manchmal habe ich da so meine Zweifel. Bisher war es ihm leider nicht möglich, mit dem gelieferten Material etwas anzufangen. Wobei das natürlich nicht seine Schuld sein muss, vielleicht haben wir einfach noch nicht die richtigen Nägel gefunden... Die Einrichtung in seinem Labor ist ja auch nicht mehr die neueste. Sie arbeiten aber bereits an der Übersiedlung in die neue Anlage.“

„Wir haben für morgen Nachmittag unseren Flug nach Italien gebucht. Es wird mir eine Freude sein, Nachschub für die Wissenschaft heranzuschaffen.“

„Wir sollten vorher noch über den akuten Mangel an qualifiziertem Personal sprechen. Ich habe den Eindruck, dass in diesem Land nur Idioten für mich arbeiten. Es ist natürlich gut zu wissen, dass ihr beide euch um die Beschaffung der weiteren Reliquien kümmert, aber ich könnte hier wahrlich Hilfe brauchen, und sei es nur zum Eingraben meiner Leute.“

„Das wird kein Problem sein, ich habe in Kairo fünf Männer angeheuert, mit denen ich schon früher zusammengearbeitet habe. Sie werden jeden deiner Befehle, ohne zu zögern, befolgen, wenn die Motivation stimmt.“

„Sprechen wir von harten Dollars?“, lachte Shahid.

„Du verstehst es anscheinend noch immer, die Leute gebührend zu motivieren. Ich habe sie in einem Hotel nahe Amman untergebracht. Ein Anruf reicht, und sie stehen, Gewehr bei Fuß, zu deiner Verfügung.“

„Sind es Araber?“

„Nicht alle, es sind auch zwei Franzosen dabei. Sie haben sich in der Fremdenlegion kennengelernt. Es sind einfache Leute, aber sie verstehen ihr Handwerk. Ich verspreche, dass sie dir keine Probleme machen.“

„Brauchst du keinen davon?“

„Nein.“ Der stämmige Paschtune winkte ab. „Sieh mich an“, lachte er und klopfte sich dabei auf die Brust. „Mit meinem Kampfgewicht bin ich nicht auf fremde Hilfe angewiesen. Schon gar nicht, wenn es darum geht, ein paar Pfaffen die Nägel aus ihren Kirchen zu entwenden.“

Shahid musste ihm Recht geben. Der kräftige, gut zwei Meter große Ramar war in der Tat eine beeindruckende Erscheinung. Je länger er den durchtrainierten muskulösen Körper seines arabischen Freundes betrachtete, umso mehr stieg sein

Verlangen nach ihm.
„Willst du es dir nicht doch noch überlegen?“, wisperte Ramar, dem nicht entgangen war, wie sinnlich Shahid ihn anstarrte.
„Mr. Shahid!“, rief die Stimme aus der Baracke aufgeregt. „Mr. Shahid, wir haben ein Signal. Der Peilsender scheint doch zu funktionieren!“

***

„Das liegt mitten im Jemen!“, rief Alon erstaunt aus, nachdem er die Koordinaten vom Rumpf der Arche Noah auf eine Landkarte übertragen hatte. „Bei dieser Lage ist es kein Wunder, dass keiner vor uns den Schatz heben wollte. Da würde man ja schon ohne die Androhung des Weltuntergangs nicht freiwillig hinwollen.“
„Höre ich da Angst in Ihrer Stimme?“, stachelte ihn Chess an.
„Angst? Vor einem Ausflug in den Jemen? Lächerlich!“ Er griff demonstrativ nach der Karte und fuhr mit dem Finger den geplanten Reiseverlauf ab. „Aber ich fürchte, diese Reise werde ich ohne Sie antreten müssen.“
„Sind Sie verrückt?“ Chess musste sich verhört haben. „Selbstverständlich werde ich Sie auf dieser Reise begleiten.“
„Der Jemen ist kein Land, das Frauen bereisen sollten. Ganz im Gegenteil. Selbst mit kompletter Verschleierung laufen Sie Gefahr, als Freiwild zu gelten und auch als solches behandelt zu werden. Es würde die Sache erleichtern, wenn ich mich zur Gänze auf die Suche nach dem Nagel konzentrieren könnte, ohne dabei auf Sie aufzupassen.“
„Das ist ja wohl die Höhe!“, gab sich Chess entrüstet. „Als ob ich es nötig hätte, dass Sie auf mich aufpassen. Ich kann mich meiner Haut sehr gut selbst erwehren! Sie sind es doch, den man nicht aus den Augen lassen darf. Ohne mich würden die Sandkäfer längst das Fleisch von Ihren Knochen nagen. Also

erzählen Sie mir nicht, dass ich Ihnen zur Last fallen würde."
„Schon gut, schon gut", gab sich Alon versöhnlich. „Ich wollte damit doch nur zum Ausdruck bringen, dass ich mir Sorgen um Ihr Wohl mache. Selbstverständlich werden Sie mich begleiten, wenn Sie darauf bestehen."
Langsam beruhigte sich Chess wieder und begann gemeinsam mit Alon, die Reise in den entfernten Jemen zu planen.
„Direkt zu fliegen, können wir vergessen. Selbst wenn uns Burcely eine Maschine samt Piloten stellt, sollten wir keine unnötige Aufmerksamkeit erregen. Ich würde vorschlagen, wir wählen zwischen Flug und Schifffahrt und setzen unsere Reise dann mit einem Mietwagen entlang der Küste fort."
„Vielleicht kann uns Burcely ja ein Boot besorgen, das wäre nicht nur schneller, sondern auch bestimmt bequemer."
„Keine schlechte Idee, und wir würden auch nicht Gefahr laufen, dass Sie jemand für seinen Harem entführt", kicherte Alon.

***

Burcely schritt den langen, dunklen Gang entlang, der von seinem Büro zum Lift führte. Er hatte sich die Entscheidung nicht leicht gemacht, doch angesichts der Umstände musste er seine Skrupel zurückstellen. Um in das unterste Kellergeschoss zu gelangen, verlangte die Liftsteuerung nach einer speziellen ID-Karte, die außer Mr. Burcely nur drei Männer im Haus besaßen. Mit einem Doppelpieps bestätigte die Steuersoftware die Gültigkeit der Karte und setzte den Lift in Bewegung. Burcely tupfte sich mit seinem bestickten Taschentuch den Schweiß von der Stirn. Die Anspannung war ihm schon von weitem anzusehen. *Mach, dass dieser Tag schnell vorbeigeht.*
Kaum spürbar stoppte der Lift die Fahrt im untersten Geschoss. Kurz darauf lief eine Hydraulikpumpe an. Wie riesige

Schlagscheren schoben sich die beiden Segmentstücke der Lifttür zur Seite.
Zwei uniformierte Männer erwarteten Burcely bereits. Der kleinere Mann hatte etwa Burcelys Statur, und zahlreiche Abzeichen dekorierten seine Uniform. Burcely schätzte ihn Mitte fünfzig, sein Gesicht war vom rauen Seewind gezeichnet und die Haut wirkte hart wie gegerbtes Leder. Man musste kein Fachmann der Uniformkunde sein, um zu wissen, dass er es weit gebracht hatte bei der Navy. Dem Lametta auf seiner Jacke nach zu urteilen, konnte er wenigstens Commander, wenn nicht sogar Admiral sein.
„Commodore William T. Preston, US Navy", stellte sich der Mann mit extrem tiefer Stimme vor. „Das ist Ensign G. Simblay", seine Hand zeigte auf den knapp vierzig Jahre alten Begleiter. Der Ensign wirkte trotz seiner relativen Jugend kaum weniger vom Leben gezeichnet als der Commodore. Auch durch sein Gesicht zogen sich Furchen, wie sie nur das Wechselspiel von Salzwasser und Sonne über die Jahre hinterlassen konnte. Obwohl die Beleuchtung im Keller nur schwach dimensioniert war, trug der Ensign eine dunkle Sonnenbrille. Die tiefschwarzen Gläser waren so riesig, dass sie nicht einmal vermuten ließen, wo genau sich seine Augen befanden. Im Vergleich zu den Brillengläsern wirkte die Haut seines Gesichts geradezu erschreckend blass.
Das faltige kreidebleiche Gesicht, die dunkle Sonnenbrille und der wortlose Auftritt in der Uniform eines Ensigns lassen eigentlich nur einen Schluss zu. Burcely war auf eine lebende Legende der amerikanischen Seestreitkräfte getroffen, den Vampir.
„Ensign Simblay wird die Verhandlungen mit der Zielperson führen."
„Sicher wird er das", bestätigte Burcely. „Ich bin ehrlich gesagt etwas verwundert darüber, dass ausgerechnet die Navy ihre

Hilfe angeboten hat."
„Unser Fachpersonal für kommunikative Spezialaufgaben genießt über die Grenzen der Streitkräfte hinweg einen ausgezeichneten Ruf."
„Kommunikative Spezialaufgaben?" Burcely konnte den Zynismus in seiner Stimme nicht verbergen. „Ist das die Bezeichnung, hinter der Ihr Präsident die Folterausgaben vor dem Kongress versteckt?"
Der Commodore verzog keine Miene, als würde ihn der Vorwurf völlig kalt lassen. „Wie auch immer Sie unsere Arbeit nennen wollen, sie muss erledigt werden, und nur dafür sind wir hier."
„Arbeit? Es fällt mir schwer, das, was Sie vorhaben, damit überhaupt in Verbindung zu bringen." Burcely spürte den Konflikt, den sein Innerstes mit sich selbst auszutragen hatte.
„Ich kann Ihnen versichern, dass wir uns zur Gänze im Rahmen der Gesetze bewegen, die von meiner Regierung verabschiedet wurden."
„Genau das ist es, was mir Sorgen macht, Commodore."
„Meine Vorgesetzten sind auch nicht mit allem einverstanden, was die diplomatischen Gepflogenheiten Ihrer Regierung betrifft. Lassen Sie es uns als das sehen, was es ist: eine wechselseitige Zweckbeziehung."
„Sie werden es mir nachsehen, wenn ich den Zweck Ihres Besuchs nicht so sehe, wie Sie es vielleicht von mir erwarten."
„Bei allem Respekt, aber Sie haben uns geholt, weil Sie unsere Hilfe brauchen, nur deshalb sind wir heute hier. Ein Anruf von meinem Vorgesetzten und wir machen stehenden Fußes kehrt. Bis dahin werde ich das tun, was die Admiralität zu Recht von mir erwartet - Befehle befolgen."
Burcely merkte, dass er dem sturen Befehlsgehorsam des Commodores nichts entgegenzusetzen hatte. *Die vielzitierte Hilfsbereitschaft der Amerikaner auf fremdem Boden wird von*

ihnen immer dann bemüht, wenn es darum geht, ihre eigenen Interessen durchzusetzen.
„Nur, um das klarzustellen. Nicht ich habe Sie geholt. Meine Leute sind durchaus in der Lage, die Befragung selbst durchzuführen."
„Das sehen Ihre Vorgesetzten offensichtlich anders... Ich kann Ihnen jedenfalls versichern, dass meine Regierung kein wie auch immer geartetes Interesse an der Befragung hat. Die Ergebnisse unserer Arbeit werden dieses Gebäude nicht verlassen und stehen Ihnen und Ihren Vorgesetzten zur alleinigen Verfügung. Betrachten Sie unsere Mithilfe als eine Geste unter Verbündeten, die keinem anderen Zweck dient, als Ihnen bei der Lösung eines Problems behilflich zu sein."
Die selbstgefällige Art, mit der der Commodore auftrat, widerstrebte Burcely zutiefst. Doch da sein unmittelbarer Vorgesetzter die Amerikaner angefordert hatte, musste er kooperieren.

***

Der schwache Schein der Friedhofskerzen reichte nicht im Mindesten aus, um die riesige Gruft komplett zu erhellen. Wie eine weit verzweigte Höhle breitete sich das Gewölbe aus. Alles, was von dem Licht der flackernden Flammen erreicht wurde, war in ein sakral anmutendes Rot getaucht. Woodberry hatte die Kerzen auf zwei steinernen Grabdeckeln abgestellt, deren Inschriften dadurch deutlich zu erkennen waren.
Mit der flachen Hand wischte David den gröbsten Schmutz von einem der Deckel. „Sacer Sanguis?", fragte er staunend, nachdem er auf dem Deckel Platz genommen hatte. Sein Latein war ohne Zweifel etwas in die Jahre gekommen.
„Heiliges Blut, Mr. Wilder... Ursprünglich nur eine Bezeichnung für das Blut Christi, wurde der Begriff über die

Jahrhunderte auch auf die anderen kirchlichen Würdenträger ausgedehnt. In dieser Gruft liegen demzufolge wenigstens zwei Bischöfe." Woodberry deutete auf die Inschrift seiner heiligen Sitzgelegenheit. „Bereits im Alten Testament galt das Blut als der Sitz des Lebens."

David schmunzelte bei dem Wortspiel und nickte zustimmend.

„Aber ich habe Sie nicht hergebeten, um Ihnen Lateinnachhilfe zu geben, Mr. Wilder." Woodberry holte tief Luft. „Zunächst muss ich mich für mein Verhalten im Labor entschuldigen. Ich hoffe, Sie werden am Ende meiner Ausführungen verstehen, warum gewisse Dinge nicht an die Öffentlichkeit gelangen dürfen."

„Was hat Natascha mit Michelangelos Bild zu tun?"

„Ist das, angesichts der Tatsache, dass Sie heute hier sind, nicht offensichtlich?", fragte Woodberry sichtlich perplex.

Davids Miene verriet dem Professor, dass er mit seiner Vermutung falsch lag. „Ich fange am besten ganz vorne an... Seit Jahrzehnten wird am Imperial College an der Weiterentwicklung der Holographie geforscht. Ich darf ohne Übertreibung behaupten, dass wir in den letzten Jahren unglaubliche Fortschritte gemacht haben."

„Sie meinen die Zutrittskontrolle für das Labor?"

„Weit mehr als das. Neben den publizierten Ergebnissen unserer Forschung gibt es auch einen Bereich, der nicht im Licht der Öffentlichkeit steht. Wir forschen heute auf vielen Gebieten, Mr. Wilder. Bereits vor Jahren haben wir, eher zufällig, ein neues Anwendungsgebiet für unsere Forschung entdeckt. Anfänglich entwickelte sich dieser Bereich prächtig, doch durch den neuen Dekan wurde uns mitgeteilt, dass wir diesen Teil der Forschung einzustellen hätten. Aus Kostengründen, sagte er den Angestellten seinerzeit lapidar. Mein Team, das damals noch aus drei Mitarbeitern bestand, wurde praktisch über Nacht weggekürzt, und mir blieb nur

noch Natascha. Ich brauche Ihnen wohl nicht zu sagen, wie Ihre Frau auf diese Mittelkürzung reagiert hat."
David schüttelte den Kopf. „Ich kann's mir denken. Aber wieso hat der Dekan Zugang zu diesem Raum?"
„Reine Formalität. Er war nur ein einziges Mal zum Abspeichern seiner Zugangsdaten dort. Sein Job ist die Administration des College. Von dem, was wir dort machen, versteht er nicht mehr als jeder andere Mann von der Straße."
„Aber weil er der Chef ist, kriegt er auch einen Schlüssel", brachte David es auf den Punkt.
„Ja, so in der Art... Wir beschlossen dann, trotz der Anweisungen des Dekanats, Forschungsgelder für den besagten Bereich umzuleiten."
„Sie haben Forschungsmittel falsch deklariert?"
„Mehr als einmal. Unsere Arbeit war uns zu wichtig, um sie so kurz vor dem Ziel fallen zu lassen. Dekane kommen und gehen, aber was die Wissenschaft hervorbringt, hat Bestand. Vor zwei Monaten waren unsere Ergebnisse so eindeutig, dass wir uns entschieden, an die Öffentlichkeit zu treten. In wenigen Wochen hätte Natascha unser geheimes Projekt der Wissenschaft in aller Welt vorstellen sollen. Aber jetzt?"
„Lassen Sie mich raten, *cH* ist die Bezeichnung für Ihr Projekt. Dieses Buchstabenkürzel ist Ihnen gar nicht so unbekannt, wie Sie in London noch behauptet haben."
Etwas zögerlich gab ihm Woodberry Recht. „Sie müssen verstehen, niemand außer Natascha und mir wusste von dem Fortführen der Forschung. Hätte ich der Polizei davon erzählt, hätte es tags darauf in jeder Zeitung gestanden."
„Sie wollten doch ohnehin an die Öffentlichkeit gehen", warf Hiob ein.
Woodberry schüttelte energisch den Kopf. „Aber nicht auf diese Art! Wir wollten einen positiven Auftritt vor einer Reihe ausgewählter internationaler Wissenschafter. Nur so ist

sichergestellt, dass der Inhalt unserer Arbeit im Vordergrund steht. Eine Schlagzeile in der Klatschpresse war der Wissenschaft noch nie dienlich. Auf einem Kongress aber ist es uns möglich, die Ergebnisse im richtigen Licht darzustellen. Angesichts des positiven Eindrucks, der damit auch auf das College und den Dekan zurückfällt, würde sich die Frage nach der Verwendung der Gelder nicht mehr stellen. Der Dekan hätte über Nacht den Ruhm für die international anerkannte Arbeit, und wir hätten unsere Forschung hochoffiziell legitimiert."

Hiob schubste einen riesigen Weberknecht von seinem Arm, der auf langen Beinen dahinstolzierte. „Kein schlechter Plan, wenn er denn funktioniert hätte."

„Im Moment ist es wichtiger denn je, dass nichts von dem, was ich Ihnen hier erzähle, an die Öffentlichkeit gelangt", forderte der Professor die Zustimmung seiner beiden Besucher ein.

„Für mich ist Natascha das Wichtigste. Ihre Forschung und der Ruf Ihrer Universität in Ehren, aber das Leben meiner Frau stelle ich weit darüber."

„Aber selbstverständlich!", gab sich Woodberry mit einem Mal fast unterwürfig, um David nicht zu verärgern. „Bitte seien Sie versichert, dass ich dem bedingungslos zustimme!"

David tat sich sehr schwer darin, den Professor einzuschätzen und beschloss abzuwarten, was er noch zu hören bekam. „Gut, wenn wir uns darin einig sind", stellte er fest. „Bitte fahren Sie fort, Professor."

„Als ich das Bild über Nataschas Schreibtisch im Labor so zweideutig erwähnte, war ich mir sicher, dass Sie sofort verstehen, dass ich vor Scowcroft nicht ins Detail gehen will. Ich musste Ihnen doch irgendwie zu verstehen geben, dass ich der Polizei nicht alles erzählen kann."

David hob eine Augenbraue, um seinem Zweifel Nachdruck zu verleihen. „Ich habe vermutet, dass Sie mehr wissen, als Sie

sagten, aber den Hinweis mit dem Bild... Wie kommen Sie überhaupt darauf, dass es für Natascha von Bedeutung ist? Sie hat diese Malerei mir gegenüber niemals erwähnt."
„Das verwundert mich jetzt sehr", meinte Woodberry mit nachdenklicher Stimme. „Es ergibt doch keinen Sinn. Sie hat sehr oft über das Bild gesprochen und war geradezu begeistert von der detailgenauen Darstellung des Jüngsten Gerichts. Ich war mir sicher, dass Sie Ihnen davon erzählt hat."
David zeigte sich verblüfft. „Bis zu dem Zeitpunkt, als wir uns das Bild im Museum geholt haben, war mir nicht im Geringsten klar, wovon Sie gesprochen hatten... Hat sie erwähnt, warum das Bild eine besondere Bedeutung gehabt hat?"
„Nein, einen Grund dafür hat sie mir nie genannt. Der künstlerische Gehalt dieses Werkes schien einfach ihren Geschmack punktgenau zu treffen. Eine andere Erklärung für ihre Begeisterung habe ich nicht."
„Wofür steht *cH*, um wieder auf das Projekt zurückzukommen?", wollte Hiob wissen. „Es ist doch eine Abkürzung, wie wir vermuten dürfen?"
„Sie dürfen. Die beiden Initialen bezeichnen einen von Natascha und mir neu entwickelten Forschungszweig. Bevor ich darauf im Detail antworte, möchte ich Ihnen aber eine Frage stellen."
Woodberry richtete seinen durchgebogenen Rücken auf, als wollte er sich Überblick verschaffen. „Woher stammte der Zettel mit der Uhrzeit und den Angaben zum Labor, den Sie mir an jenem Abend gezeigt haben? Natascha und ich hatten vereinbart, niemandem, auch nicht andeutungsweise, davon zu erzählen."
„Wir haben den Zettel zufällig gefunden und sind der Sache einfach nachgegangen", antwortete Hiob, noch bevor David Zeit fand, sich eine passende Antwort zurechtzulegen. Der

Professor sagte eine Weile lang gar nichts und strich mit den Fingern durch seinen Bart.
Woodberry sieht nicht so aus, als würde ihn Hiobs Antwort zufrieden stellen. Wir werden ihm mehr erzählen müssen, um seine Geschichte zu erfahren. David beschloss, dem Professor einige Details mitzuteilen, als dieser ihm zuvorkam.
„Gefunden? ...So, so“, brummte der Professor kaum hörbar in seinen Bart. „Wie ich Ihnen bereits sagte, kann eigentlich niemand etwas darüber wissen.“
„Was ist mit den beiden Mitarbeitern, die der Dekan Ihnen wegrationalisiert hat?“, setzte David nach, um den Redefluss des Professors nicht erneut versiegen zu lassen.
„Moment!“ Woodberry kramte in der Innentasche seines Jacketts und holte einen Zeitungsausschnitt hervor. „Hier, bitte. Das habe ich auch schon der Polizei gezeigt.“
David griff nach dem Papier und begann zu lesen. Bereits die Überschrift ließ ihn nichts Gutes vermuten. *„Schwerer Verkehrsunfall - Auto in Themse gestürzt.“* Grabesstille füllte die Gruft, während David sich bemühte, genügend Licht auf den Zettel fallen zu lassen, ohne ihn dabei an der Kerzenflamme zu entzünden. Es dauerte einige Zeit, bis er mit dem Lesen fertig war.
„Was steht da?“ Hiob bevorzugte angesichts der vorherrschenden Lichtverhältnisse eine mündliche Zusammenfassung.
„Der Artikel erklärt den Verbleib von einem meiner ehemaligen Mitarbeiter. Sein Auto kam in einer Regennacht ins Schleudern und durchbrach ein Brückengeländer. Die Polizei hatte Mühe, den Wagen in der Hochwasser führenden Themse zu finden. Es dauerte zwei Tage, bis man das leere Fahrzeug einige Kilometer flussabwärts entdeckte und bergen konnte. Die Leiche wurde nie gefunden.“
„Und der andere?“

„Die andere!“, verbesserte ihn der Professor. „Soweit ich gehört habe, ist sie unmittelbar nach ihrer Kündigung ins Ausland gezogen. Ich habe seither keinen Kontakt mehr zu ihr.“
„Könnte sie...“
„Unmöglich!“, unterbrach ihn Woodberry. „Wir standen damals noch ganz am Anfang unserer Forschung, das Projekt hatte noch nicht einmal einen Namen. Definitiv nein!“ Der Professor schüttelte heftig den Kopf.
„Sie wollten uns noch erzählen, was Sie entdeckt haben!“
„Aber natürlich!“, lächelte der Professor zustimmend. „Die Entdeckung erfolgte eher zufällig. Wir waren eigentlich mit der Verbesserung des Scanners beschäftigt, den wir auch für die Zutrittskontrolle ins Labor verwenden. Das Kontaktgel, in das die Hand eingetaucht wird, ermöglicht eine dreidimensionale Erfassung der Oberfläche. Es ist aber nicht zwingend notwendig, die Hand einzutauchen, da wir, im Gegensatz zu herkömmlichen 2D-Scannern eigentlich gar keine Fingerabdrücke benötigen. Unser Scanner kann genauso gut die Hautstruktur eines Unterarms oder eines Beins mit dem Referenzbild in der Datenbank vergleichen. Die eindeutigsten Merkmale zur Unterscheidung bietet aber zweifelsfrei das menschliche Gesicht.“
„Kein reizvoller Gedanke, jeden Morgen sein Gesicht in dieses Gel drücken zu müssen“, merkte David an.
„Das war einer der Gründe, warum wir uns später auf die Erkennung der Hand beschränkten. Aber in der Anfangszeit war es uns wichtig, so viele Unterscheidungsmerkmale wie möglich auslesen zu können. Dabei bot die Arbeit mit dem Gesicht die beste Voraussetzung. Selbst mit einfachsten Techniken und bei schlechter Auflösung waren die Ergebnisse beeindruckend. Bei praktischer Forschung ist es immer wichtig, rasch an greifbare Ergebnisse zu kommen, und die hatten wir

in kurzer Zeit und mit geringen finanziellen Mitteln."
„Und dann?", Hiob drängte ihn erneut, endlich auf den Punkt zu kommen.
„Wir haben angefangen, mit der Auflösung und der räumlichen Tiefe des Scanners zu experimentieren. Neben der Oberfläche konnten wir mit dem neuen Verfahren auch Regionen erfassen, die knapp unter der Haut liegen. Unser Scanner entwickelte sich, ohne dass wir es beabsichtigt hatten, immer mehr zu einer Art Röntgengerät. Mit jeder Verbesserung drangen wir tiefer in die Hautschichten ein. Wie ich schon erwähnt habe, testeten wir den Scanner auch immer wieder am Gesicht. Wie Sie sich vorstellen können, staunten wir nicht schlecht, als der holographische Scanner zum ersten Mal Bilder der Hirnregion lieferte. Es war uns plötzlich möglich, kleinste Teile des menschlichen Hirns in einem Hologramm abzubilden."
„Das macht die Computertomographie doch seit vielen Jahren."
„Nicht auf diese Weise! Wir lesen das Hirn nicht nur dreidimensional aus, wir bilden es anschließend auch genau so ab. Damit geht die beim Scannen gewonnene Information der dritten Dimension nicht verloren."
„Und welchen Vorteil verschafft Ihnen das?" Hiob hatte Probleme damit, den Erklärungen des Professors zu folgen.
„Ist das nicht offensichtlich?", fragte der Professor erstaunt. Seine Finger kämmten durch seinen weißen Bart wie immer, wenn er nachdachte.
„Ich werde Ihnen ein Beispiel geben! Wenn Sie einen Apfel sehen, dann gelangt über die Augen ein Reiz zu Ihrem Gehirn. Da Sie bereits früher einen Apfel gesehen haben, weiß Ihr Gehirn diesen Apfel einzuordnen. Das erfolgt an einer ganz bestimmten Stelle im Gehirn. Nun stellen Sie sich vor, wir hätten einen Menschen, der noch keinen Apfel gesehen hat, noch nie. Wenn dieser Mensch zum ersten Mal einen Apfel

sieht, wird er ebenfalls versuchen, ein vergleichbares Bild in seinem Gehirn zu entdecken. Da ihm das nicht gelingt, legt er den Apfel neu in seinem Gehirn an. Diese Information speichert er aber höchstwahrscheinlich an einer anderen Stelle in seinem Gehirn.“ Erwartungsvoll blickte Woodberry zu Hiob.
„Sie meinen, da, wo ich einen Apfel habe, sitzt bei ihm eine Orange?“ Hiob zeigte mit der Hand auf David.
„Exakt! Und nun stellen Sie sich einen Scanner vor, der in der Lage ist, diese Art der Information auszulesen. Die Position von Äpfeln, Orangen, Tischen, Computern und jedem anderen Begriff, den ein Mensch im Laufe seines Lebens erlernt hat. Es wäre unmöglich, zwei Gehirne zu finden, die sich bei dieser Art der Betrachtung gleichen könnten. Jedes noch so kleine Ereignis prägt Menschen völlig unterschiedlich. Zwillinge, ja selbst genetisch identische Klone wären damit eindeutig zu unterscheiden. In den Milliarden Gehirnzellen jedes Menschen werden unzählige Informationen gespeichert. Die Fülle dieser Daten formt nicht nur unsere Persönlichkeit, sie sorgt auch dafür, dass jeder Mensch einzigartig ist. Wenn es gelingt, diese Einzigartigkeit auszulesen und abzuspeichern, dann ist jede Art der Verwechslung ausgeschlossen.“
David begann zu verstehen, worauf der Professor mit seiner Erklärung hinauswollte. „Das wäre wie ein Passwort mit Milliarden von Stellen, von dem jede Stelle wiederum Milliarden von möglichen Zeichen annehmen könnte. Das würde niemals jemand knacken können.“
Woodberry nickte, nachdem er Davids Vergleich vernommen hatte.
„Und genau das versteckt sich hinter der Abkürzung *cH*. Die *cerebrale Holographie* ist jener Teil der Forschung, den wir ohne Wissen des Dekans weitergeführt haben. Aus heutiger Sicht reichen einfachere Verschlüsselungen vollkommen aus, um als sicher zu gelten. Ein holographischer Scan einer

Handfläche ist sicherlich noch für Jahre, wenn nicht Jahrzehnte, eine sichere Technologie. Aber die Wissenschaft darf sich nicht auf dem ausruhen, was sie erreicht hat. Erst wenn es uns gelingt, den letzten Zweifel an der Identität einer Person auszuräumen, haben wir die perfekte Zutrittskontrolle. Es wäre töricht, sich mit weniger zufriedenzugeben."

„Das klingt noch sehr futuristisch angesichts der Tatsache, dass dabei eine schier unglaubliche Menge an Daten anfällt. Welcher Computer sollte in der Lage sein, diese Daten zu verarbeiten oder sie gar zu speichern?"

„Selbstverständlich reden wir hier nicht von einer Serienreife des Produkts. Von Anfang an war die Speicherung der gescannten Daten eines unserer größten Probleme. Dazu kam, dass die viel zu großen Datenmengen, die während eines Scans anfielen, nicht schnell genug ausgelesen werden konnten, da die Neuronen im Gehirn ständig in Bewegung sind. Ein Gehirn ist, solange ein Mensch lebt, immer in Aktion. Wenn man links mit dem Scannen beginnt, ist der aktuelle Gedanke längst weg, bis man rechts mit dem Scanner ankommt. Theoretisch ist es möglich, eine perfekte Kopie des Hirns auf einer Festplatte abzubilden, praktisch scheitert es an der Zeit, die dafür zur Verfügung steht und an der Festplattengröße. Und angenommen, wir würden das Zeitproblem in den Griff bekommen und hätten eines fernen Tages tatsächlich die Möglichkeit, eine dreidimensionale Momentaufnahme des Gehirns zu machen. Selbst mit den größten denkbaren Pufferspeichern scheint es unmöglich, das vorübergehende Zwischenspeichern der Daten zu bewerkstelligen, bevor wir diese in ein Hologramm übertragen können."

„Wenn es nicht funktioniert, warum forschen Sie dann weiter?", wollte Hiob wissen. Mit dieser für Woodberry geradezu ketzerisch anmutenden Frage hatte Hiob sich den Zorn des Professors zugezogen.

„Natürlich funktioniert es! Die Idee an sich ist nicht falsch, nur weil die Zeit dafür noch nicht reif ist. Eines Tages wird die Menschheit in der Lage dazu sein. Dann wird auch dieses Problem gelöst werden. Die Brüder Wright konnten damals auch nur kühn davon träumen, zum Mars zu reisen. Hat sie das etwa davon abgehalten, das erste Flugzeug zu bauen? Jede Generation muss ihren Beitrag dazu leisten, dass die Menschheit stetig über das hinauswächst, was sie heute noch beschränkt. Unser Anteil ist, neben der Entdeckung der cerebralen Holographie selbst, die Entwicklung eines Verfahrens zur Datenreduktion, die es möglich macht, zumindest einzelne Regionen des Gehirns auszulesen und abzuspeichern."
Woodberry hatte sich erhoben und schritt voller Stolz zwischen den Grababdeckungen auf und ab. Ihm war nicht entgangen, dass einer seiner Zuhörer Schwierigkeiten mit seinem Vortragsstil hatte. Woodberry, der es gewohnt war, seine Vorlesungen in riesigen Hörsälen vor wissbegierigen Studenten zu halten, fühlte sich von Hiobs offen zur Schau gestellter Ignoranz geradezu provoziert.
Er spürte, wie sein krankes Herz Mühe hatte, seinem impulsiven Vortrag zu folgen. Ein Stich im Brustraum ließ ihn merkbar zusammenzucken.
„Ist Ihnen nicht gut?", sprang David besorgt auf.
„Es geht schon, danke", winkte der Professor ab. „Das war nur mein Herz. Ich sollte mich langsam doch zu einer Operation durchringen, schließlich werde ich auch nicht jünger." Woodberry bemühte sich, ein Lächeln auf seine Lippen zu pressen.
„Mehr kann ich Ihnen ohnehin nicht erzählen, meine Herren." Der Professor blickte auf seine Uhr.
„Sie haben uns noch nicht gesagt, was Sie über Nataschas Verschwinden wissen." So schnell wollte sich David nicht

zufriedengeben.
„Nicht mehr, als ich Ihnen und der Polizei bereits erzählt habe, es bleibt für mich ein Rätsel. Bitte glauben Sie nicht, ich hätte Scotland Yard mehr verschwiegen, als nötig gewesen wäre. Ich habe mein Möglichstes getan, um bei der Suche behilflich zu sein, in meinem eigenen Interesse."
Der Professor sah David an, als suchte er seine Zustimmung. „Natascha ist doch die tragende Säule der cerebralen Holographie! Bedenken Sie, dass der Erfolg unserer Forschung zu einem wesentlichen Teil auch ihr zu verdanken ist. Nicht zuletzt deshalb war klar, dass sie unsere Entdeckung der Öffentlichkeit präsentieren soll. Selbstverständlich werde ich jede Hilfestellung leisten, wenn es darum geht, Natascha zu finden. Ich möchte Sie beide nur nochmals nachdrücklich darum bitten, das Projekt selbst niemandem gegenüber zu erwähnen."
David nickte. „Ich werde die Information für mich behalten, so lange ich es Natascha gegenüber verantworten kann."
„Das ist mehr, als ich verlangen darf, Mr. Wilder. Ich danke Ihnen für diese weise Entscheidung. Sie retten damit nicht nur mein Lebenswerk, sondern auch das Ihrer Frau."
Woodberry holte ein Kuvert hervor und übergab es David. „Außer mir und Natascha gibt es niemanden, der über unsere Arbeit Bescheid weiß. Neben meiner Berufung hatte ich nie Zeit für eine Frau oder gar Kinder. Natascha ist für mich wie meine eigene Tochter."
Woodberrys Stimme war schon die ganze Zeit heiser, doch in diesem Moment hörte sie sich irgendwie anders an. Selbst mit der schwachen Ausleuchtung war es unmöglich, die Tränen auf seinem Gesicht zu übersehen. „Ich kann die Forschung ohne Natascha nicht fortsetzen. Sollte ich einmal nicht mehr sein, dann ist der Inhalt dieses Kuverts alles, wofür wir in den letzten Jahren gearbeitet haben. Bewahren Sie dieses

Vermächtnis, bis Ihre Frau zurückkehrt."
Andächtig steckte David den Umschlag weg. „Ist es das, wofür ich es halte?"
Woodberry nickte. „Es fällt mir nicht schwer zu erkennen, dass Natascha Ihren Mann mit der gleichen Sorgfalt gewählt hat, die sie auch Ihrer Arbeit entgegenbringt."
David wusste nicht, wie er dem völlig unerwarteten Kompliment des Professors mit ausreichendem Respekt begegnen sollte. „Ich muss gestehen, ich hatte Sie falsch eingeschätzt, Professor."
„Da sind Sie nicht der Einzige. Und jetzt gehen Sie, und finden Sie Ihre Frau!"

***

Burcely lief entnervt vor der stählernen Tür auf und ab, hinter der Commodore Preston und Ensign Simblay den Delinquenten verhörten. Die Aussage seines verräterischen Gärtners hatte Burcely auf die Spur eines Teppichhändlers gebracht. Bei ihm fanden sich neben zahlreichen Handfeuerwaffen auch einige Utensilien aus russischen Armeebeständen. Ohne Zweifel betrieb er neben seinem Handel mit Teppichen auch ein florierendes Geschäft mit geschmuggelten Waffen. Angesichts der angespannten politischen Lage in den Nachbarländern und der hohen Arbeitslosigkeit war das aber alles andere als eine Besonderheit.
Einer von Burcelys Mitarbeitern näherte sich unbemerkt, während Burcely tief in Gedanken versunken war.
„Machen Sie heute Überstunden?", sprach ihn der Mann von hinten an.
Burcely zuckte erschrocken zusammen und drehte sich um.
„Ach, Sie sind's nur", erwiderte Burcely erleichtert.
„Wen haben Sie denn erwartet? Den Sensenmann?", witzelte

der Mann, dem Burcelys Zusammenzucken nicht entgangen war.
„Machen Sie damit besser mal keine Witze, solange wir die Amerikaner im Haus haben.“
„Sind die etwa wegen des Teppichverkäufers hier?“, fragte sein Mitarbeiter.
Burcely nickte. „Wir haben bereits versucht, etwas aus ihm herauszubekommen, aber der Typ ist aalglatt und verweigert jede Art von Kooperation.“
„Lassen Sie mich raten, unser geschätzter Boss hat Ihnen daraufhin die Amis angeboten.“
„Aufs Auge gedrückt, trifft es wohl eher“, antwortete Burcely voller Groll. „Seit der US-Präsident den Krieg gegen den Terror verkündet hat, gehen die amerikanischen Verhörspezialisten bei uns ein und aus.“
„Ja, da haben Sie Recht. Was sie in den USA angesichts der schlechten Presse nicht dürfen, machen sie jetzt bei uns im Keller. Wissen Sie, wer das Verhör führt?“
„Das kann man so sagen.“ Burcelys Gedanken entfernten sich für einen Moment von dem Gespräch mit seinem jungen Mitarbeiter.
Der mit der Befragung betraute Ensign war nicht halb so harmlos, wie sein Rang vermuten ließ. Es galt als offenes Geheimnis, dass der Ensign heute längst Lieutenant oder Commander wäre, hätten seine eigenmächtigen Verhörmethoden ihn nicht immer wieder zu Fall gebracht.
„Verraten Sie es mir?“, drängte der junge Mann Burcely.
„Raten Sie“, gab sich Burcely von seinem Drängen unbeeindruckt.
Das Grinsen im Gesicht seines Mitarbeiters verschwand.
„Nein?“, fragte er ungläubig.
„Doch! Genau der“, bestätigte Burcely.
„Haben Sie ihn gesehen? Sieht er wirklich so aus, wie man

erzählt?“
Jeder im Haus kannte wenigstens eine Geschichte über den Vampir, der seinen Spitznamen nicht zuletzt seinem unverwechselbaren Äußeren verdankte. Der Ensign war Albino und dazu verdammt, sein Leben lang mit einer Sonnenbrille auf Erden zu wandeln, die seine blutroten Augen vor dem Licht schützte. Seine Haut litt zudem viel stärker unter der Sonne als jene von normal pigmentierten Menschen.
Burcely schüttelte emotionslos den Kopf. „Glauben Sie mir, Ihnen ist nichts entgangen.“
So schnell war die Neugierde von Burcelys jungem Mitarbeiter nicht gestillt. „Man erzählt sich, dass der Commodore bei den Befragungen nur als Begleiter und Dolmetscher für den Vampir fungiert. Preston formuliert seine Fragen, und der Ensign führt das Verhör, ohne selbst mit dem Befragten zu sprechen. Können Sie sich vorstellen, von einem stummen Albino mit schwarzer Sonnenbrille verhört zu werden? Angeblich beginnen selbst die härtesten Knochen nach kürzester Zeit zu reden wie ein Wasserfall.“
Burcely wollte die Begeisterung des jungen Mannes bremsen, als er das Sperrgeräusch eines Schlüssels vernahm. Die stählerne Tür öffnete sich, und der Commodore, gefolgt vom Ensign, trat Burcely entgegen. „Für Sie!“, sagte er und überreichte Burcely ein handschriftliches Protokoll der Befragung. Noch bevor dieser einen Blick darauf werfen konnte, streckte ihm der Commodore seine Hand entgegen. „Bis zum nächsten Mal.“
Ablehnend erwiderte Burcely den Händedruck. *Ja, aber es hat keine Eile damit.*
Ohne weitere Höflichkeiten und ohne Burcelys Mitarbeiter eines einzigen Blickes zu würdigen, machten sich die beiden Navy-Angehörigen daran, die Räumlichkeiten wieder zu verlassen.

„Der sieht ja noch übler aus, als man sich erzählt“, flüsterte der junge Mann in Burcelys Ohr, nachdem die beiden Amerikaner im Lift verschwunden waren.
Burcely ging in den mit hellgrünen Fliesen ausgekleideten Verhörraum. Auf dem Sessel kauerte der Teppichhändler, der mit seinen Händen schützend den Kopf bedeckte.
„Wie geht es Ihnen?“
Der Mann gab keine Antwort. Regungslos verharrte er in der Stellung. Burcely lief auf ihn zu und griff nach seiner Hand. Der Teppichhändler machte keine Anstalten sich zu wehren, völlig apathisch starrte er auf den Tisch vor sich.
„Holen Sie sofort einen Arzt!“, rief Burcely nach draußen.

***

Alon stand auf der Terrasse und telefonierte seit gut zehn Minuten angeregt mit Hiob. Chess versuchte dem Gespräch, so gut sie konnte, zu folgen. Alon hatte die Angewohnheit immer lauter zu werden, wenn er sein Gegenüber schlecht hörte, was sich in diesem Fall als sehr praktisch für Chess erwies. Der schlechte Empfang brachte ihn nicht nur dazu, viele seiner Sätze zu wiederholen, sondern auch dazu sehr laut zu sprechen.
„Ich denke, dass wir zumindest zwei Tage für die Jemenreise einplanen müssen.“ Alon wartete auf Hiobs Bestätigung und wiederholte sich dann: „Nein! Zwei Tage! ...ja, werden wir natürlich versuchen. Sobald ich die Nummer habe, gebe ich euch Bescheid. Grüße auch an David von uns allen.“ Nachdem er Hiobs Zustimmung erhalten hatte, klappte Alon das Mobiltelefon zusammen und lächelte Chess an. „Sieht so aus, als wäre unsere Vermutung mit den Kreuznägeln richtig gewesen.“
„Unsere Vermutung?“, Chess heuchelte Erstaunen.
„Hiob und David haben das nächste Passwort entschlüsselt und

einen Hinweis erhalten, dem sie sofort nachgehen wollen. Es handelt sich wieder um eine Reliquie, ein weiterer Nagel. Er befindet sich in einer Kirche in Rom. Ich habe zugestimmt, dass Hiob und David sich dort einmal umsehen."
„Und was ist bei dem Treffen mit dem Professor herausgekommen?"
Alon zuckte mit den Schultern. „Er hat ihnen einiges erzählt, aber nichts davon passt zu unseren Nägeln. Es gibt nach wie vor keinen erkennbaren Grund, der Shahid und seine Männer zu Ms. Wilders Entführung veranlasst haben könnte."
Chess blickte Alon verwundert an. „Und weshalb hat der Professor David dann nach London kommen lassen?"
„Er hat ihm einige Unterlagen über seine Arbeit zukommen lassen und ihn gebeten, Natascha zu finden. Alles Weitere erzähle ich Ihnen, wenn wir im Flugzeug sitzen."
„Hallo!" Mr. Burcely betrat sichtlich erschöpft die Terrasse. Sein übliches Dauerlächeln schien heute frei zu haben. Das Sakko hing weit geöffnet schlampig an ihm herab, und die Krawatte hätte man leicht mit einem Schal verwechseln können, so weit stand der Hemdkragen offen.
„Mit wem haben Sie sich denn angelegt?", fragte Chess vorlaut.
Burcely seufzte. „Sie sollten erst die anderen sehen", quälte er sich doch noch ein Lächeln hervor. „Mein Chef war so freundlich, zwei Verhörspezialisten aus den USA mit der Befragung unseres Gefangenen zu betrauen. Sie wissen schon, der Teppichhändler, den uns mein Ex-Gärtner als Auftraggeber genannt hat."
„Ach der. Und, hat er geredet?"
„Oh ja!", nickte Burcely. „Das hat er und geweint und gefleht. Die Fülle an Informationen, die wir gegen ihn haben, genügt, um ihn im Gefängnis verrotten zu lassen. Die Amerikaner haben wirklich gründlich gearbeitet..."
„Aber?"

Burcely bemühte sich, seine Krawatte zurechtzurücken, um wieder etwas an Haltung zu gewinnen. „Das, was sie von seiner Persönlichkeit übrig gelassen haben, reicht kaum noch aus, um ihn vor Gericht zu stellen. In weniger als einem Tag ist es ihnen gelungen, den Mann zu brechen. Er hat ihnen alles gesagt, was er wusste und liegt jetzt mit einem schweren Schlaganfall im Spital." Burcely tat es augenscheinlich gut, mit jemandem über den Vorfall sprechen zu können.

„Der Vampir?", fragte Alon, in dessen Gesicht sich Bedauern widerspiegelte.

„Sie kennen ihn?"

„Nicht persönlich, zum Glück. Ihm und seinem Commodore eilt der Ruf voraus, dass eine zweite Befragung ebenso unnötig wie auch unmöglich ist."

„Das kann ich nur bestätigen. Der Mann ist ein Pflegefall, sofern er irgendwie überlebt. Das wirklich Tragische daran ist aber, dass er gar nichts über Shahid wusste. Sein einziger Kontakt waren zwei Anrufe zu einem nicht registrierten Mobiltelefon."

Die Haushälterin der Burcelys stellte ein Tablett mit einem Glas darauf ab. „Ihr Scotch, Sir."

„Danke. Den kann ich jetzt gebrauchen. Wissen Sie, wann Elisabeth nach Hause kommt?"

„Sie ist mit Clara einkaufen gefahren, eigentlich wollten sie schon vor einer halben Stunde zurück sein."

Burcely nickte, nahm einen ordentlichen Schluck und stöhnte dann genüsslich. „Das belebt mich wieder."

„Darf ich Ihnen auch noch etwas bringen?", fragte die dunkelhäutige Haushälterin mit freundlicher Stimme.

„Danke, nein", winkte Alon ab. „Wir haben es schon ein wenig eilig."

„Eine neue Spur?", fragte Burcely, nachdem die Haushälterin wieder im Haus verschwunden war.

„Zwei Spuren, um genau zu sein. David und Hiob kümmern sich um eine Reliquie in Rom, und wir beide wollen unser Glück im Jemen versuchen.“ Alon reichte Burcely eine handgeschriebene Liste. „Da habe ich zusammengeschrieben, worum wir Sie gern noch bitten würden.“
Aufmerksam studierte Burcely die Liste, während Alon und Chess gespannt auf seine Antwort warteten.
„Sind Sie sicher, dass Sie sich das antun wollen?“
Alon blickte zu Chess, die sich fast gleichzeitig zu ihm gedreht hatte. Als ihre Blicke sich kreuzten, nickten beide und antworteten Burcely synchron. „Ja, wir sind sicher.“
Burcely konnte sich ein Lächeln nicht verkneifen. „Entschuldigen Sie, bitte, aber ich hätte nicht gedacht, dass Sie sich einmal einig sind.“
„Papa, schau, was wir für Mama gekauft haben.“ Clara stürmte auf die Terrasse und sprang ihrem Vater auf den Schoß. Nach einer herzhaften Umarmung zeigte sie auf Elisabeth, die in der Tür stand.
„Hallo“, begrüßte Elisabeth mit schüchterner Stimme die Anwesenden. Es war nicht zu übersehen, dass ihr neues Outfit sie noch etwas verunsicherte. Ihr nicht mehr ganz so langes Haar wurde nun von einer Föhnwelle geziert, die sich geschmeidig auf den Schalkragen ihrer kamelfarbenen Cashmerejacke legte. Die mit schwarzen Lederhandschuhen bekleideten Hände ragten nur ein kleines Stück aus den schrägen Leistentaschen der Jacke hervor, unter der Elisabeth ein kurzes, schwarzes Kleid trug. Während Alon seinen Blick noch über die dunklen Netzstrümpfe zu ihren schwarzen Lederpumps gleiten ließ, hatte Chess bereits ein Kompliment ausgesprochen. „Sie sehen toll aus, Elisabeth!“
„Danke“, gab sich Elisabeth noch immer etwas zurückhaltend und wartete auf die Reaktion ihres Gatten.
„Du siehst wirklich bezaubernd aus, Schatz“, meldete dieser

sich bewundernd zu Wort.
„Eigentlich hat Clara es ausgesucht“, lächelte Elisabeth verlegen.
„Das hast du prima gemacht, Clara, da werden wir dich in Zukunft öfter mit Mama einkaufen schicken.“
Chess blickte zu Alon, dessen Entzücken für Elisabeths Beine kein Ende fand. Schwungvoll erhob sie sich vom Stuhl und platzierte sich demonstrativ in Alons Blicklinie. „Wir sollten jetzt wirklich die Ausrüstung holen.“

***

„Wie weit sind Sie mit der Analyse?“
„Bin gleich so weit, Dr. Qian. Die beiden Gentests der letzten Proben sind bisher negativ, ich lasse noch die Referenzmessungen vornehmen, damit wir sicher sein können. Ist das die neue Probe?“
Qian nickte und stellte einen Metallquader auf den Labortisch. Der Quader ließ erst auf den zweiten Blick erkennen, dass es sich dabei um eine Dose handelte. An der Stirnseite klebte ein Etikett mit einer sehr klein geschriebenen Chargennummer sowie einer lateinischen Bezeichnung.
„Hoffentlich haben wir diesmal die richtige Probe.“
Qian warf seiner Mitarbeiterin einen vorwurfsvollen Blick zu. „Es liegt nicht an uns, die Proben zu beschaffen. Wir sind Wissenschafter, keine Zauberer. Vergessen Sie das nicht! Mit der mittelalterlichen Ausrüstung hier ist es geradezu heroisch, was dieses Labor leistet.“
„Verzeihen Sie, bitte, Dr. Qian. Ich wollte nicht respektlos erscheinen, aber Mr. Shahid wirkte bei unserem letzten Gespräch schon sehr nervös.“
„Der Zustand seines Nervenkostüms ist nichts, worum Sie sich kümmern sollten. Machen Sie weiter, ich erwarte Ihre

Ergebnisse bis heute Abend."
„Na, der hat ja heute wieder eine Laune", bemerkte die junge Laborangestellte, nachdem Qian den Raum verlassen hatte.
Ihr etwa 40-jähriger Laborkollege, auf dessen Kittel *Peter* stand, stimmte ihr zu. „Seit wir das Altmetall dieses ägyptischen Gnoms auf DNA-Spuren untersuchen, benimmt Qian sich sehr eigenartig."
„Wetten, ich habe wieder so einen rostigen Nagel in dieser Dose? Heiliges Blut, ja von wegen", kommentierte die junge Frau das Etikett des Metallquaders. „Nur weil der Nagel rot vor Rost ist, lässt sich darauf noch lange nicht die DNA eines Menschen finden. Und selbst wenn, wer würde die wollen?"
„Ich habe gehört, dass sich eine Ebene unter uns ein Klonlabor befinden soll, in dem Genmonster in riesigen Reagenzgläsern gezüchtet werden. Ob sie die wohl mit übersiedeln, wenn sie in das neue Gebäude umziehen?"
„Sie sollten sich nicht immer solche Schauergeschichten vom Nachtportier auftischen lassen, Peter."
Peter lachte. „Außer mir hört ihm doch keiner zu... Und genau genommen könnte da schon was dran sein. Haben Sie sich noch nie gefragt, warum wir zum Untergeschoss keinen Zugang haben?"
„Nun, ich gebe zu, dass ich das eine oder andere Mal schon darüber nachgedacht habe. Aber ich hatte dabei eher ein geheimes Archiv als Ihre Genmonster im Sinn."
„Würden Sie es mir erzählen, wenn Sie da mal runterkommen?"
„Sicher, warum nicht. Aber Sie sind schon viel länger hier beschäftigt, also werden Sie den Monstern sicher früher vorgestellt", kicherte sie.
Das Telefon auf dem Tisch der jungen, blonden Frau läutete. „Ja, bitte", meldete sie sich, immer noch grinsend, doch mit jeder Sekunde des Telefonats wurde ihr Gesicht ernster, bis sie

das Gespräch kurz darauf beendete.
„Klingt nach Ärger", bemerkte ihr Kollege.
„Ich soll die neue Probe zu den Genmonstern bringen."
„Im Ernst?", rief Peter erstaunt.
„Ja, im Ernst", sie schaute sich unauffällig um. „Meinen Sie, wir werden hier abgehört?", flüsterte sie zu ihm hinüber.
Peter musste lauthals loslachen. „Ja genau, und weil Sie in den zwei Monaten, die Sie jetzt bei uns sind, so fleißig waren, erfüllt Ihnen der Boss heute Ihren Herzenswunsch."
Peter stellte sich demonstrativ in die Mitte des Raums. „Hallo, ich hoffe, ich spreche nicht zu undeutlich. Ich leide unter akuter Platzangst und hätte gern einen offenen Firmenwagen, am besten was Sportliches, damit ich morgens nicht immer zu spät komme."
„Hören Sie schon auf damit!", bremste sie ihn lachend ein.
„Wieso denn, wenn es bei Ihnen funktioniert hat..."
Sie nahm den Metallquader und machte sich auf den Weg. „Soll ich Ihnen ein Monster von unten mitbringen?", rief sie zurück in den Raum, als sie bereits die Tür erreicht hatte.
„Unbedingt! Aber fragen Sie vorher, womit wir es füttern müssen."
Sichtlich angesteckt von der guten Laune ihres Arbeitskollegen schlenderte sie auf den Aufzug zu, wo ein Mann im blauen Schutzanzug schon auf sie wartete. Mit einem bestätigenden Blick registrierte er den Namen auf ihrem Labormantel.
„Hier entlang, bitte." Er zeigte auf einen kleinen, gut beleuchteten Raum, an dessen Wänden zahlreiche Schutzanzüge hingen.
Kurz darauf trat sie mit einem grünen Schutzanzug bekleidet durch eine riesige Stahltür, die sich unmittelbar hinter ihr wieder schloss. *Ich kann zwar noch keine Monster entdecken, aber wie ein geheimes Archiv kommt mir das auch nicht vor. Sieht irgendwie genau so aus wie bei uns oben, nur laufen hier*

alle mit blauen und weißen Schutzanzügen rum. Alle außer mir, vermutlich ist der grüne Anzug die Kennzeichnung für Besucher. Mal sehen, wo der Tisch ist, an dem ich die Dose abgeben soll.

Keiner der Tische zeigte die gesuchte Nummer. Erst, als sie die lange Reihe an Tischen abgeschritten war, konnte sie das Schild lesen, auf dem der Weg zu der von ihr gewünschten Nummer angezeigt wurde. Wie durch ein Labyrinth folgte sie den Beschilderungen, die sie ihrem Ziel ganz offensichtlich näher brachten.

Geduldig lief sie den Pfeilen nach und blieb erst stehen, als eine gepanzerte Tür unmittelbar hinter ihr satt ins Schloss fiel. Die Erschütterung der schweren Tür ließ sie zusammenzucken. Ohne es zu bemerken, war sie durch eine hydraulische Luftschleuse gelaufen, die gerade von einem Laborangestellten in die andere Richtung durchschritten worden war.

Da bin ich wohl falsch abgebogen.

Beim Versuch, die Tür erneut zu durchschreiten, musste sie feststellen, dass das Türschloss nur mit einer entsprechenden Berechtigungskarte zu öffnen war.

Mist! Jetzt muss ich jemanden finden, der mich hier wieder rauslässt.

Ihr Blick suchte erfolglos die Gänge rund um sie ab.

Wo sind die denn alle auf einmal hin? „Hallo!“, rief sie und hoffte auf eine rasche Antwort. „Hallo. Ist da jemand? Ich habe mich eingesperrt.“ Niemand antwortete ihr.

Na toll, es kann doch nicht sein, dass ich die Einzige hier bin.

Während sie noch überlegte, wie lange es wohl dauern würde, bis man feststellte, dass sie den Metallquader nicht abgeliefert hatte, hörte sie unmittelbar hinter sich das Öffnen einer Tür. Wie vom Blitz getroffen wirbelte sie herum und stieß dabei mit einem Mann im weißen Schutzanzug zusammen. Noch ehe sie erkennen konnte, wessen Hand sie gestoßen hatte, war das verhängnisvolle Klirren einer zersplitternden Glasampulle auf dem harten Kunststoffboden zu vernehmen.

Voller Entsetzen starrte der Mann im Schutzanzug auf die Glasscherben, zwischen denen weißer Dampf aufstieg.

„Raus hier!“, brüllte er aus vollem Hals und stürmte wie von der Tarantel gebissen den Gang hinunter.

Sie blickte noch einen kurzen Moment auf die aufsteigende Wolke, die sich aus dem Dampf bildete und versuchte zu verstehen, was gerade passiert war. Nur einen Augenblick später heulte eine alles übertönende Alarmsirene los. Fast gleichzeitig schaltete sich die Notbeleuchtung im Fußboden ein, auf der grüne Pfeile in die Richtung wiesen, in die der Mann gerade gelaufen war. Zwischen den grünen Pfeilen begann ein Countdown von zwei Minuten herunterzuzählen. Einige der Türen auf dem Gang wurden aufgeschlagen, und die herausdrängenden Leute begannen, um ihr Leben zu rennen.

Nichts wie weg hier!

Instinktiv beschloss die junge Frau ebenfalls, so schnell sie konnte, den Pfeilen im Fußboden zu folgen. Die Alarmsirene wurde von einer sehr bestimmten Frauenstimme unterbrochen:

Biohazard-Level-4-Warnung. Dies ist keine Übung. Verlassen Sie den Raum sofort über die angezeigten Fluchtwege. Die automatische Dekontamination beginnt in einer Minute und zwanzig Sekunden. Begeben Sie sich unverzüglich in die ausgewiesenen Schutzräume.

Kaum war die Stimme verklungen, setzte das Auf- und Abheulen der Sirene wieder voll ein.

Einfachste Bewegungen in den Schutzanzügen fielen bereits schwer, aber das Laufen damit war für ungeübtes Personal fast unmöglich. Unmittelbar vor ihr stießen zwei Männer zusammen, was zur Folge hatte, dass der Kleinere der beiden hart mit dem Kopf auf dem Boden aufschlug. Der andere Mann drehte sich nicht um, sondern lief weiter auf die riesige Stahltür

zu, über der in großen, roten Zahlen der Countdown eingeblendet war.
„Kommen Sie, ich helfe Ihnen“, beugte sie sich zu dem am Boden liegenden Mann hinunter. Sie hatte Mühe, ihn auf den Rücken zu drehen, um schließlich erkennen zu müssen, dass eine Platzwunde an seinem Kopf heftig blutete. *Er scheint durch den Sturz das Bewusstsein verloren zu haben. Ich muss seinen Helm abnehmen, damit er Luft bekommt.*
Wieder meldete sich die Frauenstimme über den Lautsprecher und wies auf die verbleibenden 15 Sekunden für die Evakuierung des Abschnitts hin.
„Na los, machen Sie sich nicht so schwer.“ Durch das ruckartige Ziehen begann der Schutzanzug im Schulterbereich einzureißen. Es war ein ungeheurer Kraftakt, den regungslosen Körper Meter für Meter in Richtung Tür zu schleifen. Kurzfristig schien der Mann aufzuwachen, und sie spürte, wie er sich anstrengte, sie bei ihrem Bemühen bestmöglich zu unterstützen, indem er versuchte, mit seinen Füßen anzuschieben. Je fester sie ihn umklammerte, desto weiter begann der Anzug von den Schultern bis hinunter zum Bauch entlang der Naht aufzureißen.
Die beiden hatten es gerade noch irgendwie bis vor die schwere Tür aus Panzerstahl geschafft, als das Notsystem die automatische Verriegelung aktivierte. Mit einem zusätzlichen akustischen Signal begann sich die tonnenschwere Tür rasch abzusenken. Nur gebückt gelang es der jungen Frau noch, sich zunächst selbst in die Sicherheitszone zu retten.
„Nur noch ein Stück, bitte helfen Sie doch mit.“
Mit beiden Händen versuchte sie, den in der Gefahrenzone befindlichen Mann zu sich zu ziehen.
„Helfen Sie mir“, flüsterten seine Lippen ihr zu.
Sein Oberkörper befand sich gerade unter der etwa zehn Zentimeter starken Panzertür, da traf der Stahl auf seine Brust.

Als würde man den harten Panzer eines fetten, schwarzen Käfers zertreten, klang das Knacksen seines Brustkorbs. Wie Zahnstocher splitterten die Rippen und traten blutig zu beiden Seiten aus dem zerfetzten Schutzanzug. Dem platzenden Geräusch seiner Gedärme folgte deren breiiger Inhalt, als sein Innerstes durch die weit klaffenden Wunden nach außen gepresst wurde. Für einen kurzen Moment bäumte sich sein Körper noch einmal auf, ehe das stählerne Fallbeil ihn endgültig in zwei Hälften teilte. Verzweifelt fühlte sie den nachlassenden Druck seiner krampfenden Hände, an denen sie unaufhörlich zog, um ihn doch noch zu retten. Eine Mischung aus Schmerzensschrei und erstickendem Gurgeln wurde, gemeinsam mit einer großen Menge Blut, aus seinem Mund gedrückt und beendete jede Hoffnung. Der Mann war vor ihren Augen zerquetscht worden. Fassungslos hockte sie neben seinem abgetrennten Oberkörper.
Sie war kaum dabei, ihren Schock in einem Weinkrampf zum Ausdruck zu bringen, als erneut die Alarmsirene anging. Langsam hob sich die massive Stahltür wieder und gab den verstümmelten Körper und den Weg zurück frei. Die grünen Pfeile am Boden zeigten jetzt in die andere Richtung, und der Countdown startete erneut.
Nimmt dieser Albtraum denn gar kein Ende mehr? Wach endlich auf!
Ohne zu wissen, dass der eingeklemmte Körper des Mannes eine hermetische Verriegelung des Raums verhindert hatte, lief sie, so schnell ihre Beine sie tragen konnten, den grünen Pfeilen nach. Das elektronische Sicherheitssystem hatte infolge der Kontamination eines weiteren Sektors einen neuen Weg für die Evakuierung berechnet. Mit einem Zeitguthaben von knapp zehn Sekunden rettete sie sich in den angezeigten Sicherheitsbereich.

***

„Was ist hier los?“ Qians Stimme klang eher verärgert denn besorgt angesichts der Tatsache, dass man ihn in den Monitorraum des Sicherheitsdienstes gerufen hatte.
„Wir haben einen Störfall der Stufe 4 auf der B-Ebene in den Sektoren K bis J. Die automatische Dekontamination ist soeben angelaufen.“
„Zwei Sektoren, wie ist das möglich? Ich dachte, jeder Sektor wird getrennt geschützt.“
„Das ist auch so, aber die getrennte Sektorenverriegelung hat nicht funktioniert, weil sich einer unter die Tür gelegt hat.“
Qian stutzte einen Moment. „Haben wir es wieder im Griff?“
„Kann ich Ihnen noch nicht sagen. Die Leute nördlich der Biotanks haben es vermutlich alle zur nächsten Schleuse geschafft. Im westlichen Teil ist eine kleine Gruppe eingeschlossen, bis die Dekontamination beendet ist. Ich glaube aber nicht, dass wir dort Verluste haben. Einzig im südlichen Bereich des K-Sektors werden Fehlfunktionen der Energieversorgung gemeldet.“
Der Wachbeamte warf Qian einen flüchtigen Blick zu.
„Eigentlich ist das kein für die Evakuierung vorgesehener Raum, aber das Backupsystem hat diesen alternativen Bereich gewählt, als die primäre Sektorenverriegelung versagt hat.“
„Und das heißt?“
„Wir arbeiten noch daran, wieder ein Kamerabild zu bekommen. Derzeit können wir aber nicht mit Sicherheit sagen, ob sich jemand bei den militärischen Klontanks befindet. Es wäre gut möglich, dass eine oder mehrere Personen dort Schutz gesucht haben. Genau wissen wir das erst, wenn die Dekontamination abgeschlossen ist und das System den Zugang wieder freigibt.“
„Was ist mit den Sicherheitsprotokollen, die den Zutritt für

diese Abteilung beschränken sollen?"
Kopfschütteln begleitete die Antwort des Mannes vor dem Monitor. „Die werden bei Level-4-Verseuchungen automatisch außer Kraft gesetzt."
„Wollen Sie damit andeuten, dass jeder Mitarbeiter, gleichgültig welche Sicherheitsstufe er hat, in diesen Raum gelangen konnte?"
„Ja! Genau so ist es."
Qians Stimme bebte vor Zorn. „Ich zähle bereits die Stunden, bis wir diese Notunterbringung hier verlassen. Im neuen Labor wäre das nie passiert. Bringen Sie die Kameras wieder online. Sofort!"

***

Die Sonne in Rom war längst untergegangen, und Hiob lief, gefolgt von David, auf das kleine Amphitheater zu. „Nun kommen Sie schon, wir haben nicht mehr viel Zeit."
„Sie haben leicht reden", keuchte David, „meine Nase ist so verstopft, dass ich kaum noch Luft bekomme."
Hiob entschied sich, die Abkürzung durch das Amphitheater zu nehmen, um den Eingang der Kirche schneller zu erreichen.
Zielstrebig hasteten die beiden Männer über den geschotterten Hauptweg des Theaters. Unmittelbar vor dem Ausgang blieb Hiob so abrupt stehen, dass David Mühe hatte, nicht in ihn hineinzulaufen.
Hiob deutete auf eine kleine Mauer, die ihm geeignet schien, ausreichend Deckung zu bieten. „Da verstecken wir uns und warten ab, was passiert."
David stimmte dem Vorschlag vorbehaltlos mit einem Nicken zu und folgte ihm zu der Mauer. Hiob hatte ein kleines Loch in der Mauer entdeckt, durch das er den ganzen Platz vor der Kirche überblicken konnte. Unterdessen hatte sich David

hingehockt und nutzte den Stopp, um seine Nase wieder freizubekommen.
„Nicht so laut“, fauchte Hiob ihn an. „Wir wollen sie nicht vertreiben, sondern überraschen.“
„’tschuldigung“, flüsterte David kleinlaut.
„So lange wie Sie schon in London leben, sollten Sie das Wetter dort eigentlich gewohnt sein.“
David kommentierte Hiobs Vorwurf mit einem Achselzucken.
„Sieht so aus, als ob es meinem Immunsystem leichter fällt, sich an die jordanische Sonne zu gewöhnen.“
„22:25 Uhr, jetzt sollte sich bald was tun.“ Hiob zog seine Pistole aus dem Halfter und lud sie durch.
„Glauben Sie, dass Shahid persönlich hier auftaucht?“, näselte David und spürte das dringende Verlangen nach einem Taschentuch.
„Hab ich etwa einen Wunsch frei?“
Mit Besorgnis nahm David das Glänzen in Hiobs Augen wahr.
„Sie werden doch nichts Unüberlegtes tun? ...Oder?“
„Keine Angst, ich pass schon auf Sie auf.“ Hiob schnupfte mehrmals.
„Hat Sie die Erkältung jetzt auch erwischt?“
Hiob schüttelte den Kopf. „Riechen Sie das denn nicht?“
„Wie soll ich denn mit meiner verstopften Nase etwas riechen?“
„Es riecht plötzlich nach... nach Weihrauch.“
„Kein Wunder, wir sind ja auch vor einer Kirche“, schnupfte David.
Ein rasch lauter werdender sakraler Gesang unterbrach das Gespräch. Von der anderen Seite des offen angelegten Kirchenvorplatzes näherte sich eine Gruppe von Mönchen in Kutten. Einer der Mönche schwenkte ein silbernes, an Ketten aufgehängtes Weihrauchfass vor sich. Tief im Gebetsgesang versunken steuerte der Konvoi auf das schwere, hölzerne

Haupttor der Kirche zu.
„Die haben uns noch gefehlt“, knurrte Hiob. „Solange sie hier rumlaufen, bekommen wir Shahid sicher nicht zu sehen.“
„Wenn die jetzt ihre Abendmesse halten wollen, dann kann das noch lange dauern. Ich fürchte, so viele Taschentücher hab ich gar nicht mit.“
„Sie können die Zeit ja sinnvoll nützen und werden einstweilen wieder gesund.“ Hiob reichte David einen kleinen Inhalierstift. „Hier, den hab ich Ihnen aus der Bordapotheke mitgenommen.“
„Danke“, entgegnete David und hielt den Stift unter seine Nase. Er holte tief Luft, und kurz darauf kribbelte es kühl in beiden Nasenlöchern.
Hiob richtete seine Aufmerksamkeit wieder auf die Gruppe von Mönchen, die einer nach dem anderen in der Kirche verschwanden. *Wenn Shahid da jetzt rein läuft und unerwartet auf die Mönche trifft, gibt es ein Blutbad. Irgendwer muss die armen Kerle warnen. Jemand, bei dem niemand Verdacht schöpft.*
Hiobs Blick fiel auf David, der unaufhörlich und voller Begeisterung an dem Inhalierstift schnüffelte. „Sie müssen da reingehen und die Leute warnen.“
David fiel vor Schreck der Stift aus der Hand. „Warum ich?“
„Weil Shahid Sie nicht kennt und Sie in Ihrer Aufmachung locker als Tourist durchgehen, der sich verlaufen hat. Wenn wir Shahid folgen wollen, dann darf er nicht bemerken, dass ich hier bin. Aber wenn er jetzt da zu den Mönchen reinspaziert, dann bleibt mir gar nichts anderes über, als ihn sofort zu stoppen.“
„Und wie wollen Sie mich beschützen, während Sie sich hier hinter der Mauer verstecken?“
„Sie waren es doch, der mir erklärt hat, die Kirche hätte nur diesen einen Eingang. Während Sie die Mönche warnen,

behalte ich die Tür im Auge und stelle sicher, dass niemand das Gebäude betritt, solange Sie da drinnen sind."
David spürte, wie seine Nackenhaare sich aufstellten. „Was ist denn auf einmal aus Ihrem tollen Plan geworden, auf den Sie beim Herflug noch so stolz waren? Sie wissen schon, da wo wir beide aus sicherer Entfernung das Geschehen beobachten und Shahid dann unbemerkt folgen."
„Okay. Können wir diesen Teil des Plans einfach überspringen?" Hiobs Stimme klang nicht so, als erwartete er sich von David etwas anderes als seine Zustimmung. „Wollen Sie den anderen erklären, warum Shahid vor unseren Augen sechs Mönche hingerichtet hat? Oder soll ich das Schwein gleich umlegen, wenn er die Stufen zur Kirchentür hochsteigt? Dann wird er uns nur dummerweise nicht mehr zu dem Versteck führen können, in dem er Ihre Frau gefangen hält."
David dachte einen Moment über Hiobs Worte nach. *Wenn mir nicht gleich eine bessere Idee kommt, dann bleibt dieses Himmelfahrtskommando wohl wirklich an mir hängen. Denk nach, David! Es muss doch eine andere Lösung geben!*
„Was ist jetzt?", forderte ihn Hiob auf, sich endlich zu entscheiden.
„Gut, ich mach's! Aber Sie wissen, dass Sie mich noch brauchen. Also sorgen Sie dafür, dass mir nichts passiert."
„Keine Angst, solange Sie da drin sind, wird niemand die Kirche betreten. Mein Wort darauf."
David stand auf und machte sich schweren Herzens auf den Weg, nach einigen Metern blieb er stehen und drehte sich um. „Da ist noch etwas, was Sie wissen sollten."
„Was?", brummte Hiob.
„Ich kann mich furchtbar schlecht auf meine Arbeit konzentrieren, wenn ich verletzt bin. Schon ein kleiner Kratzer lässt mich tagelang keinen klaren Gedanken finden, von einer Schusswunde gar nicht zu reden."

„Ich hab schon verstanden. Und jetzt gehen Sie endlich, bevor es zu spät ist! Versuchen Sie, möglichst unauffällig auszusehen."
David überquerte den großen Platz vor der Kirche und hielt auf die schwere Holztür zu. *Versuchen Sie, unauffällig auszusehen. So eine blöde Anweisung, was soll ich denn bitte tun, um unauffällig auszusehen?* David spürte, wie seine Nase sich mit jedem Schritt weiter verstopfte und ihn zwang, erneut den Inhalierstift einzusetzen. *Wirklich unglaublich, wie effektiv dieser Eukalyptusgeruch ist, das Kribbeln dringt bis ganz nach hinten in die Nase.* Kurz bevor David die erste der sieben Stufen betrat, die zur Kirchentür führten, wurde das Kribbeln so stark, dass David an nichts anderes mehr denken konnte.
Hiob verfolgte jeden von Davids Schritten durch das Loch in der Mauer. *Wieso bleibt er denn vor den Stufen stehen?* Hiob beobachtete, wie David seinen Kopf anhob, als wollte er ihn in den Nacken legen. *Er wird doch nicht?* Ein ohrenbetäubendes Niesen durchbrach die nächtliche Stille. Ernüchtert schüttelte Hiob seinen Kopf. *Doch, er wird!*
Sichtlich erleichtert stand David noch immer am Fuße des Treppenaufgangs. Mit einem Rundumblick versicherte er sich, dass niemand von seinem Niesen Notiz genommen hatte. Beruhigt schritt er die Stufen empor, als sich völlig unerwartet die schwere Holztür vor ihm öffnete. Einer der Mönche stand im Türrahmen und blickte zu David.
„Entschuldigen Sie, bitte", sprach ihn David mit verschnupfter Stimme an, „ich wollte Sie selbstverständlich nicht bei Ihrer abendlichen Messe stören, aber ich muss dringend mit Ihnen sprechen."
Der Mönch deutete mit der ausgestreckten Hand ins Innere der Kirche und forderte David damit auf einzutreten. David folgte der Aufforderung und betrat den mit rotem und weißem Marmor ausgelegten runden Vorraum. Unmittelbar vor ihnen

stand eine Tür offen, die in das mächtige Kirchenschiff führte. Begleitet von dem Mönch erreichte er die riesige Halle, deren Seiten von mächtigen roten Marmorsäulen flankiert wurden. Vor ihm lag die mit prächtigen Malereien verzierte Apsis, in deren Mitte vier kleinere Säulen den Altar umgaben. Trotz der schwachen Ausleuchtung bot sich ein mehr als imposanter Anblick des prunkvollen Gotteshauses. David hatte sich bereits zuvor über das Internet mit der Kirche vertraut gemacht, doch die Wirklichkeit war weit beeindruckender, als die Fotos es erwarten hätten lassen. Links neben dem Chor erblickte er einen Durchgang, der ohne Zweifel zur Reliquienkapelle führte. David kam aus dem Staunen gar nicht mehr heraus, als sich der Mönch hinter ihm mit einem Räuspern meldete.

„Oh, entschuldigen Sie, bitte", fing David an, sein Anliegen dem Mönch zu erklären, „wissen Sie, diese Kirche ist wirklich beeindruckend."

Der Mönch blickte ihn nur fragend an.

„Es tut mir leid, Vater, aber ich spreche leider überhaupt kein Italienisch", versuchte es David erneut. „Verstehen Sie mich?"

Sein Gegenüber presste den Zeigefinger an seine Lippen und schüttelte den Kopf.

Wenn er ein Schweigegelübde abgelegt hat, dann kann das noch mühsam werden.

Der Mönch beäugte David skeptisch, als dieser anfing, im Kreis zu laufen und Selbstgespräche zu führen. Mit einer Handbewegung bat David ihn, noch einen Moment zuzuwarten. Fieberhaft suchte er nach einer Möglichkeit, mit dem Mönch zu kommunizieren.

Das hätte mir auch vorher einfallen können, dass die Mönche in Rom italienisch sprechen. Wo nehme ich jetzt nur einen Dolmetscher her? Als David auf und ab lief, fiel ihm plötzlich eine in Latein gehaltene Inschrift auf. *Aber natürlich,* schlug er sich mit der Hand auf die Stirn. *So muss es klappen.*

David erklärte dem Mönch in sehr gebrochenem Latein, dass er sich in Gefahr befände. *Keine Ahnung, ob die Grammatik stimmt, aber als katholischer Pfarrer in Italien muss er zumindest verstehen, was ich meine.* Zu Davids Erstaunen reagierte der Mönch überhaupt nicht auf Davids Warnung. „Verstehen Sie denn nicht?“, fragte David auf Lateinisch. „Wo sind Ihre Ordensbrüder?“ Wieder schien der Mönch ihm nicht folgen zu können. *Es ist schon eine Schande, wie schlecht mein Latein inzwischen geworden ist.* David las die Zeit von seiner Uhr ab. *Wir müssen hier weg und zwar so schnell wie möglich.* Wild fuchtelte er mit seinen Händen, um dem Mönch klar zu machen, dass sie die Kirche schleunigst zu verlassen hätten. Geradezu apathisch starrte der Mönch ihn an, während David vor ihm wie ein Pantomime herumturnte.
Das wird so nichts. Der Mann glaubt am Ende noch, ich will ihm etwas antun. Wenn mir nicht gleich was einfällt, kommt Hiob durch die Tür gestürmt, und ich hab's versaut. Verzweifelt grübelte David vor sich hin. *Mein ganzes Schulleben lang habe ich mich gefragt, wozu ich Latein jemals brauchen könnte, und heute soll es mir nicht möglich sein, einen einfachen Satz verständlich rüberzubringen? Das kann doch unmöglich wahr sein.* David ging zurück zur lateinischen Inschrift und las die erste Zeile laut vor, danach blickte er den Mönch auffordernd an. In seinem Gesicht erkannte David, dass er ihn wieder nicht verstanden hatte.
Hmmm...Wie hat Hiob neulich im Flugzeug gesagt? Wenn die Situation ausweglos scheint, verwirft er alles Unmögliche und konzentriert sich auf das Mögliche, egal wie unwahrscheinlich es sein mag. Danke Hiob!
„Einen Moment, bitte!“, lächelte David den Mönch freundlich an, wissend, dass dieser kein Wort davon verstand. Mit schnellen Schritten begab David sich zum Ausgang und deutete dem Mönch zu warten. „Ich bin gleich wieder zurück!“ Je

näher er dem Ausgang kam, desto schneller wurden seine Schritte, bis er schließlich die schwere Holztür aufriss. Er stürmte die Treppe hinunter und nahm drei Stufen auf einmal. Ohne sich noch ein einziges Mal umzudrehen, lief er auf die Mauer zu, hinter der Hiob auf ihn wartete.
Völlig außer Atem setzte er sich zu Hiobs Füßen auf den Boden.
„Was ist denn mit Ihnen los? Finden Sie das vielleicht unauffällig?"
„Keine Luft!", krächzte David mit letzter Kraft. Er deutete Hiob, einen Moment Geduld zu haben, bis er wieder in der Lage war zu sprechen. Nur sehr langsam beruhigte sich Davids Atmung, und Hiob war gespannt darauf, was er zu berichten hatte.
„Jetzt reden Sie schon!"
„Gleich!" David holte den Inhalierstift aus seiner Hosentasche und atmete tief ein. „Jetzt geht's wieder!"
„Dann reden Sie!"
„Ich glaube nicht, dass Shahid heute noch kommt."
„Sie meinen, weil Sie ihn mit Ihrem unauffälligen Auftritt gewarnt haben?"
„Nein, Sie Superbodyguard. Ich meine, dass Shahid heute deshalb nicht mehr herkommt, weil er bereits in der Kirche ist."
Hiob blickte David ungläubig an. „Wie meinen Sie das?"
„So, wie ich es sage. Der Mönch da drinnen verstand kein Wort von dem, was ich ihm mit meinem Schullatein erklären wollte."
„Und? Was soll das beweisen? Sie haben Woodberry doch selbst gesagt, dass Ihr Latein nicht einmal mehr ausreicht, um eine Grabinschrift zu entziffern."
„Ja natürlich, hacken Sie nur darauf rum. Aber ich hab noch einen besseren Beweis dafür, dass der Mönch da drin eine

Fälschung ist."
„Da bin ich aber gespannt."
„Er sprach kein Wort und vermittelte mir damit den Eindruck, als hätte er ein Schweigegelübde abgelegt."
„Hat er nicht?"
„Nein! Hat er nicht! Oder haben Sie schon einmal einen schweigenden Mönch beim Einzug in die Kirche singen gehört?"
Hiobs Blick sagte mehr als tausend Worte. „Verflucht! Wenn Sie Recht haben, dann bekommen wir gleich ein Problem."
Hiob schaffte es gerade noch, einen Blick durch das Loch in der Mauer zu werfen, als die Holztür aufgestoßen wurde und vier der vermeintlichen Mönche heraustraten.
„Gleich wissen wir, ob Sie mit Ihrem Verdacht richtig liegen."
Vor Hiobs Augen teilten sich die Mönche in zwei Gruppen auf und entfernten sich paarweise voneinander. Eine der Gruppen hielt genau auf die Mauer zu, hinter der Hiob und David sich versteckten.
„Sie kommen hierher", flüsterte er zu David, der gerade wieder dabei war, kräftig zu inhalieren. „Tun Sie das jetzt ja nicht!"
„Zu spät, fürchte ich", stammelte David, als er spürte, wie das Kribbeln in seiner Nase stärker wurde. Hiob wollte David noch dazu auffordern, mit dem Finger von unten gegen die Nase zu drücken, doch da war es auch schon geschehen. Erneut donnerte Davids Niesen durch die Nacht.
„Auf wessen Seite stehen Sie eigentlich?", zischte Hiob vorwurfsvoll, während er zusehen musste, wie alle vier Mönche auf sie zugelaufen kamen.

***

„Ist mit Ihnen alles in Ordnung?", fragte er die Frau, die vor ihm auf dem Boden kauerte. „Sind Sie verletzt?", sprach er sie

erneut an.
Ängstlich schüttelte sie den Kopf.
„Sie brauchen keine Angst zu haben, hier sind wir in Sicherheit“, er streckte ihr seinen Arm entgegen. „Kommen Sie, ich helfe Ihnen auf.“
Zögerlich ließ sie sich auf das Angebot ein.
„Ich bin Rodriguez und arbeite für die Hauselektrik. Ich war gerade in einem Wartungsschacht, als der Alarm losging. Bis ich da herausgekommen bin, war nur noch der alternative Fluchtweg frei. Und Sie?“
„Sylvia“, las er den auf ihrem Ausweisschild stehenden Vornamen laut vor. „Sie können den Anzug hier drin ausziehen, Sylvia, alle Räume rund um uns werden automatisch dekontaminiert. Wie kommen Sie überhaupt mit einem grünen Anzug in diesen Bereich?“
Vorsichtig nahm sie den Helm ab, und Rodriguez blickte in ihr junges, rundes Gesicht.
„Ich habe mich verlaufen“, begann sie mit brüchiger Stimme zu erzählen. „Und dann bin ich mit jemandem zusammengestoßen, und dann ging der Alarm los... und ich habe versucht, den Mann zu retten, aber die Tür...“ Ein Weinkrampf stoppte ihre Erzählung.
„Beruhigen Sie sich erst einmal“, reichte ihr Rodriguez ein Taschentuch, um die gröbste Tränenflut einzudämmen.
Erst als Sylvia sich ein wenig beruhigt hatte, war sie in der Lage, Rodriguez die ganze Geschichte zu erzählen. Verständnisvoll lauschte er ihren Worten.
„Es ist nicht Ihre Schuld. Es war ein Unfall. Sie hätten den Bereich, in dem mit so gefährlichen Stoffen hantiert wird, niemals ohne Zugangscode und ID-Karte betreten dürfen. Ich arbeite seit vier Jahren hier im Haus, und bis heute gab es keinen derartigen Zwischenfall. In wenigen Minuten wird der Sicherheitstrupp uns hier abholen, und dann kommt bestimmt

wieder alles in Ordnung."
„Was ist das für ein Geräusch?", fragte Sylvia verunsichert, während sie sich aus dem grünen Anzug befreite.
„Sie meinen das Zischen? Ich habe es bis eben nicht gehört. Kann ich Sie einen Moment allein lassen? Dann versuche ich, das Licht einzuschalten, denn mit dem schwachen Schimmer der Notbeleuchtung sehe ich nicht viel."
„Hier ist der Schalter!", rief Rodriguez einen Augenblick, bevor das Licht anging. Das fahle grüne Neonlicht beleuchtete den Raum nur sehr indirekt. „Was zur Hölle ist denn das?" Rodriguez ging zu einem der vier schwarzen Zylinder, die deutlich über einen Meter im Durchmesser hatten und gut drei Meter hoch waren. „Das Zischen kommt eindeutig aus dieser Richtung."
„Was sind das für Zylinder?", hörte er Sylvias besorgte Stimme.
„Ich habe keine Ahnung, aber hier ist eine Karte befestigt. LD 70. Sagt Ihnen das etwas?"
Sylvia musste nicht lange überlegen. „Das gibt die letale Dosis bei Studien an. LD 70 sagt, dass 70 Prozent der Versuchstiere bei dieser Menge an Gift oder Wirkstoff sterben."
Rodriguez blickte ehrfürchtig vom Sockel des Zylinders bis zu dessen oberem Ende, das fast die Decke berührte. „Das müssen aber ziemlich große Tiere sein." Er ging an der Außenwand des Zylinders entlang, bis er zu dessen Rückseite gelangte. „Hier ist ein Anschluss, er scheint undicht zu sein." Rodriguez betrachtete den silbergrauen, gerippten Schlauch, auf dem sich bereits eine dicke Eisschicht gebildet hatte. „Sieht wie eine undichte Kühlleitung aus. Ich werde mal versuchen, ob ich den Schlauch weiter hineinstecken kann."
„Besser nicht..." Ihr Ratschlag wurde von einem schmerzhaften Ausruf übertönt.
„Verdammt, ist das kalt, fast hätte ich meine Finger nicht mehr von dem Schlauch gebracht." Als Rodriguez seine Hand vom

Schlauch gerissen hatte, war dieser zusätzlich belastet worden, und das Zischen war jetzt viel lauter zu vernehmen als zuvor.
„Ich glaube, ich habe es nur noch verschlimmert", kommentierte Rodriguez den absinkenden eiskalten Nebel, der aus dem zischenden Leck entwich und wie Schaum zu Boden sank. „Besser, ich setze mich wieder zu Ihnen und wir warten, bis Hilfe kommt." Er trat hinter dem riesigen Zylinder hervor und musste feststellen, dass der Zylinder nicht mehr so schwarz war wie zuvor. „Das ist getöntes Glas! Durch das Loch im Schlauch verringert sich offenbar die Tönung." Das unheilvolle Splittern von Glas unterbrach seine Worte, und einen Wimpernschlag später platzte der Schlauch komplett.
„Was war das?"
Rodriguez blickte an der zunehmend transparenter werdenden Glaswand des Zylinders empor und entdeckte einen kleinen Sprung. „Das Glas ist gesprungen." Ein kristallenes Knacksen begleitete den Riss, der sich mit einem Mal aus dem kleinen Sprung entwickelte und nach unten weiter wanderte. Den Mund vor Entsetzen weit geöffnet, verfolgte sein Blick den immer schneller laufenden Haarriss, bis dieser den Sockel des Zylinders erreicht hatte. Mit einem martialischen Krachen ließ der Druck der Nährlösung das beschädigte Glas des Zylinders zerbersten. Tausende Liter der gelartigen Flüssigkeit machten Millionen von Glassplittern zu gefährlichen Geschossen, die sich wie eine Splitterbombe im Raum verteilten. Sylvia, die noch immer unmittelbar neben der schweren Panzertür auf dem Boden kauerte, konnte gerade noch die Hand schützend vor ihr Gesicht halten, ehe der tödliche Glashagel überall einschlug. Den Glasgeschossen folgte die gewaltige Druckwelle der Nährlösung, die Sylvia an die Laborscheibe peitschte wie die Meeresbrandung ein kleines Fischerboot gegen die Felsenküste.

***

„Können Sie die Leute da rausholen?", fragte Qian, der am Monitor verfolgt hatte, wie der von Glassplittern durchlöcherte Körper von Rodriguez durch die Springflut zu Boden gerissen wurde.
Mit Entsetzen hatte der Wachmann am Monitor das Geschehen beobachtet. Ohne Qian zu antworten, starrte er regungslos auf das Bild, das die Überwachungskamera ihm lieferte.
„Können Sie die Leute rausholen?", wiederholte sich Qian und rüttelte an der Schulter des Wachmanns.
„Zu spät", antwortete dieser resignierend und zeigte auf den Bildschirm.
Qian stimmte zu. „In diesem frühen Entwicklungsstadium haben wir keine Gewalt über die Klone, da wird das Handeln nur von Urinstinkten bestimmt." Er sah, wie der Körper von Rodriguez durch die Luft gewirbelt wurde und mit solcher Wucht gegen die Stahlwand prallte, dass sein Kopf beim Anprall aufplatzte wie eine überreife Melone.
Sylvia, die aufgesprungen war und verzweifelt versuchte, die schwere Panzertür zu öffnen, um doch noch entkommen zu können, war das Entsetzen ins Gesicht geschrieben. Die Umrisse ihres weit geöffneten Mundes ließen nur vermuten, was sie brüllte, während ihre rot lackierten Fingernägel beim Versuch nach draußen zu gelangen, an der Tür abrissen. Hysterisch hämmerte sie mit den blutigen Händen auf den kalten, nackten Stahl.
„Drehen Sie das ab!", befahl Qian.
Das Monitorbild wurde schwarz.
„Die Stahltür wird ausreichen, um die Klone aufzuhalten." Qian blickte auf die digitale Uhr im Überwachungsraum. „In weniger als einer Stunde ist das Schlüsselenzym aufgebraucht, dann wird die Klonmuskulatur spröde wie Glas."

Er sah dem Wachmann in die Augen. „Sorgen Sie persönlich dafür, dass ein Reinigungstrupp bereit steht, wenn es so weit ist."
Beim Umdrehen murmelte er noch leise vor sich hin: „Ich werde nichts von all dem vermissen, wenn wir erst das neue Labor bezogen haben. Nichts davon!"

***

„Haben Sie uns entdeckt?", Davids Stimme klang nicht halb so ängstlich, wie er sich fühlte.
„Könnte haarig werden. Sie bewegen sich in unsere Richtung. Wir sollten besser machen, dass wir wegkommen." Mit geschultem Blick suchte Hiob das Gelände nach einer Fluchtmöglichkeit ab. Das aus Backsteinen gebaute Amphitheater war Teil einer alten, meterhohen Verteidigungsmauer und erschwerte die Flucht.
Wenn wir vor ihnen weglaufen, treiben sie uns auf die alte Wehrmauer zu, und wir sitzen wie in einem Hexenkessel fest. Hier bleiben geht aber auch nicht, denn in einem direkten Kampf sind wir zahlenmäßig deutlich unterlegen.
David hatte die Zeit genutzt, sein Latein an einer Inschrift anzuwenden, die in einen riesigen Stein gemeißelt war.
„Hier ist ein Deckel von einer alten Wasserleitung. Die Römer haben diese Tunnel unter der ganzen Stadt gegraben", bot ihm David einen Ausweg an.
„Gute Idee!" Hiob zeigte auf einen Steinring im Boden. „Sehen Sie zu, dass Sie das Ding aufbekommen, bevor mir die Munition ausgeht."
Ein Schuss knallte in der Ferne, und Hiob presste sich fest gegen die Mauer.
„Wollen Sie denn nicht zurückschießen?"
„Und damit preisgeben, wo wir uns verstecken? Machen Sie

den Deckel dieser Wasserleitung auf, bevor die sich auf uns einschießen."

Der Lauf von Hiobs Pistole folgte den Bewegungen eines der feuernden Mönche.

David bemühte sich unterdessen, den schweren Steindeckel aus seiner Einfassung zu bekommen. Mit einem dicken Ast als Hebel setzte er sein ganzes Körpergewicht ein.

Hiob hörte das Pfeifen eines Projektils, das unmittelbar über seinen Kopf fegte. *Der ist nur knapp an mir vorbeigegangen.*

„Für mich klingt das schon ziemlich nahe!", rief David besorgt.

Hiob legte auf einen der Angreifer an und setzte einen Blattschuss. Er traf den Mann mit tödlicher Präzision in die Brust. Sein zusammensackender Körper hatte kaum den Boden erreicht, da schlug auch schon ein Kugelhagel an jener Stelle ein, wo nur Sekundenbruchteile zuvor Hiobs Mündungsfeuer geblitzt hatte.

„Jetzt wäre ein guter Zeitpunkt!", schrie Hiob, dem die Mauersplitter nur so um die Ohren flogen.

David wuchtete sich mit Schwung auf den Hebel, den er gebaut hatte, und mit einem mächtigen Krachen brach der Einfassungskranz rund um den Steindeckel. Als David noch damit beschäftigt war, sich wieder aufzurichten, trat Hiobs Fuß bereits gegen die freigelegte Steinplatte. „Nun geh schon auf!" Unaufhörlich traf sein Fuß den Stein, während der Kugelhagel nachzulassen schien.

Mit einem letzten beherzten Tritt gab der steinerne Deckel schließlich nach und schob sich krachend ein Stück nach hinten.

„Packen Sie mit an!"

Nur mit vereinten Kräften gelang es David und Hiob, den plattenförmigen Deckel gerade so weit beiseite zu schieben, dass sie Platz fanden durchzuklettern. Hiob zwängte sich als Erster durch die enge Öffnung und verschwand im Untergrund.

„Worauf warten Sie noch?", hörte David Hiobs ungeduldige

Stimme aus dem Loch vor ihm.
David fand keine Zeit mehr, darüber nachzudenken, welche unangenehmen Überraschungen das dunkle Loch für ihn bereithalten mochte, denn die falschen Mönche hatten erneut das Feuer eröffnet. Mehrere Kugelsalven pulverisierten das Mauerwerk und sorgten für die Staubwolke, die Davids Abgang in die Unterwelt bedeckte.
Unten angekommen, packte Hiob David bei der Hand und zerrte ihn hinter sich her. „Wir haben keine Zeit zu verlieren. Wenn die den Eingang zur alten Wasserleitung erst finden, kommen sie uns schnell nach.“ Der Lichtkegel von Hiobs Taschenlampe leuchtete in einen langen gemauerten Gang, der nur geduckt zu durchschreiten war. „Hoffen wir, dass wir bald zu einer Abzweigung gelangen, damit sie unsere Spur verlieren.“
„Wissen Sie denn überhaupt, wohin wir laufen?“, keuchte David, der wieder einmal Mühe damit hatte, Hiobs Tempo zu folgen.
„Da vorne ist eine Gabelung, da müssen wir hin.“
„Und in welche Richtung?“
„Nach rechts!“ Hiob blieb einen Augenblick stehen. „Ab hier gehen Sie vor, ich halte uns den Rücken frei.“ Er drückte David die Taschenlampe in die Hand. „Lassen Sie die nicht wieder fallen, das ist meine einzige!“
David leuchtete zuerst in den linken und dann in den rechten Tunnel.
Die Abzweigung nach rechts sieht nicht anders aus als die nach links. „Woher wissen Sie, dass wir nach rechts müssen? Ich würde eigentlich eher nach links tendieren.“
„Genau deshalb gehen wir nach rechts!“, schob Hiob ihn weiter.
Bereits nach wenigen Metern gelangten sie erneut an eine Abzweigung. Diesmal entschied sich Hiob dafür, dem von David gewählten Weg zu folgen. Der Tunnel wurde nicht nur

höher, sondern auch breiter, und zum ersten Mal seit dem Abstieg war es David möglich, sich aufzurichten. Er blieb stehen und wollte gerade etwas sagen, als Hiob ihm die Hand auf den Mund drückte. David sah ihn fragend an, doch Hiob schüttelte nur den Kopf und griff nach der Taschenlampe.
„Keinen Laut!“, flüsterte Hiob und drehte die Taschenlampe ab.
Aus der Ferne hallten Schritte durch das Gewölbe. David hatte anfänglich noch Schwierigkeiten zu erkennen, ob diese sich näherten oder entfernten. Doch mit jeder Sekunde, die Hiob und er zuwarteten, wurde klar, dass man ihnen dicht auf den Fersen war.
Die Schritte waren zunächst noch schwer, doch angesichts der immer schnelleren Abfolge konnte man sie klar einem beginnenden Laufen zuordnen. „Versuchen Sie sich an der Wand vorwärtszutasten, bis wir wieder Licht machen können.“ Hiob zielte mit seiner Waffe in die Richtung, aus der die Schritte kamen.
Die Dunkelheit, in die er blickte, verschwand mit jedem der sich nähernden Schritte. Der anfangs nur schwache Schein einer Lampe erhellte zusehends die Abzweigung, von der Hiob und David sich langsam entfernten.
Eine von Davids Händen glitt an der aus einzelnen Ziegeln gemauerten Wand entlang, während die andere zu Hiob Kontakt hielt. Der Lichtschein der näher kommenden Lampe begann zunehmend auch den Gang zu erhellen, in dem sich David vorantastete.
„Da vorne ist eine Art Absperrgitter“, stellte David entsetzt fest, als er die Umrisse der stählernen Gitterstäbe ausmachen konnte. „Ich glaube nicht, dass wir da durchkommen.“
„Gehen Sie hinter mir in Deckung! Wenn wir hier nicht weiterkommen, dann gilt das auch für ihn.“ Hiob visierte die Mauerkante an, hinter der er den Schein der Lampe hell hervorleuchten sah. *Als Leuchtreklame gibt der Kuttenträger*

wenigstens ein leichtes Ziel ab.
Just in diesem Moment verlosch das Licht, und schwärzeste Finsternis breitete sich von allen Seiten aus. Fixiert auf den letzten Lichtstrahl spannte Hiob die Muskeln seiner Schusshand an, während sein anderer Ellenbogen sich auf einem hervorstehenden Stein abstützte. „Zum Gitter! Aber bleiben Sie geduckt", wisperte er David zu.
David rutschte an der Wand entlang und versuchte, an das Gitter zu gelangen, das er etwa drei bis vier Meter vor sich vermutete. Hiob zielte unterdessen immer noch auf jenen Punkt, an dem sich die Mauerkante befand. Das völlige Anspannen seiner Armmuskulatur hatte er beim Geheimdienst gelernt. Damit war es ihm möglich, das zuvor fixierte Ziel auch ohne Sichtverbindung weiter anzuvisieren. *Komm schon, hol dir deine Kugel ab.* Hiob zählte die Sekunden, die seit dem Abdrehen der Taschenlampe vergangen waren. Er presste seine Augenlider so fest zusammen, dass nur ein dünner Spalt blieb, um durchzusehen, und rechnete jeden Moment mit einer aufblitzenden Pistolenmündung.
David hatte das Gitter erreicht, und seine Hände glitten an den rostigen, nassen Eisenstäben entlang, die ihm und Hiob den Weg versperrten. *Scheint eine Kette mit einem Vorhängeschloss zu sein. Ich bezweifle, dass wir hier unten einen Schlüsselkasten mit passendem Schlüssel dafür finden. Vielleicht kommt man unten vorbei.* Vorsichtig tastete David nach dem Boden unter der Gittertür. Seine Finger spürten den kalten, harten Steinboden und berührten dann etwas Weiches, Nasses, das sich wie eine Schnecke anfühlte.
Wo bleibst du denn? Ich bekomme langsam einen Krampf in meiner Hand. Nur noch ein kleiner Schritt für dich, aber ein großer Schritt für... Das Licht der Taschenlampe ging wieder an und richtete sich frontal auf Hiob. Nur seinen zusammengekniffenen Augen hatte er es zu verdanken, dass er

die Umrisse der Kutte deutlicher wahrnahm als den hellen Schein der Lampe. Durch die bereits vorvisierte Waffe reichte Hiob eine minimale Korrektur seiner Handstellung, um den Schuss exakt platzieren zu können. Das Donnern seiner Dienstwaffe grollte durch das weitläufige Gangsystem, als hätte der Blitz darin eingeschlagen. Die Lampe berührte noch vor dem Mönch den Boden und rollte ein kleines Stück zur Seite, ehe der Körper des Kuttenträgers plump darauffiel. Mit einem Mal war es wieder finster, und auch das Echo des Schusses konnte seinen Weg aus dem Gewölbe finden.
David hatte kaum Zeit gehabt, sich näher mit der Tür zu beschäftigen, da eilte auch schon Hiob herbei und leuchtete auf das Schloss. „Jetzt haben wir eine zweite Lampe.“ Ein fachmännischer Blick reichte ihm, um die Situation einzuschätzen. Er drückte David die Lampe in die Hand. „Leuchten Sie auf das Schloss.“ Hiob zielte genau auf den Bügel des Vorhängeschlosses, das die Kette zusammenhielt, die man um die Gitterstäbe gewickelt hatte. Ein neuerliches Donnergrollen gefolgt von einem kaum hörbaren metallischen Brechen durchflutete das Gewölbe. „Und jetzt los“, stieß Hiob die Gittertür auf. Der Raum dahinter war kaum größer als eine Garage und endete an einer Blechtür. David spürte, wie seine Füße in dem weichen, schlammigen Untergrund einsanken und wollte die Lampe nach unten richten, als Hiob ihn weiterstieß. „Schauen Sie nach, ob wir da rauskommen.“
David watete auf die rostige Blechtür zu. *Da steckt ein Schlüssel, wahrscheinlich ist er festgerostet.* Er bemühte sich, den Schlüssel dennoch zu drehen.
„Es ist offen“, bestätigte David und setzte einen vorsichtigen Schritt auf die erste Stufe im Inneren des vor ihm liegenden Raums. Er wollte Hiob warnen, da hatte dieser auch schon den rostigen Schlüssel abgezogen und schubste ihn weiter.
„Licht!“, rief er David zu, als er die Tür hinter sich wieder

zuzog und nach dem Schlüsselloch suchte. Klickend reagierte das Schloss auf Hiobs Sperrversuch.
„Jetzt können Sie sich einen Moment hinsetzen, wenn Sie wollen."
David leuchtete auf das kniehohe Gebräu, in dem er sich dank Hiobs Schubs befand. „Nicht für alles Geld der Welt." Angewidert von dem Gestank drehte sich David zur Seite.
„Ich dachte, Sie sind krank und riechen nichts?"
„Anscheinend bin ich noch nicht krank genug. Das stinkt ja fürchterlich."
„Fragen Sie mal, wie's mir geht." Hiob befand sich auf der ersten und einzigen trockenen Stufe und blickte hinunter zu David, der inmitten der braunen Brühe stand.
„Am besten, Sie korrigieren mich, wenn ich mich irre, aber wie eine Wasserleitung sieht mir das nicht aus."
„Um ganz sicherzugehen, sollten Sie noch eine Stufe tiefer steigen. Von hier unten betrachtet wirkt es dann doch anders."
Hiob musste sich zusammenreißen, um sein Abendessen bei sich zu behalten, als er sah, was gerade an ihm vorbeischwamm. David bemühte den Inhalierstift und holte tief Luft, ehe er wieder etwas sagen konnte. „Genau genommen wird mir schon vom Hinsehen schlecht."
„Auf Ihrer Wasserleitung stand doch nicht etwa *Cloaca Maxima*?"
„Ja, ja. Machen Sie sich nur lustig über mich. Wer von uns beiden steht denn hier knietief im Dreck?"
„Ich fürchte, wir beide, denn wenn wir nicht bald weitergehen, sterben wir an Sauerstoffmangel."
„Hier ist ein Pfeil an die Wand gemalt, der führt uns sicher zum nächsten Ausgang", versuchte David ihm einen Ansporn zu bieten.
Angewidert setzte Hiob seinen Fuß in den Fäkalienbach, dem

sie stromabwärts folgten. Beide vermieden es, ein Wort zu sprechen, während sie erhobenen Kopfes, den Blick ausnahmslos nach vorne gerichtet, durch die Kanalisation stapften. Hiob lief vor David her. *Erstaunlich, wie gut er das heute weggesteckt hat. Vielleicht ist er doch nicht so ein Weichei, wie ich dachte*, überlegte Hiob.
Ob es hier unten tatsächlich Schnecken gibt? David hielt seine Hand in den Lichtkegel der Lampe. *Mit völliger Sicherheit werde ich das wohl nie wissen.*
Nach einem Marsch von etwa zehn Minuten, der beiden vorkam wie eine Ewigkeit, war es Hiob, der zuerst den betonierten Türrahmen erblickte. „Ich glaube, wir haben den Ausgang gefunden."
„Sie wissen ja gar nicht, wie sehr mich das freut", betonte David überschwänglich.
„Bitte, nach Ihnen", forderte Hiob seinen Begleiter auf, die Tür zu öffnen.
„Was immer dahinter liegt, kann nicht schlimmer sein!"
Beherzt riss David die erst vor kurzem gestrichene Blechtür auf.

***

Sein Blick fiel auf den großen Raum, der sich hinter der Tür erstreckte. „Hier wohnen Sie also, Chess?"
„Genau genommen ist das nur das Vorzimmer."
Der größte Schmuck des Raums war eine riesige Amethystdruse. Sie musste wenigstens zwei Meter hoch sein und funkelte im Licht zweier sie direkt anleuchtender Spots. Zu beiden Seiten hingen ovale Bilder von Turbanträgern, die in Öl gemalt waren.
„Hier lang, bitte." Chess zeigte auf den gemauerten Torbogen, der die türlose Grenze zum Wohnzimmer darstellte.
„Unglaublich, was Sie da alles angesammelt haben", bestaunte

Alon die Vielzahl von Kästen, die ihn glauben ließen, er würde ein Museum besichtigen. Ein gemütlicher Ohrensessel mit antikledernem Bezug bildete den zentralen Blickfang im Raum. Die Armauflagen waren mit Nussholz eingefasst, und das kastanienbraune Leder von Lehne und Sitzfläche wurde durch die vielen Messingnieten in der typischen Buckelform gehalten. Kostbare orientalische Möbel, überladen mit unzähligen Reisemitbringseln, vervollständigten die Einrichtung.

„Wie viele Museen haben Sie dafür ausgeraubt?"

„Das ist nur die Spitze des Eisbergs, auf dem Dachboden habe ich noch die Sachen des Vorbesitzers gelagert. Die ursprüngliche Einrichtung dieses Zimmers bestand überwiegend aus Fellen, exotischen Wandbehängen und vor allem Waffen."

Alon überlegte, welches der Kleinodien er zuerst aus der Nähe betrachten sollte. Seine Wahl fiel auf eine alte Bronzewaage, in deren linker Schale steinerne Gewichte lagen, die den pechschwarzen Stein in der rechten Waagschale ausbalancierten.

„Es wäre mir lieber, wenn Sie nichts anfassen!"

Alon zuckte zurück und sah Chess enttäuscht an.

„Viele der Artefakte sind in einem sehr schlechten Zustand, aber ich komme einfach nicht dazu, sie zu restaurieren."

„Ich könnte Ihnen doch dabei helfen", drängte sich Alon auf.

„Einige der Stücke sind aus Sicht der Wissenschaft unbezahlbar. Es gehört eine Menge Erfahrung dazu, sie fachgerecht zu restaurieren."

„Geschichte ist mein Steckenpferd, ich bin praktisch so etwas wie ein Freizeithistoriker."

„Danke für das Angebot, aber hier geht es dann doch eher um filigrane Dinge, und die bedürfen einer besonders behutsamen Behandlung." *Wenn ich daran denke, wie ungeschickt er die Kistchen geöffnet hat, läuft's mir beim Gedanken, dass er mit*

seinen groben Fingern meine Mumien anfasst, eiskalt über den Rücken.
„Wollen Sie auf irgendetwas anspielen?", fragte Alon beleidigt. Er zeigte auf einen Dolch mit gewellter Klinge. „Das ist ein Krisdolch, seine Damastklinge wird mehrfach gefaltet. Ihm werden magische Kräfte zugeschrieben. Man sagt, dass jede Krisklinge beseelt sein soll."
Donnerwetter, das hätte ich ihm nicht zugetraut. „Ja, da liegen Sie gar nicht so falsch. Die Krisklinge ist durch das spezielle Herstellverfahren in der Tat sehr robust, ähnlich einem Samuraischwert. Leider trifft das nicht auf alle meine Schätze zu."
Alon grinste, hatte er doch bemerkt, wie überrascht Chess von seinem Wissen war.
„Besser, wir kümmern uns jetzt um die Ausrüstung, wir können mein Museum ja auch ein anderes Mal besichtigen."
„Darauf komm ich gern zurück."
„Sie suchen das Zelt und die Lampen, und ich hole die Rucksäcke vom Dachboden." Chess deutete mit dem Kopf auf die Tür, die sich rechts hinter Alon befand. „Durch die grüne Tür in die Bibliothek und dann die Stufen hinunter, dort die rechte Tür und dann sehen Sie es schon."
Chess stieg die hölzerne Wendeltreppe hinauf und verschwand im Obergeschoss.
Wenigstens habe ich jetzt Ruhe, wenn ich mich hier umsehen will. Wirklich nicht zu glauben, was es da alles gibt.
Überwältigt von der Fülle an Antiquitäten im Wohnzimmer, war er gespannt darauf, was ihn in der Bibliothek erwarten würde, die er als Nächstes betrat.
Die Bibliothek machte ihrem Namen alle Ehre und stand größeren Buchsammlungen um nichts nach. Riesige Holzregale umrahmten die beiden meterhohen Räume auf allen Seiten. In ihnen wurde eine beachtliche Zahl von Büchern, Schriften,

Karten und Hängemappen aufbewahrt.
Ein großer, massiver Holztisch in der Mitte des ersten Raums bog sich förmlich unter dem Gewicht der auf ihm abgelegten Werke.
Sieht irgendwie nicht sehr ordentlich aus, der Tisch. Das müssen einige hundert Bücher sein, die sich hier stapeln.
Ein Buch erregte Alons Aufmerksamkeit. Es lag, vom Chaos des Bücherdschungels deutlich abgegrenzt, auf einer Art Lichtung. Eine Schreibfeder und eine Lesebrille befanden sich unmittelbar daneben. Das schwere Werk war in Krokodilleder gebunden und die Kanten mit Messingecken verstärkt. Zwei goldfarbene Bügel und eine Kette sicherten das historische Buch gegen unberechtigtes Öffnen.
Was haben wir denn da? Der Einband war mit einer Prägung verziert. *Ein Frauenname und ein Datum, ich möchte wetten, dass das ihr Tagebuch ist. Scheint noch eine Menge vorzuhaben, wenn man bedenkt, wie dick das Buch ist.*
Prüfend wackelte er am Schloss der Kette. *Abgeschlossen!*
„Nicht, dass es bei einem Gentleman wie mir ein Schloss gebraucht hätte…“, rechtfertigte er sich mit leiser Stimme.
Alon wandte seinen Blick ab und suchte den Kellerabgang. Zunächst zielstrebig, doch dann immer zögerlicher, durchschritt er den Raum, bis er nachdenklich innehielt. *Was schreibt Chess da wohl rein?*
Es war ein Leichtes für ihn, eine der auf dem Tisch befindlichen Büroklammern in einen funktionsfähigen Dietrich umzuformen. Alon wusste, dass das zierliche Schloss keine Herausforderung für sein spezielles Talent darstellte.
Bereits beim Anheben des schweren Buches gab die Verschlusskette den Buchseiten ein wenig Spielraum, sodass sich ein Spalt zwischen ihnen bildete. Prompt löste sich ein einzelnes Blatt heraus und segelte auf den Tisch.
Betroffen legte Alon das Buch zurück an seinen Platz. *Dafür*

kann sie mich unmöglich verantwortlich machen, ich hab das Schloss ja noch nicht einmal angefasst.
Er starrte das herausgefallene Blatt an.
Möglicherweise gehört diese Seite gar nicht zu dem Tagebuch. Ich müsste schon wissen, was drauf steht, um das richtig beurteilen zu können.
Längst war klar, dass ihn nichts mehr davon abhalten konnte zu lesen, was mit zierlicher Frauenhandschrift auf das Blatt geschrieben war.
„Ein Gedicht!“, bemerkte er überrascht.

augenblick
du tauchst dich in mich ein
in dunkler kühler nacht
schwimmst mit in meinen wellen
genieß sie, deine macht
du spielst mit heißen lippen
ein lied auf meiner haut
der rhythmus kommt von dir
der text von mir, halblaut
du treibst mich immer weiter
mit jedem zungenstreich
bis alle meine quellen
versiegen, sanft und weich

Er konnte beim Lesen der Zeilen das Erröten seiner Wangen förmlich spüren und schob die Seite mit dem Gedicht mühevoll in das Buch zurück. *Ob sie es so gemeint hat, wie ich es verstehe?* Er zögerte einen Moment.
Nein, ich denke, das frage ich sie besser nicht.
Alon folgte den Stufen in den Keller und fand sich vor einer Wand wieder, die ihn zwang, durch eine der beiden Türen zu treten, die sich jeweils zu seiner Rechten und Linken befanden.

Hat sie jetzt gesagt, im Keller rechts? Oder doch links? ...Egal, ich werde es ja gleich sehen.
Energisch drückte er den Griff der linken Tür hinunter und gelangte in einen stickigen Raum, der kein Fenster hatte. *Hier könnte etwas frische Luft nicht schaden. Hoffen wir, dass es im Zelt dann nicht genau so riecht.* Seine Hand tastete nach dem Lichtschalter.
„Wer bist du denn?“, rief Alon begeistert, als er den Kopf einer Mumie erblickte. *Chess hat nicht übertrieben, als sie von unbezahlbaren Stücken gesprochen hat.*
Alons historisches Wissen reichte aus, um den Ursprung eines Mumienschädels zweifelsfrei als ägyptisch zu erkennen. Dafür musste er den Kopf allerdings von unten betrachten, um feststellen zu können, auf welche Art man seinerzeit beim Präparieren das Gehirn entfernt hatte.
Nichts anfassen, hörte er noch immer das Echo von Chess’ Stimme in seinem Kopf hallen.
Seine Neugier war weit größer. Behutsam hob er den Schädel an, um einen genaueren Blick darauf werfen zu können. Er holte tief Luft und verblies dann die dünne Staubschicht. *Wie ich es mir gedacht habe, eindeutig eine ägyptische Arbeit.* Ein Geräusch im Gang hinter ihm gab gerade noch ausreichend Zeit, den Schädel zurückzulegen.
„Hier ist wohl doch kein Zelt“, sagte er mit kräftiger Stimme zu sich selbst und trat aus der Tür.
„Wie ich sehe, haben Sie meine Mumiensammlung bereits entdeckt.“
„Ach, das waren Mumien?“, tat Alon überrascht. „Ist mir gar nicht aufgefallen, ich war so damit beschäftigt, das Zelt zu suchen.“
„Das andere rechts!“, Chess deutete auf die gegenüberliegende Tür.
Alon nickte mit einem unschuldigen Grinsen auf den Lippen.

„Da ist es ja!“, rief er erfreut aus und holte einen zusammengerollten Leinensack aus einer riesigen Holzkiste, die unmittelbar hinter der Tür stand und jeden Versuch blockierte, den Raum zu betreten.
„Etwas weiter unten in der Kiste sollten auch noch ein Seil und die Taschenlampen sein.“
„Seh ich!“, beugte sich Alon weit nach vorne, um die gewünschten Reiseutensilien hervorzukramen. „Ziemlich tief, die Kiste.“
Chess erhielt dadurch ungewollt die Möglichkeit, einen Blick auf Alons durchgestrecktes Hinterteil zu werfen. Sie musste schmunzeln.
„Ich fürchte, ich komme nicht ganz ran“, stöhnte Alon, der Mühe damit hatte, nicht kopfüber in die mit Campingausrüstung gefüllte Kiste zu fallen.
„Strengen Sie sich etwas mehr an, wer hier schon schlapp macht, hat im Jemen schlechte Karten“, kicherte Chess.
„Sie haben gut reden, warum...“ Alons Beine verloren den Bodenkontakt und nichts schien noch verhindern zu können, dass er kopfüber in die Kiste kippte.
„Hier geblieben!“ Nur Chess’ blitzschneller Reaktion war es zu verdanken, dass ihre Hand Alons Jacke erwischte und damit Schlimmeres vermieden wurde.
„Danke“, Alons brüchige Stimme gab nur sehr eingeschränkt wieder, wie er sich im Moment fühlte. *Jetzt hat sie mich an der Angel.*
„Haben Sie alles? Kann ich Sie rausziehen?“, fragte Chess.
Was ist denn das? „Bin fast so weit! ...Ich hab’s gleich, nur noch ein kleines Stück nachlassen.“
Geschafft. „Sie können mich jetzt rausziehen.“
Nichts passierte.
„Hallo?“ Stille. „Chess? Holen Sie mich endlich raus aus dieser Kiste!“

„Ja, ja, nur die Ruhe, es wird ja schon zur Gewohnheit“, zog Chess ihn so weit zurück, dass seine Beine wieder den Boden berührten. Das Blut, das beim Überhängen in Alons Kopf geronnen war, hatte ihm eine kräftige Gesichtsfarbe verpasst.
„Wie ich sehe, haben Sie meine Armbrust gefunden, geben Sie her.“ Sie griff nach der kleinen, zusammengeklappten Waffe.
„Eine Armbrust? Wofür haben Sie eine Armbrust?“
„Na, sicher nicht zum Tontaubenschießen.“
Wieder im Erdgeschoss angekommen breitete Chess die zusammengetragenen Ausrüstungsgegenstände auf dem Boden aus.
„Der braune Rucksack ist für Sie! Kontrollieren Sie mit, ob wir alles dabeihaben.“
„Trinkflasche, Kompass, Seil, Schlafsack...“
Es dauerte einige Zeit, bis die Ausrüstung komplett verstaut war.
„Perfekt! Ich gehe mich jetzt umziehen, und Sie könnten in der Zwischenzeit die Blumen im Glashaus versorgen. Einfach nur einsprühen, bis sich kleine Tröpfchen auf den Blättern bilden, das genügt wieder für ein bis zwei Wochen.“
„Sie haben ein eigenes Glashaus?“
„Für einen Wintergarten ist es dann doch etwas zu groß geraten“, musste Chess eingestehen. „Die Glastür rechts neben dem Ausgang zur Terrasse.“ Wieder entschwand Chess über die Treppe nach oben.
Die hätte nicht Archäologin werden sollen, sondern Gärtnerin. Ungläubig beäugte Alon die in Reihen angeordneten Tische, auf denen sich Kakteen in allen Größen und Formen türmten. Der vordere Teil des Glashauses beherbergte Kakteen und Sukkulenten, während aus dem hinteren Teil prächtig blühende Orchideen leuchteten. *Schön und unnahbar, das passt perfekt zu ihr.*
Alon schnappte sich die tragbare Wasserspritze und legte los.

Ein Gerät zum Pumpen, wie praktisch bei dem Urwald hier. Erfreulicherweise verlief das Besprühen wesentlich einfacher, als Alon befürchtet hatte. Einige der kugelförmigen Kakteen maßen gut vierzig Zentimeter im Durchmesser. Andere Formen waren deutlich kleiner, aber dafür mit unzähligen Blüten übersät. Binnen kurzer Zeit war Alon mit den Kakteen fertig und bahnte sich seinen Weg durch den dicht verhangenen Orchideenteil. Sein Blick streifte eine Glastür, die ins Freie führte, ehe er vom süßlichen Duft der riesigen Blütenstände abgelenkt wurde. In allen Farben des Regenbogens hingen die Blüten wie Trauben zwischen dem dichten Grün von der Decke. Wo darunter noch Platz geblieben war, hatte Chess diverse Stellagen aufgebaut, auf denen sie kleine Setzlinge hochzog.
Geduldig sprühte Alon einen Blütenvorhang nach dem anderen ein, bis ihn plötzlich das Geräusch einer Tür aus der Monotonie seiner Pumpbewegung aufschrecken ließ.
„Chess? Sind Sie *schon* fertig?" Alon legte die Betonung in dem Satz ganz bewusst auf das temporale Element.
Außer dem Surren einiger eingeschlossener Insekten war nichts zu hören. „Chess?"
Hab ich mir vielleicht nur eingebildet, gestand er sich achselzuckend ein und setzte sein Vorhaben fort. Kaum in der nächsten Gewächsreihe angekommen, stutzte er erneut, als er das Scheppern zweier aneinanderschlagender Tonblumentöpfe vernahm. *Oder doch nicht?*
Irritiert stellte er die Wasserspritze auf den Boden und schlich durch das dichte Grün in Richtung der Tür, die ihm zuvor aufgefallen war.
Ohne aus dem wild wuchernden Orchideenbereich treten zu müssen, konnte er die Glashaustür einsehen.
Von allein ist die wohl kaum aufgegangen. Besser, ich sehe mal nach Chess. Alon griff nach seiner Dienstwaffe, einer Glock 17, die ihm seit vielen Jahren treue Dienste leistete. Konzentriert

führte er die mattschwarze Pistole vor sich her, während er auf die offene Glastür zusteuerte. Ehe er zur Gänze die schützende Deckung des Blütenvorhangs verlassen musste, wagte er noch einen Rundumblick in den Bereich, der vor ihm lag. *Außer den Tischen mit den Kakteen ist nichts zu sehen, aber so hoch wie die hier wachsen, kann sich dahinter auch leicht jemand versteckt halten.*
Angespannt krallte er den Zeigefinger um den Abzug seiner Glock. Der hohe Abzugswiderstand von exakt 2,7 Kilogramm stellte sicher, dass die Waffe nicht versehentlich auslöste. Alon hatte sich für diesen Pistolentyp entschieden, da die Glock vor einem Einsatz nicht mehr entsichert werden musste. Er war damit so vertraut, als hätte er eine Federwaage in seinen Zeigefinger eingebaut, die ihm grammgenau vermittelte, wann sich der Schuss lösen würde.

***

Peter lauschte dem stetigen Ticken der großen, runden Zeigeruhr über seinem Labortisch. *So spät ist Sylvia noch nie zur Arbeit erschienen. Bin schon mächtig gespannt, was sie mir über die Genmonster zu erzählen hat.*
Peter wollte sich gerade an seinen Computer setzen, da betrat Qian den Raum. „Guten Morgen, Peter!"
„Dr. Qian! Ich hatte Ihren Besuch nicht erwartet."
„Wie lange arbeiten Sie schon für mich?"
„Im November werden es vier Jahre, die ich hier bei Ihnen bin."
„Ich war mit Ihrer... Ich bin mit Ihrer Arbeit hochzufrieden und würde mich freuen, wenn wir auch weiterhin so gut zusammenarbeiten könnten."
„Ich fürchte, ich verstehe nicht ganz..."
„Sie haben bei der Wahl Ihrer neuen Mitarbeiterin leider kein

gutes Händchen bewiesen."
„Sylvia?", fragte Peter erstaunt. „Was ist mit ihr?"
„Sie stellte ein erhebliches Sicherheitsrisiko dar, wir mussten uns von ihr trennen."
„Was für ein Sicherheitsrisiko?"
„Sie wissen, wie geheim unsere Arbeit hier ist. Wir können es uns nicht leisten, dass Mitarbeiter Informationen an Dritte weitergeben."
„Sylvia ist eine Spionin?"
„Ihr neuer Laborkollege beginnt seinen Dienst am Montag, er wurde Ihnen von der Personalabteilung zugeteilt. Sein Leumund ist ausgezeichnet."
„Aber..."
„Ich habe jetzt einen wichtigen Termin. Bitte sehen Sie zu, dass die Analysen der B-Proben bis Mittwoch fertig sind."
Qian verschwand, und Peter blieb mit weit geöffnetem Mund stehen.
Sylvia eine Spionin? Das kann unmöglich sein.
Fassungslos setzte er sich zurück an seinen Computer. *Ich muss versuchen, sie zu erreichen, aber ich habe keine private Nummer. Vielleicht kann ich mir in der Personalstelle eine Telefonnummer besorgen. Ich werd gleich mal rüberschauen.*
Qian war unterdessen im Untergeschoss angekommen, wo er von einem älteren Mann mit weißem Vollbart empfangen wurde.
„Wie weit sind Sie mit der Probe?"
„Der Unfall gestern hat uns zum Glück nicht betroffen, ein Mitarbeiter vom Evakuierungsteam brachte mir den Metallquader. Die erste Probe ist positiv."
Qian drehte sich erfreut zu jener Seite, an der der ältere Mann neben ihm herlief. „Ist das wahr?"
„Wir haben bereits A-Zellen in der Nährlösung angesetzt, selbstverständlich schon im neuen Labor."

„Das ist fantastisch!“, rief Qian erfreut. „Ich hatte befürchtet, dieser Zwischenfall würde uns noch weiter zurückwerfen. Können Sie schon eine Schätzung abgeben, wie lange...“
„Die neuen Enzyme, die wir gemeinsam mit der Nährlösung einsetzen, regen die Chromosomen zusätzlich an. Vorsichtig geschätzt, in neunzig Tagen.“
„Ich werde persönlich in der Personalabteilung dafür sorgen, dass Sie einen Sonderurlaub erhalten.“
Der Mann lächelte bescheiden. „Danke, Doktor. Und Gratulation zum neuen Labor. Die Ausstattung ist wirklich vom Feinsten, von der originellen Lage gar nicht zu reden.“
Qian klopfte ihm auf die Schulter. „Gut, dann beginnen wir jetzt mit Stufe 2 von Sacer Sanguis.“

***

Gerade als Alon aus seiner Deckung hervortreten wollte, bewegte sich etwas hinter einem der Kakteentische. *Das ist kein Mensch,* senkte Alon beruhigt die Waffe. *Chess hätte mir ruhig erzählen können, dass sie einen Hund hat.* Etwas zu vorschnell näherte sich Alon dem Vierbeiner, von dem er bisher nur den breiten, braunen Rücken erspäht hatte. Einen Bogen um den zweiten Tisch machend, erreichte er diesen genau in jenem Moment, als sich das braune Tier in Bewegung setzte. Geschickt nützte es die Deckung durch die hohen Kakteen, um Alons Blick zu entschwinden.
„Bist wohl ein schüchterner Wauwau!“, rief Alon und machte kehrt, um seinem neuen Freund zu folgen.
Trotz Alons Bemühungen, schneller zu sein, verschwand das Tier im dichten Orchideenwald, noch ehe Alon Gelegenheit hatte, den Kopf zu erkennen. *Für einen so großen Hund ist er ziemlich flott.*
Alon suchte den Boden neben der Tür ab. *Ich sehe hier*

nirgends eine Schüssel oder Futter, mit dem ich dich anlocken könnte.
Es lag einfach nicht in Alons Natur, akzeptieren zu können, dass jemand ihm nicht die Aufmerksamkeit entgegenbrachte, die er selbst allen Lebewesen von Interesse zeigte. Seine offene Art, auf Menschen und Tiere zuzugehen, machte ihm nicht jeden zum Freund, und auch diesmal sollte er eine Abfuhr bekommen.
„Komm schon, Hund!“, rief er in den grünen Vorhang hinein. „Ich bin ein guter Freund von deinem Frauchen.“ Zielstrebig drängte er sich durch die Orchideen, um den Hund endlich aus der Nähe sehen zu können. *Da hinten in der Ecke sitzt er, jetzt hab ich ihn.* Behutsam schob er die von der Decke hängenden Blumen zur Seite, um das Tier nicht zu erschrecken.
Alons Bewegung stoppte so jäh, als hätte man ihn zur Salzsäule erstarren lassen. Mit einem unmissverständlichen Knurren gab ihm die Großkatze zu verstehen, dass sie kein Interesse an Alons Aufdringlichkeit hatte. *Ein Puma!* Alon versuchte zu glauben, was er da sah. Vor ihm saß eine knapp einen Meter lange und gut fünfzig Zentimeter hohe Großkatze, deren riesige, gefletschte Zähne für Alon keinen Zweifel daran ließen, dass auch Menschen auf ihrem Speiseplan standen. Die Zeitspanne, in der er einfach nur ruhig dastand und abwartete, dass das Tier von seiner Drohgebärde Abstand nahm, schien nicht vergehen zu wollen.
So kommen wir nicht weiter. Wenn ich noch länger warte, bekommt er vielleicht Hunger. Besser ich mache einen Schritt zurück und entferne mich. Ganz vorsichtig!
Er hatte kaum seinen Fuß vom Boden angehoben, da gab es auch schon eine Reaktion. Erneut fuhr Alon der Schreck durch die Glieder, als der Puma einen Schritt auf ihn zumachte und abermals ein gewaltiges Knurren vernehmen ließ.
Beschwichtigend hielt er die flache Hand schützend vor sich.

Okay. Dann bleiben wir genau hier stehen. Nur nicht in seine Augen schauen. Kleinste Tröpfchen bildeten sich an seinen Händen und begannen zu größeren Tropfen zusammenzufließen. *Das ist sicher nur die Luftfeuchtigkeit! Es gibt für alles eine ganz logische Erklärung.*
Alon dachte über seine eigenen Worte nach und stutzte.
„Wie kommt eine Großkatze in dieses Glashaus?“, wisperte er zu sich selbst.
„Ich vermute durch die Tür?“, flüsterte Chess unmittelbar hinter ihm.
„Chess? ... Hören Sie mir nur zu. Ich weiß nicht, wie Sie sich so an mich anschleichen konnten, aber Sie dürfen sich jetzt auf keinen Fall mehr bewegen. Vor mir sitzt ein Prachtkerl von einem Berglöwen und wartet nur darauf, mich anzuspringen.“ Alon war sichtlich bemüht, seine Stimme ruhig zu halten.
„Es ist ein Weibchen.“
„Das sehen Sie von hier?“
„Ich habe eben einen Blick für das Wesentliche.“ Chess schob Alon beiseite und beugte sich zu dem Tier. „Hallo Simba, hat er dich belästigt?“
Blitzartig verschwand die Drohgebärde des Tieres, und vor Alons Augen verwandelte sich die vermeintliche Bestie in ein fast zahmes Kätzchen.
„Sie kennen diesen Puma?“
„Ich habe sie mit der Flasche groß gezogen... Aber natürlich nicht mit dieser.“ Chess hob die Bierflasche in ihrer Hand demonstrativ hoch. „Und im Übrigen ist Simba kein Puma, sondern ein Karakal.“
Alon war die Erleichterung anzusehen. „Ein was, bitte?“
„Ein Wüstenluchs.“ Chess nahm einen kräftigen Schluck Bier. „Wollen Sie auch eines?“
„Nein, danke. Im Moment nicht.“ Seine Verwunderung über

Simba wollte kein Ende nehmen. „Sollten Luchse denn nicht viel kleiner sein?“
„Sie steht gut im Futter, wenn Sie darauf anspielen wollen.“ Chess kraulte Simba den Nacken. „Ihre Mutter fiel Wilderern zum Opfer, ich habe sie am Straßenrand gefunden, völlig abgemagert. Ich musste sie einfach mitnehmen. Heute kümmert sie sich dafür um die Ratten und Mäuse.“
„Wohnt sie hier?“
Chess schüttelte mit Nachdruck den Kopf. „Nein, Simba ist ein Wildtier, die meiste Zeit verbringt sie draußen in der Wüste. Aber wenn sie Durst hat oder ein wenig Zuwendung sucht, dann kommt sie mich besuchen. Ich lasse die Glashaustür immer unversperrt, das genügt ihr, um sie aufzudrücken.“
„Ein ausgefallener Mitbewohner!“ Alon deutete auf die langen, spitzen Zähne. „Dagegen sehen selbst Dobermänner alt aus.“
„Simba ist durchaus in der Lage, einem Menschen ernsthafte Verletzungen zuzuführen. Wenn ich nicht da bin, passt sie auf das Haus auf.“
„Ist mir nicht entgangen.“
Chess beschwichtigte. „Das war noch freundlich. Sie sollten sie erleben, wenn ich nicht daheim bin oder wenn sie mir beistehen will, weil ich angegriffen werde.“
„Danke“, winkte Alon ab. „Ich denke, ich kann’s mir vorstellen.“
Chess gab Simba einen liebevollen Klaps auf ihr Hinterteil.
„Sind Sie fertig mit dem Gießen?“
Erst jetzt fand Alon Zeit, sich Chess’ ungewöhnliches Abenteureroutfit zu Gemüte zu führen. Unter der braunen Lederlammfelljacke glänzte eine dunkelgrüne Samtcorsage mit Spitzenbordüre. Ein breiter Ledergürtel mit goldener Schnalle fixierte die Stiefelhose, die in den Schaftstiefeln aus Rindnappaleder verschwand.
Wow, sieht die gut aus! „Sie tragen die Haare heute offen?“

„Was Ihnen alles auffällt“, präsentierte sich Chess keck. „Was ist jetzt mit dem Gießen?“
„Geben Sie mir noch zwei Minuten, dann bin ich fertig.“
Das Outfit ist genial, für den Jemen jedenfalls viel zu sexy und extrem feminin. Aber das kann ich ihr später auch noch sagen.
„Warum grinsen Sie?“
„Nichts Besonderes. Nur so.“ Alon griff sich die Wasserspritze und zwängte sich wieder zwischen die Orchideen.

***

Peter hatte die Frühstückspause seiner Kollegen genützt und sich unbemerkt Zugang zu den Personalakten von Sylvia verschafft. Aufgeregt blätterte er die Akte durch. *Mutter bei der Geburt verstorben... Vater bei einem Autounfall verloren... Keine Geschwister, keine private Telefonnummer... Hier ist eine Kontaktperson für Notfälle eingetragen.* Rasch notierte er die Nummer und steckte die Akte zurück.
Wieder an seinem Platz wählte er die Nummer mit der amerikanischen Vorwahl. *Es läutet... Los, heb schon ab! ...Sprachbox!* „Hallo, mein Name ist Peter, ich bin ein Arbeitskollege von Sylvia. Ich möchte dringend mit ihr sprechen, da sie heute nicht zur Arbeit erschienen ist und ich mir Sorgen um sie mache. Meine Privatnummer ist...“
Kaum hatte Peter sein Telefonat beendet und den Hörer auf die Gabel gelegt, klingelte der Apparat. „Ja?“, nahm er das Gespräch entgegen, das laut Display aus dem Inneren des Hauses kam. *„Bitte kommen Sie unverzüglich zum Aufzug. Dr. Qian erwartet Sie bereits.“*
Erstaunt ging Peter in Richtung Aufzug, wo Dr. Qian tatsächlich auf ihn wartete. „Dr. Qian? Ich dachte, Sie hätten einen dringenden Termin.“
„Der ist besser gelaufen als erwartet“, zeigte sich Qian

wortkarg und wählte den Knopf für das Untergeschoss.

***

Das war eine geile Party gestern Nacht. Besorgt griff er sich in den Schritt. *Werde ich langsam zu alt für zwei? Nein! ...Was für eine Wohltat, wieder in einem richtigen Bett zu schlafen.* Shahid stand vor dem Rasierspiegel im Badezimmer und drückte einen fetten Pickel in seinem Gesicht aus, als ihn der Anruf erreichte. Das Display zeigte eine unterdrückte Rufnummer an. *Qian! Ich hoffe, er hat bessere Nachrichten als beim letzten Mal.*
„Ja", schnaubte er in Richtung des Mikros seiner Freisprecheinrichtung.
„Ich hoffe, ich habe Sie nicht geweckt, Mr. Shahid", entschuldigte sich Qian bereits vorsorglich. „Hier ist es schon ziemlich spät, und wir hatten es recht stressig die letzten Tage. Der Umzug in unsere neuen Räumlichkeiten ist bereits voll im Gang. Sie wissen ja."
„Ihre Befindlichkeiten interessieren mich nicht. Kommen Sie zur Sache, Qian, ich habe nicht die Zeit für Höflichkeiten."
„Selbstverständlich. Wir konnten aus der letzten Probe erfolgreich DNA gewinnen. Die Nährlösung wurde bereits angesetzt, wir rechnen mit einer Fertigstellung innerhalb von neunzig Tagen."
„Das hört sich schon besser an", zeigte sich Shahid interessiert. „Können wir mit Phase 2 beginnen?"
„Deshalb rufe ich eigentlich an. Bei entsprechender Vorlaufzeit sollten wir damit unverzüglich loslegen."
Shahids Fratze grinste ihr eigenes Spiegelbild selbstgefällig an. „Gute Arbeit, Doktor. Noch was?"
„Nichts, womit ich Ihre Zeit beanspruchen möchte."
Shahid drückte das Gespräch ab.

Wurde auch höchste Zeit, dass der Koreaner endlich etwas findet. Ich werde Ramar gleich über die Fortschritte informieren.
Shahid rief nach einem seiner Männer, der kurz darauf das Hotelzimmer betrat, in dem Shahid es sich bequem gemacht hatte.
„Mr. Shahid?", rief der kräftig gebaute Mann mit französischem Akzent.
Shahids fetter Körper füllte den großzügig geschnittenen blauen Frotteebademantel gut aus. Mit brennenden Lenden und nassen Füßen schleppte er sich aus dem Bad. „Informieren Sie unsere Leute, dass wir die Suche nach den Nägeln ab sofort einstellen. Sacer Sanguis Phase 2 läuft jetzt an."
„Wird sofort erledigt! Was ist mit den Leuten, die dem Jet folgen?"
„Rufen Sie die auch zurück." Shahid öffnete einen kleinen silbernen Tiegel und holte mit dem Zeigefinger eine glänzende weiße Creme heraus. Genussvoll rieb er sich damit seine Glatze ein. „Wir konzentrieren jetzt alle Ressourcen auf Phase 2."
Der Mann nickte und wollte das Zimmer bereits verlassen, als Shahid ihn noch einmal zurückbeorderte. „Warten Sie!"
„Ja?", drehte er sich wieder zu Shahid um.
„Wir hatten gestern Nacht eine kleine Party, bitte kümmern Sie sich darum, dass hier diskret aufgeräumt wird." Shahids ausgestreckte Hand verwies auf das Schlafzimmer.
Etwas verunsichert darüber, wie er auf Shahids Meldung reagieren sollte, blieb der Mann stehen. Mit einer Handbewegung wurde er von Shahid aufgefordert, einen Blick in das Zimmer zu werfen. Zögernd näherte sich der Mann dem Zimmer und zuckte beim Anblick zurück.
Nur mit Mühe konnte er den Brechreiz unterdrücken.
„Haben Sie damit irgendein Problem?", herrschte ihn Shahid

an.
„Nein... Nein, natürlich nicht“, entgegnete der Mann.
„Gut für Sie! Bestellen Sie mir einen Wagen in einer halben Stunde.“
Der Mann verließ mit unsicheren Schritten das Zimmer.

***

„Was immer dahinter liegt, kann also nicht schlimmer sein?“, brummte Hiob in Anlehnung an Davids letzte Aussage vor dem Öffnen der Tür.
„Ihre Definition dieses Begriffs kann ich nicht teilen. Für mich ist ein Wasserfall aus Fäkalien jedenfalls um einiges schlimmer, als nur kniehoch darin zu waten.“
„Wollen Sie mir das ewig vorhalten?“
„Ja... Ja, davon können Sie ausgehen.“
„Ich gebe zu, dass meine Schlussfolgerung mit der Wasserleitung nicht ganz korrekt war, aber besser durch den Kanal entkommen, als auf der blühenden Wiese sterben. Meine Idee war es jedenfalls nicht, den Mönchen in die Kirche nachzulaufen.“
„Wollen Sie mir damit irgendetwas sagen oder gar unterstellen?“
„Wem der Schuh passt!“, entgegnete David, dessen angeschlagene Stimme sich langsam erholte.
Aus der Ferne war das Läuten von Kirchturmglocken zu hören. David zählte die Glockenschläge. *Viertel vor zwölf. Das war eine ziemlich lange Flucht.* „Meinen Sie, wir werden noch verfolgt?“
Hiob blieb stehen und starrte David verständnislos an. „Meinen Sie das ernst? Durch diesen originellen Fluchttunnel könnten Sie sogar mit den Kronjuwelen Ihrer Königin entkommen.“
„Sie ist nicht meine Königin!“

„Lassen Sie die Spitzfindigkeiten, überlegen Sie sich lieber, wie wir diese widerliche Aufmachung loswerden. So nimmt uns kein Taxi mit zum Flughafen.“ Hiobs Ärger war nicht zu überhören.
David drehte sich um und blickte zurück in die Nacht. In der Ferne war nur der Lichtschein auszumachen, den das weiße Zifferblatt der Kirchturmuhr abstrahlte. Die markante Silhouette des gleichseitigen Turms war kaum noch zu erkennen, denn die Dunkelheit der späten Stunde verschluckte seine Konturen. Eine dichte Wolkendecke verhinderte den Blick auf den Sternenhimmel und auch dessen indirekte Beleuchtung der Stadt. Wie ein einsamer Leuchtturm präsentierte sich die über den Dächern der umliegenden Gebäude montierte Turmuhr. Für einen kurzen Augenblick schien es David, als lächelte ihm Nataschas Gesicht von dem Zifferblatt entgegen. *Ich werde dich finden, ich verspreche es dir.*
Schweren Herzens fasste er seinen Entschluss und blieb stehen.
„Wir müssen zurück.“
Hiob, der schon ein Stück weitergelaufen war, drehte sich entgeistert um. „Wie meinten Sie?“
„Wir müssen wieder zur Kirche. Es ist meine einzige Chance, Natascha zurückzubekommen.“
Hiob verzog das Gesicht, als hätten seine Lippen vom frischen Saft einer Zitrone gekostet.
„Shahids Bande hat uns die letzte halbe Stunde durch die Kanalisation gejagt, sie haben auf uns geschossen und mit etwas weniger Glück...“
„Ich weiß, Hiob!“, unterbrach ihn David. „Mir ist klar, wie sich das für Sie anhören muss, aber es bleiben nur noch zwei Abschnitte der verschlüsselten Nachricht übrig. Und was sollen wir tun, wenn wir da zu spät kommen oder die Textpassagen sich auf vergangene Überfälle beziehen? Shahid könnte seinen

Plan ändern oder am Ende sogar ganz davon ablassen, weil er diesmal von uns überrascht wurde. Wir würden jede Möglichkeit verlieren, ihn zu verfolgen."
Hiobs Blick wurde ernst. Die Schnelligkeit seiner Antwort ließ keinen Zweifel darüber aufkommen, wie er die Sache sah.
„Ich kann dieser dämlichen Idee nichts abgewinnen. Aber schon gar nichts! Wenn es hart auf hart kommt, sind Sie doch der Erste, der zu laufen beginnt." Hiob drehte sich um und ging weiter. „Sehen wir zu, dass wir zum Flughafen gelangen, diese Runde ging an Shahid."
„Ich werde jetzt zur Kirche zurückgehen. Entweder mit Ihnen oder ohne Sie."
Hiob blieb stehen. Mit finsterer Miene drehte er sich erneut zu David um. „Einen Dreck werden Sie!", stellte er energisch fest. „Wir haben schon genug Ärger gehabt für einen Tag. Ich habe den Auftrag, auf Sie aufzupassen, und genau das werde ich tun, wenn es sein muss, auch gegen Ihren Willen."
Wie ein Fels stand Hiob mit seinen zwei Metern vor ihm. Fast einen Kopf größer blickte er auf David herab. Seine Stimme klang kalt und rau, so wie bei ihrer ersten Begegnung.
David kämpfte darum, sich das Unwohlsein nicht anmerken zu lassen, das Hiobs hartes und bestimmtes Auftreten bei ihm verursachte. Er spürte, wie die Unsicherheit seine Atmung beeinflusste und der Puls sich beschleunigte.
David begann, sich an jene Nacht zurückzuerinnern, in der er seinen Vater zum letzten Mal gesehen hatte. Die Worte in seinem Kopf klangen so klar, als würde der alte Herr direkt neben ihm stehen, seinen schützenden Arm um David legen und ihn dazu ermutigen, Hiob hier und heute die Stirn zu bieten.
Kämpfe für das, was dich ausmacht, und lass es dir niemals wegnehmen, von niemandem. Stehe zu dem, was du sagst, um dir den Respekt der anderen für dich und deine Sache zu verdienen. Ich liebe dich, mein Sohn.

Davids Atmung beruhigte sich wieder, und seine Gedanken wurden kurz darauf so klar wie ein tiefer, kühler Gebirgssee.
„Freiwillig werde ich Ihnen nicht folgen. Wenn sich unsere Wege hier trennen, dann bedauere ich es zutiefst.“ Davids Stimme klang ruhig und ehrlich. „Ich kann Natascha nicht helfen, wenn ich jetzt davonlaufe. Ich muss zurück, egal wie gefährlich und mächtig dieser Shahid sein mag.“
„Was wissen Sie schon von Shahid?“, schnaubte Hiob voller Zorn über Davids Naivität. „Ich folge der Blutspur dieses Schlächters seit vielen Jahren. Nur ein Tor würde es wagen, ihm angesichts dessen, was in der letzten Stunde passiert ist, erneut entgegenzutreten. Also kommen Sie endlich weiter, und zwingen Sie mich nicht, Sie geschultert zum Flughafen zu tragen.“
David wich keinen Zentimeter von seinem Standpunkt. „Nun, wenn es erforderlich ist, ein Tor zu sein, um für das einzustehen, woran man glaubt, dann bin ich lieber Tor als Weiser.“
Es mutete geradezu biblisch an, mit welcher Entschlossenheit sich der vermeintlich schwächere David in diesem Moment gegen den übermächtigen Riesen auflehnte. Zum ersten Mal registrierte Hiob eine Bestimmtheit bei David, wie er sie nur von wenigen geschätzten Menschen kannte. Keinen davon würde er jemals als Feigling oder Tor bezeichnen.
David bemerkte Hiobs Zögern und setzte nach. „Ich weiß, dass Sie mich für einen Feigling halten, aber nicht jeder kann physisch stark genug sein, um Ihnen gerecht zu werden... Ich kann es nicht.“ Sein Blick verharrte auf Hiobs Gesicht und verband die beiden Männer, die unterschiedlicher nicht sein konnten, für diesen einen Moment.
„Ich bin einem Killer wie Shahid ohne Zweifel im direkten Kampf unterlegen. Solange wir ihm nachlaufen und nach seinen blutigen Regeln spielen, bin ich keine große Hilfe.“

Hiob sah David stumm an, seine Augenlider hatten bisher nicht ein einziges Mal gezwinkert, seine Lippen sich nicht bewegt, und dennoch war es, als könnte David die Frage in seinem Gesicht ablesen.
„Aber...“, setzte David fort, „...wenn es uns gelingt, ihm unsere Regeln aufzuzwingen, dann kann ich meine Stärken ausspielen... Ich kann Ihnen nicht genau sagen, was ich mir davon erwarte, wenn wir zur Kirche zurückgehen. Es ist nur eine Ahnung, ein Bauchgefühl, und es sagt mir, dass wir eine Chance vergeben, vielleicht *die* Chance, wenn wir jetzt nicht umkehren.“
Hiob schien über Davids Vorschlag nachzudenken, sagte aber kein Wort. David ließ sich seine Anspannung beim Warten auf Hiobs Entscheidung nicht anmerken. Demonstrativ verschränkte er die Arme, um seiner Forderung nach einer Antwort mehr Ausdruck zu verleihen.
„Zielen Sie etwas tiefer, der Rückschlag ist nicht zu unterschätzen“, streckte ihm Hiob seine Zweitwaffe entgegen.
Hiobs Vertrauen brachte den Glanz der Zuversicht in Davids braune Augen. Behutsam nahm er die Waffe an sich.
David war kein Freund von Waffen. Ihm war aber klar, dass ihm in dieser Situation keine andere Wahl blieb. Er versuchte, den Einsatz einer Schusswaffe vor sich selbst zu rechtfertigen.
„Es sind viele falsche Mönche, die auf uns warten.“
„Je dichter das Getreide steht, desto leichter die Ernte“, antwortete Hiob trocken.

***

Herrlich, so ein knisterndes Kaminfeuer, noch dazu bei dem Unwetter, das gerade tobt. Woodberrys Wohnzimmereinrichtung entsprach dem Klischee vom alten britischen Adel perfekt. Ein orientalischer Läufer deckte das

Stabparkett im Fischgrätenmuster so ab, dass zwei Raumhälften entstanden. Eingehüllt in seinen bordeauxfarbenen Bademantel und die Füße in den handgewalkten grauen Filzpantoffeln versteckt, pflegte er jeden Abend vor dem Zubettgehen noch zu lesen.
Die Chaiselongue befand sich in der rechten Hälfte des geteilten Raums, sodass Woodberry einen guten Blick auf das Kaminfeuer hatte. Rechts vom Kamin stand ein nussbrauner Salonflügel mit Hocker, den eine Säule mit der Büste Haydns flankierte. Jedes Stück seiner ausgesuchten Einrichtung harmonierte ausgezeichnet mit der rötlich gemusterten Stofftapete, die einen halben Meter unterhalb der Decke von kunstvoller Stuckatur eingefangen wurde. Eine Stuckrosette senkte den fünfarmigen Kronleuchter von der weißen Zimmerdecke ab.
Woodberry griff nach der Karaffe und schenkte stilvoll etwas Cognac in sein Glas. „Was für ein edler Tropfen", schwärmte er und stellte den Cognac aus dem Haus Guy Lhéraud wieder ab. *Der Doktor hat ja gesagt, dass ein kleiner Schluck gut für meine Gesundheit ist. Das bringt meine angeschlagene Pumpe wieder auf Touren.*
Sein Blick wanderte hinüber zu dem Prunkstück seiner Sammlung.
„Gleich ist es wieder so weit", sagte er zu sich und grinste wie ein kleines Kind vor dem Weihnachtsfest. Einmal pro Woche war es notwendig, die wertvolle Simon-Willard-Standuhr aufzuziehen. Seit er die Uhr vor zwölf Jahren bei Sotheby's ersteigern konnte, war das händische Aufziehen ein geliebtes Ritual des Professors. Er erhob sich von seinem bequemen Platz und begab sich zur Standuhr. *Es ist jedes Mal eine echte Freude!* Andächtig zog er das Uhrwerk für eine weitere Woche auf.
Im Anschluss machte Woodberry sich daran, die Unterlagen

durchzugehen, die er sich aus dem Labor mit nach Hause genommen hatte. Seit Tagen beschäftigte ihn eine Abweichung, die er in seinen Berechnungen zur cerebralen Holographie entdeckt hatte. So offensichtlich es auch war, dass sich der Fehler auf irgendeiner der vor ihm ausgebreiteten Seiten befinden musste, so schwer schien es Woodberry, die sprichwörtliche Nadel im Heuhaufen zu finden.
Obwohl alle Kontrollkennzahlen seiner Berechnungen eine erstaunliche Kongruenz aufwiesen, musste sich ein Fehler eingeschlichen haben. Dessen Aufdeckung würde letztlich die Abweichung erklären, war er sich sicher. Unbemerkt durch Woodberrys Konzentration auf die Unterlagen raubte ihm die Simon-Willard-Standuhr Minute für Minute der verbleibenden Lebenszeit. Woodberry spürte den Druck auf seinen Augenlidern und gähnte. *Ich glaube, es wird langsam Zeit, sich für heute geschlagen zu geben.*
Gerade als er die Unterlagen hinlegen wollte, blieb sein Blick an einer Fußnote haften, die er bisher ignoriert hatte. Verständnislos schüttelte er sein Haupt. „Aber das ist doch gar nicht möglich!“ Er griff nach seiner Lesebrille und las die Stelle erneut. „Unmöglich...“ Woodberry lief zum Schreibtisch, einem aus Nussholz gefertigten Einzelstück, und öffnete die unterste Lade bis zum Anschlag. Zielsicher hob er den Boden der Lade an der Rückseite an, wodurch ein weiteres Fach freigegeben wurde. Seine Hand tastete in dem Spalt nach einem kleinen Notizblock, den der Professor dort in sicherer Verwahrung wusste. *Wenn das wirklich wahr ist...* Ungeduldig suchte er nach dem entscheidenden Hinweis, der seinen Verdacht, so vermutete Woodberry, sofort widerlegen würde. *Hier muss es doch irgendwo stehen...*
Immer schneller blätterten seine Finger durch die Seiten, bis plötzlich sein Blick an der gesuchten Stelle haften blieb. Je öfter er die Stelle las, desto sicherer war er sich, nicht nur den

gesuchten Fehler gefunden zu haben. „Das wäre eine Sensation!“, rief er.
Aufgeregt begann er, durch das Zimmer zu laufen.
Der Professor spürte das Blut durch seine Brust schießen. „Regen Sie sich nicht auf, denken Sie an Ihr Herz, Professor“, hatte ihm sein Hausarzt mehrfach gesagt. *Der hat leicht reden, wie soll ich mich bei den Ereignissen der letzten Tage denn nicht aufregen?*
„Das kann kein Zufall sein.“ Kaum hatte er sich hingesetzt, sprang er wieder auf, um seinen Ausruf zu wiederholen. *Wir haben viel mehr erreicht, als wir eigentlich dachten.* „Das ist eine Sensation!“ Mit einem Mal fiel es ihm wie Schuppen von den Augen.
Woodberry spürte ein Stechen in seiner Brust und wurde kreideblass. „Und ein Motiv.“ Wie vom Blitz getroffen ließ er sich in den Sessel fallen.
Aber natürlich...
Die Schlagzahl von Woodberrys Herz hatte die seines geliebten Simon-Willard-Chronometers längst überholt und näherte sich bereits einem Vielfachen davon. Viel zu spät versuchte er, nach den Herztabletten auf dem Tisch zu greifen.
Um Gottes Willen. Das ist der Grund... warum... der Überfall... das Labor, die... Holographie... Ich muss... sofort warnen... meine Medikamente...
Wie in Trance verliefen die letzten Bewegungen, und so verfehlte seine Hand die weiße Dose und warf stattdessen das Cognacglas vom Tisch, dessen Fall sanft von dem dicken Orientteppich gedämpft wurde. Dem ersten folgte ein weiterer Versuch, an die lebensrettende Medizin zu gelangen, bei dem schließlich auch die weiße Medikamentendose zu Boden fiel.
Woodberry bückte sich nach seiner Pillendose, doch mit jedem Zentimeter, den er sich weiter nach vorne lehnte, wurde es dunkler vor seinen Augen, bis er schließlich in eine tiefe

Bewusstlosigkeit abglitt.
Nur noch das gleichmäßige Ticken der Standuhr begleitete den Professor auf den ersten Schritten seiner letzten Reise.

***

Hiob und David waren bis auf wenige hundert Meter an die Kirche herangekommen. Der weitläufige Platz davor hatte seine friedliche Stille verloren und war mit Streifenwagen zugeparkt, deren blau blinkende Dachlichter die Nacht erhellten.
„Sieht so aus, als wäre das Intermezzo nicht unbemerkt geblieben. Ob sie Shahid erwischt haben?"
Hiob schüttelte energisch den Kopf. „Niemals, aber die Verstärkungseinheiten sind trotzdem kein Fehler." Er wies David an, die Waffe wegzustecken. „Warten Sie hier, ich hole unsere Passierscheine."
Hiob hob ein Absperrband an, ging auf einen der Carabinieris zu und sprach ihn auf Englisch an, während David stets einige Meter Abstand zu ihm hielt. Mehrfach schüttelte der dunkelblau uniformierte Mann seinen Kopf, als wollte er Hiobs Forderung ausschlagen. *Das wird wohl nichts,* dachte David. Erst als Hiobs Gestikulation energischer wurde und seine Stimme lauter, reichte ihm der Carabinieri ein kleines, schwarzes Teil, von dem David nicht mit Sicherheit sagen konnte, ob es ein Telefon oder ein Funkgerät war. Hiob hielt es sich einige Sekunden an sein Ohr, ehe er seinen ersten Satz sagte. „Colonnello Musella - presto!"
David versuchte, dem Gespräch zu lauschen, wurde aber von einem Kollegen des Polizisten unmissverständlich aufgefordert zurückzutreten. „Ja, ja schon gut", ließ sich David wieder hinter die Absperrung drängen.
Von hier aus hilft auch Lippenlesen nicht mehr weiter.

Es war erstaunlich, wie schnell sich der Platz trotz fortgeschrittener Stunde mit Menschen gefüllt hatte. David blieb nichts anderes übrig, als mit den anderen Beobachtern hinter der Absperrung zu warten.
Zwei Männer brachten einen Sarg, dessen Deckel nur locker aufgelegt war, aus einem der Autos. Der Deckel lag verkehrt auf dem Sarg, und seine Wölbung zeigte nach innen. Ein untrügliches Zeichen dafür, dass der Sarg noch leer war.
Nur kurze Zeit später kam ein Carabinieri auf die wachsende Gruppe von Schaulustigen zu. Bezeichnenderweise drohte David nicht in dieser Menschenansammlung zu verschwinden, vielmehr hatte sich eine Art unsichtbarer Bannkreis um ihn formiert. „Folgen Sie mir“, forderte ihn der Mann naserümpfend auf. Sein Englisch war sehr eigenwillig anzuhören und erinnerte an das akzentbehaftete Amerikanisch eines Mexikaners, wie David es aus den alten Westernfilmen kannte.
Von den Blicken seiner Stehplatznachbarn verfolgt, durfte David unter dem Absperrband durchtauchen. Der uniformierte Begleiter führte ihn mit schnellen Schritten zu den Stufen, wo Hiob mit einem der Polizisten ins Gespräch vertieft war.
„Ich lasse Ihnen zwei Trainingsanzüge von unserem Sportverein bringen.“
„Danke, die können wir gebrauchen... Ach übrigens, unten in der Kanalisation finden Sie noch einen, der Ihnen nicht mehr weglaufen kann.“
Hiobs Gesprächspartner nickte zustimmend und lief dann zu einer kleinen Gruppe seiner Kollegen, die etwas abseits des Geschehens standen.
David war die Neugier ins Gesicht geschrieben. „Sagen Sie schon, wie haben Sie das wieder hinbekommen?“
„Netzwerke, Wilder! Sie sind nicht der Einzige, der einen Cluster bemühen kann. Viele europäische Nationen schicken

ihre Polizeielite nach Israel, um an unseren Anti-Terror-Übungen teilzunehmen. Ich halte zwei der Kurse, da lernt man den einen oder anderen kennen."
„Und? ...Was haben Sie bisher erfahren?"
„Es gibt zwei Leichen, die in der Kanalisation nicht mitgerechnet."
„Also drei Leichen? Sie haben doch nur zwei...", sah David Hiob fragend an.
„Die genaue Identität des dritten Mannes ist noch nicht bekannt, aber es dürfte sich um einen Ordensbruder handeln, der für einen Verstorbenen die Mahnwache gehalten hat. Er liegt noch drinnen. Beim Eintreffen der Polizei waren Shahids Männer längst weg... Sie haben offensichtlich bekommen, was sie wollten, denn es fehlt *il chiodo.*"
„Der Nagel!", nickte David bestätigend. „Was zu erwarten war."
Hiob blickte nachdenklich auf einen Flyer, den ihm der Carabinieri zuvor gegeben hatte. „Der Flyer ist in der Kirche aufgelegt. Für die Touristen." Er zeigte auf die Abbildung eines etwa zwölf Zentimeter langen Eisennagels. „Wissen Sie, was ich nicht verstehe? Hier steht, dass es über dreißig dieser sogenannten Kreuznägel gibt, sie sind praktisch über die ganze Welt verteilt. Wenn es aber nur drei echte gibt, genauer gesagt geben kann, warum raubt Shahid dann nicht nur die? Er gibt sich so viel Mühe bei der Vorbereitung und Planung und verschwendet dann seine Zeit mit Fälschungen?"
„Ich bin mir sicher, Shahid hat selbst keine Ahnung, welche der Nägel echt sind. Bestimmt lassen sich einige offensichtliche Fälschungen aufgrund ihrer dubiosen Vorgeschichte ausschließen, aber da werden noch genug übrig bleiben, die als echte Nägel in Frage kommen."
David griff nach dem Flyer der Kirche und las die Textstelle über die Reliquien.

„Die Reliquien dieser Kirche zählen zu den herausragendsten. Die Chance, dass hier einer der echten Nägel aufbewahrt wurde, ist sehr hoch. Hier steht auch, dass sich früher einmal alle drei Nägel in dieser Kirche befunden haben sollen. Ich bin mir ganz sicher, hier sind wir richtig."
„Angenommen, Shahid hat jetzt einen echten Nagel. Was dann?"
David deutete mit dem Kopf auf den Eingang der Kirche. „Das herauszufinden, sind wir hier!"
„Nach Ihnen, Sie waren ja schon einmal zu Besuch."
Bereits im Vorraum kam den beiden ein Ärzteduo entgegen, das den Tod des ermordeten Ordensbruders festgestellt hatte.
Beim Durchschreiten der prächtigen Apsis trafen sie zwei weitere Männer, Polizisten, die augenscheinlich gerade mit der Beweissicherung an der Leiche beschäftigt waren. David fielen die bleichen Gesichter der Carabinieris auf. „Da sollte man meinen, dass die nach so vielen Jahren in dem Geschäft an den Anblick einer Leiche..." Schlagartig drehte er sich zur Seite und kämpfte gegen das Ekelgefühl an, das ihn beim Anblick des Opfers übermannte.
David spürte, wie sein Abendessen ihm das dringende Bedürfnis vermittelte, den Körper auf demselben Weg wieder zu verlassen, über den er es Stunden zuvor aufgenommen hatte. *Das ist ja furchtbar.*
Hiob überspielte Davids Einbruch und wandte sich an die beiden Carabinieris. „Wir sind hier wegen..."
„Wir wissen Bescheid", nickte einer der Männer. „Da hinten über die Stufen geht es zu dem Raum, in dem die Reliquien aufbewahrt werden. Wir sind dort zwar schon fertig mit der Beweissicherung, aber bitte greifen Sie trotzdem nichts ohne Handschuhe an." Er reichte Hiob zwei Paar Einweghandschuhe.
Gewissenhaft betrachtete Hiob das Opfer. *Sieht so aus, als hätte Shahid bereits Nachahmer gefunden.*

„Danke, ich verspreche Ihnen, dass wir vorsichtig sind."
„Geht's wieder?", klopfte er David auf die Schulter.
Nur langsam traute dieser sich, seinen Mund zu öffnen. „Ich... Ich hatte ja keine Ahnung, wie so etwas aussieht. Das hätte genauso gut ich sein können! ...Shahid hat ihm fast den Kopf von den Schultern getrennt." David kämpfte noch immer mit dem Geruch seines angedauten Abendessens, das schubweise über die Speiseröhre hochgestiegen war.
„Das war nicht Shahid", bemerkte Hiob kühl.
„Wie meinen Sie das?"
„Der Schnitt wurde von hinten durchgeführt und verläuft auf gleicher Höhe von links nach rechts."
„Wenn Sie das sagen, werde ich nicht widersprechen. Ich will es mir auch gar nicht noch einmal vorstellen müssen."
„Shahid ist Linkshänder, hätte er hinter dem Opfer gestanden, dann müsste der Schnitt anders herum verlaufen. Außerdem drückt er mit der Klinge nicht so fest auf. Ich denke, dass einer seiner Schergen versucht, den Stil des Meisters zu kopieren."
„Dann haben wir es gleich mit zwei Psychopathen zu tun? Das beruhigt mich jetzt aber ungemein." David holte ein Taschentuch hervor und bemühte sich, seine Nase freizubekommen. „Bei all der Aufregung heute ist der Schnupfen wirklich meine geringste Sorge."
„Hier entlang." Ihr Weg führte sie durch einen kontinuierlich ansteigenden Gang, in dem sich mehrere kurze Treppenelemente immer wieder mit geraden Wegstücken abwechselten.

***

Es war spät geworden im geheimen Labor von Dr. Qian, und wäre das Projekt nicht so wichtig gewesen, hätte er den Arbeitstag längst beendet. Auch wenn das Fehlen von Fenstern

und die permanente Einwirkung des Neonlichts die natürlichen Tagesrhythmen im Inneren der Einrichtung außer Kraft setzten, so konnte sich doch kein Wissenschafter auf Dauer der inneren Uhr seines Körpers widersetzen.
Ein uniformierter mittelgroßer Mann betrat den riesigen Raum, in dem Qian über einige Unterlagen gebeugt saß.
„Sir?"
Qian hob seinen Kopf und suchte nach dem Ursprung der Stimme.
„Hier drüben, Sir!", meldete sich die Stimme vom hinteren Ende des Zimmers.
„Ach, Sie sind's", murmelte der Doktor.
„Die Aufräumarbeiten im Untergeschoss sind jetzt abgeschlossen, Sir."
Qian nickte. „Danke. Legen Sie mir den Bericht auf den Tisch. Ich kümmere mich später darum", vertiefte er sich wieder in seine Unterlagen.
Nur widerwillig streckte der Mann seine Hand aus, die den Bericht fest umklammert hielt. Kurz bevor er die Mappe auf dem Tisch ablegte, entschied er sich anders. „Sir?"
Genervt blickte Qian erneut auf. „Was ist denn noch?"
„Ich fürchte, es ist erforderlich, dass Sie gleich einen Blick darauf werfen, Sir."
Qians Miene verfinsterte sich zusehends, während er aufstand und auf den Mitarbeiter des Sicherheitsdienstes zuging.
„Ich hoffe um Ihretwillen, dass die Dringlichkeit dieses Berichts es rechtfertigt, dass ich meine Arbeit dafür vernachlässige."
Ohne darauf zu antworten, zog sein Mitarbeiter mehrere Fotos aus der Mappe und breitete sie auf dem Tisch vor sich aus.
„Was ist das?", fragte Qian beim Näherkommen.
„Es sind die Bilder der Überwachungskamera im Klonlabor."
„Deswegen stören Sie mich?", schnauzte ihn Qian an. „Ich

kenne die Bilder. Ich war im Überwachungsraum, als der Klontank geborsten ist." Qian warf einen flüchtigen Blick auf die Bilder, ehe er sich umdrehte und auf seinen Platz zurückkehren wollte.
„Ich fürchte, hier liegt eine Verwechslung vor", bemerkte sein Mitarbeiter mit brüchiger Stimme. „Diese Bilder sind erst fünfzehn Minuten später entstanden."
Qians Gesicht erstarrte schlagartig zu einem Eisblock, und der Mann vom Sicherheitsdienst hatte seine ungeteilte Aufmerksamkeit.
„Wissen Sie, was Sie da sagen?", herrschte er ihn an und nahm sich eines der Fotos.
„Rechts unten ist der Zeitindex eingeblendet. Ein Irrtum ist ausgeschlossen."
„Wie ist..."
Das Kopfschütteln seines Mitarbeiters unterbrach Qians Frage.
„Wissen wir nicht, Sir. Noch nicht!"
Qian ließ keinen Zweifel am Ernst der Lage aufkommen. „Finden Sie sie. Sofort!"

***

David betrat als Erster den Reliquienraum. In die mit hellem Marmor vertäfelte Wand war eine Ausnehmung eingelassen, die sich aufgrund ihrer breiten, rötlich braunen Marmorierung deutlich abgrenzte.
Durch die Überreste einer zerbrochenen Scheibe blickte David auf eine Art dreigeteilte Vitrine. Auf der obersten Glasscheibe standen drei kleinere Reliquienbehälter, die silbern und golden glänzten. In dem mittleren Bereich befand sich ein großes, aufwändig verziertes goldenes Kreuz. Die unterste Reihe war dem gesuchten Kreuznagel und einem Holzstück vorbehalten gewesen, das als Teil der Kreuzinschrift galt. An jener Stelle,

an der die Nagelreliquie bis vor kurzem gestanden hatte, konnte David drei kleine Abdrücke in der dünnen Staubschicht erkennen.
„Die wussten offensichtlich genau, wonach sie suchten“, kommentierte David den leeren Platz in der Vitrine.
„Eindeutig die Handschrift von Shahids Männern. Da wird nichts gestohlen und nichts angefasst, was er ihnen nicht ausdrücklich aufgetragen hat.“
„Dafür hatten sie wohl eine Erlaubnis von ihm.“ David bückte sich nach dem kunstvoll verzierten Aufbewahrungsgefäß, das Shahids Männer so achtlos zu Boden geworfen hatten.
„Nicht aufheben!“
Erschrocken zuckte David zurück.
„Ziehen Sie sich erst diese Einweghandschuhe an, dann können Sie das Teil anfassen.“
David folgte Hiobs Anweisungen und hob dann andächtig das etwa 30 Zentimeter hohe Silbergefäß auf. „Hier drin wurde also der Nagel so viele Jahre aufbewahrt.“
Das Objekt hätte man bei oberflächlicher Betrachtung leicht mit einer Petroleumlampe verwechseln können, nicht zuletzt deshalb, weil die untere Hälfte wie der Sockel einer Tischlampe geformt war. Erst bei näherem Hinsehen zeigten sich die filigranen Strukturen der aufwändigen Handwerkskunst. Im oberen Teil bildeten sechs kleine Säulen eine Art zylindrischen Tempel, in dessen Mitte man Platz für den Nagel gelassen hatte.
Die Kuppel mit Stern, die den Deckel formte, war mit Gewalt aufgebrochen worden. Auch einer der Engel, die zu beiden Seiten der Säulen jeweils auf einem Vorsprung knieten, hatte sich beim Aufschlag auf den harten Boden gelöst und lag abgebrochen am Boden.
„Und? Was sagt Ihnen Ihr Bauchgefühl jetzt?“
David begutachtete das Reliquienbehältnis sorgfältig von allen

Seiten und hielt es dann gegen einen der Halogenfluter in der Vitrine. „Geben Sie mir bitte den gefallenen Engel."
Hiob bückte sich, um den abgebrochenen Engel aufzuheben. „Sie wollen das Ding aber jetzt nicht restaurieren?"
„Fällt Ihnen daran nichts auf?" David hielt das Reliquiengefäß so vor die Lichtquelle, dass Hiob es gut sehen konnte.
„Für mich sieht die Seite ohne Engel besser aus", scherzte Hiob.
„Das finde ich auch", antwortete David ernst. „Und ich glaube, dass die Engel auch nicht dahingehören. Vergleichen Sie dieses Stück mit den anderen in der Vitrine. Alle sind irgendwie symmetrisch aufgebaut, als wären sie aus einem Stück geformt worden. Aber dieses Reliquienbehältnis hat zusätzlich seitlich die beiden Engel angeheftet, so als würden sie da nicht hingehören."
„Sehen Sie, da in dem Riss... Da ist irgendetwas drinnen."
„Ich sehe nichts", antwortete Hiob, „Was soll da sein?"
„Was es ist, kann ich noch nicht sagen. Aber ich glaube, da ist etwas im Sockel eingeschlossen, und die Engel hat man nur montiert, um es zu verdecken. Ich bin überzeugt, die gehören hier nicht hin!"
„Wenn da wirklich etwas drin ist, dann holen wir es raus!"
„Leichter gesagt als getan! Der Riss ist viel zu klein, ohne Werkzeug bringen wir ihn nicht weiter auf."
„Versuchen wir es eben auf der anderen Seite", meinte Hiob.
„Wollen Sie etwa den anderen Engel auch abnehmen?"
„Warum nicht? Wenn es hilft, an den Inhalt zu kommen."
„Na ja, einen Versuch ist es wert, solange wir dabei vorsichtig sind."
David mühte sich ab, den Engel irgendwie herunterzudrehen. „Hier muss wahrscheinlich ein Gewinde sein, wenn wir da rankommen..."
„Geben Sie schon her!", riss es ihm Hiob aus der Hand.

Kurz darauf war ein hartes Krachen zu hören. David warf Hiob einen vorwurfsvollen Blick zu. „Sie halten sich mit Kleinigkeiten wohl gar nicht erst auf?“
„Jetzt ist es wenigstens wieder symmetrisch“, gab er David das Reliquienbehältnis zurück.
„Und wie erklären Sie das Ihrem Colonnello Musella?“
Das Räuspern eines Carabinieris störte das Gespräch.
„Verzeihen Sie, meine Herren, aber ich habe Ihre Trainingsanzüge mitgebracht.“
Blitzartig ließ Hiob den zweiten Engel hinter seinem Rücken verschwinden.
„Im hinteren Trakt gibt es ein kleines Badezimmer, da können Sie sich waschen“, fuhr der Carabinieri fort. „Es ist zwar nur sehr spartanisch eingerichtet, aber in Anbetracht Ihres jetzigen Aufzugs...“
Noch ehe David reagieren konnte, hatte sich Hiob einen der Trainingsanzüge geschnappt. „Ich gehe zuerst!“
„Bitte nach Ihnen!“, drängte Hiob den Polizisten, ihm den Weg zu zeigen.
David sah den beiden noch nach, bis Hiob mit dem Carabinieri den Raum verlassen hatte.
Kein Problem. Gehen Sie ruhig zuerst. Meine Nase ist ja nicht so empfindlich. Aber danke, dass Sie gefragt haben.
David machte sich daran, den freigelegten Hohlraum des Gefäßsockels zu erkunden. Die Bruchstelle war glatt und bestätigte seine zuvor geäußerte Vermutung, dass die beiden Engel erst nachträglich angebracht worden waren. Durch die entstandene Öffnung war eine Messingdose zu erkennen, die von drei Drahtbügeln in Position gehalten wurde.
Das Loch bot mehr als ausreichend Platz, um den Zeigefinger hineinzustecken. Mit dem Fingernagel gelang es David, einen Bügel nach dem anderen beiseite zu klappen, bis die Dose schließlich lose im Inneren des Sockels lag. Durch geschickte

Schüttelbewegungen manövrierte David die Messingdose so weit zur Bruchstelle, bis er sie umgreifen und herausziehen konnte.

Na also, da haben wir dich ja!

Die Messingdose maß gut zwölf Zentimeter in der Länge und knapp vier Zentimeter im Durchmesser. Ihre sechseckige Grundform war nicht annähernd so eigenwillig wie die Gravur des Deckels.

Drei Kreuze standen nebeneinander auf einem Hügel. Jene Stellen, wo man früher bei Kreuzigungen die Nägel eingeschlagen hatte, waren bei den beiden seitlichen Kreuzen mit winzigen grauen Stahlkugeln verziert. Auf dem mittleren Kreuz glänzten hingegen drei Messingkugeln.

Nun geh schon auf!

David kämpfte, den Deckel der Dose abzubekommen, doch den hatte man fest aufgepresst.

Wenn du nicht freiwillig aufgehst, wird sich Hiob deiner annehmen. Du hast ja gesehen, wie das endet.

Während David konzentriert über das Kleinod gebeugt war, spürte er plötzlich einen Luftzug hinter sich. Aufgeschreckt wirbelte er herum. Sein Blick streifte zahlreiche, zum Teil verhängte Mauernischen, bevor er bei einem langen, violetten Vorhang stoppte. David beobachtete, wie das Wiegen des schweren Stoffs sanft verebbte, bis dieser schließlich wieder zur Ruhe kam.

„Hallo? Ist da jemand?“

Stille.

„Hallo?“, versuchte er es mit etwas mehr Nachdruck in der Stimme.

Zunächst blieb es still, doch dann fiel eine Tür satt ins Schloss.

David schluckte.

Das war sicher nur der Wind, versuchte er sich selbst Mut zu machen. Wie auf Kommando stellte sich Davids

Armbehaarung auf.
Warum glaub ich mir das nicht? Seine Erklärung reichte nicht ansatzweise aus, um sich damit beruhigen zu können.
Welche Tür muss man wohl öffnen, damit sich dieser Vorhang bewegt? Ob ich nicht besser nachsehen gehe?
Er beschloss, hinter den Vorhang zu blicken und bewaffnete sich vorsorglich mit Hiobs Pistole. Behutsam schob er mit dem Lauf der Waffe den dicken Stoff beiseite.
David war erleichtert, als er erkannte, dass sich dahinter nur ein schweres Eisengitter befand. Prüfend rüttelte er am Gittertor. Es schien abgeschlossen zu sein und versperrte ihm den Weg zu einer massiven Holztür, die sich etwa einen halben Meter dahinter befand. David konnte die Türklinke nicht erreichen, doch wie das Gittertor lag auch die Holztür fest am Türrahmen auf.
Und ob dich der Wind zugeschlagen hat, bestätigte sich David selbst. *Kein Wunder, dass ich bei so viel Action langsam paranoid werde.*
Er beschloss, sich wieder um wichtigere Dinge zu kümmern.
Zurück bei der zerstörten Vitrine versuchte er, mit dem Daumennagel den Deckel der Dose abzuheben. *Ohne Werkzeug werde ich nicht weiterkommen... Es sei denn... Das könnte funktionieren!*
Kurz darauf hatte David den Messingdeckel gelockert. Grinsend befestigte er seine Pro-Trek-Armbanduhr wieder am Handgelenk.
So ein Titanband lässt sich sehr vielseitig einsetzen.
Das Grinsen verflog schlagartig, als er in das geöffnete Röhrchen blickte.
„Es ist leer?“, rief er enttäuscht.
Im Inneren der mit schwarzem Holz ausgekleideten Messingdose klafften drei Löcher, die sich aufgrund ihrer Anordnung und Form anboten, je einen der Kreuznägel

aufzunehmen. David drehte die Dose aufgeregt und betrachtete sie von allen Seiten. Auf der Innenseite des Deckels fiel ihm eine kreisrunde Erhebung auf, deren dunkle Farbe sich vom Messingdeckel deutlich abhob. Ein ihm unbekanntes Frauengesicht war darin eingraviert. Die Dame hatte ein sehr markantes Profil und beschrieb in Davids Augen eher ein Schönheitsideal vergangener Jahrhunderte.

Denk nach, David! Das Ganze ergibt doch keinen Sinn. Warum sollte sich jemand die Mühe machen, eine Messingdose im Sockel des Reliquienbehälters zu verstecken? Eine leere Messingdose! Da steckt doch mehr dahinter... Ich muss herausbekommen, wer die Frau auf dem Deckel ist.

Während David sich überlegte, wie er mehr über das Bildnis der Unbekannten in Erfahrung bringen könnte, zwang ihn seine Nase, ein weiteres Taschentuch zu suchen. In Gedanken vertieft kramte er ungewollt den englischsprachigen Folder hervor, den er von Hiob bekommen hatte. Noch immer war die Seite über den Nagel aufgeschlagen.

Kaiserin Helena brachte im 4. Jahrhundert mehrere Reliquien aus Jerusalem in die Kapelle ihres römischen Palastes. Darunter befand sich neben den drei Kreuznägeln auch jene Erde vom Kalvarienberg, auf die das Blut Christi tropfte, während er am Kreuz verstarb. Helena bedeckte den Boden ihrer Kapelle mit der Erde aus Jerusalem, was der späteren Kirche zu ihrem Namen verhalf. Die Kirche Santa Croce in Gerusalemme entstand aus einem Teil von Helenas einstigem Palast. Helenas Sohn, Flavius Valerius Constantinus, besser bekannt als Konstantin der Große, ließ für die mitgebrachten Reliquien zudem eine eigene Basilika errichten.

Die Echtheit der Reliquien wurde 1496 vom Papst bestätigt und im Liber Pontificalis, dem Buch der Päpste, niedergeschrieben. Später brachte man Teile der Reliquien auf Wunsch des Papstes in den Vatikan. Heute befindet sich nur

noch einer der drei ursprünglichen Kreuznägel in der Kirche Santa Croce in Gerusalemme und über die gesegnete Erde aus Jerusalem wacht die prunkvolle Statue der...
David war gezwungen umzublättern. Auf der nächsten Seite blieb sein Blick auf einem Foto hängen.
Jetzt fange ich langsam an zu verstehen.
Das Foto zeigte eine alte römische Münze mit dem Profil jenes Frauenhauptes, das auch in die Innenseite des Messingdeckels graviert war. Zur Bestätigung hielt er den Deckel neben das Foto.
„Das ist sie!“, bemerkte er zustimmend. „Das ist Kaiserin Helena.“
„Eine Bekannte von Ihnen?“, meldete sich Hiob frisch geduscht zurück.
Erschrocken drehte sich David um. „Müssen Sie sich immer so anschleichen?“
„War nur ein Test, ob Sie mich noch riechen können.“ Hiob schmunzelte. „Seien Sie froh, dass ich es bin. Stellen Sie sich vor, die Carabinieri hätten Sie mit dem abgebrochenen Engel erwischt. Da hätten Sie aber ordentlich etwas zu erklären gehabt.“
„Wer das hier kaputt gemacht hat, ist schnell erklärt!“
„Meinen Sie? Wem von uns beiden glauben die wohl mehr?“ Hiob griff nach der Dose. „Was haben Sie herausgefunden?“
„Ich habe eine Theorie. Die Messingdose war als Behälter für die Kreuznägel gedacht... Für die echten! Ich glaube, dass Kaiserin Helena die Dose in Auftrag gegeben hat. Darin bewahrte man lange Zeit jene drei Kreuznägel auf, die Helena aus Jerusalem mitgebracht hatte.“
„Und wo sind sie jetzt?“, kommentierte Hiob den Anblick der leeren Messingdose.
„Ich vermute, man hat sie bereits vor sehr langer Zeit an einen

anderen Platz gebracht und sie durch drei andere Nägel ersetzt. Lange, bevor der Papst die falschen Nägel für echt erklärt hat."
„Und wohin genau?"
„Das sag ich Ihnen, sobald ich geduscht habe. Passen Sie mir gut auf die Dose auf."
„Da fehlt aber der Deckel!", rief ihm Hiob noch nach.
„Weiß ich!" David verschwand mit dem Trainingsanzug in Richtung Haupthalle.

***

David war, Hiobs Wegbeschreibung folgend, durch die langen Gänge gelaufen und hatte das Badezimmer erreicht. Eine schlichte Holztür führte in einen weiß gekachelten Raum mit kleinem Waschbecken. Links neben der Tür stand ein tropfender Duschkopf aus der Wand. Darunter verdeutlichte ein rostiges Metallgitter inmitten des Fliesenbodens, wie minimalistisch eine Dusche sein konnte. *Da hat der Carabinieri nicht untertrieben, als er von spartanischer Einrichtung gesprochen hat. Nicht einmal ein Schloss an der Tür, das ist wirklich so, wie man sich ein Kloster vorstellt. Ich hoffe, Hiob hat mir noch warmes Wasser gelassen.*
David genoss es, wie das warme Wasser seine Haut umspülte. Als hätte er seit Monaten keine Dusche mehr bekommen, seifte er sich immer wieder aufs Neue ein. *Herrlich, ich könnte stundenlang so weiterduschen.* Er streckte sein Gesicht mit weit aufgerissenem Mund in den Wasserstrahl. *Ich denke, ich brauche noch ein oder zwei Waschgänge... Besser noch drei!*
Mit jedem Liter heißen Wassers, den David verbrauchte, wurde der Dampf im Bad dichter.
Abgelenkt durch das Plätschern der Dusche bemerkte er nicht, wie sich die Holztür einen kleinen Spalt weit öffnete. Ein dunkles Augenpaar lugte vorsichtig in das Badezimmer. David

drückte völlig unbekümmert den letzten Rest der Seife aus dem Spender, um sich erneut einzuseifen. *Die kann doch unmöglich schon leer werden?*
Er streckte seinen Arm zum Waschbecken aus, wo noch ein Stück Seife darauf wartete, aufgebraucht zu werden. *Flüssigseife ist mir eigentlich lieber, aber zur Not tut's auch die.*
Stundenlanges Duschen gehörte seit jeher zu Davids Leidenschaften, und es war nicht das erste Mal, dass ihn eine seiner Duschorgien dazu brachte, dabei die Zeit völlig zu vergessen.
Ohne dass er davon Notiz nahm, öffnete sich die Tür hinter seinem Rücken so weit, dass man problemlos einen Schritt in den Raum setzen konnte. Der dichte Dampfvorhang machte es jedem Eindringling aber schwer bis unmöglich, etwas zu erkennen.
Davids Hände cremten sein Gesicht mit dem Schaum des Seifenstücks ein. *Die Flüssigseife war deutlich besser.*
Ein kurzer Schrei, gefolgt von einem heftigen Poltern hinter ihm, veranlasste David dazu, sich blitzartig umzudrehen und die Augen aufzureißen. Nur schemenhaft konnte er eine groß gewachsene Gestalt erkennen, die rücklings auf dem Kachelboden lag, bevor das Brennen der Seife ihn zwang, seine Augen wieder zu schließen. Mit pochendem Herz hielt er sein Gesicht instinktiv in den Duschstrahl, um die Seife aus den Augen herauszuwaschen und sich dann sofort wieder dem Eindringling zuwenden zu können.
Noch ehe seine Augen zur Gänze von der Seife befreit waren, hörte er den Klang einer vertrauten, wenngleich schmerzverzerrten Stimme.
„Was zum..."
„Hiob?", fragte David erleichtert. „Haben Sie sich verletzt?"
„Es geht schon", brummte Hiob. „Welcher Idiot hat hier Seife

auf dem Boden verteilt?“
„Das war ich!“, bemerkte David, nicht ohne einen gewissen Stolz in der Stimme. „Die Tür lässt sich nicht abschließen, und ich wollte nicht Gefahr laufen, dass mir jemand beim Duschen von hinten den Kopf abschneidet.“
David wusste genau, welchen Ausdruck Hiobs Gesicht in diesem Moment hatte, auch wenn er keine Details durch die Nebelwand erkennen konnte.
„Was machen Sie eigentlich hier?“
„Ich habe mir Sorgen um Sie gemacht und wollte nachsehen, wo Sie so lange bleiben.“ Hiob griff nach einem Handtuch, um den glitschigen Boden abzuwischen.
„Danke, aber mir geht's gut“, grinste David, der zusah, wie Hiob langsam wieder auf die Beine kam.
Hiob reichte ihm ein Handtuch. „Ich hatte gehofft, Sie hätten die letzte Stunde irgendwie sinnvoller genutzt.“
„Eine Stunde? Kinder, wie die Zeit vergeht. Aber ich kann Sie beruhigen, ich denke doch, dass das Duschen sinnvoll war, in doppelter Hinsicht sogar. Sehen Sie einmal im Waschbecken nach.“
„Davor öffne ich die Tür, so weit wie es nur geht, damit der Dunst endlich verschwindet. Hier kommt man sich ja vor wie in einem römischen Dampfbad.“
Hiob schritt zum Waschbecken. „Sie haben den Messingdeckel auf das Becken gelegt? Wozu?“
„Sehen Sie die Münze auf der Innenseite?“, fragte David und schlüpfte in den Trainingsanzug.
„Eine Münze? …Ja, sehe ich. Und was ist damit?“
„Mit etwas Glück hat sich der Kleber durch den Wasserdampf gelöst, und wir können die Münze herauslösen. Versuchen Sie es doch bitte einmal.“
„Woher...“
„Fischleim, den hat man schon vor Jahrhunderten verwendet.

Mit Wasserdampf behandelt, löst er sich im wahrsten Sinne des Wortes auf."
„Nein, ich meinte, woher wissen Sie, dass die Münze sich herauslösen lässt?"
„Der Folder, den Sie mir gegeben haben, da stand drinnen, dass man aufgehört hat, Münzen von Kaiserin Helena zu prägen, nachdem sie tot war."
„Und?"
„Lesen Sie einmal, was auf der Münze steht!"
„Konstantin II.", las Hiob laut vor. „Und unter dem Frauengesicht sind zwei gekreuzte Schwerter oder etwas in der Art."
„Nun, das Gesicht gehörte Kaiserin Helena, der Mutter von Konstantin, auch Konstantin der Große genannt. Wenn nach ihrem Tod aber keine Münzen mehr geprägt wurden und sie zu Lebzeiten nur einen Sohn namens Konstantin hatte, wie kommt dann der Zweier hinter seinen Namen? Das hat mich stutzig gemacht, und ich hab mir daraufhin die zwei Schwerter näher angesehen. Bei genauer Betrachtung sind es zwei Schlüssel, gekreuzte Schlüssel."
„Das päpstliche Symbol?", Hiob klang überrascht.
„Genau! Aber Konstantin der Große war Kaiser, kein Papst. Somit stimmt weder der Name noch die Schlüsselsymbolik auf der Münze. Sie ist falsch und passt nicht zu dem Deckel, weshalb ich sie mit dem Wasserdampf herauslösen wollte."
„Und wer war dann Konstantin II.?"
„Vielleicht ein Papst, aber ehrlich gesagt habe ich keine Ahnung."
„Sie löst sich." Hiob drehte die herausgefallene Münze um. „Hier steht *SKRIPTORIUM LVI VII.*"
„Das kommt mir bekannt vor. Dieser Begriff wurde auch in dem Folder erwähnt. Einen Moment!", entgegnete David. „Skript... Skriptorium, genau! So nannte man früher die

Schreibstuben, in denen Mönche heilige Schriften kopiert haben. Da es noch keine einfachere Möglichkeit zur Vervielfältigung von Texten gab, wurde jede Kopie eines Buches durch Abschrift angefertigt. Auch diese Kirche hatte ein solches Skriptorium. Später hat man diese Schreibstube dann als Bibliothek verwendet."

„Worauf warten wir noch, auf in die Bibliothek!"

„Erst müssen wir jemanden finden, der uns durch die Bibliothek führt, und hoffen, dass wir dort nach so vielen Jahrhunderten auch noch etwas finden. Viele der Reliquien und Bücher wurden bereits in den Vatikan gebracht."

„Warten Sie hier!"

Kurz darauf kam Hiob mit einem Geistlichen zurück.

„Der ist doch echt?", flüsterte David skeptisch.

Hiob kommentierte die Frage mit einem abfälligen Blick.

„Bitte folgen Sie mir, meine Herren." Der Geistliche lief voran, um seinen Besuchern den Weg zu zeigen. „Es ist recht ungewöhnlich, dass wir Fremden Zugang zum Skriptorium gewähren. Unser Gotteshaus steht natürlich allen Gläubigen offen, aber gewisse Räumlichkeiten sind für Besucher nicht eingerichtet."

David nickte betroffen. „Ich versichere Ihnen, dass wir unter anderen Umständen..."

„Schon gut, mein Sohn. Gott prüft uns alle, jeden Tag." Der Geistliche holte einen großen Bartschlüssel hervor und öffnete eine dicke Eichentür mit breiten Metallbeschlägen.

„Dies ist das alte Skriptorium, wenn Sie mir sagen, wonach Sie genau suchen, werde ich Ihnen bestmöglich behilflich sein."

„SKRIPTORIUM LVI VII ist alles, was wir wissen", offenbarte Hiob.

Erstaunt blickte der Geistliche zu ihm auf. „Das ist einer der dunklen Gänge. Seid Ihr Euch sicher, mein Sohn?"

Hiob nickte, ohne den Hinweis verstanden zu haben.

„Wie meinen Sie das?“, fragte David. „Was ist ein dunkler Gang?“
Der Geistliche seufzte. „Das Skriptorium ist in Gänge unterteilt. LVI ist Gang Nummer 56, und VII bezeichnet Reihe 7. Alle Gänge mit solch hohen Nummern befinden sich im hintersten Teil. Dort lagern Bücher, die nicht in Latein verfasst wurden. Im Mittelalter war die katholische Kirche sehr bemüht, das Wissen anderer Religionen und technische Schriften zu sammeln und sicher zu verwahren. Bücher, die unter diesem Titel zu uns gelangt sind, lagern seit jeher in den dunklen Gängen.“
„Sie meinen Schriften von Andersdenkenden?“
Der Geistliche senkte beschämt sein Haupt. „Ja, mein Sohn. Nicht auf alles, was einst im Namen des Herrn geschehen ist, sind wir heute stolz. Die eigenen Schriften, vorwiegend in lateinischer Sprache, wurden über die Jahrhunderte gepflegt und immer wieder kopiert, damit das Wissen, das sie beinhalten, die Zeit unbeschadet überdauert. Viele davon werden heute im Vatikan aufbewahrt. Die Bücher und Schriftrollen in den dunklen Gängen aber wurden nur dann kopiert, wenn sich dafür Zeit fand. Unzählige dieser alten Schriften sind längst zu Staub zerfallen.“
„Vielleicht ist genau das unser Glück. Wenn niemand sich um diese dunklen Gänge gekümmert hat, finden wir vielleicht heute noch, was vor langer Zeit dort hinterlegt wurde.“
„Der nächste Gang muss es sein.“
David starrte auf ein gut sechs Meter langes und drei Meter hohes Regal voll mit Büchern und Schriftrollen, die zum Teil mit Zentimeter dicken Staubschichten bedeckt waren.
„…vier, fünf, sechs - Reihe sieben, das ist ziemlich hoch, auch für mich“, bemerkte Hiob.
„Ich hole Ihnen eine Leiter.“ Der Geistliche verschwand für einen Moment.

„Selbst wenn es unter dem Dreck der Jahrhunderte noch lesbare Seiten in den Büchern gibt, wie sollen wir wissen, welches Buch wir eigentlich suchen?“
„Etwas mehr Zuversicht, Hiob. Ich bin sicher, Konstantin II. hat dafür gesorgt, dass sich sein Buch ebenso abhebt wie die falsche Münze.“
Hiob ließ seinen Blick über die Regalwand schweifen. „Es alle hundert Jahre einmal abzustauben, hätte vermutlich gereicht, um mir das Werk ins Auge stechen zu lassen.“
Der Geistliche kam mit der Leiter zurück. „Geben Sie bitte Acht, hier nagt an allem schon der Zahn der Zeit.“
David nahm sich die Leiter und kletterte so weit hinauf, dass er sich in Augenhöhe mit den Buchrücken der Reihe 7 befand. Vorsichtig schoben seine Finger den Staub zur Seite. David studierte die Bezeichnung jedes einzelnen Buchrückens und lehnte sich dabei immer weiter nach links. Mit einem gequälten Ächzen gab ihm die Leiter zu verstehen, dass sie die einseitige Gewichtsverlagerung nicht länger stützen wollte. David schreckte zurück. „Vielleicht wäre es besser, wenn Sie die Auswahl treffen würden, Hiob. Arabische Schrift dürfte doch eher Ihr Fach sein.“
„Keine Chance“, winkte Hiob ab. „Ich muss hier aufpassen und das richtige Buch fangen, wenn Sie damit runterknallen.“
„Nur ein Scherz“, lächelte Hiob dem Geistlichen zu. „Kennen Sie zufällig einen Papst Konstantin II.?“
„Papst?“, schüttelte der Geistliche entschieden den Kopf. „Nein, Konstantin II. war kein Papst. Er war ein Gegenpapst.“
„Ein was, bitte?“
„Ein Gegenpapst. Die Kirche wählt ihre Päpste selbst, doch in der Geschichte ist es gelegentlich vorgekommen, dass diese Wahl vom Kaiser beeinflusst wurde. Das war nicht unumstritten und führte mitunter zu heftigen Flügelkämpfen zwischen den Anhängern der unterschiedlichen Lager. In

einigen Fällen hat sogar das Kardinalskollegium selbst mehrere Kandidaten unterstützt. Zusätzlich zum rechtmäßig gewählten Papst wurde dann ein so genannter Gegenpapst aufgestellt. Zum Teil mit sehr blutigen Folgen, so übrigens auch bei Konstantin II.“

„Wilder?“

„Ich hab’s gehört!“, rief David von der Leiter herunter. „Wie ist die Geschichte mit Konstantin II. ausgegangen?“

„Er wurde nach wenigen Monaten durch Mithilfe der Langobarden wieder abgesetzt. Man hat ihn verhaften lassen und anschließend geblendet. Seine Anhänger wurden vom neuen Papst brutal verfolgt.“

„Da war der neue Papst den Langobarden dann wohl ziemlich dankbar, dass sie Konstantin II. samt Anhängerschaft erledigt haben.“

Der Geistliche nickte. „Wenn Sie es so herb ausdrücken wollen, mein Sohn.“

„Wenn Konstantin II. ein Papst war...“

„Ein Gegenpapst!“, rief David dazwischen.

Hiob setzte fort. „... ein Gegenpapst war, dann hatte er die Verfügungsgewalt über alle Reliquien der Kirche. Nicht wahr?“

„Damals mag das wohl so gewesen sein“, stimmte ihm der Geistliche zu. „Heute liegen die Dinge allerdings ein wenig anders.“

„Vielleicht können wir die in Frage kommenden Bücher einschränken. Wissen Sie, wann Konstantin II. Gegenpapst war?“

Ohne überlegen zu müssen, antwortete der Geistliche. „767 - 768. Aber das wird Ihnen nicht weiterhelfen. Wenn Bücher und Schriftrollen kopiert wurden, hat man sie immer an das Ende der Reihe gestellt.“

„Haben Sie eine ungefähre Idee, wie oft das passiert ist?“

„Nicht sehr oft, mein Sohn. Kaum einer der hier beschäftigten Skriptoren war der arabischen Schrift mächtig und konnte diese Werke kopieren. Es bedurfte eigener Illustratoren, die sich auf das exakte Abmalen von Zeichnungen und Bildern verstanden.“
„Verstehe“, nickte David ernüchtert.
„Was hat das gesuchte Buch mit dem Gegenpapst zu tun?“
„Um ehrlich zu sein, vermute ich, dass er es geschrieben hat.“
Der Geistliche blickte verwundert zu David auf. „Der Gegenpapst soll ein Buch in arabischer Sprache verfasst haben?“
„Das mag in der Tat ungewöhnlich klingen, aber Sie sagten doch gerade selbst, dass es dann niemand im Haus hätte lesen können. Was wäre besser, als ein Buch unter Büchern zu verstecken, die der Feind nicht lesen kann.“
Der Geistliche sah zuerst David und dann Hiob fragend an.
„Wir würden Ihnen gern mehr erzählen“, versuchte Hiob eine Erklärung zu geben. „Es ist aber zu Ihrer eigenen Sicherheit, wenn Sie nicht mehr darüber wissen, solange die Mörder nicht gefasst sind.“
Das hier sieht vielversprechend aus. David hatte einen dicken Schmöker ausgewählt und versuchte, ihn aus dem Regal zu ziehen. Die Bücher standen so dicht gedrängt, dass David nur der Rücken als Angriffsfläche blieb. Beim Versuch, seinen Finger in den Einband einzuhaken, brach ein Stück vom Buchrücken ab. Verlegen blickte er nach dem Geistlichen und war erleichtert, dass dieser ihm gerade den Rücken zugedreht hatte.
„Versuchen Sie das Buch daneben, das steht viel weiter heraus“, hörte er Hiobs Stimme.
Tatsächlich stand das Buch daneben ein deutliches Stück hervor und bot David die Möglichkeit, es mit der flachen Hand zu umfassen. *Konzentrier dich! Das darf nicht noch einmal*

passieren. Gefühlvoll drückte er von beiden Seiten gleichmäßig gegen den Einband, um das Buch von seinem Platz nehmen zu können. Noch bevor es Anstalten machte, Davids sanfter Gewalt zu folgen, spürte er, wie seine Finger stoßartig in den porösen Einband einsanken und das Buch in seiner Hand zu Staub zerfiel. Entsetzt zuckte David zurück.

Er wagte es nicht, sich nach dem Geistlichen umzudrehen. Es war David mehr als peinlich, dass er bereits zwei der alten Bücher demoliert hatte. „Danke für den Tipp!“, flüsterte er zu Hiob.

„Keine Panik, er ist für einen Moment weggegangen“, antwortete Hiob.

Erleichtert öffnete David seine verkrampfte Hand und ließ die staubigen Überreste auf das Regal fallen. „Das war vielleicht peinlich.“

„Wenigstens kommen Sie jetzt an den dicken Wälzer.“

Davids prüfendem Blick folgte ein enttäuschtes Kopfschütteln. „Das ist gar nicht das gesuchte Buch.“

„Umso besser! Dann bekommen wir das richtige Buch vielleicht doch noch im Ganzen. Besser wir stellen die Leiter ein Stück weiter, bevor er zurückkommt.“

David sondierte den Hohlraum, der im Regal durch das zerbröselte Buch entstanden war. „So können wir das nicht lassen, das fällt sofort auf.“

„Legen Sie einfach ein anderes Buch davor.“

David zuckte mit den Schultern. „Und woher nehmen und nicht zerstören?“

„Ich bringe Ihnen eines vom Ende des Regals. Die sollten stabiler sein, sind ja jünger.“

Hiobs Größe reichte gerade aus, um mit den Fingerspitzen eines der hervorstehenden Bücher am Ende von Reihe 7 zu erwischen. Wie riesige graue Schneeflocken folgte ein Teppich aus Staub und Dreck dem entnommenen Werk und rieselte

Hiob auf den Kopf.
Er reichte David das Buch hinauf. „Das ist stabil genug.“
„Und abgestaubt haben Sie es auch schon, wie ich sehe“, kicherte David.
Er beugte sich vor und wollte gerade nach dem Buch greifen, da zog Hiob es völlig unerwartet wieder zurück. Während des Hochreichens war Hiobs Blick auf den Buchrücken gefallen, dessen Beschriftung nur einen Schluss zuließ. „Das ist es, wonach wir gesucht haben“, stellte er klar.
Davids ungläubiger Gesichtsausdruck untermauerte seine Überraschung über die plötzliche Wendung. Verdutzt erwartete er Hiobs Erklärung, die auch prompt folgte.
„Sie können aufhören, die anderen Bücher zu ruinieren. Ich habe das richtige gefunden. Auf dem Buchrücken steht der Titel, und ich wette, damit hätten Sie nicht gerechnet...“
Er wollte David gerade den Einband entgegenhalten, da hörte er bereits dessen Antwort.
„Sparen Sie sich die Mühe, ich kann doch kein Kufi.“
Als hätte er das überraschte Gesicht, das David kurz zuvor noch gemacht hatte, imitieren wollen, war es jetzt Hiob, der bei Davids Antwort stutzte. „Woher... wissen Sie?“
David stieg von der Leiter herunter.
„Es ist das Buch der Gog und Magog, nicht wahr?“
Hiob schluckte lautstark. *Wie hat er das gemacht? Er kann doch unmöglich gesehen haben, was auf dem Buchrücken steht.*
„Verraten Sie mir Ihren Trick?“
David grinste selbstbewusst. „Das ist kein Trick, Hiob. Ich habe nur die Fakten betrachtet und daraus eine Theorie formuliert.“ Davids Stirn runzelte sich. „Aber wenn ich bisher richtig lag, dann ist möglicherweise...“ Sein Gesicht verfinsterte sich. „Wie lange brauchen Sie, um das Buch zu übersetzen?“
Argwöhnisch beäugte Hiob das etwa hundert Seiten dicke

Werk. „Einen, vielleicht zwei Tage für eine grobe Inhaltsangabe."
„Dann verlieren wir besser keine Zeit."
„Moment!", widersprach ihm Hiob. „Zuerst sagen Sie mir, wie das Buch hier sein kann, wenn Shahid es von Chess bekommen hat?"
David breitete erklärend die Arme aus. „Sehen Sie sich doch um, wir sind in einem Skriptorium, hier wurden Jahrhunderte lang Bücher kopiert. Wo, wenn nicht hier, würden Sie eine Abschrift vermuten?"
„Und wie sind Sie auf den Titel gekommen?", setzte Hiob nach.
„Das erzähl ich Ihnen auf dem Weg zum Flughafen. Ich habe da eine ganz üble Ahnung, der ich dringend nachgehen muss."

***

Bekleidet mit Trainingsanzügen des römischen Polizeisportverbandes wurden Hiob und David in einem Dienstfahrzeug der Carabinieris zum Flughafen gebracht.
„Jetzt haben Sie mich aber lange genug auf die Folter gespannt. Wie sind Sie auf den Titel des Buches gekommen?", drängte Hiob.
David drehte sich zu Hiob, der neben ihm auf der Rückbank Platz genommen hatte. „Wir beide haben eine Messingdose gefunden, in deren Deckel drei Kreuze eingraviert sind. Die Nägel des mittleren Kreuzes werden durch Messingkugeln dargestellt, die beiden anderen Kreuze haben einfache Stahlkugeln. Drei Kreuze auf einem Berg! Klingelt es da bei Ihnen?"
„Der Kalvarienberg?"
„Richtig, der Ort, an dem Christus ans Kreuz genagelt wurde und zwar ans mittlere Kreuz. Aus der Abbildung wird ersichtlich, dass seine Nägel keinesfalls einfache Eisennägel

waren, sondern drei Messingnägel. Genau diese drei Kreuznägel aus Messing gehören in unsere Dose, soviel ist auch klar. Weil sie aber nicht mehr in der Dose sind, muss jemand sie versteckt haben. Dieser Jemand hat dann auch die Eisennägel in Umlauf gebracht und dafür gesorgt, dass man sie fortan für die echten Kreuznägel hielt. Fällt Ihnen spontan jemand ein, der das Privileg hatte, die Nägel zu sehen und dessen Vorgänger alle tot waren, als er dieses Privileg erlangte?"

„Der Gegenpapst."

„Wieder richtig. Er konnte sich sicher sein, dass keiner, der die Nägel vor ihm gesehen hatte, noch lebte. Wer sollte also merken, dass er die echten Messingnägel mit falschen Eisennägeln vertauscht hatte? Sein päpstlicher Nachfolger hat die falschen Nägel traditionsgemäß als heilige Reliquien in seine Obhut übernommen und sie damit dauerhaft legitimiert."

„Wirklich gut,...", bemerkte Hiob anerkennend. „...aber was hat das mit dem Buch zu tun?"

„Moment noch, zu dem Buch komme ich gleich. Konstantin II. konnte als Gegenpapst wohl damit rechnen, früher oder später wieder abgesetzt zu werden. Um sein Wissen der Nachwelt zu erhalten, musste er es unbemerkt durch die Jahrhunderte bringen. Was wäre besser geeignet, als den Beweis für die Falschheit einer Reliquie in der Reliquie selbst zu verstecken?"

„Deshalb hat er die Dose in den Sockel einbauen lassen?"

„Genau, und das Wissen darüber, wo er die echten Nägel hinbringen hat lassen, schrieb er in ein Buch. Auch dabei stellte er sicher, dass es keinem seiner Widersacher zufällig in die Hände fallen konnte. Ein Buch, geschrieben in Kufi, versteckt unter den Werken der Andersdenkenden, an denen die Kirche kaum Interesse hatte."

„Er hat vermutlich in seinem Grab getanzt, als die Langobarden, die ihn Jahrzehnte zuvor als Gegenpapst entmachtet hatten, einen der Eisennägel feierlich in ihre Krone einbauten. Das nenne ich eine gelungene Rache“, zeigte sich Hiob amüsiert.

„Konstantin II. war sich bewusst, dass, wer immer die falsche Reliquie zerstört, damit auch sein Geheimnis lüften wird.“

„Und er konnte sich sicher sein, dass das keiner seiner katholischen Gegenspieler sein würde“, ergänzte Hiob.

„Mit dem Hinweis auf das Skriptorium war mir klar, dass es ein Buch sein musste. Ein Buch, das den Weg zu den echten Kreuznägeln weist. Womit wir bei Ihrer Frage von vorhin angelangt sind, nämlich wie ich auf den Buchtitel gekommen bin.“

„So langsam kann ich es mir denken.“

„Nun, wir suchen ein Buch, in dem das Versteck von Messingnägeln beschrieben wird. Chess und Alon suchen nach einem Messingnagel, weil er im Buch der Gog und Magog beschrieben wird. Als ich dann die arabischen Zeichen auf all den Buchrücken gesehen hatte, war ich mir sicher, dass es nur dieses Buch sein konnte.“

***

„Verraten Sie mir nun endlich, wie Sie an einen jordanischen Reisepass gelangt sind?“, wollte Chess von Alon wissen.

Alon wirkte genervt. „Wie oft wollen Sie mir diese Frage noch stellen?“

„Bis ich eine zufriedenstellende Antwort erhalte“, insistierte Chess aus dem Fond des Geländewagens, in dem sie sich umgezogen hatte. Sie war komplett in schwarzen Stoff gehüllt. Der bodenlange Umhang legte sich wie ein opaker Baumwollvorhang über sie und die zahlreichen Falten, die er warf, verdeckten ihre weiblichen Rundungen zur Gänze. Chess’ Kopf war mit einem schwarzen Gesichtsschleier, dem

Niqab verhüllt, dessen schmaler, durchgehender Sehschlitz gerade noch ausreichte, um ihre grünen Augen hervorblitzen zu lassen.

Alon wiederholte seine Antwort von vorhin. „Wir haben gültige jordanische Pässe, und als jordanische Staatsbürger brauchen wir kein Visum, um in den Jemen einreisen zu können."

„Aber Sie sind Israeli und kein Araber."

„Und Sie sind ab sofort meine Frau und verhalten sich bitte auch so, bis wir die Grenze wieder in die andere Richtung passiert haben. Damit ist die Fragestunde beendet."

Noch ehe Chess erneut aufbegehren konnte, wurde sie durch Alons energische Stimme gestoppt. „Und jetzt Ruhe da hinten! Wir sind bereits beim Grenzposten. Ab hier reden Sie nur noch, wenn ich Sie frage."

Mit Hilfe des Rückspiegels fand er die Bestätigung seiner Anweisung in dem strafenden Blick, der ihn aus dem Sehschlitz des schwarzen Niqab anfeindete. *Na geht doch*, dachte er.

Der Teufel muss mich geritten haben, dass ich mit diesem eingebildeten Macho in den Jemen fahre. Aber der kann sich was anhören, sobald wir dieses Land wieder verlassen haben.

Während Alon seine gesamte Aufmerksamkeit den schwer bewaffneten, dunkelhäutigen Männern in Militäruniformen widmete, die das Auto von beiden Seiten flankierten, folgte Chess mit ihrem Blick einem Eselskarren. Zwei verhüllte Frauen saßen nebeneinander auf einem schmalen Brett. Mehr Platz ließ ihnen die mit Palmblättern überfüllte Ladefläche nicht. Um sich bei Bedarf vor der Gluthitze schützen zu können, lagen zwei Strohhüte zwischen den Palmwedeln, doch der fortgeschrittene Nachmittag mit seiner bereits tief stehenden Sonne machte diese überflüssig.

Chess war eine moderne, aufgeschlossene Frau, die in Europa

studiert hatte und mit dem Frauenbild der traditionellen, arabischen Gesellschaft nichts anzufangen wusste.
Ich kann nur hoffen, dass Alon weiß, was er tut. Die Soldaten sehen nicht so aus, als würden sie sich auf Diskussionen einlassen, wenn sie Zweifel an der Echtheit seines Passes haben. Ich will mir gar nicht vorstellen, wie ein jemenitisches Gefängnis von innen aussieht. Lieber würde ich sterben, als unter den mittelalterlichen Bedingungen dort mein Dasein fristen zu müssen.
Einer der Soldaten, er schien der Anführer des Trios zu sein, trat an Alons Fenster heran und forderte ihn auf, die Pässe vorzuweisen. Bereitwillig überreichte Alon die vorbereiteten Dokumente. Eher teilnahmslos standen die beiden anderen Soldaten neben dem Fahrzeug.
Alon versuchte, sich die Anspannung nicht anmerken zu lassen, während er auf die Bestätigung der Dokumente wartete.
„Ihre Frau?“, fragte der Soldat und deutete mit einer abfälligen Kopfbewegung in Chess’ Richtung.
Alon nickte selbstsicher. Er wusste, dass die Glaubwürdigkeit seiner Antwort wesentlichen Einfluss auf die Entscheidung des Soldaten haben würde. Die Verschleierung der arabischen Frauen machte eine Identifizierung anhand des Reisepassfotos zu einer reinen Vertrauensfrage. Letztlich oblag es dem Grenzbeamten zu bestätigen, dass die Frau auf dem Foto mit der Frau im Auto identisch war.
„Auf dem Foto im Pass trägt sie nur ein Kopftuch und keinen Niqab“, stellte der Soldat fest.
„Noch nicht“, antwortete Alon in perfektem Arabisch. „Wir haben erst danach geheiratet. Jetzt liegen die Dinge anders.“
„Verstehe“, nickte der Soldat und wandte sich Alons Pass zu. Sorgsam blätterte er alle Einträge durch. „Sie waren einige Male im Irak, und hier finden sich auch zwei ägyptische Vermerke. Waren Sie dort privat oder geschäftlich?“

„Sowohl als auch. Ich bin im Baugeschäft tätig, da kommt man herum.“
„Was haben Sie dort gebaut?“
„Ich selbst baue nicht. Ich plane Garagenanlagen für die Reparatur und Wartung von schweren LKW.“
„Heavy Trucks!“, grinste der Soldat. „Solche Garagen können wir auch gut gebrauchen.“ Er streckte Alon die Pässe entgegen.
„Darum bin ich hier“, nahm dieser sie wieder an sich.
„Ich wünsche Ihnen gute Geschäfte.“
Das war alles? Chess konnte nicht glauben, wie leicht der Soldat es Alon gemacht hatte.
„Danke.“ Alon steckte die Pässe weg und schloss das Seitenfenster seines Wagens. Sein Blick fixierte den Grenzbalken vor ihm und wartete darauf, dass dieser sich heben und den Weg freigeben würde. Gemächlich machte sich einer der beiden anderen Soldaten auf den Weg, um den Schranken zu bedienen.
„Kann der Kerl das nicht schneller machen?“, fauchte Chess.
„Sie können ja aussteigen und ihm Ihre Hilfe anbieten.“
„Angesichts Ihrer charmanten Gesellschaft ist das jedenfalls eine Überlegung wert.“
Noch bevor Alon seine Schlagfertigkeit erneut unter Beweis stellen konnte, klopfte eine Hand an seine Seitenscheibe.
„Eine Frage hätte ich noch!“, rief ihm der Soldat von vorhin zu. „Sie sind sehr hellhäutig. Wie kommt das?“
So, das war's, dachte Chess. *Wie konnte ich auch nur annehmen, dass sein dämlicher Plan funktionieren würde? Gleich wird man uns auffordern auszusteigen, uns an den Wagen zu lehnen, und wir erleben den letzten Sonnenuntergang in Freiheit. Mit gespreizten Beinen und am Rücken gefesselten Händen.*
Gelassen ließ Alon erneut die Fensterscheibe herunter. „Mein Großvater väterlicherseits war Niederländer und arbeitete als

Tiefbauingenieur. Das macht mich zwar etwas empfindlicher gegenüber unserer Sonne, aber dafür liegt das technische Verständnis bei uns seit Generationen in der Familie."

Der Soldat nickte lachend und deutete auf den mittlerweile vollständig geöffneten Schranken. „Fahren Sie vorsichtig, unsere Straßen sind stellenweise nur mit Heavy Trucks zu passieren."

Mit einem leichten Ruck ließ die Automatik den Wagen anrollen. Vor ihnen lag die anfangs noch gut ausgebaute Straße, die vorbei an mehreren kleinen Dörfern direkt ins Gebirge führte. Lange bevor die erste Bretterhütte zu erkennen war, deuteten die von weitem sichtbaren Berge aus Plastikflaschen auf menschliche Ansiedlungen hin.

„Erklären Sie mir den Witz mit den Heavy Trucks?"

„Witz?", fragte Alon überrascht. „Das war kein Witz. Es ist ein offenes Geheimnis, dass der Irak und einige andere Länder westliche Firmen mit dem Bau von zivilen Garagen für Heavy Trucks betraut haben. Angesichts der technischen Anforderungen, die seitens der Auftraggeber genannt wurden, war den Ingenieuren aber schnell klar, dass es dabei nicht um Trucks ging. Die überdimensionierten Garagen dienten in Wahrheit der Armee zur Reparatur und Unterbringung von Panzern."

„Verstehe", nickte Chess. „Halten Sie es wirklich für notwendig, dass ich diesen Gesichtsschleier die ganze Zeit trage?" Sie pausierte einen Augenblick und setzte dann rasch nach: „Überlegen Sie sich gut, was Sie jetzt sagen."

„Ich kann mir vorstellen, wie unangenehm es für Sie sein muss, aber wir sollten kein Risiko eingehen. Je weniger man von Ihrem hübschen Gesicht sieht, umso geringere Aufmerksamkeit werden Sie bei der männlichen Bevölkerung erregen."

Chess konnte der Versuchung nicht widerstehen, den Satz als

Kompliment aufzufassen und lächelte unbemerkt unter ihrem Niqab. *Damit hat er ja gar nicht so Unrecht.*
„Und Sie wollen doch nicht herausfinden, wie groß die Kamelherde sein muss, damit ich mir einen Tauschhandel überlege.“
„Idiot!“
Die nächsten Kilometer der Reise verliefen ohne Kommunikation. Immer wieder tauchten kleinere Ortschaften auf, zwischen die sich Felder mit Hirschkolben legten. Die einfachen Lehmhütten waren mit Stroh gedeckt, und die Kalkbemalung schien sie nur begrenzt vor der Verwitterung schützen zu können.
Alon verglich die aktuelle GPS-Position mit der Markierung, die er von der Karte des Arche-Noah-Modells übernommen hatte. *Ist noch ein ganz schön weiter Weg, und diese Ortschaft ist auch die letzte für eine lange Zeit.* „Chess, was halten Sie von einer Pause?“
„Keine Ahnung! Sagen Sie's mir doch!“, kam prompt die schnippische Antwort.
Er steuerte den Wagen auf den freien Platz vor einer größeren Hütte zu, deren blaue verdreckte Planen, die als Markisen dienten, schon von weitem auszumachen waren. Er hielt neben einem Tisch mit buntem Sonnenschirm, auf dem Melonen und Bananen zum Kauf feilgeboten wurden. „Kommen Sie, ich lade Sie zum Abendessen ein.“
Chess schaute argwöhnisch auf die Ziegenherde, die den Müllberg unmittelbar neben dem vermeintlichen Lokal durchwühlte. „Nicht, dass ich mich von Ihrer Einladung nicht geschmeichelt fühle, aber muss es denn gleich das beste Haus am Platz sein?“
Alon zuckte mit den Achseln. „Ich möchte stark bezweifeln, dass wir heute noch eine große Wahl haben, und ob Sie das verkohlte Fladenbrot hier in die Suppe tunken oder bei der

nächsten Ziegenherde, dürfte egal sein."
Chess warf ihm einen Blick des aufrichtigen Bedauerns zu. „Sie wissen wirklich, wie man eine Frau verwöhnt."
„Wenigstens sind wir nicht die einzigen Gäste, und Einheimische suchen sich bekanntlich keine schlechten Kneipen aus." Alon zeigte auf den Pick-up, der ein Stück entfernt parkte. Auf der Ladefläche stand ein rostiges Maschinengewehr mit gelochtem Lauf. Ein Patronengürtel schlang sich um den mindestens ebenso verrosteten dreibeinigen Gewehrständer.
„Wie Sie meinen. Vielleicht gibt sein Besitzer Ihnen ja ein paar Tipps, wohin er seine Frau nach dem Essen noch ausführt. Oder zeigt Ihnen, wie man ein Ölfass in Brand schießt. Sie haben doch sicher schon davon gehört, wie sehr wir Frauen auf Kerzenlichtromantik stehen."
„Wenn Sie ein Problem mit meiner Lokalwahl haben, können Sie auch gern im Auto warten."
Chess riss die offenen Handflächen als Geste der Unschuld hoch. „Nein, kein Problem."
Alon schob den dicken Teppichvorhang beiseite, der die Tür ersetzte. Gänzlich unerwartet traf die beiden ein heißer, süßlich riechender Luftstrom, mit dessen Hilfe es einigen Fliegen gelang, dem Opiumrauch im Inneren des Gebäudes zu entkommen. Die Luft war stickig, und von den drei Neonbalken an der graubraun gefleckten Decke wollte nur noch einer Licht geben. Die abgeschlagenen und verdreckten Wände ließen kaum noch darauf schließen, in welcher Farbe man sie einst gestrichen hatte. Irgendwo mühte sich ein Radio ab, mit leiser arabischer Musik doch noch etwas Gemütlichkeit aufkommen zu lassen.
Was für eine Spelunke, dachte Chess, während sie von Alon zu einem der niedrigen Holztische begleitet wurde. Das Lokal hatte Mühe, im Inneren zu halten, was es von außen

versprochen hatte. In der hinteren Ecke des Raums erhellte der Feuerschein eines Steinofens zwei weitere Tische, an denen sich eine kleine Gruppe Araber der Wasserpfeife hingab.
Kaum hatten die beiden sich gesetzt, trat auch schon der freundlich grüßende Küchenchef an sie heran. Der Aussprache nach zu schließen, vermutete Alon eine persische Abstammung des rundlichen Mannes.
„Zweimal Suppe mit Fladenbrot, extra heiß, und dazu zwei Flaschen Mineralwasser“, gab er seine Bestellung bei dem klein gewachsenen Wirt auf. Lächelnd bestätigte dieser die Order und verschwand kurz darauf hinter einer weiteren Vorhangtür.
„Ich denke, den Niqab können Sie für die Dauer des Essens abnehmen. Das Kopftuch sollte Ihnen bei dem Zwielicht genug Schutz...“
Alons Satz war noch nicht beendet, da hatte Chess seinen Vorschlag bereits umgesetzt.
„Sie haben ja keine Ahnung, wie nervig das ist“, flüsterte sie ihm zu.
„Wenn wir erst in den Bergen sind, werden Sie froh darüber sein. Der raue Wind führt eine große Menge Sandkörner mit sich. Das kann ausgesprochen unangenehm werden für Ihre zarte Haut.“
„Ach, hören Sie doch auf, hier Süßholz zu raspeln! Ich bin keine von Ihren verwöhnten Großstadttussis.“
„Nicht so laut!“, wies Alon sie zurecht. „Wir wollen wenigstens den Anschein wahren, dass Sie sich wie eine Frau zu benehmen wissen.“
Ein Blick in Chess’ Augen reichte, um zu wissen, wie sehr sie in diesem Moment mit ihrer Selbstbeherrschung kämpfte. Ihr hitziges Temperament konnte jeden Moment die Überhand gewinnen. Gerade als sie ansetzte, ihrem Ärger Luft zu machen, trat der Wirt an den Tisch heran.

„Ihre Suppen, extra heiß, wie Sie sie bestellt haben."
Suppe, Fladenbrot und zwei Wasserflaschen wurden an den Tisch gebracht. Chess griff sofort nach dem Wasser und wollte zum Schluck ansetzen, da riss ihr Alon die Flasche aus der Hand. „Nicht trinken!", wies er sie bestimmt an.
„Bringen Sie uns zwei Flaschen, die Sie vor uns öffnen, ich bezahle das extra."
„Selbstverständlich, wie Sie wünschen", nickte der Wirt zustimmend und verschwand mit den zurückgewiesenen Flaschen.
„Darf ich?", fragte Chess provozierend, als sie ihre Hand nach dem Sesamfladen ausstreckte.
„Sie sollten mir lieber dankbar sein. Nicht alles, was wie Wasser aussieht, kann man bedenkenlos trinken."
„Was Sie nicht sagen. Ich habe meine gesamte Kindheit hindurch Regen- und Flusswasser getrunken, weil wir nichts anderes hatten. Ich kann ganz gut auf mich selbst aufpassen."
„Das bezweifle ich nicht, aber es ist schon mühsam genug, Sie sicher durch den Jemen zu eskortieren, solange Sie gesund sind, da will ich kein zusätzliches Risiko eingehen."
„Ihre ungeöffneten Flaschen", meldete sich der Wirt genau im richtigen Moment wieder am Tisch zurück.
Die in einer Steinschüssel servierte Suppe hatte eigentlich mehr von einem Eintopf und war ausgesprochen pikant. Ohne Besteck war man allerdings gezwungen, das Fladenbrot einzusetzen, um den Teller leer zu bekommen.
„Ein kühles Bier würde dem Essen gut bekommen", flüsterte Chess.
Alon schüttelte verständnislos den Kopf. „Ich müsste mal für kleine Berglöwen. Kann ich Sie für einen Augenblick allein lassen?"
„Sie können mir diesen Gefallen gern auch länger tun."
Chess holte gerade das letzte Stück Fladenbrot aus dem

hellblauen Flechtkorb, als ein groß gewachsener, vollbärtiger Turbanträger das Lokal betrat. Instinktiv drehte sie sich zum Eingang, als der Neuankömmling den Vorhang zur Seite schob, und ihr Blick kreuzte den seinen. Erschrocken von dem unerwünschten Blickkontakt zuckte sie zurück und beugte sich tief über ihren Steinteller.

Verdammt! Hoffentlich hat er mich nicht bemerkt. Chess wagte es nicht, erneut aufzublicken. Einem Mann direkt in die Augen zu sehen, kam einem Geschenk an ihn gleich. Sie versuchte, beschäftigt zu wirken, indem sie mit dem Brot in dem leeren Steinteller herumwischte. *Er wird sicher nicht annehmen, dass ich alleine hier bin.* Es war nicht möglich zu sagen, ob der Turbanträger sich ihr näherte, da auf dem weichen, sandigen Boden keine Schritte zu hören waren. *Bestimmt hat er sich bereits an einen anderen Tisch gesetzt.*

Ohne es mit Gewissheit sagen zu können, meinte Chess zu spüren, dass jemand an ihren Tisch getreten war. Das lautstarke Atmen unmittelbar rechts neben ihr ließ jeden Rest an Hoffnung schwinden, dass ihr Blickkontakt unbemerkt geblieben war. *Wo bleibt Alon, wenn man ihn braucht?* Vorsichtig versuchte sie durch Verdrehen der Augen zu erkennen, woher genau die Gefahr drohte.

„Steh auf!“, forderte eine arabische Männerstimme.

Einfach ignorieren, mein Mann kommt jeden Moment zurück und wird die Sache für mich klären.

Alon wischte mit einem Taschentuch den Dreck von den Resten des zerbrochenen Spiegels, die über dem hingen, was wohl als Waschbecken gedacht war. Lässig strich er sich mit der Hand durchs Haar. *Chess ist wirklich nett, aber zeitweise legt sie eine Art an den Tag…* Er schüttelte den Kopf. *Ich hätte gute Lust, sie glauben zu lassen, ich wäre durch den Hinterausgang verschwunden. Ohne mich an ihrer Seite vergingen in diesem Land keine fünf Minuten, und irgendein*

Ziegenhirte würde sie vor seiner Herde heimtreiben.
Er starrte sein Spiegelbild an und wurde nachdenklich.
Vielleicht übertreibst du auch, mein Freund. Selbst wenn du es nicht gern zugibst, sie ist eine starke Frau und kann vermutlich ganz gut auf sich selbst aufpassen. Immerhin hat sie Shahid und seinen Männern ganz allein die Stirn geboten und überlebt.
Alons Mundwinkel gingen nach oben, und er musste sich grinsend eingestehen, dass er Chess für ihren Mut und ihre Unabhängigkeit bewunderte. *Komm schon, spring über deinen Schatten, du solltest dich bei ihr entschuldigen.*
„Steh auf!“, verlangte der Turbanträger erneut und packte Chess am Arm. Sie vermied es noch immer, dem Mann ins Gesicht zu sehen und beschloss seiner Anweisung zu folgen, um die Situation nicht weiter eskalieren zu lassen. *Alon, jetzt wäre ein guter Zeitpunkt für einen Ihrer Machosprüche.*
„Schau mich an“, befahl er und verlieh seiner Forderung durch die Kraft, mit der seine Hand ihren Unterarm umklammerte, gehörig Nachdruck. *Nicht in seine Augen sehen, was immer du tust, schau ihm nicht in die Augen.* Immer fester drückte er seine Finger zusammen und hatte Chess’ Grenze des Erträglichen beinahe erreicht.
„Schau mich an.“
Ich denke gar nicht daran. Sie konzentrierte ihren Blick auf die bläulich anlaufenden Fingergelenke seiner Hand, die sie wie ein sich schließender Schraubstock immer fester umklammerte.
Gerade als Chess vor Schmerz losschreien wollte, schien der Araber von seinem Vorhaben abzulassen und lockerte den Griff. Doch Chess hatte keinen Grund sich zu freuen, denn seine Hand fasste ihr geradewegs an die Brust.
Jetzt reicht's!
Ohne Vorwarnung schnellte Chess’ rechte Hand empor und verpasste dem völlig überraschten Turbanträger eine schallende Ohrfeige.

„Man muss einer Frau nicht an die Brust fassen, um ihr Herz zu berühren!“, schrie sie den Araber an.
Der hatte sich von Chess’ überraschender Gegenwehr bereits erholt und kündigte mit unmissverständlicher Gestik den bevorstehenden Gegenschlag an. Seine rechte Schulter begann, in großem Bogen nach hinten auszuweichen, um genügend Schwung für den geplanten Schlag aufbauen zu können. Nur einen Lidschlag später sauste seine gestreckte Hand auf Chess nieder. Die Enge der Tische und Sessel verhinderte ein rasches Ausweichen, und so blieb ihr nur, die Hände schützend hochzureißen, um den drohenden Schlag noch abmildern zu können.
Kurz bevor die Wucht des Aufpralls Chess’ zierliche Unterarme wie Zahnstocher zersplittern konnte, umfasste ein gezielter Griff den Daumen der herabrasenden Hand. Gekonnt leitete er den Schwung des Schlages mit einer Drehbewegung in das Daumengelenk des Angreifers um. Der deutlich zu hörende Luftzug der blitzschnellen Bewegung wurde nur durch das Geräusch der aufplatzenden Gelenkskapsel übertönt. Dem Bersten des völlig überdehnten Daumengelenks folgte der geradezu gejaulte Aufschrei des großen Arabers, der, dem Schwung seiner Bewegung folgend, vor Chess auf die Knie sank.
„Ich schlage vor, du lässt künftig die Hände von meiner Frau“, empfahl Alon dem Mann und löste die Umklammerung des nach hinten gebogenen Daumens.
Zügig holte er zwei Geldscheine hervor und legte sie deutlich sichtbar auf den Tisch. „Das ist für unser Essen. Das Geld sollte auch noch für ein paar Eiswürfel für den Hitzkopf hier reichen!“, rief er dem Wirt zu.
„Los, wir gehen!“ Er gab Chess die Autoschlüssel und wies sie an, den Wagen zu starten. „Ich stelle sicher, dass wir keinen Krummdolch oder Schlimmeres in den Rücken

bekommen.“ Im Rückwärtsgang bewegte er sich auf den Ausgang zu und behielt dabei immer den Rest des Lokals im Auge.
Mit einer Kavalierstartwolke aus Staub und Steinen verließ der Geländewagen den Vorplatz und steuerte die Berge an.
„Wo waren Sie denn so lange?“, fragte Chess vorwurfsvoll.
„Das klingt ja gerade so, als hätten Sie mich vermisst. Sie haben doch gesagt, ich soll Ihnen einen Gefallen tun und mir Zeit lassen. Und so wie es den Eindruck hat, war Ihnen ohne mich nicht wirklich langweilig. Sah mir eigentlich ganz danach aus, als würden Sie hier schnell Anschluss finden, wenn Sie meine Gesellschaft nicht mehr wünschen sollten.“
Chess hatte Mühe, sich ein Lächeln zu verkneifen. „Ich hoffe inständig, nicht dabei zu sein, wenn Sie sich mal irren.“

***

„Sagen Sie nicht, Sie können nicht reiten!“ Der Zynismus in ihrer Stimme war kaum zu überhören.
„Da wo ich herkomme, war es angesagter, den Führerschein zu machen als Reiten zu lernen. Wer will schon ein Pferd unter dem Hinterteil, wenn er die Kraft von einigen Hundert haben kann?“
„Sie Banause. Das lässt sich doch überhaupt nicht vergleichen. Reiten ist ästhetisch, man perfektioniert seine Bewegungen, entwickelt eine eigene Körpersprache, um eine Harmonie mit dem Pferd zu erreichen.“
Alon warf seiner Beifahrerin einen fragenden Blick zu. „An einem sonnigen Tag, wenn man es nicht eilig hat,... da mag das schon zutreffen. Aber wenn sich die ersten Wolken am Himmel zeigen, bevorzuge ich dann doch ein elektrisches Verdeck.“
„An Ihnen ist ein Romantiker verlorengegangen“, seufzte Chess.

„Ich werd darüber nachdenken, sobald ich auf dem Rücken von dem Gaul sitze.“ Seine Hand zeigte auf den dunklen Bretterverschlag, neben dem sich eine kleine Koppel befand. „Ab hier hilft uns der Wagen nicht mehr weiter. Zeit, auf ein romantisches Verkehrsmittel umzusteigen.“

Warte, bis du erst hilflos im Sattel hängst, dann wird dir dein blödes Gerede schon noch vergehen.

Chess blieb Alon eine direkte Antwort schuldig und stieg aus dem Wagen. „Ich werde zuvor den sanitären Anlagen einen Besuch abstatten.“

„Soll ich Sie begleiten?“

„Danke, aber ich denke, das schaff ich allein.“

Alon ging auf die Koppel zu, wo er in einiger Entfernung einen einzelnen Reiter entdeckt hatte.

Unsere Ankunft ist offensichtlich nicht unbemerkt geblieben.

Alon entschied sich dafür, am Eingang der Koppel zu warten.

Mit kurzen, aber lauten Rufen trieb der Reiter sein Pferd über den steinigen Untergrund, genau in Alons Richtung.

Der sieht ein wenig mongolisch aus.

Bereits aus der Ferne war Alon die Bartlosigkeit des Reiters aufgefallen, und je näher er kam, desto sicherer war er sich mit seiner ursprünglichen Vermutung. Die flache Nase und die schlitzartigen Augen deuteten zweifelsfrei auf mongolische Abstammung hin.

Es war Alon nun auch möglich, die tiefen Schnitte im Gesicht des Mannes aus nächster Nähe zu sehen. Er hatte davon gehört, dass es Stämme gab, die den Babys die Wangen zerschnitten, um sie an Schmerz zu gewöhnen und sie damit abzuhärten.

Dass es dann so schlimm aussieht, hätte ich nicht gedacht.

„Sie brauchen Reittiere?“, rief ihm der Mann in sehr eigenwillig klingendem Arabisch zu und hob freundlich grüßend die Hände.

Alon erwiderte die Geste und bejahte die Frage des Reiters.

„Wir wollen in die Berge und brauchen dafür zwei Pferde."
Sichtlich erfreut über den Auftrag holte er ein Stück rohes Fleisch zwischen seinem Schenkel und dem Pferderücken hervor. „Essen Sie mit uns!", lud er Alon ein.
Chess hatte sich in der Zwischenzeit mit einer alten Frau angefreundet, auf die sie im Inneren des Bretterverschlags getroffen war. Sie musste zumindest siebzig Jahre auf ihrem gekrümmten Buckel haben. Bereitwillig hatte sie Chess davon erzählt, durch welche abenteuerliche Fügung des Schicksals sie mit ihrer Familie hier gelandet war.
„Vier Jahrzehnte leben wir nun schon von der Viehzucht am Fuße der Berge. Hier kommen kaum Fremde her. Das Land ist rau und karg... Fast wie in unserer alten Heimat", seufzte sie wehmütig beim Gedanken daran. „Wo genau will Ihr Mann mit Ihnen denn hin, mein Kind?"
Chess ging zu einem der Löcher in der Wand, die mit dreckiger Plastikfolie bedeckt, an eine Art Fenster erinnerten. „Da hinauf müssen wir", zeigte sie mit dem Finger auf einen der mit Wolken verhangenen Berge in der Ferne.
„Da hinauf?" Die Stimme der alten Frau klang mit einem Mal sehr besorgt. „Tun Sie das nicht!"
„Sie meinen wegen der gewalttätigen Stämme?"
Heftiges Kopfschütteln begleitete die Antwort. „Nein, nicht einmal die Stämme wagen sich dorthin", begann sie zu erklären. „Es ist der Ort des Bösen. Von dort kommt das Unheil über die Menschheit! Niemand soll es jemals wieder herausfordern."
„Sie wissen davon?", fragte Chess überrascht.
„Jeder, der überlebt hat, kennt die alten Geschichten, die man sich seit Generationen über die Höhlen erzählt."
„Welche Geschichten?"
„Folgen Sie mir, mein Kind", wies sie Chess den Weg in einen kleinen, fensterlosen Raum, in dem nur eine auf dem Holztisch stehende Kerze gegen die Dunkelheit ankämpfte. Aus einem

einfachen Regal holte sie eine Holzkiste hervor und stellte sie vor Chess auf den Tisch. „Setzen Sie sich!“

Chess folgte der Anweisung, während die Alte hinter ihr die Tür versperrte. Fragend sah sie die alte Frau an, die neben ihr Platz nahm.

Chess verspürte leichtes Unbehagen, doch sie war irgendwie überzeugt, dass von der Frau keine Gefahr ausging. *Was immer mir die Alte mitteilen will, es scheint sehr wichtig für sie zu sein. Möglicherweise auch für mich.*

Andächtig öffnete die Alte die kleine Holzkiste und holte mehrere Fotos heraus. „Das war mein Mann“, reichte sie ein Bild zu Chess hinüber.

Chess zögerte einen Moment, bevor sie antwortete. „Er... Er sieht noch sehr jung aus, es handelt sich wohl um ein älteres Bild“, versuchte sie ihre Antwort diplomatisch zu formulieren.

„Viel älter ist er nicht geworden.“ Eine Träne begann sich an ihrem Augenlid zu bilden. „Es ist das letzte Foto, das von ihm gemacht wurde, bevor...“ Die Alte kämpfte mit den Tränen, und ihre Stimme stockte. Einen Moment lang wirkte sie unentschlossen, ob sie sich den Tränen hingeben würde oder ihre Erzählung weiter fortsetzen wollte.

„Bevor was?“, bekräftigte Chess sie darin, die Geschichte weiter zu erzählen.

„Bevor er mit den anderen zu den Höhlen aufgebrochen ist“, platzte die Frau heraus. „Keiner von ihnen ist je zurückgekommen.“ Die Tränen flossen so heftig über ihr Gesicht, dass sie sich in den Falten um die Mundwinkel zu einem kleinen Bach sammelten.

Chess legte den Arm um sie und kramte unter ihrem Umhang ein Taschentuch hervor. „Erzählen Sie mir, was passiert ist.“

Ermuntert durch Chess’ Herzlichkeit berichtete sie von den Vorfällen in den Bergen und den Grausamkeiten, die sich in den Höhlen ereignet hatten.

Immer wieder fragte Chess nach, wenn ihr die Ausführungen der Alten widersprüchlich erschienen, und mit jedem ihrer Sätze vervollständigte sich das unheimliche Bild, das Chess von den Höhlen erhielt.

„An diesem Ort verwesen die Toten nicht."

Chess nickte. „Ich verstehe."

Erwartungsvoll richtete die Alte ihre Augen auf Chess. „Dann halten Sie Ihren Mann davon ab, mit Ihnen zu den Höhlen zu gehen. Was immer Sie dort zu finden hoffen, kann es unmöglich wert sein, das eigene Leben dafür einzutauschen."

„Ich rede noch einmal mit ihm", beruhigte Chess die Alte, ehe sie sich auf den Weg machte.

Es war früher Nachmittag. Alon und seine Begleiterin erreichten auf dem Rücken ihrer Reittiere die Ausläufer des Bergmassivs. Chess warf einen beunruhigten Blick auf den Himmel, der sich in der Richtung, in die sie ritten, immer mehr verfinsterte. Vor ihnen erhoben sich terrassenartig Hirsekulturen, die perfekt in das stufige Hochland integriert waren. Sie drehte sich noch ein letztes Mal um und fixierte den kleinen Punkt unter ihnen. Es war der Bretterverschlag, in dem die Alte sie davor gewarnt hatte, den Weg in die Berge anzutreten. Ein einsamer Kondensstreifen zog sich quer über jenen hellblauen Teil des Firmaments, der hinter ihnen lag. *Viel einsamer kann die Gegend kaum noch werden.*

„Sie sehen nicht besonders glücklich aus", wurde sie von Alon aus ihren Tagträumen gerissen. Schelmisch grinste er hinter dem aufgestellten Lammfellkragen seiner dunkelbraunen Lederjacke hervor.

„Ich wüsste nicht, was es da zu lachen gibt."

Alon bemühte sich gar nicht erst, bei seiner Antwort ernst zu bleiben. „So wie Sie vorhin über die Ästhetik des Reitens gesprochen haben..."

Er machte eine Pause und musterte das graue Maultier, auf

dessen Rücken Chess Mühe hatte, eine bequeme Sitzposition zu finden.
„... hatte ich irgendwie ein ganz anderes Bild vor Augen", lachte er lauthals los.
„Ach, halten Sie doch den Mund!" Sie zupfte sich ihren Umhang zurecht, um ein wenig würdevoller zu wirken.
Alon ließ einige Zeit verstreichen, ehe er beschloss, Chess erneut anzusprechen. *Ich versuch's mit etwas Small Talk.* „Meinem Gefühl nach werden wir kaum noch auf Leute treffen, je weiter wir in die Berge reiten." Er war sich nicht sicher, ob sie ihm antworten würde.
„Erzählen Sie das doch dem Mann mit dem Heuballen auf dem Kopf und der Ziege im Schlepptau, der hier rumläuft."
Verblüfft drehte er sich um. „Wo?"
Ihre Hand zeigte in Richtung eines eigenartigen Stangenkonstrukts. Eine Ansammlung von Stahlrohren war auf mehreren Ebenen ineinander verschachtelt. Dazwischen hatte man kleine Holzkisten angebracht. *Bienenstöcke*, dachte Alon, und erblickte erst jetzt den von Chess beschriebenen Mann, den die Bienenstöcke bislang vor ihm verborgen hatten. Der Pfad entlang der Bienenstöcke führte auf der Südseite hinab ins Tal, in dem sich geradezu endlos Steppengras erstreckte. An vereinzelten Stellen zogen sich Wadis wie tiefe Furchen durch die savannenartige Landschaft und boten immergrünen Akazienhainen die Lebensgrundlage.
„Der macht wohl auch kehrt, bevor ihn das Unwetter erwischt", spekulierte Alon angesichts des wolkenverhangenen Bergpanoramas.
„Entweder das oder er will ein Zusammentreffen mit den Wiedergängern vermeiden."
„Wiedergänger?"
„Die Mutter des Eselzüchters hat mir davon erzählt. Es ist eine ziemlich abenteuerliche Geschichte über die Berge und Höhlen,

zu denen wir gerade unterwegs sind."
„Eine abenteuerliche Geschichte? Jetzt machen Sie mich aber neugierig. Schießen Sie los!"
„Für mich hat es sich eher wie eine Mischung aus Volksmythen und Gruselstory angehört. Wobei..." Sie zögerte einen Augenblick.
„Was?", drängte er sie.
„Die Geschichte scheint schon auch einen wahren Kern zu haben. Sie hat den Ort des Bösen erwähnt, von dem aus das Unheil über die Menschheit kommt."
„Die goldene Mauer der Gog und Magog?" Sein Interesse war geweckt.
„So direkt hat sie das nicht angesprochen. In ihrer Geschichte war mehr die Rede von vermissten Männern aus dem Dorf und der Tochter eines Stammesfürsten, die vor Jahrhunderten auf geheimnisvolle Weise verschwand."
„Kommen Sie zum Punkt."
„Sie hat mich gebeten, die Höhlen nicht aufzusuchen."
„Sie hat Sie gebeten?"
„Na ja, genau genommen hat sie mich angefleht, Sie davon zu überzeugen, nicht zu gehen."
Alon zwang sein Maultier anzuhalten. „Wie meinen Sie das?"
„Sie hat geheult wie ein Schlosshund und mich angebettelt, nicht zu gehen. Sie sagte, dass sie ihren Mann und den ältesten Sohn dort verloren hat. Viele andere junge Männer, die zu den Höhlen aufgebrochen sind, kehrten ebenfalls nie zurück."
Alons Gesicht verfinsterte sich. „Wann genau wollten Sie mir davon erzählen?"
„Jetzt", sagte sie achselzuckend und bemühte sich, möglichst unschuldig dabei auszusehen.
„Was hat Sie Ihnen noch gesagt? Und lassen Sie nichts aus, wenn Sie mich weiter begleiten wollen", forderte er mit entschlossener Stimme.

„Sie hat mir die Geschichte von dem Golem erzählt. Ein unförmiges Wesen aus Lehm oder Erde, das einst in den Höhlen gelebt hat. Eines Tages brach eine Krankheit im Dorf aus, und fast alle männlichen Bewohner verloren dabei ihr Augenlicht. Die wenigen, die noch sehen konnten, schlossen einen Pakt mit dem Golem. Er sollte den Bewohnern dazu verhelfen, wieder sehen zu können. Im Gegenzug wollte er die Tochter des Stammesfürsten für sich.“

„Lassen Sie mich raten. Nachdem die Dorfbewohner wieder sehen konnten, dachten sie gar nicht daran, die Tochter des Stammesfürsten dem Lehmmännchen zu opfern. Und der Golem ist seitdem sauer.“

„Es ist noch ein wenig komplizierter“, fuhr Chess fort. „Nachdem die geheilten Dorfbewohner, unter ihnen auch der Stammesfürst selbst, sich weigerten, die Vereinbarung einzuhalten, änderte der Golem seinerseits die Abmachung. Eines Nachts entführte er die ihm versprochene Braut und brachte sie in seine Höhle. Wissend, dass es nicht lange dauern würde, bis die aufgebrachte Meute aus dem Dorf...“

„Er hat ihnen eine Falle gestellt. Nicht wahr?“

„Wenn Sie mich dauernd unterbrechen, werden Sie das Ende nicht so bald zu hören bekommen.“

„Schon gut.“ Alon nickte einlenkend, und Chess setzte ihre Erzählung fort.

„Die Männer aus dem Dorf betraten die Höhle, und der Fluch des Golems begann zu wirken, was diese aber nicht gleich bemerkten. Mit ihren Fackeln suchten sie im Inneren nach der entführten Tochter des Stammesfürsten und wurden auch bald fündig. Als sie dann zurück ans Tageslicht kehren wollten, konnten sie das nicht. Das Sonnenlicht verbrannte jede Stelle ihrer Haut, die sie ihm aussetzten. Keiner war mehr in der Lage, die Höhlen zu verlassen. Nachdem die letzte Fackel erloschen war, hatten sie zwar ihr Augenlicht zurück, doch sie mussten für den Rest ihrer Tage in der Finsternis leben. Jeder, der fortan die Höhlen des Golems betrat, war verflucht, in alle Ewigkeit dort zu bleiben."

„Sie hat Ihnen also allen Ernstes weismachen wollen, dass sie ihren Mann und ihren Sohn an das Lehmmännchen verloren hat?"

Chess nickte.

„Sie haben zuerst etwas von Wiedergängern erzählt, was ist damit?"

„Die Dorfbewohner konnten die Höhlen nur mehr nachts verlassen und schafften den beschwerlichen Abstieg ins Dorf in der Dunkelheit nicht. Dennoch haben es alle versucht. Aber viele von ihnen stürzten dabei in den Tod. Der Fluch des Golems aber verlieh ihnen ewiges Leben, sodass sie jede Nacht aufs Neue ihre aussichtslose Flucht beginnen konnten."

„Wie haben die Leute darauf reagiert, die im Dorf geblieben waren?"

„Die setzten natürlich alles daran, den anderen zu helfen, aber es war aussichtslos. Als letzter Ausweg blieb ihnen keine andere Möglichkeit, als bei Tag zu den Höhlen zu gehen und die Leichen der Verunglückten am erneuten Auferstehen zu hindern. Sie wurden gefesselt, und ihnen wurden die Sehnen durchtrennt. Doch das hielt sie nicht davon ab, in der folgenden Nacht wieder zu versuchen, das Dorf zu erreichen. Dann haben sie ihnen die Gliedmaßen abgeschnitten und das Herz mit einem Holzpflock durchstoßen."

„Bei Dracula hat das geholfen", bemerkte Alon sarkastisch.

„Hier leider nicht. Die Wiedergänger waren in der nächsten Nacht wieder unterwegs."

„Die haben das Problem doch irgendwie in den Griff bekommen?"

„Um einen Wiedergänger dauerhaft zu vernichten, wurde ihm sein Kopf abgeschlagen und dieser anschließend verbrannt."

„Gut zu wissen, wie wir uns wehren können, wenn wir auf einen von ihnen treffen.“
„Damit sollten Sie keine Witze machen. Die alte Frau war aufrichtig besorgt um unsere Sicherheit. Und irgendetwas muss an der Geschichte dran sein, denn die letzten Männer aus dem Dorf sind vor knapp dreißig Jahren zu den Höhlen gegangen und ebenfalls nicht mehr zurückgekommen.“
„So wie sich der Himmel über uns zusammenzieht, können wir auch im verfluchten Zustand noch heimlaufen. Denn nach Sonne sieht mir das für die nächste Zeit nicht mehr aus.“
„Das ist nicht witzig.“
„Entschuldigen Sie, bitte, aber ernst nehmen werde ich diese Geschichte vom bösen Erdmännchen und seinem Fluch auch nicht. Sie haben selbst gesagt, dass die ganze Geheimnistuerei rund um die Nägel nur dazu dient, die Leute davon fernzuhalten. Ich weiß ja nicht, wie Sie das sehen, aber für mich fügt sich diese Geschichte perfekt in das Bild, das wir bisher haben.“
Chess musste zustimmen. „Vermutlich haben Sie Recht, aber lassen Sie uns bitte trotzdem vorsichtig sein.“
„Vorsicht ist praktisch mein zweiter Vorname, Sie kennen mich doch.“
„Eben!“

***

„Wie ich vermutet habe.“ David lehnte sich in den bequemen Gartensessel der Burcelys zurück.
„Was hatten Sie vermutet?“, brummte der ins Buch der Gog und Magog versunkene Hiob, ohne seinen Kopf auch nur einen Zentimeter anzuheben.
„Die entschlüsselte Nachricht ist schon veraltet, sie ist ein Hinweis auf einen der Einbrüche, die bereits stattgefunden

haben."
„Wen kümmert's noch? Wenn wir mit unserer Vermutung Recht behalten, dann will Shahid die Nägel, die in diesem Buch beschrieben werden. Und so wie ich Alon kenne, haben wir die bald."
„Dann müssen wir nur noch sicherstellen, dass er sie erst im Austausch gegen Natascha bekommt."
„Das Einzige, was der noch bekommt, ist ein ummanteltes Projektil zwischen seine grauen Augen."
„Aber..."
„Nachdem wir Ihre Frau in Sicherheit wissen", beruhigte ihn Hiob und sah kurz auf. Die Erleichterung in Davids Gesicht blieb ihm nicht verborgen.
„Danke."
„Keine Ursache. Haben Sie sich schon überlegt, wie die Falle aussieht, die Sie ihm stellen wollen?"
„Genau kann ich das erst sagen, wenn Sie mit der Übersetzung fertig sind und wir die echten Nägel haben. Aber ich dachte an eine offizielle Übergabe der Nagelreliquien an ein Museum oder die Kirche. Ein medienwirksamer Auftritt, ein Zeitungsbericht, in dem klargestellt wird, dass die gefundenen Objekte zur genaueren Prüfung an ein Museum übergeben werden. Dann müssten wir nur noch warten, bis Shahid dort auftaucht."
„Was immer er mit den Dingern plant, er wird vermutlich ohnehin bald erfahren, dass er die falschen Nägel gestohlen hat." Hiob begann, hämisch zu grinsen. „Ich wäre zu gern der Überbringer dieser Botschaft."
„Welch originelles Wortspiel", bemerkte David schmunzelnd. „Aber nach allem, was ich bisher über den Ägypter weiß, wird sich ohnehin keiner um dieses Himmelfahrtskommando reißen."
„Gut möglich, dass seine Männer, so sie die Wahrheit

entdecken, diese noch eine Zeit lang für sich behalten, ehe sie ihm damit unter die Augen treten."
„Wer könnte ihnen das verübeln?"
„Für uns entstehen daraus nur Vorteile. Je länger er glaubt, bereits die richtigen Nägel zu haben, umso sicherer ist es für Chess und Alon, die echten Nägel zu besorgen. Auf der anderen Seite...", fuhr Hiob emotionslos fort, „... wenn er es erfährt, dann legt er den Überbringer der Nachricht unter Garantie um. Dann haben wir einen weniger, um den wir uns kümmern müssen."
„Bei Ihnen klingt das immer so sachlich."
Hiob schob das Buch zur Seite. „Haben Sie jemals ein Leben ausgelöscht?"
„Nein! Selbstverständlich nicht", erwiderte David indigniert.
Sein Gegenüber nickte. „Wissen Sie, Wilder, es ist nicht so, dass man sich daran gewöhnt oder es am Ende sogar gern täte." Er streckte seinen Zeigefinger betonend in die Luft. „Von Shahid mal abgesehen... Nein, es ist einfach Teil des Jobs geworden."
„Macht es für Sie einen Unterschied, wen oder wie Sie töten?"
Hiob überlegte einen Moment. „In einer direkten Gefahrensituation Mann gegen Mann fällt es deutlich leichter. Das mag sich sonderbar anhören, aber da gibt es eine gewisse Fairness, eine Chance für beide Seiten."
„Verstehen Sie mich bitte nicht falsch, aber das klingt jetzt fast so, als würden Sie Leute auch ohne Gefahr, sprich Grund..."
„Sicherlich nicht. Ich muss aber zugeben, dass ich als Scharfschütze ein anderes Verhältnis zu der Zielperson aufbaue, wenn man überhaupt von einem Verhältnis sprechen will. Die direkte Bedrohung für den Scharfschützen beim Angriff aus dem Hinterhalt fehlt zumeist. Das erleichtert einem den Abschuss nicht gerade."
David brannte die Frage bereits seit Wien auf der Seele. Er

spürte, dass jetzt der Moment gekommen war, sie Hiob zu stellen.
„Wie ist es mit Frauen, die Opfer Ihres Jobs werden?"
„Das kam bisher erst einmal vor", antwortete er, ohne zu zögern.
„Hat sie Sie bedroht?"
Er schüttelte so energisch den Kopf, dass sein braunes Haar den Seitenscheitel zu verlassen drohte. „Nein, mich nicht."
„Alon?"
Hiobs Kopfnicken bestätigte Davids Vermutung.
„Hat er Ihnen Details darüber erzählt?"
„Er hat nur angedeutet, dass es ziemlich knapp war und die Lage außer Kontrolle zu geraten drohte."
Hiob konnte dem nur beipflichten. „Alon meinte, sein Charme würde reichen, um an die Daten zu kommen."
„Hat er nicht?"
„Sie war dann offensichtlich doch tiefer in die Sache verwickelt, als er anfangs vermutet hatte. Wir vereinbarten Klingelzeichen, sollte es ihm nicht gelingen, meinen Anruf rechtzeitig entgegenzunehmen, so hatte ich Befehl, Anina zu stoppen."
„Sie war das schwarze Blatt des Kleeblatts. Nicht wahr?"
„Ja, sie war der Grund, warum wir überhaupt an Sie herangetreten sind."
Völlig unvermittelt sprang ein weißes Fellbüschel mit einem Riesensatz auf Davids Schoß. „Goliath!"
„Wenn er dich sieht, ist er nicht mehr zu halten!", rief Clara ihm aus dem Garten zu.
„Brauchen Sie mich im Moment? Bei den Kufitexten bin ich ja keine wirkliche Hilfe."
„Schon gut", ermunterte ihn Hiob. „Gehen Sie nur, ich bin ohnehin schneller mit der Übersetzung, wenn ich nicht abgelenkt werde."

***

Mit seinen knapp 1,75 Metern lag Qian für einen Asiaten im guten Durchschnitt, dennoch wirkte seine Erscheinung bei diesem Gespräch geradezu kümmerlich. „Ich garantiere Ihnen, wir haben alles unter Kontrolle.“ Er war bemüht, glaubwürdig zu klingen, während er sich mit dem Ärmel seines Laborkittels die Schweißperlen von der Stirn wischte, doch die Brüchigkeit der Stimme des Doktors war seinem Gesprächspartner nicht verborgen geblieben. Angespannt wartete er auf Shahids Antwort.

Dessen Hand spielte hinter seinem Rücken mit dem Druckverschluss der ledernen Messerscheide. Unaufhörlich übten seine Finger sich im Öffnen und Schließen und unterbrachen ihr Spiel nur sporadisch, zum kurzen Anheben der Klinge.

Seine Antwort brauchte eine Weile und gab dem Doktor keinen Grund, sich vorschnell in Sicherheit zu wiegen. „Ich hoffe, dass es nicht zu spät ist, wenn Sie Ihre Meinung ändern sollten.“ Shahid beendete das Telefongespräch.

Qian legte den Hörer auf und drehte sich zu seinem Sicherheitschef um. „Wir hätten sie töten sollen, als wir die Chance dazu hatten.“

„Die hatten wir aber nie wirklich.“

„Nicht nur eine, wollten Sie wohl sagen!“, fuhr er ihn an.

Betroffen fasste sich der an den Hemdkragen und zog an seiner Krawatte, um sich etwas Luft zu verschaffen. „Niemand kann mit Sicherheit sagen, ob es ihr gelungen ist, aus dem Gebäude zu entkommen.“

Qian reagierte wenig erfreut auf die Aussage. „Und wer, wenn nicht der Leiter der Sicherheit, sollte in der Lage sein, das mit Sicherheit sagen zu können?“

„Ich fürchte, ich kann Ihnen nicht ganz folgen."
„Können Sie nicht?" Qian zeigte kein Verständnis für die Antwort, nicht zuletzt ob des offensichtlichen Drucks, den Shahid auf ihn ausgeübt hatte. „Neben der Grundlagenforschung hat Ihre Abteilung das größte Budget im Haus." Sein Blick musterte den für gewöhnlich so selbstsicher auftretenden Mann in Uniform. „Der Umzug in das größere Labor wäre ein guter Zeitpunkt, diese Aufteilung neu zu bewerten. Wollen Sie den Anlass dazu geben?"
Rasch schüttelte der Chef der Sicherheit sein schwarzes Haupt. „Das will ich nicht."
„Was ist mit den Angehörigen?"
„In ihren Akten war nichts vermerkt, außer einer Telefonnummer in den Staaten. Es dürfte sich um einen entfernt verwandten Onkel handeln. Wir haben schon versucht, Kontakt mit ihm aufzunehmen, aber es läuft immer nur ein Band."
„Sie hat keine anderen lebenden Verwandten?"
„Keine, von denen wir wüssten. Ich glaube nicht, dass sie irgendjemand vermissen wird. Sie war erst seit kurzem im Land und hat hier bestimmt noch keine engen Beziehungen geknüpft."
Nachdenklich kratzte sich der 54-jährige Doktor Qian am breiten Kinn.
„Hoffen wir, dass Sie Recht haben. Und jetzt gehen Sie und bringen mir ihre Leiche oder was davon übrig ist." Sein Blick begleitete den Sicherheitschef zur Tür. „Damit wir sicher sein können, dass sie keinem mehr etwas erzählen kann."
Wortlos verschwand der Angestellte durch die breite Tür aus gebürstetem Stahl, die hinter ihm satt ins Schloss fiel.
Der Chef der Sicherheit schritt einige Meter den neonblau ausgeleuchteten Gang hinab und blieb dann stehen. Verärgert drehte er sich noch einmal um, blickte auf die Tür und

schüttelte den Kopf.
Der ägyptische Spinner färbt schon kräftig auf den Doktor ab. Höchste Zeit, dass wir dieses Projekt abschließen, bevor Qian völlig überschnappt. Seine linke Hand kramte in der Jackentasche nach den Zigaretten, während die rechte zeitgleich die Taschen seiner grauen Stoffhose nach dem Feuerzeug durchsuchte. *Bleibt nur zu hoffen, dass es besser wird, wenn der Umzugsstress endlich wegfällt.*

***

„Tut mir leid, dass ich Sie vom Übersetzen abhalte. Ich weiß es wirklich zu schätzen, Sie als Privatpiloten an meiner Seite zu haben."
„Hmmm", brummte Hiob. „Nachdem Sie weder Kufi beherrschen noch das Steuer der Citation, blieb mir ja kaum eine andere Wahl."
„Na ja. Ich hätte auch einen Linienflug nehmen können."
„Ohne mich gehen Sie nirgendwo hin", stellte Hiob klar. „Wenn Ihnen etwas zustößt..."
„Dann bringt Alon Sie um?", scherzte David.
„Na, das vielleicht nicht, aber am Ende kürzt er mir noch mein Gehalt." Ein breites Grinsen durchzog Hiobs kantiges Gesicht. „Solange wir in meinem skandinavischen Panzer sitzen, müssen Sie sich keine Sorgen machen."
„Den Spruch verwendet Alon auch immer, aber bei seiner Fahrweise hab ich so meine Zweifel, ob der Schwedenstahl das dauerhaft aushält."
„Wechselt er seine Autos noch immer so oft wie seine Frauen?"
„Ich wäre fast versucht zu sagen, dass er seine Autos mittlerweile länger hat, aber dem neuen Cabrio konnte er partout nicht widerstehen."

David lachte und steuerte seinen tannengrünen Kombi auf eine freie Parklücke zu. „Lucan Place Nummer 2. Hier sind wir richtig."
„Danke, dass Sie es so schnell einrichten konnten vorbeizukommen", wurden die beiden Männer bereits beim Betreten der Polizeistation von Chief Inspector Scowcroft von Scotland Yard begrüßt.
„Sie haben Neuigkeiten von Natascha?", kam David gleich zur Sache.
Scowcroft senkte ausweichend seinen Blick und bremste damit Davids Erwartungen. „Nicht direkt, aber es gibt trotzdem Neuigkeiten, die Sie interessieren dürften."
Gespannt wartete David auf seine Ausführungen, doch der Chief Inspector zeigte auf eine Glastür. „Bitte nach Ihnen, meine Herren. Ich möchte das lieber besprechen, wenn wir unter uns sind."
Bereitwillig nahmen Scowcrofts Gäste auf den schwarzen Rollsesseln Platz, die um den ovalen Glastisch angeordnet waren.
„Möchten Sie Tee?"
Beide nickten zeitgleich.
„Mit Milch und Zucker?"
„Milch und zwei Stück Zucker für mich, bitte."
„Nur Tee, möglichst schwarz", gab Hiob seine Wünsche bekannt, die Scowcroft per Sprechanlage an einen seiner Mitarbeiter weiterleitete.
„Meine Herren, ich fürchte, ich habe schlechte Neuigkeiten", begann der Chief Inspector seine Erzählung. „Professor Woodberry wurde tot in seiner Wohnung aufgefunden."
David wollte sein Bedauern zum Ausdruck bringen, doch Scowcroft setzte seine Erzählung ohne Pause fort. „Die Tür seiner Londoner Wohnung war von innen versperrt. Soweit wir es bisher sagen können, dürfte er einem Herzinfarkt erlegen

sein... Aber wir ermitteln selbstverständlich in alle Richtungen."
„Das sind in der Tat keine guten Neuigkeiten, die Sie da für uns haben", stimmte ihm Hiob zu. „Aber inwiefern macht es die Anwesenheit von Mr. Wilder in London notwendig? Das hätten Sie uns doch auch am Telefon mitteilen können."
Scowcroft erhob sich und ging zu einem der grauen Aktenschränke, die in einer Reihe über die gesamte Länge der Wand hinter ihm aufgestellt waren. Zielsicher griff er nach einem Ordner im obersten Fach und brachte ihn zum Tisch.
„Nun, die Sache ist dann doch etwas komplizierter, fürchte ich."
Scowcrofts Blick löste sich von dem Ordner vor ihm, und er richtete die Augen auf David. „Was können Sie mir über das Verhältnis zwischen Professor Woodberry und Ihrer Frau erzählen, Mr. Wilder?"
„Nicht mehr, als Sie ohnehin schon wissen dürften", antwortete David, den bei Scowcrofts Frage ein leichtes Unbehagen überkam. „Natascha hat seit Jahren Seite an Seite mit dem Professor gearbeitet. Sie waren ein gutes Team, soweit ich das beurteilen kann. Aber Natascha hat nur selten über ihre Arbeit gesprochen, die Projekte, an denen sie gearbeitet haben, waren zumeist geheim."
„Natürlich waren sie das", zeigte sich Scowcroft mit Davids Antwort unzufrieden. Ohne eine weitere Frage zu stellen, schaute sein eiförmiges Gesicht fortwährend in Davids Richtung, als wollte er ihn mit subtilem Druck dazu bewegen, seine Aussage zu ergänzen. David konnte sich keinen Reim darauf machen. *Was genau will er von mir?*
„Es wäre einfacher, Sie sagen uns, worauf Sie hinauswollen", löste Hiob die Spannung, die der Chief Inspector versucht hatte aufzubauen. Als wollten sie seine eigene Widerwilligkeit unterstreichen, kämmten Scowcrofts Finger die dunkelbraunen

Haare seines Schnauzbarts gegen den Strich.
„Wussten Sie, dass Woodberry Ihre Frau in seinem Testament bedacht hat?“
David brachte sein Erstaunen so überzeugend zum Ausdruck, dass der Chief Inspector Gelegenheit bekam, einen Blick auf die beginnenden Geheimratsecken unter Davids dunkelblonden Haaren zu werfen.
„Ihrer Reaktion entnehme ich, dass diese Information für Sie eine Neuigkeit darstellt?“, bemühte sich Scowcroft um Klarstellung.
„Das kann man so ausdrücken“, wurde er von David bestätigt.
„Was genau hat er ihr vermacht?“, brachte sich Hiob erneut in das Gespräch ein.
„Kann ich Ihnen nicht sagen... Noch nicht.“ Scowcroft blätterte in dem Ordner. „Seine Wohnung in London sowie ein kleines Haus auf dem Land hat er einer karitativen Einrichtung hinterlassen.“ Er wandte sich wieder an David. „Ihre Frau...“ Scowcrofts Hand griff in eine Klarsichtfolie und fischte einen Schlüssel mit Anhänger heraus. „Ihre Frau sollte in den Besitz dieses Schlüssels gelangen, sobald der Professor das Zeitliche segnen würde.“
„Ein Schlüssel?“ David schien aus dem Staunen nicht herauszukommen.
„Was steht auf dem Anhänger? Sie haben doch sicher schon herausgefunden, wo sich das dazu passende Schloss befindet, oder?“, drängte Hiob den Chief Inspector, endlich auf den Punkt zu kommen.
Scowcroft drehte den eigenwillig geformten Schlüssel andächtig zwischen seinen Fingern und betrachtete ihn von allen Seiten.
„Ja, haben wir.“
„Und?“
„Er öffnet ein Schließfach bei der Bank.“

Er legte den Schlüssel demonstrativ vor sich auf die gläserne Tischplatte. Sofort stach Hiob und David die achteckige Form des Schlüsselbartes ins Auge.
„Darin befand sich was?"
Scowcroft verneinte kopfschüttelnd. „Das ist der Grund, warum ich Sie hergebeten habe, Mr. Wilder. Ich habe sowohl mit dem Staatsanwalt als auch mit dem zuständigen Notar gesprochen. Ihre Zustimmung vorausgesetzt, werden wir jetzt gemeinsam zur besagten Bank fahren und das Schließfach öffnen."
„Meine Zustimmung? Was hab ich damit zu tun?"
„Solange der Verbleib Ihrer Frau nicht geklärt ist, hält der Notar es für angebracht, dass Sie ihre Interessen vertreten. Der Richter und der Staatsanwalt haben sich dieser Meinung angeschlossen. Und da keine erkennbare Gefahr in Verzug ist, sind mir ohne Ihre Unterstützung die Hände gebunden. Es liegt also bei Ihnen."
Hiob verschränkte provokant seine Arme und schlug die Ellenbogen auf den Tisch. „Sie haben eine eigenwillige Art, Leute um Hilfe zu bitten."
Scowcroft musste sich keine Antwort mehr überlegen. David war bereits aufgesprungen und deutete auf die Tür. „Wir haben keine Zeit zu verlieren, also gehen wir!"
Und mein Tee..., wollte Hiob noch einwerfen, doch der Chief Inspector war der Aufforderung bereits dankbar nachgekommen. „Ich habe schon alles vorbereiten lassen. Der Direktor der Bank erwartet uns."

***

Längst hatten Chess und Alon auf ihren Maultieren die klebrigen Asphaltstraßen, die von unzähligen weggeworfenen PET-Flaschen flankiert wurden, hinter sich gelassen.

Tagestemperaturen von weit über 30 Grad waren keine Seltenheit für die Niederungen, doch in den Bergen konnte es empfindlich kalt werden. Erst recht, nachdem sich die letzten Strahlen der Abendsonne hinter den gut 2000 Meter hohen Bergrücken zurückgezogen hatten.
Ich kann bald nicht mehr sitzen auf diesem unbequemen Vieh. Und wie das schaukelt. Wie hält Chess das bloß so lange aus?
Alon drehte sich zu seiner Reisegefährtin um. „Besser, wir suchen uns einen Platz für das Nachtlager. Was meinen Sie?"
Mit Freude vernahm Chess den Vorschlag, auf den sie insgeheim schon gewartet hatte. *Na endlich, ich dachte schon, er will die ganze Nacht durchreiten.* Nie hätte sie sich die Blöße gegeben, als Erste danach zu fragen.
„Sie wollen jetzt schon zelten?", heuchelte sie Unverständnis für Alons Plan.
„Ja, man soll doch aufhören, wenn's am schönsten ist... Ich mach mir ein wenig Sorgen um die Maultiere, und dunkel wird's auch bald."
„Ich glaub dir kein Wort", flüsterte Chess.
„Wie meinten Sie, bitte?"
„Ich hab nichts gesagt... Mit Ihrem Sitzfleisch ist es wohl nicht allzu gut bestellt."
„Ja, ja, machen Sie ruhig Ihre Witze über mich. Aber lassen Sie sich eines gesagt sein. Mein Hinterteil ist so fein eingestellt, dass ich in einer Kurve jeden Kieselstein unter den Reifen spüre. Verglichen mit der komfortablen Federung, die ich von meinem Auto gewohnt bin, ist das hier die reinste Tortur."
Chess musste herzhaft lachen. „Ihr fein eingestelltes Hinterteil macht Ihnen also Probleme, wenn Sie einmal keinen weichen Sitz darunter vorfinden?"
„Gut, dann reiten wir eben weiter, bis es zu dunkel ist, das Zelt noch an einem geeigneten Platz aufzustellen... Wenn es das ist, was Sie wollen..."

„Nein! Nein, natürlich nicht." Sie grinste noch immer bis über beide Ohren. „Aber wegen mir hätten Sie nicht so früh schlappmachen müssen."
Chess schlug unter großer Anstrengung einen Hering nach dem anderen in den steinigen Boden. Unterdessen war Alon mit vollem Einsatz dabei, mit dem Klappspaten einen Graben rund um den Zeltplatz auszuheben.
„Gut, dass Sie so früh eingegangen sind", ätzte Chess, die sich nicht ganz sicher war, ob der Hering unter der Wucht des Schlags in den Boden wanderte oder sich einfach nur verbog. „Wie hätte der ideale Platz wohl erst ausgesehen, wenn wir kein Tageslicht mehr gehabt hätten?"
„Wir können gern tauschen, wenn Sie meinen, Sie hätten noch überschüssige Energie vorrätig." Er stieß mit dem Spaten so fest auf einen Stein, dass die Funken flogen. „Hier wäre Dynamit deutlich hilfreicher als diese Campingschaufel."
„Ich verstehe sowieso nicht, warum Sie hier unbedingt eine niederländische Grachtenlandschaft anlegen müssen. Aber vermutlich hat Ihnen das auch Ihr Großvater vom Tiefbau beigebracht."
Genervt stützte sich Alon auf die Schaufel. „Nein, hat er nicht!" Er blickte sie vorwurfsvoll an. „Derartige Kniffe lernen die Kinder schon bei den Pfadfindern. Der Graben rund um das Zelt wird das Wasser von uns fernhalten, wenn es in der Nacht zu regnen beginnt."
Chess hielt den Hammer mit beiden Händen und drosch engagiert auf den Hering ein, der nicht die geringsten Anstalten machte, im Boden zu verschwinden. „Wenn es zu regnen beginnt!", keuchte sie. „Die dunklen Wolken von vorhin sind verschwunden, und mit weniger als drei Regentagen im Monat sind wir hier nicht gerade in der Hochburg des schlechten Wetters gelandet..."
Sie holte tief Luft und senkte erschöpft den Hammer. „Aber

sobald Sie fertig sind mit Ihrem ehrgeizigen Wüstenbewässerungsprojekt, können Sie mir gern helfen, das Zelt überhaupt erst aufzustellen."
„Wozu? Ohne meinen schützenden Wassergraben würde die Springflut der herabstürzenden Regenmassen es sowieso mitreißen", scherzte Alon und kam Chess zu Hilfe. Er kniete sich neben sie und griff nach dem Hammer.
„Sie halten, ich schlage."
„Kommt ja gar nicht in Frage!", erwiderte sie empört und zog den Hammer weg. „Damit Sie mir auf die Finger hauen?"
Alon schüttelte verständnislos den Kopf. „Erstens kann ich mit einem Hammer umgehen, und zweitens sind Sie doch bereits so fertig, dass Sie den Hammer kaum noch heben, geschweige denn gezielt zuschlagen können."
„Sie… Sie werden schon noch sehen, was ich alles kann!" Hochmotiviert hob sie den Hammer und deutete Alon, seine Finger um den Hering zu legen.
„Ich werde nicht danebenschlagen", sagte sie mit zuversichtlicher Stimme.
„Genau das ist es, was mir zu denken geben sollte."
„Jetzt stellen Sie sich nicht so an! Ich hab das Zelt schon dutzende Male aufgebaut."
Warum lass ich mich eigentlich immer wieder breitschlagen, dachte Alon und sah gespannt auf den herabsausenden Hammerkopf.
Eines muss man ihm lassen, Mut hat er. So wie ich zittere, noch seine Hände dahin zu halten...
Einen Hering nach dem anderen versenkten die beiden gemeinsam im felsigen Untergrund, und binnen kurzer Zeit nahm das Zelt die gewünschte Form an.
„Sieht eigentlich schon ganz ordentlich aus. Was meinen Sie?"
Alon umrundete das fast vollbrachte Werk. „Hier muss noch einer rein. Den schlag aber ich ein!"

„Keinesfalls! Hat doch bisher blendend funktioniert. Da sehe ich keinen Grund, am System etwas zu ändern.“
„Man soll das Glück nicht überstrapazieren. Los, geben Sie schon her“, versuchte er, an den Hammer in ihrer Hand zu kommen.
Chess zog die Hand zurück und schüttelte mit allem Nachdruck ihren Kopf. „Wir machen es wie gehabt.“
Je mehr Alon darauf drängte, sie abzulösen, desto eigensinniger und selbstbewusster wurde Chess. Letztlich sah er die Hoffnungslosigkeit seines Unterfangens ein und ergab sich seinem Schicksal.
„Schauen Sie eben nicht hin, wenn Sie schwache Nerven haben.“
„Und ob ich da hinschaue! Meine schnelle Reaktion ist das Einzige, was zwischen Ihrem Hammer und meinen Fingern noch vermitteln kann. Und im Übrigen hab ich keine...“
Noch während Alon seinen Satz vollendete, sauste der Hammer bereits um Haaresbreite am Hering vorbei. Das Überraschungsmoment war ganz auf Seiten des Hammers, der wie durch ein Wunder auch Alons regungslose Finger verfehlte und hart auf einen am Boden liegenden Stein traf.
„Na toll!“, rief Chess. „Jetzt haben Sie mich nervös gemacht.“
Sie visierte erneut den Hering an. „Diesmal halten Sie einfach nur ruhig und sagen kein Wort, während ich ziele.“
Erst als sie zum Schlag ansetzen wollte, bemerkte sie, dass Alon seine Hand auf das rechte Auge presste.
„Ich dachte, Sie wollen dabei zusehen“, bemerkte sie verwundert.
„Wollte ich auch.“ Seine Hand bewegte sich nicht vom Auge weg.
„Und warum halten Sie dann Ihr Auge zu, statt den Hering fest?“
Seine Stimme klang nicht ansatzweise so vorwurfsvoll, wie

Alon es beabsichtigt hatte. „Weil Sie mit Ihrem Schlag den Stein so zertrümmert haben, dass ich seine Splitter ins Auge bekommen habe."
Chess legte besorgt den Hammer weg. „Hab ich das?"
Alon nickte.
„Lassen Sie mich mal sehen. Wenn da was drin ist, hol ich es raus."
Er zuckte zurück. „Unterstehen Sie sich, mir auch noch mit den schmutzigen Fingern hineinzufahren."
„Ihnen kann man es aber auch gar nicht recht machen." Chess kramte ein Taschentuch hervor und zupfte so an einer Ecke, dass sich eine dünne Spitze formte. „Halten Sie still. Ich werd sehen, dass ich alles herausbekomme."
Geduldig ließ er die Prozedur über sich ergehen, bei der Chess sehr sorgfältig die ins Auge geschleuderten Fremdkörper entfernte. „Halb so wild", stellte sie abschließend fest.
„Hätten Sie das auch gesagt, wenn Ihnen durch meine Schuld die Steinbrocken ins Auge geflogen wären?"
„Nein", bemerkte sie kühl. „Sicher nicht. Ich hätte nämlich auf mich gehört und weggesehen. Aber Sie mussten ja unbedingt schauen, wo ich hinschlage."
Alon zog es vor, die Schuldfrage nicht weiter zu erörtern. „Danke", beendete er die Debatte.
„Gern geschehen. Ich kann Sie ja nicht leiden lassen. Vielleicht sind Sie mir ja noch behilflich, wenn es darum geht, den verborgenen Schatz zu heben."
Sein Stirnrunzeln sprach Bände. „Welchen Schatz?"
„Na, die goldene Mauer, die goldenen Nägel,... den Goldschatz eben!" Sie grinste und schwenkte eine Wasserflasche. „Da."
Alons Blick unterstrich sein Unverständnis hinsichtlich ihrer Geste.
„Spülen Sie sich zur Sicherheit noch das Auge damit aus."
Chess nutzte seine Konzentriertheit auf die Augenreinigung

und führte ihren Gedanken weiter aus.
„Wenn es sich dabei wirklich um die echten Nägel handelt und sie tatsächlich in irgendeiner Form bewacht werden,... Ich meine jetzt, egal ob von einem Monster, einem Toten, einem Fluch oder was auch immer... dann übernimmt doch derjenige, der diesen Schatz hebt, die Verantwortung dafür. Also wenn wir diesen Golem töten müssen, dessen Job es war, die Nägel zu bewachen, dann werden wir praktisch zu dessen Nachfolgern, sobald wir sie an uns nehmen. Nur, dass wir die Nägel dann vor Shahids Männern bewachen."
„Sie meinen, so oder so, wir haben dann den Job des Monsters am Hals."
„Vereinfacht ausgedrückt... ja!"
„Wenn die Nägel da sind, dann finden wir sie. Und wenn sie nach so vielen Jahren noch bewacht werden, dann finden wir auch dafür eine Lösung."
Er sah Chess in die Augen und sein Blick wurde langsam wieder klar, als die letzten Wassertropfen von seinem Augenlid abperlten.
„Shahid wird den Tag verfluchen, an dem er begonnen hat, sich mit uns anzulegen. Diesmal werden wir dafür sorgen, dass er seiner gerechten Strafe nicht entkommt. Und wie ich Hiob kenne, könnte das um einiges schlimmer für ihn werden als ein albernes Lehmmonster."

***

„Sie wissen also auch nicht, was uns im Inneren des Schließfachs erwartet?", wollte Hiob von jenem Mittfünfziger wissen, dem man den Bankdirektor schon von weitem ansah. Sein blauer Nadelstreifanzug harmonierte erstklassig mit der perfekt gebundenen Krawatte. Die schwarzen Lederschuhe waren so glatt poliert, man hätte sie problemlos als Spiegel

verwenden können.
„Aber natürlich nicht, meine Herren. Was denken Sie denn?“, erwiderte der Bankdirektor mit kräftiger Stimme. Seine roten Backen spiegelten Unverständnis für Hiobs Frage wider. „In diesen Mauern ist Diskretion das oberste Gebot, wir leben vom Vertrauen unserer Kunden.“
„Und anscheinend nicht so schlecht“, flüsterte David Hiob zu und zeigte durch die Glasfront auf den Mitarbeiterparkplatz, wo sich eine Nobelkarosse an die andere reihte.
Hiob ließ seinen Blick über den Fuhrpark streifen und nickte David bestätigend zu, ehe er sich mit einer weiteren Frage an den Direktor der Bank wandte. „Aber Sie haben doch sicher die Möglichkeit, die Einlagerung von gefährlichen Stoffen oder Gegenständen zu verhindern?“
„Sie spielen auf Sprengstoff oder radioaktive Substanzen an?“
„Ja... Ja, etwas in der Art.“
Der Direktor blieb stehen und drehte sich zu Scowcroft und seinen beiden Begleitern um, die ihm bereits durch die halbe Bank gefolgt waren. „Selbstverständlich haben wir Mittel und Wege, die Einlagerung gefährlicher Substanzen zu unterbinden. Haben Sie Grund zu der Annahme, dass sich in dem von Ihnen angesprochenen Schließfach etwas Derartiges befindet?“
„Nein, natürlich nicht, Direktor!“, beruhigte ihn Scowcroft, ohne zu zögern, und schaute anschließend in die Runde, um Bestätigung für seine Behauptung zu erhalten.
David schüttelte bestimmt seinen Kopf, doch Hiob zuckte nur teilnahmslos mit den Schultern.
„Oder haben wir?“, setzte Scowcroft daraufhin nach.
Die Blicke aller drei Männer richteten sich mit einem Mal auf Hiob.
„Gibt es etwas, das Sie uns mitteilen wollen, Hiob?“
„Ich?“, fragte dieser erstaunt.
„Raus mit der Sprache“, drängte David. „Was vermuten Sie in

dem Schließfach?“
„Ich habe nicht die geringste Ahnung, was ich da drin vermuten soll“, antwortete Hiob gelassen.
David, Scowcroft und der Direktor starrten ihn fragend an.
„Vielleicht ist gerade das der Grund, warum ich die Sache mit etwas mehr Vorsicht angehen würde“, versuchte Hiob, seine Gedanken darzulegen. „Wir haben bereits eine beachtliche Anzahl von Toten. Dazu kommt Shahids Einsatz von schnell wirkenden Nervengiften bzw. Kampfstoffen, die über die Haut aufgenommen werden. Woodberry ist selbst seit kurzem tot, was die Sache für mich nicht gerade vertrauenswürdiger macht. Und bei allem Respekt für den verstorbenen Professor, so schien er mir doch zumindest wunderlich zu sein. Auch wenn ich nicht behaupten möchte, dass eine unmittelbare Gefahr von ihm ausgegangen ist...“ Er stoppte mitten im Satz.
„Ja?“, fragte der Direktor nach. Das Rot auf seinen Backen wich mit jedem von Hiobs Worten einer vornehmen Blässe.
„Ich glaube einfach, dass erhöhte Vorsicht unter solchen Begleitumständen nicht schaden könnte“, legte sich Hiob fest.
Es dauerte keine Stunde, bis Scowcroft die angeforderten Sondereinheiten persönlich in Stellung bringen konnte. Vom Entminungsdienst über die Seuchenbekämpfung bis hin zu den beiden Männern im Strahlenschutzanzug hatten sich alle im Tresorraum der Bank eingefunden. Nachdrücklich wies der Chief Inspector auf die möglichen Gefahren hin, während er die Leute über den geplanten Ablauf der Aktion informierte.
David und Hiob standen in sicherer Entfernung und beobachteten interessiert die Ereignisse im Tresorraum. „Sie können stolz auf sich sein, Hiob“, stellte David mehr zynisch als anerkennend fest. „Mit etwas Glück schaffen Sie es damit in die Abendnachrichten.“
Hiob machte keine Anstalten, auf die vermeintliche Provokation zu reagieren.

„Wobei...“, setzte David nach, „... so wie der Direktor um Diskretion bemüht ist, würde es mich nicht wundern, wenn tatsächlich niemand da draußen etwas von dem Zirkus in der Bank mitbekommt.“

Pausenlos war der Direktor damit beschäftigt, sein Personal und jeden Beamten, der ihm über den Weg lief, zur absoluten Diskretion anzuhalten.

„Er kommt wieder“, stellte Hiob lapidar fest. Noch bevor David reagieren konnte, vernahm er bereits die Stimme des Bankdirektors hinter sich.

„Ich möchte auch Sie beide nochmals mit Nachdruck um absolute Verschwiegenheit in dieser Angelegenheit bitten. Wir sind ein seriöses Institut und jede Erwähnung unseres Namens im Zusammenhang mit einem derartigen Szenario hätte verheerende Folgen für unsere Reputation.“

„Ich garantiere Ihnen, dass wir völliges Stillschweigen über die aktuellen Ereignisse bewahren werden“, bemühte sich David, den Direktor zu beruhigen. Dieser bedankte sich erneut für Davids unterstützende Worte und lief den Gang hinunter in Richtung Treppenhaus.

„Jetzt haben wir wieder einige Minuten Ruhe vor ihm“, kommentierte Hiob den Rückzug des Direktors, der sich augenscheinlich bereits auf sein nächstes Opfer gestürzt hatte.

„Er hat sicher keinen leichten Job mit der ganzen Verantwortung. Und die Spezialeinheiten, die Scowcroft angefordert hat, machen die Sache auch nicht einfacher.“

„Nur kein falsches Mitleid mit unserem Herrn Direktor. Denken Sie an den Fuhrpark.“

David grinste.

„Wir wären dann so weit“, erstattete der Chief Inspector seinen beiden Begleitern Bericht. „Ihre Zustimmung vorausgesetzt, Mr. Wilder, beginnen wir mit dem Öffnen des Schließfachs des verstorbenen Professors.“

David warf der versammelten Mannschaft der diversen Sicherheitstrupps einen aufmunternden Blick zu. „Ich denke, jetzt wäre nicht der richtige Zeitpunkt, um sich die Sache noch einmal anders zu überlegen.“
„Ihr habt es gehört, Männer. Legt los, wie besprochen!“, gab Scowcroft den Startschuss. Das Echo seiner Worte war im langen Tresorgang noch nicht restlos verhallt, da begannen drei schwarz gekleidete Männer bereits damit, schwarze Matten entlang der Schließfächer auszurollen. David konnte nicht sagen, wie schwer jede der dicken Matten sein musste, doch die Anstrengung war den Männern trotz oder gerade wegen ihrer umfangreichen Schutzkleidung gut anzusehen. „Erinnert mich an die Matten, die wir im Turnunterricht auflegen mussten.“
„Splitterschutz, wie ich vermute“, merkte Hiob an.
Der Chief Inspector nickte. „Es könnten sich wertvolle Gemälde oder Kunstgegenstände in einigen der Schließfächer befinden. Nicht auszudenken, wenn da etwas hochgeht und so ein Stück beschädigt wird, weil wir bei den Splitterschutzmatten gespart haben.“
„Und wie geht's jetzt weiter?“, wollte David wissen.
„Ich würde vorschlagen, wir ziehen uns in den Überwachungsraum zurück. Von dort haben wir die Möglichkeit, das Geschehen im Tresorraum aus sicherer Entfernung zu verfolgen.“
„Ich meinte eigentlich, wie Ihre Männer gedenken vorzugehen.“ David und Hiob folgten dem Chief Inspector den Gang hinunter bis zur massiven Brandschutztür, hinter der sich der Überwachungsraum der Bank befand.
„Zunächst wird das Bombenteam mit elektronischen Schnüfflern und einer kleinen Teleskopkamera versuchen, durch das Schlüsselloch den Inhalt des Schließfachs einzustufen.“

Scowcroft schlug mit der flachen Hand zweimal gegen die Brandschutztür, die kurz darauf von einem schwarz gekleideten Mann geöffnet wurde.
„Sie kommen gerade rechtzeitig zum Hauptprogramm, Chief Inspector. Der Monitor in der Mitte ist es."
Die Männer brachten sich vor dem Bildschirm in Stellung und verfolgten gespannt die nächsten Schritte der Einsatztruppe.
„Wenn Sie da drinnen eine Kamera haben, könnten wir uns dann nicht einfach ansehen, was Woodberry in sein Fach gepackt hat?"
„Die Kamera haben wir mitgebracht", stellte der Mann in Schwarz fest.
Scowcroft ergänzte die Ausführung seines Mitarbeiters. „Aus Datenschutzgründen steht uns von diesem Raum kein Aufzeichnungsmaterial zur Verfügung. Ich hatte das bereits bei meinem ersten Telefonat mit dem Direktor angedacht, aber leider... Das Bombenteam hat für seine Einsätze eine eigene, hochauflösende Kamera, die mittels Funkübertragung alle Schritte dokumentiert."
„Falls dabei etwas schief geht", bemerkte Hiob.
„Nicht nur für den schlechtesten aller Fälle. Wir verwenden die Auswertung der Daten auch für Schulungen und zur eigenen Verbesserung", stellte der Mann in Schwarz klar.
Auf dem kleinen Farbmonitor war ein Mann in Splitterschutzkleidung zu sehen. Der riesige Helm erleichterte ihm die Orientierung im durch die Matten beengten Tresorraum nicht gerade. Auf einem kleinen, silbernen Tischchen mit Rollen schob er ein schwarzes Gerät in Richtung des Schließfachs von Woodberry.
„Das ist unser elektronischer Bombenschnüffler, ein ganz feines Gerät", schwärmte Scowcrofts Mitarbeiter. „Wenn irgendetwas im Tresorraum in den letzten Wochen mit TNT in Berührung gekommen ist, dann wird es anschlagen."

Der Mann bewegte einen kleinen Joystick unterhalb des Monitors, und die Kamera zoomte zur Anzeige des Bombenschnüfflers. Deutlich konnte man einen Balken erkennen, dessen Farbverlauf von Grün über Gelb bis Rot reichte.
„Sie können ihn mit einem Geigerzähler vergleichen, nur misst der Schnüffler statt der Radioaktivität den TNT-Gehalt der Luft. Je höher die Konzentration, desto weiter geht der Balken in den roten Bereich und desto lauter piepst das Gerät. Der große Vorteil bei dieser Methode ist, dass wir selbst kleinste Molekülmengen orten können. Keine Verpackung, die in so ein Schließfach passt, würde ausreichen, um den Sprengstoff vor uns abzuschirmen."
David zeigte sich höchst interessiert an dem elektronischen Schnüffler. „Wie genau funktioniert die Erkennung?"
„Im Inneren befindet sich ein Polymer. Setzt man es ultraviolettem Licht aus, so beginnt es zu fluoreszieren. Am vorderen Ende sitzt eine Öffnung mit einem Schlauch, über die bei Bedarf Luft angesaugt wird. Diese Luft gelangt dann zu dem Polymer, dessen Leuchtkraft nachlässt, sobald sich TNT-Partikel in der Luft befinden. Das Gerät vergleicht dann nur noch die Helligkeit des Polymerleuchtens mit den gespeicherten Referenzwerten und zeigt die TNT-Konzentration auf dem Balken an. Die Messung selbst dauert nur wenige Sekunden."
Die vier Augenpaare fixierten die Balkenanzeige auf dem Monitor, die sich nicht im Geringsten veränderte.
„Sieht nicht so aus, als hätte Ihr Sprengstoffstaubsauger etwas gefunden."
„Kein Grund, vorschnell Entwarnung zu geben. Es gibt ja auch noch andere Sprengstoffarten, und wenn die Messungen auch alle negativ verlaufen, erfolgt abschließend noch die optische Prüfung mit der Teleskopkamera."

„Wir sehen also das ganze Programm?“
„Das ganze Programm“, bestätigte Scowcroft und zeigte auf eine Gruppe von grünen Metallstühlen mit grauem Samtbezug. „Lehnen Sie sich zurück, meine Herren.“

***

In den jemenitischen Bergen war die Nacht angebrochen. Auf knapp 1800 Meter Höhe trotzte ein einsames Zelt dem auffrischenden Wind. Die Außentemperatur war auf wenige Grad über Null gefallen, und auch das Lagerfeuer vor dem Zelt gab sich der Dunkelheit hin. Nur vereinzelt glimmte noch ein Stück verkohltes Holz auf, wenn der Wind darüber fegte. Der sternenklare Neumondhimmel prophezeite ein weiteres Absinken der Temperaturen im Laufe der folgenden Stunden. Der Lagerplatz war so abgeschieden, dass er von keinem Lichtschein einer menschlichen Siedlung mehr erreicht wurde.
Aus dem Zeltinneren war seit geraumer Zeit kein Laut mehr zu hören. Chess lag wie eine Mumie in ihren Schlafsack eingewickelt und schlief tief und fest. Doch selbst mit geöffneten Augen wäre es ihr schwergefallen, durch die dicke Zeltplane den schwachen Lichtschein zu erkennen, der sich aus nördlicher Richtung genau auf sie zubewegte.
Die Campinglampe war längst erloschen, und ohne das Funkeln der Sterne am Firmament hätte die Finsternis die Silhouette des Zelts schon restlos verschluckt. Irgendwo in der Ferne heulte einsam eine Hyäne.
Es war, als wüsste der Lichtschein, wen er suchte, so zielgerichtet steuerte er den Lagerplatz an. Doch auch er hatte zunehmend Probleme, gegen den Wind anzukämpfen, der vom Zelt in Richtung Tal wehte.
Mit jeder Bö gelang es den bewegten Luftmassen, etwas an Intensität zuzulegen, was sich auch auf die Dehnung der

Spannschnüre auswirkte. Chess und Alon hatten sie mit großer Sorgfalt kräftig gespannt, um dem Zelt eine höchstmögliche Verwindungssteifigkeit zu geben. Doch unter dem kontinuierlich ansteigenden Anpressdruck auf der dem Wind zugewandten Seite wurden die Schnüre auf der Talseite immer stärker entlastet und begannen zunehmend durchzuhängen.
Noch immer blieben die heftigen Schaukelbewegungen im Inneren des Zelts unbemerkt, zu tief war man in den Schlaf gesunken. Auch der schon recht nahegekommene Lichtschein erweckte weiterhin keine Aufmerksamkeit, als ginge von ihm keinerlei Gefahr aus.
Gegen den blendenden Lichtkegel, der einsam durch das Dunkel wanderte, war es unmöglich, die Identität der dunklen, knapp zwei Meter großen Gestalt festzustellen. Unbeeindruckt von dem sich abzeichnenden Wettersturz hielt sie auf den Lagerplatz zu.
Chess wurde zusehends unruhiger und begann, sich im Schlafsack herumzuwälzen. In ihren Träumen war sie mit den Zeilen eines ihrer Gedichte beschäftigt, das sie seit Tagen nicht mehr loslassen wollte.
Meine alte Freundin, die Angst…
Noch hatte sie die richtigen Worte nicht gefunden, um es niederschreiben zu können, doch jeden Abend vor dem Einschlafen versuchte sie dem Gesamtwerk ein Stück näher zu kommen.
… und wenn ich traurig bin… kommst du zu mir…
In jener Nacht waren ihre Gedanken in besonderer Weise der selbst gestellten Aufgabe verhaftet. Ganz offensichtlich waren es die bewegten Ereignisse der letzten Wochen, die ihren Geist nicht zur Ruhe kommen ließen.
… jagst mich noch tiefer in den Abgrund... ich hab Angst, mich dann zu verlieren…
Gänzlich unbemerkt blieben die schweren Schritte, die sich,

dem Lichtkegel folgend, auf das Zelt zubewegten. Sie beschleunigten im selben Ausmaß, mit dem auch der Wind begann, an Stärke zuzulegen, und unterstrichen damit die Dualität des drohenden Unheils.

... lässt mich vor Zweifel zu Eis erstarren... hebst mich in luftlose Höhen...

Immer seichter wurde Chess' Schlaf, während sie ihren Kopf nervös von einer Seite auf die andere drehte. Es war, als würde eine innere Stimme sie vor der drohenden Gefahr warnen wollen, derer sie sich noch nicht bewusst war. Der Rhythmus ihrer Gedanken begann, sich dem Rütteln des Windes an der Zeltplane anzupassen, und holte sie mit jeder Windbö ein Stück zurück aus der Traumwelt.

... und ich kämpfe, mein Selbst zu bewahren...

Die dunkle Gestalt war kaum mehr als 100 Meter vom Zelt entfernt, da erlosch der Lichtkegel schlagartig. Als hätte die Dunkelheit das Licht samt seinem Träger verschluckt, um ihn vor Chess zu verbergen, die im Halbschlaf begann, ihre Augen zu öffnen. Es dauerte noch einige Sekunden, ehe es ihr möglich war, Traum und Realität zu unterscheiden.

Dann sprang sie mit einem beherzten Satz hoch. „Alon, wachen Sie auf! Wir müssen die Seile nachjustieren." Ohne seine Antwort abzuwarten, nahm sie sich eine Taschenlampe und stürmte nach draußen, um sich vor Ort ein Bild von dem Zustand der Spannschnüre zu machen.

„Verdammt, hier ist es aber ungemütlich geworden." Der Wind peitschte gnadenlos gegen alles, was sich ihm in den Weg stellte. Eine der Schnüre hing komplett durch und wartete auf die nächste Windbö, die sie mit einem lauten Knall wieder bis zum Zerreißen ausdehnen würde.

Keine Sekunde zu früh! Das halten die Seile nicht mehr lange aus. Wir müssen sie nachspannen, bevor sie zerfetzt werden und das ganze Zelt davonfliegt.

Chess klemmte sich die Taschenlampe zwischen ihre Zähne, um beide Hände für das Hantieren an den Spannschrauben frei zu haben. Es war ein Kampf gegen die Zeit, denn würde erst eines der Seile reißen, so wäre der Zug auf die verbleibenden schlagartig erhöht. Die darauf einsetzende Kettenreaktion würde die restlichen Spannschnüre binnen Minuten, wenn nicht Sekunden zerreißen.

„Komm schon“, fauchte Chess. „Lass dich nicht so bitten.“

Mit aller Kraft zog sie an der gelockerten Schnur, um sie möglichst straff zu bekommen, ehe der Wind sie wieder erfassen konnte. Ihre ganze Aufmerksamkeit galt dem Zelt, und so war ihr entgangen, welch erbitterter Kampf keine zwanzig Schritte hinter ihr tobte.

Wäre toll, wenn der Macho seinen Hintern auch mal aus dem Schlafsack bekommen würde und mir hier zur Hand ginge.

Die Taschenlampe immer noch zwischen den Zähnen, verkam der vorwurfsvoll angedachte Ausruf seines Namens zu einem leisen Raunen. Das tosende Heulen des Gegenwindes trug das seine dazu bei, dass keiner ihrer Laute das Innere des Zelts erreichte.

Die Temperatur lag kaum noch über dem Gefrierpunkt, was das Arbeiten nicht unbedingt vereinfachte, zumal der peitschende Wind es deutlich kälter erscheinen ließ.

Chess musste versuchen, alle Schnüre möglichst gleichmäßig zu spannen, um keines der Seile zu überlasten. Daher war sie gezwungen, sich in gehockter Position kontinuierlich von einem Seil zum nächsten zu hangeln.

Gerade als sie das äußerste Seil nachgespannt hatte und ein wenig aufschaute, bevor sie sich wieder zu jenen Spannschnüren bewegte, die im Windschatten des Zelts lagen, bot die Stelle zwischen ihren Augen ein ideales Ziel.

Gänzlich ohne Ankündigung und mit hoher Geschwindigkeit wurde sie perfekt an der Stirn getroffen und zuckte zusammen.

Nicht auch das noch.

Der Regentropfen zersprang beim Aufschlag und war ein untrüglicher Vorbote des unmittelbar bevorstehenden Schneeregens, der nur darauf wartete, mit voller Härte loszuprasseln.

Wenn er nicht sofort aufsteht, gibt es kein Zelt mehr, das wir sichern können.

„Alon!“, schrie sie in Richtung Zeltplane und musste zusehen, wie die Taschenlampe vor ihr auf die Steine fiel, da Chess gerade beide Hände benötigte, um das Seil festzuhalten.

Ob das so eine gute Idee war?

Das Streulicht der am Boden liegenden Taschenlampe reichte nicht aus, um erkennen zu können, wo genau das Seil durch den Sicherungssplint geführt werden musste.

Na großartig! Jetzt kann ich hier sitzen und das Seil festhalten, bis er sich bequemt, endlich aufzustehen.

„Alon! Ich könnte jetzt wirklich Hilfe brauchen!“ Sie brüllte aus vollem Hals und blickte hoffnungsvoll auf den Zelteingang. Gerade als sich der Seitenflügel des Zelteingangs aufbog und Chess erleichtert aufatmen wollte, spürte sie völlig unerwartet den festen Griff einer Hand auf ihrer Schulter.

Ein gellender Aufschrei brachte ihren Schreck zum Ausdruck, während sie herumwirbelte. Aus dem Augenwinkel versuchte sie noch, Alon auszumachen, wie er aus dem Zelt kam, doch der Seitenflügel sackte leblos zurück, nachdem die Windbö von ihm gelassen hatte.

„Chess“, versuchte Alon sie zu beruhigen. „Chess, ich bin hier.“

Entgeistert starrte sie Alon an, der sich zu ihr hinuntergebeugt hatte.

Sie wusste nicht, ob sie sich freuen sollte, seine Stimme zu hören, oder über den Schreck ärgern, den er ihr durch sein Anschleichen eingejagt hatte.

„Ich war noch einmal an dem kleinen Bach hinter der letzten Biegung und bin so schnell zurückgekommen, wie ich konnte."
„Sie..." Chess schluckte und holte tief Luft. „Ich brüll mir hier schon seit zwei Minuten die Seele aus dem Leib, damit Sie mir endlich helfen. Hier tobt ein Sturm!"
„Genau deshalb hab ich mich beeilt, zurückzukommen."
„Beeilt? Angeschlichen trifft es wohl eher!"
„Ich habe so laut gerufen, wie ich nur konnte, aber gegen den Wind war das zwecklos. Selbst aus zehn Metern Entfernung haben Sie auf Ihren Namen noch nicht reagiert."
Er griff nach der Taschenlampe am Boden und beleuchtete damit das Seil. „Kommen Sie, wir haben keine Zeit zu verlieren. Hier draußen wird es gleich noch viel ungemütlicher."
Chess fädelte das Seil ein. „Und warum haben Sie keine Taschenlampe mitgenommen?"
„Hab ich ja, aber die hat ganz plötzlich den Geist aufgegeben."
Chess warf ihm einen Blick des Bedauerns zu, während sie sich daran machte, das nächste Seil zu spannen.
„Und was hat Sie motiviert, mitten in der Nacht zum Bach zurückzulaufen? Noch dazu, ohne es mir zu sagen."
Alon presste seine Hand auf die Schlaufe, damit Chess die beiden Seilenden verknoten konnte. „Ich konnte nicht einschlafen, und bevor ich losgegangen bin, habe ich versucht, Sie zu wecken, aber Sie haben so fest geschlafen... Ich habe im Bach das Geschirr abgewaschen, damit wir morgen früh keine Zeit verlieren."
Er hat was? Ich glaube, ich schlafe noch und bin in einem ganz eigenartigen Traum unterwegs.
„Der Sturm ist ziemlich heftig, und ich bin mir nicht sicher, ob ich Sie richtig verstanden habe. Haben Sie tatsächlich gerade gesagt, Sie hätten das Geschirr gewaschen?"
Er nickte.

„Unten am Bach?“
Er nickte erneut.
„Während ich geschlafen habe?“
„Lesen Sie es von meinen Lippen! Ich habe im Bach das Geschirr abgewaschen, während Sie geschlafen haben, damit wir morgen früh keine Zeit verlieren.“
Chess ordnete ihre Gedanken. *Er hat im Bach das Geschirr gewaschen, während ich geschlafen habe, damit wir morgen keine Zeit verlieren... Ich muss tatsächlich träumen, das hätte ich ihm niemals zugetraut. Genau genommen war das ja richtig nett von ihm.*
Chess war bemüht, sich die angenehme Überraschtheit nicht anmerken zu lassen, und fixierte gemeinsam mit Alon die letzte Spannschnur.
Kaum waren sie im Zelt, wurde der Wind zwar merklich schwächer, doch dafür brach der angekündigte Schneeregenschauer so richtig los. Mit einem gleichmäßigen Plätschern prasselte das Unwetter auf die Zeltwände nieder.
„So, Sie machen also gemütlich einen auf Tellerwäscher bei Mondschein, während ich hier mit dem Orkan um unser Nachtlager kämpfe.“
„Es scheint gar kein Mond.“
„Ach, lenken Sie doch nicht ab.“
„Mach ich gar nicht. Und dieses stärkere Lüftchen kann dem Zelt nicht ernsthaft etwas anhaben. Wenn wir allerdings bei diesem Regen keinen Graben um das Zelt hätten...“
„Dann hätte sich jemand sparen können, das Geschirr abzuwaschen, und nicht riskieren müssen, dass der Taifun unser Zelt wegfegt.“
„Wer lenkt jetzt ab?“

***

„Muss ein ziemlich spannendes Buch sein, das Ihr Freund da liest, wenn er sich dafür die Öffnung des Schließfachs durch den Entminungsdienst entgehen lässt. Dabei war doch sein Einwand der Auslöser dafür, dass Chief Inspector Scowcroft hier so einen Zirkus veranstaltet."
David reagierte gelassen auf die Anspielung des Bankdirektors, der neben ihm Platz genommen hatte. „Wir arbeiten mit Scowcroft zusammen, um die Entführung meiner Frau und einige ungelöste Mordfälle aufzuklären."
„Also, dann sind Sie der Ehemann der Entführten?"
In aller Kürze erzählte David dem Bankdirektor zusätzliche Details von Nataschas Verschwinden.
„Entschuldigen Sie, bitte... ich wusste ja nicht..."
„Geht schon in Ordnung", nahm David die Entschuldigung des Direktors an. „Auch unsere Nerven liegen seit einiger Zeit recht blank."
„Wer könnte Ihnen das verdenken, Mr. Wilder? Scowcroft hatte mir gegenüber nur ganz beiläufig etwas von einer Entführung erwähnt."
„Es scheint für uns alle vorteilhaft zu sein, wenn wir uns bedeckt halten, bis wir mehr Informationen haben. Sie wissen ja, wie sehr die Medien Dinge aufbauschen können."
„Selbstverständlich! Ich weiß genau, wovon Sie sprechen. Bitte seien Sie sich gewiss, von mir erfährt kein Mensch irgendetwas. Diskretion ist mein tägliches Geschäft, Sie können sich völlig auf mich verlassen. Ich bin der Letzte, der daran interessiert ist, dass sich die Reporter und Fotografen hier die Klinke in die Hand geben."
„Schön, dass wir uns verstehen", grinste David den Direktor freundlich an. Er beschloss, die Gunst der Stunde zu nutzen, und den Bankdirektor auf Woodberry anzusprechen.
„Das kann ich Ihnen so aus dem Stegreif leider auch nicht sagen. Geben Sie mir bitte einen Moment, Mr. Wilder. Ich

werde einen Mitarbeiter bitten, das für Sie zu recherchieren."
Der Direktor stand auf und verließ den Raum, in dem sich außer David nur noch Hiob befand. Er hatte sich etwas abseits an einen kleinen Tisch gesetzt und arbeitete an der Übersetzung des schwarzen Buches, das David und er aus dem Skriptorium mitgebracht hatten.
Hiobs kantige Gesichtszüge kamen so richtig zur Geltung, wenn er seine Augen beim Lesen etwas zusammenkniff. Vor zwei Jahren hatte ihm sein Arzt zu einer schwachen Lesebrille geraten. Hiob hatte bereits in der ersten Woche herausgefunden, dass seine Brusttasche nicht der ideale Aufbewahrungsort für eine Brille war. Jemand, der seine Arbeit vorrangig im Außendienst verrichtete, musste zwangsläufig zu dem Schluss kommen, dass der einzig sichere Platz für die Lesebrille der Büroschreibtisch war. Jener Platz, der von Agenten im Außendienst so selten frequentiert wurde, dass ihn sich statistisch gesehen ein Dutzend von ihnen teilen konnte, ohne Gefahr zu laufen, sich dabei in die Quere zu kommen.
„Wie kommen Sie voran, Hiob?"
Nicht unglücklich über die Unterbrechung, sah er zu David auf. „Hier steht eine Menge an religiösem Blabla, das für uns kaum Bedeutung haben dürfte. Ich glaube auch, dass die Abschrift nicht sehr sorgfältig durchgeführt wurde. Im Vergleich zu den Buchseiten, die Chess mitgebracht hat, strotzt der Text in diesem Buch geradezu vor Schreibfehlern."
„Sie haben mein volles Mitgefühl. Steht auch etwas Nützliches für uns drin?"
Hiob verzog unentschlossen sein Gesicht. „Das ist ja mein Problem. Die wichtigen Passagen sind immer wieder zwischen den religiösen Fülltext geschrieben. Ich muss jedes einzelne Zeichen übersetzen, damit uns nichts entgeht."
David nickte anerkennend, nicht zuletzt, weil Hiob bereits die Hälfte der alten Schrift übersetzt hatte.

„Ich bin mir aber schon sehr sicher, dass Sie mit Ihrer Vermutung richtig lagen. Dieser Gegenpapst Konstantin II. war wirklich Auftraggeber, wenn nicht sogar Autor des Buches. Die Geschichte von den Eisennägeln wird ebenfalls sehr blumig erzählt."
Hiob blätterte in seinen Aufzeichnungen zu der Stelle, die er David vorlesen wollte.
„In diesen Mauern hinterlasse ich euch nur den rotbraunen Staub seiner Begleiter. Sein wahres Vermächtnis aber ruhe von nun an geschützt durch die Mächte der goldenen Mauer. Bis der Tag gekommen ist, der Kinder zu Greisen werden lässt. Bis die Meere sich erheben, die Sonne sich verdunkelt und die Sterne auf die Erde niederstürzen. Weh dem, der sich anmaßt, der gerechten Zeit vorzugreifen."
„Rotbrauner Staub seiner Begleiter? Das hört sich nach rostigem Eisen an. Die Eisennägel sind also nicht die Kreuznägel Christi, sondern die der anderen Hingerichteten, die man neben ihm gekreuzigt hat... Wir sind wirklich gut!"
Hiob lehnte sich entspannt zurück, als wollte er David demonstrativ zustimmen.
„Ich glaube, ich weiß auch schon, warum die echten Nägel in den Jemen gebracht wurden, und was es mit dem Holzmodell der Arche Noah auf sich hat."
„Schießen Sie los, Hiob!"
„Sem, einer von Noahs Söhnen, hat sich im Jemen niedergelassen, nachdem die Sintflut überstanden war. Konstantin II. erwähnt seinen Namen in diesem Buch sehr häufig und dürfte sich für seine Geschichte interessiert haben. Möglicherweise hat eine der alten Erzählungen über Sem den Gegenpapst auf die Idee mit dem Versteck hinter der goldenen Mauer gebracht."
„Sie meinen, Noahs Sohn hat die goldene Mauer ursprünglich entdeckt, und Konstantin II. ist dann irgendwann darüber

gestolpert?“
„Wäre doch gut möglich. Von Sem ist überliefert, dass er im Jemen war, vom Gegenpapst allerdings nicht. Und es würde auch erklären, warum Konstantin II. ausgerechnet die Arche Noah als Karte für das Versteck der echten Nägel verwendet hat. Quasi eine Art Hommage an den Entdecker.“
„Klingt schlüssig.“
Hiob beugte sich wieder über das Buch.
„Die Passage, die da hinten beginnt, klingt übel. Es geht um Warnungen und Bannsprüche, die das Versteck hinter der goldenen Mauer beschützen sollen. Klar, so etwas war zu erwarten. Aber auf den folgenden Seiten wird es dann schon sehr konkret. Ich verliere besser keine Zeit und mache weiter mit der Übersetzung.“

***

Chess band die Maultiere an einem großen Stein fest. Der Pfad wurde zunehmend schmaler, und das Risiko, eines der Tiere bei einem Fehltritt zu verlieren, war einfach zu groß. Sie schüttete noch etwas Futter aus einer der Satteltaschen.
„Schön hier warten, bis wir zurück sind“, klopfte sie einem der Tiere zur Verabschiedung auf den Rücken. „Der bequeme Teil der Reise endet also hier.“
„Erst hier? Der war für mich bereits vorbei, als wir den Wagen zurücklassen mussten.“
Männer!
„Das zeitige Aufstehen liegt mir irgendwie gar nicht.“
Chess warf ihrem Begleiter einen verständnisvollen Blick zu.
„Wem sagen Sie das, aber der herrliche Anblick entschädigt uns doch angemessen.“
Als hätte das heftige Unwetter der letzten Nacht nie stattgefunden, präsentierte sich das prächtige Bergpanorama.

Aus den dichten Waldstreifen zwischen den zerklüfteten Bergketten stieg im Schein der Morgensonne dunstiger Nebel auf.
„Sehen Sie doch nur, wie es zwischen den Bäumen in den Tälern hervordampft."
„Sehr schön", antwortete Alon mit wenig Glaubwürdigkeit in seiner Stimme.
„Etwas mehr Begeisterung!"
Wo nimmt sie nur diese Energie her, noch dazu nach so einer grauenhaften Nacht?
„Weit kann es nicht mehr sein. Wenn die Wegbeschreibung der Alten stimmt, dann müssten wir nach der nächsten Kurve wieder auf den Bach treffen. Dessen Lauf folgen wir dann noch für etwa eine halbe Stunde und kommen dann zu einem kleinen Wasserbecken, in das sich ein Wasserfall ergießt."
Alon führte seine Hand lässig zur Sonnenbrille, um ihren Sitz zu verbessern. „So wie Sie es beschreiben, klingt es wie ein gemütlicher Spaziergang in herrlichster Natur."
„Bei dem Wetter ist es das ja wohl auch."
„Verglichen mit dem Unwetter von heute Nacht..."
„Gut, dass Sie wieder darauf herumreiten. Ich finde es nämlich beeindruckend, wie wenig Spuren der heftige Regen hinterlassen hat. So auf den ersten Blick sieht es hier nirgends danach aus, als hätte die letzte Nacht überhaupt stattgefunden."
„Darf ich Sie bei dieser Gelegenheit nochmals an die Proviantdose erinnern, die heute Morgen vor meiner Nase durch das Zelt geschwommen ist."
Alon und Chess näherten sich einem mit Gras bewachsenen Lehmhügel. Die eigenwillige Form war unverkennbar nicht natürlichen Ursprungs. Der Hügel wurde auf der Hangseite von einer Steinmauer gestützt, die ohne Mörtel errichtet worden war. Ihre Natursteine hatte man wie Ziegel in Form geschlagen. Einzelne Steine waren dick mit Patina überzogen, was Alon

dazu veranlasste, Rückschlüsse auf deren Kupfergehalt zu ziehen.
„Schon eigenartig.“
„Wie meinen Sie?“
„Na diese Steinmauer. Fernab jeder Siedlung und dann noch so aufwändig gearbeitet. Was mag die Menschen wohl motiviert haben, sie hier aufzustellen?“
Chess blieb unvermittelt stehen. Ohne es zunächst bemerkt zu haben, hatte sie vermutlich schon die Antwort auf seine Frage gefunden.
„Wer immer diesen Weg genutzt hat, wollte scheinbar auf Nummer sicher gehen, nicht von dem herabstürzenden Lehmhügel verschluckt zu werden.“
Alon, der einige Schritte hinter Chess hergelaufen war, stand jetzt unmittelbar neben ihr und begann zu verstehen, worauf sich Chess’ Anspielung bezog.
„Sieht aus wie ein Knochen.“
„Ein Hüftknochen“, wurde er von Chess verbessert.
„Menschlich?“
Sie nickte und suchte mit ihrem Blick die vom Regen ausgewaschenen Stellen der Stützmauer ab.
„Da steht noch einer heraus“, meldete Alon einen neuen Fund.
„Und das hier könnte ein Schulterblatt sein.“ Chess vermied es, zu nahe an die Mauer heranzutreten, die sich an einigen Stellen unter den nassen Lehmmassen bereits deutlich ausgebeult hatte.
„Da scheinen schon einige Leute darunter zu liegen.“
„Besser wir halten genügend Sicherheitsabstand, ich will hier nicht als Frühstück vom Lehmmännchen enden“, witzelte Alon.
„Könnte das unsere Mauer sein?“
Er verneinte. „Unwahrscheinlich, wir sind zwar ganz in der Nähe, aber nach der Karte auf der Arche Noah haben wir noch einen kleinen Fußmarsch vor uns. Und den Wasserfall haben wir auch noch nicht gefunden, von dem die Alte Ihnen erzählt

hat.“
„Na dann. Folgen wir dem Bach bis zum Wasserfall!“
Das kontinuierliche Bergauflaufen auf dem felsigen Pfad machte sich in Alons Knien bereits deutlich bemerkbar. Der Weg wurde mit jedem Höhenmeter zunehmend steiler und beschwerlicher.
Jetzt versteh ich die wahre Bedeutung des Fluchs, den der Golem ausgesprochen hat. Hier möchte ich nicht jede Nacht rumlaufen müssen...
Chess, die trotz des heftigen Unwetters gut geschlafen hatte, wirkte im Vergleich zu Alon sehr entspannt und voller Tatendrang. „Gut, dass wir die Maultiere nicht mitgenommen haben.“
„Gut für wen?“ Alon hatte das Gewicht der schweren Ausrüstung sträflich unterschätzt, als er Chess angeboten hatte, die schweren Stücke alle in seinen Rucksack zu packen.
„Hören Sie das auch?“, Chess blieb stehen. „Das klingt doch schon sehr nach Wasserfall.“
„Wenn Sie das sagen“, keuchte Alon. *Ich bin mir ja nicht wirklich sicher, ob das Rauschen, das ich höre, nicht das Blut ist, das sich durch meine Adern quält.*
Chess stellte ihren Rucksack ab, murmelte noch etwas Unverständliches und lief dann auf die Bergkuppe zu, hinter der sie das Geräusch vermutete. Ehe der verdutzte Alon darauf reagieren konnte, war sie bereits außer Rufweite.
Er fixierte mit seinem Blick resignierend ihren Rucksack. „Nein, gar kein Problem... Ich nehme Ihren Rucksack gern auch noch mit nach oben... Und danke, dass Sie gefragt haben.“
Chess stand am Rand der Bergkuppe und blickte in einen kleinen Teich, der sich zu ihren Füßen rund dreißig Meter im Durchmesser erstreckte. Gespeist wurde der Teich von einem knapp sieben Meter hohen Wasserfall. Den Überlauf bildete

der Bach, den sie beim Aufstieg einige Male gekreuzt und über weite Strecken begleitet hatten.
Die Strahlen der Vormittagssonne zauberten ein grelles Orange auf die vor ihr liegende Felswand und tauchten alles ringsum in ein weiches Licht. Die glitzernde Wasserwand, in der sich das reflektierte orange Licht spiegelte, war, wonach sie gesucht hatten. Wie eine Wand aus Gold stürzte sich der rauschende Wasserfall in den kleinen Teich.
Die goldene Mauer!
Begeistert von der atemberaubenden Schönheit des Naturschauspiels folgte Chess' Blick dem Fall des Wassers, bis die goldene Wand im Dunkeln des Teiches verschwand.
Die Oberfläche des smaragdgrünen Wassers bot Chess die Möglichkeit, einen Blick auf ihr eigenes Spiegelbild zu werfen. Mit einem gezielten Griff löste sie den Knoten ihres Pferdeschwanzes und schüttelte ihr schulterlanges, schwarzes Haar. Sie genoss es sichtlich, in den Bergen keinen Umhang und keinen Gesichtsschleier tragen zu müssen. Die grüne Outdoorjacke, kombiniert mit den schwarzen Jeans, stand ihr deutlich besser zu Gesicht.
„Die gleiche Farbe wie Ihre Augen", keuchte Alon.
„Was meinen Sie?" Chess wirbelte herum.
„Das Wasser... Das ist so smaragdgrün wie Ihre Augen."
Alon war sich nicht sicher, wie er das Lächeln von Chess deuten sollte. *Hat Sie mein Kompliment endlich angenommen, oder findet sie es nur erheiternd, mich ihr Gepäck schleppen zu lassen?*
„Wir sind am Ziel. Das ist die goldene Mauer."
„Der Wasserfall?"
„Ja, eine Wand aus Wasser, die die Sonne golden glitzern lässt."
Ihr Blick wurde wieder ernst. „Wieso haben Sie denn meinen Rucksack hier hochgetragen?"

Alon hatte sich diese Frage während der letzten Meter selbst schon mehrfach gestellt, konnte aber mit keiner Antwort aufwarten.
Chess griff danach. „Ich sagte Ihnen doch, dass ich gleich wieder zurück bin, um ihn zu holen."
Haben Sie das? Wann genau?
„Sie können wohl keine Gelegenheit auslassen, mir zu zeigen, was für ein toller Kerl Sie sind."
Alon stand mit geöffnetem Mund vor dem goldfarbenen Wasserfall und vermisste seine Schlagfertigkeit.
Gerade als er eine Antwort parat hatte, lief Chess erneut davon. „Da hinten muss es sein. Sehen Sie die kleinen Felskammern, die das Gestein durchziehen?"
Erschöpft stellte Alon die beiden Rucksäcke ab, ehe er sich aufmachte, Chess in Richtung Wasserfall nachzuklettern. Ungefähr in halber Höhe stand ein kleiner Grat wie ein Pfad aus dem Stein hervor und endete genau hinter der herabfallenden Wand aus Wasser.
„Geben Sie Acht, wo Sie hintreten, die Steine sind sehr glitschig."
„Und wieso rennen Sie dann so?", schrie ihr Alon noch nach, doch sie war bereits hinter der goldenen Mauer aus Wasser verschwunden.
Schade, dass wir nur die Maultiere angebunden haben.
Rund um das herabfallende Wasser war der Fels mit dichtem Grün, einer Mischung aus Moos, Farnen und Efeu, überzogen. Das Wasser musste früher deutlich höher gestanden haben, denn in dem Felstrichter, der es aufstaute, waren ringförmig die Einwirkungen der Jahrtausende abzulesen. *Möglicherweise ist irgendwann ein Stück der trichterförmigen Teichwanne auf der Talseite ausgebrochen, dort wo sich heute der Überlauf mit dem Bach befindet.* Es war Alon nicht entgangen, dass der Wasserfall deutlich mehr Wasser in die Teichwanne

transportierte, als auf der gegenüberliegenden Seite als Bach wieder abfloss.
„Hier muss noch irgendwo ein zweiter Abfluss sein", murmelte er und trat ebenfalls hinter den Wasservorhang.
Chess wartete unter einem mächtigen Trilitheingang auf ihren Begleiter. „Sehen Sie sich das an!", rief sie begeistert, um mit ihrer Stimme dem Rauschen des Wasserfalls zu trotzen.
Zwei riesige, senkrecht stehende Steinbrocken stützten einen dritten, quer aufliegenden Deckstein und bildeten mit ihm eine Art Torbogen.
„Das hat nicht Mutter Natur hier aufgestellt, soviel ist schon einmal sicher."
„Möglich", zeigte er sich skeptisch. „Aber der Stein könnte auch zufällig da oben gelandet sein, beispielsweise bei einem Erdrutsch."
Skepsis befiel ihr Gesicht. *Ein Erdrutsch?*
Sie trat einen Schritt zur Seite und gab Alon damit den Blick auf das frei, was hinter dem Trilitheingang lag. „Was sagten Sie gerade?"
„Vergessen Sie's!" Alon staunte nicht schlecht, als er die dreistufige Plattform sah, die, ähnlich einer Pyramide, nach oben hin kleiner wurde. In die Stirnseite waren kaum schulterbreite Stufen in den Stein geschlagen. Vornehmlich die nahe dem Wasserfall liegenden, untersten Stufen zeigten bereits starke Spuren von Verwitterung. Aus ihren zahlreichen Sprüngen wucherten kleinere Farne und Moos.
Zu beiden Seiten des Aufgangs befanden sich über die gesamte Länge verteilt jeweils drei Stelen. Jede der kleinen, eckigen Säulen war ungefähr 80 Zentimeter hoch und verjüngte sich ein wenig nach oben. Die Inschrift, die man in die beiden untersten Stelen gemeißelt hatte, war nicht mehr erkennbar.
„Ich kann leider nicht lesen, was da draufgestanden hat."
„Ich auch nicht", erwiderte Chess. „Aber wenn es wichtig

gewesen ist, dann hat man es sicher auf den nächsten Stelen wiederholt“, sprach sie und kletterte bereits zu dem folgenden Stelenpaar empor.
„Es ist eine Art Bannspruch“, übersetzte sie die arabische Inschrift, die über einer ebenfalls in die Stele gemeißelten, menschenähnlichen Figur mit vernähtem Mund angebracht war. Interessiert tastete sie die Konturen der Figur ab. „Das sieht so aus wie der Golem, den die Alte beschrieben hat.“
„Sein Mund scheint zugenäht worden zu sein.“
„Ja, ein weit verbreiteter Totenkult, um das Entfliehen der Seele zu verhindern“, bestätigte ihn Chess. „So konnten die alten Herrscher sich der absoluten Verschwiegenheit ihrer unglücklichen Untertanen gewiss sein. Sie konnten im Diesseits nichts verraten, weil sie nicht mehr sprechen konnten, und ins Jenseits sind sie nicht gekommen, weil man mit dem Zunähen die Seele am Entweichen gehindert hat.“
„Sieht so aus, als wären wir hier richtig. Die Warnung könnte eindeutiger nicht sein: *…nicht weiterzugehen, will man nicht durch die Befreiung des absolut Bösen das Ende der Welt heraufbeschwören.*“
„Für mich klingt das wie die Endschlacht der Gog und Magog, das Jüngste Gericht, das Armageddon, oder wie auch immer Sie es nennen wollen.“
Sie nickte zustimmend. „Lassen Sie uns nachsehen, was auf den obersten beiden Stelen steht.“
Rasch überwanden sie die letzten Stufen und erreichten das letzte Stelenpaar, das wie eine Absperrung vor der obersten Plattform angebracht war.
„Ein wenig anders in der Satzstellung, aber derselbe Sinn dahinter.“
„Nun, nicht ganz. Der Begriff Höllenfeuer ist neu“, merkte Alon scherzhaft an.
„Tja, sieht so aus, als müssten wir all die gut gemeinten

Warnungen in den Wind schlagen, um weiterzukommen... Oder wollen Sie lieber hier auf mich warten?"
Er verdrehte die Augen. „Niemals!"
Minuten später hatten sie die Rucksäcke mit der Ausrüstung auf die oberste Plattform der pyramidenartigen Steinformation geschafft.
„Das sieht mir wie der Eingang aus." Chess blickte in ein dunkles, schwarzes Loch, das sich inmitten der Plattform auftat.
Alon reichte ihr das Seil. „Na dann. Ladies first!"

***

„So einen Schlüssel habe ich noch nie gesehen."
Der Direktor setzte ein erfreutes Lächeln auf. „Unsere Schließfächer haben ein ganz spezielles Sicherheitssystem. Wir müssen garantieren, dass keiner, der einen Schlüssel hat, versucht, diesen zu kopieren oder abzuändern, um damit eventuell ein anderes Schließfach zu öffnen."
„Weil Sie den Raum mit den Schließfächern nicht videoüberwachen?"
„Ja, auch deshalb. Es geht zwar immer ein Mitarbeiter meines Hauses mit dem Kunden zu den Schließfächern, er hat aber die unbedingte Anweisung, davor zu warten. Natürlich hat man einen gewissen Einblick, wenn man vor der Tür wartet, aber sobald der Kunde die Lade aus dem Fach geholt hat, geht er damit zu dem kleinen Tisch."
„Und der befindet sich gänzlich außerhalb des Sichtfelds von Ihrem Mitarbeiter, der sich nicht im Raum aufhält", ergänzte David.
„So ist es. Der Kunde kann anschließend in seine Lade legen oder herausnehmen, was immer er möchte, und schiebt sie dann zurück ins Schließfach."
„Und was macht den Schlüssel jetzt so besonders? Ich meine,

abgesehen von der achteckigen Form."
„Die Form ist weniger ausschlaggebend, wichtig ist vielmehr, was sich im Inneren jedes einzelnen Schlüssels befindet. Das System funktioniert ähnlich einer elektronischen Wegfahrsperre, wie man sie von Autos kennt. Jeder Schlüssel ist durch einen eingebauten Chip elektronisch codiert. Es reicht also nicht, einen Rohling nachzufeilen, man müsste auch den Chip kopieren, und das macht die Sache dann deutlich schwerer, um nicht zu sagen unmöglich."
„Klingt teuer, wenn man so einen Schlüssel verschlampt."
„Das ist es auch. Unsere Kunden zahlen mit den Schließfachgebühren auch eine Versicherungsprämie. Im Falle des Verlusts oder der Zerstörung ihres Schlüssels übernimmt diese Versicherung die Kosten für Schlosstausch und neuen Schlüssel."
David trat einen Schritt zurück. „Es tut mir leid, Herr Direktor, ich habe Sie vorhin unterbrochen, Sie wollten mir vom letzten Besuch des Professors in der Bank berichten."
Der Direktor rückte seine Krawatte zurecht. „Aber natürlich."
Mit großem Bedacht wählte er seine Worte, um den Ruf seiner Bank nicht zu schädigen. „Wie ich Ihnen ja schon mitgeteilt habe, sind meine Mitarbeiter zur absoluten Diskretion verpflichtet. Niemals würde einer von ihnen einem Kunden absichtlich über die Schulter blicken."
„Natürlich nicht!", bekräftigte David die geheuchelte Entrüstung.
Der Direktor lächelte beruhigt. „Nun, der Mitarbeiter, der neulich mit Professor Woodberry hier unten war, ist sich ziemlich sicher, dass der Professor etwas aus seinem Schließfach geholt hat. Der Professor hat beim Gehen etwas Längliches in die Brusttasche seines Sakkos gesteckt, die daraufhin merklich ausgebeult war... Sonst wäre das gar nicht aufgefallen."

„Selbstverständlich", nickte David. Vorsichtig formulierte er die Nachfrage. „Und haben wir eine Idee, was es gewesen sein könnte, das dem Professor da das Sakko ausgebeult hat?"
Kopfschütteln. „Leider nicht."
Scowcroft betrat aufgeregt den Raum. „Meine Herren, die Analyse ist abgeschlossen. Keines der Teams konnte Spuren gefährlicher Substanzen finden."
Erfreut vernahm der Direktor die frohe Botschaft.
„Ihre Zustimmung vorausgesetzt, Mr. Wilder, würde ich jetzt gern das Schließfach von einem meiner Männer öffnen lassen."
Der Chief Inspector streckte die Hand nach dem Schlüssel aus. Zögerlich streckte ihm David den Schlüssel entgegen, aber gerade als Scowcroft zupacken wollte, zog David ihn zurück.
„Hiob!", rief er seinem Bodyguard zu, der voll konzentriert über das Buch gebeugt war.
Ein tiefes Brummen sicherte David für den Moment Hiobs geteilte Aufmerksamkeit.
„Die Einsatzteams haben nichts Gefährliches gefunden. Wollen Sie den Vorrang, oder ist es okay, wenn ich das Fach nun selbst aufsperre?"
„Ich kann hier jetzt nicht weg."
„Also soll ich?"
Keine Antwort.
„Hiob?"
Grollend erbarmte sich Hiob, erneut zu antworten. „Wenn Scowcroft sagt, es ist sicher..."
David grinste. „Sie haben es gehört, meine Herren, gehen wir!"
Erwartungsvoll, aber nicht ohne Herzklopfen, schob David den Schlüssel in das Loch. Ehe er ihn umdrehte, blickte er noch einmal zu Scowcroft und dem Bankdirektor, die aus einiger Entfernung gebannt jede seiner Handlungen verfolgten.
Der Direktor streckte seinen Daumen nach oben, als wollte er ihn anfeuern. David zögerte noch einen Augenblick, ehe er

seinen Entschluss, das Fach zu öffnen, endgültig fasste.
Eigentlich bin ich mir fast sicher, dass ich weiß, was da drin ist.
Energisch drehte David den Schlüssel um und entriegelte mit einem deutlichen Klicken das Schließfach von Professor Woodberry.
Die Hälse der beiden Beobachter wurden immer länger, als David fast schon andächtig die Lade aus dem Schließfach zog.
„Seien Sie vorsichtig", vernahm er Scowcrofts besorgte Stimme.
Mit ausgestreckten Händen balancierte er die lange Lade bis zu dem verchromten Stahltisch.
Ich habe Recht, fühlte sich David vom Gewicht der Lade bestätigt.
Kaum auf dem Tisch abgestellt, öffnete David den Klappdeckel der Lade, gerade so, als wollte er sich und allen Anwesenden die Spannung nicht länger antun.
„Sie ist leer!"
„Unmöglich." Scowcroft war die Enttäuschung unschwer anzusehen.
Nur David schien nicht überrascht zu sein, während er den Deckel wieder zurückklappte.
Der Direktor warf dem Chief Inspector einen Hilfe suchenden Blick zu. „Und nun?", fragte er.
„Hier sind wir fertig." Scowcrofts Stimme hatte einen resignierten Unterton. Seine Erwartungen waren, nicht zuletzt dank Hiobs ausschweifender Andeutungen, nicht annähernd erfüllt worden. Niemals hätte er angenommen, am Ende dieses langen Tages vor einer leeren Lade zu stehen. Nur noch von routinemäßiger Dienstbeflissenheit getragen verlief seine abschließende Befragung des Direktors.
„Wann sagten Sie gleich noch mal war Woodberry zuletzt hier?"
„Letzten Dienstag, am späteren Nachmittag."

„Da muss er, was immer er hier aufbewahrt hatte, wohl mitgenommen haben.“
Sehr scharfsinnig bemerkt, dachte David.
„Na, mitgebracht hat er jedenfalls nichts, soviel ist sicher“, merkte der Direktor lakonisch an.
„Das Fach war leer!“, rief David schon beim Betreten des Raums in jene Ecke, in der Hiob noch immer über dem Buch der Gog und Magog brütete.
„Das wird langsam zur Gewohnheit bei Ihnen.“
Verdutzt blieb David stehen. „Sie wussten es die ganze Zeit, nicht wahr?“
„Sie doch auch.“
„Aber...“
„Klären wir das später.“ Hiob klappte das Buch zu und stand auf. „Die besagte Textstelle in dem Buch...“ Er wartete auf ein Anzeichen in Davids Gesicht, dass dieser seinem Gedankensprung folgen konnte. „... könnte für Chess und Alon sehr wichtig sein, möglicherweise überlebenswichtig.“
Minuten später waren Hiob und David im Auto unterwegs zum Flughafen. Hiob nutzte die Zeit und griff nach Davids Mobiltelefon. Kaum hatte er eine Taste gedrückt, schaltete sich das farbige Display ein und zeigte Goliath mit seinen weißen Schlappohren.
Ich hätte es wissen müssen.
Das Bild wechselte und gab Hiob die Gelegenheit, ein weiteres Foto von Goliath zu bestaunen.
David warf ihm vom Fahrersitz aus einen kurzen Blick zu. „Ich habe Alons Satellitentelefon im zweiten Kurzwahlspeicher abgelegt.“
„Freut mich. Aber sagen Sie mir auch, wie ich den Bildschirmschoner wegbringe?“
Hiob ließ die kurze Einführung über sich ergehen. Danach wählte er die Nummer aus dem zweiten Kurzwahlspeicher.

Statt des erwarteten Klingelns vernahm er eine Frauenstimme.
„Der von Ihnen gewünschte Anschluss ist derzeit nicht erreichbar."
„Ich bekomme keine Verbindung. Sind Sie sicher, dass die Nummer stimmt?"
„Ja, mit dieser Nummer hat Alon mich aus dem Jemen angerufen. Ich hab sie dann gleich abgespeichert. Versuchen Sie es noch einmal!"
Sechs erfolglose Versuche später steckte Hiob das Telefon zurück in die Halterung. „Kein Durchkommen."
David war die Anspannung auf Hiobs Gesicht nicht entgangen. Der Mann, den er als Fels von stoischer Ruhe kennengelernt hatte, wirkte in diesem Augenblick ausgesprochen beunruhigt.
Er scheint sich wirklich ernsthaft Sorgen um die beiden zu machen.
„Wir versuchen es später noch einmal vom Flughafen", unternahm David einen Anlauf, Hiobs Stimmung aufzubessern.
Hiob drehte seinen Kopf zum Seitenfenster. „Hoffen wir, dass es dann nicht schon zu spät ist."

***

„Riecht übel."
„Ja, diesem Tunnelsystem hätte es nicht geschadet, alle paar Jahre einmal gelüftet zu werden."
Alon richtete seine Taschenlampe in die Richtung, aus der ihm der strenge Fäulnisgeruch entgegenschlug. Im Lichtkegel des Scheinwerfers präsentierte sich ein Teppich aus gelb-orange leuchtenden Pilzen, die über mehrere Meter den Boden bedeckten.
„Pilze."
„Ich liebe Pilze." Chess drehte sich erwartungsvoll zu Alons Entdeckung um. „Obwohl..."

„Hier rinnt Wasser von der Decke, das bietet ihnen ideale Bedingungen in dem feucht-modrigen Klima hier. Die Wurzeln einiger Sträucher haben offenbar einen Weg durch den Stein gefunden, und an denen läuft Wasser aus dem Teich hier runter."

„Großartige Kulisse", kommentierte Chess die langen, dünnen Wurzeln, die gespenstisch von der Höhlendecke hingen. „Wollen Sie durch die Pilzkultur laufen oder..."

„Kommt drauf an. Wie sieht die Alternative auf Ihrer Seite aus?"

Chess leuchtete auf den dunklen Boden, der von bemerkenswerter Unruhe geprägt war. Es sah aus, als würde er in Wellenbewegungen dahinfließen.

„Ist es das, wofür ich es halte?"

Chess nickte. „Schaben, Millionen davon... Mindestens!"

„Schon überzeugt. Wir nehmen die Pilzkultur!"

Begleitet von dem schmatzenden Geräusch, das der Druck der Stiefel den gelb-orangen Pilzen beim Drauftreten entlockte, setzten die beiden ihren Abstieg in das Tunnelsystem fort.

„Hier muss man wirklich Acht geben, wo man hintritt."

„Passen Sie lieber auf, wo Sie hineinlaufen. Hier hängen nicht nur Wurzeln von der Decke, da sind sicher auch Spinnenläufer unterwegs."

Wie vom Blitz getroffen richtete Chess ihre ganze Aufmerksamkeit auf jenen Bereich, der sich unmittelbar vor ihrem Gesicht befand.

„Spinnenläufer?", fragte sie nach.

„Sie sehen aus wie Tausendfüßer mit zwei Giftklauen am Kopfende und langen Fühlern. Sind nicht tödlich, aber ich würde es nicht darauf anlegen, von einem gebissen zu werden. Erst recht nicht ins Gesicht."

„Ich finde es beängstigend, dass ich ganz genau weiß, was Sie meinen, obwohl ich nicht die geringste Ahnung habe, wovon

Sie reden.“ Chess starrte in das schwarze Augenpaar, das genau vor ihrer Nase an einer Wurzel baumelte. „Mit vielen langen Beinen und knapp 20 Zentimeter lang?“
„Ja... Ja, das beschreibt die Viecher ganz gut, denke ich. Haben Sie schon einmal welche gesehen?“
Chess runzelte argwöhnisch die Stirn. „Bis gerade eben noch nicht.“ Sie schob die Wurzel mit dem Spinnenläufer andächtig beiseite und konnte mitansehen, wie das Tier zügig die Wurzel empor kletterte, um im Dunkeln eines Deckenspalts zu verschwinden.
Wissend, wem die Aufmerksamkeit gelten musste, folgte sie Alon mit einigem Abstand.
„Die gibt es übrigens in verschiedenen Farben.“
Just in diesem Moment baumelte erneut eine bildliche Vorstellung dessen, was Alon angekündigt hatte, vor Chess an einer Wurzel.
„Okay! Können wir diesen Teil einfach überspringen?“
„Ich mag die Viecher ja auch nicht, aber wenigstens zwingen sie uns dazu, unsere Schritte vorsichtig zu setzen. Wenn wir uns in diesem Labyrinth hier unten verlaufen, haben wir schlechte Karten, da sieht jeder Gang gleich aus. Aber mit diesen lebenden Mobiles, die überall von der Decke hängen, bekommt das Ganze eine individuelle Note.“
„Wollen Sie ihnen Namen geben, um sie besser unterscheiden zu können?“, stichelte Chess. *Ich verlass mich da dann doch lieber auf die Schnur, die ich am Eingang festgebunden habe.*
Im Halbdunkel des mit Taschenlampen ausgeleuchteten Ganges erwachten die Wurzeln der über den Gängen wachsenden Bäume zu neuem Leben. Vorbei an kleineren Tropfsteinen gelangten die beiden Eindringlinge immer tiefer in die Unterwelt.
„Der liegt wohl auch schon länger hier.“ Alon blieb vor einem Skelett stehen, das vom Boden her von einem Tropfstein

durchwachsen war.
„Sieht aus wie ein Hund."
„Seiner Haltung nach zu urteilen, hatte er es wohl sehr eilig, hier rauszukommen. Weit hat er es ja nicht geschafft."
„Fragt sich nur, wovor er davongelaufen ist, oder wem er gehört hat."
„Wahrscheinlich der Höllenhund, für den sie hier unten keine Verwendung mehr hatten, nachdem das einströmende Wasser das Höllenfeuer gelöscht hatte."
„Beeindruckend, wie der Tropfstein sein Skelett bereits durchbohrt hat. Fast wie ein Speer, den man in seinen Körper getrieben hat."
„Hübsche Vorstellung", bemerkte Alon mit irritierter Miene.
„Wie lange, denken Sie, liegt der schon hier?"
Er zuckte mit den Schultern. „Was weiß denn ich, zwanzig Jahre, vielleicht auch dreißig. Lang genug, so viel ist sicher. Kommen Sie lieber, bevor wir auch an so einem Ding festwachsen."
Alon beschleunigte seine Schritte, als er glaubte, im Scheinwerferkegel etwas erkannt zu haben.
„Da vorne ist eine Höhle. Ich glaube, wir haben es geschafft."
Er konnte als Erster einen Blick in die kreisrunde Höhle werfen, die man aus dem Stein gehauen hatte. „Die muss locker an die zwanzig Meter im Durchmesser haben."
Der Raum bot eine ungewöhnliche Akustik. Alons Worte hallten mehrfach von Wand zu Wand und waren viel lauter zu vernehmen, als er sie gedacht und ausgesprochen hatte.
„Kein Grund, so loszubrüllen", wollte Chess mit ruhiger Stimme anmerken und war ihrerseits überrascht von dem Widerhall der Wände.
Alon grinste. „Schön, dass wir uns wenigstens in diesem Punkt einig sind", flüsterte er. „Sieht nicht so aus, als gäbe es hier noch einen weiteren Ausgang. Was immer wir also zu finden

hoffen... hier muss es sein."
Chess drehte sich einmal herum, um einen Überblick zu erhalten. Ein Steinvorsprung, der sich in Kniehöhe fast über die gesamte Länge der Wand zog, war augenscheinlich als Sitzbank ausgelegt. Vereinzelte Mauernischen und Vertiefungen, in denen sich zerbrochene Tonkrüge befanden, lockerten die ansonsten glatt und grau gehaltenen Steinwände auf. In der Mitte des Raums standen mehrere Säulenpaare, die mit farbigen Stuckreliefs verziert waren.
„Da hat wohl auch der Zahn der Zeit daran genagt", äußerte sich Chess zu den abgefallenen Reliefstücken, die inmitten der Höhle einen kleinen Schuttberg hatten entstehen lassen.
„Vermutlich war dieser Raum vor einigen hundert Jahren noch trocken und die hübschen Verzierungen ihr Geld wert. Der Wasserfall hat sich im Laufe der Jahre immer tiefer gegraben, und die Wurzeln haben das Übrige dazu beigetragen, dass hier jetzt überall das Wasser von den Wänden tropft."
Chess nickte zustimmend. „Jammerschade um die schöne Arbeit."
Alon trat neben sie und warf seinerseits einen Blick auf den Schutthaufen. „Haben Sie die eigenartigen weißen Steine bemerkt?"
„Die wie Zähne aussehen, meinen Sie?"
„Die sehen nicht nur so aus", holte Alon einen der vermeintlichen Steine aus dem Schutthaufen. „Sechser rechts oben, würde ich vermuten."
Chess steckte ebenfalls ihre Hand in den Schutt und konnte bereits mit dem ersten Griff einen Totenschädel herausziehen. Ihr geschulter Blick schien Alons Vermutung zu bestätigen. „Könnte hinkommen, sofern es einer von seinen ist."
„Sie haben die Schaufeln in Ihrem Rucksack. Lassen Sie uns anfangen!"
Es dauerte einige Zeit, ehe Alon und Chess sich durch den

Schutt gegraben hatten. Erst als sie den Haufen bis auf Bodenniveau abgetragen hatten, kam ein Steindeckel zum Vorschein, der genau in der Mitte der Höhle in den Boden eingelassen war.
„Sieht so aus, als wären wir hier richtig."
„Ich sehe auf meiner Seite keinen Griff oder irgendeine Öffnung, um den Deckel anheben zu können."
„Hier auch nicht. Das wird wohl reine Handarbeit." Chess kratzte mit der Kante des Klappspatens in der mit Dreck verlegten Fuge zwischen Höhlenboden und Steinplatte. „Los, helfen Sie mir!"
„Haben Sie die Inschrift gelesen?"
„Ja, hab ich. Noch so ein Bannspruch, der uns vor dem Unausweichlichen bewahren soll. Die Rede ist von einer Kammer der Ewigkeit. Wer sie betritt, ist des Todes... verflucht... Ende der Menschheit... Tod und Verderben für alle... Nichts Neues dabei, nur die üblichen Endzeitparolen für furchtsame Schatzsucher."
„Das Lehmmännchen mit dem zugenähten Mund ist auch wieder eingraviert. Und diesmal hat es sogar zwei Freunde dabei."
„So verdreckt wie das hier ist, wurde der Deckel zum letzten Mal geöffnet, als man den Höllenhund rausgelassen hat."
„Na, dem hat sein Fluchtversuch ja nicht allzuviel gebracht, da hätte er wohl besser drinnen gewartet."
Chess und Alon hörten fast zeitgleich auf, den Dreck aus der Fuge zu kratzen und starrten einander an.
„Denken Sie, was ich denke?"
„Kommt darauf an, was Sie denken."
„Sagen Sie es zuerst."
Alon stützte den Oberkörper auf den Spaten und überlegte kurz. „Nein", wischte er seinen Gedanken lautstark beiseite. „Wir sollten aufhören mit den Märchen von Höllenhunden,

Wiedergängern, Gogs und Lehmgolems. Da unten erwartet uns doch nur noch mehr Schutt, bestenfalls ein paar Spinnenläufer."

Chess nickte zustimmend. „Sie haben Recht. Konzentrieren wir uns auf die Arbeit. In ein paar Minuten haben wir den Steindeckel freigelegt, und dann wissen wir auch, ob wir gefunden haben, weshalb wir hergekommen sind."

„Genau so ist es. Und wenn Sie da unten nichts finden, dann kaufen wir im nächsten Baumarkt ein paar Nägel und bieten sie Shahid im Tausch gegen Davids Frau an."

Chess wurde stutzig. „Wenn *ich* da unten nichts finde?"

„Einer von uns sollte hier oben bleiben und alles absichern. Nur zur Sicherheit."

„Und Sie bieten mir jetzt völlig selbstlos an, dass ich die Ehre habe, die Entdeckung in der Tiefe zu machen?"

„Selbstlos? ...Ja! ...Ja, das beschreibt es eigentlich ganz gut."

Jetzt hab ich sie genau da, wo ich sie haben will. Alon war der nachdenkliche Blick auf Chess' Gesicht nicht verborgen geblieben.

Woher kommt sein plötzlicher Sinneswandel? Er glaubt doch am Ende nicht wirklich, dass wir das Tor zur Hölle aufstoßen und da unten auf ihre Vorboten stoßen - oder doch?

„Sie führen doch etwas im Schilde!", sagte sie ihm auf den Kopf zu.

„Ich?", Alon verstand es meisterhaft, seiner Entrüstung Ausdruck zu verleihen. „Niemals würde ich..."

„Sie gehen runter! Ich halte hier die Stellung", teilte ihm Chess die Planänderung mit.

Alon entlockte sich selbst eine widerspenstig klingende Antwort und wiegte Chess damit zusätzlich in Sicherheit, den richtigen Entschluss gefasst zu haben.

Ohne sich die Zufriedenheit mit Chess' Planänderung anmerken zu lassen, setzte Alon die Freilegung des

Steindeckels fort. „Wenn Sie darauf bestehen“, brummte er. *Na also, war doch leichter, als ich gedacht habe.*
„Na, dann.“ Alon blickte zu Chess, die sich vor dem Steindeckel in Stellung gebracht hatte und darauf wartete, dass Alon den Deckel anheben würde. „Und Sie sind sicher, dass Sie nicht doch lieber meine Glock haben wollen?“
Chess verzog keine Miene und presste die Auflage ihrer Armbrust fest gegen die Schulter.
„Kugeln sind doch nutzlos gegen die Mächte der Unterwelt, da vertrau ich dann doch lieber auf etwas Handfestes.“
Zwei mattschwarze Bolzen lagen bereit, um von den beiden vorgespannten Compoundbögen ihrer Armbrust in Sekundenbruchteilen auf weit über 300 km/h beschleunigt zu werden. Chess hatte die Armbrust selbst auf ein Doppelschaftsystem umgebaut und konnte damit zwei Bolzen unmittelbar hintereinander abfeuern.
„Wie Sie meinen. Aber passen Sie bitte auf, wen Sie mit Ihren Spießen durchlöchern.“
Chess ignorierte Alons Anspielung. „Bereit, wenn Sie es sind.“
Er nickte.
„Was sehen Sie da unten?“
Noch kam keine Antwort von Alon, der in das Loch hinabgestiegen war.
„Alon?“
Chess hatte noch immer die Armbrust im Anschlag und wartete auf seine Rückmeldung aus der Tiefe. Es dauerte noch einige Sekunden, ehe eine Mischung aus wilden Verwünschungen und Flüchen aus dem Loch zu hören war.
„Haben Sie da unten jemanden getroffen, der Sie kennt?“
Stille.
Na so schlimm, wie er sich anhört, kann es unmöglich sein.
„Bitte geben Sie mir doch die Ersatztaschenlampe herunter. Die hier hat auch den Geist aufgegeben.“

Chess holte die Ersatzlampe aus ihrem Rucksack.
„Sie finden wohl Gefallen daran, meine Sachen kaputt zu machen“, reichte sie ihm vorwurfsvoll die neue Lampe hinunter.
Ohne darauf zu antworten, verschwand Alon wieder in dem Loch und machte sich daran, den neu entdeckten Raum zu erkunden.
Es dauerte nicht lange, da steckte er erneut seinen Kopf durch das Loch. „Sie können jetzt runterkommen. Hier ist niemand, der uns noch gefährlich werden könnte.“
Das ließ sich Chess nicht zweimal sagen und folgte Alon in den Untergrund.
„Vorsicht, hier unten steht etwa kniehoch...“, er wurde von einem Platschen unterbrochen, das Chess’ Stiefel machten, als das Wasser beim Eintauchen in alle Richtungen davonspritzte.
„Danke für die rechtzeitige Warnung.“
„Gern geschehen.“
Ihr Blick fiel zunächst auf die Decke und die vor ihr liegende Wand. Beide waren mit merkwürdigen Steinplatten verkleidet, die perlmuttfarben glänzten.
Glimmer, dachte Chess. „Warum verkleidet jemand diesen Raum mit Glimmerplatten?“
„Vermutlich, um ihn gegen Hitze und Temperaturschwankungen zu isolieren“, antwortete Alon. „Hier hat jemand seinen ganz persönlichen Lagerraum angelegt und dem Wissen seiner Zeit entsprechend bestmöglich gegen Einflüsse von außen geschützt.“
Im Licht der Scheinwerfer bot sich ein grotesker Anblick. Entlang der Mauer saßen dicht gedrängt mehrere Leichen, die aussahen, als hätte die Verwesung über die Jahrzehnte vergessen, ihren Dienst an ihnen zu verrichten. Voll eingekleidet, die Füße mit schweren Steinplatten beschwert, hockten sie nebeneinander auf dem schmalen Steinsims. Chess

schreckte zurück, als sie die kaum verwesten Körper entdeckte.
„Keine Sorge, die haben es endgültig hinter sich“, beruhigte sie Alon.
„Das ist ja furchtbar!“, rief Chess und kämpfte gegen den Brechreiz an. Sie hatte in einer der Leichen jenen Jungen erkannt, den ihr die Alte im Tal beschrieben hatte. Die makaber dekorierten Überreste der abgängigen Dorfbewohner erzählten eine eigene Geschichte.
„Ich zähle 26.“
Chess war noch immer fassungslos von dem Anblick und gab ihm keine Antwort.
„Wissen Sie, was ich mich frage?“
Chess schüttelte wortlos den Kopf.
„Wer die hier so schön aufgereiht hat? Ich meine, die sitzen vermutlich seit Ewigkeiten in Reih und Glied nebeneinander. Aber sie haben sich da bestimmt nicht freiwillig hingesetzt und die Füße unter den Steinplatten eingeklemmt.“
„Vermutlich nicht“, antwortete Chess, deren Pulsschlag sich langsam wieder beruhigte. „Haben Sie den Mund und die Augen bemerkt?“
„Ja, jemand hat ihnen Augenlider und Lippen zusammengenäht. Ist mir vorhin schon aufgefallen, als ich mir einen aus der Nähe angesehen habe. Es muss aber passiert sein, während sie noch gelebt haben.“
„Wie kommen Sie darauf?“
„Aus der Nähe erkennt man, dass die Schnur stellenweise schon sehr tief in die Haut eingewachsen ist.“
Angewidert wandte sich Chess ab. „Das ist echt krank.“
„Auf jeden Fall haben wir eine Erklärung für die Geschichte von den Wiedergängern gefunden. So gut wie die Leichen noch heute konserviert sind, konnte man sie leicht für lebendig halten, wenn man sie bei Nacht zu sehen bekam. Und eine Zeit lang waren sie das vermutlich auch noch.“

Sie unterbrach ihn. „Aber wenn..."
Als hätte er ihre Gedanken gelesen, schien er genau zu wissen, was Chess sagen wollte.
„Ja, daran habe ich auch schon gedacht. Wenn an der Überlieferung durch die Dorfbewohner etwas dran ist, dann gab es vielleicht auch den Golem."
„Gab oder gibt?", fragte Chess vorsichtig.
„Gab. Definitiv gab!" Er deutete auf einen Lehmhaufen, der durch die Einwirkung des Wassers zwar auseinandergerutscht war, dessen oberer, über der Wasserlinie befindliche Teil aber noch eine gewisse humanoide Struktur erkennen ließ.
„Sieht ein wenig wie eine menschliche Gestalt aus", stellte Chess nachdenklich fest.
„Der Gedanke ist mir auch gekommen."
„Halten Sie es für möglich..."
Alon unterbrach Chess mit einem Achselzucken. „Ich halte mich lieber an die Tatsachen. Aber der Teil von dem Tongnom, der wie eine Hand aussieht, hält doch irgendetwas fest."
Er griff nach dem kleinen Holzstück, das in jenem Teil des Lehmhaufens steckte, den man mit nur etwas Phantasie durchaus für eine Hand halten konnte.
„Das geben Sie besser mir, wäre ja möglich, dass wir es noch brauchen... In einem Stück." Sie langte nach dem Holz.
„Sieht aus wie ein Sarg. Er ist aus einem einzigen Ast geschnitzt."
Chess drehte den kleinen Holzsarg, der kaum größer war als ihre ausgestreckte Handfläche. Ein bleiernes Kreuz zierte seinen Deckel.
„Eindeutig ein christliches Symbol."
„Los, machen Sie ihn auf, damit wir wissen, ob sich unser Ausflug gelohnt hat."
„Nicht so schnell", bremste sie ihn ein. „Zuerst ein Foto!"
Chess posierte neben dem Lehmhaufen und hielt den kleinen

Holzsarg in die Kamera, während Alon eine Reihe von Fotos machte. „Ich würde zu gern Shahids Gesicht sehen, wenn er die Zeitung aufschlägt."
„Noch eines von der anderen Seite." Chess wechselte ein letztes Mal die Position.
„Ich denke, das reicht. Machen Sie endlich den Sarg auf, damit wir wissen, wofür wir hier runtergekrochen sind."
Chess hörte nicht zu, sondern blickte besorgt auf ihre Beine. „Kommt es mir nur so vor, oder steigt das Wasser hier drin?"
Mit ihrer Frage lenkte sie Alons Aufmerksamkeit ebenfalls auf den rasch steigenden Wasserspiegel.
„Jetzt, wo Sie es sagen..."
„Und die Hand des Golems, die war doch eben noch oberhalb der Wasserlinie."
Alons Blick folgte Chess' Beschreibung. „Aber woher..."
Einen Moment verharrte Alon in völliger Ruhe, dann schoss ihm die Antwort durch den Kopf. „Der Steindeckel war eine Dichtung!"
Der Schutt auf dem Steindeckel diente als Abdichtung. So konnte die Luft aus der Kammer nicht entweichen und hat das Wasser zurückgehalten. Durch das Öffnen des Deckels kann die Luft hinaus, und das Wasser drückt von unten nach.
„Raus hier!", brüllte Chess, die gerade zum selben Schluss gekommen war.

***

Am Abschlag des 16. Loches versuchte sich der klein gewachsene Mann im weißen Polohemd an einem Probeschwung. Der dunkelhäutige Glatzkopf trug eine gerade geschnittene, silbergraue Short, unter der die fetten, behaarten Beine unansehnlich hervorstachen. Seinen graufarbenen Golfschuhen konnte man die aufwändige Maßanfertigung

schon von weitem ansehen.
„Guter Drive“, kommentierte der Paschtune Ramar den gelungenen Abschlag seines ägyptischen Freundes. Dieser hatte Mühe, mit seinen Augen dem gelben Golfball zu folgen, der quer über den Himmel in Richtung Fahne davonzog, um kurze Zeit später auf dem Vorgrün aufzuschlagen.
„Fünf Meter mehr hätten ihm nicht geschadet“, gab sich Shahid unbescheiden.
„So bleibt unser Spiel auf den letzten Löchern zumindest noch spannend.“
„Nicht, wenn du dich nicht anstrengst.“
Shahid zog den sockenförmigen Schutz über seinen Driver und steckte den Schläger zurück in das Golfbag. Ramar beförderte seinen Ball mit einem gekonnten Schwung ebenfalls in Richtung Vorgrün.
Erfreut grinste der bärtige Riese den fast zwei Köpfe kleineren Ägypter an und zupfte mit seiner Hand am schwarzen Vollbart.
„Wozu lässt du eigentlich noch das alte Buch übersetzen, wenn du ohnehin schon hast, was du wolltest?“
Shahid biss das Ende einer Zigarre ab und steckte sie an. „Zum einen geht mir diese Schlampe nicht mehr aus dem Kopf, die meine Männer erledigt hat...“
Er schien einen Moment zu überlegen. Genüsslich blies er den Rauch in Ramars Richtung.
„Und zum anderen?“
Der Ägypter blickte in die kalten, grünen Augen seines paschtunischen Freundes.
„Qian... Ich weiß nicht, ob ich ihm vertrauen kann. Sieh es als eine Art Rückversicherung.“
Ramar hob zustimmend die Mundwinkel an. „Wie weit ist er mit der Sequenzierung?“
„Die Arbeit geht gut voran... sagt er. Die Zwischenergebnisse geben aber noch nicht viel her, wir werden wohl abwarten

müssen, bis er fertig ist."
Der Paschtune warf ihm einen fragenden Blick zu.
„Noch knapp drei Monate", antwortete Shahid.
„Das ist doch deutlich früher, als du selbst liefern musst."
„Bei solchen Auftraggebern empfiehlt es sich, pünktlich zu sein."
„Erwartest du Probleme?"
„Es gab einen Zwischenfall im Labor, irgendetwas ist schiefgelaufen. Qian sagte, dass er gezwungen war, sich zu reorganisieren... Das alte Labor wird gerade geräumt. Er hatte dort nicht genug Platz für seine neuen Geräte. Manchmal habe ich den Eindruck, als wäre ihm sein neues Spielzeug wichtiger als die Arbeit selbst."
„Er hat mir versichert, dass er alles im Griff hat", war Shahids Nachsatz.
„Aber?"
„Wie gesagt, ich weiß nicht, ob ich ihm vertrauen kann."
„Die Übersetzung des Buches wird deine Bedenken zerstreuen, da bin ich mir sicher."
„Mein bester Mann arbeitet daran. Mit etwas Glück ist er fertig, wenn wir vom Golfen zurückkommen."
„Glück für ihn, meinst du wohl."
„Dein Ball", deutete der Ägypter mit der Zigarre auf den weißen Ball vor ihm.

***

„Chess!" Alons Stimme hatte einen sehr nervösen Unterton. „Vergessen Sie den Krempel, wir müssen hier raus."
„Keinen Schritt gehe ich ohne meine Armbrust."
„Mit ihr werden Sie hier aber auch nicht mehr rauskommen!"
Chess lief einige Schritte zu der Stelle, wo sie die restliche Ausrüstung abgelegt hatte. Die einströmenden Wassermassen

hatten gerade erst die tiefer liegende Glimmerkammer überflutet, schon quoll die braune Brühe aus dem Loch im Boden in die darüber liegende Höhle. Wie ein Teppich überzog das dreckige Wasser den Höhlenboden und breitete sich in alle Richtungen aus.

Alon, dem sich beim Anblick des gurgelnden Lochs ein Vergleich mit dem verstopften Badezimmerabfluss im letzten Hotel aufdrängte, wartete noch immer auf seine Begleiterin.

„Chess!"

„Ich bin gleich so weit!"

Er stand in dem runden Durchgang und hatte das Gefühl, dem Druck der Situation bald nicht mehr gewachsen zu sein.

„Chess!" Obwohl seine Schultern immer schwerer wurden, konzentrierte er sich voll auf den Lichtkegel von Chess' Taschenlampe, der einfach nicht näherkommen wollte. Die Wassermassen strömten unterdessen immer schneller aus dem Loch herauf.

Ein gezielter Griff, und Chess hatte, weshalb sie zurückgekommen war. „Bin auf dem Rückweg!"

Der lehmige Höhlenboden bot dem einströmenden Wasser keine Möglichkeit abzufließen. Wie eine Wanne sammelte er die Flüssigkeit und ließ sie bereits kniehoch ansteigen. Den beiden Höhlenbesuchern fehlte die Zeit, um dem eindrucksvollen Schauspiel die angemessene Aufmerksamkeit zu schenken.

Damit entging Alon allerdings auch, dass die vermeintlich felsigen Höhlenwände, wo immer sie mit dem Wasser in Kontakt kamen, begannen sich zu erweichen. Selbst der Boden unter seinen Füßen fing an nachzugeben.

Wieder hatte sich der Druck auf seiner Schulter merklich erhöht, als ihm schlagartig klar wurde, was da auf ihm lastete.

Die Decke beginnt sich abzusenken!

„Chess!" Alon brüllte aus voller Kehle. „Die Höhle stürzt über

uns zusammen!“
„Bin schon da“, hechtete sie neben Alon in den Durchgang.
„Na endlich!“ Alon drückte sich seitlich aus dem einsinkenden Durchgang und lief Chess hinterher. Keiner der beiden drehte sich noch um, viel zu sehr waren sie damit beschäftigt, um ihr Leben zu laufen.
„Und Sie wollten, dass ich meine Armbrust zurücklasse!“, rief Chess, die den Ausgang ansteuerte.
„Noch sind wir hier nicht raus.“
„Da vorne ist eine Stufe im Boden, die sollte das Wasser eine Zeit lang zurückhalten.“
Nach der von Chess angesprochenen Stufe im Boden hatten beide wieder festes Terrain unter den Füßen.
„Hier müssen wir nach links.“
Chess schien genau zu wissen, welche Abzweigung sie zu nehmen hatten. „Jetzt nach rechts.“
„Sind Sie sicher?“, rief ihr Alon keuchend hinterher.
„Todsicher!“
Das habe ich befürchtet.
Erst als sie den Gang mit den herabhängenden Wurzeln und den Spinnenläufern hinter sich gelassen hatten, war sich auch Alon klar darüber, dass sie auf dem richtigen Weg waren.
„Sehen Sie, ich hab doch gesagt, dass ich mir sicher bin.“
Alon blieb plötzlich wie angewurzelt stehen.
„Und Sie wollten...“
Noch ehe Chess ihren Satz vollenden konnte, drückte er ihr seine Hand auf den Mund. „Ruhe!“, flüsterte er.
„Hören Sie das?“ Seine Stimme klang leise und besorgt.
Sie nickte, und seine Hand gab ihren Mund wieder frei. „Das einströmende Wasser“, folgerte Chess.
„Nein, das ist kein Wasser.“
„Sondern? Was soll es sonst sein?“
„Es wird lauter!“

„Natürlich wird es lauter, wir nähern uns dem Wasserfall.“
Alon schüttelte den Kopf. „Der Wasserfall liegt vor uns, das Geräusch kommt von hinten.“
„Sie haben Recht! Das Rauschen wird plötzlich stärker.“
Beide lauschten für einen Augenblick dem sich nähernden Geräusch.
„Fledermäuse!“
„Fledermäuse?“
„Drücken Sie sich flach gegen die Wand“, brachte Alon gerade noch heraus, bevor eine Armada von Fledermäusen über ihre Köpfe hinwegzog.
Es waren mehrere tausend Tiere, die der Wassereinbruch von ihren Schlafplätzen verscheucht hatte. Für einige Sekunden grollte ein ohrenbetäubendes Flügelschlagen durch den Gang.
„Fest an die Wand pressen, das geht gleich vorbei.“ Seine Stimme ging in dem Lärm unter. Dann, als die Tiere das Höhlensystem verlassen hatten, war der Spuk so schnell vorüber, wie er begonnen hatte.
„Ich glaube, das waren alle.“
„Sind Sie in Ordnung, Chess?“
„Ja, danke für die Warnung.“
„Keine Ursache.“
„Da ist unser Seil.“ Es war Chess, die den rettenden Ausgang zuerst erblickte. Die Anspannung fiel von den beiden ab, als sie das Seil erreichten, das von der Decke herabhing.
„Hier sind wir in die Höhle eingestiegen.“
„Sieht so aus, als hätten wir es geschafft.“
In der Tat hatte es den Anschein, als gäbe es keinen weiteren Kontakt mehr mit den Höhlenbewohnern.
„Ich klettere zuerst hoch und ziehe Sie dann hinauf“, bot Alon an.
„Einverstanden.“
„Bilde ich mir das nur ein, oder hängt das Seil jetzt höher?“,

fragte Alon, der mit seinen Fingerspitzen das Seilende nicht mehr erreichte.
„Jetzt, wo Sie es sagen...“
„Hier liegt ein Stein. Ich werde ihn unter das Seil legen, dann passt die Höhe wieder.“
Er hatte den schweren Stein bereits mit beiden Händen umklammert und wollte ihn gerade zum Körper hin anheben.
„Nein!“, rief Chess. „Lassen Sie sofort den Stein los.“
Erschrocken zog Alon seine Hände zurück.
„Ist doch nur ein Stein“, sagte er verwundert.
Chess lief zu ihm. „Das ist ein ideales Versteck für Skorpione. Wenn Sie den Stein so zu sich aufheben, dann läuft das Tier in Ihre Richtung und sticht zu. Kippen Sie den Stein zuerst auf und zwar immer weg vom Körper, damit der Skorpion in die andere Richtung hinausläuft, wenn er sich angegriffen fühlt.“ Sie demonstrierte ihm, wie man den Stein richtig anhob.
„Sie hatten Recht. Das ist ein Skorpionversteck. Und er ist tatsächlich so hinausgelaufen, wie Sie es vorhergesagt haben. Woher wussten Sie...“
„Ali, mein Bruder. Er hat Skorpione gezüchtet. Von ihm weiß ich so ziemlich alles, was es über diese Tiere zu wissen gibt. Dieses Wissen hat mich mehr als einmal vor einem Stich bewahrt.“
„Danke!“
„Keine Ursache, sehen Sie es als Revanche für die Fledermäuse.“
„Wir sind ein gutes Team“, grinste Alon.
„Wenn Sie das sagen“, bemerkte Chess trocken. „Jetzt aber endgültig raus hier, bevor der Boden noch weiter absinkt.“

***

Unter quälendem Quietschen drehte sich der verstaubte

Ventilator schwerfällig an der Decke. An den gemauerten Wänden des renovierungsbedürftigen Raums zeugten Flecken aller Farben und Größen von den Schrecken der Vergangenheit. Über einen in die Jahre gekommenen Bürotisch gebeugt, klickte ein alter Araber nervös mit seinem Kugelschreiber. Nicht zuletzt den schlechten Arbeitsbedingungen der letzten Jahre hatte er die Notwendigkeit der dicken Hornbrille zu verdanken, die seine Nase verunstaltete.
Das einzige Fenster des Kellerraums war dick mit Dreck verklebt und der Fenstergriff schon vor Jahren abgebrochen. Ungefähr genauso lange stand es, Sommer wie Winter, einen Spalt weit gekippt.
Die knöcherne Hand des Alten griff nach einem weißen Plastikbecher, in dem er einen Rest Kaffee vermutet hatte.
„Schon wieder leer“, stellte er den Becher enttäuscht zurück auf den Tisch und langte nach der verdreckten Plastikkanne, aus der er eine schwarze, zähflüssige Brühe nachgoss.
Sein Blick suchte die Wanduhr neben der Tür, deren rundes Zifferblatt einst von einer Glasscheibe geschützt worden war. Heute waren davon nur noch einzelne Scherben übrig, die im Kranz der Einfassung steckten.
Ich werde besser einige Seiten auslassen, sonst schaffe ich die Übersetzung nicht, bis Mustafa und dieser Ramar zurückkommen.
Im fahlen Lichtschein einer rostigen Schreibtischlampe studierte der Mann mit dem gekräuselten Haar die alte Kufischrift. Es waren nur wenige Seiten übrig, die noch übersetzt werden mussten. Doch die Schrift wurde gegen Ende des Buches zunehmend kleiner, was die Arbeit deutlich erschwerte.
Hier endet der Abschnitt mit der Warnung vor dem Golem. Da werde ich weiterlesen. Durch die Konzentration auf die kleine Schrift war der Araber gezwungen, seine Augen

zusammenzukneifen, was unweigerlich die Faltenbildung auf seiner Stirn verstärkte.

Diese Stelle dürfte Mustafa sehr interessieren.

Aus der Halbschale eines menschlichen Schädelknochens stieg der dunkle Rauch einer filterlosen Zigarette empor. Ein angekohltes Einschussloch in der Stirnplatte des eigenwilligen Aschenbechers lud förmlich dazu ein, die Zigarette nach einem kräftigen Zug wieder darin abzulegen.

Das klingt nicht gut, ich glaube nicht, dass Mustafa darüber erfreut sein wird.

Die Falten auf seiner Stirn verwandelten sich mit jeder Minute, die verstrich, in immer tiefere Furchen, die Ausdruck seiner Sorgen waren.

Besser, ich berichte ihm, so schnell es geht, von den Neuigkeiten.

Zahlreiche Überbringer schlechter Nachrichten hatte der alte Araber im Laufe der Jahre durch die Hand des gebürtigen Ägypters sterben gesehen. Kaum ein anderer Vorgesetzter, bei dem es so darauf ankam, die richtigen Worte zu finden. Bereits zu Beginn der Übersetzung hatte der betagte Mann sich Gedanken darüber gemacht, wie er ein derartiges Ergebnis präsentieren würde.

Wir haben keine Zeit zu verlieren. Wenn das, was hier steht, wirklich wahr ist, zählt jede Minute.

Wissend, wie Mustafa Shahid auf eine derartige Nachricht reagieren konnte, vertraute der Araber auf sein besonderes Verhältnis zu Shahid. Er machte sich auf, den hässlichen Raum, in dem er große Teile vergangener Jahrzehnte verbracht hatte, zu verlassen. Die vielen Stufen hinauf ins Erdgeschoss verlangten seinen Beinen einiges ab, und er traf erst oben ein, als die beiden Golfer bereits ihre Ausrüstung aus dem Kofferraum hievten.

Shahids Laune konnte, angesichts seiner Niederlage gegen den

bisher deutlich schwächer spielenden Ramar, kaum schlechter sein. Die pochenden Adern der Unterarme waren ein untrügliches Zeichen für seine Wut. Ramar tat gut daran, sich im Hintergrund zu halten, galt doch Shahids Zorn vorrangig ihm, weil er durch einige glückliche Schläge auf den letzten Löchern das Spiel noch umgedreht hatte.
Shahid war nicht nur ein ausgesprochen schlechter Verlierer, sondern verstand es auch vorzüglich, anderen die Schuld für sein Versagen zu geben. Schnell hatte er das von Ramar angeschnittene Gesprächsthema als Grund für sein eigenes schlechtes Abschneiden auf dem Golfplatz erkannt. Es lag in Shahids Natur anzunehmen, dass Ramar absichtlich über Qian gesprochen hatte, um seine Konzentration zu stören.
Gerade als der Ägypter das Golfbag wütend die Kellertreppe hinuntertreten wollte, bemerkte er die schmächtige Gestalt, die sich die Stufen hinaufquälte.
„Mustafa!“, rief ihm der alte Mann keuchend entgegen.
Shahid hielt angespannt inne.
„Mustafa, ich denke, ich habe gefunden, wonach wir gesucht haben.“
Mit einem eindeutigen Blick forderte Shahid den Alten auf fortzufahren.
Noch etwas außer Atem begann dieser zu erzählen, was er in den letzten Tagen gelesen und übersetzt hatte. Shahid hörte eine Weile zu, ehe er seine erste Frage stellte.
„Was hat dieser Golem mit der goldenen Mauer zu tun?“
Der Alte holte tief Luft und ließ sich bei seiner Erzählung merklich Zeit, um wieder zu Atem zu kommen.
„Er scheint mir die Funktion eines Wächters zu haben. Es wird von seiner großen physischen Kraft erzählt, er ist praktisch unbesiegbar. Aus der geheiligten Erde erschaffen, kann ihm keine irdische Waffe etwas anhaben.“
„Heilige Erde?“

„Ein christlicher Mythos! Es geht um Erde vom Kalvarienberg, auf die das Blut Jesu getropft ist. Gott hat den ersten Menschen aus einem Stück Lehm oder Erde geschaffen und ihm dann Leben eingehaucht. Der Golem ist eine Lehmfigur, die aus der heiligen Erde gefertigt wurde. In dem Buch steht, dass, wenn ihm einmal das Leben eingehaucht wird, kein Tier und kein Mensch mehr in der Lage ist, seiner Kraft zu trotzen."

„Was bewacht er?"

„Gedulde dich noch einen Moment, Mustafa. Der Golem hat eine Schwachstelle, die man nutzen kann, um ihn zu besiegen..."

„Was bewacht er?", drängte Shahid mit eisiger Stimme.

Es war offensichtlich, wie der Araber Shahids Nachfrage ignorierte. Für Ramar, der dem Gespräch gespannt folgte, hatte es den Anschein, als würde der Alte die Situation völlig falsch einschätzen. Das knallrote Gesicht Shahids war die letzte Warnstufe.

„Ein Sieg gegen den Golem ist nur nach biblischen Maßstäben möglich. So wie bei der großen Sintflut das Wasser die Erde von allem Leben befreit hat, ist es auch gegen den Golem das einzig wirksame Mittel."

„Was bewacht er?", mischte sich Ramar mit seiner tiefen Stimme ein und verlieh der Frage des Ägypters mehr Nachdruck.

Auch wenn Ramar Shahid körperlich weit überlegen war, so war es ein leichtsinniger, möglicherweise sogar tödlicher Fehler, den Ägypter in einer solchen Situation zu unterschätzen. Ähnlich einem Vulkan staute sich seine Wut auf, um dann plötzlich und unkontrolliert entladen zu werden.

„Es ist wichtig zu wissen, wie man dem Golem beikommt. Sonst läuft Mustafa bei dem Versuch, hinter die goldene Mauer zu gelangen, blind in sein Verderben", erklärte der alte Araber, nicht ohne zornigen Unterton in seiner Stimme.

Shahids linke Hand begann nervös zu zucken, ein untrügliches Zeichen für einen bevorstehenden Ausbruch.
Es war Ramars respektloses Verhalten in eben diesem Moment, das den Ausschlag für das folgenschwere Geschehen der nächsten Sekunden gab. Er vernachlässigte die nötige Aufmerksamkeit geradezu sträflich. „Hast du was an den Ohren, Alter? Deine Gruselgeschichten interessieren uns nicht. Was ist hinter der Mauer?"
Alle Anzeichen der unmittelbar bevorstehenden Eskalation in den Wind schlagend, trotzte der Alte den Anfeindungen Ramars und drehte ihm den Rücken zu. „Hast du mich verstanden, Mustafa? Diesem Golem ist mit deinem Messer nicht beizukommen."
Das Rot in Shahids verbissenem Gesicht wich einem Weiß, so bleich wie ein Kreidestrich auf einem Granitgrabstein.
„Was ist hinter der Mauer?", brüllte Ramar den Alten an, der sich zwischen ihn und Shahid gestellt hatte.
Ohne weitere Vorwarnung packte die knöcherne Hand einen der schweren Schläger. Der aus dem Golfbag gezogene Driver folgte einem Halbkreis, als er auf den Schädel des Paschtunen Ramar zuraste. Der fand keine Möglichkeit mehr, auf den Angriff des alten Arabers zu reagieren. Mit voller Wucht traf ihn der Erste einer ganzen Reihe von Hieben an der Stirn. Das schwere Endstück, kombiniert mit der Länge des als Hebel fungierenden Schlägers, vervielfachte die auf der Schädeldecke entfesselten Energien.
Vom ersten Schlag bereits ins Wanken gebracht, sank Ramar hart getroffen in die Knie und bot dem viel kleineren Angreifer dadurch ein besseres Ziel.
Mit beiden Händen umklammerte der alte Mann den Golfschläger und schlug damit so fest auf Ramars Schädel ein, als wollte er ein Stück Eisen auf dem Amboss schmieden. Blut begann aus der Kopfwunde zu treten und erinnerte an das

Aufglühen von geschmiedetem Stahl. Jeder seiner Hammerschläge trieb mehr von dem roten Leuchten in das glühende Werkstück.
Dem Geräusch der berstenden Stirnplatte folgte das Zersplittern von Jochbein und Kieferknochen, als er den Schläger mit jedem Hieb tiefer in den blutigen Klumpen trieb.
Längst war der Körper vornüber gekippt und lag wild zuckend auf dem Boden. Fast senkrecht ragte der Schläger aus dem Schädel, als der Alte die Umklammerung seiner Finger löste. Mit einem entspannten Gesichtsausdruck drehte er sich zu Shahid. „Gib ihm den Rest."
Angenehm überrascht griff dieser nach der Gelegenheit, sich für die Niederlage beim Golfen zu revanchieren. Bereits sein erster Schlag war ein voller Treffer, wobei es keine Kunst war, das Ziel mit dem riesigen Schlägerkopf zu erwischen.
„Was ist hinter der Mauer?" Der vormals eisige Klang in Shahids Stimme wich zunehmend einem euphorischen Feuer.
Der Alte nutzte die Gelegenheit, die schlechten Nachrichten auf Ramars Kosten vorzutragen. Bereitwillig erzählte er vom Gegenpapst und seiner Verschwörung, den ausgetauschten Nägeln und dem Hinweis auf das Versteck.
„Leider fehlen an dieser Stelle ein paar Seiten, weshalb wir nicht wissen, wo wir danach suchen müssen."
Seine Rechnung war voll aufgegangen. Shahid hatte ein Opfer für den Wutausbruch bekommen und brannte darauf, sich am wehrlosen Paschtunen abzureagieren.
Nur das geräuschvolle Auftreffen des Drivers auf den zwischenzeitlich aufgeplatzten Schädel vermochte es noch, dem blutüberströmten Körper eine Bewegung zu entlocken.
Der Alte wischte sich die Blutspritzer von der Brille, während Shahid den Brustkorb mit dem Schläger bearbeitete. Es dauerte noch einige Zeit, ehe sich ein breites, entspanntes Grinsen auf seinem hässlichen Gesicht einstellte. Das Blut klebte an seinen

Händen. Es war an seinen nackten Unterschenkeln. Es lief zwischen die kleinen, unförmigen Steine des Schotterwegs. Es war auch auf den Schuhen des Alten.
„Ich liebe Golf, meine Schlagtechnik wird immer besser“, stellte Shahid nach getaner Arbeit erfreut fest.
„Ich habe nie verstanden, was du an diesem Typen gefunden hast. Such dir ein paar anständige Frauen.“
„Er hatte einen geilen Arsch.“ Shahid lachte lauthals los.
Der alte Araber legte seinen Arm um Shahid. „Das hat ihm auch nicht geholfen... Er passte einfach nicht in unsere Familie.“

***

„Also, nun geben Sie schon zu, dass Ihnen unsere kleine Hochzeitsreise in den Jemen gefallen hat!“
Chess verdrehte die Augen.
„Was das Heiraten betrifft, habe ich deutlich höhere Ansprüche, und Urlaub stell ich mir irgendwie auch anders vor“, machte sie deutlich.
Alon seufzte leidenschaftlich, um Chess zu provozieren. „Sie haben die letzten gemeinsamen Tage im Paradies also nicht genossen?“
„Was genau meinen Sie? Das mittelalterliche Frauenbild, die primitiven Männer, das ekelhafte Essen, den mordlüsternen Lehmgnom, die einstürzende Höhle,... wobei im Vergleich zu Ihrer Gesellschaft...“ Sie schüttelte entschieden den Kopf. „So schnell sieht mich der Jemen nicht wieder.“
„Ich weiß gar nicht, was Sie haben, Chess. War doch ein ausgesprochen gastfreundliches Land“, scherzte Alon.
„Hören Sie mir bloß auf damit. Freiwillig zieh ich diesen hässlichen Fetzen nicht mehr an.“
Sie setzte sich die breite, ockerfarbene Sonnenbrille mit den

lang gezogenen Gläsern auf. Es war der gleiche Ockerton, der sich auch auf den Einfassungen ihrer weißen Jacke wiederfand. Sowohl die Taschenränder als auch der breite Kragen waren mit einem ockerfarbenen Band eingesäumt.

„Jetzt geht's mir besser." Chess hatte ihre Haare wieder zum Pferdeschwanz gebunden.

Alon warf ihr einen viel zu flüchtigen Blick zu, konnte aber angesichts des dichten Verkehrs nicht mehr Aufmerksamkeit für seine Beifahrerin aufbringen.

„Ich finde, Sie übertreiben. Zugegeben, zeitweise war es etwas eng, aber wir haben es ja geschafft. Und nicht alle Männer haben Sie wie Vieh behandelt."

„Ja! Bitte! Erinnern Sie mich wieder an den Bauern, der Ihnen angeboten hat, mich gegen zwei seiner Esel einzutauschen."

„Sie tun sich selbst unrecht, Chess. Er hätte am Ende noch einen seiner Bienenstöcke draufgelegt."

„Wie schmeichelhaft", giftete ihr Blick ihn an.

Sie gurtete sich ab und holte ihr Mobiltelefon aus dem Rucksack auf der Rückbank.

„Bevor ich bei Ihren Schwärmereien in Versuchung gerate umzukehren, höre ich lieber meine Mobilbox ab. Bei meinem Handy ist der Akku wenigstens geladen."

„Ich habe den Akku aufgeladen, bevor wir losgefahren sind!", verteidigte sich Alon, als Chess auf das Satellitentelefon anspielte.

„Aber sicher haben Sie das. Und es hat ja auch für ein Telefonat gereicht. Gut gemacht! Schade nur, dass wir seitdem keinen Kontakt zu den anderen mehr aufnehmen konnten, weil die Mobiltelefone keinen Empfang hatten, und der Akku des Satellitentelefons mit einem zweiten Anruf überfordert war."

„Als ob das meine Schuld wäre."

Sie schwieg.

Erst nachdem Chess all ihre versäumten Anrufe durchgesehen

hatte, wandte sie sich wieder ihrem Begleiter zu. „Hiob hat mehrfach versucht, uns zu erreichen, auf allen drei Telefonen.“
„Das war zu erwarten, nachdem wir uns nicht mehr gemeldet haben. Besser, Sie rufen ihn gleich an und sagen ihm, wie es gelaufen ist.“
Alon hatte seinen Satz noch nicht beendet, da war die Verbindung bereits hergestellt.
„Hiob, es tut wirklich gut, Ihre Stimme zu hören... Ja, bei uns ist so weit alles in Ordnung. Wir befinden uns schon auf dem Heimweg... Den Golem haben wir tatsächlich getroffen... was immer er war, aber er hat uns keinen Ärger gemacht. Mich hat die Lehmfigur ein wenig an einen Schneemann in der Sonne erinnert... Ja, wir haben ohnehin Fotos gemacht... Zugenähte Münder, ein schlimmer Anblick kann ich Ihnen sagen... Nein, abgesehen von einem Satellitentelefon und zwei Taschenlampen haben wir keine Verluste zu beklagen. Aber dafür ist die ganze Höhle unmittelbar hinter uns zusammengebrochen, gleich nachdem wir fast darin ertrunken wären... Der fährt gerade... Ja, werd ich ausrichten. Schöne Grüße auch an David und die Burcelys. Bis später.“
Erleichtert über die Rückmeldung beendete Hiob das Gespräch. David war nicht entgangen, wie die Anspannung von ihm abgefallen war.
„Die beiden lassen Ihnen ebenfalls schöne Grüße bestellen.“
„Danke.“
„Wie ist es gelaufen?“
„Sie haben die Nägel. Jetzt wird sich zeigen, ob wir mit Ihrem Plan zum Ziel kommen.“
„Wo immer sich der Ägypter gerade versteckt, wir werden dafür sorgen, dass er von unserer Entdeckung erfährt. Und wenn ihm nur halb so viel an den echten Nägeln liegt, wie wir vermuten, dann wird er dort auftauchen, wo wir ihn erwarten.“
„Wo ich ihn erwarte“, stellte Hiob richtig.

David machte einen leicht verunsicherten Eindruck nach dem letzten Satz, was Hiob veranlasste, sich genauer zu erklären.
„Sie planen die Falle."
Sein Blick forderte Davids Zustimmung. Dieser nickte bestätigend.
„Wir stellen die Falle gemeinsam auf."
David nickte erneut.
„Aber ich lasse sie zuschnappen. Sie bekommen Natascha im Tausch gegen die Nägel, und ich bekomme Shahid."
Wieder bekräftigte David sein Einverständnis durch Nicken. Damit war die Jagdstrategie klar und das Fell des Bären so gut wie verteilt.
„Die Drecksarbeit überlasse ich gern Ihnen", grinste David. „Übrigens, was war mit dem Golem?"
„Irgendetwas war dort, denn Chess wusste sofort, wovon ich gesprochen habe. Aber so wie sie die Situation beschrieben hat... Keine Gefahr! Eine sich auflösende Lehmfigur. Mehr war da nicht mehr."
„Also stimmt die Legende von dem heiligen Lehmklumpen, dem man Leben eingehaucht hat?"
„Sie erwähnte, dass die Höhle überflutet wurde. Wenn da also was dran war, dann hat er dadurch vermutlich sein verdientes Ende gefunden."
„Die biblische Sintflut, die alles Leben von der Erde spült! So stand es doch auch im Buch der Gog und Magog. Aber glauben Sie wirklich, dass er jemals gelebt hat?"
Hiob dachte über seine Antwort nach.
„Was weiß denn ich." Er unterstrich seine Zweifel mit einem Achselzucken. „Einen wahren Kern wird die Geschichte schon haben, so wie die meisten Legenden. Aber mit Sicherheit werden wir das nie wissen. Die beiden haben auf jeden Fall Fotos gemacht. Wir werden den Golem also auch noch zu sehen bekommen. Wenigstens ein Teil seines Fluches scheint

sich damit erfüllt zu haben."
„Was meinen Sie damit?"
„Na die Passage mit den zugenähten Mündern. Das entspricht laut Chess den Tatsachen."
„Nicht wirklich?", wich David ungläubig zurück.
„In der Höhle des Golems fanden sie mehrere Leichen, die auf diese Art präpariert waren. Und im Buch stand, dass keine Seele aus erster Hand, weder in dieser noch in einer Jenseitswelt, über den Golem berichten werde können."
„Aber Chess und Alon werden doch hoffentlich davon berichten!"
„Nicht mehr aus erster Hand. Denn selbst wenn der Golem jemals am Leben war, spätestens mit der Überflutung bei ihrem Eintreffen hat es sich für ihn erledigt. Und somit hat keiner, der es noch jemandem aus erster Hand erzählen könnte, ihn lebend gesehen."

***

Sein Blick streifte die Uhr in der rechten unteren Ecke des Monitors. *Gleich 8:00 Uhr, Qian wird nicht erfreut sein, wenn er meinen Bericht auf dem Schreibtisch vorfindet. Besser, ich hole mir einen Kaffee, bevor ich mich auf nüchternen Magen von ihm anschreien lasse.*
Er erhob sich von seinem Arbeitsplatz und schritt nicht ohne Wehmut den langen Gang hinunter zum Kaffeeautomaten. Fast zwanzig Jahre arbeitete der derzeitige Chef der Sicherheit bereits im Labor. Vom einfachen Nachtportier hatte er sich hochgedient, bis er im vergangenen Jahr schließlich zum Leiter der Sicherheit befördert worden war. Voller Stolz trug er die graue Uniform mit den goldenen Schulterstreifen, wenn er mit erhobenem Haupt durch die Anlage stolzierte. Er wusste, er musste Abschied nehmen. In wenigen Tagen würde die letzte

Abteilung in das neue Labor übersiedeln.
Nicht nur deshalb war an diesem verregneten Morgen sein Kopf gesenkt. Gern hätte sich der Sicherheitschef des Labors heute krankgemeldet. Die Ergebnisse seiner groß angelegten Suche nach der vermissten Mitarbeiterin waren niederschmetternd. Um ihren Tod glaubhaft dokumentieren zu können, fehlte ihm die Leiche. Da diese sich aber nachweislich nicht mehr auf dem Gelände des Labors befand, musste er vom Schlimmsten ausgehen. *Wie hat sie das nur überleben können? Und wie ist sie rausgekommen? ...Sie muss die Aufregung beim Alarm genutzt haben, um unbemerkt vom Gelände zu gelangen... Aber wo ist sie jetzt? Und wieso ist sie noch nicht zur Polizei gegangen?*
In Gedanken versunken warf er einige Münzen in den Automaten und drückte auf den Knopf. Knapp eine Woche war seit dem Unfall im Labor verstrichen, und die gesuchte Frau schien wie vom Erdboden verschluckt zu sein. *Wenn sie noch leben würde, hätten wir bereits von ihr gehört. Vermutlich ist sie längst tot.*
Er nahm einen vorsichtigen Schluck aus dem dampfenden Plastikbecher. *Aber Qian wird sich mit Vermutungen nicht zufriedengeben... Nicht solange ihm dieser ägyptische Psychopath im Nacken sitzt.*
Die Schritte auf dem grauen Gummibelag verlangsamten sich, je näher er seinem Büro kam. Nur ein sehnlichst erwarteter Anruf konnte den Kopf des Sicherheitschefs noch aus der Schlinge ziehen. Ein Anruf von seinem Stellvertreter, dem letzten seiner Männer, dessen Ermittlungen bis gestern noch nicht im Sand verlaufen waren.
Gerade als er wieder an seinem Tisch Platz genommen hatte und auf das Läuten des Telefons wartete, sprang die Anzeige der Uhr um. Es war Punkt 8:00 Uhr, und pünktlich auf die Minute stand Qian in der Tür. Sein Blick war entspannt, als

hätte sich längst eine Lösung für sein Problem gefunden.
Freundlich wie immer begrüßte ihn der Chef der Sicherheit in seinem Büro. „Guten Morgen, Dr. Qian!“
„Morgen! Haben Sie Ihren Bericht abgeschlossen?“, kam dieser gleich zur Sache.
„Ich warte noch auf einen Anruf meines Stellvertreters, um meinen Bericht abschließen zu können.“
Es blieb Qian nicht verborgen, dass sein Sicherheitschef versuchte, auf Zeit zu spielen.
„Sie verschwenden Zeit, die wir nicht haben.“
Mit einem Kopfschütteln versuchte der Mann, sich zu entschuldigen. „Sie müssen verstehen, Dr. Qian, es ist ein wenig kompliziert...“
„In der Tat, das ist es“, fiel ihm der Doktor ins Wort. „Sie haben mich enttäuscht, aber was noch viel schlimmer ist, wir haben noch ganz andere Probleme dazubekommen.“
Der Sicherheitschef senkte reumütig seinen Blick. „Ich fürchte, ich kann Ihnen nicht folgen.“
Qian musterte sein Gegenüber, das ihm an diesem Tag so würdelos, ja geradezu jämmerlich vorkam. *Wie konnte ich so jemanden zum Chef der Sicherheit machen?* „Die DNA-Proben, die wir klonen, stammen höchstwahrscheinlich nicht von der Zielperson.“
„Sie machen Witze?“
„Glauben Sie?“, fragte Qian mit stählerner Stimme.
Fassungslos starrte er Dr. Qian an und versuchte, seine Gedanken zu ordnen. Es war nicht schwer, ihm anzusehen, wie unwohl er sich mit einem Mal in der ranghöchsten Uniform fühlte.
„Aber wie ist das möglich?“
„Die Proben, die Shahid uns gegeben hat, waren offensichtlich die falschen. Ich hatte heute Morgen bereits das Vergnügen, mit ihm zu telefonieren.“

„Aber... er kann doch nicht uns die Schuld für die falschen Proben geben! Sie haben ihm das doch gesagt... Nicht wahr?“
„Ist das eine rhetorische Frage?“
Der Chef der Sicherheit schluckte lautstark. „Was hat er gesagt?“
Qian ging bedächtig auf den Tisch zu, an dem sein Mitarbeiter saß. „Tja, er schien mir nicht besonders glücklich mit der Situation zu sein... Vorsichtig ausgedrückt... Darf ich?“ Der Doktor griff nach dem leeren Sessel vor dem Schreibtisch.
„Ja. Ja, selbstverständlich... Bitte, entschuldigen Sie“, präsentierte sich sein Mitarbeiter in übertriebener Unterwürfigkeit.
Qian versuchte einen Hauch von Freundlichkeit auf sein Gesicht zu zaubern, als er seinem Unverständnis Ausdruck verlieh. *Als müsste ich ausgerechnet den um Erlaubnis fragen, wenn ich mich in meinem Labor setzen will.* „Ihre Demut grenzt an Hochmut. Finden Sie nicht?“
Bevor der Sicherheitschef Gelegenheit bekam, darauf zu antworten, läutete das Telefon.
„Gehen Sie ruhig ran“, ermutigte ihn Qian. „Vielleicht der Anruf, auf den Sie gewartet haben.“
Zögerlich hob er den Hörer ab und vernahm die Stimme seines Stellvertreters, der vereinbarungsgemäß Bericht erstattete.
„Ich verstehe... Danke.“ Es dauerte keine dreißig Sekunden, ehe er den Hörer wieder ablegte.
„Ich hoffe, Sie haben gute Neuigkeiten?“
„Um ehrlich zu sein...“
„Nein, sagen Sie es mir noch nicht“, winkte der Doktor ab. „Sie werden bald Gelegenheit haben, Ihre Informationen direkt abzuliefern. Shahid ist bereits auf dem Weg zu uns. Er möchte persönlich mit dem Verantwortlichen sprechen. Ich bin mir sicher, er weiß Ihre Bemühungen zu schätzen. Legen Sie ihm doch die gleichen Listen und Berichte vor, mit denen Sie mich

in den letzten Tagen gelangweilt haben."
Qian erhob sich und schob den Stuhl zurück an den Schreibtisch.
Geschockt, als hätte der Sicherheitschef das eigene Todesurteil vernommen, blickten seine ausdruckslosen Augen noch auf den leeren Sessel. Nur langsam fand er den Mut, seinen Kopf anzuheben und Qians Blick zu kreuzen.
„Sollten Sie allerdings nicht mehr auf Papierkram stehen, empfehle ich Ihnen, sich würdevoll aus der Affäre zu ziehen." Qian zog eine Pistole aus der Tasche seines Labormantels.
Der Chef der Sicherheit hielt unwillkürlich den Atem an.
Ungerührt von den Schweißperlen auf der Stirn seines Gegenübers legte der Doktor die Waffe vor sich auf den Schreibtisch. „Ich habe mir erlaubt, sie bereits durchzuladen." Er würdigte seinen scheidenden Mitarbeiter eines letzten Blickes. „Ich werde mir auch einen Kaffee holen. Sie wissen ja, was Sie zu tun haben. Enttäuschen Sie mich nicht schon wieder... Nicht diesmal." Qian drehte sich um und verließ den Raum.
Gemütlich und ohne Hast schlenderte er den langen Gang hinunter zum Kaffeeautomaten. Auf halbem Weg stieg ein blau gekleideter Wachmann aus einem Aufzug, der ebenfalls einen Kaffee trinken wollte.
„Guten Morgen, Dr. Qian."
„Morgen", lächelte Qian freundlich.
Der Doktor warf seine Münzen als Erster in den Schlitz des Automaten. Noch ehe der Becher sich zu füllen begann, ließ ein Donnerschlag den Wachmann neben ihm zusammenzucken. Sofort griff dieser nach seiner Waffe und wollte pflichtbewusst in die Richtung laufen, aus der er den Schuss vermutete.
„Lassen Sie stecken", beruhigte ihn Qian, der von der schnellen Reaktion des Wachmanns angenehm überrascht war.

„Aber das war ein Schuss!"
„Ich weiß."
„Er kam aus dem Büro des Sicherheitschefs!"
„Der Reinigungstrupp wird sich darum kümmern. Kein Grund für Sie, sich darüber Gedanken zu machen."
Etwas ratlos steckte der Wachmann seine Waffe zurück in den Halfter. „Wenn Sie meinen..."
„Sie machen einen zuverlässigen und kompetenten Eindruck auf mich. Gutes Personal ist immer schwerer zu bekommen."
Ein dankbares Lächeln stellte sich auf dem Gesicht des Uniformierten ein.
Wie lange arbeiten Sie schon für mich?"
Er überlegte kurz. „Ein knappes Jahrzehnt!"
„Und wie lange liegt Ihre letzte Beförderung zurück?"
„Im Dezember werden es vier Jahre."
„Ausgezeichnet! Bei uns ist gerade eine leitende Stelle freigeworden. Bitte melden Sie sich umgehend in der Personalabteilung und sagen Sie denen, ich hätte Sie vorgeschlagen."
Es hätte sich nicht günstiger treffen können. Das neue Labor würde auch gleich einen neuen Sicherheitschef bekommen. Qian hatte das Beste aus der verfahrenen Situation herausgeholt.

***

Es war der letzte Tag im August. Die vergangenen Nächte waren für jordanische Verhältnisse eher kühl gewesen.
Burcely war in seinem Büro gerade damit beschäftigt, seine Topfpflanzen mit Wasser zu versorgen. Mit einer roten Gießkanne füllte er zunächst die Untersetzer der beiden mittelgroßen Palmen auf, ehe er sich dem riesigen Hibiskus zuwandte, der seinen Platz gleich neben dem Fenster hatte.

Etwa zur gleichen Zeit schritt ein hochdekorierter Mann in Uniform auf das große Gebäude zu, dessen graue Granitfassade erst seit kurzem wieder in neuem Glanz erstrahlte. An mehreren Stellen hatten die Arbeiter die Baugerüste noch nicht entfernt. Der Weg war mit quadratischen schwarzen und dunkelgrauen Steinplatten ausgelegt, die an ein Schachbrett erinnerten. Auf der linken Seite grenzte eine Doppelreihe von Natursteinen den Weg von einem kleinen, etwas höher gelegenen Park ab. Mit schnellen Schritten näherte sich der Uniformierte der Doppelglastür. Seine rechte Hand hielt einen schwarzen Aktenkoffer umklammert, mit der linken stieß er die Tür auf.

Burcely hatte alle Pflanzen im Inneren seiner Büroräume mit Wasser bedacht. Im angrenzenden Badezimmer füllte er die Kanne ein letztes Mal. *Nur noch die Blumen auf der Fensterbank, dann kann ich mit meiner eigentlichen Arbeit beginnen.* Er öffnete die größere Seite des silbergrauen Kunststofffensters und wollte gerade mit dem Gießen beginnen, als ihn das Brummen der Sprechanlage aufhorchen ließ. „Um diese Zeit schon ein Termin?“, murmelte er verwundert.

Burcely drückte den Knopf auf dem weißen Kästchen und nahm den Anruf aus seinem Sekretariat entgegen. „Ja, bitte?“

„Ein Commodore William T. Preston von der US Navy wünscht Sie zu sprechen“, meldete sich die Stimme seiner Sekretärin.

Burcely stutzte. *Preston? Der hat mir noch gefehlt zu meinem Glück. Dem hab ich doch wohl klar gesagt, dass ich ihn hier nicht mehr sehen will.* „Sagen Sie ihm, ich bin in einer Besprechung und habe keine Zeit.“

„Das habe ich bereits getan.“

„Und?“

„Ich fürchte, er lässt sich nicht abwimmeln“, entschuldigte sich seine Mitarbeiterin.

„Hat er gesagt, was er will?“
„Sie sprechen! Mehr Informationen wollte er mir nicht geben.“
Burcely überlegte.
„Mr. Burcely?“, fragte die zarte Frauenstimme am anderen Ende der Leitung nach.
„Ja... ja, ich bin noch da. Schicken Sie ihn bitte rein!“
„Sehr wohl“, beendete sie das Gespräch.
Nur einen Augenblick später stand Commodore Preston bereits in der Tür. Burcelys Blick machte ihm unmissverständlich klar, dass er Preston keine Einladung ausgesprochen hatte. Auch Preston ließ keinen Zweifel daran aufkommen, dass sein Erscheinen nicht als Höflichkeitsbesuch zu werten war.
„Wir müssen reden.“
„Was wollen Sie?“, fuhr Burcely ihn an.
„Geben Sie mir fünf Minuten.“
„Sie haben drei, ehe ich Sie von meinem Sicherheitsdienst entfernen lasse.“
„Wir hatten wohl keinen guten Start bei unserem ersten Zusammentreffen.“
„Keinen guten Start?“, Burcely glaubte, seinen Ohren nicht trauen zu können. „Der Mann, den Sie verhört haben, ist in der Nacht darauf verstorben. Ihr Job, wie Sie es nannten, ist also erledigt. Und jetzt nehmen Sie Ihre Fledermaus und verschwinden Sie, bevor ich Sie rauswerfen lasse.“
„Ich bin alleine hier. Privat, wenn Sie so wollen. Meine Arbeit tut also nichts zur Sache.“
„Ist das so? Nun, das macht mir die Entscheidung noch leichter.“ Burcely griff nach dem Knopf für die Sprechanlage.
„Warten Sie!“, kam ihm Preston zuvor und deckte den Knopf mit seiner Hand ab. „Ich habe noch drei Minuten.“
Burcely deutete mit dem Kopf auf die große Digitalanzeige auf seinem Schreibtisch. „Zwei Minuten dreißig, um genau zu sein.“

Preston hob seinen Aktenkoffer auf den Tisch und holte ein Foto heraus. Demonstrativ legte er es vor Burcely auf den Tisch.
„Kennen Sie das Mädchen?“
Burcely griff nach dem Foto. Es zeigte einen Mann um die vierzig, der seine Hand um eine etwa 20-jährige Blondine gelegt hatte. Sofort fiel Burcely das ausgesprochen zierliche und hübsche Gesicht des Mädchens auf.
Er schüttelte den Kopf. „Wer ist die junge Dame?“
„Die Tochter des Cousins meiner Frau.“
„*Sie* sind verheiratet?“, rutschte es Burcely mit betonter erster Silbe heraus.
„Ich war verheiratet“, verbesserte ihn Preston. „Meine Frau starb vor vielen Jahren.“
„Das tut mir leid.“
Preston nickte gleichgültig.
„Sie sind doch sicher nicht vorbeigekommen, um mir Ihre Familiensituation näherzubringen?“
„In der Tat war das nicht meine Intention. Das Foto zeigt den Cousin meiner Frau und seine Tochter. Ihr Name ist Jones. Sylvia Jones. Sylvias Mutter starb bei der Geburt, und ihr Vater kam kurz nach Sylvias Volljährigkeit bei einem Autounfall ums Leben.“
„Die Familie scheint unter keinem guten Stern zu stehen.“
„Ich fürchte, dass auch Sylvia etwas zugestoßen sein könnte. Ich war am Wochenende in meiner Jagdhütte oben im Norden der USA. Die Hütte gehörte früher dem Großvater von Sylvia, nach seinem Tod hat sie meine Frau geerbt und nach ihrem Tod... Wie auch immer. In der Hütte gibt es schon seit Ewigkeiten einen Telefonanschluss und einen Anrufbeantworter. In den letzten fünfzehn Jahren hat dort aber keiner angerufen. Ich habe die Nummer niemals weitergegeben, denn wenn ich dort bin, dann will ich meine Ruhe haben. Am

letzten Wochenende, als ich raufgefahren bin, waren dann allerdings sechs Anrufe auf dem Anrufbeantworter."
Burcely blickte demonstrativ auf die Schreibtischuhr.
„Der erste Anrufer war ein gewisser Peter, der sich als Arbeitskollege von Sylvia vorgestellt hat. Er sagte, er mache sich Sorgen, weil sie nicht zur Arbeit erschienen sei, und er hätte diese Nummer angerufen, weil sie in ihrer Personalakte für Notfälle vermerkt war. Er hat mir seine Privatnummer hinterlassen und um Rückruf gebeten."
„Haben Sie ihn angerufen?"
„Natürlich, was denken Sie? Der Anschluss wurde aber bereits abgemeldet."
„Und die anderen Anrufer auf dem Band?"
„Die haben keine Nachricht hinterlassen."
„Von wann waren die Anrufe?"
„Von voriger Woche."
„Und was sagt Ihre... Nichte... dazu?"
„Für diese entfernte Art von Verwandtschaftsverhältnis gibt es meines Wissens keine korrekte Bezeichnung. Ich habe Sylvia seit dem Tod meiner Frau nicht mehr gesehen oder gehört. Das Foto ist das letzte, das ich von ihr habe. Sie muss heute Anfang dreißig sein."
„Vielleicht ist sie bei einer Tante oder einem Onkel?"
Preston verneinte energisch. „Sie hat keine lebenden Verwandten mehr."
„Ist Ihnen schon in den Sinn gekommen, dass der Anruf möglicherweise nur ein übler Scherz war?"
„Ich habe die Rufnummer zurückverfolgen lassen."
„Und?"
„Die Nummer gehört zu einem Labor. Das könnte passen, denn als ich Sylvia das letzte Mal gesehen habe, sprach sie davon, Biotechnologie studieren zu wollen. Ich habe dort angerufen, aber die kennen weder Sylvia noch einen Peter."

„Nun, danke für die wirklich spannende Geschichte, Commodore Preston, aber ihre drei Minuten sind um.“ Burcelys Hand wies Preston den Weg zur Tür.
Dieser machte jedoch keine Anstalten, der Aufforderung nachzukommen. „Die Geschichte ist noch nicht zu Ende.“
Burcely legte seinen Finger auf den Knopf für die Sprechanlage. „Doch, das ist sie.“ Er drückte und stellte eine Verbindung zum Sekretariat her.
Preston erkannte, dass es höchste Zeit war, seine Karten auf den Tisch zu legen. „Es gibt eine Verbindung zwischen dem Labor und dem Teppichhändler, den wir hier in Ihrem Haus verhört haben.“
Burcely stutzte.
„Was kann ich für Sie tun, Mr. Burcely?“, fragte die Stimme seiner Sekretärin.
„Bringen Sie mir etwas mit viel Alkohol.“ Burcelys auffordernder Blick lud Preston ein, auch eine Bestellung aufzugeben.
„Für mich dasselbe!“, schloss sich der Commodore an.
„Bringen Sie uns bitte zwei Scotch mit Eis“, leitete Burcely die Order in den Empfangsraum weiter und gab den Knopf der Sprechanlage wieder frei.
„Sprechen Sie“, wandte er sich Preston zu.
„Ich bin etwas erstaunt, dass Sie Alkohol trinken.“
„Ich bin mit einer Engländerin verheiratet, meine Tochter ist Christin. Warum sollte ich da ausgerechnet beim Trinken auf die Vorzüge des Westens verzichten?“
Ohne zu fragen, griff Preston nach einem Stuhl und machte es sich an dem runden Besprechungstisch in Burcelys Büro bequem.
„Beweisen Sie Ihre Behauptung von vorhin“, forderte ihn Burcely auf.
Der Commodore holte ein kleines Gerät aus seinem Koffer, das

Burcely an einen Walkman erinnerte. Preston stellte es vor sich auf den Tisch. Nachdem er an einem Regler die gewünschte Einstellung vorgenommen hatte, begann ein rotes Lämpchen zu leuchten.

„Eine Sicherheitsvorkehrung. Was ich Ihnen jetzt erzähle, ist streng vertraulich. Sollten Sie damit an die Öffentlichkeit gehen, werde ich bestreiten, dass unser Gespräch jemals stattgefunden hat. Dieses kleine Wunder der Technik stellt nur sicher, dass sich später auch keine Kameras oder Aufnahmegeräte in diesem Raum daran erinnern können. Wir verstehen uns?"

Burcely nickte.

Preston lehnte sich in den schwarzen Lederstuhl zurück und begann mit seiner Erzählung. Er war sich sicher, dass er Burcely an der Angel hatte.

„Nachdem wir die Befragung des Teppichhändlers bei Ihnen im Haus abgeschlossen hatten, reisten Ensign Simblay und ich zurück in die Staaten. Im Interesse der nationalen Sicherheit werden die von uns gewonnenen Daten von einer eigens eingerichteten Special Operations Group ausgewertet."

Burcelys Wut war nicht zu übersehen. „Sie haben mir beim Verlassen dieses Gebäudes zugesichert, keine Daten mitzunehmen!"

„Und genau das werde ich beschwören, sollte ich in einem offiziellen Gespräch danach gefragt werden. Aber wir sind ja unter uns."

„Aber natürlich", bestätigte ihn Burcely widerwillig.

„Die Special Operations Group hat alle Informationen geprüft, die im Zusammenhang mit dem Mobiltelefon des Teppichhändlers standen. Bei ausländischen Telefonen ist die Sache ein wenig komplizierter, aber es gelang ihnen, eine Liste der getätigten Anrufe zu erhalten. Und das Ganze rückwirkend für die letzten zwei Wochen vor Ergreifung des Mannes. Ein

Mitschnitt der Gespräche wird vom Netzbetreiber leider nicht gespeichert, ebenso wenig wie die Senderpeilung. Wir können also nicht sagen, worüber gesprochen wurde oder wo sich der Teilnehmer genau befand."
„Aber Sie wissen, wen er angerufen hat. Und Sie haben uns diese Informationen vorenthalten!"
„Auf dem Gesprächsnachweis schien nur eine Nummer auf, eine Wertkarte. Diese Nummer war leider nicht zum Besitzer rückverfolgbar und bereits abgemeldet. Dennoch ist uns auch von diesem zweiten Anschluss eine Erfassung der ein- und ausgehenden Gespräche gelungen."
„Sie vermuten, das zweite Telefon gehörte Shahid?"
„Wir kennen seine Identität nicht. Aber nennen wir ihn Shahid, wenn Sie das wollen."
„Shahid ist in dem dokumentierten Zeitraum nicht nur von dem Teppichhändler angerufen worden, sondern auch aus einem Labor. Dem Labor, aus dem auch der Anruf von Peter stammt."
Die Sekretärin klopfte an der Tür und brachte den Scotch für Burcely und seinen Gast herein.
„Danke, das ist alles für den Moment", verabschiedete Burcely sie und stellte das Glas mit dem dicken Boden vor sich ab. Erst als die Frau den Raum wieder verlassen hatte, setzten die beiden Männer ihr Gespräch fort.
„Nur damit ich Sie jetzt richtig verstehe, Commodore. Der Teppichhändler, auf dessen Spur wir dank meines Gärtners gekommen sind, hat Shahid angerufen. Aber es wurde auch aus einem Labor bei Shahid angerufen. Und aus dem gleichen Labor wurde in Ihrer Jagdhütte angerufen."
„Fest steht, es gibt eine Verbindung zwischen dem Teppichhändler und dem Labor. Und die Schnittstelle ist Shahids Telefonwertkarte, die beide angerufen haben."
„Eine Sache will mir da nicht so recht hineinpassen. Die

Nummer von dem Anrufer in der Jagdhütte haben Sie am letzten Wochenende zurückverfolgen lassen. Damit wussten Sie, dass der Anruf aus dem Labor kam. Das leuchtet mir so weit ein."
„Aber?"
„Wie um alles in der Welt haben Sie sich daran erinnert, dass diese Nummer zuvor auch die Wertkarte von Shahid angerufen hatte? Und das mussten Sie, denn wie wäre Ihnen sonst aufgefallen, dass es beide Male die gleiche Nummer war?"
„Dabei hat mir der Zufall weitergeholfen. Ich habe mir nur die letzten sechs Stellen der Nummer gemerkt, denn diese waren zufällig identisch mit dem Geburtsdatum meiner verstorbenen Frau. Sie hatte am ersten September 1966 Geburtstag, und die letzten sechs Stellen waren 010966. Ich glaube nicht, dass ich mich sonst daran erinnert hätte."
Burcely spielte im Geist mit den Zahlen. *Wenn man die Nullen weglässt, ergibt sich die Jahreszahl, und wenn man die Nullen mitliest, erhält man den ersten September 66.* „Das kann man sich tatsächlich leicht merken", musste er Preston gegenüber einräumen.
Burcely wirkte nachdenklich und überlegte einen Moment, ehe er das Gespräch mit dem Commodore fortsetzte. „Warum sagen Sie mir das alles?"
„Stellen Sie keine Fragen, deren Antwort Sie bereits kennen."
„Sie wissen doch mehr, als Sie mir hier in aller Kürze aufgetischt haben."
„Ich habe Ihnen bereits mehr gesagt, als ich verantworten kann."
„Was hält Sie davon ab, das Labor aufzusuchen und es nach Sylvia zu durchkämmen?"
„Auch mein Einfluss hat Grenzen."
Ich bin froh, das zu hören, dachte Burcely. „Was gedenken Sie zu tun?"

„Wir können da nicht einfach so reinmarschieren. Ich habe bereits versucht, an Informationen über das Labor zu gelangen, aber die Akten sind unter Verschluss. So wie ich die Sache sehe, hält da jemand von ganz oben schützend seine Hand darüber. Und diese Leute wissen mit Sicherheit mehr über das Labor, als wir beide uns überhaupt vorstellen können."
„Nun, wenn es um den Einfallsreichtum und die Skrupellosigkeit Ihrer Regierung geht, so kann ich mir da so einiges vorstellen."
Preston winkte ab. „Das bringt uns doch nicht weiter."
„Da haben Sie wohl leider Recht."
„Sehen Sie eine Möglichkeit, mit den Informationen, die ich Ihnen gegeben habe,..."
„Bitten Sie mich etwa um Hilfe?"
„Und wenn?"
„Lassen Sie mir die Adresse von dem Labor zukommen und alles, was mir weiterhelfen kann. Wie kann ich Sie erreichen?"
„Ich habe mir zwei Wochen Landurlaub genommen und möchte in dieser Zeit auf eigene Faust ermitteln. Dabei ziehe ich es vor, nicht überwacht zu werden. Ich trage also kein Telefon bei mir... Ich werde mich bei Ihnen melden. Ihre Nummer habe ich ja."
„Das Foto?", fragte Burcely und streckte seine Hand nach dem Bild von Sylvia und ihrem Vater aus.
„Können Sie behalten, ich hab noch einen Abzug davon... Übrigens, Sylvia ist gebürtige Kanadierin, so wie ihre Eltern auch."
„Sagten Sie nicht, die Jagdhütte wäre in den USA?"
„Im Norden der USA, ja. Sylvias Großvater wurde in Kanada geboren, fuhr aber zum Jagen immer in die USA. Irgendwann in der Pension hat er sich dann dort die Hütte gekauft und ist da geblieben, bis er starb. Er..."
Preston wurde von dem grellen Piepton seiner Armbanduhr

unterbrochen.
„Ich muss los... Sie hören von mir!"
Preston steckte sein geheimnisvolles Störgerät zurück in den Aktenkoffer und verschwand so rasch und unerwartet, wie er gekommen war.

***

David nutzte die Zeit nach dem Mittagessen und schlenderte durch den parkähnlich angelegten hinteren Teil von Burcelys Garten. *Mir wäre von der Terrasse aus nicht in den Sinn gekommen, wie weitläufig es hier hinten noch ist. Da versteh ich, wie man fast ein Dutzend Gärtner den ganzen Tag beschäftigen kann.*
David war botanisch eher unterdurchschnittlich bewandert. Es war ihm nicht möglich, auch nur eine der Pflanzen beim Namen zu nennen. Das war aber umso bedeutungsloser, als ohnehin nahezu alles, was in Burcelys Garten wuchs, mit Stacheln überzogen war. In Davids Augen fiel es damit unter den in seinem Sprachgebrauch sehr weit gefassten Begriff der Kakteen. Den Rest teilte er zwischen Palmen, Bäumen, Blumen und Unkraut auf.
Für einen Kaktus bist du wirklich riesig. David bewunderte einen mehrere Meter hohen Baum mit glattem, grünem Stamm. Erst in Augenhöhe hatte er Äste ausgebildet, doch bereits auf Höhe von Davids Knie war der Stamm über und über mit riesigen, braunen Stacheln überzogen. Wie kleine Vulkankegel ragten seine messerscharfen Spitzen in alle Richtungen. *Besser, ich komm dir nicht zu nahe.*
Ein schmaler, mit weißem Kies ausgelegter Pfad führte rundgangartig durch den Garten. David erblickte zu seiner Rechten eine weiße Marmorstatue, deren Motiv ihm aus Claras Erzählungen bereits bekannt war. *Hier irgendwo muss Claras*

Lieblingsbank sein, die sie mir so nachdrücklich empfohlen hat. Wirklich erstaunlich, wie detailgenau sie die Statue beschrieben hat. Eine Wildkatze hielt mit ihren riesigen Pranken einen Steinbock nieder, während sie ihre Zähne in dessen Rücken schlug. Der gehauene Stein strahlte eine beeindruckende Lebendigkeit aus. *Ich kann die Todesangst in seinen Augen wirklich sehen.*
Nur wenige Schritte hinter der Statue fand David auch die versprochene Bank. *Aus einem einzigen Stück schwarzem Granit geschlagen, genau wie Clara gesagt hat.*
David hätte keinen besseren Ort für sein Vorhaben finden können. Zwischen blühenden Rosen und Hibiskussträuchern stand Claras Lieblingsbank. Gleich neben einem mit Kakteen begrünten Steingarten, mitten in der Sonne. Entspannt nahm er Platz und genoss es, sich die jordanische Sonne mitten ins Gesicht scheinen zu lassen. *Wenn mir der perfekte Plan zu Nataschas Befreiung hier nicht einfällt, dann gibt es ihn nicht.*
Von seinem Sitzplatz aus war es David weder möglich, die Terrasse der Burcelys zu sehen, geschweige denn zu hören, was sich dort zwischenzeitlich ereignete. Er musste aber ohnehin kein Hellseher sein, um erahnen zu können, wer nun an seiner Stelle mit Clara *Landkarten erraten* spielen durfte.
„Das Bild hatten wir schon!“, rief Clara. „Rot, weiß und grün gestreift, das ist Italien.“
Hiob steckte die Karte weg und holte eine andere vom unteren Ende des Stapels hervor.
„Hatten wir auch schon! ...Rote Fahne mit weißem Kreuz, das ist die Schweiz.“
Er zog eine neue Karte.
„Die auch! ...Gelb...“
„Ja, ich weiß. Die hatten wir alle schon“, seufzte Hiob. *Es ist mir unbegreiflich, wie schnell die Kleine meine Flugkarten auswendig gelernt hat. Nach nicht einmal einem Vormittag*

erkennt sie jedes Land im Großraum Europa nur anhand von Satellitenbildern der Gebirgszüge und Gewässer. Und, als wäre das nicht schon die Krönung, kann sie auch noch die Fahnen dazu aus dem Gedächtnis aufsagen.
„Können wir nicht einmal andere Bilder nehmen?", drängte sie Hiob mit ihrer kindlichen Neugier.
„Aber ich habe keine neuen Bilder mehr."
„David hatte neue Bilder!"
„Ja! ...Hatte er. Aber die hast du ja schon alle gesehen."
„Hast du keine eigenen Bilder?", fragte Clara.
„Das sind meine Bilder!" Hiob begann sich zu fragen, ob er Davids Idee, das kleine Mädchen mit den Flugkarten zu beschäftigen, nicht zu früh über den grünen Klee gelobt hatte.
„Na gut", sagte Clara, „dann spielen wir eben noch eine Runde mit deinen Bildern, Hiob."
Genervt stützte Claras unfreiwilliger Spielgefährte den rechten Ellenbogen auf den Gartentisch und legte seinen Kopf darauf.
„Die Karte hatten wir auch schon. Blau mit gelbem Kreuz. Das ist Schweden."
Er zog eine neue Karte und rückte sein Kinn zurecht. *Wenn Alon das macht, sieht es viel bequemer aus, als es sich tatsächlich anfühlt.*
„Die kenne ich auch..."
„Sehr gut, Clara." Hiob quälte sich ein anerkennendes Lächeln heraus. *Das kann ja noch ein langer Nachmittag werden.*
Seine Hand griff zur nächsten Karte. *Ihr Plan muss wirklich gut werden, Wilder! ...Damit er das alles auch wert ist.*
Unterdessen hatte David am anderen Ende der Liegenschaft noch keinen rechten Anhaltspunkt gefunden, wie er denn zu seinem perfekten Plan gelangen könnte. *Irgendwie ist Hiob schon zu beneiden. Während ich mir hier den Kopf zerbrechen muss, kann er mit Clara und Goliath spielen.*
Wann immer Davids Planung anfing, sich um Natascha zu

drehen, schweiften seine Gedanken ab, und sein Herz wurde schwer. Er beschloss daher, das Pferd von hinten aufzuzäumen, und begann zunächst, Hiob einen Platz in seinem Plan zu geben. *Er ist mein Joker, der kann Shahid und seinen Leuten locker das Wasser reichen. Mit ihm als Mittelpunkt meines Plans kann gar nichts schiefgehen.*

Gänzlich ohne Wissen über die ihm zukommende Ehre, hatte Hiob in der Zwischenzeit einen weiteren Durchgang der Raterunde über sich ergehen lassen.

„Das war die letzte Karte." Er hoffte inständig, dass Clara seinen um Gnade flehenden Blick würde deuten können.

„Willst du noch eine Runde spielen?"

Ihre Frage klang wie eine Drohung.

„Oder wir lassen es. Ich könnte doch Goliath aus seinem Gehege holen, und wir streicheln und füttern ihn."

Clara sah ihn erwartungsvoll an.

Nur widerwillig löste Hiobs Selbsterhaltungstrieb die Nickbewegung seines Kopfes aus. *Dass ich mich auf so etwas mal freuen würde...*

Claras Zöpfe hüpften wild auf und ab, als sie zu der Wiese lief, auf der sich Goliaths Gehege befand. Hiobs entspannter Gesichtsausdruck unterstrich, wie sehr er den Moment der Ruhe genießen wollte. Arme und Beine weit von sich gestreckt sank er in den Gartensessel zurück.

„Na, so hab ich mir das ja vorgestellt!"

Alons Stimme ließ Hiob zusammenzucken.

„Wir fahren ans Ende der Welt, um mit den Gnomen aus der Unterwelt zu kämpfen, und du entspannst hier in der Sonne, als hättest du Urlaub."

„Sie haben es sich hier ja richtig gemütlich eingerichtet, während wir weg waren", setzte Chess nach.

Hiob brachte seinen Oberkörper blitzschnell wieder in die Senkrechte. „Es ist nicht so, wie es aussieht", rechtfertigte er

sich.
„Wie sieht es denn für Sie aus, Chess?“, grinste Alon.
„Schuldig im Sinne der Anklage, möchte ich meinen. Wo haben Sie denn Ihren Schutzbefohlenen gelassen?“
Hiob konnte es nicht ausstehen, wenn man sich über ihn lustig machte. „Na, ihr versteht euch ja schon blendend“, warf er den beiden Neuankömmlingen einen abschätzigen Blick zu. „Wilder ist hinten im Garten und heckt den perfekten Plan aus.“
„Den perfekten Plan? Das hört sich doch produktiv an. Ich nehme an, Sie beide haben einander einiges zu erzählen. Ich werde David suchen“, verabschiedete sich Chess.
„Clara erklärt Ihnen gern den Weg!“, rief Hiob ihr noch nach.
Nach Claras Erklärung war es auch für Chess ein Leichtes, den Platz zu finden, an dem sich ihre Lieblingsbank befand. Wie erwartet traf sie dort auf David und begann, ihm von ihrem Ausflug mit Alon zu erzählen. Aufmerksam folgte er dem Reisebericht von Chess.
„Dann war die goldene Mauer also ein Wasserfall?“
„Ja. Das goldgelbe Licht hat ihn wirklich wie eine goldene Mauer aussehen lassen. Wenn es den Golem wirklich gegeben hat, und ich meine jetzt nicht nur die leblose Lehmstatue in der Höhle, dann hat diese Mauer ihn tatsächlich zurückgehalten.“
„Weil er nicht durch das Wasser gehen konnte, ohne sich aufzulösen.“
„Genau!“
„Aber wenn er noch gelebt hat, als Sie und Alon die Höhle gefunden haben...“
„Wenn er überhaupt jemals gelebt hat“, gab Chess zu bedenken.
„Ja, natürlich! Dann hatten Sie aber Riesenglück, dass die Höhle sich mit Wasser gefüllt hat, als Sie den Schutt von dem Deckel entfernt haben.“
„Die Mutter des Reittierverleihers sagte, dass sich seit

Jahrzehnten kein Zwischenfall mehr ereignet hat und keine Leute mehr verschwunden sind."
„Möglicherweise hat irgendwer den Golem da unten eingemauert, um seine Schreckensherrschaft über das Dorf zu beenden."
„Oder der Eingang wurde nur zufällig durch herunterfallendes Geröll verschüttet. Ganz werden wir das wohl nie klären können."
„Ist ja auch nicht mehr so wichtig. Hauptsache, Sie sind wohlbehalten zurück, und die Mission war ein Erfolg."
„Das war sie", grinste Chess. „Hiob hat mir erzählt, dass Sie an einem Plan zur Befreiung Ihrer Frau tüfteln."
„Hat er das?", seufzte David.
Chess nickte.
„Ich habe heute schon einige Leute angerufen und um Gefallen gebeten, damit die Sache ins Laufen kommt. Es darf einfach nichts schiefgehen."
„Vergessen Sie nicht, dass wir ja auch noch da sind. Ich bin sicher, dass alles klappen wird."
„Na ja, so sicher bin ich mir da im Moment nicht. Die Schwierigkeit ist es, nicht nur Shahid zu schnappen, was immer Hiob darunter versteht, sondern zuvor Natascha wohlbehalten zurückzubekommen."
Chess reagierte auf Davids traurigen Blick: „Man merkt, wie sehr sie Ihnen fehlt."
„Morgen ist der erste September. Da hat sie Geburtstag. Ich will mir gar nicht vorstellen, unter welchen Bedingungen sie den verbringen muss."
„Wie alt wird sie denn?", versuchte Chess ihn von seiner Schwarzmalerei abzulenken.
„41."
„Dann ist sie 1966 geboren, wie mein Bruder Ali."
David und Chess sahen einander an, und ein tiefer Schmerz

verband die beiden. Just in diesem Moment schob sich eine Wolke vor die Sonne. So gleichmäßig, als würde sie an einem Faden nachgezogen, bewegte sie sich auf die Terrasse zu, wo Hiob zwischenzeitlich von Alon auf den neuesten Stand gebracht wurde.
„Sie war wirklich toll... auch ihre Arbeit."
„Schon gut, bitte spar mir die Details", winkte Hiob ab.
„Und wie war dein Tag, Hiob?"
„Schrecklich."
„Das hat aber ganz anders ausgesehen, als wir angekommen sind."
„Du hast ja keine Ahnung. Die kleine Intelligenzbestie stundenlang zu beschäftigen, ist kein Job für mich."
„David?", fragte Alon erstaunt.
Verständnislos schüttelte Hiob den Kopf. „Clara!"
„Ach, du sprichst von Clara! Ohne sie hätten wir ganz schön alt ausgesehen. Unglaublich, was sie für ein Erinnerungsvermögen hat."
„Wem sagst du das", stöhnte Hiob.
„Einen wunderschönen Nachmittag wünsche ich den Herren."
„Mr. Burcely! Wir haben Sie gar nicht kommen hören."
„Wirklich? Nun, wenn ich eines Tages meinen Job hinschmeiße, bekomme ich vielleicht beim Mossad einen Platz als Agent. Anschleichen kann ich mich anscheinend schon ganz gut."
„Klingt nach einem harten Tag."
„Bestimmt nicht der letzte in dieser Woche."
„Wollen Sie darüber reden?"
„Ich fürchte, das müssen wir sogar. Commodore Preston war heute bei mir im Büro."
Fast zeitgleich blickten Alon und Hiob erwartungsvoll zu Burcely.
„Ja, ich habe es zunächst selbst nicht glauben können. Er stand

einfach in der Tür und wollte nicht mehr gehen."
Die Aufmerksamkeit seiner beiden Zuhörer war Burcely sicher. Gespannt warteten sie darauf, den Grund für Prestons Besuch aus Burcelys Mund zu vernehmen.
„Spannen Sie uns nicht auf die Folter. Was wollte er?", drängte Hiob.
„War der Vampir auch dabei?"
„Nein, es war ein privater Besuch, wie er betonte. Er kam allein und ohne Wissen seiner Leute. Er hat irgendein Gerät auf den Tisch gestellt, um eine Aufzeichnung unseres Gesprächs zu verhindern."
„Ein Störsender?"
„Vermutlich... Egal, er hat mir ein Foto gezeigt." Burcely holte das Foto aus der Innentasche seines schwarzen Sakkos. „Preston fragte mich, ob ich diese Frau kenne."
„Und? Kennen Sie sie?"
„Nein, sie ist mir gänzlich unbekannt. Sie sehen es mir doch sicher nach, wenn ich meinen Zivilisationsstrick ablege", lockerte Burcely seine Krawatte.
„Ein hübsches Ding", stellte Alon fest.
„Wohl etwas zu jung für dich."
„Das Foto täuscht, die junge Dame ist heute Anfang dreißig."
Alons Mundwinkel hoben sich. „Von wegen zu jung für mich."
„Wer ist sie?", lenkte Hiob das Gespräch wieder auf eine sachliche Ebene.
„Eine Art Nichte von Preston."
Stille.
„Was genau meinen Sie mit *einer Art Nichte*?", brachte Alon als Erster seine Verwunderung zum Ausdruck.
„Prestons Frau hatte einen Cousin, der Mann, den Sie auf dem Foto neben dem Mädchen sehen. Sylvia Jones ist seine Tochter."
Ein hübscher Name, dachte Alon.

„Preston ist verheiratet?“
„Ja, das hat mich bei seiner herzerfrischenden Art auch verwundert“, gab Burcely zu. „Er war verheiratet. Seine Frau starb vor einigen Jahren.“ *Wobei, ich würde Selbstmord nicht ausschließen.*
„Sylvias Mutter überlebte die Geburt ihrer Tochter nicht. Den Vater verlor sie durch einen Autounfall kurz nach Erreichen ihrer Volljährigkeit.“
„Eine Vollwaise.“
„Und der einzige noch lebende Verwandte ist Preston.“
„Die hat es wirklich schlimm erwischt.“
„Es kommt noch schlimmer“, fuhr Burcely fort. „Preston hat seit Jahren nichts mehr von seiner Nichte gehört. Am letzten Wochenende hatte er allerdings mehrere Anrufe auf seinem Anrufbeantworter.“
Detailliert berichtete er von dem ungewöhnlichen Zusammentreffen.
„Wenn die Wertkarte tatsächlich Shahid gehört hat, dann sollten wir so schnell wie möglich herausfinden, wo sich dieses Labor befindet“, folgerte Alon.
„Diese Arbeit nimmt Preston uns ab. Er wird mir die Adresse zukommen lassen. Die Adresse und hoffentlich noch einige andere interessante Details, die er in Erfahrung bringen will.“
Hiob räusperte sich. „Angenommen, seine Geschichte stimmt, dann geht er damit möglicherweise auch ein Risiko ein.“
Burcely und Alon stimmten wortlos zu.
„Hat dieser Preston auch so ein fotografisches Gedächtnis wie Ihre Tochter? Oder wie ist es zu erklären, dass er sich die Nummer des Anrufers von Shahids Wertkarte gemerkt hat?“
„Ja, das gibt mir auch zu denken“, schloss sich Alon der Frage seines Freundes an.
„Sie werden es nicht glauben, aber auch dafür hatte er eine passende Erklärung parat. Die letzten Stellen der

Telefonnummer entsprechen dem Geburtsdatum seiner verstorbenen Frau."
„Klingt für mich nicht sehr glaubwürdig. Welcher Mann merkt sich schon den Geburtstag seiner Frau?"
„Ich!", rief Burcely.
„Wilder!", antwortete Hiob nur einen Lidschlag später.
Alon zuckte mit den Schultern. „Na gut. Sieht so aus, als wäre ich überstimmt."
An jenem späten Nachmittag schien die Zeit im hinteren Teil von Burcelys Anwesen deutlich schneller zu verstreichen als auf der Terrasse. Wie sonst wäre es zu erklären gewesen, dass trotz der Auszeit, die Hiob ihm verschafft hatte, Davids zündende Idee noch immer auf sich warten ließ. Zerknirscht saß er bekleidet mit einer dunkelgrünen Cordhose und einem kurzärmeligen, dunkelroten Karohemd immer noch auf der Bank, als Chess von ihrem Gartenrundgang zurückkam.
Es sieht mir nicht danach aus, als hätte er eine Eingebung gehabt, während ich weg war.
Chess' soziale Kompetenz überspielte seinen traurigen Blick gekonnt. „Ich habe mir da etwas überlegt. Möglicherweise kann Ihnen das weiterhelfen."
Mindestens halb so dankbar wie ein hungernder Straßenköter, dem man einen alten Knochen zuwarf, nahm David die unerwartete Hilfestellung an. „Gern!", sagte er mit gedämpftem Tonfall, der sie so gar nicht an David erinnerte.
„Gleich da hinten gibt es einen Steintisch. Was halten Sie davon, wenn wir es uns dort gemütlich machen und darüber reden."
Dem kurzen Spaziergang in westliche Richtung folgte der Anblick eines freistehenden, grobkörnigen Steintisches samt zugehörigen Steinhockern. „Von hier aus können Sie fast den ganzen hinteren Garten überblicken", bot ihm Chess einen Platz an der Sonne an. Sie trug ihre dunklen Haare offen und

schob sie auf der linken Seite hinter das Ohr.
„Sie machen sich Sorgen, dass es uns allen vorrangig darum geht, Shahid zur Strecke zu bringen. Zumindest mehr als uns daran gelegen ist, Ihre Frau zu befreien."
David war überrascht, wie offen Chess seine geheimsten Gedanken aussprach. „Ist das so offensichtlich?"
Chess' schweigender Blick sprach Bände.
„Wissen Sie, Hiob ist bestimmt ein würdiger Gegner für diesen Shahid, aber manchmal... Da ist so ein hasserfülltes Funkeln in seinen Augen."
„Das macht Ihnen Angst?"
David zögerte. „Ja, vermutlich. Was soll ich tun, wenn er zuerst schießt und mir erst danach Gelegenheit gibt, nach Natascha zu fragen?"
„Wissen Sie, weshalb Hiob auf Shahid..."
„Nein", unterbrach er ihren Satz. „Er wollte nicht darüber reden."
Chess seufzte. „Alon hat mich mit der Frage direkt an Hiob verwiesen. Aber das scheint dann wohl eine Sackgasse zu sein."
„Sie wollten mir von Ihrer Idee erzählen!"
„Stimmt!"
Chess richtete ihren Rücken wieder gerade, um auf dem lehnenlosen Steinhocker nicht zu würdelos zu wirken. „Die sicherste Art, Ihre Frau wiederzubekommen, scheint mir, sie Zug um Zug gegen die echten Kreuznägel einzutauschen. Das verringert das Risiko, dass Shahid die Nägel hat oder stirbt, bevor wir wissen, wo er Natascha gefangen hält."
Er winkte ab. „So einer offensichtlichen Falle würde Hiob nie zustimmen, den Plan durchschaut Shahid doch sofort."
„Natürlich müssen wir es so aussehen lassen, als wäre es gar nicht in unserem Interesse, Ihre Frau zurückzubekommen. Shahid darf nichts von der Tauschabsicht bemerken. Er muss

Ihre Frau mitbringen, wenn er sich die Nägel holt. Und zwar aus freien Stücken, weil er sie dabei braucht."
„Aber wofür sollte er sie..."
Seine Stimme verstarb, als sich die Sorgenfalten über seinen buschigen Augenbrauen verringerten. Wie Schuppen fiel es ihm von den Augen.
„Der codierte Aufzug im Imperial College! Aber natürlich."
Es war eine Tatsache, dass niemand außer Natascha, Woodberry oder dem Dekan den Aufzug bedienen konnte. Diese Tatsache musste nur ausgesprochen werden, und Chess hatte das indirekt getan und damit David einen Denkanstoß gegeben. Woodberry war tot und der Dekan ein alter Jugendfreund des Londoner Chief Inspectors. Damit blieb Shahid nur noch Natascha, um ins Labor des verstorbenen Professors zu gelangen.
„Die Sache hat natürlich auch einen Haken", bremste Chess ihn ein.
David wusste längst, worauf Chess hinauswollte. „Ja, sie muss es freiwillig tun. Unter Androhung von Gewalt bewegt sich der Aufzug auch bei Natascha nicht."
„Aber...", wollte sie ihren Satz gerade beginnen.
„Aber das weiß Shahid ja nicht... Hoffe ich zumindest", fiel er ihr ins Wort.
David sah mit einem Mal Licht am Ende des Tunnels. Chess hatte die entscheidende Antwort auf seine brennendste Frage gefunden. Jetzt würde er einen Plan um das Tauschvorhaben schmieden, der die anderen, allen voran Hiob, überzeugen würde.
Als hätte ihn ein Energieblitz getroffen, versprühte David nun seinen Tatendrang. „Ich muss dringend ein paar Anrufe machen." Er nahm sein Handy und begann bereits, eine Nummer zu wählen, als er beschloss, sein Vorhaben noch einen Augenblick aufzuschieben. Seine Arme umgriffen Chess,

und David drückte ihr völlig unerwartet einen dicken Kuss auf jede Backe. „Danke, Chess."
Die zarte Haut ihrer schmalen Wangen reagierte mit verlegener Röte auf Davids amikale Anerkennung. Für einen kurzen, schwachen Augenblick wünschte sie sich, er würde ihr noch einmal auf diese Art danken, später auf der Terrasse und im Beisein von Alon. Der bloße Gedanke daran zauberte ein Lächeln der Zufriedenheit auf ihr hübsches Gesicht.

***

Amman musste neuerlich eine kühle Nacht über sich ergehen lassen. Gewohnt dunkel verstrichen die Stunden, bis im Osten die ersten Sonnenstrahlen am Horizont den neuen Tag verkündeten. Die jordanische Hauptstadt war vom provisorischen Hauptquartier der bunt zusammengewürfelten Truppe aus gut zu überblicken. Das ganze Anwesen schien in tiefen Schlaf versunken. Nur das Surren des elektrisch geladenen Sicherheitszauns bekundete permanente Einsatzbereitschaft. Er war fix in das Alarmsystem des Hauses integriert, und das schlug bei der kleinsten Schwankung an.
Fast war man versucht anzunehmen, dass nur die Elektronik in den letzten Stunden ihren Dienst auf dem Grundstück versehen hatte. Doch so war es nicht. Nicht in dieser Nacht. In einem Zimmer auf der Nordseite hatte sich ein einsamer Held die Nacht um die Ohren geschlagen. Von seinem Freund mit dem dichten Fell moralisch unterstützt, hatte David ohne Unterlass an seinem Plan gearbeitet. Selbst als Goliath sich in den frühen Morgenstunden vom Sandmännchen hatte übervorteilen lassen, trotzte David ausdauernd der Müdigkeit.
Das sollte ich noch mit Rot nachzeichnen.
Er hatte im Laufe der Nacht nicht nur die von Clara zur Verfügung gestellten Plakate und Buntstifte verbraucht,

sondern auch gut die Hälfte des Schmierpapiers entwendet, das Burcely im Keller lagerte.
„Ich hoffe, meine gründliche Planung kann Hiob überzeugen“, murmelte er, als er den letzten roten Strich auf das Papier zeichnete.
Es waren schon historisch bedeutsamere Schlachten mit weit weniger aufwändig illustrierten Angriffsplänen von Feldherren geschlagen worden. Doch David wollte und konnte nichts dem Zufall überlassen. Sein Plan hatte Hand und Fuß. Mehr als nur ein Paar davon.
Nicht ohne Stolz betrachtete er sein Werk und konnte sich, angesichts seiner umfangreichen Arbeit, guten Gewissens einem ausgedehnten Gähnen hingeben. Zweimal hatte er die Patronen des Druckers tauschen müssen, der in dieser Nacht kaum Ruhe gefunden hatte. Aber auch an David war die Nacht nicht spurlos vorübergegangen, und er musste sich eingestehen, dass Orangensaft, wie frisch gepresst er auch immer sein mochte, allein nicht ausreichte, um den Geist dauerhaft wach zu halten.
„Ich weiß nicht, wann ich zuletzt so lang gearbeitet habe. Aber ich bin mir ziemlich sicher, dass es auch etwas mit Alon zu tun hatte“, gähnte er.
Dem riesigen Papierberg aus Zwischenschritten und Skizzen auf dem Boden stand ein halbes Dutzend klar strukturierter Zeichnungen gegenüber, die das eindrucksvolle Ergebnis seiner nächtlichen Arbeit darstellten.
Kurz vor 5:00. Ich kann mich noch ein paar Stunden aufs Ohr legen, bevor Elisabeth ihr fürstliches Frühstücksbuffet auftischt.
David wollte Elisabeths Frühstück um nichts auf der Welt versäumen. Bewaffnet mit seinen Zeichnungen und zwei Ausdrucken, würde er der versammelten Mannschaft das Resultat seiner Arbeit vorstellen.
Unbeeindruckt von der nächtlichen Höchstleistung des

Planungsstabes, verstrich die Zeit mit gewohnter Präzision, als David seinen versäumten Schlaf nachholte.
„Morgen“, begrüßte Alon seine Freunde am Frühstückstisch. Mittlerweile hatte sich jeder der Anwesenden daran gewöhnt, dass Alon am Morgen als Letzter aus seinem Zimmer den Weg auf die Terrasse fand. Umso überraschender war es, dass er an diesem Tag vor David eintraf. „Sieht ganz so aus, als wäre ich heute nicht der einzige Langschläfer“, stellte er erfreut fest.
„Dabei hast du sogar Zeit zum Rasieren gefunden.“ Hiob spielte auf den fehlenden Dreitagebart an, den Alon aus dem Jemen mitgebracht hatte.
Alon lächelte mit seinem Sommersprossengesicht zu Chess hinüber, als wollte er von ihr ein Kompliment für sein glatt rasiertes Gesicht einfordern.
Sie antwortete mit einem gleichgültigen Achselzucken. „Also, mir wär das jetzt nicht aufgefallen.“
Burcelys Hand drehte den kleinen Holzsarg, den Alon und Chess aus dem Jemen mitgebracht hatten. „Ziemlich schwer für Holz.“
„Es ist versteinertes Holz“, erklärte Chess.
„Also ist es so schwer wie Stein“, folgerte Clara.
Burcely grinste seine kleine Tochter an. „Wenn wir dich nicht hätten, Clara.“
„Schauen Sie doch einmal rein“, forderte ihn Hiob auf.
Burcely folgte seiner Aufforderung umgehend.
„Und für dieses Altmetall ist Shahid bereit, so weit zu gehen?“
Alon räusperte sich lautstark. „Für dieses Altmetall haben Chess und ich den biblischen Naturgewalten getrotzt. Taifune, Sintfluten...“
„Also für mich sehen eure Nägel ein wenig nach Baumarkt aus. Der falsche Eisennagel aus dem Kirchenprospekt hat mir besser gefallen“, legte Hiob seine Sicht der Dinge dar.
Chess warf Alon einen besorgten Blick zu. Doch Alon hatte

längst auf Hiobs abschätzige Bemerkung reagiert.
„Also eines wollen wir doch mal klarstellen, Hiob. Wenn sie dir im Baumarkt solch verbogene und verkratzte Nägel andrehen, bist du ja wohl der Allererste, der sie ihnen zurückbringt und das Geld zurückverlangt."
Die Anspielung auf Hiobs Reklamationsfreudigkeit hatte ihre Wirkung nicht verfehlt. Er verzichtete auf einen Nachsatz.
„Sollte nicht irgendwer hinaufgehen und David wecken?", fragte Elisabeth, die schon anfing, sich Sorgen um ihren verschlafenen Gast zu machen.
„Darf ich?" Clara sprang auf, noch ehe die Frage ihren Mund verlassen hatte. „Goliath hat sicher auch noch nicht gefrühstückt!"
Elisabeth lächelte, war die Reaktion ihrer Tochter für sie doch vorhersehbar gewesen. „Aber natürlich. Geh schon, Clara."
Unter normalen Umständen hätte Goliath es nie zugelassen, dass David den schönen Tag verschlief. Längst würde er neben ihm auf dem Kissen sitzen und mit der kleinen rosa Zunge das Gesicht seines zweibeinigen Freundes ablecken. Doch die lange Nacht hatte auch bei Goliath Spuren der Erschöpfung hinterlassen.
Das weiße Riesenkaninchen reagierte als Erster auf Claras Klopfen und streckte gähnend seine Vorderpfoten von sich. Davids Unterbewusstsein verstand es dagegen vorzüglich, das durchdringende Klopfgeräusch in seinen Traum einzubauen.
Seine Phantasie hatte ihn nach England zurückgebracht, wo er damit beschäftigt war, den Gartenzaun von Ms. Furgerson in Ordnung zu bringen. Der Sturm hatte einige Bretter herausgerissen. Nichts, was David für seine Nachbarin nicht mit einem Hammer und ein paar Nägeln wieder hinbekommen hätte. Erst als alle losen Bretter wieder fest an der Querlatte montiert waren, begann das anhaltende Klopfen ihn zu stören. Entgeistert blickte er den Hammer in seiner Hand an, den er

ganz offensichtlich nicht länger für den Lärm verantwortlich machen konnte.
„David!", hämmerte Clara mit ihren kleinen Fäusten gegen die Tür. „David, wach auf!"
Nur langsam holte ihn die Kleine in das Hier und Jetzt zurück.
„Wie spät ist es?", presste er zwischen seinen Lippen hervor, noch nicht wirklich in dem Bewusstsein, dass niemand im Raum ihm diese Frage beantworten konnte.
„David? Ist alles in Ordnung mit dir und Goliath?" Clara ließ nicht locker.
Ihrer Hartnäckigkeit war es schließlich auch zu verdanken, dass David, wie vom Donnerschlag getroffen, wieder an die Mühen der letzten Nacht erinnert wurde. *Der Plan!*
Er starrte entsetzt auf seine Uhr. Normalerweise wäre ihm keinesfalls jenes bedeutsame Datum entgangen, das auf dem großen Display gleich unterhalb der Zeit aufleuchtete. Angesichts der bevorstehenden Präsentation konnte Nataschas Geburtstag diesmal aber keine Synapsen in Davids Hirn dazu anregen, ein Feuerwerk zu veranstalten.
Völlig übermüdet öffnete er die Tür, vor der Goliath schon ungeduldig auf und ab hoppelte. „Morgen, Clara! Kannst du Goliath schon einmal mit runter nehmen?" Ohne auf eine Antwort zu warten, stürzte er ins Badezimmer, um sich den Schlaf aus den Augen zu waschen. Seine Nervosität verhinderte, dass er sich noch an alle Details der letzten Nacht erinnern konnte. Aus dem quadratischen Badezimmerspiegel starrte ihn ein verschlafenes Gesicht mit dunklen Augenringen an. Mit einem Mal schien es ihm alles andere als gewiss, dass sein Plan Hiobs kritischer Prüfung standhalten würde.
„David kommt gleich." Clara lief in ihrer blauen Latzhose dem flauschigen Riesenkaninchen nach, das auf kürzestem Weg in Richtung Garten hoppelte. „Kommst du mit, Mama?", rief sie noch im Vorbeilaufen.

„Das war jetzt mein Stichwort", entschuldigte sich Elisabeth und folgte ihrer Tochter in den Garten.
Claras Zeitbegriff mochte etwas weiter gefasst sein als der von Erwachsenen, doch Davids Tempo war in der Tat rekordverdächtig.
„Guten Morgen", begrüßte er die versammelte Mannschaft.
„Schön, dass Sie es noch geschafft haben. Wir warten schon alle gespannt auf Ihren Plan", sagte Hiob mit anpeitschender Stimme.
„Gut Ding braucht eben Weile", verteidigte Chess den nervös wirkenden David.
Etwas zu hektisch für Hiobs Geschmack begann David, die Zeichnungen und Ausdrucke aufzurollen, die er vorbereitet hatte.
„Ich habe für jeden eine Kopie ausgedruckt. Gibst du bitte eine weiter an Chess, Alon?"
Hiob erhielt seinen Abzug direkt aus Davids Hand. Es fiel dem breitschultrigen Kritiker schwer, sein Erstaunen zu verbergen. Zu überraschend kam das, was David für ihn vorbereitet hatte.
„Wie sind Sie an so detaillierte Satellitenaufnahmen gelangt?"
„Die kann man sich im Internet runterladen."
Hiobs weit geöffnete Augen stärkten Davids Selbstbewusstsein.
„Vor euch liegen Luftaufnahmen des Imperial College in London. Ich habe die Standplätze jedes einzelnen von uns bereits eingezeichnet. Die Decknamen sowie eure Symbole und Farben findet ihr rechts unten in der Legende."
Hiob sagte kein Wort, aber in seinem Kopf rumorte es. *Wilder hat eine Legende für seinen Plan gezeichnet.* Er überflog die Zuordnungsliste, um sich einen Überblick zu verschaffen.
„Grün", murmelte er. *Wieso bin ich grün? Wilder hat mich zu einer Grünen Laterne gemacht.*
„Ich bin der Rote Blitz!", rief Alon erfreut.
„Du bist ein Blitz?" *Alon macht er zum Roten Blitz und ich*

werd eine Grüne Laterne.
„Ein Schwarzes Pferd. Ist es so gemeint, wie ich es verstehe?“, fragte Chess geschmeichelt.
David schmunzelte zustimmend. Die Assoziation mit der Serie Black Beauty war durchaus gewollt.
Hiob hielt sich noch bedeckt.
„Deine Decknamen für uns haben nicht zufällig etwas mit deinem Hobby zu tun?“ Alon spielte auf Davids Leidenschaft für Comics an. „Aber eine Comicserie, bei der ein Weißer Hase der Superheld...“
„Ich selbst sehe mich nicht als Superheld. Das weiße Hasensymbol hab ich Goliath zuliebe gewählt.“
„Und mir soll wohl ein Licht aufgehen?“, knurrte Hiob. Er war mit der Laterne nicht zufrieden. Davids eigenmächtiges Vergabeverfahren der Decknamen schien ihm doch gravierende Mängel aufzuweisen.
„Die Grüne Laterne ist auch ein Superheld“, versuchte Alon zu vermitteln.
„Und was für einer! Grün ist die Farbe der Hoffnung. Die Grüne Laterne muss für ihre Freunde die Kohlen aus dem Feuer holen“, erklärte David.
„Da hat er Ihnen aber ordentlich geschmeichelt mit so einem tollen Helden, Hiob“, setzte Chess noch einen drauf.
„Na, dann...“, brummte Hiob versöhnlich. „Legen Sie los!“
David holte tief Luft und begann zu erklären: „Wir sind dank Chess und Alon im Besitz der echten Kreuznägel.“ Die beiden Erwähnten warfen einander einen verstohlenen Blick zu, von dem weder Hiob noch David Kenntnis nehmen sollten.
„Shahid wird hoffentlich alles daran setzen, in den Besitz dieser Nägel zu gelangen. Und auch unser Ziel steht fest: Wir befreien Natascha und schnappen Shahid.“
Es war klar, wem Hiobs Räuspern galt.
„Und Hiob schnappt Shahid“, verbesserte sich David. Er

schaute, nach Bestätigung suchend, in Hiobs Richtung. Dieser nickte zustimmend.
David betonte wiederholt die Notwendigkeit, Natascha vor Shahids Ableben freizubekommen. Er strich klar die Vorteile des Imperial College als Ort für die Falle hervor. „Das ist so etwas wie die Lebensversicherung für Natascha. Ohne sie dabeizuhaben, kommt Shahid nicht ins Labor."
„Mit ihr ja wohl auch nicht", wandte Alon ein. „Sie muss da freiwillig reingehen, damit der Aufzug funktioniert."
„Das weiß Shahid doch nicht!"
„Aber warum sollte man die neu entdeckten Kreuznägel ausgerechnet in das Labor bringen? Und wer sollte das tun?"
„Der Dekan!" David war sich seiner Sache sicher. „Das College wird ganz offiziell damit betraut, die Echtheit der Nägel zu prüfen. Und was ist naheliegender, als sie dort im sichersten Raum zu lagern? Der Dekan wird sie medienwirksam höchstpersönlich dort deponieren."
„Wird er?" Hiob war skeptisch.
David nickte. „Sein alter Schulfreund Scowcroft überredet ihn gerade. Außerdem wurde der Zugang verschweißt, den Shahids Männer beim letzten Überfall benutzt haben, es gibt also nur einen einzigen Weg zum Aufzug."
„Shahids Männer sind doch schon einmal in das Labor gekommen."
„Genau genommen wissen wir das nicht. Woodberry bestand darauf, dass niemand in seinem Labor war. Und ich glaube ihm das."
„Wie ist Ihre Frau dann verschwunden?"
„Vielleicht hat sie jemand beim Verlassen des Labors abgefangen."
„Die Uhrzeit stand in der Nachricht, das musste also schnell gehen. Nicht einmal du wusstest, wann Natascha das Labor verlassen würde."

„Sie könnte einen fingierten Anruf erhalten haben, mit dem man sie herausgelockt hat. So lautet doch die Theorie des Chief Inspectors", gab Chess dem Weißen Hasen Rückendeckung.
„Das liefert aber noch keine Erklärung für das fehlende Bild. Das Jüngste Gericht", sagte Alon.
„Okay, es ist kein ganz perfekter Plan..."
Hiob ergriff das Wort: „Wie der Ägypter ins Labor gelangen will, ist letztlich unbedeutend für unser Vorhaben." Hiob zeigte auf das Dach, auf dem die Grüne Laterne als Scharfschütze eingezeichnet war. „Hier muss er vorbei! Sobald er seinen Kopf zeigt, ballere ich ihm eine Kugel zwischen die Augen. Er wird nicht weit genug an das Labor herankommen, um herauszufinden, dass sein Schlüssel diesmal nicht sperrt."
Er warf einen zum Widerspruch einladenden Blick in die Runde.
Keiner der Anwesenden griff die Einladung auf.
„Reden Sie weiter, Wilder! Für mich klingt das okay."
„Danke. Hiobs Einschätzung zufolge wird Shahid jedenfalls persönlich auftauchen, um die Nägel abzuholen. Aufgrund seiner bisherigen Erfahrungen mit dem Ägypter rechnet Hiob mit maximal zwei Männern, die Shahid begleiten werden. Sie werden versuchen, unbemerkt auf das Gelände und dann ins Innere des Gebäudes zu gelangen. Der einzige Weg, der Shahid dazu bleibt, ist diese Zugangstür. Sie befindet sich an einer für uns günstigen Stelle, sodass Hiobs Schussfeld nicht eingeschränkt wird. Auf dem gegenüberliegenden Dach hat Scowcroft zwei seiner Männer postiert, ebenfalls Scharfschützen. Sollte Shahid meine Frau als Schutzschild einsetzen, kann er das ja nicht auf allen Seiten gleichzeitig machen. Unser Primärziel bleibt dabei immer das gleiche: Natascha muss von ihm und seinen Männern getrennt werden, bevor sie den Aufzug erreichen."
Davids Anweisungen klangen, als hätte er sie sich vom

Einsatzleiter einer Task Force aus dem Hauptabendprogramm abgeschaut.
„Was ist meine Aufgabe? Warum ist der Rote Blitz auf der Straße eingezeichnet?“
„Wir brauchen dich als Fahrer, aber dazu komme ich gleich... Ich halte mich hier, am hinteren Ende des Hauptgebäudes auf. Sobald Natascha frei ist, werde ich mich ihr zu erkennen geben. Sie wird dann in unsere Richtung laufen, Alon. Du wartest genau hier mit meinem Wagen und bringst uns schnellstmöglich aus der Gefahrenzone.“
Alon nickte.
„Bei Ihnen habe ich nicht lange überlegen müssen, welchen Platz Sie bekommen, Chess.“
„Als Scharfschütze bin ich gänzlich ungeeignet, fürchte ich“, kommentierte sie das Schwarze Pferd auf einem der Dächer.
Lächelnd winkte David ab. „Nein, das wird nicht nötig sein. Ich hab doch einige von Scowcrofts Männern bekommen. Sie, Chess, sind unser Satellitenauge. Wenn irgendetwas schiefgehen sollte, dann sind Alon und ich in unserem Blickfeld sehr eingeschränkt. Hiob hat zwar den perfekten Überblick, aber er muss den Platz vor der Tür permanent im Auge behalten. Ihr Job wird es sein, das Geschehen vom höchsten Punkt des Geländes zu überwachen. Von dieser Position müssten Sie in der Lage sein, alle Beteiligten gleichzeitig zu sehen. Wenn Sie nur die kleinste Abweichung von unserem Plan bemerken, informieren Sie uns sofort über die Headsets. Damit können wir rascher reagieren, wenn etwas Unvorhergesehenes passiert.“
„Ein flexibler Plan B!“, stellte Hiob anerkennend fest.
„Bin ich hier der Einzige, der meint, Shahid könnte den Braten riechen?“, fragte Alon.
„Selbst wenn, ohne meine Frau bekommt er die Nägel nicht. Zumindest das dürfte diesem Primitivling klar sein.“

„Shahid agiert rein impulsiv. Wenn er sich etwas einbildet, dann zieht er das durch. Vorsicht oder Furcht kennt er nicht“, ergänzte Hiob.
„Und wie erfährt Shahid von den Nägeln?“
„Der Dekan bringt die echten Nägel unter medialer Begleitung ins Labor des Imperial College. Angesichts der Tragweite eurer Entdeckung dürften Fernsehsender aus aller Welt Schlange stehen, um eine Sendeerlaubnis für diesen Beitrag zu bekommen. Den Rest erledigen die Printmedien.“
„Woher wissen wir, wann Shahid zuschlägt?“, wollte Alon wissen.
„Noch in der gleichen Nacht, in der er von den Nägeln erfährt, nehme ich an. Das hängt aber auch davon ab, wofür er sie braucht.“
Hiob stimmte der Annahme mit einer Kopfbewegung zu.
„Chess und ich haben da eine Vermutung aufgestellt, als wir auf den unbequemen Viechern durch den Jemen geritten sind.“
„Lass hören!“
„Die Messingnägel rosten nicht. Es wäre gut möglich, dass sich darauf noch DNA-Spuren befinden. Ich bin kein Gentechniker, aber ein modernes Labor, das aus Prestons Erzählung beispielsweise, könnte damit doch einiges anfangen.“
„Damit habt ihr beide also die Zeit auf eurer Hochzeitsreise totgeschlagen?“, fragte Hiob schelmisch.
Chess hustete. Ihr nachdrücklicher Blick wies Alon unmissverständlich an, nicht zu viel von dem Gespräch mit ihr preiszugeben.
„Sprechen wir von *dem* Commodore Preston?“, fragte David verwundert.
„Er war bei Burcely im Büro. Aber die Geschichte gab es heute bereits zum Frühstück“, grinste Chess.
„Ist jetzt nicht so wichtig, erzähl ich Ihnen später“, vertröstete ihn Hiob.

Nach und nach erörterte David seine Überlegungen. Er erzählte von seinen Absprachen mit Scowcroft und den Zusagen, die er von ihm erhalten hatte. Aber auch von den Zugeständnissen, die dieser umgekehrt verlangte. Widerwillig nahm Hiob zur Kenntnis, dass Scowcroft den Ägypter nur unter strengsten Auflagen zum Abschuss freigab. Den finalen Rettungsschuss hatte Hiob nur abzugeben, wenn Shahid oder seine Leute wider Erwarten das Gebäude mit Natascha betreten oder flüchten wollten. David brachte auch den Personenschutz zur Sprache, den der Chief Inspector für den Dekan abstellte. Scowcroft tat dies, um dem unwahrscheinlichen Fall vorzubeugen, dass Shahid auf den Dekan als Laborschlüssel zurückgreifen könnte. Nach zwei Stunden waren alle Beteiligten instruiert. David hatte die Fragen seiner Freunde ohne Ausnahme zufriedenstellend beantworten können. Nicht ohne einen gewissen Stolz lehnte er sich zurück, nachdem sein Plan allgemeine Zustimmung gefunden hatte.
Alon gratulierte ihm zur gelungenen Präsentation: „Es geht doch nichts über gute Planung. Hoffen wir, dass es dann auch wirklich so ein Spaziergang wird in London."
Hiob hatte noch eine Frage technischer Natur. „Die beschusshemmenden Westen, die Scowcroft bereithält, welche Schutzklasse haben die?"
David hatte schon die längste Zeit auf diese Frage gewartet. Er wusste, welchen Wert Hiob der Sicherheit des Teams beimaß. Scowcroft hatte ihm die Einstufung der unterschiedlichen Westen kurz erklärt. „Level II", antwortete David so selbstsicher, als hätte er sein Leben lang in der Sicherheitsbranche gearbeitet.
„Können wir vergessen, wir nehmen unsere eigenen mit."
„Aber Scowcroft meinte..."
„Und ich sage, wir nehmen unsere", insistierte Hiob. „Level II bietet noch keinen Schutz gegen Stichwaffen. Mit solchen T-

Shirts geht mir keiner zu nah an den Ägypter ran."
„Aber das Gewicht..."
„Und wenn die Scharfschützen auf dem Dach einen Querschläger fabrizieren, sind Sie mit Scowcrofts Klamotten gleich ein Fall für die Autopsie."
Hiobs Blick in die Runde unterstrich seine Entschlossenheit. Keiner wollte ihm mehr widersprechen, und nichts anderes hatte er erwartet.
„Damit wäre das ja dann auch geklärt", brachte Alon es auf den Punkt.

***

Den Blick auf seinen Unterleib gerichtet, lag er auf dem Rücken. Sein Atmen klang noch nicht so entspannt, wie man es in dieser Situation von ihm erwartet hätte. Fast ein wenig schwerfällig hob sich sein behaarter Brustkorb. „Nicht schlecht für den Anfang", stöhnte die erregte Stimme wohlig.
Mit zunehmender Bestimmtheit drückten seine Hände ihren Kopf nach unten. Sie musste ein Stück nachrücken, um nicht aus dem Bett zu fallen, als sie an seinem Oberkörper hinabglitt. Ihre Zunge ertastete die kleine Vertiefung seines Nabels. Er seufzte gefällig.
Der stählerne Geschmack der Erregung gepaart mit der Süße italienischen Weins trieben seine Phantasie weiter voran. Fleischliche Lust war es, wonach es ihm gedürstet hatte, und fleischliche Lust sollte er bekommen.
Das luxuriös ausgestattete Hotelzimmer im Kolonialstil bot ein Ambiente nach seinem Geschmack. In dem dunklen Echtholz der Wandvertäfelung fand auch die indirekte Beleuchtung Platz. Milchig-weiße Leuchtplatten waren ohne erkennbares Muster wie zufällig darin eingelassen. Das anstößige Ölgemälde im dunklen Rahmen nahm bereits vorweg, wie seine Phantasie

sich fortsetzen würde.
Ihre Lippen massierten seinen Bauchnabel und er beschloss, das Gefühl noch eine Zeit lang auszukosten.
„Für dich“, flüsterte er, und seine Hand schob eine Weintraube zwischen den Nabel und ihre Lippen. Er verspürte ein vages Kitzeln, als die Luft über seine Haare strich, die sie zusammen mit der Frucht ansaugte.
Die gut aussehende Frau Anfang vierzig konnte nicht anders, als sich ihm hinzugeben. Zunächst hatte es ihr viel abverlangt, ein Teil seiner nächtlichen Ausschweifungen zu werden. Große Überwindung war notwendig gewesen, um sich in dem marineblauen Satinhemdchen so lasziv neben dem fetten Körper im Bett zu räkeln.
Seine Hand griff nach dem Weinglas neben dem Bett. Genüsslich nippte er daran. Wenn die Italiener in Shahids Augen etwas besser hinbekamen als maßgefertigte Schuhe, dann war es ihr Rotwein.
Shahid war nicht zu beschäftigt, um ihre Tränen zu bemerken, vielmehr war sie ihm einfach völlig egal. *Hab ich dieser Schlampe zu verstehen gegeben, dass sie aufhören soll?* Seine Hand drehte ihren Kopf wieder in Position.
An jenem Abend erfüllte Shahids Opfer pflichtschuldig jeden Wunsch seiner kräftigen Arme. Sie dachte unentwegt über ihr Schicksal nach. *Wie bin ich nur in diese Situation geraten?* Eine Träne kullerte an ihrer Wange hinunter, während sie sich zurückerinnerte. Vor wenigen Wochen hatte sie noch eine glückliche Ehe geführt. Und jetzt?
Dabei hatte sie, ohne es zu wissen, noch Glück gehabt. Entspräche sie nicht Shahids Vorliebe für hellhäutige Frauen, hätte sich der Ägypter nicht gescheut, sie an jeden seiner Männer weiterzureichen.
Der Donner des vorbeiziehenden Gewitters war alles, was noch an ihre anfängliche Wut erinnerte. Die Wut über das, was

dieser Teufel ihr antun wollte, angetan hatte. Die Wut, die aus ihrer eigenen Hilflosigkeit erwuchs. *Hätte ich noch die Kraft dazu, würde ich ihn eigenhändig erwürgen.* Aber für Wut war kein Platz in diesem Zimmer. *Ich werde wieder versuchen zu fliehen, auch wenn er mich dann umbringt.* Sie spürte noch die Blessuren, die sie vom letzten Fluchtversuch davongetragen hatte. *Beim nächsten Mal werde ich vorsichtiger sein.*

So schwer es ihr fiel, für den Moment musste sie sich fügen und ihren Körper seinen Wünschen unterordnen. Sie tat es, um die Hoffnung leben zu lassen, um wieder nach Hause zu kommen zu ihrem Mann. Um zu überleben. Wie Tränen lief der Regen an der Fensterscheibe hinab.

Shahid hatte sich aufgesetzt. Es störte ihn nicht, dass die Frau des Arabischen nicht mächtig war. Er nutzte die klobigen Hände, um seinen Wünschen Nachdruck zu verleihen.

„Au!“, rief sie mit weinerlicher Stimme, als der Ägypter ihr den Arm verdrehte. Ihr ganzer Oberkörper folgte der Drehbewegung, um dem Schmerz auszuweichen. Er führte sie, bis ihre Hand seinen Rücken berührte.

„Na also“, grinste Shahid. „Langsam lernst du, wie man sich als Gast in meinem Land benimmt.“

Sie wertete sein dreckiges Grinsen als Aufforderung, über seinen dicht behaarten Rücken zu streicheln.

Shahid ließ ein animalisches Raunen vernehmen, um seine Zustimmung auszudrücken.

Die Gepeinigte presste ihre Hand fester gegen seinen Rücken und bewegte sie mit kreisenden Bewegungen auf und ab. Unglücklicherweise verfing sich dabei ihr Fingernagel in einem Stück verkrusteter Haut. Es war eine sehr alte Wunde. Ein Projektil hatte Shahids Brust ganz knapp neben seinem Herzen durchschlagen. Nur einer kleinen Unaufmerksamkeit des Schützen verdankte er sein Leben. Fast sieben Jahre waren seither vergangen, aber kein Tag, an dem die nässende Wunde ihn nicht an seine Nemesis erinnert hatte. Aus der anfänglichen Verachtung für Hiob hatte sich eine Feindschaft entwickelt. Feinde, so erbittert, dass im Vergleich dazu selbst Feuer und Wasser einander zugetan wirkten.

Durch ihre hastige Bewegung riss sie das vernarbte Gewebe der alten Wunde wieder auf. Sie hätte es vermutlich gar nicht bemerkt.

Doch ein heller, Unglück verheißender Laut entwich Shahids gefühllosen Lippen.

Menschen in Shahids Nähe hatten ihr eigenes Schicksal schon mit weniger besiegelt.

Erschrocken zuckte sie zurück und starrte auf ihre Hand. Sein Blut war dunkel und kalt. Ihr Atem stockte. Sie wagte es nicht, ihm in die Augen zu blicken.

Shahids Gesicht hatte sich verdunkelt. Ohne seinen Blick von ihr zu lassen und äußerlich ruhig, erhob er sich aus dem Bett. Die Frau bewegte sich nicht.

Mit unheilvoller Stimme befahl er ihr aufzustehen. Sie musste kein Arabisch verstehen, um zu wissen, was gemeint war. Dennoch zögerte sie.

„Aufstehen!“, spürte sie ihre Knochen im Tonfall seiner Stimme vibrieren. Welche Wahl blieb ihr, als der Aufforderung Folge zu leisten?

Kaum hatte ihr schlanker Körper sich aufgerichtet, traf seine geöffnete rechte Hand ihre Schläfe. Es wäre ihm ein Leichtes gewesen, ihr mit der ganzen Kraft seiner Linken den Kopf von den Schultern zu schlagen.

Doch das war offensichtlich nicht, was er wollte. Sie stolperte zurück über die Bettkante und fiel der Länge nach zu Boden.

Gern wäre sie liegengeblieben und hätte sich ihrer Verzweiflung hingegeben. Da hörte sie es wieder, dieses eine arabische Wort, von dem sie, ohne zu wissen, wie man es übersetzte, genau wusste, was es bedeutete: „Aufstehen.“

Aus einer Platzwunde an ihrer Wange sickerte Blut auf den cremefarbenen Hochflorteppich. Sie strich darüber. Es war viel heller als Shahids Blut, das noch immer an ihrer anderen Hand klebte. Aber sie fand keine Zeit, sich darüber Gedanken zu machen.

„Aufstehen."

Zitternd richtete sich die Frau wieder auf. Viele Abende lang hatte sie versucht, Widerstand zu leisten, dann hatte der Ägypter sie gebrochen. Eine blutige Träne hatte ihr Kinn erreicht und tropfte auf das Satinhemdchen. Sogleich versickerte die Träne im blauen Gewebe. Kein gesunder Geist würde diesen Anblick erregend finden.

Shahid sah sie verärgert, dann wieder amüsiert an.

Ihr war das längst egal, sie wollte dem Tod nur nicht in die Augen blicken.

In dem Jackett, das er über den Sessel gehängt hatte, läutete ein Telefon. Er ließ von ihr ab und holte sein Handy.

Danke! ...Danke, wer immer mir gerade das Leben gerettet hat.

„Ja!", meldete er sich und lauschte einen Moment. „Bin unterwegs", Shahid beendete das Gespräch und schenkte seiner Gefangenen zum Abschied ein bösartiges Lächeln.

„Sieht so aus, als müssten wir unsere Verabredung auf später verschieben." Er zog sich eilig an und verschwand.

Kaum war er durch die Tür, sank sie weinend auf die Knie und vergrub ihren Kopf zwischen den Händen. Die Tränen liefen ihr verängstigtes Gesicht entlang. *Warum hilft mir denn keiner?* Gern hätte sie die Gelegenheit genutzt und um Hilfe gerufen, aber Shahid hatte vorsorglich einen seiner Männer im Vorraum belassen. Nur zur Sicherheit.

Der Ägypter nahm den Aufzug, um das Café zu erreichen, in dem er seinen Telefonkontakt treffen wollte.

Ein dunkelhäutiger Mann in Jeans und Polohemd wartete bereits auf ihn.

„Was haben Sie für mich?“
„Sehen Sie am besten selbst“, schlug die Stimme mit französischem Akzent vor.
Shahid griff nach der Tageszeitung in englischer Sprache. Die fett gedruckte Überschrift brüllte ihm förmlich entgegen:
ARCHÄOLOGIN FINDET KREUZNÄGEL CHRISTI
„Das ist sie“, knurrte Shahid, als er Chess’ Foto auf der Titelseite sah.
„Die Schlampe mit den Buchseiten?“
„Die bald schon tote Schlampe mit den Buchseiten!“, ergänzte der Ägypter, dessen krankes Gehirn schon eine ungefähre Vorstellung davon hatte, was er Chess antun wollte.
„Sie wollen die Nägel zur Analyse nach London schaffen“, erklärte der ausgemusterte Fremdenlegionär. „Auf den europäischen und amerikanischen Fernsehkanälen ist es *das* Tagesthema in allen Nachrichtensendungen.“
Shahid überflog den Bericht in der Zeitung.
„Imperial College... Zutrittskontrolle... So, so…“
Gespannt wartete der Legionär, bis Shahid seine Glatze wieder gegen den Himmel streckte.
„Und? ...Was sagen Sie?“
„Wir holen uns die Nägel.“ Die eisige Kälte seiner dunklen Augen unterstrich die Entschlossenheit.
„Es ist aber möglicherweise eine Falle“, gab der Franzose zu bedenken.
Shahid sah den Mann an, als hätte er soeben die größte Dummheit des Universums verkündet. „Natürlich ist es eine Falle…“
Er merkte, wie das Blut in der offenen Wunde auf seinem Rücken pulsierte. „…ich spüre es förmlich.“
Shahid instruierte den Mann, verabschiedete sich und stieg in den Lift.
Die Zeitung hatte Shahid unter seinen Arm geklemmt, als er in

das Hotelzimmer zurückkehrte. Die Frau stand auf und versuchte, etwas Haltung zu gewinnen. Mit den blutverschmierten Händen wischte sie sich die Tränen aus ihrem Gesicht. Abgehackt schnappte sie nach Luft.
„Du hast Glück.“ Das hässliche Grinsen seiner Fratze stand in klarem Widerspruch zur getätigten Aussage, doch die Ärmste konnte ihren Peiniger ohnehin nicht verstehen.
„Sieht so aus, als hätten wir noch einen Nebenjob für dich aufgetrieben.“ Er schleuderte sein Jackett auf das Bett, nicht halb so brutal, wie er es gleich mit ihr vorhatte. „Aber bis morgen Abend ist ja noch genug Zeit...“

***

Bereits vor Stunden war die Sonne an der Westküste untergegangen. Eine leichte Brise wehte vom Meer herüber, als Preston zum Wagen ging. In weniger als einer halben Stunde würde er seinen Informanten treffen. Der Commodore deponierte einen blauen Umschlag im Handschuhfach seines Buick, bevor er losfuhr.
Der vereinbarte Treffpunkt lag dutzende Meter unter der Erde in einer Tiefgarage. Mit jeder Ebene, die er seinen Wagen in die Tiefe steuerte, wurde die Musik im Radio leiser, und das Rauschen gewann an Lautstärke. Auf der vierten Tiefebene beschloss Preston, ganz auf die musikalische Begleitung zu verzichten. Nur das leidvolle Quietschen der Vorderreifen in den Kurven drang jetzt noch an seine Ohren.
„Achtes Untergeschoss. Hier bin ich richtig.“ Schnell hatte er den vereinbarten Parkplatz ausgemacht. Wie zu erwarten, war das Parkhaus nahezu leer. Er war elf Minuten zu früh, Zeit, sich noch ein wenig mit der Örtlichkeit vertraut zu machen. Den Umschlag holte er wieder hervor und verstaute ihn in der Innentasche seiner blauen Jeansjacke. Das zivile Outfit stand

dem Commodore nicht annähernd so gut zu Gesicht wie seine Uniform.
Es roch übel, als er die Wagentür aufstieß. Eine herbe Duftmischung aus abgestandener Luft, Abgasen und altem Öl schlug ihm entgegen. Wenn die Garagen nicht ausreichend belegt waren, konnte es schon vorkommen, dass aus Kostengründen die Lüftung abgeschaltet wurde. Er machte sich keinen Kopf darüber, war er doch zu sehr damit beschäftigt, den Wassertropfen auszuweichen, die von dem undichten Rohr über ihm tropften. Die Garage hatte schon bessere Zeiten gesehen.
Mit geschultem Blick schritt Preston die Ebene ab. Zu lange war er schon im Geschäft, um einen Anfängerfehler zu begehen. Jedem Detail schenkte er Beachtung, auch wenn ihm das letztlich nur dazu diente, sich die Zeit zu vertreiben, bis sein Kontaktmann eintraf.
Die vielen Ölflecken auf dem Boden konnten unmöglich nur von italienischen Importautos stammen, von denen Preston früher selbst eines besessen hatte. Dem Getriebeschaden seines Wagens war ein monatelanger Ölverlust vorangegangen. *Dreckskarre*.
Sein Blick streifte die Autobatterie, die jemand neben einem der Betonpfeiler vergessen hatte. Sie gehörte vermutlich zu dem Dauerparker, der dick mit Staub überzogen war. Zwei der Reifen waren platt gestanden, seine Scheinwerfer ausgebaut. Kabel hingen aus den Löchern. *Ein alter Dodge*, vermutete Preston.
Entfernt war ein Reifenquietschen zu vernehmen.
„Pünktlich auf die Minute“, stellte der Commodore mit bestätigendem Blick auf sein Handgelenk fest.
Kurz darauf bremste sich eine schwarze Limousine mit abgedunkelten Scheiben gegenüber von Prestons Buick ein. Fast zeitgleich mit dem Öffnen der Beifahrertür senkte sich das

hintere Fenster zur Hälfte ab. Ein durchtrainierter Weißer mit Agentenhaarschnitt stieg aus dem Fahrzeug. Perfekt rasiert, mit faltenfreiem schwarzem Anzug. Preston war lange genug im Geschäft, um Bundesagenten zu erkennen, wenn er sie sah.
Der Mann im Anzug sagte kein Wort und stellte sich neben die Motorhaube.
„Kommen Sie unter die Lampe." Die Stimme aus dem Fond des Wagens klang irgendwie knöchern.
Preston machte ein paar Schritte.
„Stopp! Das ist nah genug."
Von seiner Position war es dem Commodore unmöglich zu erkennen, wer aus dem hinteren Teil des Wagens zu ihm sprach.
„Sie wirbeln eine Menge Staub auf!"
„Was wissen Sie über das Labor?"
„Welches Labor?", erwiderte die Stimme.
Wir verschwenden Zeit. Preston holte den Umschlag hervor und warf ihn dem Mann neben dem Wagen zu.
Vorsichtig öffnete der Agent den Umschlag. Trotz seines prüfenden Blicks ließ er den Commodore niemals ganz aus den Augen. Er schob den Umschlag durch das geöffnete Fenster.
Nichts passierte.
Wie ein dummer Schuljunge stand Preston da und wartete auf eine Reaktion aus dem Fond der Limousine. *Was dauert da so lange?*
Letztlich erhielt der Adressat des Umschlags, worauf er gewartet hatte.
„Sie interessieren sich also für das Labor... Nun, ich fürchte, Sie kommen zu spät."
„Zu spät wofür?"
„Das Labor wurde bereits an einen anderen Ort verlegt."
„Und wo ist es jetzt?"
Die Antwort ließ einen Moment auf sich warten.

„Sie stellen die falschen Fragen, Preston!“
„Woran wird in dem Labor geforscht?“
„Auf dem alten Firmenschild stand *Biotechnologie und Genetik*. Oder etwas in der Art.“
„Sie waren also dort?“
„Nur ein Mal“, antwortete die Stimme, die sich zunehmend müder anhörte.
„Was läuft dort wirklich ab?“
„Ich bin kein Fachmann… - Nicht auf diesem Gebiet. - ...Aber die züchten irgendwelche Dinger in riesigen Glasröhren. Vermutlich, um daran neue Biowaffen zu testen.“
„Also steckt das Militär dahinter?“
„Schon möglich.“
„Wer aus unseren Reihen schirmt das Labor vor dem Kongress ab?“
„Namen tun nichts zur Sache.“
Preston überlegte. *Mir läuft die Zeit davon.* Sein Informant konnte oder wollte auf gewisse Fragen keine Antwort geben. *Vielleicht sollte ich es weniger direkt versuchen.*
„Ein Freund von mir leitet eine Biotechfirma. Angenommen, er möchte ein Labor mit einer genetischen Analyse beauftragen. Wen soll ich ihm Ihrer Meinung nach empfehlen?“
„Vergessen Sie’s, Preston! Die neue Niederlassung hat keinen öffentlichen Teil mehr.“
„Irgendeinen Zugang muss es doch geben!“, ließ Preston nicht locker.
„Besser, Sie fahren wieder zur See.“ Eine Hand klopfte von innen gegen die Scheibe. Der Agent reagierte sofort und stieg eilig in das Fahrzeug.
Preston war überrascht von dem plötzlichen Gesprächsende.
Wie hat er das gemeint?
Entweder war Preston zu konzentriert, um das Startgeräusch zu hören, oder der Motor war die ganze Zeit gelaufen. Langsam

fuhr die Limousine an, und das Fenster begann sich zu schließen.

„Warten Sie!“, brüllte Preston ihm nach. „Kein Schiff kann ein Labor dieser Größe aufnehmen.“

Das Fenster stoppte im letzten Drittel. Der Wagen rollte langsam weiter und zwang Preston, daneben herzulaufen.

„Sie arbeiten doch für die Navy, Preston. Ich hätte Sie für klüger gehalten.“

Ohne ihm noch die Möglichkeit zu geben, etwas zu erwidern, schloss sich der Fensterspalt. Der schwarze Wagen beschleunigte, um gleich darauf in der Auffahrt zu verschwinden.

Nur Preston, sein Buick und der ausgeschlachtete Dodge blieben zurück.

Ein Schiff? Könnte er tatsächlich ein Schiff gemeint haben?

***

Der Nachthimmel über London schien sich nicht entscheiden zu können, ob er seine Schleusen über dem Imperial College öffnen sollte. Mehrmals hatte der Wind bereits gedreht und die Regenwolken zwischen Kensington und Chelsea hin- und hergeschoben.

Hiob wischte etwas von dem heterogenen Dreck zusammen, der neben ihm auf dem Dach lag, und warf ihn kontrolliert in die Höhe. Minimal nach rechts versetzt rieselte die Mischung wieder auf das braune Flachdach. *Ich hatte Recht. Der Wind kommt jetzt wieder aus Nordost.* Nicht zum ersten Mal in dieser Nacht passte Hiob die Zielvorrichtung seines Scharfschützengewehrs an die geänderten Windverhältnisse an. Mit leisen Klickgeräuschen rastete die Optik stufenweise ein. Es verlangte einiges an Konzentration, neben dem monotonen Surren der Abluftmotoren auf dem Dach kein Klicken des

präzisen Einstellvorgangs zu überhören.
Seine Ausrüstung trug wesentlich dazu bei, dass Hiob trotz der widrigen Verhältnisse den perfekten Schuss anbringen konnte. Wie eine zweite Haut legten sich die hauchdünnen Handschuhe um seine Finger. So dünn, dass sie das winzige Einstellrädchen des Visiers jederzeit bedienen konnten, und doch so wärmend, dass sie nicht zu zittern begannen, wenn der Wind stundenlang darüber blies, während er den Eingang im Auge behielt.
Zur Auflockerung ließ er seinen Blick immer wieder auf die andere Straßenseite wandern.
Denen geht's wohl auch nicht besser.
Man musste genau wissen, wo sich Scowcrofts Scharfschützen positioniert hatten, um auf dem gegenüberliegenden Dach ihre Silhouetten erkennen zu können. Das lange Warten forderte auch die beiden Engländer, wenngleich sie es als Team leichter hatten als der breitschultrige Israeli.
Auch Hiob hatte früher einen Partner gehabt, Hiob und Baruch waren ein exzellentes Team gewesen. Bei ihren Aufträgen hatten sie gedacht und gehandelt wie eine Person und viele Feinde Israels gemeinsam zur Strecke gebracht. Shahid, Hiobs ewige Nemesis, hatte auch auf ihrer Todesliste gestanden. Baruch hatte Shahid nur aus Hiobs Erzählungen gekannt. Hiobs Verlangen, diesen Mörder endlich zu richten, war Baruch so grenzenlos vorgekommen, sein Hass so tief und seine persönliche Betroffenheit unerträglich. Vermutlich war das der Grund für Baruchs überhastetes Vorgehen gewesen, als sich ihm die Gelegenheit geboten hatte.
Hiob konnte sich die Unachtsamkeit nicht verzeihen, die in jener Nacht das Schicksal seines Partners besiegelt hatte. Baruchs erster Schuss war einen Augenblick zu früh gefallen und hatte den Ägypter verfehlt. Einen zweiten Schuss hatte er nicht mehr abgeben können. Shahid und sein Begleiter hatten umgehend das Feuer eröffnet. Sekundenbruchteile, die Hiob

noch zum Ansprechen des Ziels gefehlt hatten. Sekundenbruchteile, die die andere Seite ausgenutzt hatte, um Baruch im Kugelhagel vergehen zu lassen.
Hiobs verspäteter Vergeltungsschuss hatte daran nichts mehr ändern können. Die Spritzer von Baruchs Blut hatten sein Visier unbrauchbar gemacht. Hiobs Treffer in Shahids Brust war ein glatter Durchschuss gewesen, nur ein Knochensplitter hatte sich an der Außenseite seiner Rippe abgelöst.
Baruch, du könntest noch leben, wenn ich dir nichts von der Vorgeschichte mit Shahid erzählt hätte. Du hast gedacht, ich würde es nicht erwarten können, zu früh abdrücken... Möglicherweise hattest du sogar Recht damit... Es hätte nicht so kommen dürfen.
„Ich beneide die Scharfschützen auf dem Dach nicht um ihre Arbeit.“ David klang ein wenig besorgt, war er es doch gewesen, der Hiob den Platz auf dem Dach zugeteilt hatte.
Alon grunzte etwas Unverständliches.
David drehte sich zu ihm. „Bitte?“
Hastig würgte Alon den Bissen in seinem Mund hinunter und wiederholte seinen Satz: „Der fühlt sich wohl da oben.“
David deutete auf den Regentropfen, der an der steilen Frontscheibe seines Volvos herabrollte. „Sieht so aus, als würden wir doch noch Regen bekommen.“
„Sein Anzug hat einen eingebauten Nässeschutz.“ Alon stopfte einen weiteren Butterkeks in sich hinein. „Die Dinger schmecken gar nicht so übel, wenn man sich einmal daran gewöhnt hat.“
„Wir trinken üblicherweise Tee dazu.“
„Keine Umstände, das Cola hier tut's auch.“
Lautstark goss er die braune Flüssigkeit in sich hinein.
„Chess tut mir leid. Die sitzt mit ihrem Restlichtverstärker alleine auf dem Dach und verpasst nicht nur unsere Gesellschaft, sondern auch die guten Kekse.“ Alon hatte

bewusst den Knopf seines Funkgeräts gedrückt, um Chess mithören zu lassen.
Ein deutliches Rauschen im Empfängerteil kündigte ihre Antwort an: „Danke für die Besorgnis, aber ich hab's hier oben auch ganz nett. Das Vordach bietet guten Schutz vor dem stärker werdenden Regen, und die Aussicht ist schwer in Ordnung."
„Irgendwelche Besonderheiten?", fragte Alon.
„Keine, die Sie interessieren dürften. Außer Scowcrofts Zivilstreifen und einem Landstreicher ist seit meiner letzten Meldung niemand durchgelaufen. Ich geb Bescheid, wenn sich etwas tut."
„Weißer Hase und Roter Blitz werden warten", meldete Alon belustigt.
„Black Beauty Ende", tönte ihre Stimme passend dazu aus dem Gerät.
„Aber wenn es richtig regnet,...", setzte David seinen ursprünglichen Gedanken fort. „...können die Scharfschützen dann überhaupt auf dem Dach bleiben?"
Alon blickte zunächst in die leere Keksschachtel und dann besorgt zu David. „Hast du noch...?"
„Danke!", schmatzte Alon. „Hm... Hiob hat mir den Anzug einmal gezeigt. Da sind die Hosenbeine schon ordentlich verstärkt, um ihn vor Steinen und Nässe zu schützen. Vor allem im Kniebereich. So einen Job suchst du dir nicht aus, wenn du nicht stillhalten kannst."
„Und wenn er Hunger bekommt? Oder Durst?"
„Da gibt es große Taschen auf der Rückseite seiner Jacke! ...Mach dir keine Sorgen, David. Er ist sicher viel zu konzentriert, um an Essen zu denken. Immerhin geht es um Shahid."
„Und wenn der Ägypter gar nicht kommt? Vielleicht hat er den Braten ja wirklich gerochen."

„Keiner von uns kennt Shahid besser als Hiob. Hiob hat gesagt, er kommt. Also wird er kommen! Und wir werden uns einfach die Zeit mit Essen vertreiben."

Alon stopfte sich demonstrativ den nächsten Keks in den Mund.

Die folgende Stunde hatte keine wettertechnischen Überraschungen mehr bereitgehalten. Der mehrfach angekündigte Regenschauer war endlich über dem Gelände niedergegangen. Scowcrofts Scharfschützen hatten kurz an einen Abbruch der Aktion gedacht, doch dieser Gedanke war längst wieder vom Tisch. Der Chief Inspector selbst verfolgte das Geschehen aus einem zivilen Einsatzfahrzeug in einer Querstraße.

So verschieden wie die Persönlichkeiten, die diese Nacht mit Warten zubrachten, so unterschiedlich waren auch ihre Gründe dafür. Zusammenfassend blieb ein kleinster gemeinsamer Nenner: Shahids unseliges Tun musste hier und heute ein Ende finden.

Hiobs rechtes Auge löste sich vom Visier seines Scharfschützengewehrs und blickte in die Nacht. Jedesmal, nachdem er den gelben Aufkleber an der Gebäudetür eine Zeit lang anvisiert hatte, brauchte er eine Pause, um sein Auge zu entspannen.

Die Arbeit eines Scharfschützen konnte zermürbend sein, gerade in langen Nächten wie dieser. Zuerst vergingen oft Stunden, ehe der Einsatz richtig begann, und dann blieben nur Sekunden, um den entscheidenden Schuss abzugeben. Den Schuss zwischen Shahids Augen. *Kein Trick und kein gepanzerter Helm werden dich heute Nacht vor mir schützen.*

Sein Gewehr konnte mit der richtigen Munition Tresorstahl auf einen Kilometer Entfernung durchschlagen. Dennoch war das allein keine Garantie. Primär musste der Schuss sitzen, und dafür war Hiobs zielendes Auge verantwortlich. Er zwinkerte mehrmals hintereinander, um seine Augen anzufeuchten, dann

wurde die Entspannungsphase jäh beendet.
„Ein beiger Lieferwagen biegt zu euch ein“, kam eine Männerstimme über Lautsprecher und Headsets. Es war einer von Scowcrofts Männern, der den Wagen zuerst bemerkt und gemeldet hatte. „Wir prüfen das Kennzeichen.“
Keine drei Sekunden später verifizierte Chess die Sichtung: „Ich sehe ihn. Er fährt jetzt die Straße hinunter! Er kommt direkt auf euch zu.“
„Bestätigt“, meldete Hiob kurz und bündig.
„Jetzt sehen wir ihn auch“, krächzte Alon. Fast wäre er dabei an einem Keks erstickt.
Gespannt und unbemerkt beobachteten die vielen Augenpaare den Wagen, der langsam die Querstraße hinunterfuhr. Gleich würde er auf Höhe jenes Platzes sein, den die Scharfschützen anvisierten.
Hiob brannte darauf, sein Zielfernrohr auf Shahids Schädel auszurichten.
Ist sie in diesem Wagen? David musste unweigerlich an Natascha denken, als der Lieferwagen auf ihn zufuhr.
Alon konzentrierte seine Aufmerksamkeit auf den Fahrer. Es war schwer, sein Gesicht zu erkennen, da die Straßenbeleuchtung sich in der Windschutzscheibe spiegelte.
Aber es hatte nicht den Anschein, als wollte das Fahrzeug in dieser Straße anhalten.
„Falscher Alarm!“, beendete Chess die Aufregung. „Er fährt weiter.“
Der Wagen verließ die Seitenstraße und bog Richtung Norden ab.
„Kurz vor 4:00 Uhr!“, stellte Alon fest und gähnte seinen Beifahrer an. Davids Blick wiederum signalisierte, dass ihm der Zweck der Aussage verborgen blieb.
„Nur fürs Protokoll, David.“
David nickte. „Der achte falsche Alarm in dieser Nacht.“ Seine

Stimme hörte sich resigniert an.
„Möglicherweise auch nicht." Alons Blick in den Rückspiegel änderte seine Meinung. Hastig drückte er auf den Sprechknopf seines Funkgeräts. „Der beige Lieferwagen von vorhin kommt zurück."
Die Truppe war sofort wieder in Alarmbereitschaft.
„Er fährt jetzt an uns vorbei", meldete Alon.
„Kommt genau auf dich zu, Hiob", gab Chess die Information weiter.
„Wir sind im Rennen! Der Lieferwagen wurde gestern als gestohlen gemeldet." Es war einer von Scowcrofts Männern, der das Kennzeichen zwischenzeitlich überprüft hatte.
Hiob beobachtete, wie der Wagen zwischen den Bäumen entlangfuhr und genau auf ihn zuhielt. Diesmal schien der Fahrer zu wissen, wohin er wollte.
„Er bleibt stehen", flüsterte einer der Scharfschützen vom gegenüberliegenden Dach in sein Headset.
Genau dort, wo David das rote X auf seinem Plan eingezeichnet hatte, hielt der Lieferwagen an.
„Der Motor läuft noch." Chess konnte von ihrer Position die Flanken des Wagens sehen, aber beide Schiebetüren blieben zu.
„Vielleicht wartet er auf jemanden."
Hiob hatte die optimale Position. Sollte die Schiebetür auf seiner Seite aufgehen, war das Schussfeld frei. *Komm schon. Wir wissen beide, dass es ein Ende haben muss.*
Der Wagen hatte über eine Minute auf der nassen Straße vor dem Gebäude gehalten, als sich plötzlich die seitliche Tür einen Spalt weit öffnete. Es war Hiobs Seite. Sein Auge war fest gegen das Visier gepresst. *Jetzt fällt die Entscheidung.*
Wie aus einem Lehrbuch für Terroristen schob jemand die Geisel durch den schmalen Spalt.
„Sie steigen aus", meldete Chess.
David war nervös, das Auto parkte zu weit entfernt, um

Genaueres erkennen zu können. Seine Hand umklammerte den Türgriff.
„Abwarten, David“, bremste Alon ihn ein. „Erst wenn die Bösen am Boden liegen, sind wir dran. Denk an deinen Plan.“
„Uns verdeckt der Lieferwagen die Sicht. Sie sind noch zu knapp beim Wagen“, flüsterte einer der Scharfschützen auf der anderen Seite.
Zwischen den Entfernungsangaben auf Hiobs Zieleinrichtung bildete sich die Silhouette einer schlanken Frau ab. Wegen der elektronischen Aufhellung war es Hiob nicht möglich, die exakte Farbe ihres dunklen Regenmantels zu erkennen. Ihre hellen Haare, vermutlich blond, die auf einer Seite unter der Kapuze des Mantels hervorhingen, hoben sich deutlich davon ab.
Die Frau wirkte verängstigt. Sie zögerte, den Wagen zu verlassen. Unsicher ertastete ihr ausgestrecktes Bein die Straße. Dann folgte der linke Fuß. Der spärliche Rest der Straßenbeleuchtung, der es durch die Baumkronen schaffte, ließ ihren Vinylmantel glänzen. An dessen glatter Oberfläche perlten die vereinzelten Regentropfen ab, die von den Alleebäumen fielen.
„Sie steigen aus. Eine Frau und ein Mann. Ich erkenne noch kein Gesicht, aber ihre Haarfarbe und die Figur passen zu Wilders Foto. Sie wird mit einem Messer bedroht“, flüsterte Hiob.
Er hatte den Grund ausgemacht, warum die Frau sich so zögerlich bewegte. Die gezackte Klinge, die man ihr an den Hals gelegt hatte, war Hiob auf diabolische Art vertraut. *Shahid!* Er flüsterte den Namen: „S h a - h i d.“ Hiobs Blut pulsierte taktgenau durch seine angespannten Unterarme.
David hatte weit weniger Probleme, die Farbe des Regenmantels zu erkennen. Er selbst hatte Natascha den blauen Mantel im Vorjahr geschenkt. „Natascha“, sagte er, und sein

Herz schlug bis zum Hals. „Das ist Natascha."
„David hat Natascha erkannt", gab Alon die Information über das Funkgerät weiter.
„Der Fahrer dürfte im Wagen bleiben. Ich kann ihn durch die Scheibe ausschalten", schlug einer der Scharfschützen vor.
Scowcroft gab den Einsatzbefehl: „An alle! Die Geisel wurde positiv identifiziert. Schussfreigabe nach eigenem Ermessen. Befreit die Frau, bevor er mit ihr im Gebäude verschwindet."
Das war der Befehl, auf den Hiob gewartet hatte. „Verstanden."
Sein Finger rollte sich um den Abzug, wie eine Riesenschlange es tat, wenn sie ihre Beute erwürgen wollte. Der Gewehrkolben lag fest an seiner Schulter. Das Fadenkreuz wanderte auf Nataschas verängstigtem Gesicht entlang und suchte die Fratze, die sich dahinter versteckte. *Komm schon! Zeig dich!* Nur eine Wange blitzte hinter der breiten Kapuze des Regenmantels hervor, als der Ägypter einen Schritt aus dem Fahrzeug wagte. Hiob fand keine Möglichkeit, seinen Schuss zu platzieren. Zu geschickt schirmte der Ägypter sich mit Davids Frau ab.
Du zögerst es nur hinaus.
Niemand konnte verstehen, wie sehr er sich sehnte, seinen Gefühlen freien Lauf zu lassen. Jahre des unsäglichen Hasses würden sich mit der Krümmung seines Fingers von ihm lösen, für immer.
Schon der nächste unbedachte Schritt könnte den Weg für das Projektil freimachen.
Sie hatten sich kaum vom Lieferwagen entfernt, da befahl die Klinge an Nataschas Hals ihr anzuhalten. Regungslos standen die beiden neben dem Wagen.
„Sie sind stehengeblieben", informierte Chess das Team.
Das Fadenkreuz fuhr lauernd die Umrisse von Nataschas Kopf ab. *Du kannst dich nicht einfach hinter ihr verstecken, die Energie meiner Kugel reicht locker, deinen Kopf samt dem*

ihren zu durchschlagen. Hiobs Finger begann zu zittern. *Geduld, nur noch einen Moment Geduld.* Er musste sich zügeln, etwas Spannung von sich nehmen, um nicht zu verkrampfen. Sollte Baruch am Ende Recht behalten? War Hiob wirklich schon so versessen darauf, es zu beenden, dass er dabei, ohne es zu merken, seinen eigentlichen Auftrag gefährdete? Wie sonst wäre es zu erklären gewesen, dass ihm die dicken Tränen auf Nataschas verheultem Gesicht bisher nicht aufgefallen waren?

„Sie ziehen sich zurück!" Chess' Stimme traf alle Beteiligten wie ein Donnerschlag.

Geradezu panisch zerrte der Ägypter seine Geisel plötzlich zurück in den Lieferwagen. Keiner der Scharfschützen bekam noch die Gelegenheit, sein Projektil in Shahids Stirn zu versenken.

„Bitte, wiederholen Sie", forderte Scowcroft mit ungläubiger Stimme.

Chess bestätigte ihre vorangegangene Meldung: „Er hat Natascha wieder in den Lieferwagen gezogen. Er muss uns bemerkt haben."

Lautstark knallte die Seitentür des Transporters zu, als dieser sich auch schon in Bewegung setzte.

„Verfolgung aufnehmen! Sofort!", brüllte Scowcroft in sein Funkgerät.

Im Schutz der Alleebäume brauste der Lieferwagen die regennasse Straße hinunter und bog an ihrem Ende nach rechts in die Hauptstraße ein.

„Festhalten!" Alon hatte nicht erst auf Scowcrofts Befehl gewartet. Geistesgegenwärtig setzte er den Volvo zurück und erreichte im Retourgang die Parallelstraße jener Straße, die der Lieferwagen benutzte.

***

Sie öffnete die hellgraue Tür von Raum 36. Der Raum war nicht viel größer als eine bessere Abstellkammer. Gerade genug Platz für ein Krankenbett und einen alten Sessel, der als Ablage für ein schwarzes Gerät mit drei Kontrolllämpchen herhalten musste. Das monotone Piepsen der betagten Beatmungsmaschine war das einzige Geräusch im Raum, wenn die Patientin gerade keinen Besuch hatte. Bisher hatte niemand sie besucht. Bisher kannte keiner ihre Identität. Bisher wusste auch niemand, dass sie noch lebte.

Armes Kind. Eine kleine, dunkelhäutige Krankenschwester stand neben dem Bett. *Candida* war mit blauen Buchstaben auf die linke Brust ihres weißen Dienstkleides gestickt. Um ihren Hals baumelte ein braunes Holzkreuz. „Gott alleine weiß, was der Teufel dir angetan hat“, murmelte die grauhaarige Krankenschwester, dabei rieb sie das hölzerne Kreuz fest zwischen Daumen und Zeigefinger. Sie schloss ihre rehbraunen Augen und stimmte einen leisen Gesang an, zu dem sie sanft mit dem Kopf wippte. Ihre Finger umklammerten noch immer das Kreuz.

Man mochte zu ihren religiösen Vorstellungen stehen, wie man wollte, aber es war eine Tatsache, dass angesichts der Schwere der Verletzungen nur ein Wunder die Frau im Krankenbett am Leben erhalten konnte. Über eine Woche dauerte das Wunder bereits an, und Candida hatte jeden Tag für die hellhäutige Frau mit den blonden Haaren gebetet.

Jane Doe hatte eine andere Schwester mit Kreide auf die schwarze Tafel am Fußende des Betts geschrieben. Doch für Candida war sie mehr als eine weitere unidentifizierte Drogensüchtige, die man irgendwo auf der Straße aufgelesen hatte.

Diese Jane Doe war nicht wie die anderen misshandelten Prostituierten, die Candida notdürftig versorgte, ehe sie wieder auf die Straße zurückgeschickt wurden. Auch wenn ihr Körper mit Schnitten und klaffenden Wunden übersät war, war ihr Anblick um so vieles würdevoller. Möglicherweise aber auch gerade deshalb.

Wie eine Prinzessin liegt sie in ihrem Bett. In dem dichten Gewirr aus Bandagen, die behelfsmäßig ihren Kopf zusammenhielten, meinte Candida die Form einer Krone zu erkennen. *Du gehörst hier nicht her, Prinzessin. Du bist aus einer anderen Welt zu uns gelangt. Ich werde dafür beten, dass du in deine Welt zurückkehren kannst.*

Sie beugte sich zum Kopf der jungen Frau und flüsterte ihr ins Ohr: „Ich werde für dich beten. Du wirst wieder gesund werden, mein Kind."

„Wie geht es ihr?" Eine vage Silhouette stand im Türrahmen des Krankenzimmers. Der stämmige, mittelgroße Mann mit den roten Flecken auf seinem weißen Mantel war der behandelnde Arzt. Viel Zeit blieb ihm angesichts der großen Zahl von Jane Does auf den Gängen allerdings nicht, sich um seine Patientin zu kümmern.

„Sie braucht ein Wunder, um wieder aufzuwachen. Und ich bete jeden Tag und jede Nacht, dass es geschieht."

„Tun Sie das, Candida. Tun Sie das", sagte der Arzt, der die Frau notoperiert hatte, die heute als Schatten ihrer selbst vor ihm auf dem Krankenbett lag.

Mit seinen bescheidenen technischen Mitteln hatte es bereits an Fahrlässigkeit gegrenzt, eine Gehirnblutung stoppen zu wollen. Dennoch hatte er es gewagt, ihre Schädeldecke geöffnet, der Schwellung im Inneren Platz verschafft und die Blutung gestoppt.

Schon beim bloßen Gedanken daran bildeten sich Schweißperlen auf seiner Stirn. Aber welche Wahl hatte er denn gehabt? Ihr sicherer Tod wäre die Alternative gewesen.

„Sie wird es schaffen, Doktor… Ich weiß, dass sie es schafft.

Er hat es mir gesagt."
„Natürlich", zwang sich der Arzt zu einem Lächeln. *Hoffen wir, dass er sein Versprechen hält.*
„Sie wird aufwachen. Und dann wird sie uns alles erzählen. Dann werden wir ihre Geschichte erfahren... Die ganze Geschichte!"
Gern hätte der Arzt gewusst, was der Frau Anfang dreißig zugestoßen war. Ihr nackter Körper war von Glassplittern durchlöchert gewesen, als vermutlich ein barmherziger Taxifahrer sie vor dem Eingang des Krankenhauses abgelegt hatte. Der Hautfarbe nach zu urteilen, war sie Europäerin, eventuell auch Amerikanerin. Papiere hatte sie keine dabei gehabt, nur ein silbernes Fußkettchen mit zwei Buchstaben, wahrscheinlich Initialen: *„S. J."* Die tiefen Schnitte in ihrem Gesicht mussten mit einer ätzenden Flüssigkeit in Kontakt gekommen sein. Eine andere Erklärung hatte der Arzt nicht für deren Entzündung und die schlechte Wundheilung. Die vielen Abschürfungen waren da nur mehr Draufgabe.
Aber das waren ohnehin seine geringsten Sorgen. Ihr subdurales Hämatom war das eigentliche Problem. *Es ist mir zwar gelungen, die Gehirnblutung zu stoppen, aber da steckt noch immer ein Knochensplitter, wo er nicht hingehört.*
„Sie müssen ihr dann ihr hübsches Gesicht zurückgeben. Bestimmt war sie bildhübsch... Sie wird wieder bildhübsch, wie eine Prinzessin."
Selbst als Mediziner fällt es schwer, mir vorzustellen, wie sie ausgesehen haben könnte. Ihr Gesicht war völlig entstellt, als man sie zu mir gebracht hat. Es war ihm unmöglich vorherzusagen, wie die unzähligen kleinen Wunden verheilen würden, sofern Jane Doe überhaupt überleben sollte.
„Sie wird wieder bildhübsch. Wir dürfen die Hoffnung nicht aufgeben, Candida."

***

„Sie wechseln die Richtung, biegen jetzt wieder nach Süden ab", meldete David über Funk.

„Als könnten sie riechen, wo wir die nächste Straßensperre planen", kam Scowcrofts Antwort über den Lautsprecher. „Wir organisieren uns neu. Ich melde mich gleich wieder."

Der Fahrer des Lieferwagens war kein Anfänger, ganz im Gegenteil. Die Kurven bremste er scharf und kurz an, wodurch es Alon erschwert wurde, rechtzeitig auf die Manöver seines Vordermanns zu reagieren. Zudem waren die Bremsleuchten des Lieferwagens stillgelegt, was Alons Aufgabe nicht unbedingt erleichterte.

„Der ist gut! Wirklich gut!", fluchte Alon anerkennend. Zweimal hätte ihn der Fahrer des Fluchtwagens fast abgehängt. Obwohl motorisch deutlich unterlegen, verstand es der Mann, durch geschicktes, unerwartetes Abbiegen bei seinen Verfolgern für Verwirrung zu sorgen.

„Da rechts rein!", rief David, der im selben Moment ahnte, dass nicht mehr genug Platz dafür war. *Zu spät!*

„Schon gesehen!" Alon bog den langen Volvo förmlich um die enge Kurve. Selten zuvor brannte das Lämpchen für die Stabilitätskontrolle so ausdauernd wie in diesen frühen Morgenstunden. Trotz unterstützender Elektronik hatte Alon im wahrsten Sinne des Wortes alle Hände voll zu tun. Wie die Flügel einer Windmühle bei Windstärke 9 flogen seine Hände über das Lenkrad. Nahezu zeitgleich folgte die tonnenschwere Karosserie des Schweden seinen Befehlen.

David fühlte sich wie auf der Achterbahn.

Ich weiß ja, warum ich nicht so viele Kekse in mich reingestopft habe wie Alon.

Alon war trotz oder gerade wegen der heftigen Lenkmanöver voll in seinem Element. Er fand auf den Geraden sogar noch

Zeit, den Verkehrsschildern Beachtung zu schenken. „Das Ding auf dem Schild da sieht wie eine Brücke aus."

David atmete tief durch. „Er steuert auf die Themse zu." Sogleich gab er seine Information an Scowcroft weiter: „Wir überqueren die Themse auf der Putney Bridge in Richtung Südwesten."

„Verstanden, Mr. Wilder. Auf diesem Weg kommen Sie zu einem Verkehrsknoten. Denken Sie, er will auf die A3?"

„Negativ", widersprach David. „Auf der langen, breiten Geraden wäre er uns hoffnungslos unterlegen. Das wird er nicht tun."

„Dann bleibt nur der Weg am Stadion vorbei. Da sind viele kleine Gassen, ein idealer Ort für ein Versteckspiel."

„Und jede Menge Grünflächen mit Bäumen, die Deckung bieten. Das macht Sinn!"

„Wenn es uns gelingt, ihm die Quergassen nach Osten hin abzusperren, bleibt ihm nur der Weg zum Golfplatz, um einer Blockade auszuweichen. Da ist dann kein Weiterkommen mehr mit dem Fluchtwagen."

„Haben Sie Ihre Männer rasch genug vor Ort?", fragte David.

„Ich fordere Verstärkung an, die Einheiten aus dem Süden sind auf jeden Fall vor Ihnen da. Geben Sie mir Bescheid, sobald Sie den Verkehrsknoten erreicht haben. Scowcroft Ende."

Alon nahm die vorbeiziehende Landschaft nur aus den Augenwinkeln wahr, während David versuchte, sich mit einem Blick aus dem Fenster zu beruhigen. Die Uferpromenade zu beiden Seiten der Brücke erstrahlte im orangen Licht der Straßenbeleuchtung. Der Weite der Themse war es zu verdanken, dass die Geschwindigkeit nicht ganz so hoch wirkte, wie sie tatsächlich war.

Nach zwei Kilometern erreichten sie die Stelle, die Scowcroft angesprochen hatte.

„Wir sind beim Verkehrsknoten. Der Wagen biegt Richtung

Stadion ab, wie wir vermutet haben“, berichtete David Scowcroft. Alon hatte den Abstand zum Lieferwagen konstant gehalten und gab seinem Fahrer damit das permanente Gefühl, nicht allein unterwegs zu sein. Die doppelte S-Kurve war angesichts der gefahrenen Geschwindigkeit eine grenzwertige Angelegenheit für den Fluchtwagen. Nur mit Mühe gelang es dem Fahrer, das ausbrechende Heck noch unter Kontrolle zu bringen.

„Er wird nervös“, zischte Alon. *Jetzt beginnt er, Fehler zu machen.*

Scowcrofts Stimme meldete sich: „Wir sind bereit! Bleiben Sie dicht an ihm dran. Die Quergassen bis zur vereinbarten Abzweigung haben wir mit Einsatzwagen versperrt. Auf Höhe der alten Windmühle ist dann die gesamte Fahrbahn blockiert. Entweder biegt er dort ab in Richtung Golfplatz, oder er hält vor der Sperre an. So oder so endet dann die Fahrt.“

Der Chief Inspector hatte nicht zu viel versprochen. Alle Seitenstraßen in östlicher Richtung waren mit Einsatzwagen versperrt. Auf der anderen Seite bildete ein durchgehender Wald die natürliche Begrenzung. Wie eine blinkende Lichterkette zur Weihnachtszeit funkelte die Ansammlung von Polizeifahrzeugen zwischen den Häusern hervor.

„Auch eine Art von Verkehrsleitsystem“, bemerkte Alon scherzend. Ein klares Zeichen, dass die lange Gerade ihm nicht annähernd alles an Konzentration abverlangte.

Es waren die letzten Minuten der Nacht angebrochen, als der Fahrer des Lieferwagens das Steuer verriss, um nicht in die zwei Einsatzwagen zu krachen, die quer vor ihm auf der Straße standen.

„Er nimmt die Abzweigung zum Golfplatz“, fasste Alon das halsbrecherische Abbiegen des Lieferwagens knapp zusammen. Kurz darauf folgte der stählerne Elch mit quergestelltem Hinterteil. Alles, was an elektronischen Heinzelmännchen an

Bord war, hatte den Einsatzbefehl erhalten. Aus den Radkästen drang das Geräusch gequälter Bremsbacken, die mehrere Dutzend Mal pro Sekunde den Anpressdruck korrigierten, um der Fliehkraft des Volvos entgegenzuwirken.
Davids Hand krallte sich unwillkürlich am Türgriff fest, ein Versuch, dem Gefühl davonzufliegen wenigstens irgendwie beikommen zu können.
Die Anzeige für die Stabilitätskontrolle war noch nicht erloschen, da drückte Alons Fuß auch schon wieder auf das Gaspedal. „Hier hat es deutlich mehr geregnet als beim College“, kommentierte er die zunehmende Schleudertendenz der beiden Fahrzeuge.
David atmete tief durch. „In 600 Metern endet die Straße beim Golfplatz.“
Der Lieferwagen jagte die Straße entlang, als wüsste sein Fahrer nichts von der Sackgasse, und Alon folgte ihm.
Im Rückspiegel kündigte ein oranger Schimmer die aufgehende Sonne an. „Es wird hell.“
„Da vorne ist eine Kreuzung“, sagte David überrascht.
„Eine Kreuzung? Du hast gesagt, das wäre eine Sackgasse!“
„Ich weiß!“ Geistesgegenwärtig griff David zum Funkgerät, um Scowcroft von der geänderten Situation zu berichten.
„Da muss ein Streifenwagen stehen, der lässt nur eine Richtung offen“, war Scowcrofts Antwort.
„Negativ! Kein Blaulicht und demnach auch kein Streifenwagen.“
„Was ist jetzt?“ Alons Stimme war voller Ungeduld.
„Der Polizeiwagen muss jede Sekunde bei der Kreuzung eintreffen!“, schrie Scowcroft in das Funkgerät.
„Er ist aber nicht da“, drängte Alon.
Wohin führt die Straße?, wollte David noch fragen, doch Scowcroft kam ihm zuvor.
„Geben Sie mir einen Moment. Ich kontaktiere den

Streifenwagen."
„Wir haben keinen Moment!", rief Alon David zu. „Halt dich fest."
Der Motor heulte martialisch auf. David konnte nicht mit Sicherheit sagen, ob der Lieferwagen vor ihnen bremste oder das eigene Fahrzeug so beschleunigte, aber der Abstand verringerte sich bedrohlich.
„Was hast du vor?"
„Alon?"
Der Volvo raste auf den Lieferwagen zu und hatte ihn fast eingeholt, als ein Polizeihubschrauber sich dem Geschehen näherte. Scowcroft hatte den Helikopter angefordert, um seine Scharfschützen rascher zum neuen Einsatzort bringen zu können. Auch Chess und Hiob hatten an Bord Platz gefunden.
„Läuft da unten eine Mutprobe?" Chess blickte Hiob besorgt an.
„Das werden wir gleich rausfinden." Er schnappte sich das Headset im Hubschrauber. „Shahid gehört mir!"
„Hiob!" David war erleichtert, seine Stimme zu vernehmen. „Wo sind Sie?"
„Genau über Ihnen, in einem Hubschrauber."
„Hiob ist da!"
Alons rechter Arm langte nach Davids Hand und presste sie auf den Sprechknopf. „Fliegt zum Golfplatz!", brüllte er.
„Aber die Kreuzung...", versuchte David noch einzuwenden.
„Die ist gesperrt!" Alon hatte den Volvo auf gleiche Höhe mit dem Lieferwagen gebracht. „Hier geht's nur nach links!", brüllte er so laut, dass man meinen konnte, die Insassen des anderen Fahrzeugs hätten ihn gehört.
Beide Fahrzeuge hielten Stoßstange an Stoßstange auf die Kreuzung zu, und für einen Augenblick schien es, als wollte keiner der Fahrer nachgeben. Der bullige Lieferwagen drängte massiv nach rechts, während Alon mit jedem Kilo des Volvos

dagegenhielt.
„Brems endlich!“, forderte David mit Nachdruck in der Stimme.
„Er zuerst.“
„Alon!“
Fast gleichzeitig entschlossen sich die Fahrer beider Fahrzeuge nachzulassen. Unter Berücksichtigung der sich verengenden Fahrbahn war der Vorteil daraus aber nur die verringerte Aufschlaggeschwindigkeit. Nebeneinander konnten sie die Kreuzung unmöglich passieren.
Das war's dann, dachte David.
Auch der Fahrer des Ägypters hatte so entschieden und wuchtete die Wagenflanke mit einem beherzten Reißen am Lenkrad gegen den Schweden. Der Außenspiegel und eine hintere Seitenscheibe waren die ersten Opfer des Zweikampfes. Zu hoch war die Restgeschwindigkeit noch, als dass ein Unentschieden sich ausgegangen wäre.
„Der bringt uns um!“
„Nicht hier - und nicht heute“, bemühte Alon einen von Hiobs Sprüchen. *Wenn wir den alten Schweden schon verschrotten, dann bekommt er wenigstens einen ehrenvollen Abgang, wie es sich für einen Wikinger gehört.*
Ein letztes Mal war es dem Motor erlaubt, sein bäriges Brummen loszulassen. Viel Spielraum hatte Alon nicht mehr, doch der kleine Vorsprung reichte, um die Richtung diktieren zu können, in die die beiden Fahrzeuge nach dem Zusammenprall davonschleuderten: links.
Der Lieferwagen hatte mit der inneren Spur die deutlich bessere Bahn in der engen Kurve erwischt und schaffte es gerade noch, auf der Straße zu bleiben.
Sein Angreifer hatte dieses Glück nicht mehr. Wie in Zeitlupe erlebten Alon und David das Näherkommen der mächtigen Eiche vor ihnen.

Jetzt sterben wir wirklich. David kniff seine Augen fest zusammen und bereitete sich auf den Einschlag vor.
Alons letzter Blick galt der Tachonadel. *Schade um den Wagen.*
Die rechte vordere Ecke der Stoßstange traf zuerst auf das massive Holz der Eiche. Die Verzögerung wurde im Innenraum noch nicht wahrgenommen, da meldeten zwei Messsensoren unabhängig voneinander bereits eine Überschreitung des zulässigen Grenzwertes.
Einige Millisekunden später wertete ein Mikroprozessor die Schwere des Aufpralls aus.
Ungefähr zu diesem Zeitpunkt meinte David, seinen letzten Atemzug auf dieser Welt zu tun. Über die orangefarbenen Kabel hinter der Innenraumverkleidung lief ein Stromimpuls bis zu den explosiven Treibladungen der Gurtstraffer. Noch ehe Alons und Davids Körper durch die Wucht des Aufpralls ausgehoben wurden, rissen die Gurte sie fest in die Sitze. Der Impuls hatte mittlerweile Fahrer- und Beifahrerairbag erreicht. Auch deren Treibladungen wurden mit lautem Knall gezündet. Etwa gleichzeitig hatte sich der Vorbau des Wagens um einen halben Meter verkürzt. Ein Relais schaltete die Benzinpumpe und damit auch den Motor ab. Gurtkraftbegrenzer begannen, den nach vorne drängenden Körpern langsam nachzugeben und ließen Alon und David in die Airbags eintauchen, aus denen das Gas bereits wieder entwich. David war gerade dabei, seinen vermeintlich letzten Atemzug zu beenden.
Dann war es still.
Der Wagen des Ägypters steuerte indessen weiter auf den Golfplatz zu. Schwer an der Vorderachse getroffen, hatte selbst sein geschickter Fahrer Probleme damit, den Wagen auf der Straße zu halten.
„Wir müssen sofort landen“, verlangte Chess, die den Unfall geschockt mitverfolgt hatte.
„Wir fliegen zum Golfplatz!“, befahl Hiob.

„Aber…“
„Alon hat klare Anweisungen gegeben.“
„Alon ist gerade mit Davids Wagen gegen einen Baum geknallt!“, bekräftigte Chess ihren Standpunkt mit lauter Stimme.
„Denen ist nichts passiert.“
„Woher wollen Sie das wissen?“
„Das hat er nicht zum ersten Mal gemacht.“
Chess sah Hiob mit geöffnetem Mund an.
„Seien Sie froh, dass Sie kein schwedisches Auto haben. Er hat sicher schon ein Dutzend davon zu Odin geschickt.“
„Zu Odin?“, sie blickte ihn verständnislos an, während der Hubschrauber noch immer über der Unfallstelle kreiste.
„Nach Walhalla, an Odins Seite, da wo alle tapferen Männer des Nordens landen, die einen heldenhaften Tod sterben. Alon hat ein Faible für Wikinger und ihre dramatischen Abgänge.“
„Wovon reden Sie?“
„Das soll er Ihnen selbst erklären. Den beiden ist nichts passiert. Vertrauen Sie mir!“
Als hätte er auf seinen Einsatz gewartet, kletterte David anscheinend unverletzt aus der Havarie.
„Da ist David!“, rief Chess erleichtert. „Er folgt dem Wagen.“
„Und genau das sollten wir auch endlich tun.“
Der Fluchtwagen hatte noch irgendwie den Golfplatz erreicht. Aus dem Radkasten quoll beißender Rauch, der nach verbranntem Gummi roch. Ein Weiterfahren war undenkbar. Quer vor dem Clubgebäude stand ein Polizeiwagen, dessen Blaulicht hell leuchtete. Zwei Beamte waren neben dem Gebäude in Stellung gegangen und warteten auf Verstärkung, deren Sirenen bereits in der Ferne zu hören waren.
Der Fahrer des Lieferwagens geriet in Panik und sprang als Erster aus dem Fahrzeug, dessen Seitentür weit offen stand. Eine Maschinenpistole in der rechten Hand suchte er sein Heil

in der Flucht.
„Stehen bleiben!“, brüllte ihm einer der Polizisten nach.
Kurz darauf folgte ein Warnschuss.
Der Flüchtende drehte sich um und erwiderte den Schuss.
Die Salve aus seiner Maschinenpistole schlug nur knapp neben dem Kopf des Polizisten ein, der hinter einem Mauervorsprung Deckung gefunden hatte. Sofort eröffnete dieser seinerseits das Feuer auf den Flüchtenden und erhielt dabei Unterstützung von seinem Kollegen.
Angesichts der fehlenden Deckung auf dem breiten Grünstreifen konnte auch die überlegene Feuerkraft der vollautomatischen Waffe das Blatt nicht mehr wenden. Fast zeitgleich trafen die Kugeln der beiden Beamten den Oberkörper des flüchtenden Fahrers. Mit einem gequälten Ächzen brach der Mann auf dem Rasen zusammen.
„Ich sehe nach ihm. Du gibst mir Deckung.“
Das war der Moment, auf den der Ägypter gewartet hatte. Er war bereits kurz vor Erreichen des Golfplatzes unbemerkt aus dem Wagen gesprungen und hatte sich an das Gebäude herangeschlichen. Trotz gezückter Dienstwaffe hatte der Beamte beim Clubhaus keine Chance gegen die blitzschnelle Messerattacke aus dem Hinterhalt. Ein kurzer tiefer Schnitt durchtrennte seine Kehle. Sein Kollege hatte davon nichts bemerkt und erreichte den am Boden liegenden Fahrer.
„Er ist tot!“, rief er und drehte sich zu seinem Partner um.
„So wie du!“ Die geworfene Klinge drehte sich noch einmal in der Luft, ehe sie mit einem saftigen Geräusch in das Fleisch des Beamten tauchte. Das Messer ließ die Überraschung in seinen Augen dauerhaft erstarren, als es auf seinem Weg zum Herzen die Rippen auseinanderspreizte. Kein Laut entwich mehr seinen Lippen.
Der Ägypter hatte keine Zeit mehr, seinen Opfern ein abschätziges Lächeln zu schenken. *Und jetzt weg hier, bevor*

das Feuerwerk beginnt.
Zeitgleich hatte der Hubschrauber das Clubhaus des Golfplatzes erreicht. Die Scharfschützen hatten hilflos mitansehen müssen, wie der Ägypter ihre Kollegen abgeschlachtet hatte. Ein präziser Schuss aus dem wackeligen Hubschrauber wäre nicht möglich gewesen.
„Setzen Sie mich auf dem Dach des höheren Gebäudes ab", wies Hiob den Piloten an, der sofort auf das Clubrestaurant zusteuerte, das unmittelbar gegenüber des Clubhauses lag.
„Mach das Schwein fertig!", rief Scowcrofts Scharfschütze Hiob nach, der sich schon für den Ausstieg bereit machte.
Der Pilot hielt den Helikopter in gut zwei Metern Höhe über dem Gebäude.
„Werfen Sie mir das Gewehr nach, wenn ich unten bin, Chess."
Kaum hatte er das Dach berührt, rollte Hiob sich gekonnt zur Seite ab und stand sofort wieder auf seinen Beinen.
Er nickte Chess zu, die ihm sein Gewehr zuwarf.
„Und jetzt meinen Rucksack!", brüllte Hiob, der Angst hatte, dass Chess ihn wegen des Rotorengeräusches nicht hören konnte.
Chess zögerte einen Moment, doch dann packte sie den Rucksack und sprang Hiob nach.
Nicht ganz so ästhetisch wie der Israeli, aber ohne sich zu verletzen, landete auch Chess auf dem Dach des Restaurants.
„Sie sollten mir den Rucksack zuwerfen!"
„Da ist er!", rief Chess.
Sofort lief Hiob in Richtung Dachkante, um sich für den Schuss vorzubereiten.
Der Ägypter hatte sich den Polizeiwagen für seine überhastete Flucht ausgewählt. Fast hatte er das Fahrzeug erreicht, da blieb er plötzlich stehen. Als würde ihn eine innere Stimme rufen, ein Ruf, den er nicht einfach ignorieren konnte.
Es war Hiobs Stimme, die Shahids Namen quer über den

Golfplatz brüllte. Der Ägypter hatte sein Rufen vermutlich gar nicht hören können, zu laut war das Geräusch des beidrehenden Hubschraubers.
Das Zögern des Ägypters dauerte kaum einen Augenblick, dann sprang er in den Wagen und startete den Motor. Es war ein Augenblick, nicht kürzer oder länger als jener, der Hiob einst gefehlt hatte, um sein Gewehr auf Shahids Kopf ausrichten zu können.
Das Morgenrot am Horizont kündigte einen neuen Tag an, den Tag der Entscheidung.
Ohne noch einen Herzschlag zuzuwarten, krümmte sich der Finger um den Abzug, bis er diesen schließlich über den Punkt ohne Wiederkehr gezogen hatte. Von einem einzigen Funken angefeuert beschleunigte das Projektil. Bereits beim Verlassen der Laufmündung hatte es die Geschwindigkeit eines Linienflugzeuges erreicht und donnerte unaufhaltsam seinem Ziel entgegen.
Aber das ist... Hiobs Gedanke fand keinen Platz mehr in dem kurzen Zeitfenster, das bis zum Einschlag der Kugel blieb.
Schon bohrte sie sich durch die Seitenscheibe des Wagens, um einen kaum messbaren Moment später den Kopf des Ägypters zu erreichen. Jetzt erst entfaltete sich ihre volle Kraft. Die Präzision von Hiobs Schuss spaltete dem Mann förmlich den Schädel. Wie eine Schlagschere teilte das Projektil seinen Kopf in zwei Hälften.
„Sie haben ihn!“, rief Chess. Nie hätte sie gedacht, beim Tod eines Menschen so etwas wie Freude empfinden zu können.
„Das… das ist nicht Shahid.“ Hiob stand auf.
„Was?“, brüllte Chess.
„Das ist nicht Shahid“, wiederholte Hiob lauter.
Es hatte alles sehr schnell gehen müssen. Zu schnell. Erst als er den Abzug schon betätigt hatte, war ihm aufgefallen, dass der Mann hinter dem Steuer nicht Shahid war.

„Sind Sie sicher?“
Hiob nickte. „Er sieht ihm sehr ähnlich, aber er ist jünger, er könnte fast sein Sohn sein.“
Chess blickte auf die mit Blut bespritzten Scheiben des Polizeiwagens. „Jetzt wohl nicht mehr.“
Über dem Areal kreiste noch immer der Hubschrauber, der auf Hiobs Zeichen wartete, um zur Landung anzusetzen. Doch Hiob war zu sehr damit beschäftigt zu verstehen, was hier vorging.
Vorläufig noch unbemerkt von Hiob und Chess hatte David den Bereich um das Clubhaus erreicht. Völlig außer Atem keuchte er in Richtung des offen stehenden Lieferwagens.
Aber wenn das nicht Shahid war... ein Ablenkungsmanöver? Oder schlimmer?
Sein Zielfernrohr schwenkte zum Lieferwagen, dessen seitliche Tür weit offen stand. Er sah den leblosen Körper im blauen Regenmantel, und er erkannte, was man daneben abgestellt hatte.
„Oder schlimmer!“, rief Hiob.
„Was meinen Sie?“
„Ich meine…“ Hiobs Blick erstarrte, als er David auf dem Weg zum Lieferwagen entdeckte.
Etwas von dem, was er gerade sagen wollte, schien ihn plötzlich zu beunruhigen.
„Hiob?“, versuchte Chess, aus ihm schlau zu werden.
Als hätte er sie gar nicht gehört, schenkte er Chess’ Worten keine Beachtung.
Jemand muss Wilder stoppen.
„Wilder!“, brüllte Hiob aus vollem Hals über den Platz.
„David!“, bestätigte Chess, die jetzt auch sah, wem Hiobs starrer Blick galt. „Er hört Sie nicht. Wegen des Hubschraubers.“
„Wilder!“, versuchte Hiob erneut, gegen das Rotorengeräusch

anzukämpfen.
„Wir müssen ihn aufhalten!“ Hiob holte tief Luft, ehe er losbrüllte: „W-I-L-D-E-R!“
„Was ist denn, Hiob?“
Er atmete laut aus. „Wir müssen Wilder aufhalten!“
Chess sah ihn völlig entgeistert an.
„Das Ganze ist eine Falle! Geben Sie mir die blaue Schachtel aus dem Rucksack!“, schrie Hiob und warf sich auf den Bauch.
Sie zögerte.
„Die blaue Schachtel, bevor es zu spät ist.“ Seine Finger bereiteten das Gewehr erneut vor.
„Chess!“, brüllte er mit verzweifeltem Nachdruck in seiner Stimme.
Verunsichert folgte sie seinen Anweisungen. „Hier.“
„Nehmen Sie eine Patrone heraus.“
Chess reichte Hiob eine Patrone aus der blauen Schachtel.
„Und jetzt deuten Sie dem Hubschrauber, dass er abdrehen muss!“
„Was haben Sie vor, Hiob?“
„Nur ein Streifschuss, und jetzt stören Sie mich nicht! Beten Sie, aber stören Sie mich nicht!“
Hiob presste sein Auge gegen das Visier. Sein Blick suchte David, der sich völlig erschöpft zu dem Lieferwagen schleppte. Gut 150 Meter hatte er noch vor sich.
„Verzeihen Sie mir, Wilder.“ Hiob musste etwas vorhalten, da sein Ziel sich bewegte. Ein Donnerschlag fegte über den Platz und riss David zu Boden. Punktgenau hatte Hiob die Kugel in seinem Oberschenkel versenkt.
Erwischt. Hiob atmete erleichtert aus.
„Was haben Sie getan?“, kreischte Chess.
Hiob gab keine Antwort. *Bleib liegen, Wilder!*
„Hiob! Was haben Sie da getan?“
„Legen Sie sich flach auf das Dach.“

Chess schüttelte ungläubig den Kopf.
„In dem Wagen tickt eine Bombe! Und jetzt hinlegen!“, brüllte Hiob und fasste nach ihrem Bein, um sie niederzureißen.
Mit jeder Minute, die verstrichen war, hatte die aufgehende Sonne für zusätzliches Licht gesorgt.
David spürte einen brennenden Schmerz in seinem rechten Oberschenkel. Instinktiv griff er mit der Hand auf die Stelle. Gleichzeitig hob er den Kopf an und erblickte sein dreckverschmiertes Spiegelbild in der Pfütze unter ihm.
„Blut“, stammelte er fassungslos und hatte immer noch nicht verstanden, was mit ihm passiert war.
Gänzlich unbeeindruckt von den Geschehnissen bahnte sich im Inneren des Lieferwagens das unheilvolle Ende eines teuflischen Plans an. Unter der blauen Kapuze des Regenmantels tropfte der letzte Hauch an Leben hervor. Ungefähr zu dem Zeitpunkt, zu dem David von Hiobs Schuss zu Boden gerissen wurde, war es dann so weit. Der rote Quell sprudelnden Lebens war versiegt.
David rappelte sich auf und stolperte irgendwie das Kopfsteinpflaster entlang. „Natascha.“ Seine Hand hielt die blutende Wunde am Bein fest umklammert.
Was macht er denn jetzt? Wie viele Kugeln soll ich noch in ihn reinjagen, damit er endlich liegenbleibt?
„Geben Sie mir noch eine Patrone, Chess.“
Jetzt zählte jede Sekunde. Hiob war es zwar nicht möglich, den blinkenden Countdown zu sehen, der auf der Bombe im Wagen herunterzählte, aber das war auch nicht notwendig.
Hastig steckte Chess Hiob die Patrone zu. „Bitte versuchen Sie, ihm nicht weh zu tun.“
„David!“, versuchte sie ein letztes Mal, auf sich aufmerksam zu machen. „D-A-V-I-D!“
„Vergessen Sie’s, er hört uns nicht.“
Davids Anblick war mitleiderregend. Unbeirrt humpelte er auf

den Lieferwagen zu, aus dem er Natascha befreien wollte.
Seine Brust schmerzte als Folge des heftigen Anpralls gegen den Baum und wurde nur von dem Brennen in seinem Bein überlagert. Hätte er gewusst, welche Überraschung der Ägypter für ihn im Wagen deponiert hatte, er wäre sicher liegengeblieben.
Hiobs nächster Schuss schlug nur knapp neben Davids Fuß auf dem nassen Kopfsteinpflaster ein. Erschrocken fiel er zur Seite und blieb erneut liegen.
„Na also, geht doch."
Hiob hatte den Satz kaum beendet, da war auch schon der Countdown abgelaufen.
Dem leisen Klicken des Zünders folgte eine gewaltige Druckwelle, die mit ungeheurer Geschwindigkeit über den Platz donnerte. Die Explosion war so grell und heftig, als wollte sie den letzten Rest der vergangenen Nacht wegblasen. In Sekundenbruchteilen erreichte der Feuerball das Clubhaus und ließ sämtliche Fensterscheiben bersten.
Der Pilot hatte gut daran getan, Chess' Handzeichen zu folgen, und abzudrehen. Selbst mit dem zusätzlichen Sicherheitsabstand wurde der Helikopter kräftig durchgeschüttelt.
David presste geistesgegenwärtig sein Gesicht auf den nassen Boden und spürte den feurigen Atem des Todes, der wie eine Feuerwalze über seinen Rücken rollte.
Kurz darauf war der Spuk vorbei. Eine schwarze Rauchsäule stieg an der Stelle empor, an der zuvor noch der Lieferwagen gestanden hatte. Seine verschmorten Trümmer waren großflächig verstreut. Ein Teil, der wie ein Stück Motorblock aussah, steckte auf Fensterhöhe in der Fassade des Clubhauses. Rund um den aufsteigenden Rauch klaffte ein Krater, den die Bombe in die Erde unter dem Kopfsteinpflaster gerissen hatte.
Dann ging alles sehr schnell. Ein halbes Dutzend Polizeiautos

hatte das Gelände erreicht. Alon und Scowcroft sprangen aus einem der Fahrzeuge und liefen zu David. Auf dem Fairway des neunten Loches setzte der Hubschrauber zur Landung an. Chess und Hiob kletterten inzwischen an der Rückseite des Restaurants vom Dach hinunter.

Noch bevor einer der anderen ihn erreichen konnte, war es David gelungen, sich selbst aufzurichten. Seine Handflächen und seine Knie waren zerschunden. Zu dem Durchschuss in seinem Bein gesellte sich eine Platzwunde am Kopf, gleich neben jener Stelle, an der es ihm die Haare versengt hatte.

Er starrte auf das Loch, das die Explosion im Boden hinterlassen hatte und begann zu zittern. Die Schmerzen seiner Wunden hätten jede einzelne Träne auf seinem Gesicht gerechtfertigt. Sie waren aber nicht der Grund dafür. Es waren die Tränen seiner schmerzenden Niederlage. Das Gefühl, versagt zu haben.

„David!“ Alon war der Erste, der sich um seinen Freund kümmerte. „Der Krankenwagen ist bereits unterwegs!“, rief Scowcroft, der von einem seiner Beamten zum Fahrzeug zurückgerufen wurde. „Entschuldigen Sie mich bitte einen Moment.“

Davids erste Worte waren abgehackt. Unter Schock begann er, Alon mitzuteilen, was passiert war. Nur sehr langsam beruhigte er sich wieder.

Es dauerte einige Zeit, bis Chess und Hiob den Ort der Handlung erreichten.

David sah immer noch elend aus, aber das Zittern hatte aufgehört, und seine Stimme gewann an Festigkeit.

„Sie haben auf mich geschossen…“, stöhnte David vorwurfsvoll, als er den bulligen Israeli auf sich zukommen sah.

„…und Sie haben mir vermutlich gerade das Leben gerettet“, kam der dankbare Nachsatz.

„Das war es, was Alon mir aufgetragen hatte.“

„Sie haben gewonnen, Hiob… und ich habe verloren.“
Der Angesprochene schüttelte den Kopf. „Wir haben beide verloren, Wilder. Shahid war nicht hier.“
Mit schmerzhaften Paukenschlägen prügelte sich die Wahrheit an diesem Morgen stückweise in Davids Schädel. „Aber wer…“
„Fragen Sie mich nicht. Vielleicht sein Bruder oder irgendjemand, der ihm einfach nur sehr ähnlich sah. Auf jeden Fall jemand, den Shahid geopfert hat, um uns in die Falle zu locken.“
„Dann… dann ist Natascha völlig umsonst…“, David kämpfte erneut mit den Tränen. *Wie konnte ich nur so anmaßend sein zu glauben, dass mein Plan funktionieren würde.* „Ich habe meine Frau getötet“, brach es aus ihm heraus. „*Ich* bin für ihren Tod verantwortlich!“
Hiobs Kopfschütteln war eindeutig. „Das Ganze war eine Falle, und wir alle wissen, wer dafür verantwortlich ist.“ Seine Stimme klang wie Donnergrollen.
„Und ein Ablenkungsmanöver!“, kam Scowcroft dazu, der Neuigkeiten hatte.
„Sie meinen…“
„Ja! Der Anruf vom Portier hat uns vor wenigen Minuten erreicht. Die Überwachungskameras im College wurden lahmgelegt. Meine Männer eskortieren in diesen Minuten den Dekan zum Labor. Sobald er den Aufzug bedient hat, wissen wir mehr.“
Wie auf Bestellung kam der Zuruf eines seiner Beamten, der demonstrativ das Funkgerät hochhielt: „Chief Inspector?“
„Ja?“ Scowcroft drehte sich in die Richtung, aus der die Stimme kam.
„Unsere Männer sind jetzt mit dem Dekan im Labor. Die Nägel sind weg!“
„Ich komme!“, rief Scowcroft seinem Beamten zu und

entfernte sich wieder.
Tausende Gedankenfetzen flogen durch Davids hämmernden Schädel. Keinen davon konnte er zunächst fassen, geschweige denn zu Ende denken. Zu viel war in zu kurzer Zeit passiert. *Mein Plan war eine Falle... Natascha ist tot... Die Nägel wurden gestohlen... Shahid lebt... Die Nägel wurden gestohlen... Die Nägel wurden gestohlen... Natascha lebt?*
Hiob sprach Davids Schlussfolgerung zuerst aus: „Nur drei Leute konnten in das Labor. Woodberry ist tot, der Dekan wurde von Scowcrofts Männern bewacht, aber die Nägel sind dennoch verschwunden. Ich weiß ja nicht, wie ihr die Sache seht, aber für mich bleibt nur mehr eine Person, die die Nägel holen konnte."
Er drehte sich zu David. „Ihre Frau, Wilder."
David zuckte zusammen.
„Und sie hat es aus freien Stücken getan."
„Aber... aber ich dachte, sie ist tot?"
„Sieht so aus, als ginge es ihr wieder besser."
David wusste nicht, was er denken sollte. Vor wenigen Minuten war seine Frau vor seinen Augen mit dem Lieferwagen explodiert. Nun sollte sie doch noch leben. Und wenn sie tatsächlich noch lebte, warum hatte sie Shahid geholfen, die Nägel zu stehlen? Was hatte sie mit diesem Ungeheuer zu schaffen, dessen Autobombe David fast in die Luft gesprengt hatte?
Chess erblickte den ankommenden Krankenwagen und legte ihren Arm um Davids Schulter. „Kopf hoch, David. Jetzt lassen Sie sich erstmal verarzten, dann widmen wir uns dem Rest."
David wurde auf der Tragbahre zum Krankenwagen gebracht.
Hiob stemmte seine Hände in die Hüften und stellte Chess und Alon zur Rede: „Na schön. Würde mir jetzt einer von euch erklären, warum ihr unsere Niederlage so gelassen hinnehmt?"
„Natascha und Shahid haben unsere Nägel geholt", brachte

Alon es nüchtern auf den Punkt.
Chess nickte ihm zufrieden zu. „Sieht ganz so aus."
Sie richteten ihre Blicke auf Hiob.
„Wilder ist verletzt, seine Frau ist übergelaufen, und wir haben unser Druckmittel gegen Shahid verloren, der wieder einmal entkommen ist. Was genau habt ihr beide daran nicht verstanden?"
„Shahid hat die Nägel…", begann Alon den Satz.
„…aber wir haben das Druckmittel." Chess zog einen kleinen silbernen Schlüssel aus ihrer schwarzen Lederjacke und ließ ihn demonstrativ vor Hiobs Gesicht baumeln.
Hiobs Gesichtsausdruck sprach Bände, er verstand kein Wort.
„Der gehört zu dem Safe in meinem Haus. Dort haben wir die echten Nägel vorübergehend untergebracht."
„Und die Nägel im Labor?", fragte Hiob erstaunt.
„Das war eigentlich Alons Idee."
„Ja, als ich sagte, wir besorgen uns welche aus dem Baumarkt, wenn wir die vom Lehmmännchen nicht finden."
„Moment, soll das heißen, ihr habt einfache Nägel aus dem Baumarkt…"
„Nein! Natürlich nicht!", unterbrach Chess ihn.
„Chess hat in ihrem Keller einen Raum voller Mumien und Antiquitäten. Da drin war auch eine Schachtel mit Nägeln, die denen vom Golem sehr ähnlich waren."
„Selbstverständlich aus Messing!", merkte Chess an.
Hiob blickte von einem zum anderen, um sich zu überzeugen, dass es kein Scherz war.
Chess fuhr fort: „Shahid hat uns heute verraten, dass Natascha keineswegs das Opfer einer Entführung wurde. Er hat seinen Vorteil verspielt."
„Im Tausch gegen Chess' alte Nägel." Alon meinte, auf Hiobs Gesicht ein sich ankündigendes Grinsen erkennen zu können.
„Wer außer euch wusste noch von dem Nageltausch?"

Beide schüttelten den Kopf. „Es musste doch glaubwürdig wirken“, schmunzelte Alon.
„Wir hatten ja nur einen leisen Verdacht. Keinerlei Beweise. Und niemand außer uns beiden hat die echten Nägel gesehen.“
„Einen Verdacht? Was für einen Verdacht?“
„Das Bild im Labor, von dem Woodberry erzählt hat…“
„Das Jüngste Gericht?“
„Ja. Chess und ich haben unser historisches Wissen zusammengelegt und sind dabei auf einige Parallelen gestoßen.“
„Schieß los!“
„Wir hatten ja schon länger den Verdacht, dass Shahid die Kreuznägel will, um an DNA-Spuren zu gelangen. Das heilige Blut, von dem Woodberry gesprochen hatte. Nun, und dann haben wir uns gefragt, was man damit wohl anfangen könnte, wenn man ein Labor wie das aus Prestons Erzählungen zur Verfügung hätte.“
„Und wie lautet eure Antwort?“
„Jemand will den Mann klonen, der am Kreuz gestorben ist. Jesus Christus. Die Christen erwarten seine Rückkehr am Tag des Jüngsten Gerichts. Jenem Tag, an dem er über die Lebenden und die Toten richten wird, so wie das auch auf dem Bild von Michelangelo dargestellt ist.“
„Quatsch! Die Texte der Bibel sind uralt. Damals dachte niemand ans Klonen, wenn man von seiner Rückkehr gesprochen hat. Das ergibt doch keinen Sinn.“
„Möglicherweise doch“, wandte Chess ein. „Die katholische Kirche beharrt auf der Unbeflecktheit der Jungfrau Maria. Gottes Sohn wurde demnach nicht durch die körperliche Vereinigung seiner Eltern gezeugt. Und wenn sie damals schon einen anderen Weg dafür hatten…“
„Unbefleckter als durch Klonen geht ja wohl kaum“, setzte Alon nach.

„Wenn wir Recht haben, wird Shahid bald wieder Lust auf neue Nägel bekommen. Und diesmal hat er kein Druckmittel mehr in der Hand, auf das wir Rücksicht nehmen müssen. Wenn Preston herausfindet, wo Shahid sein Klonlabor hat, dann kommen wir dadurch auch an die Auftraggeber."
„Melden Sie sich freiwillig, um Wilder Ihre Theorie schonend beizubringen, Chess?"
Sie lächelte zustimmend.
„Sie müssen zugeben, Hiob, dass David sich ausgesprochen tapfer verhalten hat. Ich bin sicher, er würde sich über einige aufmunternde Worte aus Ihrem Mund freuen."
„Sie hat Recht. Die Tat eines Angsthasen war das heute sicher nicht."
„Hm… Höchste Zeit, dass er anfängt, Zähne zu zeigen", brummte Hiob. „Wer ständig Angst hat, ist nur zum Futtertier geeignet."
Er verschränkte seine Finger ineinander und ließ die Knöchel lautstark knacksen. „Es ist also noch nicht vorbei."

***

Nachwort:

Wenn dir dieses Buch gefallen hat, dann stell es jetzt nicht in ein Regal, sondern gib es bitte an befreundete Leseratten und Bücherwürmer weiter. Empfehlen oder schenken geht natürlich auch. *mitdemZaunpfahlwinkewinkemach*
Eine Rückmeldung über dein Leseerlebnis würde mich sehr freuen: *buch@albert-knorr.com*

Albert
PS: Wenn du dich als Testleseratte für mein aktuelles Buch melden willst, besuch mich bitte unter: *www.albert-knorr.com*

Sacer Sanguis II - Die Rückkehr

Autor & Verlag: Albert Knorr, ISBN: 978-3-200-00969-1

David ist verheiratet und hat einen ruhigen Job als Computerfachmann in London. Die abendlichen Spaziergänge mit seinem vierbeinigen Freund sind ihm Aufregung genug. Wer David Wilder kennt, beschreibt ihn als warmherzigen, ehrlichen und humorvollen Menschen. Keine Eigenschaften, hinter denen man einen ehemaligen Kryptologen des israelischen Geheimdienstes vermuten würde.

Doch ausgerechnet der ist plötzlich wieder gefragt, als der Mossad eine Verräterin in den eigenen Reihen entdeckt. David soll die verschlüsselte Nachricht der vermeintlichen Spionin knacken. Was sich wie ein Gefallen unter alten Kollegen anhört, wird schnell zu einem lebensgefährlichen Abenteuer.

Sacer Sanguis III - Thors Hammer

Autor & Verlag: Albert Knorr, ISBN: 978-3-200-01309-4

Wenn Alon seinen Job als einschläfernd bezeichnet, verstehen ihn die meisten völlig falsch. Der israelische Geheimagent erledigt seine Aufträge lautlos und endgültig.

Über die Archäologin Chess weiß er, dass sie im wahrsten Sinn des Wortes Leichen im Keller hat. Als sie ihn in ihr einsames Haus am Rande der jordanischen Wüste bittet, schätzt Alon die drohende Gefahr dennoch falsch ein. Chess ist nicht nur eine miserable Köchin, sie versteckt auch Reliquien vor einem eiskalten Psychopathen, dessen Name völlig zu Recht die Todesliste des Mossad anführt.

Als plötzlich Jäger und Gejagte ihre Rollen tauschen, wird nicht nur das Abendessen kalt. Ein lebensgefährliches Abenteuer an historischen Schauplätzen von Jordanien bis Schweden beginnt.

Sacer Sanguis I - Wien Nautilus

Autor & Verlag: Albert Knorr, ISBN: 978-3-950-26810-2

Naturhistorisches Museum Wien: Ein Expertenteam soll einen archäologischen Fund untersuchen. Nur einer weiß, worauf sie sich einlassen. Seine Regierung hat Objekt L2471 bisher unter Verschluss gehalten - aus gutem Grund.

Während sich in Wien die ersten Nebel lichten, verdichten sie sich über den Bergfriedhöfen in den Südkarpaten immer mehr. Sylvia Jones wird von einem Biotechlabor zum Vorstellungsgespräch nach Transsilvanien eingeladen - beworben hat sie sich dort allerdings nie.

Sacer Sanguis IV - Snowdown in England

Autor & Verlag: Albert Knorr, ISBN: 978-3-950-26811-9

David Wilder stellt sich auf einsame Weihnachten in seinem englischen Herrenhaus ein, da steht überraschend eine alte Freundin vor der Tür. Die Feiertage scheinen gerettet, wären da nicht diese unheilvollen Erdhügel, die im Keller heranwachsen.

Auch für eine Handvoll Piraten im Golf von Aden hält das Jahresende eine böse Überraschung bereit: Als sie erfahren, welches Schiff sie geentert haben, schlägt ihre Freude in blankes Entsetzen um. Es kommt zum heißesten Snowdown aller Zeiten, und das ist erst der Anfang...

Sacer Sanguis Evolution - Rote Elemente

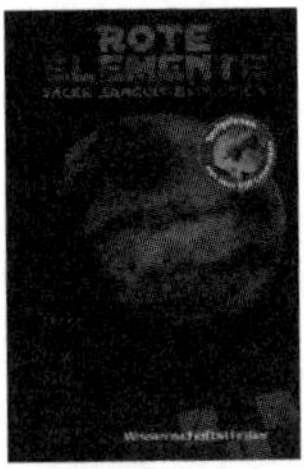

Autor & Verlag: Albert Knorr, Co-Autoren: Marlen Raab, Thorsten Michel, ISBN: 978-3-950-26817-1

1977 schickte die NASA zwei Voyager-Raumsonden los, um ferne Zivilisationen auf uns aufmerksam zu machen. Diese Einladung zur Erde blieb allerdings unbeantwortet, und so geriet das Projekt immer mehr in Vergessenheit.

Jahre später startet ein Team rund um den russischen Weltraumbastler Dmitrij zu einer völlig anderen Mission. Sein Improvisationstalent stellt Technik und Kollegen auf eine harte Probe. Gerade als einer der Astrophysiker das NASA-Maskottchen füttert, geht ein Signal von außerhalb des Sonnensystems ein: Voyager 2 wurde reaktiviert...

Sacer Sanguis Genetics - Giftgrüne Gentechnik

Autor & Verlag: Albert Knorr, ISBN: 978-3-950-26818-8

«Wir hätten die Insel niemals betreten dürfen. Nicht, nachdem wir dieses Brüllen gehört haben. Alles, was man uns über das Experiment erzählt hat, war gelogen. Die Evolution macht keine Fehler. Und sie verzeiht auch keine.»

Botanischer Garten Wien: Überraschend bekommt der Direktor eine neue Mitarbeiterin. Er weiß, dass sie in ihrem letzten Job Ärger hatte, ahnt aber nicht, wie viel sie davon mitbringt. Als ein mächtiger Konzern plötzlich Wien ins Visier nimmt, ist nur noch eines sicher: Das Experiment hätte die Insel niemals verlassen dürfen.

Sacer Sanguis II - Die Rückkehr - Hörbuch

Autor & Verlag: Albert Knorr, ISBN: 978-3-950-26812-6

Sprecher: Achim Zien
Umfang: 2 CD MP3 mit Booklet
Ungekürzte Version
Laufzeit: über 14 Stunden

Sacer Sanguis Junior - Mein erster kleiner Hasenthriller

Autoren & Verlag: Albert Knorr, Christina Stauber, Illustrator: Holger Herrmann, ISBN: 978-3-950-26813-3

Knuffi ist ein kleiner grauer Hase. Flauschi, seine Freundin, lebt im Nachbardorf bei den braunen Hasen. Eines Tages tauchen Füchse in den beiden Dörfern auf und stellen den Hasen eine ganz gemeine Falle. Nur Knuffi und Flauschi durchschauen den Plan. Aber was können zwei so kleine Hasen schon tun? Eine Menge! Denn wahre Freundschaft kann auch Kleine ganz groß machen, egal welche Farbe das Fell hat.